D1721036

Miroslav Krleža
Galizien – Die Wolfsschlucht
Die Glembays – Leda – In Agonie

Miroslav Krleža

Galizien – Die Wolfsschlucht
Die Glembays – Leda
In Agonie

Dramen

Aus dem Kroatischen von Milo Dor
Mit einer Einführung von Reinhard Lauer

athenäum

CIP-Kurztitelaufnahme der Deutschen Bibliothek
Krleža, Miroslav:
Galizien. Die Wolfsschlucht [u. a.]. Dramen /
Miroslav Krleža. Aus d. Kroat. von Milo Dor. Mit
e. Einf. von Reinhard Lauer. – Königstein/Ts. :
Athenäum, 1985.
  Einheitssacht.: U logoru ⟨dt.⟩
  ISBN 3-7610-8385-8
NE: Krleža, Miroslav: [Sammlung ⟨dt.⟩]

Umschlaggestaltung: Bine Cordes, Weyarn
Umschlagabbildung: Otto Dix: Großstadt 1928 (Triptychon, Mittelteil)
Satz: Computersatz Bonn GmbH, Bonn
Druck und Bindung: Bercker, Graphischer Betrieb, Kevelaer
Printed in West Germany
ISBN 3-7610-8385-8

INHALT

Reinhard Lauer

Die Welt als Skandalon.
Zu den Dramen Miroslav Krležas

Der Schriftsteller müsse, um sein Handwerk ordentlich auszu-
üben, Dissident, ja Defätist im Verhältnis zu Staat und Institutio-
nen, Nation und Autoritäten sein. So äußerte sich Miroslav Krleža
(1893–1981) in einem Gespräch zu einer Zeit, als ihm selbst im
kulturpolitischen und literarischen Leben Jugoslawiens höchste
Würden zuteil geworden waren. Der geborene Anarchist und dia-
lektische Gegendenker, dem das Bestehende jeweils nur Anlaß zu
fundamentaler Kritik und zur Suche alternativer Lösungen gewesen war, fand sich noch zu Lebzeiten als Klassiker verehrt. Als
naher Freund Josip Broz Titos, den er nur kurze Zeit überlebte,
und unangefochtene Autorität in den kulturellen Belangen des so-
zialistischen Jugoslawiens wurde er nach seinem Tode auf dem
Friedhof Mirogoj seiner Geburtsstadt Zagreb mit militärischen
Ehren beigesetzt.

Widerspruch und Widersprüche waren das Element, aus dem
Krležas Werk erwuchs. Gegen die von der österreichisch-ungarischen Monarchie verweigerte nationale Autonomie der Südslawen
setzte er als junger Kadett und Offizier auf einen von Serbien
geförderten Jugoslawismus. Als nach dem Zusammenbruch der
Donaumonarchie der jugoslawische Staat gegründet war, wurde
Krleža zum schärfsten Kritiker und Demystifikator der kroatischen und serbischen Geschichtslegenden. Noch ehe der nationale
Taumel erlosch, erkannte er die sozialen Probleme der ihn umge-
benden Welt und wurde zum Wortführer der linken, sozialenga-
gierten Literatur in Jugoslawien, die er jedoch in dem Augenblick
zu kritisieren begann, da sie sich, sowjetischen Trends folgend,
dogmatisch verfestigte und den ideologischen Gehalt über die
künstlerische Wahrheit stellte. Krleža in den dreißiger Jahren,
Zielscheibe und wortgewaltiger Opponent der Dogmatiker im be-
rüchtigten „Streit auf der literarischen Linken" – damit ist ein
intellektuelles Drama bezeichnet, das zu den erregenden Momen-
ten der ästhetisch-ideologischen Auseinandersetzungen in unserem Jahrhundert zählt. Jugoslawien war eines der wenigen Länder,
in denen undogmatische linke Positionen, wie von Krleža und
Marko Ristić, artikuliert werden konnten. Daß sie sofort mit dem

Vorwurf des Trotzkismus belegt wurden, hat Krleža und seine Anhänger nicht daran gehindert, an ihnen festzuhalten. Und wenn es nach dem Ende des Zweiten Weltkriegs zunächst schien, als werde der Sozialistische Realismus auch in Jugoslawien zur verbindlichen Kunstdoktrin erklärt, so brachte Titos Bruch mit Stalin unverhofft Krležas Konzept einer undogmatischen, Realismus und Avantgardismus integrierenden Kunst zum Zuge. Das große Referat, das er auf dem Laibacher Schriftstellerkongreß 1952 hielt, wurde zum Grundsatzprogramm der jugoslawischen Literaturentwicklung in den folgenden Jahrzehnten. Aus dem Ketzer Krleža war der Verkünder der Wahrheit geworden.

In der Bundesrepublik und anderswo außerhalb Jugoslawiens weiß man wenig, zu wenig von diesen Vorgängen. Man hat die Erzählungen und Romane Krležas, vor allem „Die Rückkehr des Filip Latinovicz" (1932) und „Ohne mich" (1938), wohlwollend zur Kenntnis genommen; einige seiner Dramen wurden in Österreich und Deutschland mit mehr oder weniger Erfolg aufgeführt, doch sind noch immer große Teile seines Oeuvre, darunter die frühen Dramen und der „Areteus", fast die gesamte Lyrik, das autobiographische und essayistische Werk, ganz zu schweigen von den polemischen Kraftakten gegen rechte und linke Widersacher, dem deutschen Leser unerschlossen.

Dafür mag es objektive Gründe geben, wie zum Beispiel den, daß Krleža einige Werke geschrieben hat, die schlechterdings unübersetzbar sind. Die „Balladen des Petrica Kerempuch" (1936), Krležas Abrechnung mit den kroatischen Geschichtslegenden aus der plebejischen Sicht des kroatischen Eulenspiegels, sind im kajkawischen Dialekt Binnenkroatiens, zudem in barocker Stilisierung geschrieben. Wie soll, wie kann man das übersetzen? In den Dramen, die im österreichisch-ungarischen Milieu spielen, verwendet Krleža, authentischer Zeuge dieser versunkenen Kultur, die deutschkroatische Sprachmischung, das einstige Idiom der Agramer Herrschaften und Intelligenz, das inzwischen längst dem Zagreber Theaterpublikum wie den Schauspielern auf der Bühne gleichermaßen entglitten ist. Ganze Passagen in dem Drama „Galizien" und im Glembay-Zyklus sind im alten „Agramerdeutsch" abgefaßt. Die Übersetzer haben es stehen lassen und den serbokroatischen Text, in den es eingelassen ist, verdeutscht. Wie auch sollten sie deutschen Text – und sei es Agramerdeutsch – ins Deutsche übersetzen? So wird auch der Leser der vorliegenden Ausgabe kein Äquivalent zu der deutsch-serbokroatischen Diglossie geboten bekommen.

Eine weitere Schwierigkeit, der sich der Krleža-Leser ausgesetzt sieht, liegt in der außerordentlichen Belesenheit und im Bildungsreichtum dieses Autors, der – kein Zufall – als langjähriger Direktor des Jugoslawischen Lexikographischen Instituts in Zagreb die großen Enzyklopädien seines Landes initiiert und herausgegeben hat. Man muß Einblick in die deutsche, französische, skandinavische, russische und, natürlich, südslawische Kultur- und Literaturtradition haben, will man sich auf seine Überlegungen und Diskussionen einlassen. Hinzu kommt, daß Krleža, wie alle großen Autoren, die wir kennen, immer wieder die spezifischen Probleme und Gegebenheiten seiner Zeit und seines Raumes aufgreift. So, wie es nicht zu umgehen ist, sich um Dantes willen mit Florenz, um Dostojewskis willen mit Petersburg und um Joyces willen mit Dublin zu beschäftigen, zwingt uns Krleža, Agram/Zagreb und sein Umfeld, es reiche bis Wien, Budapest oder Belgrad, in den Blick zu nehmen, denn hier liegt der Raum seiner unmittelbaren Erfahrungen, die seine im Werk gestalteten Weltmodelle begründeten.

Daß das dialogisch-dialektische Denken Krležas vor allem im Drama ein geeignetes Vehikel seiner künstlerischen Projektionen finden mußte, kann nicht verwundern. Im Gegenteil. Auch seine erzählenden Werke, Romane und Novellen, beziehen ihre innere Spannung, ähnlich wie bei dem von Krleža wenig geliebten Dostojewski, aus Dialogen und Kontroversen der handelnden Personen, die sich zu skandalösen Szenen verdichten und oft mit einem Knalleffekt enden. Selbst in manchen Essays greift er auf die alte Form des dialogischen Diskurses zurück. Doch die dramatische Gattung selbst ist von Anfang an in Krležas Schaffen präsent. Sein erstes gedrucktes Werk, „Legende" (1913), war ein Drama; 1959 erschien „Areteus", das letzte dramatische Werk Krležas. Seine größten Erfolge als Schriftsteller errang er auf jugoslawischen Bühnen mit seinen Glembay-Dramen.

Dreizehn Stücke umfaßt das dramatische Oeuvre Miroslav Krležas. Nach Entstehungsgeschichte und Thematik lassen sich in großen Zügen vier Gruppen erkennen. Zur ersten, später in dem Band „Legenden" veröffentlicht, zählen Dramen über Jesus, Michelangelo und Kolumbus, sowie die Stücke „Maskerade", „Kraljevo" und „Adam und Eva", die in den Jahren 1913 bis 1922 entstanden. In ihnen zeigt sich noch Krležas enge Verbindung zum europäischen Symbolismus und zur Neuromantik. Bei aller Skepsis, die er dem aufkommenden Expressionismus entgegenbringt, gerät er zeitweilig selbst in dessen Sog. Seine eigene Kennzeichnung der

Stücke als „biblisch-symbolisch" und „sozial-symbolisch" besagt, daß es ihm nicht um Abbildung historischer oder zeitgenössischer Wirklichkeit geht, sondern um die seelischen Spannungen und geistigen Aufschwünge großer Persönlichkeiten oder, etwa in „Kraljevo", um die Darstellung der Welt als Brueghelschen Pandämoniums. Jesus zeigt er in seiner „neutestamentlichen Phantasie" in intimer Vertrautheit mit Maria Magdalena, indes ihn Judas aus Eifersucht verrät. In Michelangelo erscheint der einsame, unverstandene Künstler, dessen Zweifel am Sinn des Schöpfertums durch einen Unbekannten artikuliert werden. Kolumbus wieder, der Admiral der spanischen Entdeckerflotte, stirbt, von der kleinmütigen Besatzung seines Schiffes am Mast gekreuzigt, in dem Augenblick, da die „Santa Maria" den neuen Kontinent erreicht. Einflüsse Strindbergs sind hier unverkennbar, und Krleža hat später nicht verhohlen, daß er bei den Schweden, bei Wilde und Wedekind gelernt habe.

In den drei Dramen der zweiten Gruppe – sie entstanden zwischen 1918 und 1923 – greift Krleža mitten in die Gegenwart hinein. „Galizien" – das Stück wurde 1920, unmittelbar vor der Premiere, verboten; Krleža arbeitete es später um und veröffentlichte es 1934 unter dem Titel „Im Lager" – führt uns unmittelbar hinter die österreichisch-russische Frontlinie gegen Ende des Ersten Weltkriegs. Der moralische Aufruhr eines Einzelnen gegen die Zwänge des Krieges, gegen die militärische Maschinerie, gegen das Töten löst in der mit der satirischen Schärfe eines George Grosz gezeichneten Offiziersgesellschaft einen Skandal aus, der mit Mord und Totschlag endet, indes das Signal zum Rückzug ertönt. Hier hat Krleža zuerst die langen psychisch-moralischen Spannungsbögen erprobt, die in allmählicher Steigerung zur Katastrophe hinführen – Kennzeichen der reifen Dramatik Krležas. In dem Kadetten Horvat erkennen wir den typischen Krležaischen Helden: sensibel und integer, aber zu sentimental und zu unentschieden, um tatkräftig eine Änderung der Verhältnisse zu betreiben. Horvat, also „Kroate", heißt auch der Held der „Wolfsschlucht" (1923), eines Stückes, das ins kleinstädtische und dörfliche Milieu Kroatiens unmittelbar vor dem Zusammenbruch der Donaumonarchie hineinleuchtet. Indem es den Verfall der bürgerlichen Sittlichkeit erst in einer Provinzredaktion, dann in dem abgelegenen Dorf Wolfsschlucht mit drastischen Effekten darstellt, bildet es gleichsam das zivile Pendant zu „Galizien". Das dritte Stück, „Golgotha" (1918–1920) behandelt als lyrisch stilisiertes Massendrama die Not und den Kampf der Arbeiter irgendwo in Europa gegen Ende des Krieges. Die Uraufführung 1922 fand unter einem beträchtlichen Aufgebot an Polizei statt, da die Zagreber Behörden mit Demonstrationen rechneten.

Die drei Dramen des Glembay-Zyklus, „Die Glembays", „In Agonie" und „Leda" (1926–1930) bilden die dritte Gruppe und zugleich den Höhepunkt des dramatischen Schaffens Krležas. Gleich den großen Familienromanen, die wir von Thomas Mann, John Galthworthy, Roger Martin du Gard, Georges Duhamel oder Joseph Roth kennen, zeichnet Krleža hier die Schicksale und den Niedergang einer Agramer Bankiersfamilie in verschiedenen Phasen und Verästelungen nach. Der komplette Zyklus enthält außer den Dramen einen Band Erzählprosa. Die einzelnen Figuren sind in einem vom Autor ersonnenen umfassenden genealogischen Plan aufgehoben. Ein naturalistisches Muster scheint dem Geschehen zugrunde zu liegen: Das Fundament zum wirtschaftlichen Aufstieg der Glembays hat einst der Händler Franz Glembay durch einen Raubmord gelegt. Trotz äußeren Glanzes und illustrer gesellschaftlicher Verbindungen haftet der Bankiersfamilie etwas Anrüchiges an. Leo Glembay, wie Filip Latinovicz ein Maler und hellsichtiger, räsonierender Krležaischer Held, ist derjenige, der im ersten Stück der Trilogie die Fäulnis unter der Oberfläche – zweifelhafte Herkunft und Liebschaften seiner Stiefmutter, der Baronin Castelli-Glembay – aufdeckt und damit den Untergang der Familie auslöst. Wie in „Galizien" und in der „Wolfsschlucht" ist es Krleža in dem Stück gelungen, eine Galerie unverwechselbarer, typischer Vertreter der Agramer Gesellschaft auf die Bühne zu bringen. Das austro-kroatische Großbürgertum, längst schon dahingeschwunden, hat hier mit allem Glanz und aller Fragwürdigkeit sein brüchiges Denkmal gefunden.

„In Agonie" – das ist die Tragödie der Baronin Laura Lenbach, einer der wenigen vollwertigen Frauengestalten, die Krleža geschaffen hat. Der Bobotschka aus „Die Rückkehr des Filip Latinovicz" vergleichbar, steht sie zwischen einem physisch und psychisch verfallenden Ehemann und einem timiden Liebhaber, der sie zudem betrügt. Zwei Schüsse – der Krležaische Knalleffekt – beenden die quälenden Auseinandersetzungen eines sinnlosen Frauenlebens. Das dritte Stück, „Leda", bildet das Satyrspiel des Zyklus: eine karnevalistische Komödie der Wechselliebe in doppeltem Dreieck. Wie in dem Schauspiel „In Agonie" bringt Krleža hier schon Entwicklungen der Nachkriegszeit ins Bild, die hektischen zwanziger Jahre, in denen die Abkömmlinge der alten Aristokratie zu grotesken Schemen ihrer selbst geworden sind, indes eine neue Generation rücksichtsloser Geschäftemacher auf den Plan tritt. Die sozialgeschichtliche Authentizität der Glembay-Dramen – im Sinne der von Krleža postulierten „Lebensintensität" als Inhalt der Kunst – ist schwerlich zu übertreffen. Sie gibt den Rahmen ab für Krležas Grundfrage nach dem humanen, von Deformation und Entfremdung freien, menschen-würdigen Leben. Verlogenheit und falscher Schein der bourgeoisen Welt, die er zeigt, zerstieben in tragisch-grotesken Skandalen, Mord und Selbstmord. Eine bessere Welt kommt nicht in Sicht.

Es bleibt von Krležas letztem Drama, „Areteus", zu sprechen, das, fern vom Symbolismus der ersten wie vom Naturalismus der mittleren Gruppe, kulturphilosophischen Fragestellungen nachgeht. Kulturtypologische Analogien zwischen der Spätantike und der Gegenwart veranlassen Krleža, die Simultaneität beider Epochen auf der Bühne zu erproben. (Ähnliches hat Sartre in „Les jeux sont faits" unternommen.) In der Konfrontation des palatinischen Hofarztes Areteus aus dem 3. Jahrhundert n. Chr. mit dem emigrierten ehemaligen kaiserlichen Hofarzt Raoul Sigurd Morgens im Jahre 1938 baut Krleža ein intellektuelles Spiel auf. Beide sind medizinische Kapazitäten ihrer Zeit, beide politisch verfolgt. Ihre „Fälle" in parallelen politischen Umständen – Diktaturen, die ihre Herrschaft mittels der Plebs ins Werk setzen – verdeutlichen Konstanten der europäischen Geschichte, wie sie Krleža immer wieder in Reden und Essays aufgewiesen hat: ein bitteres Lehrstück vom schweren Geschick der Klugen und Menschlichen zu jeder Zeit.

Krleža hat stets die Frage nach dem Was und dem Wie des künstlerischen Schaffens gestellt. Das Abschreiben oder Wiederschreiben (prepisivanje), also realistische Gestaltungen, wie sie schon Dickens, Balzac, Flaubert, die Russen und die Skandinavier verwirklicht haben, kommen für ihn nicht in Betracht. Auch in den neuen Schreibmethoden eines Hamsun, Shaw oder Joyce sieht er eher Kalligraphie als echte Zeugnisse der Schreibenden. Er selbst hat immer wieder versucht, solche von der eigenen künstlerischen Individualität durchtränkten Zeugnisse der Lebensintensität zu hinterlassen. So entstammen ohne Zweifel Krležas Helden, die Horvats oder Leo Glembay, mit ihrer Luzidität und Skepsis, mit ihrer Nervosität und Unfähigkeit zum Handeln der Eigenerfahrung ihres Autors. Ebenso sind die Details des vorgeführten Milieus oder die Attribute der agierenden Personen aufgrund genauester Beobachtung aus dem Leben genommen, das Krleža kannte. Das gleiche gilt von den Klang- und Bildfolien, die die

Handlungsabläufe umgeben. Krležas Didaskalien geraten zu ausgreifenden Beschreibungen der Charaktere und Umstände; aus ihnen lugt nicht nur ein arrangierender, sondern oftmals ein kommentierender und wertender Autor hervor. Wie bühnengerecht sie auch konzipiert seien, diese Dramen besitzen zugleich auch einen epischen Zug. Man kann sie lesen – ebenso wie Krležas Romane sich ohne Schwierigkeit in dramatisierter Form auf die Bühne bringen lassen.

Die vorliegende Ausgabe bringt fünf Stücke aus der zweiten und dritten Phase, die allesamt in der Zwischenkriegszeit entstanden und uraufgeführt wurden. Sie thematisieren Krisenerscheinungen einer Gesellschaft an der Peripherie der Donaumonarchie, die wie diese dem Untergang geweiht ist. Krleža sah aus der Fäulnis und inneren Zerrüttung dieser Welt keinen anderen Ausweg als den spektakulösen Skandal, mit dem er vier der Stücke enden läßt. Die buckelige Straßenkehrerin, die, gebeugt, müde, grau und schmutzig, am Schluß der „Leda" die Reste Glembayischer Liebesspiele beiseitefegt, markiert das Ende einer Epoche.

Göttingen, im Juli 1985

XIII

Galizien

Stück in drei Akten

PERSONEN:

KADETT HORVAT
OBERLEUTNANT DR. GREGOR
OBERLEUTNANT DR. BOBBY AGRAMER
OBERLEUTNANT WALTER
FELDMARSCHALLEUTNANT VON HAHNENCAMP
BRIGADIER OBERST HEINRICH
OBERST CRANENSTEG
BARONIN MELDEGG-CRANENSTEG
GRAF SZCEPTYCKI
OBERST DE MALOCCHIO
MAJOR HOCHNETZ
ARTILLERIEHAUPTMANN LUKÁCS
HUSARENRITTMEISTER JESSENSKY
DRAGONEROBERLEUTNANT SOMOGYI MÁLMÓS
OBERARZT DR. ALTMANN
FELDKAPLAN ANTON BOLTEK
KADETT DER JÄGERKOMPANIE JANKOWITSCH
FÄHNRICH SCHIMUNITSCH
FELDWEBEL GRADISCHKI
INFANTERIEGEFREITER OBERKELLNER KAPAUNER
INFANTERIST PODRAWETZ
ORDONNANZ

OFFIZIERE. SOLDATEN. KARTENSPIELER. DIENER. KELLNER.

Ort der Handlung: Galizien

Zeit: Herbst des Jahres 1916

Erster Akt

Klassenzimmer einer Volksschule. Katheder, schwarze Tafel, gro-
ßer Schrank mit Büchern und physikalischen Geräten. Hinter
Glas: ausgestopfte Vögel, Leidener Flasche, Globus. Landkarten.
Brehm's Tierbilder. Franz Josef I. und ein Bischof mit Bischofs-
mütze.
Auf den Schulbänken Strohhaufen und Zeltplanen, Liegestätten
der Offiziere. Überall verstreut: Koffer, Waschbecken, Pistolen,
Karabiner, Säbel, Handtücher. Das typische Durcheinander eines
Offizierslagers.
Kadett Horvat und Oberleutnant Dr. Gregor liegen, jeder in sein
Buch vertieft. Neben dem Katheder steht Oberleutnant Dr. Agra-
mer und maniküt sich die Nägel. Die Schachtel mit dem Mani-
kürzeug und die Fläschchen mit dem Nagellack stehen im Licht
mehrerer Kerzen, die auf dem Deckel einer Menagenschale kle-
ben.
Horvat ist ein blasser, glatt rasierter Junge von zweiundzwanzig
Jahren, der zerbrechlich wirkt wie ein Mädchen. Er ist ein Schön-
geist, Absolvent des Konservatoriums, Supplent an einer Mittel-
schule.
Gregor ist etwa dreißig Jahre alt, Dr. juris, Konzipient. Er hat
Stiefel mit Sporen an und trägt einige Auszeichnungen, die ihn als
erfahrenen Krieger ausweisen.
Dr. Bobby, Edler von Agramer, ist Reserveoberleutnant bei dem
fünften Ulanenregiment, einer kroatischen Elitetruppe. Er ist mit
einer ausgesprochen dandyhaften Sorgfalt gekleidet. Mit seiner
piepsenden Stimme und seinem üppigen, hellblonden Haar, das
reichlich mit Brillantine eingefettet ist, wirkt er vom ersten Augen-
blick an gekünstelt. Während er spricht, streicht er sich seine Nägel
pedantisch mit Lack an, als bereite er sich für einen Tanzabend
vor. Er hat sich gerade gewaschen und rasiert. Der kleine Spiegel,
der Rasierpinsel und das Rasiermesser stehen vor ihm auf einem
Hocker.
Von Zeit zu Zeit hört man die Ratten auf dem Dachboden. Die
Kinder der Lehrerin weinen leise in der Küche, die sich irgendwo
hinter der Wand befindet. Draußen fällt ein schwerer, dunkler,
galizischer Herbstregen. Es ist einer der letzten Tage der Herr-
schaft Franz Josef I. Man hört den Singsang der Dachrinnen und
das ferne Gedonner der Kanonen. Pause. Agramer pudert sich vor

3

dem Spiegel das Gesicht, drückt sich einen Mitesser aus, lackiert sich die Nägel, trocknet sie, indem er mit den Händen durch die Luft fuchtelt. Währenddessen pfeift er fröhlich den Donauwellenwalzer.

HORVAT: Ich habe dich schon dreimal gebeten, mit deinem Walzer aufzuhören. Ich verstehe kein einziges Wort.

AGRAMER: Wenn jemand so über die irdischen Nichtigkeiten erhaben ist, um sich unter diesen Umständen dem Studium irgendeiner Philosophie des „als ob" zu widmen, der müßte wenigstens vortäuschen können, „als ob" er auch über einen dreckigen Donauwellenwalzer erhaben wäre.

HORVAT: Du hast mit deinem Nagellack die ganze Luft verpestet. Aus deinen Fläschchen stinkt eine ganze Weltanschauung heraus.

AGRAMER: Mon cher cousin, du bist heute sehr witzig.

(Er singt ungestört seinen Walzer weiter und trocknet sich die Nägel über der Kerzenflamme. Pause. Ratten auf dem Dachboden. Ferne Kanonade. Von Zeit zu Zeit ein Regenguß gegen die Fensterscheiben)

GREGOR: Der Dachboden ist voller Ratten.

AGRAMER: Apropos, meine Herren, Hahnencamp hat uns ausdrücklich nahegelegt, um Punkt halb neun zu erscheinen. Baronin Meldegg fährt morgen nach Wien und mir wurde die Ehre zuteil, die Speisekarte für das Abschiedssouper zusammenzustellen: Côtelettes de poulardes aux petits pois. Chaudfroid de mauviettes. Rein de chevreuil. Céleri à la poulette. Bombe à la Renaissance. Fromage. Glace au chocolat. Dessert.

GREGOR: Ich bin schläfrig. Ich weiß nicht, ich glaube, ich fiebere auch. Der Kopf tut mir weh. Und das alles ist mir ziemlich langweilig.

AGRAMER: Es gibt Menschen, die im Leben alles langweilig finden. Mir ist zum Beispiel nie langweilig. Das Wort Langeweile scheint in meinem Vokabular gar nicht auf. *(pfeift weiter seinen Donauwellenwalzer)*

HORVAT: Hör endlich einmal auf, ich bitte dich. Ich verstehe keinen einzigen Satz. Und laß uns endlich in Ruh mit deiner unglücklichen Baronin. Hätte diese Frau auch nur eine Spur von Geschmack, dann würde sie sich nicht in Soldatenlagern herumtreiben und in den Menagen saufen wie eine Marketenderin.

AGRAMER: Du wirfst die schwersten Phrasen wie Koriandoli um dich herum. Die Baronin ist eine liebenswürdige und charmante

Dame, die aus edlen Motiven in diesen Gestank hier gereist ist: sie wollte ihren Herrn Gemahl besuchen. Sie ist schließlich im Kreis seiner Exzellenz des Feldmarschalleutnants, ich meine, in unserem Kreis und überhaupt in diesem Zustand hier die einzige helle Erscheinung. Du hast am allerwenigsten Grund, dich in einer ziemlich problematischen Art und Weise über sie zu äußern. Sie schwärmt dauernd von dir. Sie kann nicht vergessen, sagt sie, wie du Rachmaninow gespielt hast und diesen anderen Russen, wie heißt er nur? Sie behauptet, dir steht eine große Zukunft bevor. Ich soll dich in ihrem Namen bitten, heute Abend unbedingt zu kommen und ihr noch einmal diesen Rachmaninow zu spielen, pour adieu.

HORVAT: Aber ich bitte dich, hätte diese alte Russcuk eure Lady Patronesse nicht angespuckt, dann hättet ihr sie heute morgen nicht zum Tode verurteilt.

AGRAMER: Und wer sind die so von oben herab apostrophierten „ihr", wenn ich bitten darf?

HORVAT: Na ihr alle, angefangen vom Major-Auditor Hochnetz bis zu dir, ihr Gentlemen vom Divisionsfeldgericht, die ihr fest davon überzeugt seid, die einzige Genugtuung für die Baronin Meldegg-Cranensteg wäre, die alte Russcuk aufzuhängen.

AGRAMER: Diese Alte ist nach dem strengen Buchstaben des Gesetzes verurteilt worden. Wir haben nicht aus eigenem gehandelt, sondern nach den klaren Vorschriften des Militärstrafgesetzes. Ich verstehe nicht, wozu das führen soll, wenn man ununterbrochen in den negativen Seiten des Lebens herumwühlt und lauter häßliche und brutale Dinge hervorkramt. Ich verstehe auch überhaupt nicht, meine Herren, Ihr regt euch dauernd über jede Kleinigkeit auf, als wäre im Leben nicht alles unbeschreiblich vergänglich. Wozu soll man sich und andere mit irgendwelchen Weltanschauungen quälen, wenn man morgen schon hier auf dem Katheder unter diesen Totenscheinen liegen kann? Das einzige, was uns übrigbleibt, ist, heute abend einen Rein de chevreuil im Saft zu essen oder einen Käse im Stanniol, uns die Nägel zu lackieren und irgendein gutes, ordentlich gerahmtes Bild zu finden.

(Während er noch spricht, öffnet er ein Paket mit goldgerahmten Bildern. Dann stellt er die Bilder um den Katheder herum und betrachtet sie wie ein alter Antiquitätensammler. Eine Ordonnanz kommt mit der Post herein)

Etwas für mich?

ORDONNANZ: Nichts, Herr Oberleutnant, melde gehorsamst.

5

GREGOR: Und wo ist Franjo heute abend so lange mit der Post geblieben?

ORDONNANZ: Er ist, Herr Oberleutnant, melde gehorsamst, im Graben geblieben. Bei der Ziegelei.

GREGOR: Bei der Ziegelei?

ORDONNANZ: Ich weiß nicht, melde gehorsamst, Herr Oberleutnant. Herr Rechnungsfeldwebel Gebesz haben mir gesagt, daß man Franjo bei der Ziegelei im Graben gefunden hat. Er war schon kalt. Die Adern auf seinem Hals waren durchgeschnitten. Ein Sprengstück.

AGRAMER: Das ist ganz natürlich, weil die Briefträger wie die Herren herumspazieren. Ich habe schon immer gesagt, daß man den Briefträgern diese langen Spaziergänge verbieten sollte. Ein Idiot. Warum hat er nicht aufgepaßt? Mischko! Leer dieses Waschbecken aus, putz diese Pinsel, pack die Fläschchen ein, gib mir meine Mütze, bürste mir den Umhang ab, gib acht, daß du mein Rasiermesser nicht verlierst. Geh hinüber in den Speicher. Dort wäscht mein Joschko die Wäsche. Frag diesen Esel, wo er den kleinen Schlüssel von meinem kleinen Koffer hingetan hat. Aber daß du in einer Minute zurück bist. Laufschritt!

GREGOR: *(betrachtet das Paket Zeitungen)* Diesen unglücklichen Franjo hat man buchstäblich abgeschlachtet. Das klebt alles wie Gummiarabikum. Das kann man nicht mit Händen angreifen! *(wirft eine nasse, blutdurchtränkte Zeitung weg)*

HORVAT: *(nimmt den Zeitungsfetzen in die Hand und überfliegt die erste Seite)* Jetzt wollen sie auch noch Gold für ein Kriegsmuseum sammeln. Agram darf nicht zurückstehen. Mir kommt der Magen hoch, wenn ich diesen ganzen Dreck lese, den diese fetten Ochsen in den Redaktionen wiederkäuen. Zum Kotzen! Ich will schon seit einigen Tagen einen Brief an die Redaktion schreiben, um diesen Herren zu erklären, wie sich ihre schamlosen Lügen aus unserer Perspektive ausnehmen. *(wirft die Zeitung voll Abscheu weg)*

AGRAMER: *(betrachtet genußvoll seine Bilder)* Wozu soll man sich den Kopf zerbrechen über Dinge, die unsere Kräfte übersteigen? Es hat keinen Sinn, einen Krieg zu führen und sich obendrein darüber zu ärgern. Ich zum Beispiel sammle Bilder. Sollte ich mit Gottes Hilfe am Leben bleiben, werde ich am Ende eine ganz hübsche Sammlung haben. Eine kleine Galerie. Sie wird nicht besonders wertvoll sein, sie wird aber immerhin einige erstklassige Raritäten der italienischen Schule enthalten.

HORVAT: Als dir Oberleutnant von Wutschetitsch vorgestern

abend in der Menage sein Fernrohr gezeigt hat, das er einem toten tscherkesischen Oberst abgenommen hat, hast du seine Vorgangsweise, wenn ich mich nicht täusche, als nicht hundertprozentig fair bezeichnet.

AGRAMER: Entschuldige bitte, ich habe kein Wort über das Fernrohr des Tscherkesen gesagt. Das Fernrohr ist ein Armeemassenartikel. Ich habe von der Dose gesprochen. Es ziemt sich nicht, eine fremde goldene Zigarettendose mit Monogramm als Erinnerung mitzunehmen.

HORVAT: Aber diese deine Blondellrahmen sind auch in irgendeinem Salon gehangen. Das ist doch logisch. Wo ist da der Unterschied zwischen einer fremden goldenen Zigarettendose und der Aneignung eines fremden goldgerahmten Bildes?

AGRAMER: Du wirst doch nicht behaupten, daß die beiden Vorgangsweisen identisch sind. Pardon.

HORVAT: Du bist als Zivilist Jurist. Du müßtest ein klareres Bild über die Aneignung fremden Eigentums haben als ich. Ich bin kein Jurist. Ich rede nur nach der Logik des gesunden Hausverstands.

AGRAMER: Logik! Immer deine Logik. Im Leben gibt es keine Logik. Sie ist nur ein Bluff. Selbst wenn es sie gäbe, wäre die Logik überflüssig, weil sie das Leben auf den langweiligen Syllogismus reduzieren würde. Und gerade das ist am Leben schön, ich meine, daß es kein Syllogismus, sondern ein Spiel der Kraft und der Macht ist. Auch die juristische Logik ist keine Klavierfingerübung, wie du glaubst, sondern nur ein Ausdruck der Kraft und der Macht.

HORVAT: Auch Gregor ist Jurist. Er soll seine Meinung über die Ähnlichkeit beider Vorgangsweisen äußern. Gibt es, juristisch gesehen, einen Unterschied zwischen dem Diebstahl einer goldenen Zigarettendose und dem Diebstahl eines goldgerahmten Bildes?

AGRAMER: Entschuldige, mein Lieber, aber du machst wirklich faule Witze. Jemanden, der Kunstgegenstände vor dem Ruin rettet, kann man nicht mit jemandem vergleichen, der sich fremdes Gut aneignet. Konkret gesprochen: was wäre mit diesen Bildern geschehen, hätte ich sie nicht gerettet?

HORVAT: *(sieht ihn schweigend und voll Verachtung an)*

AGRAMER: Na, warum sagst du nichts. Erklär mir mit deiner erhabenen Logik, was aus diesen Bildern geworden wäre, hätte ich sie nicht unter meine Fittiche genommen. Na also, siehst du, jetzt kannst du kein Wort sagen. Hätte ich diese Bilder nicht gerettet, dann hätten sie die Barbaren schon längst vernichtet und verbrannt. Hinter allen Handlungen nur häßliche Motive zu sehen, ist die Folge dieses dummen materialistischen Nebels in deinem Kopf. Ich versuche, diese geldlich gesprochen völlig wertlosen Bilder vor der Vernichtung zu retten, und du machst hinter meinem Rücken faule Witze. Entschuldige bitte, aber das überrascht mich in hohem Maße. Du überschreitest in jeder Hinsicht die Grenze des minimalsten Anstands.

HORVAT: Ja, ja, in meinem Kopf herrscht ein materialistischer Nebel und du bist ein reiner Idealist. Na schön, heute führen die Menschen Krieg und bestehlen einander. Der eine nimmt zur Erinnerung eine goldene Dose mit, der andere ein Ölbild. Schließlich kommt es auf das gleiche heraus. Und im A. O.K.-Befehl wird nur allgemein eine reiche Kriegsbeute erwähnt.

AGRAMER: Jetzt wirst du wieder herausfordernd. Ich bitte mir aus diese deine Art und Weise, verstehst du.

HORVAT: *(betont überlegen)* Du hast vollkommen recht. Die gesamte Presse rühmt sich schamlos der reichen Kriegsbeute, als ginge es zumindest um einen hohen Lotteriegewinn. Mir geht nur das eine nicht in den Kopf: Wie kann ein Mensch, der auf der einen Seite von der Malerei, von Rachmaninow und Chopin spricht, auf der anderen Seite fremde Sachen stehlen? Das kann ich, siehst du, mit meiner, wie du sie nennst, erhabenen Logik nicht verstehen. Die Kluft, die diese Logik zwischen dir und mir aufgerissen hat, ist viel tiefer als irgendein lächerlicher Schützengraben, mit dem die Menschen ihre Lager umgeben.

AGRAMER: Das ist eben dieser quasiphilosophische Nebel in deinem konfusen Kopf, der mir völlig unbegreiflich ist. Ich sammle übrigens schon seit zwanzig Jahren Bilder und erlaube nicht, daß du dich in meine Angelegenheiten einmischst. Hast du mich verstanden? Du benimmst dich unanständig und bis zum äußersten Grad herausfordernd. Schon in Anbetracht unseres Altersunterschieds und unserer privaten Beziehungen ist das eine freche Art, von unserem Rangunterschied gar nicht zu sprechen.

HORVAT: Ah so, du pochst auf den Rangunterschied.

AGRAMER: Ich spreche nur von dem elementaren Anstand, der zwischen einem jüngeren und einem älteren Kameraden den Ton angeben soll.

HORVAT: Ach so. Pardon, Herr Oberleutnant, wir haben uns nicht verstanden. Bitte gehorsamst um Verzeihung, Herr Oberleutnant. Und jetzt möchte ich dich bitten, mich in Ruhe zu lassen. Ich will schlafen. Ich muß um drei Uhr aufstehen. Wegen einer

Divisionsangelegenheit. Ich habe keine Zeit für Diskussionen über privatrechtliche Fragen. Gute Nacht. *(löscht aufgeregt die Kerze aus und zieht demonstrativ die Decke über den Kopf)*

AGRAMER: *(stürzt sich in der typischen Pose eines Soldatenschleifers auf Horvat, mit der Absicht, ihm auf eine handgreifliche Weise den Unterschied zwischen dem Vorgesetzten und dem Untergebenen deutlich zu machen, beherrscht sich aber im letzten Augenblick)* Ja weißt du, du überschreitest ja alle Grenzen, du bist herausfordernd frech, ich bitte mir aus diese deine Art und Weise. *(bindet sich die Kartentasche, Pistole und Säbel um; hängt sich die Pelerine um, geht hinaus und schlägt die Tür hinter sich zu)* *(Pause. Ratten. Kanonen. Kinder weinen in der Küche. Dachrinnen. Walters Klarinettenspiel hinter geschlossener Tür. Gregor liest und blättert in seiner Post und in Zeitungen. Dabei raucht er und trinkt Kognak aus einer Feldflasche. Dieses verlegene Schweigen betont mit allem Nachdruck, wie dumm und unangenehm der Zwischenfall mit Agramer war. Walters Klarinette hört man immer lauter. Er spielt alte slowakische Lieder)*

GREGOR: Schade um jedes Wort, das man mit einem solchen Typ verliert.

HORVAT: Wäre dieser Typ nicht so schrecklich typisch, würde ich mit ihm gar nicht reden. Außerdem sind wir irgendwie verwandt. Er geht mir schon seit zehn Jahren auf die Nerven. Seine Mutter ist eine Cousine meines Vaters. Dieser Typ hat eine Schwester, ein hübsches Mädchen, aber als Schwester ihres Bruders würdig. Als ich diese Gans einige Tage nach dem Kriegsausbruch gebeten habe, mir ein Lied von Schumann zu spielen – sie hat übrigens sehr gut Schumann gespielt – was glaubst du, was sie mir darauf geantwortet hat? Da bleibt einem die Spucke weg. Sie hat mir ganz würdig und pathetisch wie eine römische Matrone gesagt, daß sie am Tag der Kriegserklärung ihr Klavier abgesperrt hat. Ich soll bis zum Sieg warten. Und jetzt siegen die Herrschaften. Diese Schöngeister und Kunstsammler siegen und stehlen fremde Bilder und fremde Blondellrahmen.

GREGOR: Das ist ein ganz gewöhnliches und alltägliches Beispiel der menschlichen Dummheit. In der Kriegsbeleuchtung erscheinen alle menschlichen Eigenschaften ganz anders als im zivilen Leben, in dem wir gewohnt waren, sie aufgedonnert und geschminkt zu sehen. Jetzt liegen sie alle nackt da, wie alte Huren auf dem Seziertisch.

HORVAT: Dieser Kretin von einem Assessor der höher bezahlten

9

Klasse der königlichen kroatisch-slawonisch-dalmatinischen Landesregierung stiehlt fremde Bilder und ist dabei fest davon überzeugt, ein Gentleman zu sein. Schon sein Vater hat eine große Fingerfertigkeit gezeigt. Er hat als Reserveoberleutnant in einem Jägerregiment an der Okkupation Bosniens teilgenommen und einen schönen Perser des Begs von Travnik nach Hause mitgebracht. Diesen Teppich hat der Padischah 1796 dem Beg zur Erinnerung an den Kairoer Feldzug geschenkt. Jetzt wird das Prachtstück im Salon der Familie Agramer als Trophäe aus dem 78er-Jahr herumgezeigt. Ich frage mich nur, wo es zwischen dieser Sippe und mir irgendwelche Berührungspunkte gibt. Bobby und ich sind schließlich Cousins. Unsere Großväter sind unter ein und demselben Dach aufgewachsen. *(springt aufgeregt auf und beginnt herumzugehen; zündet sich dabei eine Zigarette an)* Bobby ist kein Mensch, sondern ein Hund. Ja, ein Hund. Ich habe ihn heute morgen bei der Gerichtsverhandlung beobachtet. Ich weiß, er hat nur statiert, er hat eine im voraus bestimmte Rolle gespielt, die Vorstellung haben andere inszeniert. Ich denke auch gar nicht an die Möglichkeit, daß es einem Reserveoberleutnant der Fünferulanen, den man zum Divisionsfeldgerichtsvotanten bestellt hat, überhaupt einfallen könnte, dort handle es sich nicht um einen Prozeß, sondern um einen glatten Mord. Aber das alles ist nicht wichtig. Mich interessiert nur, wie sich dieses Rindvieh heute morgen dort am grünen Tisch benommen hat. Sein Joschko hat ihm vor drei Tagen eine neue Stiefelwichse besorgt, die sehr fett ist. Während deines ganzen Plädoyers hat Bobby nur darauf geachtet, daß er seine bei Jellinek gekauften Breeches nicht mit der Stiefelwichse beschmutzt. Das war sein Problem. Wie soll er nur seine dummen Beine übereinanderschlagen, ohne dabei einen Fettfleck auf seine Reithosen zu machen. Endlich ist ihm die rettende Idee gekommen. Er hat aus der Anklageschrift ein Blatt herausgerissen und es sorgfältig über das linke Knie modelliert. Erst dann hat er sein rechtes Bein über das Papier gelegt und hat seinen Schlummer fortgesetzt. Ein Rhinozeros hätte mehr Interesse gezeigt für einen Prozeß, bei dem es um Leben und Tod geht als dieser Herr Assessor der höher bezahlten Klasse, der obendrein ein Adeliger, Patrizier, Jurist und Kunstsammler ist.

GREGOR: Alle Richter langweilen sich bei den Verhandlungen. Das ist menschlich. Ich habe einmal bei einem Prozeß, bei dem ich einen des Mordes Angeklagten verteidigt habe, den Staatsanwalt, der den Kopf meines Klienten verlangt hat, dabei ertappt, wie er während meines Plädoyers Frauenbrüste auf der Anklageschrift zeichnete. Das ist menschlich. Die Menschen langweilen sich.

HORVAT: Schön, das mag menschlich sein, aber diese Alte wäre nicht verloren gewesen, hätte sich auch ein einziger Votant getraut, seinen eigenen Kopf zu benützen. Wenn aber einem Richter seine Reithosen mehr Sorgen bereiten als die Frage, ob man den Angeklagten um einen Kopf kürzer machen wird oder nicht, dann ist es nicht schwer, solche Todesurteile durchzusetzen. *(Er bleibt vor dem Katheder stehen und nimmt eine Schrift in die Hand)*

GREGOR: Hat denn Hahnencamp das Urteil schon zurückgeschickt?

HORVAT: Die Ordonnanz des Divisionsfeldgerichts hat es vor einer halben Stunde gebracht. So hat die angespuckte Frau Baronin Meldegg-Cranensteg heute abend noch ihre volle Genugtuung bekommen. Die Stunden der alten Russcuk sind gezählt.

GREGOR: Da war leider nichts zu machen. Major-Auditor Hochnetz hat schon vor der Verhandlung gesagt, der Herr Feldmarschalleutnant wünsche es ausdrücklich, daß keine mildernden Umstände berücksichtigt werden. Es war der gleiche Fall wie mit diesem Popen in Horowitz: am Morgen hat er geschossen, am Abend hat er gehangen.

HORVAT: Der Pope hat geschossen, aber dieser alten Frau hat man ein Kalb gestohlen. Der Pope hat sich der Requisition widersetzt, die Alte hat nichts dergleichen getan. Sie hat lediglich verlangt, daß man ihr ein gestohlenes Kalb quittiert. Man hat ihr ein Kalb gestohlen.

GREGOR: Man hat ihr ein Kalb gestohlen, man wird sie aber trotzdem hängen. Ohne Zeugenaussagen hätte sie vielleicht davonkommen können, aber auch dann nicht mit mehr Wahrscheinlichkeit als zwei zu hundert. Sobald man die Suggestion des Feldmarschalleutnants erfahren hat, war alles nur eine reine Formalität. Der Alte hat einen Verfolgungswahn. Er phantasiert die ganze Zeit von der erschütterten Moral der Etappenbevölkerung. Gestern abend hat er ausdrücklich betont, daß man ein Exempel statuieren müßte, um die Autorität der Militärbehörden zu festigen.

HORVAT: *(liest das Urteil des Divisionsfeldgerichts mit einer monotonen Stimme, mit der solche Schriften in den Gerichten vorgelesen werden, wobei er von Zeit zu Zeit den einen oder anderen Namen oder einen Satz betont)*

Im Namen seiner Majestät hat das k.u.k. Divisionsfeldgericht der Gruppe Feldmarschalleutnant von Hahnencamp, bestehend aus k.u.k. Hauptmann von Lukács, aus k.u.k. Reserveoberleutnant Raoul von Agramer – auf Grund von k.u.k. Major-Auditor von Hochnetz vertretenen Anklage, verteidigt von dem ex offo beigestellten Verteidiger, k.u.k. Reserveoberleutnant Gregor, in seiner am … geführten Verhandlung – gegen die Witwe des verstorbenen Landsmannes Romanowicz-Russcuk Vazul, Johanna Romanowicz-Russcuk, geborene Vinjenko, wohnhaft in Worowka-Leszna, Hausnummer 320, aufgrund des durchgeführten Zeugenverhörs und Prüfung des ganzen Tatbestandes das folgende Urteil gefällt:

Die Witwe Johanna Romanowicz-Russcuk ist schuldig, an dem Tage … Seine Allerhöchste Majestät den Kaiser und König in Gegenwart mehrerer Personen beleidigt zu haben – weiterhin den k.u.k. Infanterieobersten von Heinrich auch in Gegenwart mehrerer Zivilpersonen tätlich beschimpft zu haben – außerdem ist sie überführt worden, daß sie heimlich in ihrem Hause dem russischen Überläufer Infanteristen Aleksius Jakovljevicz Gordenko Zuflucht gegeben und ihm die Flucht ermöglicht hatte. Weiterhin, daß sie mit dem überführten und zum Tode durch den Strang verurteilten russischen Spion Abraham Samoilovicz vertrauliche Beziehungen gepflogen hat. Weiterhin, weiterhin – Womit sie sich des Verbrechens der Majestätsbeleidigung, §§ … des Militär St. G., weiterhin des Vergehens der Beschimpfung der militärischen Personen §§ … M.St.G., weiterhin des Verbrechens des Hochverrates und Hilfeleistung dem Feinde, §§ … des M.St.G.,

wonach sie auf Grund der §§ … des M.St.G. mit Rücksicht auf die erschwerenden Umstände, daß dieses Vergehen beziehungsweise Verbrechen in einem Zeitpunkte begangen wurde, wo die schwierige militärische Lage mit besonderer Rücksicht auf die erschütterten Zustände der Etappenbevölkerung nach dem §§ … M.St. G. zum Tode durch den Strang verurteilt wurde.

Die Todesstrafe undsoweiter, undsoweiter.

Hahnencamp, Feldmarschalleutnant

(wirft das Urteil auf den Katheder) Das ist ein Mord! Ein glatter Mord. Die einzige Wahrheit in diesem Akt ist, daß die Alte die Baronin angespuckt und dem Obersten Heinrich gesagt hat, er habe ihr das Kalb gestohlen. Ja, und dann hat sie die beiden noch der Hurerei bezichtigt. Na, wenn schon. Ein glatter Mord.

Aber was geht mich das an? Ein Mord mehr oder weniger ist schließlich egal. *(kehrt mit einer verächtlichen Geste zu seinem Lager zurück und legt sich nieder)*
(Pause. Ratten auf dem Dachboden. Kanonendonner. Walters Klarinette. Durch die geschlossenen Fenster hört man von draußen das Knirschen der Wagenräder, Pferdegewieher und Menschenstimmen)

GREGOR: Der Rückzug hat begonnen. Schon wieder. *(horcht)* Ja. Das ist der Train der elften Division. *(geht zum Fenster, öffnet es und schaut hinaus. Jetzt hört man die Wagenräder, die Hufschläge und die Stimmen etwas lauter. Der Regen hat nicht aufgehört)*

HORVAT: Schließ bitte das Fenster. Es ist kalt. Was geht mich unser Rückzug schon an. Nichts geht mich mehr an. Ob man die Alte aufhängen wird oder nicht, ist mir vollkommen egal. Ich habe heute morgen die tote Lehrerin in der Küche gesehen. Ich habe schon gestern nacht gewußt, daß sie sterben würde. Lungenentzündung und ein schwaches Herz. Das ist ganz logisch. Diese Tragödie dort in der Küche ist mir völlig gleichgültig. Als ich vorgestern abend gesehen habe, wie Nadvorna brennt, war es mir auch vollkommen gleichgültig. Ich habe eine alte Jüdin gesehen, wie sie ihren Porzellannachttopf gerettet hat. So ist sie mit der brennenden Kerze in der einen und dem Nachttopf in der anderen Hand gerannt. Auch das war mir völlig gleichgültig. Es war weder lächerlich noch traurig noch interessant. Was haben diese Barbaren nur um uns herum angerichtet? Aus der Volksschule haben sie eine Kaserne gemacht. Hier unter Brehm's Tierbildern und Landkarten unterschreiben sie Todesurteile. Die Gymnasien sind mit Verwundeten vollgestopft und im physikalischen Kabinett schneiden die Ärzte auf dem Experimentiertisch den Menschen Beine und Köpfe ab. Man muß das alles aus der Vogelperspektive sehen, hat mir vor ein paar Tagen Oberstleutnant Baron Meldegg-Cranensteg gesagt. Er beobachtet alles aus der Vogelperspektive des Generalstäblers – eins zu fünfundsiebzigtausend. Ich bin aber weder Baron noch Vogel noch General. Ich habe leider kein Vogelhirn. Ich bin ein Mensch. Mir war schon in der vierten Gymnasialklasse eine Tokkata von Bach viel wichtiger als ein Flobertgewehr.

GREGOR: Die Erscheinungen um uns herum sind aber leider viel wirklicher als eine Fuge.

HORVAT: Etwas, das nicht wenigstens so viel Sinn hat wie eine Tokkata von Bach ist überhaupt nicht wert zu existieren.

13

GREGOR: Sich vor Galizien mit Bach'schen Tokkaten zu verteidigen, ist pure Wortromantik.

HORVAT: Ich stehe hier mitten im Schlamm und bin doch nicht schmutzig. Ich kann nicht schmutzig werden. Noch nie habe ich den Vers von Horaz „Nunc pede libero pulsanda tellus" so gut verstanden wie jetzt. Ich fühle, daß die Zeit gekommen ist, der Erde mit dem freien Fuß endgültig einen Tritt zu versetzen. Ich bin völlig frei von all diesen idiotischen Gravitationen um uns herum. Ich werde mich noch heute nacht von all dem entfernen. Es ist mir gleich, was mit mir physisch geschehen wird, ich weiß nur, daß ich mir nichts sehnlicher wünsche, als aus diesem Schlamm herauszukommen. Das ist gewiß. *(steht erregt auf)* Wie spät ist es bei dir?

GREGOR: Acht Uhr neununddreißig.

HORVAT: Hör zu, Kamillo. Du warst doch am Stützpunkt Grabowietz?

GREGOR: Ja. Seit dem 9. August als Stanislawow gefallen ist. Warum?

HORVAT: Wie tief ist das Wasser unter der Mühle?

GREGOR: Normalerweise dreiundneunzig, aber heute nacht sicherlich hundertvierzig.

HORVAT: Ich habe unter der Weide gebadet. Dort war es nicht tiefer als dreißig. Aber das ist übrigens egal. Heute nacht um drei Uhr fünfzehn werde ich spanische Reiter am Stützpunkt Grabowietz aufstellen. Die Russen waren oben nicht eingeschossen?

GREGOR: Ich habe dort unlängst noch Enten am Spieß gebraten. Von der Weide bis zur Mühle ist es sicher. Ich will dir nichts abraten, ich weiß aber nicht, ob du es schon weißt: die Kote 203 hält seit vorgestern abend ein aserbeidschanisches Bataillon.

HORVAT: Nunc pede libero pulsanda tellus!

GREGOR: Als ich oben war, waren auf der Kote 203 Tscherkesen. Ich weiß nicht, ob du schon gespürt hast, wie tscherkesische Messer unangenehm kalt blitzen? Ich habe mein Verdienstkreuz gerade an dem Morgen bekommen, an dem ich mich ganz allein bis zur Kote 203 durchgeschlichen habe. Ich war nur einen Sprung weit vom russischen Schützengraben entfernt, als ich mich plötzlich vor einem tscherkesischen Messer wie ein Huhn gefühlt habe. Der bläuliche Glanz des Metalls hat mich so fasziniert, daß ich mich nicht rühren konnte.

HORVAT: Ich bin ganz sicher, daß ich kein Verdienstkreuz bekommen werde. Ich werde ganz einfach krepieren. Man wird mich abschlachten. Ich werde Kähne an der Wolga schleppen. Ich werde nach Indien gehen, zum Ganges. Ich werde mich auf Ceylon sonnen. Hör diesem Schwein nicht zu. Er hat sich irgendeine Rebekka angeschleppt und feiert jetzt dort mit dieser Rotznase. Und das ist unser Kroatenlager im zwanzigsten Jahrhundert. Warum wurde es gerade mir bestimmt, dabei zu sein? Lieber sollen mich die Aserbeidschaner abschlachten, als daß ich hier auch nur eine einzige Nacht länger bleibe.

GREGOR: *(steht auf und geht auf Horvat zu)* Ich weiß nicht, aber ich glaube, die Situation ist heute nacht nicht besonders günstig für solche Experimente. Warum sollst du dich sinnlos der Gefahr aussetzen? So etwas geht nie gut aus, wenn man den Nerven die Entscheidung überläßt.

HORVAT: Du bist sentimental.

GREGOR: Ich bin müde. Auch meine Nerven lassen langsam nach. Ich bin nicht romantisch. Ich habe aus Erfahrung resigniert.

HORVAT: Wenn man resigniert, läßt man sich überfahren. Das ist ein Zeichen der Ohnmacht.

GREGOR: Und du glaubst, daß deine Phrasen vom Ganges und von Ceylon nicht ohnmächtig sind? In diesem Augenblick, in dem du vom Ganges und von Ceylon träumst, träumen in allen Schützengräben in Europa, von Ypern bis Galizien, hunderttausend Gehirne das gleiche wie du. Das verfluchte daran ist, daß die europäischen Träumer von nichts anderem zu träumen wissen als vom Ganges und von Ceylon. Es ist schon süß, vom Ganges zu träumen, aber das ist nur eine intellektuelle Onanie, kein Exodus. Wenn dich die Tscherkesen nicht abschlachten, wirst du in verwanzten Baracken Schtschi fressen. Du wirst Typhus bekommen, du wirst voller Läuse und Krätze sein. Man wird dich zum Leutnant ernennen und dir ein Verdienstkreuz umhängen. Du wirst dich nicht auf Ceylon sonnen.

HORVAT: Mich geht diese ganze verlauste und verwanzte Dummheit nichts an. Ein altes Weib hat eine Dame aus kaiserlicher Gesellschaft angespuckt. Was geht mich diese Gesellschaft und deren Verbrechen an. Ein gestohlenes Kalb, Todesurteile, Kanonen, Zeitungen, das alles ist mehr als komisch. Ich lasse mich von diesen Dingen nicht unterkriegen. Ich habe noch nicht resigniert. Diese deine Resignation ist ein vollkommenes Debakel der menschlichen Würde in dir. Du schließt die Augen, du hast dich mit deinem nebelhaften sozialdemokratischen Buddhismus abgefunden. Du bist schon zufrieden, wenn der Abstand zwischen einem Ichthyosaurier und den Gewerkschaften nicht mehr so groß ist, wie er einmal war. Das ist ein vollkommenes intellektuelles Debakel. Ich habe keine Zeit für solche Überlegungen. Ich möchte nur der Erde vor Abscheu einen Tritt versetzen. Ich gehe heute abend weg. Ich habe genug von allem.

GREGOR: Debakel? Ich weiß nicht. Ich habe mich lange drüber aufgeregt und mich dagegen gewehrt, aber schließlich habe ich mich abgefunden. Was bedeutet schon ein einzelner Mensch, ich bitte dich? Was für eine armselige Kreatur ist er nur. Ich habe mit der Zeit gelernt, um mich her zu schauen, und da habe ich erkannt, daß ich nicht allein dastehe. Links und rechts von mir stehen Millionen und Abermillionen von Gesichtern und Leibern, die mir ähnlich sind. Mir ist klar geworden, daß man all diese Fragen nicht allein lösen kann. Nur die gemeinsame Kraft von uns allen kann diese Fragen aufs Tapet bringen und sie allmählich, stufenweise, durch gemeinsame Anstrengungen zu einer Lösung führen.

HORVAT: Allmählich, stufenweise, gemeinsam, die Ratten, der Regen, der Rückzug und der Tod auf diesen verlausten Strohsäkken. Hier werde ich wenigstens unter dem Schutz eines Generals als Virtuose krepieren. Dafür muß ich diesen Kretins Walzer spielen wie ein Bordellmusikant. Das alles ist ein widerlicher Albtraum. Ich habe genug von diesem Kroatenlager, von diesen Menagen, diesen Palatschinken und diesen Walzern. Ich bin verlaust, ungewaschen und voller Krätze. Ich weiß nicht, ob das alles nur mich oder ob es viele, die so denken, angeht. Mir ist das alles unbeschreiblich langweilig. Auch die Frage des einzelnen oder des gemeinsamen Kampfes und der langsamen und stufenweisen Entwicklung finde ich langweilig. Ja, grau und langweilig. Ich gehe übrigens nachsehen, wie meine Knechte diese dummen spanischen Reiter zusammenbasteln. Hast du ihnen die Anweisung für diese 362 Meter Stacheldraht unterschrieben, die sie von der Brigade abholen sollten?

GREGOR: Ja, ich habe die Anweisung unterschrieben.

HORVAT: Also dann auf Wiedersehen. *(ab)*

(Pause.

Gregor geht zu seinem Lager zurück, löscht die Kerze aus, zieht sich die Decke über den Kopf und schläft beinahe in demselben Augenblick ein.

Pause.

Ratten auf dem Dachboden. Ferne Kanonade. Draußen zieht niemand mehr vorbei. Dafür hört man die betrunkenen Stimmen hinter der Wand immer lauter. Türenschlagen und ausge-

lassenes Frauenlachen. Oberleutnant Walter und Infanterie-
fähnrich Schimunitsch kommen polternd herein. Walter gehört
als Adjutant des Brigadekommandeurs Oberst Heinrich dem
Stab der Gruppe des Feldmarschalleutnants Hahnencamp an.
Schimunitsch ist ein Knabe von siebzehn Jahren, der vor einem
Monat die Infanteriekadettenschule mit Auszeichnung absol-
viert hat und morgen seine erste Schlacht erleben soll. Walter
umarmt den Fähnrich, als er mit ihm hereinkommt. Sie tragen
Kognak- und Schnapsflaschen, eine Zigarrenkiste, Kerzen und
die Klarinette mit sich. Sie übersiedeln in die Adjutantur. Die
Szene wirkt betrunken, überspannt und brutal)

WALTER: Mein süßer, kleiner Fähnrich. Du stinkst noch nach dem
Magazinkampfer. Man hat dich wie ein Spielzeug eingepackt.
Mit deinen goldenen Borten siehst du aus wie eine Puppe aus
Porzellan. Man hat dir auch einen Säbel aus Nickel mit goldenem Porte-épée umgehängt, als würde man bei uns mit den Säbeln Krieg führen wie im Exerzierregiment. Oh du mein süßes,
kleines Fräulein. Du hast keine Ahnung, was mit dir geschieht.
Du weißt nicht, wo du bist. Du bist in Galizien, weißt du, kleines Baby. Weißt du überhaupt, was Galizien ist?

FÄHNRICH: Ich kenne den nordöstlichen Kriegsschauplatz auswendig. Ich habe ein Ausgezeichnet in Geographie gehabt. König-
reich Galizien und Lodomerien nebst Großherzogtum Krakau
und Auschwitz und Zator, 78.500 Km² an der russisch-polni-
schen Grenze mit Schlesien . . .

WALTER: Halt, halt. Luzk-Rowno-Dubno meinst du, und die Zlo-
ta-Lipa mit Nebenflüssen, das wäre Galizien! So ein strategi-
sches Dreieck irgendwo auf der Karte, so meinst du, jawohl, so
ein Ziegelofen und eine Mühle, ein Terrain überhaupt und so,
das meinst du, wäre Galizien, was? Jawohl, ein Terrain wie auf
einem Terraintisch: Ziegelöfen und passierbare Waldwege und
Stützpunkte? Habt ihr viel auf dem Terraintisch herumgesto-
chert? Wer war euer Professor für Taktik?

FÄHNRICH: Hauptmann Navratil. Zum Generalstab zugeteilter,
achtzehnter Kriegsschüler.

WALTER: Dann war er ein ganz gewöhnliches Schwein. Alle
Kriegsschüler sind Schweine, verstehst du? Lauter Klassenerste,
Streber, Intriganten, Bagage, unsolides Pack, der Teufel soll sie
holen. Ich mag sie nicht, diese Pedanten und Karrieristen,
Dreckfresser und Speichellecker alle zusammen! Die schauen
auf uns Truppenoffiziere so von oben herab, als wären wir blei-
erne Soldaten am Terraintisch. Hier wirst du die Terrainlehre

auswendig lernen. Wart nur. Mit deinen blutigen Gedärmen wirst du hier das Terrain rot färben, weißt du das, du blödes Baby? Und in Geographie warst du ausgezeichnet, sagst du? Also gut, wir werden gleich sehen, wie es mit deiner Geographie steht. Wart nur, das werden wir gleich sehen. Also sag: die Hauptstadt von Madagaskar?

FÄHNRICH: Tananarivo.

WALTER: Na also. Das war nicht so schwer. Das weiß man auch in den Handelsschulen. Tananarivo. Gut. Tananarivo. Und die Hauptstadt Javas?

FÄHNRICH: Batavia.

WALTER: Sehr gut. Batavia. Aber das wirst du nicht wissen. Ich wette also um eine Flasche Kognak, daß du es nicht wissen wirst. Wo mündet der Kongo?

FÄHNRICH: *(denkt nach)*

WALTER: Also, bitte schön, bei welcher Stadt mündet der Kongo?

FÄHNRICH: *(denkt angestrengt nach)*

WALTER: Was tust du so, als ob du's wüßtest. Du weißt es nicht. Du hast keine Ahnung davon. Hättest du es gewußt, dann hättest du jetzt eine Flasche Kognak gewonnen. Und in Geographie hast du ein Ausgezeichnet gehabt. Wunderschön. Wie kann man nur als Fähnrich nicht wissen, wo der Kongo mündet. Na also, ich gratuliere dir und deinem Hauptmann Zavrzil, dem Herrn Generalstäbler und Kriegsschüler. Respekt vor einem solchen Geographielehrer. Kongo mündet bei der Banane.

FÄHNRICH: Ich habe es gewußt, Herr Oberleutnant. Ich habe es gewußt. Es ist mir nur nicht eingefallen. Fragen Sie mich nur weiter, dann werden Sie sehen.

WALTER: Ich will dich nichts mehr fragen. Schluß und abtreten. Wozu soll ich dich noch fragen, wenn ich im voraus weiß, daß du es nicht wissen wirst. Es hat keinen Sinn. Du hast keine Ahnung von Geographie.

FÄHNRICH: Trotzdem, Herr Oberleutnant, bitte gehorsamst.

WALTER: Na also gut, noch eine Frage. Aber das ist die letzte. Also, sag du mir, mein Lieber, wo die Insel Cythère liegt?

FÄHNRICH: *(denkt nach; nach einer Pause)* Das weiß ich nicht, Herr Oberleutnant.

WALTER: Na siehst du, du weißt es nicht. Und dabei hast du ein Ausgezeichnet bei diesem Generalstäbler Kratochvil gehabt. Auch ich war ausgezeichnet in Geographie, aber mein Lehrer war ein ganz gewöhnlicher Truppenoffizier, Hauptmann der Infanterie, weißt du, aber von unserem Jahrgang. Kein Jahrgang in Europa war in Geographie besser als wir, verstehst du? Den ganzen russisch-japanischen Kriegsschauplatz haben wir auswendig gewußt, eins zu zwölftausendfünfhundert. Verstehst du? Und die Insel Cythère kennst du nicht? Diese Insel kennt niemand, mein kleiner, dummer Fähnrich. Cythère ist eine Wolke über Palmyra, über dem Äquator, über Batavia. Dort gehen die Pfaue durch die Parks spazieren. Dort gibt es Springbrunnen, weiße Schwäne, Frauen und Musik. Es gibt ein Bild: L'embarquement pour Cythère. Im Dreifarbendruck. Ich habe es einmal im Kaffeehaus herausgeschnitten. Ich muß es noch irgendwo da im Koffer haben. L'embarquement pour Cythère. Ich habe es eine Zeitlang in meinem Unterstand an dem Balken angenagelt gehabt. Ich liege so, höre zu, wie die Maus auf dem Regal zwischen den Konserven herumhüpft und denke an diese rosige Insel Cythère, die schrecklich weit von Galizien entfernt ist. Ich habe die ganze Geographie auswendig gewußt: den Amazonas, den Kongo und den Ganges. Nur Galizien konnte ich instinktiv nie anschauen. Rawa-Ruska, Zydaczow, Zloczow, das alles war mir immer antipatisch. So jüdisch ekelhaft. Hast du jemals Hyänen in einer stinkenden Provinzmenagerie gesehen? Hast du gesehen, wie dieser krätzige Hyänenkopf immer wieder blutet, wenn er gegen die Gitterstäbe schlägt. Rawa-Ruska – Rzeszow – Zydaczow – Zloczow – Rawa-Ruska. Hier ein Brett, dort ein Brett, hier ein Gitter, dort ein Gitter, hier Blut, dort Blut, hier eine Krätze, dort eine Krätze und das immer wieder von neuem. Herbst und Winter, Sommer und Winter, Herbst und Winter, ein Jahr, zwei Jahre, drei Jahre: Zydaczow – Rzeszow – Rawa-Ruska – Zloczow – Zydaczow – Brzezany – Grabowiecz – Worowka-Leszna – Rawa-Ruska. Das ist, mein lieber Kleiner. Galizien. Das wirst du alles auswendig lernen. Jetzt bist du noch dumm wie ein junges Fohlen. Du bist noch rosa wie Marzipan. Dein Säbel blitzt noch wie unter dem Weihnachtsbaum. Du hast dich auf den Krieg gefreut, das weiß man. Wir haben uns alle auf den Krieg gefreut, mein Lieber, süßer Fähnrich. Wir haben alle nach Kampfer gerochen. Wir haben alle wie Mannequins aus dem Magazin ausgesehen. Und dann hat alles der Teufel geholt. Den Lack, den Nickel und Eau de Cologne. Alles ist eine blutige, stinkende Provinzmenagerie geworden, in der Hyänen, Raben und Aasgeier mit warmen menschlichen Gedärmen gefüttert werden, verstehst du? Auf dein Wohl, Fähnrich. Prost. Du stehst jetzt vor deiner Feuertaufe wie seine Majestät vor der Schlacht bei

Santa Lucia „Wo meine Truppen sind, dort ist mein Platz, General". Schön ist das. Wirklich schön. Das hat Goethe geschrieben.

FÄHNRICH: *(zaghaft)* Ich glaube, das stammt nicht von Goethe, Herr Oberleutnant, bitte gehorsamst. Das hat Rechnungshauptmann Czibulka geschrieben. Er ist bei Santa Lucia mit dem Kronenorden ausgezeichnet worden.

WALTER: *(beleidigt; von oben herab)* Na ja, es ist ja egal, wer das Zeug geschmiert hat. Die Hauptsache ist, daß es schön ist. „Wo meine Truppen sind, dort ist auch mein Platz, General." So irgendwie. Übrigens, es ist ja egal. Und du glaubst auch, bei dieser deiner Feuertaufe einen Kronenorden zu verdienen? Einen Schmarren wirst du ihn bekommen. Man wird dir erst nach zwölf Monaten Schlamm dein Signum laudis anhängen, wie einem Köter die Hundemarke. Auch wir haben als Kadetten von diesem Krieg geträumt. Mein Gott. Wir haben uns ihn wie ein Garnisonsfeuerwerk am 18. August vorgestellt. Wir haben im zweiten Stock ein riesiges Ölgemälde hängen gehabt. Menschen und Pferde und alles in natürlicher Größe. Es war ein bedeutendes Bild von einem spanischen oder holländischen Maler. „Die Übergabe von Breda". Der Herzog von Nassau nimmt die Schlüssel von Breda in Empfang. Du hast natürlich keine Ahnung, wo das ist. Breda war eine Festung in Holland oder in Brabant während des spanischen Erbfolgekrieges. Wirf diese Zigarette weg. Sie stinkt. Diese Zigarren sind besser. Du mußt dich an Zigarren gewöhnen. Wie lange bin ich nur vor diesem Bild gestanden. Reiter im Panzer, Spitzen, Atlaskragen, Brokatmänteln und Saffianleder. Und dann Fahnen, Trompeten, Handschuhe aus Hirschleder und die Stuten aus Brabant. Das war für mich der Krieg. Mit Spitzen und Degen und Brokat und Seide. Und nicht dieser Schlamm, diese ewige Allerseelenstimmung bei diesen stinkenden Kerzen, Zydaczow – Zloczow – Rawa-Ruska. Pfui Teufel. Prost! Auf dein Wohl, du kleines Baby, du dummes, rotziges Baby, du Marzipanpuppe, du rosige. *(Er herzt den Fähnrich, streichelt und küßt ihn und drückt ihn an sich, er rülpst und nimmt Speisesoda gegen Magensäure ein. Es ist ihm schon schlecht, aber er raucht und trinkt weiter. Er ist ganz irr und seherisch, schrecklich und traurig. Den Fähnrich auf den Knien nimmt er seine Klarinette und beginnt zu spielen)* Wart nur Baby, jetzt machen wir einen Kavalleriesturm. *(spielt Sturmsignale)* Prost. Auf dein Wohl. *(Mitten in diese betrunkene erotische Szene kommt Horvat herein. Er bleibt über-*

rascht stehen und starrt die beiden an. Der Fähnrich rutscht von Walters Knien herunter. Verlegene Pause)

WALTER: Möchten Sie nicht gefälligst klopfen, wenn Sie eintreten!

HORVAT: Ich schlafe ja hier in der Adjutantur, Herr Oberleutnant.

WALTER: Ach, ja ja. Sie sind das. Wieviel Uhr ist es?

HORVAT: Drei nach neun.

WALTER: Was ist mit Ihren spanischen Reitern?

HORVAT: Ich habe von der Brigade dreihundertvierzig Meter Stacheldraht geholt.

WALTER: Sie müssen sich um drei bei Grabowietz melden.

HORVAT: Um drei Uhr fünfzehn.

WALTER: Dann können Sie sich noch niederlegen.

HORVAT: Das will ich eben tun.

WALTER: Na ja. Dann also gute Nacht. Servus. *(Hinter ihren konventionellen Redensarten spürt man eine starke Spannung, die zwischen Horvat und Walter offenbar nicht erst seit Horvats Auftreten herrscht. Walters alkoholische Euphorie verwandelt sich in Mißmut, der ständig wächst)*

WALTER: Du hast also die Marburger Kadettenschule absolviert?

FÄHNRICH: Jawohl, Herr Oberleutnant.

WALTER: War eure Schule von einer Mauer umgeben?

FÄHNRICH: Von einer hohen Mauer. Man konnte nicht hinüber.

WALTER: Auch über unsere Mauer konnte man nicht hinüber. Wir sind unten gestanden und haben zugehört, wie man drüben in der Kneipe Harmonika spielt. Wo sind nur die Zeiten? Es war Frühling, alles blühte und wir haben hinter Gittern vom großen Leben geträumt. Ein Besuch im Bordell war der Gipfel unserer Wunschträume. Apropos, du Kleiner, eine diskrete Frage: Bist du vielleicht krank?

FÄHNRICH: *(verschämt)* Ich? Nein, ich war noch nicht krank, Herr Oberleutnant.

WALTER: Du bist noch ein keusches Mädchen, sozusagen ein Fräulein, ein Baby. Dir kommt die ganze Welt noch rosig vor. Du träumst noch von einer Karriere. Von der Kriegsschule. Vom Generalstab. Dreckige Exerzierplätze. Katzenjammer, verlauste Mannschaft, Kolonnengestank, eiskalte Unterkünfte, Nässe – kein Generalstab. Jawohl. Ein Waffenrock mit schwarzem Samt und Garnisons Steeple-chase am 1. Mai. Silberpokal, Couleurs, Musik, die weißen Spitzenkleider und Sonnenschirme. Und ein Duell mit einem Gerichtsadjunkten. Nicht einmal eine fette

Kassiererin wird dich ins Bett nehmen, geschweige denn eine schöne Frau. Sissek, Karlstadt, Ottochatz, na also, ich gratuliere dir. Petroleumlampen, Regen, Tarockspiel, Tripper. Ein saurer Schnaps, wie der da, Salvarsan, Galizien, Regen, das ist es. Ich habe nicht einmal geheiratet. Und jetzt diene ich in der vordersten Linie und werde hier krepieren wie ein Hund. Ist der Mensch mit der Mannschaft gut, dann denunzieren sie ihn und verleumden, daß er homosexuell ist. Bist du mit der Mannschaft so, wie es vorgeschrieben ist, dann verleumden sie dich, daß du die Leute quälst und tyrannisierst. Als hätte ich das Anbinden als Strafe ausgedacht. Lächerlich. Unverschämt. Die Mine hat mir drei Finger weggerissen. Hier bitte. Auch die Handfläche ist mir gebrochen geblieben. Man kann es förmlich hören, wie es drinnen knirscht. Vierzehn Zähne sind auch futsch. Aber diese Schweine verfolgen mich weiter, bis ich hier wie ein Hund krepiere. *(Vor ihm auf dem Tisch liegen Totenscheine und kleine Bündel mit der armseligen Hinterlassenschaft der gefallenen Soldaten. Er starrt auf die Totenscheine und wühlt mechanisch in dem Haufen Erkennungsmarken)*
Am Ende bin ich ein Totengräber geworden. Ich zähle die Toten und verwandle den Tod in einen administrativen Vorgang. Ich habe hier einen ganzen Bazar voll Nickeluhren, Knöpfen, Spiegeln und dummen Briefen. Das ist mein Stand. Damit handle ich wie ein Krämer. Eine wunderbare Karriere. *(Voll Ekel stößt er die Schnapsflaschen von sich. Sie fallen um und reißen die Gläser mit sich. Das bringt Walter so in Rage, daß er alles vom Tisch hinunterfegt: die Zigaretten, Zigarren, die Totenscheine und andere Gegenstände)* Wie widerlich und ekelhaft das alles ist. Wie das alles nur stinkt. Das ist kein Kognak, sondern der reinste Spiritus. Er brennt mir im Magen wie die Hölle. Könnte ich den Krämer, der ihn mir verkauft hat, jetzt erwischen, ich würde ihn auf der Stelle erschießen. Die Galle geht mir über von diesem Glyzerin. Mir ist übel. Ein Lavor! Schnell!

FÄHNRICH: *(führt Walter wie ein Samariter zu dessen Lager neben dem Ofen, holt unter der Bank ein blechernes Waschbecken, gießt Wasser hinein, taucht ein Handtuch hinein und macht daraus einen Umschlag, den er Walter auf die Stirn legt. Gleich darauf läuft er hinaus)* Ordonnanz! Ordonnanz!

WALTER: Hier ist's nicht auszuhalten vor Gestank. Dieses Schwein hat wieder eingeheizt wie in der Hölle. *(versetzt dem Ofenrohr einen Tritt; das Rohr springt heraus und beginnt zu rauchen)*

22

Hier kann man nicht einmal atmen! Da gibt es keine Luft! Ich werde noch ersticken! *(Die Kinder der Lehrerin weinen hinter der Wand)* Und jetzt auch noch diese Musik. Diese Person hat nichts anderes zu tun gehabt, als gerade heute zu sterben. Und dabei habe ich angeordnet, daß sie in den Holzschuppen gebracht wird. Ordonnanz! *(Draußen bleibt die Jägermarschkompanie stehen. Kommandorufe. Die Ordonnanz kommt mit einem Krug und einem Glas hereingelaufen)* Komm her. Aber ein bißchen schneller, du faules Aas. Gib mir Wasser. *(reißt der Ordonannz den Krug und das Glas aus der Hand und trinkt durstig)* Na, was ist mit dir? Warum stehst du da wie ein Säulenheiliger? Siehst du denn nicht, du Maulesel, daß dieses Ofenrohr herausgefallen ist? Siehst du nicht, wie es raucht?

ORDONNANZ: *(greift nach dem heißen Ofenrohr und läßt es sofort wieder fallen)*

WALTER: Heb es sofort wieder auf. Hörst du? Deine Eselshaut soll daran kleben bleiben. Ich habe dir schon tausend Mal gesagt, daß du nicht so blöd heizen sollst, wenn es schon warm ist. Recht geschieht dir, daß du dir die Finger verbrannt hast. So wirst du das nächste Mal mehr nachdenken. Wenn einer nicht mit dem Kopf denkt, dann wird er mit den Fingern denken. Die Taubstummen reden mit den Fingern.

ORDONNANZ: *(hat das heiße Ofenrohr wieder eingesetzt und beherrscht sich nur schwer, seine verbrannten Finger nicht in den Mund zu stecken)*

WALTER: Habtacht, du taubstummer Ochs. Komm her. Komm näher. Bück dich, du Maulesel, hörst du? Bück dich, wenn ich es dir sage, du Schwein. *(Walter packt den Soldaten an den Ohren und beginnt an ihnen pervers zu zerren und drehen)* Warum stöhnst du, du Schwein. Du willst Mitleid bei mir erwecken. Und warum hast du schon wieder so höllisch eingeheizt? Ich werde dir schon beibringen, daß man mit dem Kopf heizen muß. Soll ich deinetwegen noch Lungenentzündung bekommen? Und warum gibt es hier kein Wasser? Und warum schreit diese Bagage da drüben noch immer? Antworte! Warum quietschst du wie ein Ferkel, du taubstummes Aas? Was habe ich dir aufgetragen?

ORDONNANZ: Herr Oberleutnant, melde gehorsamst, ich habe dem Dienstführenden gemeldet, aber er hat gesagt ...

WALTER: Du hast dem Dienstführenden gemeldet, aber mir hast du nicht gemeldet, daß der Dienstführende meinen Befehl nicht ausgeführt hat. Du hast dich morgen zusammen mit dem

Dienstführenden zum Rapport zu melden. Wartet nur, ihr Schweine, ihr verdient ja keine menschliche Behandlung. Und jetzt öffne die Fenster. Marsch, marsch! *(Ordonnanz will zum Fenster laufen)* Nein, warte. Gib mir die Schlappen. Zieh mir die Stiefel aus. *(Der Soldat kniet vor ihm nieder, aber Walter versetzt ihm einen Fußtritt in die Brust, so daß er umfällt)* Zuerst den linken, du Esel. Wie oft muß ich dir noch sagen, daß du zuerst den linken Stiefel auszuziehen hast.

FÄHNRICH: *(kommt zurück)*

WALTER: Was gibts draußen?

FÄHNRICH: Jägermarschkompanie, Herr Oberleutnant. Sie sind bis auf die Haut durchnäßt.

WALTER: Ah, das ist diese sagenhafte Kompanie. Hier muß man jedem zur Verfügung stehen, wie eine Straßendirne. Weil man mit lauter Patzern zu tun hat, kann man keine Sekunde die Augen schließen, um sich ein bißchen auszuruhen. Wie spät ist es?

FÄHNRICH: Neun Uhr dreizehn vorbei.

WALTER: Und wo sind diese verdammten Lazaronen solange spazierengegangen? Seit heute morgen um sieben gondeln sie herum wie Schlafwandler. Sie werden sicherlich von einem Advokaten oder einem Professor angeführt. Sollen sie zum Teufel gehen. *(dreht dem Fähnrich den Rücken und zieht sich die Decke über den Kopf)*

ORDONNANZ: *(sammelt mit den sichtbar schmerzenden Händen verschiedene Schriften und Gegenstände ein, schafft Ordnung und öffnet die Fenster. Draußen regnet es noch immer. Es klopft an der Tür)*

KADETT: *(kommt herein. Er trägt einen Gummimantel, der so naß ist, als hätte er darin gebadet. An seinem sicheren, selbstbewußten Auftreten sieht man, daß er ein erfahrener Krieger ist)* Ist das bitte die Adjutantur der Brigade Heinrich von der Gruppe des Feldmarschalleutnants Hahnencamp? Die Train-Kommandantur Talholwitza-Leszna hat mich hier nach Worowka-Leszna in die Volksschule geschickt.

FÄHNRICH: Ja, das hier ist die Adjutantur der Brigade Heinrich *(zeigt mit der Hand auf Walter)* Herr Oberleutnant ist der Adjutant.

KADETT: Schläft er?

FÄHNRICH: Ich weiß nicht.

KADETT: *(geht zu Walter, stellt fest, daß er sich nicht rührt, dreht sich um und geht zum Katheder. Pause. Er schaut sich die Land-*

karten an der Wand an, schaut dann auf seinen durchnäßten
Mantel, zieht ihn aus und legt ihn auf einen Hocker. Das Wasser
tropft auf den Boden. Die Ordonnanz geht hinaus. Draußen
Regen und Wind)

WALTER: *(hysterisch)* Na, was ist? Werden Sie endlich die Güte
haben, sich bei mir zu melden. Wie lange muß ich noch warten?

KADETT: *(erstaunlich ruhig und gesammelt)* Ich habe nach Ihnen
gefragt, Herr Adjutant, ich habe aber den Eindruck gehabt, daß
sie schlafen.

WALTER: Seit einer halben Stunde warte ich schon, daß Sie sich
melden. Sie brauchen nicht zu glauben, sondern zu reden. Mir
scheint, Sie wissen gar nicht, wie man sich vor einem Vorgesetzten benimmt. Haben Sie mich verstanden? Aber jetzt genug der
Konversation. Ich bitte um Ihre Meldung.

KADETT: *(kühl)* Herr Oberleutnant, Kadett Jankowitsch 31. Jägerbataillon meldet gehorsamst, daß die 13. Marschkompanie des
31. Jägerbataillons von der Station Worowka-Leszna eingetroffen ist. 214 Mann, 3 Pferde.

WALTER: Ich warte schon den ganzen Tag auf Sie. Ich tue nichts
anderes, als Ihretwegen zu telefonieren. Die Brigade urgiert ihre
Kompagnie schon seit heute mittag ununterbrochen.

KADETT: Wir konnten wegen des Wassers nicht früher kommen.

WALTER: Um sieben Uhr zwanzig hat Worowka gemeldet, daß Sie
aufgebrochen sind. Wären Sie als hundertprozentiger Invalide
auf Krücken gegangen, so wären Sie schon längst hier eingetroffen.

KADETT: Ich bin nicht dafür verantwortlich, daß es auf zwei Stellen
keine Brücken gegeben hat. Wir haben einen Umweg von siebzehn Kilometern gemacht.

WALTER: Das sind dilettantische Ausreden. Wie kann man nur mit
Dilettanten Krieg führen? Hier sind alle Gewässer seicht. Sie
hätten sie ruhig durchwaten können. Ein lächerliches Argument. Ihre Soldaten sind doch keine Provinzballerinen, die
Angst vor Wasser haben.

KADETT: Ich habe diesbezüglich keinen Befehl gehabt. Außerdem
habe ich geglaubt, es sei nicht so dringend.

WALTER: Sie haben nichts zu glauben, sondern Befehle auszuführen. An uns liegt es zu beurteilen, ob etwas dringend ist oder
nicht. Haben Sie mich verstanden? Was wissen Sie schon davon,
was dringend ist. Sie glauben, hier ist alles so wie im Zivilleben,
an der Universität. Wir sind nicht an der Universität, haben Sie

verstanden? Und wo soll ich Sie heute Abend unterbringen, wenn es nicht dringend ist, ich bitte Sie. Erklären Sie mir das, wenn Sie so gescheit sind. Ich habe im Lager Worowka-Leszna 9 000 Mann und 342 Pferde und morgen kommen die Pioniere und die Artillerie. Wissen Sie überhaupt, wie die Dinge stehen? Wissen Sie nicht, daß unsere Division schon seit vierundzwanzig Stunden von einem ganzen russischen Korps bedrängt wird? Nicht dringend! Ein solcher kleinbürgerlicher Dilettant und philosophiert noch. Was geht mich das übrigens an. Gehen Sie schön geradeaus zum Regiment. Bis dahin sind es nur 4 274 Meter. Vor dem Schlaf wird Ihnen eine kleine Kneipkur mit Dusche gut tun. Geben Sie Ihren Leuten etwas zum Essen und schlafen Sie draußen beim Regiment. Warum soll ich mich da noch aufregen. Geben Sie mir Ihre Papiere. *(reißt dem Kadetten arrogant die Papiere aus der Hand)*

KADETT: Entschuldigen Sie bitte, aber meine Männer sind schon seit vierzehn Stunden im Regen.

WALTER: Niemand hat Sie etwas gefragt. Nehmen Sie gefälligst zur Kenntnis, daß ich schon seit einunddreißig Monaten im Regen stehe, ohne daß sich jemand darum gekümmert hätte. *(schaut in die Papiere)* Wieviel Mann haben Sie da angemeldet?

KADETT: Zweihundertvierzehn und drei Pferde.

WALTER: Zweihundertvierzehn? Aber hier steht, daß Sie zweihundertneunzehn Mann haben. Wo sind die fünf geblieben, die fehlen?

KADETT: Ich weiß es nicht.

WALTER: Wieso wissen Sie es nicht? Sind Sie der Befehlshaber dieser Kompanie oder nicht!

KADETT: Ja.

WALTER: Na und wo sind die fünf Mann geblieben?

KADETT: Ich weiß es nicht.

WALTER: Was, Sie wissen nicht, wo die fünf geblieben sind? Und das sagen Sie so kühl, als ginge Sie das überhaupt nichts an?

KADETT: Sie sind unterwegs verschwunden. Wo, ist mir unbekannt. Sie sind schon in Ungarn von dem Transport abgesprungen. Ich habe es schon den zuständigen militärischen Eisenbahnstellen gemeldet. Man fahndet schon nach ihnen.

WALTER: Es scheint Ihnen ganz gleichgültig zu sein, ob es in Ihrem Transport Deserteure gibt oder nicht. Sind Sie wahnsinnig geworden? Schlafen Sie? Wir sind im Krieg. Wir spielen nicht Soldaten. Es geht um Sein oder Nichtsein einer ganzen Monarchie und diese Herren Zivilisten verlieren ihre Leute während des

Transports wie Streichhölzer. Ein Transportkommandant ist für seine Deserteure persönlich verantwortlich. Ich werde gegen Sie eine schriftliche Meldung machen. Man müßte Sie dem Kriegsgericht übergeben und kurzen Prozeß mit Ihnen machen. Aus solchem Benehmen spricht ein gewisser Hintergedankenkomplex, der an Sabotage grenzt. Haben Sie mich verstanden? Und jetzt kommen Sie her, damit ich Ihnen die Marschroute geben kann.

KADETT: *(ruhig und entschlossen)* Nach neun Tagen Transport und neunundzwanzig Kilometern Wasser bis zu den Knöcheln habe ich das Recht auf eine Nacht Ruhe! Meine Leute sind hungrig.

WALTER: Ich habe Ihnen schon gesagt, Sie sollen Ihren Leuten etwas zum Essen geben.

KADETT: Bitte dann um eine Anweisung für Proviant.

WALTER: Und wo sind die zweiundsiebzig Kilo Selchfleisch geblieben, die Sie für den Transport als Reserveproviant erhalten haben? Ich bin kein Restaurant auf der Kärntnerstraße, um den Herren um Mitternacht ein Souper zu servieren.

KADETT: Wir haben in den Karpaten zwei Tage lang auf den Transport gewartet. Dort habe ich diesen Speck verteilt.

WALTER: Sie sind sicherlich ein Philosoph, das sieht man Ihnen an. Holt mich aus dem Bett und philosophiert dann herum. Was kann ich dafür, daß ihr den Speck aufgegessen habt. Dann werdet ihr halt hungrig zum Regiment gehen.

KADETT: Herr Oberleutnant, bitte gehorsamst ...

WALTER: Sie brechen in zwei Minuten auf, auch wenn alle Ihre Männer unterwegs krepieren. Haben Sie mich verstanden? Man rechnet mit Ihnen dort. Wir gehen heute nacht in Gegenangriff über, verstehen Sie? Wir sind keine freiwillige Feuerwehr. Nach der Kirche gehen Sie über die Holzbrücke und dann neunhundert Meter gerade am Bach entlang bis zum Buchstaben Z. Das ist der Ziegelofen. Dort bei der zerstörten Ziegelei gibt es zwei Wege: diesen passierbaren Waldweg Nord-Nordwest und diesen Pfad Ost-Nordost, der zur Kote 207 führt. Dort gehen Sie hinunter zur Mühle. Dort finden Sie den Regimentstrain.

(Während seiner Unterhaltung mit dem Kadetten hat man das Kinderweinen sehr laut gehört. Das Weinen scheint Walter in einem Augenblick so zu enervieren, daß er innehält und aufhorcht) Warum hat man diese Bagage noch immer nicht hinausgeworfen?

FÄHNRICH: Man hat nicht gewußt, was man mit der Leiche machen soll. Die Kinder haben nicht erlaubt, daß man sie in den Holzschuppen bringt. Das älteste Mädchen war beim Obersten. Sie hat sich vor ihm niedergekniet, und der Alte hat dann dem Dienstführenden gesagt, er soll die Leiche in der Küche lassen. Der Alte hat etwas von Pietät gesprochen.

WALTER: Ah so. Nach meinem Befehl haben sie nicht gewußt, was sie tun sollen? Die Kinder haben es nicht erlaubt. Seit wann befehlen diese Rotznasen hier, zum Teufel nocheinmal. Ich muß mir ihr Geschrei die ganze Nacht anhören, und ihr redet da von Pietät. Fällt mir nicht im Traum ein. Mit einem Darmkatarrh und Paralyse kann man nicht eine Brigade kommandieren. Was heißt da Pietät, wenn durch die Brigade den ganzen Tag Juden, alte Weiber und Spione hindurchgehen wie durch eine Leichenhalle. Steht denn die ganze Welt Kopf? *(läuft hinaus in den Korridor und brüllt dort aufgeregt)* Was habe ich befohlen, Dienstführender? Da gibt es kein Wenn oder Aber. Bringen Sie die Leiche sofort in den Holzschuppen, und befehlen Sie den Kindern zu kuschen. So kann ich nicht arbeiten. Ich habe für neuntausend Menschen zu sorgen. Das hier ist die Adjutantur unserer Brigade und nicht eine Leichenhalle. Wir werden doch nicht wegen einer Frauenleiche aufhören, Krieg zu führen. *(Noch während der Szene mit der Ordonnanz hat sich Horvat einige Male auf seinem Lager aufgesetzt, als wolle er aufstehen, er hat sich aber jedes Mal sichtlich beherrscht, sich wieder niedergelegt und die Decke über den Kopf gezogen. Walter hat die Tür hinter sich offengelassen, so daß ein Durchzug entstanden ist. Durch die offenen Fenster fällt Regen ins Zimmer, und der Wind wirbelt Schriften, Briefe und Zeitungen herum)*

HORVAT: *(steht auf; sichtlich aufgeregt)* Wie lange muß man nur schweigen? Wann wird endlich diese Hundelogik in uns aufhören zu wirken? Das hier ist die reinste Menagerie. So benehmen sich nicht einmal die Dompteure im Käfig.

KADETT: Ein ganz schönes Tempo.

HORVAT: Natürlich. Wenn man mit progressiver Paralyse Krieg führt, dann sieht es so aus. Vorgestern Abend hat er so mir nichts dir nichts eine Ordonnanz erschossen. Man hat eine Untersuchung eingeleitet, aber bei diesem administrativen Kretinismus wird nichts herauskommen. Ein Menschenleben mehr oder weniger spielt bei uns keine Rolle. *(Er geht zur Tür und schlägt sie mit einer solchen Kraft zu, daß die Wand erzittert. Dann schließt er ebenso heftig die Fenster, daß schließlich ein Glas klirrend zerbricht. Gregor wacht auf und schaut beunruhigt um sich. Gerade in dem Augenblick, in dem Horvat das Glas zer-*

*bricht, kehrt Walter zurück. Draußen weinen die Kinder um
ihre tote Mutter, die man in den Holzschuppen übersiedelt)*

WALTER: Wer hat die Tür zugeschlagen?

HORVAT: *(schließt das letzte Fenster, kehrt zu seinem Lager zurück
und legt sich nieder)* Ich.

WALTER: Und wer ist dieses Ich, wenn ich fragen darf. Da gibt es
kein Ich.

HORVAT: Ich meine, daß jeder Mensch das Recht hat, im Schlaf
nicht gestört zu werden. So viel Rücksicht könnte man erwarten. Ich muß um zwei aufstehen und habe noch kein Auge
zugetan.

WALTER: *(außer sich)* Wer spricht denn da? Wer hat kein Auge
zugetan? Wer hat da wen was gefragt? Wer traut sich hier noch
zu protestieren? Was für Rücksicht? Welche Rücksicht? Mit
wem soll ich Rücksicht haben? *(Pause)* Hallo! Wer begehrt da
auf? Was für Rücksicht? Das hier ist die Adjutantur und nicht
ein Schlafsaal. Das ist der Dank dafür, daß ich Ihnen erlaubt
habe, hier zu schlafen. Sonst würden Sie draußen unter ihrem
Zelt im Schlamm liegen. Wer hat Ihnen erlaubt, so demonstrativ
mit Türen zu schlagen? Wer hat Ihnen überhaupt erlaubt zu
sprechen, ohne gefragt zu werden?

HORVAT: *(schweigt)*

WALTER: Ich habe Sie etwas gefragt.

HORVAT: Ich habe die Tür zugemacht, weil hier ein Durchzug war.
Ich konnte nicht schlafen.

WALTER: *(geht auf ihn zu)* Und wer sind Sie, daß Sie sich das
Recht anmaßen, die Tür zu schließen, wenn ich sie offen gelassen habe? Warum mischen Sie sich überhaupt in meine Angelegenheiten ein? Was für eine Art ist das? Hallo! Stehen Sie gefälligst auf, wenn ich mit Ihnen rede! Haben Sie mich gehört? Stehen Sie auf, Kadett! Habt acht, wenn Sie mit mir sprechen. Haben Sie mich verstanden?

HORVAT: *(steht auf, die Decke in der einen Hand, zittert, ohne ein
Wort zu sagen)*

WALTER: Stehen Sie habtacht! Lassen Sie die Decke los.

HORVAT: *(läßt die Decke fallen)*

WALTER: So, und jetzt kommen Sie bitte her, damit ich Ihnen
einen Befehl erteilen kann. *(geht zum Katheder und kramt dort
in den Papieren)* Kommen Sie her.

HORVAT: *(geht zum Katheder)*

WALTER: Hier haben Sie das Urteil des Divisionsfeldgerichts in Sachen Romanowicz-Russcuk. Bis elf vierzig muß das Urteil vollzogen werden.

HORVAT: *(steht unbeweglich da und schweigt)*

WALTER: Na also, haben Sie mich verstanden?

HORVAT: Ich muß um drei Uhr fünfzehn beim Stützpunkt Grabowiecz sein.

WALTER: Und wie lange glauben Sie, dauert denn so eine Komödie? Höchstens sieben Minuten. Bei den Weibern geht das viel einfacher. Die Weiber haben kein Lustgefühl dabei. Um elf sind Sie damit fertig. Dann können Sie noch immer bis zwei Uhr schlafen.

HORVAT: Aber unter meinen Leuten habe ich niemanden, der hängen kann.

WALTER: Ich habe Sie nicht danach gefragt. Was geht mich das an. Das ist Ihre Sache. Soll ich mich auch noch darum kümmern? Soll ich vielleicht selber als Henker fungieren? Sie können der Alten das Urteil vorlesen, wenn Sie es unbedingt wünschen. Ich habe von der Brigade den mündlichen Befehl erhalten, daß die Alte an der Linde vor der Kirche aufgehängt werden soll. Sie soll dort bis morgen mittag hängen bleiben. Wissen Sie, wo die Kirche ist? Nehmen Sie von der Pionierabteilung einige Fakkeln. Die Alte muß bis morgen früh beleuchtet bleiben.

HORVAT: *(bedrückt und kleinlaut)* Ich weiß.

WALTER: Stellen Sie dort eine Wache auf und lassen Sie sie jede Stunde ablösen. Bis morgen mittag. Sonst könnten noch die Hunde diese alte Bestie auffressen. *(wendet sich an den Kadetten Jankowitsch)* Und Sie, mein Lieber, Doppelreihen rechts um und Marsch in Richtung Ziegelofen und Regimentstrain. So. *(zum Fähnrich)* Ich bitte dich, ruf mir den Ordonnanzen, er soll die Fenster aufmachen. Hier ist es ja heiß wie in der Hölle.

FÄHNRICH: *(läuft hinaus; ruft)* Ordonnanz!

(Kadett der Jägermarschkompanie zieht seinen Gummimantel an. Horvat steht unbeweglich und bedrückt da, das Todesurteil der Witwe Romanowicz-Russcuk in der Hand)

Vorhang

ZWEITER AKT

Platz vor der Kirche. Der Himmel ist bewölkt. An der Linde hängt die alte Witwe Romanowicz, etwa zwanzig Zentimeter über dem Erdboden. Von Zeit zu Zeit Flügelschlagen und Krächzen der Raben. Es regnet nicht mehr. Dafür hört man aber das Rauschen eines Bachs. Im Licht der Fackel, die der Infanterist Podrawetz hochhält, sieht man die Gehängte. Unter ihr steht schwankend und betrunken Oberleutnant Walter. Dicht hinter ihm steht der Fähnrich. Zwei Schritte hinter ihnen stehen Horvat und Gregor. Horvat ist ganz steif und stumm.

WALTER: *(zum Fähnrich)* Sehen Sie sich diesen Fetzen da an, junger Herr! Damit Sie eine Vorstellung von einer Exekution bekommen. Dieses hochverräterische Pack kann man nur auf solche Art und Weise zurückhalten. Verstehen Sie? Na also gut. Das haben Sie sehr gut ausgeführt, Horvat. Für einen Menschen, der so sehr in die Menschheit verliebt ist wie Sie, haben Sie das wirklich gut ausgeführt. Ich möchte Ihnen als älterer Kamerad einen Rat geben. In der Armee, aber auch überhaupt im Leben kann man nur auf dem geraden Weg etwas erreichen. Aug in Aug. Mit Denunziationen, nebelhaften Verleumdungen und Unterstellungen hat noch nie jemand etwas erreicht. Nur Pflichterfüllung und Wahrheitsliebe bringen einen weiter. Aber heute abend haben Sie sich gut gehalten. Ich mag Menschen, die ohne ein Wort ihre Pflicht erfüllen. *(klopft Horvat geringschätzig auf die Schulter; zum Infanteristen Podrawetz)* Was hältst du diese Fackel da wie ein Feuerwehrmann? Du brauchst keine Angst zu haben. Du wirst ihr die Frisur nicht in Brand stecken. Heb die Fackel hoch! Noch höher! *(wendet sich wieder an Horvat)* Sehr gut. Haben Sie ihr das Todesurteil vorgelesen?

HORVAT: *(durch die Zähne; tonlos)* Ja.

WALTER: Das hätten Sie nicht tun müssen. Das Militärstrafgesetz schreibt es zwar vor, aber mit diesem blöden Vorlesen quält man ja nur die Menschen, und das hat ja keinen Sinn. Ich lese es zum Beispiel prinzipiell nicht vor. Das ist ohnehin nur eine Formalität, und diese Herrschaften sind sowieso schon mit dem einen Fuß drüben. Sie hören es nicht, und wenn sie es auch hören, so verstehen sie es nicht. Heb diese verdammte Fackel höher, hast du gehört? Bist du denn taub? Sonst werde ich dir noch heimleuchten. *(zu Horvat)* Das war gut, Kadett. Ich bin mit

Ihnen zufrieden. Sie haben sich in in meinem Augen rehabilitiert. Mit Ihrer Erklärung in Zusammenhang mit meiner Untersuchung waren Sie nicht im Recht. Dieser Mann war erstens ein Epileptiker. Ich habe ihn hochgehoben, als er umgefallen ist. Ich wollte verhindern, daß er auf den Boden fällt. Alle anderen Kombinationen, besonders jene, denen zufolge ich aus homosexuellen Motiven gehandelt haben soll, sind bei den Haaren herbeigezogen. Das alles ist mir unbegreiflich fern. Na, aber jetzt ist zwischen uns alles liquidiert, nicht wahr? Und merken Sie sich für das ganze Leben: Der Mensch kann ja seine Hintergedanken haben, aber seine Hintergedanken ohne einen konkreten Beweis auszusprechen, das machen nur die Schwachsinnigen. So. Haben Sie mich verstanden? *(bleibt im Abgehen noch einmal stehen und schaut sich die Gehängte an)* Die alte Kuh. Wie kann sich auch nur eine Wanze gegen eine Lokomotive auflehnen. Zu blöd. Eine Generalstabsoberstleutnantsgattin anzuspucken, eine wirklich harmlose Dame, ja also, was den Leuten nicht alles einfällt? Na also! Servus! Auf Wiedersehn! Gute Nacht!

(Er geht schwankend weg, den Fähnrich im Schlepptau. Man hört noch eine Zeitlang ihre Stimmen, die langsam verebben. Infanterist Podrawetz läßt die Hand mit der Fackel sinken und geht zum großen Kruzifix rechts unter der Linde und steckt die Fackel in die für die Kerze bestimmte Fassung unter dem gekreuzigten Christus. Dann setzt er sich auf den Balken darunter und schläft sofort in einer unmöglichen Pose ein. Horvat steht unbeweglich und wie zertreten da)

HORVAT: Mir ist es, als träumte ich. Man hat mich an den Pranger gestellt und jeder, der will, kann mir ins Gesicht spucken. Ich muß vor sehr langer Zeit eine unbegreiflich schwere Sünde begangen haben. *(läßt vollkommen bedrückt den Kopf hängen)*

GREGOR: Ich habe dir immer gesagt, daß man Herr seiner Nerven sein muß. Ich meide solche Ungeheuer wie wilde Tiere. Man kann nie wissen, wann so ein giftiges Reptil einen beißen wird. Ich habe dir gleich zu Anfang dieser Untersuchung gesagt, daß es nicht gut wäre, den Haß dieser kriminellen Bestien auf sich zu laden.

HORVAT: Du hast es mir gesagt. Du hast es mir gesagt. Dieser Laufbursche von der Brigade hat sich auf mich als Zeugen berufen. Ich habe doch zusammen mit ihm diesen Kerl auf Walters Knien gesehen. Ich konnte nicht sagen, daß die Ordonnanz lügt, wenn das alles wahr ist. Die ganze Brigade weiß übrigens, daß Walter mit verschiedenen Burschen ein Verhältnis hatte. Das ist kein Geheimnis. Heute abend habe ich diese Rotznase auf seinen Knien vorgefunden. Damit hat eigentlich alles angefangen. Auch wenn ich die Tür nicht zugeschlagen hätte, hätte er mich gemaßregelt. Er ist ein ganz gewöhnlicher Erpresser. Er wollte mir nur zeigen, wozu er alles imstande ist. Hätte ich gewußt, daß ich ihn bei einer intimen Szene ertappen würde, ich wäre umgekehrt. Das war jetzt sein Gegenangriff. Er hat Angst, daß ich bei der Untersuchung dieses neue Faktum anführen könnte.

GREGOR: Man kann ihm nichts anhaben. Das ist ganz klar. In der Hand des erschossenen Burschen wurde eine Pistole gefunden, aus der zwei Schüsse abgefeuert worden waren. Der Bursche hat also zwei Schüsse auf Walter abgefeuert. Die Sache ist auch nach dem Zivilstrafrecht ganz klar, von dem Militärstrafgesetz gar nicht zu reden. Auf dem Kriegsschauplatz, in einer konkreten Situation wie dieser, unter einem Oberbefehlshaber wie Feldmarschalleutnant Hahnencamp undsoweiter, undsoweiter. Deshalb war es rechtlich vollkommen überflüssig, sich in diese Sache einzumischen. *(Man hört ganz nahe das Krächzen der Raben. Gregor ergreift einen langen Stock und schlägt damit gegen die Zweige der Linde, um die Vögel zu vertreiben. Flügelschlagen, Krächzen)*

HORVAT: Wenn es wahr ist, wie man sagt, daß die Raben über hundert Jahre alt werden, dann hat sicherlich einer von Ihnen schon vor hundert Jahren über diesen Äckern hier gekrächzt. Ein bißchen nördlicher hat er bei Smolensk gekrächzt, über Litauen oder über der Beresina. Gestern hat er noch das fette Auge eines napoleonischen Obersten gegessen und heute nacht wird er unsere Augen aushacken.

GREGOR: Sie riechen die Leichen auf fünfzig Kilometer. Und die Menschenaugen sind für sie eine Delikatesse. Als in diesem Frühjahr Brussilow den Dnjestr überschritten hat, habe ich einen Totengräber gesehen, wie er mit der Schaufel auf die Raben eingeschlagen hat. Als Kind habe ich mich schrecklich vor diesen schwarzen Vögeln gefürchtet. Nicht einmal die Zigeuner essen sie. Sie gehören zu den Symbolen, wie die Wanzen und die Schlangen. Deine Wache ist eingeschlafen.

HORVAT: Laß den Burschen schlafen. Er liegt da im Wasser und atmet so ruhig, als läge er im Bett. Der Mensch ist ein ungeheuer zähes Tier. Er hat alle anderen Tiere um sich herum aufgefressen, und jetzt frißt er seinesgleichen und schläft im Schlamm oder im Wasser, und die Raben hacken ihm die Augen aus und das alles hältst du für unseren „allmählichen, stufenweisen und gemeinsamen" Fortschritt. Hast du Streichhölzer?

GREGOR: Willst du rauchen?

HORVAT: Nein, ich will mir noch einmal die Alte ansehen. Gib mir bitte Streichhölzer.

GREGOR: *(gibt ihm Streichhölzer)* Eine bizzarre Idee.

HORVAT: Danke. *(zündet ein Streichholz an und schaut sich die Gehängte an)* Ihr Gesicht ist ganz ruhig. *(Pause)* Es ist auch blutig. *(berührt mit dem Finger die Wange der Alten)* Seltsam, wie fett das menschliche Blut ist. Man hat sie heute abend noch im Holzschuppen geschlagen. Man hat sie beraubt, zum Tode verurteilt und sie dann noch obendrein blutig geschlagen. *(berührt mit dem Finger die Gestalt)* Jetzt ist sie nur mehr ein Gegenstand. Ein harter, unbeweglicher Gegenstand. Als sie noch kein Gegenstand war, ist sie mir langweilig erschienen. Aber jetzt, wo sie steif geworden ist, beginnt sie plötzlich eine seltsame Kraft auszustrahlen. Als Kind habe ich vor den wächsernen Gesichtern der Heiligen auf den Altären Angst gehabt. Die Wangen aus Wachs und das geronnene Blut darauf in den gläsernen Schreinen. Heute nacht spüre ich das seltsame Geheimnis dieses geronnenen Blutes der Heiligen. Warum mußte gerade ich eine Larve werden, eine jener Larven wie Goya sie auf seinen Kupferstichen verewigt hat, ein Henker im Lederpanzer, der unter dem Kreuz steht, ein Gorilla aus dem Panoptikum, der seinem Opfer die Kehle durchgebissen hat.

GREGOR: Komm, zünd dir eine Zigarette an.

HORVAT: Danke, ich mag nicht rauchen.

GREGOR: Gehen wir lieber. Mir ist kalt. Wir stehen hier im Wasser.

HORVAT: Geh du nur. Ich werde hier bleiben. Ich muß diese Totenwache bis zum Ende durchhalten. Jetzt ist es zwölf Uhr sieben. Um zwei herum werde ich zum Stützpunkt Grabowietz aufbrechen, und von dort aus gehe ich direkt weiter. *(berührt wieder mit dem Finger die Leiche. Pause)* Wie konnte ich mich nur als normaler Mensch so ducken, wie konnte ich mich so unglaublich verleugnen, so erniedrigen, daß ich überhaupt keine Kraft hatte, Nein zu sagen. Ja, dieses einzige Wort zu sagen: Nein, und aus. Aber wir sind alle dressierte Hunde. Das ist es. Wir haben alle eine hungrige Hundeschnauze, wir sind an der Kette großgezogen worden, und wenn man uns Kusch sagt, dann ziehen wir den Schwanz ein, weil man uns so dressiert hat. Man hat uns mit dem Stock beigebracht, nie Nein zu sagen.

GREGOR: Das sind nur Worte. Hättest du dich, mein Lieber, der Vollstreckung des Todesurteils widersetzt, dann hätte man dich gleich erschossen. Und diese Alte hätte ein anderer aufgehängt. Was hätte das schon geändert?

HORVAT: Viel. Man hätte mich vor allem erschossen. So würde dieser Körper hier für mich nicht hängen. Es würde mich überhaupt nicht geben. Ich würde mit dir nicht sprechen und ich wäre jetzt überhaupt nicht das, was ich bin: eine Ruine meiner selbst, ein fauler, wackliger Zahn, eine ganz gewöhnliche Hure, ein kriecherischer Hund.

GREGOR: Aber ich bitte dich. Wenn es überhaupt einen Ausweg aus diesen heutigen Überschwemmungen gibt, dann nur durch die Regulierung des Flußbettes. Man muß der Strömung die Richtung ändern. Ob sich unser subjektiver Tropfen im Lauf der Dinge verlieren wird, da oder dort, heute abend, hier, unter dieser Linde, oder morgen beim Stützpunkt Grabowietz ist irrelevant. Für das gemeinsame Geschehen ist das vollkommen gleichgültig.

HORVAT: Ich habe leider nie ein Verständnis für diesen deinen sozialdemokratischen Buddhismus gehabt. Bis heute abend war ich noch ein Mensch. In den dreiundzwanzig Tagen, die ich in diesem Irrenhaus hier verbracht habe, habe ich keine einzige Sekunde lang meine menschliche Würde verloren. Ich habe während des größten Trommelfeuers die Tristan-Partitur gelesen, ich habe Schach gespielt, während die anderen ihre Messer gewetzt haben, ich habe Briefe geschrieben und die Wolken betrachtet. Ich habe bis heute keinen einzigen Schuß abgefeuert. Ich habe mich hierher in die Division verkrochen, nicht weil ich mich vor dem Tod fürchte, sondern weil ich Angst habe, in eine Situation zu geraten, in der ich aufhören könnte, ein Mensch zu sein.

GREGOR: Deine ganze Denk-, Betrachtungs- und Redeweise ist verwirrt, hysterisch und sinnlos. Du gehst von lauter falschen Annahmen aus. Bei einer solchen Katastrophe kann man sich nicht verstecken. Man kann sich nicht wie eine Wanze in einem Sprung in den Mauern verkriechen. Man muß den Dingen ins Auge sehen. Man muß sich damit abfinden, daß wir bis zum Ellenbogen blutig sind. Dann muß man einen Modus finden, sich von diesem Gestank rein zu waschen. Aber da zu sagen „Pardon, ich bin persönlich nicht schuld, ich habe keinen einzigen Schuß abgegeben", das ist nicht männlich, mein Lieber, das ist letzten Endes viel feiger, als zu schießen und zu töten. Ich habe geschossen und getötet, und ich bin mir dessen bewußt, daß ich nichts anderes tun konnte, als zu schießen und zu töten. Wir töten unter mildernden Umständen.

HORVAT: *(Öffnet seine Pistolentasche, zieht die Pistole heraus und prüft sie)*

GREGOR: Mach keine Dummheiten.

HORVAT: Ich sehe nur nach, ob meine Pistole geladen ist. Du bist ein komischer Mensch. Du hältst es für feige, wenn man nicht schießt, und wenn man schießen will, hältst du es für dumm. Ich bin schon blutig. Ein Blutfleck mehr oder weniger auf meinem Gesicht spielt für mich schon keine Rolle mehr.

GREGOR: Ein Einzelner kann mit seiner Pistole nichts ausrichten. Das ist pure Romantik.

HORVAT: So, und diese tote Frau hier an dem Zweig, ist sie auch nur pure Romantik? Siehst du, ich habe sie aufgehängt, ich als einzelner Mensch. *(zündet wieder ein Streichholz an und betrachtet den Leichnam)* Ihr linkes Auge ist offen. Sie schaut mir gerade in die Augen. Sie hat recht. Ich habe sie gestern im Schulkorridor getroffen, als sie zur Division gekommen ist. Sie hat nach Stall und Kuhfladen gerochen und hat mich irgendetwas gefragt. Ich habe ihr keine Antwort gegeben. Was war schon für mich in diesem Augenblick eine alte Frau, die nach Kuhdreck stinkt? Und dabei ist sie schon bei unserer Begegnung im Schulkorridor unmittelbar vor der Katastrophe gestanden. Zwei Minuten später ist Baronin Cranensteg in Begleitung des Obersten Heinrich gekommen, und da ist schon die Katastrophe hereingebrochen. Die Alte war schon drei Tage vorher dort und hat draußen im Regen geweint. Soldaten mit grünen Aufschlägen sind in ihr Haus eingedrungen, haben ihre Kühe weggeführt und haben ihr ein Kalb gestohlen. Und als sie gekommen ist, um sich über diese Räuber mit grünen Aufschlägen zu beklagen, hat man sie geohrfeigt und mit Fußtritten in den Schlamm hinausgejagt. Und dann hat man sie im Holzschuppen noch blutig geschlagen und sie darauf mir übergeben, damit ich sie aufhänge. Wie unangenehm kalt sie ist. Und dann dieses gelbe, starre Auge, diese graue, trübe Hornhaut, hinter der es nichts mehr gibt, weder Kühe noch Schläge noch Blut, gar nichts. Sie ist blutig, sie ist ganz fett vor Blut. Alles ist fett vom menschlichen Blut. Überall klebt Blut. Auf meinen Fingern, auf meiner Uniform, auf allen Dingen und allen Worten. Alles ist schwarz, fett und blutig. Wir haben gerade eine Frau umgebracht. Es war Raubmord. Ich persönlich habe sie mit Weininger und „Tristan und Isolde" in der Hand abgeschlachtet. Wir haben sie geschlagen und bespuckt, mit Gewehrkolben und Stiefeltritten traktiert. Wir haben sie erniedrigt, und am Ende habe ich sie aufgehängt. Das alles ist hündisch gemein und feige. Das feigste daran ist, daß ich einige Minuten zuvor gesagt habe, das alles gehe mich nichts an. Der typische Zynismus eines notorischen Verbrechers. Hinter all meinem Geschwätz über Bücher, Partituren und Bach verbirgt sich ein gemeiner Raubmord. Hätte ich sie wenigstens im Gedränge, im Schlachtenlärm, in einem dummen Kampf, aus Angst um mein eigenes Leben, in blinder Leidenschaft, aus Haß, Habgier oder was weiß ich, getötet, aber nein, ich habe diesen trockenen Frauenhals ganz ruhig und kaltblütig umgedreht, als wäre es der Hals einer zerrupften Krähe gewesen und nicht der eines unschuldigen Menschens. Ich bin ein Mörder, der mit keinen mildernden Umständen rechnen kann. Ich bin ein Verbrecher, der vorsätzlich getötet hat, eine Kreatur, die es verdient hat, genauso an einem Ast zu baumeln wie dieser Körper hier.

GREGOR: Komm, zünd dir eine Zigarette an. Es hat keinen Sinn, sich selbst zu bespucken. Man muß den Mut haben, den Dingen ins Auge zu schauen. Alles andere ergibt sich von selbst. Als ich voriges Jahr zu Ostern einen Juden gehängt habe, konnte ich drei Wochen lang nicht schlafen. Aber dann hat sich alles verflüchtigt, so daß ich mich heute zum Beispiel nicht mehr daran erinnern kann, wie er ausgesehen hat. Ich weiß nur, daß er unter der Telegraphenstange gestanden ist und daß mir die Porzellanschalen oben ungewöhnlich weiß erschienen sind. Der Jude hat gebeten, daß wir ihm etwas zum Essen geben. Er habe Hunger, hat er gesagt. Wir haben ihm Brot gegeben, aber er konnte nicht essen. Sein Kiefer hat sich auf und ab bewegt, er war aber nicht imstande, den Bissen zu zerkauen, so mahlte er nur mit den Zähnen, ohne zu essen, und zerdrückte das Brot mit den Fingern, und die rote Flamme knisterte unter dem rußigen Kessel. Das ist alles, woran ich mich genau erinnern kann. An die dunkelrote Flamme unter dem rußigen Kessel. *(Pause. Sie rauchen schweigend ihre Zigaretten)*

AGRAMER: *(kommt mit einer Lampe in der Hand)* Hallo Gregor, sind Sie das?

HORVAT: Schon wieder dieser Typ. Nicht einmal auf der Richtstatt kann man vor diesen Wanzen sicher sein.

AGRAMER: Hallo Gregor, sind Sie da? Meldet euch. Ich suche schon den ganzen Abend nach euch.

GREGOR: Hallo, hier sind wir. Geben Sie acht, links von der Hecke ist eine kleine Brücke.

AGRAMER: *(angeheitert)* Servus. Grüß Gott, meine Herren. Ergebenster Diener. *(zu Horvat)* Was machst du noch hier, um Gottes Willen, du bist ja vollkommen naß. Geh, ich bitte dich, mach dir nichts draus. Was geht dich das an. Lächerlich. *(beleuchtet den Leichnam für einen Augenblick)* Nach der Vorschrift müßte eigentlich das Gesicht mit einem weißen Tuch bedeckt werden. Na, schön schaut sie nicht aus. Apropos, die Baronin hat geruht, dir durch mich zu bestellen, daß sie morgen früh um neun abreist. Sie läßt dich durch mich schön grüßen und bitten, ihr noch einige Minuten zu schenken. Sie wünscht sich unbedingt, diesen Rachmaninow noch einmal zu hören, dieses Nokturno von gestern, von deiner durchgeistigten Hand gespielt, wie sie sagte, zum letzten Geschenk. Also das Essen, Kinder, war wirklich erstklassig. Man sieht diesem Esel von einem Gefreiten, diesem Kapauner an, daß er beim Sacher der erste Kellner war. Also dieser Rein de chevreuil mit dem lombardischen Zeller war einfach süperb. Ich sag euch Kinder, ihr seid zum eigenen Schaden ausgeblieben. Die Baronin fährt morgen früh mit dem Auto bis Stanislawow, mit dem Anschluß an den A. O. K. Sleeping Car in Stryj. Kolossale Verbindungen muß eigentlich dieses Weib haben. Ja, sie ist ein Schöngeist und belesen und eine wirkliche Dame von Welt. Das ist sie wirklich. Und von dir schwärmt sie den ganzen Abend, und von deinen Händen. Sie hat vor der ganzen Gesellschaft erklärt, der Division gereiche es zur Ehre, daß du hier seist, und daß dir als Virtuosen eine Weltkarriere bevorstehe. Was willst du noch mehr? Ich bin also gekommen, um dich abzuholen. Mach keine blöden Witze. Du mußt mitkommen.

HORVAT: Laß mich zum Teufel. Warum störst du mich? Ich bin dienstlich verhindert.

AGRAMER: Das habe ich ihr gesagt. Ich habe ihr gesagt, du seist dienstlich verhindert. Aber sie hat sich an Hahnencamp gewandt, und der Graf Szceptycki hat mir mitgeteilt, Exzellenz läßt dir sagen, du kannst sofort kommen, ohne jede Rücksicht auf deinen Dienst.

HORVAT: Ich habe keine Zeit. In einer Stunde muß ich zum Stützpunkt Grabowietz aufbrechen.

AGRAMER: Na schön. Aber was soll ich dort melden?

HORVAT: Melde, was du willst, aber laß mich in Ruh. Schick sie alle zusammen zum Teufel.

AGRAMER: Was hast du denn? Bist du besoffen? Was ist das für eine Art und Weise? Ich bin hierher durch den Schlamm gewatet wie ein Messenger Boy, in deinem eigenen Interesse, und du benimmst dich zu mir unbeschreiblich arrogant. Ich glaube, mein Lieber, du erlaubst dir zu viel. Hast du mich verstanden? Du bist eigentlich sehr eingebildet. Nimm bitte zur Kenntnis, daß mich seine Exzellenz Feldmarschalleutnant beauftragt hat, dir zu bestellen, hinaufzukommen. Ich habe es dir hiermit bestellt, weiter geht mich die Sache nichts an. Servus Gregor, auf Wiedersehn! *(geht nach rechts, fällt über den Infanteristen Podrawetz, zerbricht dabei das Glas an seiner Lampe und beschmutzt sich)* Und wer ist da? Was ist denn das?

PODRAWETZ: Das bin ich, Herr Oberleutnant.

AGRAMER: Und wer bist du? Bist du hier vielleicht die Wache? Warum meldest du dich dann nicht? Hast du mich nicht kommen gesehen? Was? Wo ist die Losung? Warum hältst du mich nicht an, du verschlafener Esel? Hier angesichts der Front erwartest du noch, daß ich mich zuerst melde. Wozu stehst du überhaupt Wache? Was für eine Wache ist das? Gib eine Antwort, sonst werde ich dich auf der Stelle erschießen.

PODRAWETZ: Ich weiß es nicht, bitte schön.

AGRAMER: Du hast dich ordnungsgemäß zu melden. Sonst werde ich dir sofort eine kleben.

PODRAWETZ: Herr Oberleutnant, melde gehorsamst, ich weiß nichts. Man hat mich hier als Wache zugeteilt, und dann bin ich gestolpert.

AGRAMER: Wieso weißt du nicht, was du hier bewachst? Was hältst du dein Gewehr wie ein Finanzsoldat? Wirf es weg und fertig. Hast du mich gehört? Du bist ein verschlafenes Schwein. Du bist nicht gestolpert, der Schlaf steht dir noch in den Augen. Du bist auch voll Dreck und stinkst nach Rum. Du bist betrunken und hast mich beschmutzt. *(wischt sich die schmutzigen Hände an dem Gesicht des Infanteristen ab, der unbeweglich dasteht)* Schleck das ab, du verschlafenes Schwein. Schleck das alles ab, damit du lernst, was das heißt, Wache zu halten *(beleuchtet mit der zerbrochenen Lampe den beschmutzten Infanteristen Podrawetz und versetzt ihm vor Abscheu einen Schlag ins Gesicht)*

HORVAT: Mit welchem Recht schlägst du diesen Mann? Er ist meine Wache, hast du mich verstanden? Ich habe ihm erlaubt, sich niederzulegen.

AGRAMER: Du hast ihm erlaubt, sich niederzulegen? Und wer bist du, daß du der Wache erlauben kannst, sich niederzulegen? Willst du mich vielleicht an der Ausübung meiner Pflicht hindern? Ich bin Lagerinspektionsoffizier und frage dich, wer du bist, daß du dir erlaubst zu sprechen, ohne gefragt zu werden, was? Ich kann diesen Infanteristen auf der Stelle niederschießen lassen, hast du mich verstanden? Schritt vom Leib und steh bitte habtacht, wenn du mit mir redest, hast du mich verstanden?

HORVAT: *(greift nach seiner Pistole; ungewöhnlich kalt und düster)* Marsch!

AGRAMER: Bist du verrückt?

HORVAT: Marsch!

AGRAMER: *(fühlt den Ernst des Augenblicks; zu Gregor)* Was ist denn mit ihm? Ist er verrückt?

GREGOR: *(stellt sich vor Agramer)* Gehen Sie lieber, Herr Doktor, ich bitte Sie. Ich werde die Sache mit ihm in Ordnung bringen, aber gehen Sie, ich bitte Sie.

HORVAT: Sag ihm, bitte, daß er sofort gehen soll, sonst werde ich ihn auf der Stelle abknallen.

GREGOR: Herr Doktor, ich bitte Sie.

AGRAMER: Schon gut, schon gut. Glaubt dieser exaltierte Trottel wirklich, daß ich mich als Lagerinspektionsoffizier von ihm so behandeln lasse? Ich bin ja nicht verrückt. Ich werde es ihm schon zeigen. Ich laß ihn auf der Stelle verhaften.

HORVAT: Marsch!

(Agramer geht weg. Pause)

HORVAT: Hast du ihn gesehen? Und das soll ein intelligenter Doktor juris sub auspiciis regis sein, Geschäftsführer der höher bezahlten Klasse, Ausschußmitglied des roten Kreuzes mit Tennisrakett und adeligem Wappen aus dem Jahre 1898.

PODRAWETZ: Ich habe nicht geschlafen, Herr Kadett, bitte schön. Ich weiß selbst nicht, wie das passiert ist.

HORVAT: Schlaf nur weiter. Gute Nacht. Du brauchst nichts zu befürchten. Ich habe dir erlaubt, dich niederzulegen.

PODRAWETZ: *(beginnt ganz aufgeregt im Wachschritt auf und ab zu gehen)*

HORVAT: Zwanzigtausend aktive Offiziere sind mir millionenmal lieber als ein Reserveoffizier. Dieser Walter ist ein Tier. Moralisch ein Kretin. Ein Paralytiker. Ein schwarzgelber Abenteurer. Für ihn ist der Krieg eine Art Florettgefecht. Er glaubt, es ginge um seine persönliche Ehre. Er kämpft unter schwarzgelben Fahnen, und dort drüben kämpfen seinesgleichen unter anderen

Fahnen. Unser Oberkommandierender heißt Hahnencamp und der russische da drüben Frederix oder Staffeljbaum. Der ist Ritter einer Art international organisierten Templerordens, ein Söldner, Kondottiere, der Teufel soll ihn holen. Wie paradox es auch klingen mag, ich kann diesen Walter, diesen kleinen Fähnrich, Hahnencamp, Cranensteg, Staffelbaum und Baron Frederix irgendwie verstehen. Wenn ich aber einen solchen schwachsinnigen Agramer Assessor der höher bezahlten Klasse sehe, wie er einen Feschak, einen Fünferulaner und Lagerinspektionsoffizier spielt, dann sehe ich schwarz. Ich weiß nicht, was passiert wäre, wäre er nicht verschwunden.

GREGOR: Beruhige dich, ich bitte dich. Du zitterst ja. Das alles war sehr dumm. Ich muß zugeben, daß ich Angst habe. Ich habe das Gefühl, daß dieser Herr Lagerinspektionsoffizier sehr unangenehm werden könnte. Er ist nämlich betrunken. Wenn er eine Anzeige gegen dich erstattet, wird man dich noch verhaften, bevor du zum Stützpunkt Grabowietz aufbrichst.

HORVAT: Dieses Vieh hat sich mit Rehrücken, Brathühnern und Käse vollgefressen und mit Burgunder vollgesoffen. Würden diese Schweine in der Menage nicht so viel fressen, dann würde vielleicht alles anders aussehen. Unser Militärstrafgesetz ist auf den vielen Schnitzeln, Hühnern und Palatschinken, auf dem vielen Riesling und Burgunder, auf dem schwarzen Kaffee und Kognak wie auf einem Zementpodest aufgebaut. Die Herren bringen sich gegenseitig um, stehlen einander Fernrohre, goldene Zigarettendosen, Uhren und Pferde, sammeln alte Bilder, stehlen den Armen ihre Kühe weg, und ich habe nicht den Mumm, auf all das zu spucken und zu sagen: Ich will nicht! *(Pause. Flügelschlagen und Krächzen der Raben. Es regnet wieder. Gleich nach Agramers Abgang hat eine endlose Wagenkolonne angefangen, über die Straßen hinter der Kirche zu fahren. Man hört das Quietschen der Wagenräder, Hufschläge, Rufe der Kutscher und von Zeit zu Zeit einen monotonen Singsang. Die entfernte Kanonade wird immer lauter)*

HORVAT: *(hat nach seinem Ausbruch angefangen, unruhig auf und ab zu gehen, stößt auf den Infanteristen Podrawetz, bleibt stehen und bietet ihm eine Zigarette an)* Da hast du. Zünde dir eine an.

PODRAWETZ: Ergebensten Dank, Herr Kadett. *(zündet sich die Zigarette an)*

HORVAT: Woher bist du?

PODRAWETZ: Aus Wutschjak.

HORVAT: Und wo ist das?

PODRAWETZ: Im Gau Waraschdin, Herr Kadett, bitte sehr. Kreis St. Johann, würde ich sagen, Gemeinde Sankt Elsbeth.

HORVAT: Wieviel Morgen hast du?

PODRAWETZ: Neun Morgen, bitte sehr. Neun Morgen guter Erde im unteren Drautal. Aber ich habe auch drei Morgen Weingärten, Herr Kadett. Und zwei Hengste. Und ein bißchen Wald, bitte sehr.

HORVAT: Hast du Kinder?

PODRAWETZ: Einen einzigen Sohn, bitte sehr. Der ist gefangen, bei Dobra Notsch, noch im Fünfzehner Jahr. Es geht ihm gut, schreibt er. Dort, wo er ist, sind die Türkinnen nackt, und es ist sehr heiß. Alle Menschen gehen dort nackt herum. Er hat bei den Ulanen in Tolna gedient. Und ich habe neun Jahre in Amerika gearbeitet. In der Mine.

HORVAT: In der Mine? Wo?

PODRAWETZ: In Los Angeles bitte. Ich habe schon zwei Mal das Wasser zwischen uns und Amerika mit Verlaub bepißt. Auch mein Bruder hat drüben gearbeitet. Als ich zum ersten Mal übers Wasser losgezogen bin, hat man mir gesagt, bevor ich aufgebrochen bin, daß ich wilde Hirsche sehen werde, wie sie schwimmen. Aber ich habe keinen einzigen wilden Hirsch gesehen, und dabei bin ich zwei Tage auf dem Schiff gestanden, um sie zu sehen. Aber die amerikanischen weißen Vögel habe ich gesehen, als sie zu uns geflogen sind.

HORVAT: Was für weiße Vögel?

PODRAWETZ: Amerikanische weiße Vögel, Herr Kadett. Wenn das Schiff sozusagen von hier aus nach Amerika aufbricht, dann fliegen sozusagen bis zum halben Weg unsere Vögel hinter ihm her, die schwarz sind wie die Raben, und wenn das Schiff den halben Weg hinter sich hat, dann erscheinen vor ihm weiße Vögel, und danach weiß man, daß man schon den halben Weg hinter sich hat. Das habe ich mit meinen eigenen Augen gesehen, aber von den Seehirschen weiß ich nichts.

HORVAT: Na, und wie gehts zu Hause? Kommst du zurecht?

PODRAWETZ: Dank für die Nachfrage, Herr Kadett. Hätte ich den Hengst nicht, dann würde ich schwer auskommen, Herr Kadett, bitte sehr. Aber ich habe sozusagen einen feinen Oldenburger, und man zahlt mir jedes Mal, wenn er eine Stute deckt – achtzig Kreuzer, oder gar einen Forint. Das kann ich gut brauchen. Meine Frau hat auch eine Singer-Maschine, und das ist auch gut, Herr Kadett.

HORVAT: Wie lange bist du schon an der Front?

PODRAWETZ: Das ist der vierzehnte Monat, bitte sehr. Und bei der Division bin ich schon seit drei Monaten. Hier ist es schön. Hier gehts mir gut.

HORVAT: Und das nennst du gut gehen? Siehst du denn nicht, daß du unter einer gehängten Frau Wache hältst? Was soll da gut sein?

PODRAWETZ: Mein Gott, so gut wie den Herrschaften im Schloß gehts mir nicht. Die Herrschaften sind lustig, sie rauchen und trinken einen feinen Wein, sie haben Automobile und trinken Schokolade im Jägerhaus, und die Offiziersdiener, die Ordonnanzen und Infanteristen servieren ihnen alles auf dem Präsentierteller. Sie heizen ihnen die Öfen ein und wichsen ihnen jeden Tag die Stiefel und putzen ihnen die Jagdgewehre und dann die Brathühner und die Palatschinken, ich meine die Menage überhaupt, und wenns weiter oder zurück geht, haben sie einen separaten Zug. Das kann man gut nennen. Ich bin nicht so dumm, wie vielleicht Herr Kadett glauben, bitte sehr. So gut gehts mir nicht. Aber so schlecht, wie es mir bei Hawrilowka gegangen ist, wo wir vier Tage lang im Wasser bis zu den Knien gestanden sind, geht es mir wieder nicht. Wenn hier einen eine Laus beißt, da hat man wenigstens Zeit, sie zu fangen. Das nenne ich gut, Herr Kadett.

(Horvat winkt wortlos mit der Hand ab, und Podrawetz fährt fort, im Wachschritt auf und ab zu gehen)

HORVAT: Unsere Infanteristen sind schon seltsam. Ihre Weltanschauung gehört noch ins achtzehnte Jahrhundert. Der da glaubt an Gott, wartet darauf, Seehirsche und weiße amerikanische Vögel zu sehen, besitzt eine Singer-Maschine und einen Oldenburger Hengst und sein Sohn lebt mit nackten Türkinnen. Alles ist eindimensional, dekorativ, schön nebeneinander gestellt, ohne irgendeinen kausalen Zusammenhang. Für ihn ist alles eine Ebene, über die verschiedene Dinge ohne jeden Sinn und jede Ordnung verstreut sind: diese tote Frau hier, der Lagerinspektionsoffizier, der gerade weggegangen ist, meine Nerven, dein Sozialismus, Tristan und Isolde, die Baronin Meldegg-Cranensteg, die Kanonen des russischen Barons Staffeljbaum, der Rückzug des Divisionstrains, die Raben, die Dunkelheit und der Regen. Ich glaube, man kann dem allen tatsächlich schwer einen tieferen Sinn abgewinnen. Schon seit Hawrilowka verfolgt mich ein unangenehmer Gedanke. Ich bin dort über dem warmen Knäuel der aufgeschlitzten Gedärme eines jungen

43

Wiener Knaben gestanden und habe mich gefragt: Was ist, wenn all dieses Geschehen um mich herum nichts anderes ist als ein genauso blutiges Knäuel aufgeschlitzter Gedärme, und dabei besteht nicht die geringste Möglichkeit, es jemals zu entwirren. Das alles hat überhaupt keinen Zusammenhang. Die Herrschaften trinken Schokolade im Jägerhaus, das Todesurteil an der Witwe Romanowicz ist vollstreckt, Baronin Meldegg fährt im Schlafwagen nach Hause, Seehirsche, schwarze Vögel, Wache, Agramer als Assessor der höher bezahlten Klasse, alles steht schön nebeneinander, scharf voneinander getrennt, zusammenhanglos, unbegreiflich, finster, dumm, höllisch. Ich fühle, wie ich mich in all diesem Schlamm ohnmächtig verliere. Das alles sind Quantitäten, und diese Quantitäten erdrücken langsam meinen Verstand.

GREGOR: Das ist eine gewöhnliche Neurasthenie. Man muß in einem solchen Fall die Nerven weit überspannen, damit sie schließlich erschlaffen. Hier, nimm einen Schluck. Das ist ein holländischer Rum.

(Horvat trinkt aus der Feldflasche, lange und durstig. Es regnet. Wagenkolonne auf der Straße hinter der Kirche. Pferdegewieher. Horvat horcht auf die Geräusche in der Kolonne und starrt in die Dunkelheit)

HORVAT: Schon wieder ein Rückzug. Diese Geräusche erinnern an die langsamen, aber beharrlichen Trommelschläge eines Todesmarsches. Unser ganzes Lager ist zum Tod verurteilt. Es tut nichts anderes, als sich über schlammige Straßen von einem Schlachtfeld zum anderen zu wälzen. Das schrecklichste daran ist, daß man uns nie das letzte Urteil vorlesen wird. Auch Baron Frederix wird es nicht gelingen, uns heute nacht zu überrollen. So werden wir uns verwundet und schlammbedeckt noch lange dahinwälzen, so werden unsere Brigaden und unsere Divisionen noch lange den Galgen wie eine Fahne vor sich hertragen. Wo haben wir noch nicht getötet und gemetzelt? In welcher Kirche haben wir noch nicht unsere Pferde gefüttert? In der Lombardei haben wir Galgen gesät, und in den Wiener Alleen haben wir eine unübersehbare Reihe verfaulter Leichen hinterlassen. Wir haben die Wiener Barrikaden dem Erdboden gleich gemacht. So haben wir in Buda, in Arad, in Kufstein und am Spielberg gehaust. Wo haben wir noch nicht Richter, Kerkermeister und Henker gespielt?

GREGOR: Das alles ist konfus. Welches Volk hat noch nicht gemetzelt und gehängt? Welches Volk hat noch nicht seine Pferde in den Kirchen gefüttert? Welches Volk hat keine Barrikaden zerstört? Das alles ist belanglos.

HORVAT: Belanglos? Ich habe doch gehängt, ich habe geraubt und gestohlen. Ich stehe heute nacht als Henker hier unter diesem Galgen. Und wer bin ich? Ich bin du. Und wir beide sind nur ein kleiner Teil dieses kroatischen Lagers, das schon seit einigen hundert Jahren unterwegs ist. Ob wir es wollen oder nicht, mein Lieber, das Schicksal hat uns bestimmt, hinter diesem kroatischen Rückzug wie Hunde mit eingezogenem Schwanz und mit einer Kette an den Lagerkarren gebunden herzutrotten und das warme menschliche Blut zu lecken.

GREGOR: Aber ich bitte dich, das ist der reinste lyrische Nihilismus und eine erhebliche Überschätzung des eigenen traurigen Falls. Dieser Divisionstrain, der sich hier vor uns blutig durch den Schlamm dahinwälzt, ist nicht spezifisch kroatisch. Einige hundert Divisionen anderer Völker tun heute nacht das Gleiche.

HORVAT: Ja, aber unter diesen hundert blutigen Divisionen geht mich nur diese eine etwas an. Sie ist meine Wirklichkeit und mein Schicksal. An dieses kroatische Lager bin ich gebunden wie ein Verfluchter. Ich kann mich davon nicht losreißen, verstehst du nicht?

GREGOR: Du sprichst heute nacht wirr wie ein krankes Kind. Vor einer Stunde noch hast du, von allem Irdischen befreit, Horaz zitiert und jetzt jammerst du wie ein Weib. Entweder geh oder bleib. Entschuldige bitte, aber wenn ich dich so im Regen stehen und über Hirngespinste weinen sehe, kann ich dich nicht ernst nehmen. Dieses Gemetzel hat nicht heute nacht angefangen. Wieso fühlst du dich erst seit heute nacht blutbefleckt und schuldig? Entweder warst du schon gestern und vorgestern blutbefleckt und schuldig oder du warst es nicht. Dann bist du es auch heute nacht nicht.

HORVAT: Aber das Töten hat für mich erst heute nacht angefangen. Bis heute nacht habe ich diese ferne Kanonade nur mit Verachtung gehört. Sie war für mich genauso dumm, wie der Lärm, den die Betrunkenen in einer Kneipe machen, wenn sie mit Lampen und Flaschen aufeinander losgehen. Ja, nichts anderes als ein betrunkener Lärm in der Kneipe war für mich bisher dieses ganze Kriegstheater. Die größte Schande, die einem Menschen passieren kann, ist mir passiert. Ich habe in einer miesen, betrunkenen Schlägerei einen Menschen getötet. Und dabei war ich vollkommen nüchtern. Hörst du, wie diese blöden Kanonen bellen? Hörst du nicht, wie sich dieses verdammte kroatische

Lager von Amsterdam und Lützen nach Austerlitz und Santa Lucia und Königgrätz wälzt? Erst heute nacht habe ich begriffen, daß uns unser dreckiges Schicksal keine andere Wahl gelassen hat, als andere zu hängen oder selbst aufgehängt zu werden. Das ist mir hier unter diesem Leichnam klar geworden. Ich habe Angst davor, aufgehängt zu werden, verstehst du?

GREGOR: Du redest wie im Fieber. Du weißt nicht, was du sagst. Ganz Europa steht heute unter dem Galgen.

HORVAT: Ja, ganz Europa steht heute unter dem Galgen, und niemand hat den Mut, sich zu weigern, andere zu hängen und sich dafür selbst aufhängen zu lassen. Und noch etwas anderes ist mir heute nacht klargeworden. Man muß die Angst besiegen und endlich einmal Nein sagen. Diese jungen Burschen in Sarajewo haben die Angst besiegt. Sie haben Gonorrhöe gehabt, sie waren in Kassiererinnen verliebt, sie haben Stirner gelesen und in stinkenden Kneipen Ansichtskarten geschrieben, und dann haben sie doch den Mut gehabt, Nein zu sagen. Sie haben dieses Nein vor der ganzen Welt mit der Pistole in der Hand ausgesprochen und damit bewiesen, daß man Europa wie eine alte Hure im Bordell erschießen kann.

GREGOR: Und was haben wir jetzt von ihrem mit der Pistole ausgesprochenen Nein! Hier vor uns hängt eine unschuldige Frau, der man ein Kalb gestohlen und die man dann zum Tod verurteilt hat. Das ist alles Nebel, meine Lieber. So kann man nicht denken. Mit den Nerven kann man nicht denken.

HORVAT: Ich bin dir sehr dankbar dafür, wenn du so viel Aufmerksamkeit meinen Nerven widmest, lieber Kamillo. Ich gebe zu, daß ich sehr unruhig bin, ja, ich zittere und könnte vor Angst schreien oder vor Abscheu weinen. Aber trotzdem war ich noch nie so gesammelt und so ruhig wie heute nacht hier unter diesem Leichnam. Mir ist endlich meine subjektive Situation in diesem unserem Lager klargeworden. Ich bin wie ein Hund mit der Kette an den Wagen unserer Rückzüge gebunden. Ich habe nur eine Alternative: Entweder bin ich bereit, andere zu hängen oder ich muß mich selbst hängen lassen. Hörst du diese Stimme dort auf dem Wagen? Das ist kein Wolf, das ist die Stimme des kroatischen Lagers. Dieses Lager hat auf den Straßen von Mailand auf Mädchen geschossen, es hat neben den Nachttöpfen der Wiener Prinzessinnen Wache gehalten und hat dann Menschen gehängt in Wien, in Buda, in Arad, in Munkács. Dieses Lager hat diese alte Frau hier aufgehängt, und dieses Lager sind wir, dieses Lager bin ich, bist du, sind wir alle, gestern, heute, morgen, immer. So wie diese Alte hat vor uns das 48er-Jahr gehangen. Und wer hat es aufgehängt? Die Generäle von Kempen, von Dietrich, von Kriegern oder Oberst Baron Jellachich? Nein. Ich habe 1848 die Revolution hingerichtet, genauso wie die Witwe Romanowicz, ich persönlich, nicht Feldmarschalleutnant Hahnencamp oder Baron Cranensteg. Seitdem es uns gibt, stehen wir unter blutigen Galgen. Die Bäume sind voller Gehängter, deren Augen und Leber die Raben fressen. Siehst du diesen Räuber im roten Waffenrock, der dort auf dem Kutschbock sitzt? Schon seit Wallenstein reist er so, in dieses blutrote Tuch gekleidet, von einem Schlachtfeld zum anderen. Jetzt dient er dem Feldmarschalleutnant von Hahnencamp und stiehlt so nebenbei goldgerahmte Bilder, Zigarettendosen oder Fernrohre. Kroat! Wo hast du das Halsband gestohlen?

GREGOR: *(legt ihm mitleidig die Hand auf die Schulter)*

HORVAT: Das traurigste an diesen endlosen Kolonnen sind die Pferde. Um wieviel edler sind diese Tiere als die Menschen. Aber die Menschen, die sich durch diesen dunklen Regen über die endlosen Straßen dahinwälzen, richten nicht nur sich selbst, sondern auch die unschuldigen Pferde zugrunde. Wer hat uns das Recht dazu gegeben, diese unschuldigen, traurigen Wesen durch unsere dumme Geschichte zu schleppen.

(Pause. Kanonendonner)

GREGOR: Hörst du, wie Frederix grollt? Heute nacht wird noch allerhand passieren. *(Ein Regenguß)* Es hat keinen Sinn, noch länger im Regen zu bleiben. Wenn du ernstlich die Absicht hast, bei der Mühle von Grabowietz hinüberzugehen, dann würde ich dir raten, unbedingt mit Bobby zu reden. Es ist noch imstande, dir eine Gemeinheit anzutun, und das würde alles verderben. Nimm dich bitte zusammen. Wir müssen Agramer finden und ihm sagen, daß er keine Dummheiten machen soll. Ein so bornierter Assessor ist zu allem imstande. Besonders in betrunkenem Zustand.

HORVAT: Ich weiß nicht, ich möchte nicht . . .

GREGOR: Schon gut, dann werde ich alles in Ordnung bringen. Ich möchte dich nur bitten, mir nicht in den Rücken zu fallen, wenn ich mit ihnen rede. Wir müssen unbedingt verhindern, daß er eine schriftliche Meldung macht. *(geht weg und zieht Horvat mit sich) (Pause. Kanonade. Die Wagenkolonne hat aufgehört, über die Straße zu fahren. Die Wache geht unermüdlich auf und ab. Schritte von links)*

PODRAWETZ: Halt! Wer da?

(Fähnrich Schimunitsch erscheint mit sechs Soldaten, die auf ih-
ren Gewehren Bajonette tragen)
FÄHNRICH: Brigadewachenabteilungsbereitschaft als Lagerpatrouil-
le.
PODRAWETZ: Feldruf?
FÄHNRICH: Budapest! – Losung?
PODRAWETZ: Bajonett!
FÄHNRICH: Hallo Wache. War Herr Kadett Horvat hier?
PODRAWETZ: Ja, er war hier, melde gehorsamst, Herr Fähnrich.
FÄHNRICH: Ist er schon lange weg?
PODRAWETZ: Seit ungefähr einer Stunde.
FÄHNRICH: Weißt du nicht, wohin er gegangen ist?
PODRAWETZ: Das weiß ich nicht, Herr Fähnrich, melde horsamst.
(Die Lagerpatrouille ab. Kanonade)

Vorhang

Dritter Akt

Im Schloß des Grafen Szceptycki. Riesiges Speisezimmer im Ma-
kart-Stil. Rechts im Hintergrund eine offene Glastür, durch die
man in einen roten Salon mit schweren Seidendraperien, chinesi-
schen Vasen und siamesischen Halbgöttern blickt. Links ist der
Empfangssalon, ausgestattet mit schwerem Damast und teuren
kaffeebraunen Lehnsesseln. Kandelaber, Teppiche, schwere, gold-
umrahmte Bilder, monumentale Spiegel, die in Schiltplatt einge-
rahmt sind.
Im Vordergrund steht ein riesiger Tisch, auf dem für vierund-
zwanzig Personen gedeckt ist. Kerzenständer, Damast, Silber, Sil-
berschalen zum Händewaschen, große Silberplatten und Aufsätze
voll Obst und Käse. Massive Aschenbecher aus Silber. Das Zimmer
ist voll Zigarren- und Zigarettenrauch.
Zwei livrierte Diener des Grafen Szceptycki servieren auf riesigen
Silbertabletts schwarzen Kaffee, Whisky, Kognak, verschiedene
Weine und Liköre. Infanteriegefreiter Oberkellner Kapauner geht
im Frack umher und überwacht wie ein Maître d'hôtel zwei Die-
ner, sowie drei Kellner in Uniform. Aus dem roten Salon hört man

Klaviermusik: „Leise, ganz leise klingts durch den Raum". Man lacht, tanzt und singt. Den Mittelpunkt der gemütlich angeheiterten Gesellschaft im roten Salon bilden der Feldmarschalleutnant von Hahnencamp, Baronin Meldegg-Cranensteg, sowie der Gastgeber Graf Szceptycki, ein noch junger Mann von vierundzwanzig Jahren.

In dem helldamastenen Salon rechts spielen die Herren Karten. Eine Spielergruppe sitzt auch an einem Kartentisch links an der Wand.

Die monotonen Ausrufe „Ich gebe", „ich gebe nicht", „vier besser", „acht blind", „wie gesehen" und „sechzehn blind" werden von lauten zustimmenden oder ablehnenden Bemerkungen der Kiebitze untermalt bzw. unterbrochen. Man spielt um hohe Einsätze.

Um den Obersten de Malocchio hat sich an dem Makarttisch im Vordergrund eine debattierende Gruppe von Divisionsstrebern versammelt.

Der Artilleriehauptmann Lukács, der als Held von Rawa-Ruska mit dem Kronenorden ausgezeichnet worden ist, sitzt links an der Stirn der Tafel und trinkt Whisky aus einem Wasserglas. Der alte Säufer, Weiberheld und Krakeeler hat einen tiefen, rauhen Baß. In der Mitte sitzt der Brigadier de Malocchio, ein älterer, hundert Kilo schwerer, asthmatischer und phlegmatischer Herr, der Virginia Zigarren raucht. Seiner Debatte mit Lukács hören mit sichtlichem Respekt der Reserveoberarzt Dr. Altmann und der Feldkaplan Anton Boltek zu. Sowohl der Arzt als auch der Priester haben Reithosen und Stiefel mit riesigen Reitersporen an.

Um den Brigadier Heinrich, einen hageren, glatzköpfigen, gallenleidenden, geldgesichtigen Hypochonder, sind an der rechten Ecke des Tisches Oberstleutnant der Infanterie Jorge, Major-Auditor Hochnetz und Oberstleutnant Walter gruppiert. Walter ist so betrunken, daß er sich nur mit Mühe aufrecht halten kann. Er trinkt einen schwarzen Kaffee nach dem anderen und kämpft andauernd gegen das sauere Aufstoßen. Seine Augen sind geschwollen und blutunterlaufen. Er horcht nach links und rechts, mischt sich in das Gespräch ein, stimmt zu oder kritisiert, doch niemand nimmt ihn ernst.

LUKÁCS: Ich möchte allen Ernstes folgendes wiederholen, meine Herren: Wenn wir unsere Kriegsführung nicht von A bis Z industrialisieren – dann geht der alte Kram unter. Einen modernen Krieg muß man mit modernen und auf keinen Fall mit mittelalterlichen Methoden führen. Ich habe nur das behauptet und kein Wort mehr. Jede andere Deutung meiner Worte ist nicht objektiv. Man muß den Krieg industrialisieren. Einen Maschinenkrieg kann man doch nicht mit den Feldkaplanen gewinnen.

MALOCCHIO: Alles feldgrau anstreichen, was, das war auch einmal die Tagesparole? Blödsinn. Als die Annexionskrise ausgebrochen ist, habe ich mir einen hellblauen Feldgraumantel gekauft, bei Jellinek in Pressburg, und dann hat sich gezeigt, daß die Farbe eigentlich nicht entsprechend war, und ich habe mir wieder einen neuen Mantel kaufen müssen ...

LUKÁCS: Pardon, erlauben Sie mir, Herr Oberst.

MALOCCHIO: Erlaub mir, ja, ja, was wollte ich eigentlich sagen, ja also, bitte schön, die Kürassierbrigade Marguerite hat ihre Sturmattacke bei Sedan in Blankpanzern und Helmen mit roten Pferdeschwänzen angetreten und so die Ehre der französischen Fahne gerettet. Wenn man sein Leben für den Herrscher opfern will, wenn man in sich ein felsenfestes Pflichtgefühl hat, dann kann man sterben, ohne daß man sich wie eine Wanze in den Schützengraben verkrochen hat. Diese feldgraue Mimikry ist eigentlich eine demokratische Wanzentheorie, eine Art feldgrauer Verfolgungswahn.

LUKÁCS: Na ja, es ist durch den russisch-japanischen Krieg schon längst bewiesen ...

MALOCCHIO: Nichts ist bewiesen. Durch den russisch-japanischen Krieg ist gar nicht bewiesen. Im Gegenteil. Es ist bewiesen, daß diese feldgraue Wanzentheorie die mährischen Textiljuden ausgedacht haben. Das ist bewiesen, bitte schön. Bitte, dann soll man die Kavallerie liquidieren. Oder die Pferde feldgrau anstreichen, wenn nach dir etwas bewiesen sein sollte. Bitteschön, dann soll man die Pferde auch feldgrau anstreichen. Das wäre nur eine logische Folge deiner Beweisführung.

LUKÁCS: Die heutigen Tagesparolen, Herr Oberst, sind Industrialisierung, Amerikanismus, Taylorsystem, das laufende Band! Der Krieg ist eine Fabrik, und die Offiziere sind heutzutage nichts anderes als blutige Vorarbeiter. Heute führt man einen Maschinenkrieg, Herr Oberst. Alles andere ist Vorkriegsromantik.

HEINRICH: Herr Oberst de Malocchio hat recht. Wenn man einen Krieg führt, ist das moralische Profil des einzelnen Kriegers viel wichtiger als die technische Seite der Angelegenheit. Der französische Typus zum Beispiel, meine Herren, der französische Guerrier-Typus mit all seinen republikanischen, parlamentarischen und juridischen Floskeln, mit seiner Kaffeemaschine im Tornister hat hinter sich viel Geld und die Industrie der ganzen Welt, der ist satt und gut angezogen, und trotzdem ist ihm unser Bundesbruder weit überlegen. Warum? Weil wir eine konservative Weltanschauung haben, weil wir unseren Feinden moralisch überlegen sind. Weil wir kaiserliche Soldaten sind und keine Franc-Tireurs.

WALTER: Sehr richtig, Herr Oberst. Wir sind so wie die Japaner. Sie wissen doch, wie der berühmte Kuroki-Armeebefehl vor dem Nachtangriff in der Schlacht bei Liaoyank am 3. September 1904 gelautet hat: „Jeder ziehe ein frisches Hemd als Leichenkleid an". Das ist unser Ideal. Wir haben uns alle Leichenhemden angezogen, wir sind bereit zu sterben. *(macht eine Geste und wirft dabei eine Flasche mit Rotwein um)* Hoppla, lassen Sie das. Soll nur so bleiben. Danke schön. Merci, Messieur Kapauner. Je pars pour la Cythère. Ich gehe bald weg. *(Diener bedecken mit Servietten die roten Flecken, aber sie bleiben weiterhin sichtbar)*

MALOCCHIO: Ja, wir von der älteren Generation sind zu reinem Idealismus und zu Pflichtgefühl erzogen worden. In unseren Adern fließt ein anderes Blut. Aber die Moral in den Verbänden hat sich in der letzten Zeit stark gelockert. Schauen Sie sich, ich bitte Sie, diese junge Generation an. Apfelstrudel und Grießkoch, das ist für sie das höchste Problem und die wichtigste Frage.

HEINRICH: Ja, also bitte, Hummer, Spargel, Artischocken und Rebhühner konnte jeder von uns tadellos essen. Einen Brief schreiben, nämlich die Adresse so, daß man sie auch lesen kann, die Zigarette wegwerfen, wenn man eine Dame auf der Straße grüßt, das waren ja Selbstverständlichkeiten, aber diese unsere Kameraden, die Sparkassenbeamten und Kanzlisten, die vom Messer fressen, diese unangenehme Gesellschaft tötet langsam den alten Geist. Wir sind heute schon so weit, daß man sich nicht so frei untereinander fühlt wie früher. Das sind eben diese fremden Elemente, die langsam demoralisierend wirken.

WALTER: Sehr richtig, Herr Oberst. Heute habe ich gerade mit so einem Mittelschullehrer zu tun gehabt. Er übergibt mir seine 264 Leute, und dann sagt er mir so mir nichts dir nichts, daß ihm fünf Stück davongelaufen sind. Stellen Sie sich vor, ein Marschkompanietransportkommandant, der seine Leute verliert wie Zündhölzer.

HEINRICH: Welche Marschkompanie war das?

WALTER: Vom 31. Jägerbataillon die dreizehnte.

HEINRICH: Wer war das? Wie heißt er?

WALTER: Ein Kadett, mit einem kroatischen Namen. Ich erinnere mich nicht mehr, wie er heißt, Herr Oberst.

HEINRICH: Haben Sie die Anzeige erstattet?

WALTER: Jawohl, Herr Oberst.

HEINRICH: Sehen Sie meine Herren, das ist zum Beispiel ein Fall, bei dem ich für drakonische Maßnahmen eintrete. Ich zum Beispiel ließe diesen Kadetten exemplarisch auf der Stelle erschiessen.

LUKÁCS: Man muß den Krieg industrialisieren, meine Herren. Die Herren von der Reserve glauben, ein Offizier zu sein heißt, eine Reservepelerine zu haben und ein Photo in der Auslage, der richtige Offizier aber ist ein Vorarbeiter. Er ist blutbefleckt und voll Pulverstaub wie ein Monteur in der Fabrik. Er ist weder Professor noch Dentist. Es hat keinen Hintergedankenkomplex. Das müßte man eigentlich ausrotten! Das ist das Gefährlichste: dieses blöde Spiel mit der Politik.

ALTMANN: Ich bin zwar ein Laie in diesen Fragen, aber eine bescheidene Bemerkung, meine Herren, werde ich mir doch erlauben. Ich glaube, meine Herren, daß ein moderner Massenkrieg ohne moderne Medizin unvorstellbar ist. Die moderne Medizin hat mit ihrer vollkommenen chirurgischen Technik die Kampfeskapazität der modernen Truppen um achtzig Prozent erhöht.

WALTER: Ach was, Quatsch, lieber Doktor. Trinken wir lieber ein Glas ex. Was reden Sie da nicht alles zusammen? Dann könnte sich unser Herr Feldkaplan auch melden und eine andere wichtige Komponente anführen, die man auch ernst nehmen müßte.

BOLTEK: Entschuldigen Sie bitte, lieber Walter, aber in einer streng römisch-katholischen Armee, wie der unseren ...

ALTMANN: Erlauben Sie mir bitte, Hochwürden, daß ich zu Ende spreche. Achtzig Prozent der Verwundeten kehrt wieder kampffähig zurück. In den altmodischen Kriegen zum Beispiel, als man die Wunden noch mit heißem Öl desinfiziert hat, sind dreißig Prozent der Verwundeten in den Lazaretten gestorben. Ich habe gestern zum Beispiel einen Lungenschuß operiert und der Patient hat schon heute morgen geraucht. Der Rauch ist durch die offene Wunde unter dem Schulterblatt wie durch eine Zigarettenspitze herausgequollen. Ich habe ihn für das Illustrierte Blatt photographieren lassen.

BOLTEK: Zur Bemerkung des Herrn Oberleutnant Walter möchte ich nur sagen: wir alle sind uns darüber einig, daß es in diesem Krieg eigentlich um den Kampf zweier Weltanschauungen geht, unserer konservativen, idealistischen Weltanschauung auf der einen und der materialistischen, gottlosen, uns feindlich gesinnten Weltanschauung auf der anderen Seite.

WALTER: *(betrunken)* Quatsch! Der größte Feind der römischen Kirche war ja Luther. Sind unsere Verbündeten denn nicht Lutheraner? Meine selige Mutter war auch eine Augsburgerin. Ich spreche aus der Erfahrung eines Truppenoffiziers in der vordersten Linie. Deine Feldmessentalare, diese unmöglichen Spitzenhemden, die wirken wirklich wie Leichenhemden, als hätte euch der selige Kuroki kostümiert. Ein unangenehmes Gefühl, im Schützengraben diese Todessymbole zu sehen. Ich weiß es aus Erfahrung, meine Herren: die nötige Aufmerksamkeit, ich meine diese innere Spannkraft der Kampfbereitschaft fehlt bei der Mannschaft augenblicklich, sobald sie das Klimpern der Gefäße bei der letzten Ölung hört. Das wirkt zweifellos moralisch hemmend.

BOLTEK: Das ist nicht wahr. Als in diesem Frühjahr die Sturmbrigade des Herrn Oberst Heinrich mit nackten Messern Hawrilowka zurückerobert hatte, war ich zusammen mit unseren Leuten. Wir haben „Oh du Maria, Gnadenreiche" gesungen, und das hat sie in wahre, von göttlicher Kraft beflügelte Übermenschen verwandelt. Sehen Sie, man sollte mit solchen Heiligtümern keine Witze machen.

WALTER: Ich bitte dich nur das eine, lieber Boltek: wenn es mir bestimmt ist zu sterben, dann bitte ich mir aus, daß du dabei sein sollst. Laßt bitte nur keinen Pfarrer über mir schreien. Ja, als Weinbruder, als Kamerad, als guter Freund, das ja, aber nur kein „Circumdederunt". Gießt Wein über mich, oder Kognak, aber keinen Weihrauch und kein Öl.

MALOCCHIO: Die Kirche und der Tod sind heilig. Das sind die letzten Dinge, Walter. Darüber darf man nicht spotten. Das Leben von uns allen hängt nur an einem Faden. Man weiß nicht, was uns erwartet. Ich spreche aus Erfahrung, ich habe allerhand erlebt.

MÁLMÓS: *(Adjutant des Generalstabschefs, kommt herein und sieht sich suchend um)* Wo ist der Baron?

HEINRICH: Spielt Poker hier im Salon. Servus Gábor. Wie geht es? Was Neues?

WALTER: „Banzai, Gábor! Éljen! Hogy van föhadnagy úr?"

(Diese affektierte und absichtlich komisch ausgesprochene Be-grüßung ruft unter den Herren Heiterkeit hervor)

MÁLMÓS: Eigentlich nichts Gutes, Herr Oberst, bitte gehorsamst. Grabowietz ist unter Sperrfeuer, in dieser Minute wird die Kote 203 gestürmt. Oberstleutnant Jakowatz ist gefallen. Ritt-meister Baron Lenbach verwundet. Bauchschuß. Oberleutnant Faber-Fabriczy von der Maschinengewehrabteilung vermißt. Außerdem bei der Infanterie starke Offizierverluste. Die Marschkompanie des Jägerbataillons vollkommen vernichtet.

WALTER: Na ja, natürlich, wenn die Herren Mittelschullehrer da-bei sind. Selbstverständlich. Der Trottel ist direkt ins Sperrfeuer hineingegangen.

HEINRICH: *(steht auf und geht auf den Oberstleutnant Málmós zu; verwirrt)*
Was? Wie? Ja wie denn? Oberstleutnant Jakowatz gefallen? Ja wann?

MÁLMÓS: Vor einer halben Stunde. Nachtangriff um elf Uhr fünf-undvierzig eröffnet. Die Einzelheiten sind mir noch unbekannt. Zwischen Zuzilow und Kote 203 bei der Mühle die dritte Ba-taillonslinie durchgebrochen.

(Heinrich geht zusammen mit Oberleutnant Málmós in den Sa-lon rechts. Die Spieler am Tisch spielen weiter, als wäre nichts geschehen)

STIMMEN: Ich gebe, ich nicht, viere besser, wie gesehen, sechzehne blind, auf.

MALOCCHIO: Jakowatz? Er hat doch bis halb fünf hier mit mir Pre-ferance gespielt, und ich habe ihn noch zurückgehalten. Ich habe ihm schön gesagt, er soll hier bleiben. *(hört auf zu rauchen und blickt melancholisch vor sich hin)* Merkwürdig, ich habe da oben auf der Kote 203 einen Burschen gehabt. Er hat Ignaz Martschetz geheißen. Ignaz. Er konnte glühende Kohle ins Wasser werfen und danach den Menschen ihren Tod voraussa-gen. Er war der Sohn einer Zigeunerin und hat diese Schwarz-künstlerei von ihr geerbt. Er hat vielen alles genau vorausgesagt, ob sie verwundet werden oder nicht, und alles hat aufs Haar gestimmt.

LUKÁCS: Das ist eine Geschichte für die Baronin. Sie soll angeblich auch eine schwarze Magierin sein.

MALOCCHIO: Nein, im Ernst, dieser Martschetz konnte de facto alles sehen. Er hat so eine Art unglaublicher clairevoyance ge-habt. Er hat selbst seinen eigenen Tod vorausgesehen. Er ist morgens zu mir in den Unterstand gekommen, er hat mir die

Schuhe gebracht und sie wie immer auf die Bank gestellt. Und dann hat er gesagt: Herr Oberst, ich habe Ihnen zum letzten Mal die Schuhe geputzt. Und um ihm zu beweisen, daß er nicht im Recht ist, habe ich ihn noch am selben Morgen hierher zur Division geschickt. Am Abend hat man ihn im Schlag neben der Straße gefunden – Kopfschuß.

LUKÁCS: Die reinsten Weibergeschichten, Herr Oberst, ein purer Zufall.

MALOCCHIO: Zufall oder nicht, aber es war so. Und in diesem Sommer hat mich, ich glaube es war so um Mariä Himmelfahrt herum, Oberstleutnant Jakowatz besucht. Und dann hat Martschetz für ihn ein glühendes Stück Kohle ins Wasser geworfen. Ich wollte es eigentlich nicht erlauben, aber Jakowatz hat darauf insistiert. Er war mein Gast, und so konnte ich mich nicht widersetzen. Und so hat ihm Martschetz vorausgesagt, daß er den Allerseelentag nicht erleben wird. Bitte, und in ein paar Tagen haben wir Allerseelen.

WALTER: Das alles sind nur, wie soll ich sagen – ja, Herr Oberst, auch mir hat man schon einige Male Verschiedenes vorausgesagt. In Nadworna habe ich bei einer Jüdin gewohnt, und sie war eine Chyromantin. Sie hat mir aus der Hand gelesen und mir vorausgesagt, daß ich ganz sicher nicht im Schützengraben sterben werde. Aber ich kann ihr nicht so recht glauben. Der Krieg ist halt Krieg, und den Tod muß man schon in Kauf nehmen.

(Feldwebel Gradischki kommt herein)

GRADISCHKI: Den Herrn Oberleutnant Málmós bitte! A. K. ruft, und Herr Rittmeister Jessensky ist auf der Stelle gekommen.

STIMMEN: Málmós, A. K. Telefon!

(Zusammen mit Málmós kommt auch Baron Cranensteg heraus. Aus dem Spielerzimmer kehrt Major-Auditor Hochnetz zurück und geht auf de Malocchio zu)

HOCHNETZ: Also, Herr Oberst, ich habe zwei Flaschen Kognak gewonnen. Flagenbaum hat noch vor Mitternacht den Stützpunkt Grabowietz angegriffen.

MALOCCHIO: Ja, ich habe verloren. Wer hätte sich gedacht, daß dieser Trottel von einem General so abgrundtief dumm ist. Recht geschieht mir, wenn ich auf solche Figuren setze. Schon seit zwei Monaten macht er einen Blödsinn nach dem anderen. Wo hätte ich das gedacht? Ausgerechnet Grabowietz! Ein saublöder Trottel.

LUKÁCS: Eigentlich schade um den Jakowatz. Er war ein schneidiger Truppenoffizier. In seinem Schützengraben war immer alles so sauber und nett, daß es ein Vergnügen war, durch seine Stellung spazieren zu gehen. Nirgends eine weggeworfene Obstschale oder eine Konservendose. Einmal hat er bei Toporoutzi während des russischen Trommelfeuers mutterseelenallein Gelenksübungen gemacht. Ein schneidiger, guter, solider Offizier.

HOCHNETZ: *(zu Walter)* Also, ich gratuliere. Deine Sache ist liquidiert.

WALTER: Wieso liquidiert, Herr Major?

HOCHNETZ: Ich habe das sehr geschickt gemacht. Als ich heute dem Alten den Fall Romanowicz zur Unterschrift gegeben habe, habe ich ihm auch deine Sache vorgelegt. Der Alte hat den Akt zerrissen und einen Wutanfall bekommen. Ein Truppenoffizier, hat er gesagt, der über dreißig Monate vor dem Feinde steht, hat doch das Recht, einen Rebellen niederzuschießen. Ohne weiteres: ad acta. Also, ich gratuliere dir, mein lieber Walter.

WALTER: *(pathetisch)* Ergebensten Dank, Herr Major. Das kann ich nur Ihnen verdanken. Das ist die einzige Genugtuung, die mir eigentlich gegeben werden konnte. Danke schön, Herr Major. Die Sache ist eigentlich logisch liquidiert.

(Gregor und Horvat kommen herein. Man sieht Horvat an, daß er eigentlich nicht aus eigenem Entschluß, sondern nur Gregor zuliebe hergekommen ist. Er ist schmutzig und blutbefleckt, blaß und apathisch. Hinter seinem desolaten Zustand spürt man jedoch eine unangenehme Ruhe, die Menschen vor einer Katastrophe erfaßt. Als die beiden in der Tür erscheinen und die betrunkenen Offiziere sie bemerken, werden sie mit Applaus gegrüßt)

STIMMEN: Bravo! Der Musiker ist gekommen! Die Musik ist da!

MALOCCHIO: Bravo, Kleiner, wo warst du? Wir warten schon seit einer Stunde auf dich.

GREGOR: Wir waren dienstlich verhindert, Herr Oberst. *(wendet sich an einen subalternen Offizier)* Wo ist Agramer? Ist denn Agramer nicht hier?

WALTER: *(höflich und wohlwollend, obwohl diese Frage nicht an ihn gerichtet war)* Soviel ich weiß, ist Agramer weggegangen, um diesen unseren Maestro zu suchen. Die Baronin wollte unbedingt, daß der Kleine heute abend kommt und ihr etwas vorspielt. Wo wart ihr so lange? Servus Kleiner. Komm her. Stoßen wir an. Du hast dich heute ganz gut gehalten.

(Horvat bewegt sich zwischen den betrunkenen Gesichtern wie im Traum, geht zum Tischrand und sinkt dort auf einen Stuhl. Walter schenkt ihm Kognak in ein Wasserglas ein, das Horvat in einem Zug austrinkt. Und dann noch ein zweites Glas)

HORVAT: *(starrt auf die roten Flecken)* Wovon ist das alles hier blutig?

WALTER: Das ist kein Blut, Maestro, sondern Rotwein. Burgunder. Verstehst du? Auf dein Wohl! Geh, leg deinen Mantel ab. Du mußt uns jetzt etwas Schönes vorspielen. Etwas Lustiges. Wir warten auf dich. Denk nicht nach. Was geht es dich an? Prost. Wein, Weib und Musik. *(Horvat trinkt noch ein Glas Kognak und starrt unbeweglich auf die roten Flecken vor sich. Gregor und ein jüngerer Offizier nehmen ihm den Umhang ab. Baronin Meldegg-Cranensteg kommt in Begleitung des Grafen Szceptycki aus dem Salon im Hintergrund herein)*

BARONIN: Ja, wo ist er denn unser kleiner Maestro? Ah, das ist er. Na, das ist schön und liebenswürdig von ihm, daß er gekommen ist. Das freut mich sehr. Guten Abend, Maestro. Wo waren Sie denn? Warum sind Sie nicht gekommen? Wir haben schon zweimal nach Ihnen geschickt. Wir warten auf Sie schon mehr als eine Stunde.

HORVAT: *(steht auf und schaut gebrochen vor sich hin; kühl, ohne jede Courtoisie)* Ich war dienstlich verhindert, Frau Baronin. Ich konnte nicht kommen.

BARONIN: Ja warum denn nicht? Exzellenz Feldmarschalleutnant hat Sie von jedem Dienst enthoben. Wie schaun Sie denn aus? Wo waren Sie denn? Sie sind ja schmutzig und blutig, um Gottes willen!

HORVAT: Jawohl, Frau Baronin, ich bin blutig. Ich habe soeben das alte Weib, das Sie bespuckt hat, aufgehängt.

BARONIN: Diese Kriegsgreuelgeschichten interessieren mich nicht, nicht wahr? Diese Geschichten machen mich nur nervös, und ich habe eine ganz andere Bitte an Sie, lieber Maestro. Möchten Sie uns nicht lieber etwas vorspielen? Kommen Sie zu uns herüber. Wir haben dort Himbeereis und Ananas. Kommen Sie, erfrischen Sie sich ein bißchen und spielen Sie uns dann etwas vor. Nicht wahr, Graf, das Nokturno von Rachmaninow vorgestern, das hat er exzellent vorgetragen. Wissen Sie, dieser weiche und doch durch und durch männliche Anschlag, den Sie haben, Maestro, ist einzig. Also kommen Sie bitte.

HORVAT: *(leise, melancholisch)* Verzeihen Sie, Baronin, Sie sind sehr liebenswürdig, aber ich bedaure sehr, ich kann nicht spielen. Ich kann nicht. Ich bin so – wie soll ich sagen – mit einem Wort, ich kann nicht.

(Das Schweigen im Zimmer breitet sich merklich aus)

BARONIN: Na ja, gut, das wird wahrscheinlich nur eine vorübergehende nervöse Indisposition sein. Ich verstehe. Ich bedauere aber sehr, daß Sie so konventionelle Artistenmanieren an den Tag legen. Ich habe geglaubt, daß Sie über solche Sachen schon längst hinaus wären. Ich hoffe trotzdem, daß Sie mir meine Bitte nicht abschlagen werden. Beruhigen Sie sich ein bißchen, ja? Und dann kommen Sie, ja? Auf Wiedersehn. Wir hoffen noch immer. Ja? Also, auf Wiedersehn.

SZCEPTYCKI: Wenn Sie Migräne haben, Maestro, ich habe ein vorzügliches Mittel gegen Nervenschmerzen.

HORVAT: Danke.

(Die Baronin geht leicht ungehalten in Begleitung des Grafen zurück in den roten Salon.

Horvat setzt sich auf seinen Platz am Tisch und starrt apathisch vor sich hin.

Baron Cranensteg und Husarenrittmeister von Jessensky kommen herein)

CRANENSTEG: *(zu Jessensky)* Also servus Jessensky. Dank für alles. Setz dich bitte da nieder. Ruh dich aus. Wünsch dir einen guten Appetit. *(geht weiter in den roten Salon im Hintergrund)*

WALTER: *(zu Horvat)* Erlaub mir bitte, aber so benimmt man sich nicht zu einer Dame, die obendrein noch die Gattin des eigenen Chefs ist. Was hast du? Bist du verrückt geworden?

(Horvat trinkt seinen Kognak und schweigt.

Die Diener haben Jessensky ein Essen serviert. Er ißt und trinkt. Um ihn versammelt sich eine Gruppe von Neugierigen: Feldkaplan Boltek, Major-Auditor Hochnetz, Lukács, Oberst de Malocchio und andere)

JESSENSKY: Also meine Herren, die Sache steht so: Die Hauptdurchbruchslinie ist Grabowietz – Kote 203 – Mühle. Das war übrigens schon seit heute früh bekannt.

HOCHNETZ: Darauf habe ich ja meine zwei Flaschen Kognak gewonnen.

JESSENSKY: Aber meine Herren, die Sache steht nämlich auch so, daß die neunte magyarische Honvéd-Brigade Hohenturm, die seit heute mittag die Stellung von Tarnowicza-Leszna fallengelassen hat, vollkommen aufgerieben ist.

LUKÁCS: Also bitte schön, Herr Oberst, braucht der moderne Krieg kein Taylorsystem? Natürlich. Generalmajor Hohenturm befaßt sich doch mehr mit Botanik, er sammelt Pflanzen und Schmetterlinge.

JESSENSKY: Noch etwas, meine Herren, ganz kurz, Cranensteg scheint alles, was ihm zur Verfügung gestanden ist, heute mittag auf Tarnowicza-Leszna geworfen zu haben, und das ist gerade das Pech. Flagenbaum greift die Kote 203 nicht über Tarnowicza, sondern über die Brücke von Grabowietz an. Sieben Tscherkesen-Regimenter soll er angeblich hingeworfen haben.

MALOCCHIO: *(mit einem Anflug von Überraschung)* Ach so? Sieben Tscherkesen-Regimenter?

(Allgemeine Überraschung. Stimmen der Spieler. Gläserklirren)

LUKÁCS: Dieser Baron Flagenbaum ist doch ein schneidiger Kerl. Er kann die Ostern vom vorigen Jahr bei Hawrilowka nicht vergessen. Unser Baron und der Flagenbaum spielen schon mehr als ein Jahr dieses Damengambit um Hawrilowka. Ist eigentlich lustig das Ganze. Und nicht uninteressant.

BOLTEK: Und wie ist es draußen?

JESSENSKY: Sehr lustig. Ich habe die Hohenthurmsche Reflektorabteilung um elf Uhr vormittag mit brennenden und nicht abgeblendeten Lichtern durch Rossulna durchgaloppieren gesehen.

HEINRICH: Das ist ja schon die reinste Panik.

LUKÁCS: Die Partie scheint langsam ernst zu werden, meine Herren.

(Cranensteg kommt herein, geht zu Horvat und legt ihm jovial, aber ganz kalt, par distance, die Hand auf die Schulter)

CRANENSTEG: Exzellenz Feldmarschalleutnant hat Ihnen befohlen, uns etwas vorzuspielen. Stehen Sie jetzt bitte auf, und spielen Sie bitte hier keine Komödie, ja?

(Horvat steht auf und folgt Cranensteg in den roten Salon. Man hört von dort aufmunternde Zurufe, aber sehr diskret, und hie und da einen vereinzelten Applaus. Jessensky erzählt weiter. Stimmen der Spieler. Die Diener gehen herum und servieren)

JESSENSKY: Ich möchte keine pessimistischen Prognosen stellen, meine Herren, ich war niemals ein Pessimist, aber dort im Grabowietz-Wald, ich weiß nicht, vielleicht ist die Angst vom Pferd auf mich übergegangen, aber ich habe durch den Schweiß der Stute unter meinen Beinen eine drohende Gefahr gespürt. Die Pferde sind viel weitsichtiger als wir. Noch hier unter den Eichen des Horowitzparks hat das Herz meiner Stute so laut geschlagen wie eine Kanone. Heute nacht ist es draußen ungewöhnlich finster. Und dazu dieser unangenehme Wildwestregen. Ich bin naß wie ein Hase.

HEINRICH: Er spielt aber schön. Ein wirklich begabter Kerl.
(Horvats Spiel im Salon hört man immer lauter in allen Räumen. Er hat mit einem Strauß-Walzer in Moll angefangen und geht dann über in schwere und dunkle Akkorde eines militärischen Trauermarsches. Sein schwerer und eindringlicher Anschlag verschmilzt mit dem Kanonendonner von draußen. Die düsteren Akkorde des Trauermarsches widerhallen unangenehm in den betrunkenen Köpfen der Offiziere, die sich gerade mit der ausweglosen Situation an der nahen Front beschäftigen. Mit jedem weiteren Anschlag wächst die Unruhe unter den Zuhörern)

STIMMEN: Was hat er denn? Was ist mit ihm? Was macht er? Was spielt er? Ist er besoffen?
(Auch im roten Salon wächst die Unruhe. Bewegung, Stuhlrücken, Schatten, Stimmen)

BARONIN: Was ist mit Ihnen? Was soll das bedeuten? Es wäre das Beste, Sie hören sofort auf. Genug bitte. Es ist genug. Danke schön.

CRANENSTEG: Hören Sie nicht, daß Sie aufhören sollen!

HAHNENCAMP: Hören Sie bitte auf.

HORVAT: Ich will nicht. *(spielt demonstrativ seinen Trauermarsch weiter)*

STIMMEN: Haben Sie nicht gehört, daß Sie aufhören sollen.

HORVAT: Ich will nicht, ich will nicht.

HAHNENCAMP: *(im Kasernenton)* Hören Sie auf!

HORVAT: Man hat mich gezwungen, blutig zu spielen, und jetzt spiele ich blutig und will nicht aufhören. Ich will nicht aufhören. Ich will nicht.
(In dem allgemeinen Durcheinander aus Stimmen und Bewegungen, das darauf entsteht, stößt jemand einen Stuhl um, jemand läßt sein Glas fallen und jemand klappt den Klavierdeckel so heftig zu, daß der dumpfe Schlag wie ein Kanonenschuß dröhnt. Danach hört man nur die richtigen Kanonen, deren Donner die Fenstergläser erzittern läßt. Stille)

CRANENSTEG: Schämen Sie sich. Ist das ein Benehmen, das eines Künstlers würdig ist? Verlassen Sie bitte dieses Zimmer. Wir werden uns morgen darüber unterhalten.
(Während dieser ganzen Zeit ist Horvat am Eingang zum roten Salon gestanden, an die Portiere gelehnt, und hat aufgeregt eine Zigarette geraucht. Man sieht ihm an, daß er das Geschehen mit jedem seiner Nerven verfolgt.

Horvat kommt blaß und niedergedrückt aus dem Zimmer und sieht sich nach seinem Umhang um)

WALTER: *(vollkommen betrunken)* Solche Rebellen müßte man wie Hunde niederknallen.

(Horvat steht noch immer unter dem Eindruck der Ereignisse im roten Salon. Er befindet sich in einer Art Trancezustand, in dem er nicht begreift, was um ihn herum vorgeht. Alle seine bisherigen Reaktionen sind in diesem beinahe völlig unbewußten Zustand erfolgt, als logische Konsequenz seiner durch Mord und Blut hervorgerufenen Meditationen über sich selbst. Die rauhe Stimme Walters scheint ihn plötzlich in die Wirklichkeit zurückzurufen. Erst jetzt sieht er die widerlichen betrunkenen Fratzen um sich, die ihn feindselig anstarren.

In diesem Augenblick stürzt Oberleutnant Agramer herein. Er erfaßt mit einem Blick, daß hier etwas geschehen sein muß)

AGRAMER: *(zu Walter)* Was ist hier passiert?

WALTER: Ein Skandal! Dieser Rebell hat einen Skandal hervorgerufen. So etwas ist eigentlich noch nie dagewesen. Unvorstellbar.

AGRAMER: Dieser Typ ist verrückt geworden. Er wollte mich heute Nacht erschießen. Ich habe der Brigadewacheabteilungsbereitschaft den Befehl gegeben, ihn zu verhaften. Er hat auf mich, auf den diensthabenden Lagerinspektionsoffizier, die Pistole gezogen. Und er hätte geschossen, wenn ihn Oberleutnant Gregor nicht zurückgehalten hätte. Ich habe ihn verhaften lassen. Es wundert mich, daß er nicht verhaftet ist.

MALOCCHIO: Ja, aber warum?

AGRAMER: Ich habe seine Wache schlafend gefunden, bitte Herr Oberst. Oberleutnant Gregor ist mein Zeuge.

WALTER: Mit solchen Rebellen müßte man kurzen Prozeß machen.

GREGOR: *(zu Agramer)* Aber lieber Herr Doktor, ich bitte Sie.

AGRAMER: Was heißt, ich bitte Sie. Hätten Sie ihn nicht überwältigt, hätten Sie sich nicht zwischen uns gestellt, dann hätte er glatt geschossen.

GREGOR: Aber Herr Doktor, das ist nicht wahr. Er war nur aufgeregt, weil Sie seinen Burschen geohrfeigt haben.

AGRAMER: Nein, nein, er war schon den ganzen Abend frech und herausfordernd. Er hat mich systematisch beleidigt. Er hat auf mich als Lagerinspektionsoffizier die Pistole gezogen, und ich habe ihn verhaften lassen. Er ist verhaftet.

GREGOR: *(regt sich immer mehr auf)* Das ist eine Lüge. Er hat die Pistole nicht in der Hand gehabt.

MALOCCHIO: Einem Kameraden können Sie doch nicht sagen, daß er lügt.

GREGOR: Er sagt nicht die Wahrheit. Herr Oberleutnant Agramer ist zu der Stelle gekommen, an der die Todesstrafe vollstreckt worden ist, und hat dort die Wache geohrfeigt, und Kadett Horvat, der zusammen mit mir unter dem Leichnam Wache gehalten hat, ist deshalb etwas durcheinander geraten. Er war schon vorher aufgeregt. Das war ja die erste Exekution in seinem Leben. Seien wir doch Menschen, meine Herren.

WALTER: Menschen, Menschen. Die Pflicht erfüllen muß man. Dadurch, daß man die Pflicht erfüllt, erwirbt man sich keine Privilegien. Das muß man tun. Haben Sie mich verstanden?

GREGOR: Aber meine Herren, ich bitte Sie. Hier handelt es sich um ein Mißverständnis. Bedenken Sie, meine Herren, um Gottes willen, daß Kadett Horvat zum ersten Mal in seinem Leben unter einem Galgen gestanden ist. Es handelt sich um einen Nervenzusammenbruch. Ich war die ganze Zeit dabei, und ich habe keine Pistole gesehen. Die Drohung war nur im übertragenen Sinne gemeint, meine Herren.

AGRAMER: Er hat mich nicht im übertragenen Sinne bedroht, er hat die Pistole gezogen, und sie auf mich gerichtet. Ich habe das alles in meiner Meldung schriftlich angeführt.

WALTER: Wir sind doch keine Advokaten, um hier lange zu debattieren. Hände hoch! Sonst erschieße ich Sie wie einen tollen Hund.

HORVAT: Nicht ich bin ein Hund, sondern Sie. Ich bin leider kein Rebell.

WALTER: Wa-as?

HORVAT: Ich bin kein Rebell. Ich bin ein Mörder. Meine Hände sind blutig. Aber ich habe in Ihrem Auftrag getötet. Ich schäme mich nur, daß ich nicht genug Kraft hatte, Ihnen Nein zu sagen.

MALOCCHIO: Den Kerl sofort verhaften! Der ist verrückt.

(Mitten in dieses Durcheinander und Stimmengewirr läuft Oberleutnant Somogyi Málmós hinein und geht eilig weiter in den roten Salon)

MÁLMÓS: *(im Gehen)* Vor drei Minuten ist der Stützpunkt Grabowietz gefallen, meine Herren. Um 12 Uhr 45 von den Russen gestürmt. Tarnowitz brennt.

(Diese Nachricht schlägt wie eine Bombe ein. Stille, in der man nur die Stimmen der Spieler hört)

SPIELER: Viere besser. Wie gesehen. Sechzehne blind.

WALTER: Hände hoch! Die Pistole her.

HORVAT: Ich gebe meine Pistole nicht her. Rühren Sie mich nicht an. Ich gehe schon selbst.

WALTER: Kusch! Hände hoch!

HORVAT: Sie sollen endlich kuschen! Ich lasse mich nicht beleidigen.

(Málmós kommt laufend aus dem roten Salon und geht eilig durch das Speisezimmer)

MÁLMÓS: Wir ziehen uns auf Hawrilowka zurück! Gegenangriff ist anbefohlen! Rückzug, meine Herren!

WALTER: Hände hoch! Ich schieße!

(Walter schießt auf Horvat. Horvat schreit auf, greift sich an den linken Unterarm und springt zwei, drei Schritte zurück.

Dann zieht er seine Pistole und beginnt, nachdem er einen unnatürlich lauten Schrei ausgestoßen hat, auf Walter und alle anderen zu schießen.

In demselben Augenblick, in dem Walter auf Horvat geschossen hat, hat Gregor mechanisch seine Pistole gezogen und Walter erschossen. Als Bobby Agramer, den Horvat an der linken Schulter verwundet hat, sieht, wie Gregor schießt, beginnt er selbst zu schießen. Allgemeine Schießerei, in die sich auch Hauptmann Lukács einmischt.

Oberst de Malocchio, der offenbar zwischen die Fronten geraten ist, schleppt sich sichtlich schwer verwundet am Tisch entlang, sich auf die Tischkante stützend. Als er dann plötzlich fällt, zieht er das Tischtuch, an dem er sich krampfhaft gehalten hat, mit sich.

Die Schlacht im Speisezimmer ist so plötzlich entstanden, daß man nicht mehr weiß, wer eigentlich zuerst geschossen hat.

Horvat, der seinen verwundeten Arm kraftlos hängen läßt, schießt nun durch die offene Tür in den roten Salon.

Man hört den Aufschrei der Baronin und sieht ein Durcheinander aus Schatten.

Hahnencamp kommt an die Tür des Salons und fällt dort getroffen zusammen.

Auch Horvat fällt wortlos zusammen.

Allgemeines Geschrei, Gläserklirren. Laufende Schritte der Diener und Offiziere)

STIMMEN: Hilfe! Tolle Hunde! Rebellen! Niederschießen! Hochverräterisches Pack! Bereitschaft! Wache! Bagage! Telefonieren Sie dem Lagerinspektionsoffizier. Die Wachabteilung her! Laufschritt!

(Klirren der zerbrochenen Kandelaber, Fenster und Spiegel. Stille)

GREGOR: *(kämpft sich langsam, indem er sehr geschickt seinen Rücken deckt, zur Eingangstür durch, schießt dort einen Feldwebel, der mit schußbereitem Gewehr hereingestürzt ist, nieder und verschwindet)*

LUKÁCS: *(schreit)* Halten Sie den Oberleutnant Gregor zurück! Gregor hat geschossen!

STIMMEN: *(draußen)* Wache! Bereitschaft! Oberleutnant Gregor! *(Man hört draußen Schüsse und Laufschritte über Holztreppen. Agramer sinkt blutend auf einen Stuhl)*

ALTMANN: Sofort die Instrumente kochen. Laufschritt.

STIMME: Was ist mit der Baronin?

ALTMANN: Ein leichter Schenkelschuß. *(schaut sich Horvat an)* Gerade in den Kopf, durch die Nasenhöhle.

CRANENSTEG: Was ist mit Walter?

ALTMANN: Kopfschuß.

LUKÁCS: Das habe ich gesehen. Den Walter hat dieser kroatische Advokat – wie heißt er nur – erschossen. Der Gregor ... Ich habe ihn immer im Verdacht gehabt. Hochverräterisches Pack, diese Kroaten.

1. STIMME: Was war mit ihm?

2. STIMME: Ganz einfach verrückt geworden.

ORDONNANZ: Der Feldwebel Gradischki liegt draußen vor der Tür. Gregor ist verschwunden.

STIMME EINES ADJUTANTEN: Schnell packen! Wir fahren sofort nach Hawrilowka. Rückzug! Grabowietz ist gefallen. Was schaut ihr so wie die Kühe vor dem neuen Scheunentor. Marsch! Instrumente her, ihr Ochsen. Instrumente her!

(Die Ordonnanzen geraten in Bewegung und beginnen zu packen. Kanonendonner lauter. Klirren der Fenstergläser. Schwere Kisten werden durch den Raum getragen)

Vorhang

DIE WOLFSSCHLUCHT

Stück in drei Akten,
einem Vorspiel und einem Intermezzo

PERSONEN DES VORSPIELS:

POLUGAN, Mitarbeiter der „Eintracht"
DR. SLATKO STRELETZ, Mitarbeiter der „Eintracht"
WENGER-UGARKOVIĆ, ehemaliger Redakteur und Gründer der „Eintracht"
CHEFREDAKTEUR DER „EINTRACHT"
METTEUR
KORREKTOR
KRESCHIMIR HORVAT, Absolvent der Philosophie, Invalide und Mitarbeiter der „Eintracht"
PERSONAL DER REDAKTION UND DER DRUCKEREI
SETZER UND KORREKTOREN

PERSONEN DES ERSTEN, ZWEITEN UND DRITTEN AKTS

KRESCHIMIR HORVAT, durch ein Dekret der Regierung neu ernannter Lehrer an der einklassigen Volksschule in der Wolfsschlucht
MARIANNE MARGETIĆ, Witwe des ehemaligen Lehrers an derselben Schule
EVA, Amerikanerin, ehemalige Besitzerin eines Negerbordells in Chicago
JURO KUTSCHIĆ, Deserteur, ehemaliger Kellner in einem Budapester Hotel
HADROVIĆ, Lehrer an der zweiklassigen Volksschule in Sankt Sonntag
PANTELIJA, Wachtmeister der Gendarmeriestation in Sankt Anna
MITAR, Gendarm
LUKATSCH, Vorsitzender des Schulausschusses
GRGO TOMERLIN, Wucherer, Mitglied des Schulausschusses
DER ALTE, Mitglied des Schulausschusses
PEREK, Fuhrmann
LAZAR MARGETIĆ, Lehrer, der in Galizien verschwunden ist
KINDER DER FRAU MARGETIĆ
EVAS MUTTER
EVAS VATER
DORFMÄDCHEN, DORFFRAUEN, DORFKINDER

PERSONEN DES INTERMEZZOS:

DIE BRAUT *(Illusio sacra Virgo aeterna, im gewöhnlichen Leben Fortuna genannt)*
VATER *(Pater diabolicus, legitimus, lupus)*
MUTTER *(Mater dolorosa)*
WENGER-UGARKOVIĆ *(Mentor infernalis)*
CHEFREDAKTEUR *(Doctor mysticus)*
POLUGAN *(Figura misera neurasthenica)*
POLUGANS FRAU *(Mulier samaritana)*
MARIANNE MARGETIĆ *(Magna peccatrix)*
LAZAR MARGETIĆ
DR. SLATKO STRELETZ
KELLNER JURO
GRGO TOMERLIN
Einige Neger
Ein Ulanenoffizier

Die Handlung spielt in der Stadt und in der Provinz im Frühling des Jahres 1918. Der erste Akt spielt eine Woche nach dem Vorspiel. Zwischen dem ersten und dem zweiten Akt sind zwei Monate vergangen. Der dritte Akt spielt elf Tage nach dem zweiten.

Vorspiel

Redaktion der „Eintracht"

POLUGAN: *(Ein Glatzkopf mit schlechten Zähnen in einem alten, zerschlissenen Rock sitzt an seinem Schreibtisch, raucht nervös eine Zigarette nach der anderen und telephoniert)* Hallo. Hier ist die „Eintracht". Hallo. Bitte, Fräulein, verbinden Sie mich mit dem Pressebüro. Pressebüro, Fräulein. Hallo. Ich bitte Sie. Wir sind gerade unterbrochen worden. Ja, warten Sie. *(schreibt und wiederholt dabei die Meldung)* Der französische Generalstab meldet: Im Laufe des heutigen Tages sind unsere Truppen bei Hame an der Somme und Chauny an der Oise in Richtung Saint Quentin vorgedrungen. Hallo. Bitte. Saint Quentin hab ich schon. Wie? Das hab ich schon. Bitte das Ende des Generalstabsberichtes. Hallo. Das Ende bitte. In den Vogesen und in Belgien ist die Lage unverändert, bei Verdun und an der Front von Ypern leichtes Artilleriefeuer. *(Aus dem Korridor hört man Stimmen, die für einen Augenblick leiser werden und dann immer mehr anschwellen. Dann hört man Türenschlagen und einige Schritte)* Weiter, bitte. Weiter. Die Rede des Ministerpräsidenten in der französischen Kammer. Der Ministerpräsident hielt in der Kammer einen zweistündigen Bericht zur Lage der Republik. Er erklärte, die Republik werde bis zum letzten Blutstropfen kämpfen, bis zum endgültigen, unaufhaltsamen Sieg. Hallo. Weiter. Memorandum des Doktor Trumbić. „Chicago Tribune" meldet aus Rom, Doktor Trumbić habe den Großmächten im Namen des jugoslawischen Emigrantenkomitees ein neues Memorandum von sechs Punkten überreicht. *(Jemand hat schon vorher zwei-, dreimal die Tür zum Korridor aufgerissen und dann wieder zugeschlagen. Der Metteur kommt nervös herein und will ins andere Zimmer)*

POLUGAN: *(wütend)* Was ist denn heute abend los? Das ist ein Irrenhaus. So kann man nicht arbeiten. Hallo. Fräulein. Ich bitte Sie. Zum Teufel noch einmal. Meine Nerven sind nicht aus Stahl. *(wirft den Hörer auf den Tisch)*

METTEUR: *(hat einen Blick ins andere Zimmer geworfen, schlägt wütend die Tür zu)* Weiß der Kuckuck, wo sich dieser verdammte Doktor herumtreibt. Ich brauche noch dreihundert Zeilen, und er ist nicht da.

POLUGAN: Was für ein Lärm ist denn da draußen? Was ist passiert?

METTEUR: Nichts, was soll schon passiert sein? Unten im Haustor liegt ein Toter, neben dem Rotationspapier.

POLUGAN: Waas?

METTEUR: Ein Toter. Dem Mann ist plötzlich schlecht geworden, Er hat sich in unserem Haustor ganz einfach neben die Papierrollen hingelegt und ist gestorben. Und so haben ihn die Mädchen aus der Setzerei gefunden und zu schreien angefangen. Jetzt versammelt sich das ganze Personal unten, als hätten sie noch nie einen toten Menschen gesehen. Wie kann man nur so blöd sein. Ich weiß nicht, wo mir vor Arbeit der Kopf steht, und der Doktor ist nicht da. Wieviel werden Sie haben, Herr Polugan?

POLUGAN: Das weiß ich noch nicht, mein Lieber. Ich erwarte noch ein Ferngespräch, ich weiß nicht, was es mir einbringen wird. Irgendetwas wird es schon ergeben.

(Der Metteur geht hinaus)

POLUGAN: Ein Toter im Haustor. Seltsam. Schauen wir uns das an. *(geht hinaus)*

(Pause. Die Bühne bleibt leer. Man hört Stimmen aus dem Korridor. Das Telephon läutet. Aus dem Nebenzimmer kommt ein zerschlissener Bohemien gelaufen und hebt den Hörer ab)

KORREKTOR: Hallo. Hier ist die „Eintracht". Meine Verehrung. Nein, er ist nicht da. Ergebenster Diener. *(geht weg)*

(Pause. Das Telephon läutet wieder. Niemand meldet sich. Polugan kommt zurück, setzt sich an seinen Schreibtisch und dreht sich eine Zigarette. Von weither hört man Militärmusik. Sie spielt einen Marsch. Pause)

POLUGAN: Seltsam. Ein Toter. *(horcht auf die Musik)* Na ja. Was soll man da machen? *(hebt den Hörer ab)* Hallo. Fräulein, hier ist die „Eintracht". Seien Sie mir bitte nicht böse, daß ich Sie schon wieder mahne, ich möchte Sie nur bitten, mein Ferngespräch nicht zu vergessen. Ich kann verstehen, daß Sie das Ganze schon langweilt, aber wem ist nicht langweilig? Bei uns im Haustor ist ein Mann gestorben. Ja. Vor ein paar Minuten. Er hat einen schwarzen Bart. Das weiß ich nicht. Scheint ein besserer Herr zu sein. Gerade ist die Rettung gekommen. Hallo, Fräulein, bitte die Nummer dreizehn siebenunddreißig. Hallo, hier ist Polugan. Servus. Wo bleibst du denn um Gottes willen? Auf deinem Schreibtisch türmt sich die Arbeit, und du läßt es dir gut gehen. Beeil dich, ich bitte dich. Also, auf Wiedersehen, alter Gauner. Servus. *(schreibt und raucht. Horcht auf die Musik. Aus dem Nebenzimmer hört man das Schreibmaschinengeklapper.)*

METTEUR: *(kommt herein und schaut wieder ins andere Zimmer)* Was, noch immer nicht da?

POLUGAN: Ich habe gerade mit ihm telephoniert. Er kommt gleich, sagt er.

METTEUR: Einen Schmarren wird er gleich kommen. Schon wieder wird Herr Horvat für ihn einspringen müssen. Der arme Horvat tut mir schon leid. Auch die letzte Nacht ist er bis zum Morgen hier geblieben. Und der Herr Doktor kassiert für die Überstunden. Das ist wirklich keine Art. Haben Sie vielleicht eine Zigarette für mich? Ich habe schon weiß Gott wie lange keinen bosnischen Tabak mehr geraucht. Man kann ihn in der ganzen Stadt nicht kriegen. Wo kaufen Sie Ihren?

POLUGAN: Hier, bitte, bedienen Sie sich. Bei einer Alten in meiner Bierschänke. Ich kaufe schon seit sieben Jahren bei ihr. Ich bin ihr ältester Kunde, noch aus der Studentenzeit. Für mich hat sie immer was.

METTEUR: Man hat wirklich nichts vom Leben außer diesem verdammten Tabak, aber auch den kriegt man nicht mehr. *(raucht gierig)* Unser Doktor versteht wenigstens zu leben. Es ist schon halb elf, und er ist noch immer nicht da. Was kümmert er sich um uns. Seinetwegen werden wir wieder erst um drei nach Hause gehen. *(geht zum Fenster und hört der Musik zu. Pause)* Und dabei liegt meine Frau zu Hause in den Wehen. Man kann mich jeden Augenblick holen kommen. Ich weiß nicht, wo ich wieder das Geld hernehmen soll. Es ist zum Kotzen. *(schaut hinaus)* Schnee, Regen, Schlamm. Pfui. *(man hört Musik und Wind)* Hören Sie? Sie gehen schon wieder an die Front. Jetzt kriegen sie keine Gewehre mehr. Die fassen sie erst draußen an der Front. Die haben Angst vor der Revolte. Was für miese Zeiten. *(kehrt wieder zu Polugans Schreibtisch zurück)* Haben Sie den Toten unten gesehen? Die Rettung ist gerade gekommen.

POLUGAN: Ja, ich war gerade unten, als sie eingetroffen ist. Hat man ihn weggebracht?

METTEUR: Nein, er muß so liegen bleiben, bis die Kommission kommt. Das ist Vorschrift. Er hat ein steifes Hemd an. Muß gerade zu einer Tanzerei unterwegs gewesen sein. Man bricht zum Tanz auf und bleibt im Haustor stecken.

(Das Telephon läutet)

POLUGAN: Hallo. Hallo. Wer spricht? Hier ist die „Eintracht".

Nein, er ist noch nicht da. Vielleicht ist er im Casino. Das weiß ich nicht. Nein. Vielleicht. Das weiß ich nicht. Habe die Ehre.

METTEUR: Hat jemand nach dem Chef gefragt?

POLUGAN: Ja.

METTEUR: Wissen Sie schon die Neuigkeit, Herr Polugan? Der Chef heiratet.

POLUGAN: Das weiß ich.

METTEUR: Aber reich, Herr Polugan, sehr reich. Die Cousine meiner Frau hat im Haus der Braut gedient. Der Alte ist Witwer und sie ist die einzige Tochter, ja. *(Der Doktor kommt herein)*

STRELETZ: Guten Abend die Herren. Habe die Ehre. Ergebenster Diener. Ich habe buchstäblich über eine Leiche hinweggetanzt. Und das nicht allegorisch, sondern im wahrsten Sinne des Wortes. Two steps über einem Toten. Ha ha. Eine große Zeit, diese unsere Zeit. An den Fronten führt man Krieg und auf den Straßen liegen die Toten. Meine Verehrung, Herr Schipuschić. Ergebenster Diener. Was ist mit Ihnen? Warum schauen Sie so düster drein? Wir werden gleich alles in Ordnung bringen. Wieviel brauchen Sie noch? Wenn Sie wüßten, Herr Schipuschić, wenn Sie wüßten, wieviele wunderbare Frauen es auf der Welt gibt. Warten Sie, ich werde Sie schmücken. Na, na, seien Sie nicht so steif. Auch Sie werde ich schmücken, Maestro Polugan. Auch Sie, domine clarissime et illustrissime.

(Er hat einen dunklen Anzug an und kommt offenbar von einer Gesellschaft. Er schmückt den Metteur mit einer roten Rose. Holt aus der Tasche Koriandoli und streut sie lachend über Polugan. Dann nimmt er den Metteur unter den Arm und geht mit ihm in das Zimmer links. Pause. Entfernte Musik, Stimmen im Korridor)

KORREKTOR: *(kommt von rechts)* Entschuldigen Sie, bitte, Herr Polugan, daß ich Sie störe, aber das hier ist Ihr Manuskript. Ich kann nämlich ein Wort nicht lesen. Warten Sie, das hier.

POLUGAN: Was können Sie schon wieder nicht lesen?

KORREKTOR: Das Wort hier. Das ergibt keinen Sinn, Herr Polugan. Ministerpräsident Tisza hat im Klub seiner Partei erklärt, er werde unverzüglich für eine Agrarreform eintreten. Was soll das? Tisza will eine Agrarreform?

POLUGAN: Schmeißen Sie das raus. Schreiben Sie, was Sie wollen. Mir ist alles scheißegal. Er verspricht keine Agrar-, sondern eine Wahlreform. Aber das ist alles wurscht. Schmeißen Sie es raus. Was gehen mich Graf Tisza und seine Reformen an.

KORREKTOR: Wie bitte?

POLUGAN: Mein Gott, seid Ihr Lyriker dumm. Schmeißen Sie alles raus. Ich erteile Ihnen plein pouvoir. Alles raus.

KORREKTOR: Schon gut, schon gut. Haben Sie den Toten gesehen? Ein schrecklicher Mensch. Hat den Mund so aufgerissen, daß man sein goldenes Gebiß sehen kann. Geradezu unglaublich, wie er den Mund aufgerissen hat. Heute nacht hat man vor meinem Haus einen Mann umgebracht. Ich habe gehört, wie sie schießen und dann nichts. Zwei, drei Minuten ein Geschrei und dann aus. Stellen Sie sich vor, eine mittelalterliche Shakespeare-Szene: Ein blutiger Mensch auf dem Trottoir. Und heute früh hat sich einer im Kaffeehaus erschossen. Wir trinken gerade einen Kaffee, als wir seine Pistole hören: peng – peng ... Der Mann erschießt sich mitten im Kaffeehaus. Und so geht es Tag um Tag. Wir merken es nicht einmal, weil unsere Nerven schon stumpf geworden sind. Wir sind wie Schwämme voll Sensationen. Genau genommen ist es seltsam, wie wir leben, Herr Polugan. *(Es klopft an der Tür)* Die künftigen Generationen werden über uns entsetzt sein. Das ist die primitivste Art Leben, die man sich denken kann.

(An der Tür wird energischer geklopft. Der Korrektor sammelt seine Papiere ein und verschwindet nach rechts. Wenger kommt herein. Er sieht ziemlich heruntergekommen aus. Er macht exaltierte Gesten und spricht mit betrunkenem, verrücktem Pathos. Typischer Paranoiker)

WENGER: Habe die Ehre, meine Herren von unserer berühmten „Eintracht". Ergebenster Diener, sehr verehrte Herren. Wo ist, wenn ich bitten darf, Seine Durchlaucht, der Chef?

POLUGAN: *(schreibt weiter, als wäre Wenger gar nicht da)*

WENGER: Ich sehe ein mächtiges Licht, als würden hundert Leuchttürme ihr Licht in diese unsere balkanische Finsternis ergießen. Ich sehe ein mächtiges Licht, das mich wie ein Magnet angezogen hat. Ich konnte ihm nicht widerstehen. Es hat mich angezogen, dieses Ihr mächtiges Licht. Glauben Sie mir, hohe Herren. Kann ich mich einen Augenblick lang erwärmen, ich trübseliger Wanderer, bis der erhabene Herr Doktor Chef kommt? Wie ich höre, wird er bald auch der Volksvertreter und ein glücklicher Bräutigam sein. Darf ich hier bleiben, bis unser ruhmreicher Kandidat kommt? *(Da Polugan ihm nicht antwortet und auch keine Notiz von ihm nimmt, setzt er sich auf die Kohlenkiste neben dem Ofen und verstummt. Pause. Das Telephon läutet)*

POLUGAN: Hallo. Hallo. „Eintracht". Ich habe Ihnen schon hundertmal gesagt, daß er im Casino ist und in einer Stunde zurückkommen wird.

WENGER: *(lacht leise vor sich hin)* Die Toten liegen in den Bierhallen unserer Festungen. Auf den Türmen wehen weiße Fahnen und in den Kellern liegen Leichen voller Blut. So könnte ein Gedicht darüber anfangen. Es ist schon etwas dran, daß gerade im Haustor der „Eintracht" ein Toter liegt. Gerade hier. Ha ha. *(steht auf und geht zu Polugan)* Servus, Polugan. Guten Abend. Was sagst du dazu, daß unser erhabener Herr Chef und Kommandant dieser Festung einen Toten in seiner Bierhalle hat? Ja, mein lieber Polugan, weißt du, du bist gar nicht praktisch. Einer, der bei uns eine Rolle spielen will, muß wenigstens einen Doppelnamen haben – und einen Titel. Sonst kann er keine Karriere machen. Weder eine journalistische, noch eine politische, noch eine literarische. Eine literarische am allerwenigsten. Petritschewić-Bolski, Winter-Studenković, Roschnar-Milanow! Ha ha. Glaubst du denn, daß unser Herr Doktor Fortunato all das erreicht hätte, was er erreicht hat, hieße er nicht Fortunato und hätte er nicht außerdem noch zwei, drei Pseudonyme, die natürlich allgemein bekannt sind? Ja, siehst du, ich habe nicht daran geglaubt, ich habe das alles nur für eine Floskel gehalten, aber das ist keine Floskel, keine Lüge, sondern ein Prinzip, mein Lieber, und vor einem Prinzip muß man sich verbeugen. Nur Verrückte verbeugen sich nicht vor Prinzipien. Ich habe mich schließlich auch davor verbeugt. Ich heiße Wenger-Ugarković, und seither geht es mir besser, glaub mir. Ehrenwort. Wärest du gescheit, dann würdest du dich Polugan-Hebelovski nennen, aber du hast nie einen Sinn für praktische Dinge gehabt, clarissime. A propos, hast du, clarissime, ein bißchen Tabak? Ich habe schon seit vierundzwanzig Stunden nichts geraucht.

POLUGAN: *(reicht ihm die Tabakdose)* Wo treibst du dich herum? Woher kommst du?

WENGER: Ich war in Fiume, weil ich Sehnsucht nach dem Meer hatte. Aber das dort ist kein Meer, sondern eine Festung. Bajonette, Wachen, Stacheldraht, Minen, Kriegsschiffe. Auf den Förderwerken wächst Moos. Ein Skandal. Dort ist es noch schlimmer als hier. Man beutet dich mehr aus. Du schreibst irgendwelche Feuilletons über Solowjew, über Gott und die ewigen Wahrheiten und alles für einen Teller Reis bei den Kapuzinern, den Brüdern unseres Herrn Jesus. Ein Skandal. Diese ihre Kost ist nicht einmal für einen Hund gut. So hat mich der Zorn gepackt, und ich bin auf Staatskosten weggefahren.

POLUGAN: Wieso auf Staatskosten?

WENGER: Das ist ganz einfach. Per Schub. Eigentlich ist es am gescheitesten, umsonst zu leben. Auf Staatskosten. Warum ist man schließlich der Staatsbürger eines bestimmten Staates? Wie man auf Staatskosten lebt, weiß ich doch aus meiner eigenen Erfahrung im Zuchthaus von Lepoglava. Und jetzt bin ich da. Es geht mir nicht gerade brillant. Ich schlafe auf dem Diwan bei einer sogenannten Nichte. Sag, mein lieber Polugan-Hebelovski, wann wird unser erlauchter Herr Doktor und Volkstribun erscheinen? Ich möchte ihm bei dieser Gelegenheit etwas sagen. Wenn jemand sich darauf vorbereitet, das Volk zu vertreten, ist das keine Kleinigkeit. Schließlich bin ich auch ein Teil des Volkes. Genau genommen habe ich das Recht, meinen Vertreter zu konsultieren.

POLUGAN: Du willst mit dem Chef sprechen?

WENGER: Ja, mit seiner Durchlaucht. Was ist daran so merkwürdig? Ich werde mein Glück versuchen. Audaces fortuna juvat. Das hat man uns im Gymnasium beigebracht, und wir haben es dann den anderen weitergegeben. Da ich ein animal audax de genere journalistico bin, werde ich es versuchen. Ich werde an sein kollegiales Herz appellieren. An das Herz eines glücklichen Bräutigams. Vielleicht wird sich seine Durchlaucht doch meiner erbarmen.

POLUGAN: Hör zu, Wenger, wenn du Geld brauchst, kann ich es dir auch geben. Da, nimm. Das ist alles, was ich habe. Aber ich bitte dich, geh weg. Das alles hat keinen Sinn. Du wirst dich nur umsonst erniedrigen. Wozu der ganze Zirkus? Du weißt sehr gut, wie er auf dich reagiert. Man könnte das krankhaft nennen. Also wozu das alles? *(will ihm eine Banknote geben)*

WENGER: Ich will deine zehn Kronen nicht. Du bist genauso eine Null wie ich. Ich will mein Kapital. Hast du mich verstanden? Ich will mich im Namen der Gerechtigkeit auch erniedrigen. Man hat mir alles weggenommen. So bleibt mir nur mehr die Erniedrigung übrig. Ich habe meinen freien Willen. Ich bin ein Kind der katholischen Kirche. Wenn ich schon nichts anderes tun kann, so kann ich mich wenigstens erniedrigen. Das ist mein Leben: Skandale, Erniedrigung, Schande. Ja, das ist mein Leben.

POLUGAN: Hör zu, mein Lieber, du bist im Recht. Ich glaub dir alles. Ich bitte dich nur, sei ein Christ, sei ein Mensch. Du siehst doch, wieviel ich zu tun habe. Ich habe keine Zeit.

WENGER: Bitte schön. Wenn man mit mir menschlich spricht, kann ich auch menschlich reagieren. Servus, auf Wiedersehen. Ich geh auf eine Minute hinüber. Ich hatte wirklich nicht vor, dich zu stören. *(verbeugt sich und geht rechts ab, macht die Tür auf)* Ergebenster Diener, meine Herren von unserer berühmten „Eintracht".

(Man hört aus dem anderen Zimmer das Lachen der Korrektoren. Pause. Polugan arbeitet. Durch das Zimmer gehen zwei, drei Setzerlehrlinge und der Metteur mit Manuskripten. Aus dem Korridor hört man Lärm und Streit. Im Untergrund beginnen die Rotationen zu donnern. Ihr Geräusch bleibt bis zum Ende der Szene zu hören.

Kreschimir Horvat kommt herein und wirft seinen Hut und seinen Mantel temperamentvoll auf den Tisch. Man sieht ihm an, daß er wütend ist.)

HORVAT: Das ist zu blöd. Man kann keinen Schritt tun, ohne auf einen Polizisten zu stoßen. Wo man hinschaut, sieht man einen in Uniform.

POLUGAN: Was ist denn schon wieder passiert?

HORVAT: Ich will ins Haus hinein, aber unten im Haustor steht die Polizei und läßt mich nicht durch. Ich arbeite doch da oben, zum Teufel noch einmal. Aber wie sollst du das diesen Kretins beweisen? Bis die Kommission kommt, darf niemand hinein. Vorschrift ist Vorschrift. Ein Toter im Haustor. Idiotisch. *(setzt sich)*

POLUGAN: Du bist manchmal exaltiert. Es doch natürlich, daß die Wache sich an die Vorschrift hält.

HORVAT: Natürlich, sagst du. Das ist es gerade, daß alles so natürlich ist. Man kann keinen Schritt tun, ohne auf eine Vorschrift, einen Befehl, ein Gesetz zu stoßen. Alles ist vermauert. Überall Beton. Idiotisch. *(er wühlt in einem unordentlichen Haufen Zeitungen und will schreiben, wirft aber dann die Feder auf den Tisch)* Ich war am Bahnhof. Schon wieder ist eine Marschkompanie ausgerückt. Matković, ein Freund aus dem Gymnasium, hat sie angeführt. Ich habe immer die Mathematikaufgaben von ihm abgeschrieben. Er marschiert an der Spitze der Kompanie, und neben ihm geht eine schwangere Frau her.

POLUGAN: Matković ist doch der Konzipient bei Doktor Münzenberg? So ein langer, tuberkulöser Typ.

HORVAT: Ja der. Er hat unlängst geheiratet, und seine Frau ist schwanger. Ich weiß nicht warum, aber die schwangeren Frauen wirken auf mich ungeheuer stark. Weiß der Teufel, warum und wieso. Sie ist vor der Fahne hergegangen mit roten Rosen in der

Hand. Dieser schreckliche, grinsende, blutige, regennasse Christus und eine schwangere Frau mit roten Rosen. Aber das ist schließlich egal. Alles um uns herum ist schrecklich absurd geworden. In manchen Augenblicken kann ich nicht glauben, daß das alles wahr ist. Mir scheint es, als träumte ich das alles, glaub mir. Dieser ganze Krieg, diese Marschkompanien und diese Skandale sind nur eine gewöhnliche Zeitungslüge und Sensation. Reinster Journalismus. Eine widerliche Lüge.

POLUGAN: Das alles ist neurasthenisch und exzentrisch. Sei mir bitte nicht bös, aber du bist überempfindlich. Hör zu ...

HORVAT: Lächerlich. Und du redest seichte und unernste Phrasen. Ich bin nicht überempfindlich. Was ich soeben gesagt habe, war eine simple Feststellung. Wir alle müßten hundertmal empfindlicher sein als wir sind, verstehst du, ja millionenmal, und noch immer wären wir nicht genügend objektiv, um die Idiotie unseres Lebens zu beurteilen. Diese Idiotie haben wir von dem ersten Tag an mit der Muttermilch eingesogen. Mit den ersten Buchstaben des Alphabets haben wir den Kretinismus dieser Lebensklischees gelernt. Deshalb können wir nicht richtig darauf reagieren. Was redest du von der Überempfindlichkeit? Schau dich um. Wir leben in einem Irrenhaus. Oder in einer Kaserne. Und das ist ein und dasselbe. Haben wir nicht schon als Kinder im Straßenstaub Soldaten und Generäle gespielt?

POLUGAN: Das ist doch ein Witz.

HORVAT: Das ist kein Witz. Wir waren seit jeher Soldaten und nichts anderes. Denk nur an die Schießbuden bei den Kirtagen, in denen man aus Flobertgewehren auf die silbernen Kugeln schießt, die auf einem Springbrunnen herumtanzen.

POLUGAN: Na und?

HORVAT: Was heißt na und? Das ist doch ein Symptom, zum Teufel noch einmal. Die Menschen schießen gern. Die Läden sind doch voll von Holzgewehren. Schützenvereine, Manöver, Soldaten. Und dann die Duelle und die allgemeine Wehrpflicht.

POLUGAN: Na schön. Aber ich verstehe trotzdem nicht, was du eigentlich sagen willst.

HORVAT: Ich weiß selber nicht, was ich sagen will. Das ist es eben. Ich weiß nur, daß ich alles um mich herum hasse. Ich hasse diese Philister, diese Dummköpfe, diese Soldaten, dieses Irrenhaus. Wieso zum Teufel wundere ich mich darüber, daß Blut fließt? Wieso wundere ich mich immer wieder darüber? Ich erinnere mich noch gut, wie ich als Kind in der zweiten Volksschulklasse ein Bilderbuch über den deutsch-französischen Krieg bekommen habe. Brücken, die explodieren, Kavallerieattacken, les dernières cartouches! Sedan. Das habe ich schon als Kind gesehen. Nietzsche hat bei Metz Kanonen gehört. Plato und Sokrates waren gute Soldaten. Auch Christus war sicherlich römischer Rekrut, aber man hat das nirgends vermerkt. Nehmen wir diesen Matković. Wir haben zusammen Briefmarken gesammelt und jetzt führt er zusammen mit seiner schwangeren Frau eine Kompanie an. Er hat Tuberkulose, auch ich habe Tuberkulose, und du hast Tuberkulose. Wir alle haben Tuberkulose. Das ist unser Leben. Und da nützt gar nichts. Ich weiß sehr gut, daß jede Aufregung dumm und sinnlos und überflüssig ist, ich habe mir schon tausendmal vorgenommen, nicht mehr darüber nachzudenken und mich nicht mehr aufzuregen, weil mich das alles nichts angeht. Aber das nützt nichts. Man watet buchstäblich durch Leichen. Wie kann man dann da blind bleiben? Sag, hast du den unten im Haustor gesehen?

POLUGAN: Ja, dabei ist doch nichts Schreckliches. Das passiert, seitdem es Haustore und Menschen gibt, die plötzlich vom Tod überrascht werden. Dem Mann ist ganz einfach schlecht geworden, so daß er im Haustor Zuflucht gesucht hat.

HORVAT: Ja, natürlich, ich verstehe, daß er im Haustor Zuflucht gesucht hat. Es ist aber eine Tatsache, daß ich über ihn gestiegen bin. Ein Toter ist ein Toter, versteht sich. Und doch, hast du seine Hand gesehen? Die schwarzen, schmutzigen Nägel, die sich in das Rotationspapier gekrallt haben. Dieser mächtige Trieb in uns. Der Organismus hat gespürt, daß er in das Unbekannte fällt und hat sich in die Materie verkrallt. Ja, wir leben noch immer in der finsteren, prähistorischen Zeit. Weißt du, was ich über diesen Toten gedacht habe? Ich mußte über ihn steigen, er ist so gefallen, daß man an ihm nicht vorbei kann. Und da erinnerte ich mich, daß es eigentlich eine Sünde ist, was ich tue. Und dann bin ich doch über ihn gestiegen. Und während ich so über ihn steige, fällt es mir ein, daß heute Freitag ist, daß ich heute morgen zuerst eine Nonne gesehen habe und das alles schlechte Zeichen sind. Der Mensch ist ein wirklich dummes Tier.

(Während der letzten Sätze beginnt er mechanisch zu schreiben, so daß darauf eine Pause entsteht. Von links kommt Dr. Streletz mit einem Bündel Manuskripte in der Hand gelaufen und ruft, indem er den Metteur nachahmt.)

STRELETZ: Ich brauche Material, meine Herren. Ich brauche Material. Die Maschinen stehen leer. Material! *(geht lachend ab)*

HORVAT: *(wühlt in seinem Material)* Französische Kammer, Trumbić, Unterseeboote, englisches Parlament. Revolution in Irland. Wie langweilig das alles ist. Immer wieder ein und dasselbe. Memoranden, Parlamente, ach, wie widerlich das ist. Was geht mich das an? Man müßte leben, aus dem allen herauskommen. *(arbeitet mechanisch weiter)* Wo hast du die Nachricht über die grünen Kader her?

POLUGAN: Das weiß ich nicht mehr. Wahrscheinlich aus einem Provinzblatt.

HORVAT: Das wird die Zensur sicher streichen.

POLUGAN: Na und? Soll sie es streichen.

HORVAT: Das ist eine offene Revolte. Man sagt, die haben eigene Maschinengewehre. Das ist sicherlich auf den Einfluß Rußlands zurückzuführen. Es ist ganz gut, daß wir auch in Rußland Leute haben.

POLUGAN: Du findest es gut, daß sie die Eisenbahnschienen zerstören, Bahnhöfe in die Luft sprengen und Menschen berauben und abschlachten?

HORVAT: Warum nicht? Das ist doch menschlich. Das ist immerhin besser als das, was wir hier Leben nennen. A propos, hast du schon den Bericht des Generalstabs bekommen?

POLUGAN: Ja.

HORVAT: Wo ist er?

POLUGAN: Hier. Da hast du ihn.

HORVAT: *(steht auf, geht zu Polugans Tisch und kehrt mit einem Blatt Papier zu seinem eigenen Tisch zurück)* St. Quentin, Aisne! Wo ist diese Aisne? *(geht zur Wandkarte und sucht darauf)* Aha, da ist einmal Cäsar gestanden. De bello gallico. Mich hat dieser verrückte Wenger mit Cäsar traktiert.

POLUGAN: Er ist hier. Er sagt, daß er in Fiume war.

HORVAT: Wo ist er?

POLUGAN: Da drüben bei den Korrektoren.

HORVAT: Ja, er war mein Lateinprofessor. Drei Jahre lang. Wenger-Ugarković. Er war schon damals halb verrückt. Er hat als Einjährigfreiwilliger bei den Pionieren gedient, und wir mußten uns mit Cäsars Pionierleistungen beschäftigen, die, wie ich glaube, im dritten Buch stehen. Und das nennt man Mittelschulunterricht. Wir mußten lernen, wie Cäsar Brücken über die Aisne gebaut hat, ja. Und jetzt sind die Deutschen auf dem Rückzug. Es geht also zurück. Ich bin nicht sentimental, aber stell dir vor, was in diesem Augenblick, während wir hier sitzen, dort geschieht. Wind und Regen und Schnee. Es gibt keinen Kautschuk und kein Leder, die einen vor Wind und Nässe schützen können. Der Wind dringt einem bis ins Mark. Jetzt spielt dort der Wind durch Hunderttausende Rippen Flöte. Ach, der Teufel soll alles holen! Europa eroica, Beethoven, Wagner, Nietzsche! Und in Petersburg Revolution und Barrikaden. Und bei uns die grünen Kader in den Wäldern. Maschinengewehre, gesprengte Brücken und Schienen. Chaos, Robbespierre, Fouquier-Tinville, Bonaparte, Lodi, Marengo! Absurd. Mir dreht sich alles im Kopf. Ich glaube, ich habe Fieber. Fühl mir bitte den Puls.

POLUGAN: *(fühlt ihm mit der Uhr in der Hand den Puls. Pause)* Hundertundsieben.

HORVAT: Also mindestens achtunddreißig. Ich fühle mich schon seit einigen Tagen nicht gut. Meine Nerven sind auch nicht in Ordnung. Hätte ich wenigstens ein anständiges Zimmer, damit ich mich einmal ordentlich ausschlafen kann. Ich schlafe schon seit Monaten nicht richtig. Ich habe dauernd Kopfschmerzen. Hast du vielleicht ein Aspirin?

POLUGAN: Ich muß es da irgendwo im Schreibtisch haben. Einen Augenblick, ja, da ist es.

HORVAT: Es nützt nichts. Mit mir steht es nicht gut. Heute nachmittag habe ich geglaubt, einen Mann zu sehen, der auf keinen Fall hier sein könnte. Aber ich habe ihn klar gesehen. Drüben, auf der anderen Straßenseite. Ich bin ihm nachgelaufen und dann war er auf einmal nicht mehr da. Ich laufe schon Phantomen nach. *(nimmt Aspirin mit einem Schluck Wasser ein)* Pfui. Wie widerlich das alles ist.

(Man hört Lachen aus dem Zimmer der Korrektoren, Lärm von umgeworfenen Stühlen, Füßegetrampel und Geschrei. Polugan steht auf, geht zur Tür und schaut ins andere Zimmer.)

POLUGAN: Na, heute abend wird es wieder einen schönen Skandal geben, wenn der da dem Chef begegnet.

HORVAT: Wie ist es ihm nur gelungen, heraufzukommen? Die unten haben doch den strikten Auftrag, ihn nicht hineinzulassen.

POLUGAN: Heute abend haben alle wegen des Toten unten den Kopf verloren, so daß er irgendwie durchgeschlüpft ist. Ich habe versucht, ihn zum Weggehen zu überreden, aber er will nichts davon hören.

HORVAT: Was will er eigentlich?

POLUGAN: Was weiß ich. Er will die Wahrheit an den Tag bringen.

HORVAT: Mir scheint, daß Wenger wirklich im Recht ist. Du kennst die ganze Affäre, du weißt alles, aber du schweigst wie ein Fisch. Und warum du schweigst, weißt du vielleicht selbst nicht.

POLUGAN: Was weiß ich schon? Ich weiß nichts Konkretes. Als ich als Student hergekommen bin, hat Wenger die Leitartikel geschrieben. Und gerade zu dieser Zeit hat der Chef selbst die Leitartikel übernommen und ihm die Tagesnachrichten überlassen. Das ist ein Faktum. Dann hat man in der Redaktion angefangen, zu munkeln, daß noch etwas dran ist. Es entstand ein Gerücht, nein, eigentlich waren es zwei verschiedene Gerüchte. Die einen sagten, der Chef halte Wenger nur aus Mitleid, obwohl er ihn von heute auf morgen auf die Straße jagen könnte. Die anderen sagten wieder, der Chef habe Wenger mit Hilfe einer dunklen Transaktion Geld und Anteile gestohlen. So hat man eine Zeitlang herumgetratscht, und dann kam alles vor Gericht, und Wenger bekam elf Monate wegen eines Einbruchsdiebstahls aufgebrummt.

HORVAT: Ja, das weiß ich. Das hat mir Wenger selbst erzählt. Er hat nie verheimlicht, daß er in den Schreibtisch des Chefs eingebrochen ist, aber er behauptet, der Chef habe ihn bestohlen, weil er der Gründer und Eigentümer der „Eintracht" ist.

POLUGAN: Der Gründer! Was heißt schon Gründer? Das Ganze steht auf der Basis der Teilhaberschaft.

HORVAT: Ja, natürlich, das heilige Recht der Philister. Aber Wenger hat seinerzeit mit mir ganz logisch eine ganze Nacht lang über diese Sache debattiert. Er wollte auf keinen Fall zugeben, daß er etwas Fremdes genommen hat. Er hat nur das zurückgenommen, was der Chef ihm gestohlen hat. Das war sein Standpunkt in dieser Sache.

POLUGAN: Ja, das war der letzte Einbruch, bei dem ihn der Metteur erwischt hat. Aber er hat schon vorher irgendwelche Gelder gestohlen. Damit hat das Ganze angefangen, mit einem Diebstahl.

HORVAT: Wie dem auch immer sei, der Chef hat Wenger vernichtet, obwohl er viel schwächer ist. Wenger hat unter dem Fingernagel mehr, als der Chef als ganzer schwer ist. Er hat ihn finanziell ruiniert. Aber was bedeutet das schon? Von einem höheren, prinzipiellen Standpunkt aus gesehen hat Wenger eigentlich recht. Wenger kämpft auf unserer Seite. Es ist doch wahr, daß hier alles faul und vergiftet ist. Hier schleichen doch nur lauter kranke, perfide Kreaturen herum. Deklassierte Typen. Wie mich das alles ankotzt. Diese ganze Redaktion ist widerlich. Wenn ich mir das alles ansehe, fühle ich, daß man irgendeine

Fahne in die Hand nehmen und sich schlagen sollte. Aber nicht so verrückt und ohne System, wie dieser Wenger es tut. Nicht mit dem Kopf durch die Wand. Man muß aus dem Ganzen herauskommen und es dann zertreten. Richtig besiegen. Wenn man hier unter diesem schrecklichen Druck bleibt, wird man zerquetscht wie eine Wanze. Man muß sich von dem allen entfernen. All diese Banken, Interessen, Parteien und Transaktionen hinter sich lassen. Sonst wird man zermalmt, überfahren, wie von einer Lokomotive.

(Der Metteur kommt herein und läßt die Tür offen. Man hört, wie die Rotationsmaschinen im Keller wie eine Lokomotive donnern.)

POLUGAN: Ja, das ist wahr. Man sollte weggehen, sich entfernen. Aber wie soll man aus dem allen herauskommen? Wo soll man hingehen?

HORVAT: Wo soll man hingehen? Eine seltsame Frage. Das kann man nicht so genau bestimmen. Die Hauptsache ist, daß man von hier einmal weggeht. Hier kann man nur untergehen. Hier hat kein Mensch ein Rückgrat. Hier kann man nur alles negieren, vor sich selbst fliehen, auf alles spucken, auf alles treten oder sich selbst in den Schwanz beißen. Hier ist alles dreckig, dumm und krank. Ist es dann ein Wunder, daß man eines Tages resigniert?

METTEUR: *(kommt zurück und geht durchs Zimmer)* Ich brauche Material, meine Herren. Die Maschinen sind leer. *(nimmt Papiere vom Tisch und geht weg)*

(Aus dem anderen Zimmer hört man Gelächter)

HORVAT: Manchmal fühle ich beinahe mathematisch präzise, daß man, wenn man hier bleibt, zugrundegehen muß. Hier kann man nur zum Sklaven werden, wie der da drüben. Oder zum Schwein. Man verkauft sich wie eine Hure. Transaktionen, Politik, Schulden, Frauen, Kinder, Wechsel. Ich habe genug. Bis daher. Man schleppt das alles mit sich, aber eines Tages hat man ganz einfach genug.

POLUGAN: Na, und was willst du da machen?

HORVAT: Ich gehe weg.

POLUGAN: Und wohin gehst du, wenn ich fragen darf?

HORVAT: Aufs Land.

POLUGAN: Auf was für ein Land? Hast du Verwandte in der Provinz?

HORVAT: Nein. Ich gehe als Lehrer in ein Dorf.

POLUGAN: *(bricht in ein spontanes und lautes Gelächter aus)*

HORVAT: Was ist dabei so komisch? Ich gehe aufs Land. Ich werde die Prüfung ablegen, aber hier bleibe ich nicht. Für mich ist das die einzige Möglichkeit.

(Polugan lacht herzlich)

STRELETZ: *(kommt herein)* Kinder, Herrn Mayer gibt es nicht mehr. Man hat ihn in diesem Augenblick weggebracht. Unser Freund unten im Haustor war Herr Mayer, Herr Mayer persönlich. Josef Mayer, Eiergroßhandel. Export und Import. Er hat sich schon heute abend bei seinem Personal beklagt, daß er sich nicht gut fühle. Herzinfarkt. Der Polizeiarzt Doktor X hat es bestätigt. Eine lokale Nachricht. Eine seiner Angestellten, ein Fräulein Mitzi Omikron, hat ihn erkannt. Sie hat geweint. Eine Riesensensation im Haustor der „Eintracht". Der Tod des Josef Mayer. Export – Import. Handel en gros und en detail. *(setzt sich auf Polugans Schreibtisch, schreibt die Notiz und lacht.)*

POLUGAN: *(lacht auch)* Weißt du, was es Neues gibt, Doktor? Wenn du es errätst, zahle ich dir, was du willst.

STRELETZ: Was ist es denn?

POLUGAN: Horvat geht als Volksschullehrer aufs Land. Er hat sich entschlossen, alles zurückzulassen und zu gehen.

STRELETZ: Das sieht ihm ähnlich. Ein dünner Strich oben, ein dikker Strich unten, Urin, Läuse, Krätze. Nicht schlecht. Ihr seid alle Dilettanten, meine Herren, weil keiner von Euch zu leben versteht. Er will aufs Land gehen. Ich kenn das schon. Er hat mir vor ein paar Tagen davon erzählt. Er will weg, weil er nicht zu leben versteht. Dazu braucht man Talent, mit dem man geboren werden muß, wie mit einem guten Gehör oder mit einer geschickten Hand. Einem Dummkopf kann man doch nicht beibringen, Geige zu spielen. Dazu braucht man Talent. Das ist klar. Ihr seid alle Dilettanten. Ihr versteht nicht zu leben.

(Das Telephon läutet)

POLUGAN: *(hebt den Hörer ab)* Hallo. Wer spricht? Wie bitte? Wen wünschen Sie? Ja, hier ist die „Eintracht". Ach so, Sie möchten Dr. Slatko sprechen. Sofort. Es ist mir ein Vergnügen, Gnädigste, Sie mit Herrn Dr. Slatko zu verbinden. *(reicht Dr. Streletz den Hörer)*

STRELETZ: Hier Dr. Streletz. Ah, du bist es. Servus, Baby. Nein, das weiß ich noch nicht. Wir werden sehen. Ja ja, auf jeden Fall. Servus. Auf Wiedersehen. *(legt den Hörer auf)* Ja, man muß zu leben verstehen. Aber dazu braucht man Talent, meine Herren. Ihr habt keine Ahnung vom Leben. Man braucht nur die Frauen anzusehen, mit denen ihr... Übrigens, Horvat, muß ich gehen.

Schicksal. Aber ich bin in einer Stunde wieder zurück. Ehrenwort. Ich bitte dich, mach es für mich. Ein einziges Mal noch. Dort liegt das Journal. Ich habe alles mit Rotstift angezeichnet. Ich bin in einer Stunde zurück. Ehrenwort.

(Er geht hinaus. Man hört, wie er pfeifend weggeht. Der Lärm im Zimmer der Korrektoren nimmt zu. Pause)

POLUGAN: Hast du das mit dem Land ernst gemeint, oder war das nur ein Witz?

HORVAT: Das war kein Witz. Ich meine es ernst. Ich will hier nicht mehr faulen. Ich will raus. Ich will in die Berge, an die frische Luft, in die Einsamkeit. Dort kann ich endlich zu mir kommen, mich konzentrieren, mich für die Prüfungen vorbereiten. Ich will alles von vorne anfangen. Hier ist alles verkehrt. Dort werde ich allein sein. Mein eigener Herr. Die Schule hat nicht einmal siebzig Kinder in allen vier Klassen. Ich habe das Foto gesehen. Ein hübsches Gebäude. Sympathisch. Es liegt inmitten eines Obstgartens. Stell dir vor, Kirschen in Blüte und Sonne.

POLUGAN: Ich glaube noch immer, du machst Spaß.

HORVAT: Ich mache keinen Spaß. Du wirst noch auf Urlaub zu mir kommen. Ich war heute morgen bei der Landesregierung. Ich habe meine Papiere überreicht. Die Bestellung wird morgen, spätestens übermorgen unterschrieben. Die Schule ist schon seit Anfang des Krieges leer. Der ehemalige Lehrer ist gleich im Herbst 1914 gefallen.

POLUGAN: Ich weiß nicht, was ich dazu sagen soll. *(Das Telephon läutet)* Hallo. Wer ist dort? Hier ist die „Eintracht", Polugan. Meine Verehrung, Herr Doktor. Nein. Nichts Neues. Ja ja. Das Casino hat Sie schon zweimal angerufen. Ja. Meine Verehrung. *(legt den Hörer auf)* Der Chef. Er sagt, er kommt in ein paar Minuten. Ich glaube, man sollte den da drüben bei Zeiten expedieren.

HORVAT: Was geht mich das an. Wenn ich von hier weg bin, werde ich endlich aufatmen. Zuerst werde ich mich einmal gründlich ausschlafen, und dann werden wir weitersehen. Aufs Land gehen. Ausschlafen. Das ist die einzige Lösung des Problems.

POLUGAN: Das sind lauter papierene Illusionen, mein Lieber. Unser Dorf ist Zentralasien. Knechtische Mentalität, Viehfutter, Schlägereien, Schlamm. Die Illusionen von unserem Dorf sind auf die nebulosen slawophilen Ideen zurückzuführen. Die reinste Romantik. Wir waren doch beide in der Kaserne. Dort haben wir unser Asien gesehen.

HORVAT: Du sprichst seicht, mein Lieber. Vor zwei Generationen waren wir alle noch Bauern. Wir sind nicht lange Städter. So ist es natürlich, daß meine Nerven die Stadt nicht ertragen können. Meine Großväter haben mit dem Pflug in der Hand gelebt. Und ich soll auf dem Asphalt sterben? Ich brauche einen freien Horizont. Ich hasse es, durch die verbauten Straßen eingeengt zu sein. Stell dir vor: Ich pflüge, ich höre zu, wie die Bienen summen und gehe so dem Leben auf den Grund. Das Leben ist eine gescheite Sache. Man muß es aber richtig anpacken. Hier ist alles krank. Die Kaffeehäuser, die Redaktionen. Alles ist krank. Man muß einfach leben.

POLUGAN: *(schreibt weiter und quält sich dabei sichtlich. Telephon)* Hallo. Hier ist die „Eintracht". Guten Abend. Bitte sehr. Ich höre. *(klemmt den Hörer zwischen Kopf und Schulter und schreibt. Das dauert bis zum Ende der Szene, bis der Chef kommt. Polugan wiederholt dabei jedes fünfte oder siebente Wort, so daß man den Sinn nicht erfassen kann)* In Rom ... unabwendbar ... die Interessen ... eine Konferenz aller Völker ... im Interesse der Menschheit ... die Zukunft ... die Menschheit ... natürlich ... Paris ...

(Pause)

(Im Zimmer rechts nimmt der Lärm zu. Dann wird die Tür aufgerissen und Wenger kommt herein. Er trägt Kerzenleuchter in den Händen und ist ganz aufgeregt)

WENGER: *(schreit wütend)* Ein Skandal! Das ist keine Art. Ihr seid alle bezahlte Banditen. Ich, Wenger Ugarković, ich bin der einzige Inhaber der „Eintracht". Ich habe die „Eintracht" gegründet, aber man hat sie mir gestohlen. Ihr seid alle bezahlte Diebe. Pfui. Schämt euch! Mir will jemand hier befehlen. Mich will man bei einer religiösen Handlung stören. Wer wagt es dann, mich dabei zu stören? Ich heiße Wenger. Wir kommen aus Polen. Die Polen sind nicht irgendwer. Sie sind eine berühmte katholische Nation. Ich bin Katholik. Ein Freidenker. Heute glaubt man, daß sich der Katholizismus und das Freidenkertum nicht vertragen. Unsinn. Der Katholizismus ist die einzige Basis, auf der man das neue, moderne Europa der Renaissancezeit erbauen konnte, jawohl. Dieses moderne Europa basiert auf dem Katholizismus. Alles übrige ist ein Schmarren. Eine Bande seid ihr. Pfui, schämt euch! *(Das alles schreit er in das Zimmer der Korrektoren hinein)* So schaut unsere neue Generation aus. Die läßt sich für einen Silberling kaufen. Pfui. Und ihr wollt darüber urteilen, ob es einen Gott gibt oder nicht. Ich bin der einzige freie Denker im ganzen Kaiserreich. Wenn ich glaube, daß es keinen Gott gibt, dann bin ich auch ehrlich genug, es schwarz auf weiß zu schreiben. Wenn ich aber glaube, daß es einen Gott gibt, dann zwingt mich mein Gewissen, es auch zuzugeben. Und ich gebe zu, daß es ihn gibt. Er ist groß und gerecht und sieht alles und weiß alles, und ich will ihn ehren und preisen, und niemand kann mir das verbieten. Wo ist der, der es mir verbieten könnte. *(Er stellt die Kerzen auf die Kohlenkiste, kniet nieder und beginnt zu beten, indem er sich immer wieder verbeugt, wie ein Orientale. Pause)*

HORVAT: Was ist denn los, Herr Professor? Warum sind Sie so wütend? Was ist passiert?

WENGER: Was passiert ist? Die Banditen da drüben lassen nicht zu, daß ich meiner religiösen Überzeugung nachgehe. Sie sind Freidenker und wissen so angeblich, daß es keinen Gott gibt. Ich glaube an Gott und will zu ihm beten. Das ist alles.

HORVAT: Die Hauptsache ist, Herr Professor, daß man mit den Menschen in Frieden lebt. Friede unter den Menschen, die guten Willens sind. Alles andere ist unwichtig.

WENGER: Friede. Man fragt sich nur, mein Herr, was für ein Friede. Darunter versteht man keinen körperlichen Frieden. Das auch keine pazifistische Floskel. Unter diesem Frieden versteht man die materielle Harmonie in uns. Ich war heute nachmittag bei der Predigt. Die Predigten bei uns sind meistens schlecht, aber ab und zu ist eine gut. Der Priester hat heute nachmittag gesagt, daß das menschliche Hirn 1500 Gramm wiegt. Das haben wir schon im Gymnasium gelernt, aber wir haben es dann natürlich vergessen. Genau genommen ist das alles nicht so einfach. Was sind schon 1500 Gramm? Nichts. Zwei Schöpflöffel Brei. Mit welchem Recht bildet sich der Mensch ein, daß er in diese 1500 Gramm Billionen, ja Trillionen der sogenannten Materie hineinstopfen kann? Wie kommt der Mensch dazu, mit seinen 1500 Gramm etwas zu reden, etwas zu wissen und Schlüsse aus seinem angeblichen Wissen zu ziehen. Glauben Sie mir auf mein ehrliches Wort, ich huldige nicht einem blinden Ultramontanismus. Aber das ist wahr. Wir können über nichts Schlüsse ziehen, unsere Urteile sind nichts wert.

(Polugan, der weiter nach dem Diktat schreibt, deutet Horvat mit dem Kopf an, Wenger wegzubringen)

HORVAT: Sagen Sie, Herr Professor, möchten Sie nicht mit mir auf ein Gläschen hinüber „Zur Traube" gehen. Sie haben vor zwei, drei Tagen angefangen, einen Magenbitter auszuschenken, der es in sich hat.

WENGER: Einen Magenbitter, sagen Sie, lieber Herr Kollege. Der Mensch bewegt sich schließlich frei im Raum. Er kann tun, was er will. Sein Wille ist frei. Und ein Magenbitter ist bei Gott keine Sünde. *(löscht seine Kerzen aus und steckt sie in die Taschen)*

HORVAT: Ich bin in zehn Minuten zurück.

(Sie wollen gerade weggehen, als aus dem Zimmer der Korrektoren der Chef hereinkommt)

CHEF: Guten Abend, meine Herren.

(Hinter dem Chef tritt der Metteur mit einem Kasten voll Bleibuchstaben in der Hand herein. Allgemeine Verwirrung. Der Chef bemerkt Wenger und will seinen Weg fortsetzen, als habe er ihn gar nicht gesehen)

WENGER: Euer Gnaden, Illustrissime, will eine solche unglückliche Laus wie meine Wenigkeit gar nicht sehen. Euer Gnaden will darauf nicht einmal spucken. Hören Sie zu, Herr Doktor, ich habe Ihnen etwas zu sagen.

(Der Chef will nach links gehen, aber Wenger klebt an ihm wie sein Schatten) Hör zu, Bräutigam! Auf ein Wort!

CHEF: *(zum Metteur)* Werfen Sie ihn hinaus! Ich habe schon gesagt, daß man diese Kreatur nicht hereinlassen darf. Wir brauchen hier kein Theater, zum Teufel noch einmal!

(Er will wütend hinaus, aber Wenger läuft vor und versperrt ihm den Weg)

WENGER: Wer ist eine Kreatur? Ich bin eine Kreatur? Und du wagst es, mir so etwas ins Gesicht zu sagen? Mich hier coram publico eine Kreatur zu nennen? Das übersteigt jede Grenze. Der Dieb, der mir alles gestohlen, der mich zugrundegerichtet hat, er wagt es ...

(Er stürzt sich wütend auf den Chef und packt ihn an der Brust. Der Metteur und das Personal, das aus dem Nebenzimmer herbeigeeilt ist, halten Wenger zurück. Es entsteht ein allgemeiner Tumult)

WENGER: *(schreit)* Laßt mich los. Ich will ihm ins Gesicht spucken. Meine Herren von der „Eintracht", vergeßt nicht, daß ich die „Eintracht" gegründet habe! *(reißt sich los und spuckt den Chef an)*

CHEF: Und der da traut sich, mir ins Gesicht zu spucken! *(schlägt Wenger mit dem Stock)*

WENGER: *(schlägt mit Händen und Füßen um sich)*

CHEF: Hinaus mit ihm!

METTEUR: *(schlägt mit der Kiste voll Blei Wenger auf den Kopf)*

WENGER: *(schreit schmerzlich auf und stürzt auf den Boden. Es sieht so aus, als wäre er in Ohnmacht gefallen, er schreit aber weiter)* Ein Toter liegt in der Bierhalle, und hier bringt man die Menschen um. Mörder! Diebe!

CHEF: Hinaus mit ihm! Hinaus!

(Man packt Wenger, der blutet, und schleppt ihn hinaus)

POLUGAN: Wartet doch! Das ist ja keine Art. Alle gegen einen. Seht ihr denn nicht, daß er blutet! Wartet! *(er will dem Verwundeten zu Hilfe eilen)* Bringt Wasser!

CHEF: *(von oben herab)* Wer redet denn da?

POLUGAN: Ich spreche. Das ist keine Art, einen so mißhandelten Menschen hinauszuwerfen.

CHEF: Ich habe dich nicht gefragt. Ich verbitte mir jede Einmischung,

POLUGAN: Der Mann ist doch nicht normal. Man kann ihn nicht so behandeln.

CHEF: Ich habe dich nicht gefragt.

POLUGAN: Wie redest du denn mit mir?

CHEF: Kusch! Du hast den Mund zu halten. Hast du mich verstanden? Na, worauf wartet ihr noch? Werft ihn hinaus!

(Das Personal bleibt einen Augenblick verdattert stehen, während Wenger stöhnt, aber dann nehmen sich die Männer wieder zusammen und tragen Wenger hinaus. Man hört Stimmen im Korridor)

CHEF: *(zieht sich sinnlos die Handschuhe an und murmelt etwas vor sich hin; dann sagt er)* Das ist doch zu dumm. *(geht nach links ab und schlägt die Tür hinter sich zu)*

(Pause. Polugan kehrt zu seinem Schreibtisch zurück. Horvat hat die ganze Szene passiv beobachtet)

HORVAT: *(nach einer Pause)* Du bist da in der Mitte des Zimmers gestanden und wolltest noch etwas sagen, aber du hast es geschluckt. Ich habe deutlich gesehen, wie du es geschluckt hast. Und als du dann zu deinem Schreibtisch gegangen bist, habe ich die Ketten klirren gehört. Ja, mein Lieber, ich habe die Ketten klirren gehört. Schwere Ketten. Das hier ist ein Verlies. Hier liegen Tote im Keller. In diesen Verliesen sagen nur die Verrückten die Wahrheit, und jetzt starrst du wie ein verprügelter Hund auf die Telegramme, und ich sehe dir zu und bin ganz passiv. Kusch! Halt den Mund. So haben die Feldwebel in der Kaserne gesprochen. Unser feiner Herr Doktor ist nichts anderes als ein gewöhnlicher Feldwebel. Homo laureatus, Politiker, Volksvertreter, eine große Persönlichkeit, Chefredakteur und was weiß ich noch und sagt: Halt den Mund. Und du ziehst den Schwanz ein. Sonst geht dein Monatsgehalt flöten. Eine Frau und drei Kinder auf dem Buckel, und du hältst schon den Mund. Wie klar ich das alles sehe. Und tue nichts. Warum habe ich diesem Dieb nicht eine heruntergehauen, damit er endlich weiß, wie man sich zu benehmen hat? Das wäre nur ein Skandal. Und Skandale haben keinen Sinn. Man muß leben. Man muß weg von hier. An die Luft. Aufs Land, wo der Horizont breit, wo der Horizont gewaltig ist. *(geht hinaus und schlägt die Tür hinter sich zu)*

(Polugan starrt stumm vor sich hin. Man hört die Rotationsmaschinen donnern. Das Telephon läutet)

POLUGAN: *(hebt den Hörer ab)* Hallo, Hallo. Hier ist die „Eintracht", Ich höre ...

Vorhang

ERSTER AKT

Zimmer der Witwe Marianne Margetić. Man hört eine Mandoline und eine Mundharmonika spielen. Betrunkener Gesang hinter dem Vorhang.

Eva, Marianne, Pantelija Zrnković, Juro und der alte Hadrović sitzen am Tisch, trinken Glühwein und singen betrunken. Ein Gendarm steht bei der Tür und sieht ihnen zu.

PANTELIJA: Marianne, Marianne, meine hochverehrte Gevatterin. Gebe Gott Ihnen ein langes Leben! Auf Ihr Wohl! Es hat keinen Sinn, sich jetzt den Kopf darüber zu zerbrechen. Wie es kommt, so kommt es. Nicht alle Karten sind schon ausgespielt worden. Sie haben noch Zeit, sich alles zu überlegen. Auf Ihr Wohl, liebe Gevatterin!

MARIANNE: *(trinkt die ganze Zeit)* Der Kopf tut mir weh. Vor den Augen ist mir alles schwarz. Alles ist so schrecklich schwarz. Und da schnürt sich alles zusammen. Ich kann kaum atmen. Wie schrecklich das alles ist. Und grausam. Ich glaube, es wird etwas geschehen. Ich sehe da keinen Ausweg. Ich habe auch keine Hoffnung. Nicht einmal so viel. *(schnippt mit den Finger)*

PANTELIJA: Aber ich bitte Sie. Sie sehen alles, wie soll ich sagen, durch die dunkle Brille. Wenn mans aber genau nimmt, was können sie Ihnen schon antun? Was? Sie können Ihnen nichts antun. Ich frage den Vorsteher: Ich bitte untertänigst, Herr Vorsteher, sagen Sie mir, Herr Vorsteher, was können sie ihr antun? Sie wird durch die Verfügung des Gespans geschützt. Ich weiß nicht, welche Nummer diese Verfügung trägt, aber daß es sie gibt, weiß ich ganz bestimmt. In dieser Verfügung des Gespans steht schwarz auf weiß, daß die Witwe des gefallenen Kriegers und Lehrers bis auf weiteres – man merke sich das genau – bis auf weiteres im Schulgebäude wohnen könne. Da ist doch alles klar. Von einer Delogierung kann also keine Rede sein.

HADROVIĆ: *(raucht Pfeife, liest eine großformatige Zeitung und hört dem Wachtmeister zu)* Ja, natürlich, ich habe diese Verfügung des Obergespans auch gelesen. Ich erinnere mich gut daran. Und was sagt der Vorsteher dazu?

PANTELIJA: Was soll er dazu sagen? Er ist Jurist. Und ein Doktor juris weiß ganz genau, daß eine Verfügung des Obergespans heilig ist. Frau Margetić bleibt selbstverständlich in ihrer Wohnung, hat er gesagt. Niemand kann sie delogieren. Davon kann keine Rede sein,

MARIANNE: *(in panischer Angst)* Und die Schule? Was wird aus der Schule?

PANTELIJA: Die Schule fällt wieder unter die Kompetenz Religion und Unterricht. Das eine ist die Administration und das andere Religion und Unterricht. Wenn der Lehrer von den Zuständigen für Religion und Unterricht ernannt worden ist, dann ist alles in Ordnung. Dagegen ist nichts zu sagen.

MARIANNE: Mein Gott, das ist zum Verrücktwerden. *(beginnt zu weinen)*

JURO: *(der bisher Mandoline gespielt hat, hört auf)*

EVA: *(spielt weiter auf der Mundharmonika; sie geht das alles offenbar nichts an)*

JURO: An all dem ist das Dorf schuld. Die sollen kein Glück haben. Sie waren beim Gespan in Agram und haben uns dort alles eingebrockt.

PANTELIJA: Ach was, die und der Gespan. Seine Durchlaucht hat nichts anderes zu tun, als diese dreckige Bande zu empfangen und sie womöglich noch mit einem Schnaps zu bewirten. Lächerlich. Wenn sie auch dort waren, dann haben sie nichts erreicht. Sie haben nur gelästert wie die letzten Dorfköter. Unsere Menschen sind wie die Hunde. Wenn du ihnen ins Auge schaust, wedeln sie mit dem Schwanz. Kaum drehst du dich um, beißen sie dich. Ich würde sie alle erschießen. Oder noch besser aufhängen. Wie tolle Hunde. An die Kette mit ihnen. An die Kette. Wenn ich was zu reden hätte, ich würde binnen vierundzwanzig Stunden Ordnung machen.

MARIANNE: *(während sie in ihr Taschentuch weint und die Tränen schluckt)* Ich habe Angst, Leute, ich habe Angst. Was soll ich nur tun, wenn sie mich mit meinen Kindern auf die Straße werfen? Wir werden Hungers sterben. Jetzt ist Winter, Leute, denkt nur, der Schnee geht uns bis zu den Knien.

JURO: Von einer Delogierung kann keine Rede sein.

MARIANNE: *(hysterisch gereizt)* Was quatschst du da immer ein und dasselbe? Wieso soll davon keine Rede sein? Der Kanzlist im Bezirksamt hat mir gesagt, daß ein Schreiben von der Regierung gekommen ist, mit dem man den neuen Lehrer ernannt hat. Sie werden mich auf die Straße werfen. Das ist ganz sicher. Verdammt sei jene Minute, in der ich geboren worden bin. *(weint wieder)*

HADROVIĆ: Mein liebes Kind, das hat doch keinen Sinn. Man kann nicht mit dem Kopf durch die Wand. Ich war zu dir und zu deinem Seligen immer gut und aufrichtig. Wie oft habe ich nur dem Seligen gesagt: Laso, Laso, deine kleine Frau ist pures Gold. Aber sie ist ein großes Kind. Ja ja, so ist es, mein liebes Kind. Hör zu, was ich dir sage. Ich glaube, es ist ausgeschlossen, daß sie dich delogieren und dich auf die Straße setzen. Das kommt nicht in Frage, Das ist Numero eins. Numero zwei ist: wenn sie auch den Lehrer ernannt haben, steht das alles nur auf dem Papier. Wo ist die Ernennung und wo ist die Wolfsschlucht? Sagt mir, ihr alle, die ihr da seid, wer soll um diese Zeit in die Wolfsschlucht kommen? Einunddreißig Kilometer von der Bahnstrecke entfernt und dazwischen Wälder und Schlamm und die grünen Kader, vor denen man nicht einmal in der Stadt sicher ist, geschweige denn hier, in unserer Wüste. Nicht einmal der Teufel würde herkommen, selbst wenn man ihn dafür bezahlt. Nehmen wir schließlich an, daß trotzdem einer kommt. Du bist doch nicht allein, mein liebes Kind. Wir sind hier. Wir halten zu dir. Dein Gevatter hier und ich und wir alle, wir lassen dich nicht im Stich. *(streichelt zittrig Marianne)*

MARIANNE: Das ist alles schön und gut, aber das Schreiben liegt schon seit vier Wochen im Bezirksamt. Auch ich denke oft, das ist nur Papier, das kann nicht sein. Der Mann ist kein richtiger Lehrer, sondern ein Student, ein Philosoph, was weiß ich. Außerdem ist er Invalide. So steht es in den Dokumenten. Er ist krank. Ein Invalide und ein Professor.

HADROVIĆ: Der ist kein Professor, sondern irgendein heruntergekommener Präparand.

MARIANNE: Das weiß ich nicht. Ich weiß gar nichts. Mir dreht sich alles im Kopf. Ich glaube auch, daß die mich nicht hinauswerfen werden, aber dann zweifle ich wieder daran. Aloisia Fraterschek hat mir gesagt, wie sie dem Gespan ein Schreiben übergeben haben, so eine Klage, daß ich aus der Schule eine Trafik gemacht habe. Daß ich hier eine Kneipe führe. Daß hier die ganze Nacht Betrunkene kommen und gehen. Deserteure und Gendarmen. Und daß hier Schnaps ausgeschenkt wird.

PANTELIJA: *(aufgebracht)* Wer hat das gesagt?

MARIANNE: Was weiß ich? Alle, alle reden so. Ich bin ihnen allen ein Dorn im Auge. Und warum nur, möchte ich wissen? Ich kann doch nicht von der Luft leben. *(weint weiter, immer heftiger)* Das sind lauter wilde Tiere, keine Menschen. Das ist kein Leben hier, sondern eine Hölle. Das kann man nicht aushalten. Ich werde noch wahnsinnig. *(weint)*

JURO: *(steht auf, geht auf sie zu und tröstet sie)* Na na, das alles ist doch nicht so schrecklich.

PANTELIJA: Auf euer Wohl, Leute. Die Tränen nützen doch nichts, Man muß sich nach der Decke strecken. Gottes Wille geschehe. Das Leben ist eine Qual. Man schleppt es wie ein Joch. Was soll man da tun? Prost!

(Eva, die am meisten trinkt und ununterbrochen eine englische Zigarette raucht, trinkt ihr Glas aus, ohne mit irgendjemandem anzustoßen und beginnt leise auf der Mundharmonika zu spielen. Der alte Hadrović trinkt auch viel. Man sieht ihm an, daß ihm der Glühwein schmeckt. Er liest seine großformatige Zeitung nur so pro forma.)

GENDARM: *(der die ganze Zeit bei der Tür steht, als warte er nur auf den Wachtmeister, damit sie endlich weggehen)* Herr Wachtmeister, bitte ergebenst, könnten wir nicht weggehen? Es ist schon neun Uhr vorbei, bitte ergebenst. Und es schneit, Herr Wachtmeister.

JURO: Warum wollt ihr jetzt in der Nacht aufbrechen? Der Gevatter könnte ruhig bei uns übernachten und für Sie würde sich schon in der Küche ein Platz finden. Trinken Sie lieber auch ein Glas. Auf Ihr Wohl.

PANTELIJA: Was ist, Mitar? Warum sträubst du dich wie ein Kater? Wir haben doch Zeit. Wir werden schon weggehen. Gleich. Auf dein Wohl, Mitar.

GENDARM: Vielen Dank, Herr Wachtmeister, Bitte ergebenst, Herr Wachtmeister, die Patrouille wartet auf uns bei den Mühlen.

PANTELIJA: Ja, ja, da hast du recht. Diese verdammten Mühlen. So bei einem Glas Wein vergißt man alles. Bei den Mühlen hat man heute Nacht einen von dem grünen Kader erschossen. Morgen soll die Kommission kommen, falls die Straße nicht verschneit ist. Auch in der Schlucht liegt einer schon seit zwei Tagen. Die vom Bezirksamt haben sich nicht beeilt, als hätten sie gewußt, daß noch einer dazukommen würde. Man müßte sich geradezu zerreissen, wenn man der Pflicht nachkommen wollte. Morgen muß ich wieder zurück zu den Mühlen und nachmittags zur Krebsschlucht. Dort hat man zwei Frauen vergewaltigt. Und noch nichts untersucht. Wir haben keine Leute. Nur zwei Garnituren, und die sind Tag und Nacht auf den Beinen. Man kann nicht einmal in Ruhe ein Glas Wein trinken. Gleich, Mitar. Wir werden gleich aufbrechen. Geh, ich bitte dich, hinaus und schau nach, wie es draußen steht, damit wir wissen, was uns erwartet.

GENDARM: *(geht unwillig hinaus. Offenbar tut er das nicht zum ersten Mal. Pause. Alle trinken)*

PANTELIJA: Ein guter Bursche, dieser Mitar. Pünktlich wie die Uhr. Und ergeben, daß es nicht besser sein kann. Der weiß, was Disziplin ist. Er würde nicht einmal einen Tropfen Alkohol trinken, seibst wenn man ihn ans Kreuz schlägt. Man hat dem armen Hund alle Knochen da unter dem Hals mit einem Maschinengewehr durchgeschossen. Er hat keine Angst vor der Front gehabt wie unser Freund hier. *(zeigt mit dem Daumen auf Juro)*

JURO: Ich glaube, ich war lange genug an der Front. Siebzehn Monate. Das ist genug. Wären Sie, lieber Gevatter, nur vierundzwanzig Stunden dort gewesen, dann wüßten Sie, wie es dort ist.

PANTELIJA: *(streng)* Schluß mit den Späßen, mein Lieber. Es ist so wie ich dir gesagt habe. Du solltest lieber verduften. Diesmal lasse ich es noch sein. Ich werde melden, daß du nicht da bist. Das kann ich noch einmal tun. Aber ich kann nicht alle Anzeigen in den Ofen werfen. Und da ist auch noch das Fahndungsblatt von der Division. Ich werde dich nicht mehr decken können. Budapest ist doch größer als diese verdammte Wolfsschlucht. Dort gibt es ganze Betaillone von Kellnern. Und dann weiß ich aus Erfahrung, daß man in der Stadt wie in einem Maulwurfshügel mit sieben Löchern lebt. Man kann immer durch eins von ihnen hinausschlüpfen. Ha ha, *(Er lacht allein. Pause)* Auf euer Wohl, Leute! Na, was ist, warum schweigst du? Du weißt selbst, wie das ist. Die Leute im Dorf halten nicht den Mund. Morgen wird der ganze Bezirk wissen, daß ich hier war, und daß wir ein ganzes Faß Wein getrunken und ein Spanferkel gegessen haben. Zum Teufel noch einmal. Ich würde sie am liebsten alle aufhängen oder ihnen die Fußsohlen ansengen.

JURO: Sie haben recht, Gevatter, ich glaube auch, daß ich am besten verschwinden sollte. Auf Ihr Wohl! Sie sollen gesund bleiben, Gevatter! *(stößt mit ihm an. Trinkt aus und schenkt dann allen nach)*

EVA: Ach, euer ganzes old country ist nicht einmal einen Cent wert. Was für ein Leben führt ihr schon in diesem Schweinekoben? Eure ganze Soldateska und eure Patrouillen und Fahndungsblätter und dieser grüne Kader. Wie dumm das alles ist. Die Gendarmen fahren in Amerika im Automobil herum, ja, das sind Gendarmen. Feine Herren. Der Gespan könnte ihnen die Hand küssen. Ach. *(will trinken, aber der Wein schmeckt ihr nicht)* Pfui. Ich habe ein halbes Kilo Zucker eingekocht, und er ist noch immer sauer. Hier ist alles voll Schlamm und Dreck. Das drüben nenn ich Leben. Ja. Man macht eine Pipe auf, und warmes Wasser kommt heraus. Und dann die andere: Gas. Man dreht an einem Knopf und hat schon Licht. Man setzt sich in den Lift und fliegt hinauf in den Himmel. Das hier ist ein Skandal und kein Leben. Chicago, New York, Pittsburgh, San Francisco, Ohio blitzen jetzt wie die Mitternachtssterne. Die Straßenbahnen fahren herum, Musik, Grammophone, das ist Leben, Amerika, United States of America.

JURO: Was weißt du schon von Europa, ich bitte dich. Du glaubst, das ganze Europa ist wie diese unsere Wolfsschlucht: zwei Kneipen und die Kirche zur Heiligen Dreifaltigkeit. Als wäre Budapest nicht das gleiche wie Amerika. Wenn du jetzt Astoria, Britannia, Hungaria und Continental sehen könntest. Ich würde auf der Stelle ein Jahr Arrest auf mich nehmen, wenn ich nur noch eine Nacht im Frack über die roten Läufer gehen könnte. *(macht Kellnergesten)* Tokajer, Austern, Sherry Brandy, Cointreau, Curaçao, Exzellenzen, Minister, Barone, Husaren, Speisekarten, Weinkarten, Garderobe, Separé, ha, meine Liebe, das ist was.

EVA: Was ist schon Europa? Ich war vier Tage in Paris und kann dir sagen, daß sich Paris mit San Francisco nicht vergleichen läßt. Lauter alte, verschmierte Häuser, enge Gassen, alles dunkel, so daß man nicht einmal bei Tag was sehen kann. Wenn mans genau nimmt, ist es ganz gut, daß es Krieg gibt. So wird dieses verschissene old country endlich zum Teufel gehen. Es ist sowieso nichts wert; Ach was, trinken wir lieber!
(Sie stoßen miteinander an und trinken)

EVA: *(zu Marianne)* Was sitzt du denn da, als wären alle deine Schiffe untergegangen? Was hast du? Was machst du dir so viel Sorgen, als könnte man außerhalb der Wolfsschlucht nicht leben? Laß alles liegen und stehen und hau ab. Drüben kann man menschlicher und herrschaftlicher leben, meine Liebe. Komm mit! Hauen wir ab!

MARIANNE: Du hast es leicht, meine Liebe. Du bist allein, hast Geld, bist reich.

EVA: Reich? Wenn du wüßtest wie reich ich war. Ich habe, meine Liebe, bei einer Company achthundert Meter unter der Erde Wäsche für die Japse gewaschen. Und die Japse haben einen ärgeren Geruch als die Stinktiere. Ja, das war mein Reichtum. Aber ich habe mich nicht gehen lassen. Ich bin da herausgekommen. Du hast doch ein Dach überm Kopf und gute Menschen um dich herum und jammerst. Der Lehrer kommt! Na und? Soll er kommen. Du bist Witwe. Es ist dein gutes Recht, hier zu bleiben. Was kümmert dich, was im Dorf getratscht wird? Du bist jung und gesund und hast keinen Grund, den Kopf hängen zu lassen. Wenn dieser verdammte Krieg vorbei ist, werden wir zwei uns schön einschiffen und mit der Cunard-Line hinüberfahren. Ja, so ist es. Zum Wohl, Großvater, zum Wohl! *(stößt mit dem alten Hadrović an)*

GENDARM: *(kommt herein; er ist voll Schnee)*

PANTELIJA: Na, wie steht's draußen, Mitar?

GENDARM: Gut, Herr Wachtmeister. Der Wind hat aufgehört. Es schneit nur mehr ganz leicht. Der Schnee ist so fünfunddreißig Zentimeter hoch, melde gehorsamst. Es wäre ganz gut, wenn wir jetzt aufbrechen würden, Herr Wachtmeister.

PANTELIJA: Ja ja, wir gehen schon, Mitar. Also, auf euer Wohl! *(Alle stoßen an und trinken. Pantelija steht auf und geht zu den Ehebetten, auf denen sein Mantel und seine Ausrüstung liegen. Er zieht sich an, umgürtet und bewaffnet sich. Dabei schaut er auf die Kinder, die im zweiten Ehebett schlafen)*

PANTELIJA: Selige Kinder. Sie schlafen und haben von nichts eine Ahnung. Gott beschütze sie. *(macht das Zeichen des Kreuzes über den Kindern; dann dreht er sich um)* Was sagst du, Mitar, wenn wir jetzt Pferde und einen Schlitten hätten. Und einfach kling-ling davonrauschen könnten. Schön wäre das. *(schaut an sich hinunter und strafft sich dann)* Also, auf Wiedersehen, meine Lieben. Gute Nacht! Sollte ich etwas erfahren, werde ich es melden. Ansonsten bin ich spätestens am Sonntag da. *(reicht allen der Reihe nach die Hand und verabschiedet sich)* Also vorwärts, Mitar!

HADROVIĆ: *(über seiner Zeitung, vom Lesen oder vom Alkohol benommen)* Ah, ihr wollt schon gehen, Gevatter.

PANTELIJA: Ja, die Pflicht ruft.
(Es klopft am Fenster. Allgemeine Überraschung)

PANTELIJA: Was soll denn das?

EVA: *(geht zum Fenster und schiebt den leinernen Vorhang beiseite)* Wer ist es?

HORVAT: Ich bin der neue Lehrer. Die Regierung hat mich ernannt.

PANTELIJA: Was, der neue Lehrer?

HORVAT: *(noch immer draußen)* Mein Name ist Horvat, Kreschimir Horvat. Ich bin verwundet. Machen Sie auf. Ich habe mich nur mit Mühe hierhergeschleppt.

PANTELIJA: Was? Verwundet? Wer hat Sie verwundet?

(Während des Gesprächs setzen sich alle in Bewegung. Pantelija und Mitar gehen hinaus)

HORVAT: Ich kann die Treppe nicht hinaufsteigen. Es tut weh.

(Auch Juro geht hinaus. Man hört ein Stimmengewirr von draußen. Eva bleibt ruhig sitzen, steht dann plötzlich auf und geht schnell hinaus. Marianne steht auf. In einer panischen, steifen Pose wartet sie darauf, was geschehen soll. Sie geht zu den Heiligenbildern, die über den Ehebetten hängen und bekreuzigt sich dort aufgeregt und verzweifelt. Der alte Hadrović schaut stumpf vor sich hin. Juro, Pantelija und Mitar bringen Horvat herein, setzen ihn auf einen Stuhl und ziehen ihm den Mantel aus.)

PANTELIJA: Sagen Sie, wo sind Sie denn verwundet?

HORVAT: Man hat mir den Schenkel durchgestochen. Ich bin voller Blut. Schauen Sie. *(zeigt seine blutige Hand)*

PANTELIJA: Warten Sie, wir werden Sie auf den Diwan legen. Also, packt zu. Hier kommt der Kopf und hier die Füße. So. *(Während er bei der Übersiedlung des Verwundeten auf den Diwan herumkommandiert, zieht er sich wieder aus und wirft seine Ausrüstung und seinen Mantel über einen Stuhl. Horvat stöhnt, während man ihn zum Diwan bringt)*

PANTELIJA: So ist es gut. Warten Sie. Hier tut's weh? Hier auch? Warten Sie, wir müssen das ausziehen. Oder aufschneiden. Die Hose ist sowieso zerrissen. Mitar, eine Schere. So, das werden wir gleich haben. *(schneidet mit der Schere das Hosenbein auf)* Das haben wir also. Bringen Sie Wasser, Gevatterin. Und du, Mitar, hol ein Becken und Handtücher. Aber schnell.

(Eva hilft ihnen, während Marianne wie gelähmt dasteht.)

PANTELIJA: Ein Becken, Gevatterin, ein Becken; und Wäsche. Ich brauche Leinen. Zum Verbinden.

EVA: *(schreit)* Marianne? Hörst du?

(Marianne zuckt zusammen, als erwache sie aus einem schweren Traum, geht automatisch zum Wäscheschrank und beginnt darin herumzuwühlen. Pantelija untersucht die Wunde mit den Fingern.)

HORVAT: Ah, das tut weh.

PANTELIJA: Das ist nichts, glauben Sie mir, eine reine Fleischwunde. Wird bald heilen. Ich kenne mich bei den Wunden besser aus als ein Feldscher. Ich habe schon viele Wunden verbunden.

Ja. Das wird bald verheilen, mein Herr. Wer hat Sie so zuge-
richtet, ich bitte Sie?

HORVAT: Man hat mich im Wald überfallen.

PANTELIJA: Ah so, im Wald. Das waren sicherlich die Grünen.

HORVAT: Das weiß ich nicht. Es waren drei Soldaten.

PANTELIJA: Noch ein reines Handtuch, Gevatterin. So. Und Was-
ser. Schütten Sie das aus und bringen Sie mir frisches Wasser.
Her mit dem Wasser, Mitar. Das beste Heilmittel ist eiskaltes
Wasser. Sooo. Warten Sie. Jetzt zittert er. Das macht nichts.
Das zieht ihm alles heraus.

*(Mitar und Juro bringen einen Eimer frischen Wassers und ge-
hen wieder hinaus. Das Waschbecken ist voll blutigen Wassers,
das Eva hinausbringt und draußen ausschüttet. Marianne und
der alte Hadrović schauen nur passiv zu, Horvat stöhnt.)*

PANTELIJA: *(verbindet Horvat die Wunde)* Sooo. Strecken Sie sich
nur schön aus. Und regen Sie sich bitte nicht auf. Das ist eine
Kleinigkeit. Es ist gut, daß Sie nicht im Wald geblieben sind.
Dort erfriert der Mensch wie der Kuhdreck. Ha ha. Ich bin,
mein Lieber, Pantelija Zrnković. Der Kommandant der Gendarmeriestation in Sankt Anna. Sie werden bald gesund sein. Zu
Ostern werden Sie tanzen.

HORVAT: Herzlichen Dank. Es freut mich sehr, Ihre Bekanntschaft
zu machen. Ich bin Kreschimir Horvat.

PANTELIJA: Und Sie sind, wenn ich mich nicht täusche, unser neu-
ernannter Lehrer.

HORVAT: Ja, mich hat die Regierung zum neuen Lehrer in der
Wolfsschlucht ernannt, und ich komme direkt hierher. Bitte,
hier sind meine Dokumente. *(legt die Dokumente, die er mühsam herausgezogen hat, auf den Tisch)*

PANTELIJA: *(hört auf, Horvat die Wunde zu verbinden und überfliegt die Dokumente)* Der Herr hat das Philosophiestudium absolviert. Sie haben auch für die Zeitung gearbeitet. Hier steht:
Mitglied der Journalistenvereinigung. Mhm. Und ein Invalide
dazu. Ein hundertprozentiger Invalide. Waren Sie denn an der
Front? *(fährt fort, Horvat die Wunde zu verbinden mit einer
ausgesprochen höflichen Aufmerksamkeit.)*

HORVAT: Au, das tut weh.

PANTELIJA: Nur im ersten Augenblick. Bis Sie sich daran gewöhnt
haben. Ich muß Sie auch noch mit einem Riemen verbinden,
damit die Blutung aufhört. Strecken Sie sich nur aus. So. Wir
sind gleich fertig. Jetzt werden wir Ihre Kleider ein bißchen lok-

kern und Sie zudecken. So. *(legt ihm ein Polster unter den Kopf, zieht ihm die blutigen Fetzen aus und deckt ihn zu)*

HADROVIĆ: Von der Regierung ernannt. Ein Absolvent der Philosophie in der Wolfsschlucht. Mir scheint irgendwie alles auf den Kopf gestellt zu sein. Erlauben Sie, Herr Kollege, daß ich mich vorstelle. Ich bin Hadrović Wjekoslaw, Lehrer und Volksschuldirektor in Sankt Sonntag. Und das hier ist meine Gevatterin, liebe Freundin und Witwe Ihres seligen Vorgängers in diesem Ort, Frau Margetić. Ihr seliger Vorgänger, Gott hab ihn selig, hieß Lazar. Das ist seine Gemahlin Marianne. Ja.

(Eva schiebt Marianne auf den Verwundeten zu, damit sie ihm die Hand reicht. Marianne ist aber so steif, daß die Vorstellung danebengeht.)

HADROVIĆ: *(rettet die Situation)* Sie sind also kein Präparand, sondern ein Philosoph. Wer hätte das gedacht. Wir haben einen jungen Lehrer erwartet. Und dann sehen wir, daß Sie nur vorläufig ernannt worden sind. Ihre Papiere liegen schon seit zwei, drei Wochen unten im Bezirksamt. Hätten Sie sich dort gemeldet, dann hätte man Sie wahrscheinlich nicht so weiter gehen lassen.

HORVAT: Ich bin mit dem Morgenzug nach Marof gekommen und von dort aus zu Fuß weiter.

HADROVIĆ: Es geht mir nicht in den Kopf, daß man Sie so spät am Abend hat allein gehen lassen. Das verstehe ich nicht. Nein.

HORVAT: Ich wollte selbst gehen. Man hat mir empfohlen, in der Stadt zu übernachten, aber ich wollte unbedingt weiter. Ich bin selbst schuld daran.

PANTELIJA: Ja, natürlich, das waren die grünen Kader. Das ist ihre Methode. Sie stechen jeden, der ihnen über den Weg läuft. Verdammte Diebe. Hat man Sie beraubt?

HORVAT: Ja. Sie haben mir alles genommen, was ich bei mir hatte. Ungefähr 350 Kronen. Ein Wind hat sich erhoben, und ich habe im Schneegestöber die Orientierung verloren. Ich war tief im Wald und habe jeden Augenblick erwartet, die Weinberge zu sehen, weil man mir gesagt hat, daß gleich darauf das Dorf kommt. Und gerade, als ich auf eine Wiese kam ...

JURO: Das war bei der Mutter Gottes.

HORVAT: Ja, gerade unter einer Buche mit einem Heiligenbild bin ich auf drei Soldaten gestoßen. Ich kenne die grünen Mäntel gut, die Mannlicher-Gewehre und die Bajonette und habe keine Angst vor ihnen. Ich war an der Front. Warum soll ich mich vor Soldaten fürchten? Hände hoch, hat einer von den dreien kom-

mandiert. Und ich habe die Hände gehoben und habe ruhig
gewartet. Wer bin ich und wo will ich hin, haben sie gefragt.
Und ich habe ihnen gesagt, ich sei der Lehrer und ein Invalide.
Ich sei kein Invalide, ich lüge und ich solle ihnen das Geld hergeben. Ich habe die Brieftasche herausgezogen, die silberne Uhr
und das Taschenmesser. Das war alles, was ich bei mir hatte. So
habe ich die Arme wieder heruntergelassen. Hände hoch, schrie
mich einer an und drohte mir, mich wie einen Hund zu erschla-
gen. Das sei nicht alles, ich müsse noch mehr bei mir haben.
Und sie schlugen mich nieder, durchsuchten mir alle Taschen,
und der eine hat mich mit dem Bajonett in den Schenkel gestochen. Ich habe stark geblutet, konnte das Blut nicht zum Still-
stand bringen, und habe schon geglaubt, ich werde dort sterben.
Aber dann habe ich einen Ast abgebrochen und mich, ich weiß
nicht wie lange, hierhergeschleppt. Als ich das Licht gesehen
habe, glaubte ich, das hier sei eine Kneipe.

PANTELIJA: Sie können froh sein. Es hätte noch schlimmer ausgehen können. Ich werde, sobald ich ankomme, eine Meldung
schreiben. Machen Sie sich keine Sorgen. Da brauchen wir nicht
einmal ein Protokoll aufzunehmen. Wozu soll ich Sie damit
quälen? Geben Sie mir nur Ihre Blankounterschrift. Ich werde
schon alles selbst zusammenstellen. Papier und Tinte, Gevatterin.

*(Eva und Marianne holen ein verstaubtes Tintenfaß und suchen
in einem Schrank nach Papier und Feder.)*

PANTELIJA: Die hätten Sie auch abschlachten können. So geht es
schon seit zwei Jahren, und wir können nichts anderes tun als
Protokolle verfassen. Zwei Betaillone mit Maschinengewehren
müßten her, damit unsere Gegend von diesem Ungeziefer endlich einmal gereinigt wird. Aber man schickt sie uns nicht. So
herrschen diese grünen Diebe hier und nicht wir. So. Unterschreiben Sie bitte hier. Danke schön. *(beginnt sich wieder an-
zuziehen)* Jetzt werden wir uns wieder an die Front begeben,
Mitar. Ja. Ich habe vor niemandem Angst, solange meine alte
Pistole bei mir ist. *(klopft gegen seine Pistolentasche)* Sie bellt
noch ganz gut. Bleiben Sie nur ruhig liegen. Morgen oder übermorgen werden wir Sie mit dem Schlitten hinunterbringen, damit der Arzt Sie frisch verbinden kann. Aber jetzt müssen wir
leider gehen. Auf Wiedersehen. Gute Nacht. Gute Nacht, Gevatterin. *(Mitar und Pantelija verabschieden sich und gehen
weg. Marianne geht ihnen nach. Horvat liegt erschöpft da. Pause. Eva setzt sich zum Ofen und zündet sich eine Zigarette an.*

Dann steht sie auf und geht auf die Tür zu. Man hört Stimmen-
gewirr draußen.)

JURO: Pst, seid leise. Er ist eingeschlafen.

HORVAT: *(richtet den Kopf etwas auf und lächelt milde)* Ich bin
nicht eingeschlafen. Ich bin nur müde. Das kommt wahrscheinlich vom Blutverlust.

HADROVIĆ: Vielleicht möchten Sie etwas essen, lieber Herr Kollege. Sie müssen hungrig sein.

HORVAT: Nein nein, danke. Ich bin nur durstig. Könnte ich vielleicht ein Glas Milch haben. Oder auch Wasser. Sonst brauche
ich nichts.

HADROVIĆ: *(zu Eva)* Geh, ich bitte dich, frag, ob es Milch im Haus
gibt. Sie werden sie gleich bekommen, lieber Herr Kollege. Wer
hätte sich gedacht, daß Sie so blutig und verwundet zu uns
kommen werden. Wie ein Märtyrer. Die hätten Sie noch töten
können. Vor einer Woche haben sie den Müller, seine Frau und
seinen Knecht abgeschlachtet. Nur ein kleiner Bub ist am Leben
geblieben, weil er sich unterm Bett versteckt hat. Und der hat
erzählt, daß ihre Gesichter mit Ruß verschmiert waren.

HORVAT: Ich habe schon in den Kasernen und in den Spitälern von
den grünen Kadern gehört. Dort redet man viel darüber. Aber
ich habe nicht gedacht, daß das alles solche Ausmaße angenommen hat. Was sagen die Behörden dazu?

HADROVIĆ: Die Behörden? Sie haben gerade die Behörden gehört.
Die können da nichts machen. Die schicken Gendarmenpa-
trouillen aus, aber die Gendarmen sind schließlich auch nur
Menschen. Sie haben Angst, ihren Kopf zu verlieren. Im Herbst
haben bei uns in den Wäldern richtige Schlachten stattgefunden.
Man hat auch die Soldaten geschickt. Ergebnis: Man hat elf umgebracht und sieben erwischt. Was ist das schon, wo die sich
doch dauernd vermehren wie die Ratten. Man kann dieses Ungeziefer nicht ausrotten. Ich verstehe nur nicht, wieso sie bei
diesem scheußlichen Wetter im Wald leben können. Das ist
doch unmenschlich.

HORVAT: Die Menschen müssen es auch an der Front aushalten.
An der Front gibt es oft noch ärgeren Wind und Schneefall als
hier.

HADROVIĆ: Ja, das ist wahr, aber das ist an der Front, dort muß
man aushalten. Aber hier gibt es keine Front. Hier muß man
nicht im Wald leben. Das sind keine Menschen mehr, glauben
Sie mir. Deshalb bedeutet ihnen das Menschenleben auch
nichts.

HORVAT: Mein lieber Herr, man weiß eigentlich nicht, wo die Front beginnt und wo sie endet. Wer hat diesen Menschen zuerst das Messer in die Hand gedrückt, frage ich Sie? Das waren doch lauter gute Menschen, brave Bauern, die ihren Acker bestellt haben, und man hat aus ihnen Mörder gemacht. Ja, man hat sie geradezu ins Kriminal geworfen.

HADROVIĆ: Diese Leute waren gute Menschen, sagen Sie. Wer hat Ihnen das gesagt? Rousseau? Ich habe diesen Ihren Rousseau gelesen, lieber Herr Kollege, noch vor vielen Jahren. Ich kann Ihnen sagen, dieser Rousseau hat keine Ahnung von dem Menschen gehabt. Hätte er ihn gekannt, dann hätte er nie geschrieben, der Mensch sei gut. Schauen Sie sich nur an, was diese grünen Teufel machen, ich bitte Sie. Sie plündern, brandscbatzen, vergewaltigen, stehlen und schlachten ab, was ihnen unter die Hände kommt.

MARIANNE: *(kommt herein; sie ist verwirrt)* Wenn der Herr wünscht, wir haben Schinken und Eier ... Ich werde es Ihnen gleich bringen.

HORVAT: Nein danke, gnädige Frau. Herzlichen Dank. Ich kann wirklich nicht. Ich bitte nur um ein Glas Wasser oder kalte Milch. Ich bin sehr durstig. *(Marianne geht verwirrt hinaus)*

HORVAT: Und die andere Dame, die hier war, ist das vielleicht die Schwester der Hausfrau?

HADROVIĆ: Nein nein, das ist Eva, die Nachbarin von gegenüber. Eine Teufelsfrau. Sie ist nämlich Amerikanerin. Unmittelbar vor dem Krieg oder zu Anfang des Krieges, ich kann mich nicht genau daran erinnern ...

JURO: Es war schon Krieg, Herr Direktor. Ich war damals zum ersten Mal verwundet. Das war so um Ostern herum, im Fünfzehnerjahr.

HADROVIĆ: Das macht nichts. Die Hauptsache ist, daß ihr Mann vor drei Jahren gestorben ist. Und so ist sie gekommen, um ihre Eltern zu besuchen. Aber gleich darauf ist Amerika in den Krieg getreten, und so konnte sie nicht mehr zurück. Ihre Eltern sind reich. Über zwanzig Morgen Land. Und sie ist die einzige Tochter. Ihr Mann hat eingeheiratet und so reist sie jetzt herum.

HORVAT: Sie ist also Amerikanerin. Und eine Bäuerin. Ich schaue aber auf ihre Lackschuhe ...

HADROVIĆ: Sie hat schon ein Köpfchen, diese unsere Eva. Sie war bei mir in der Schule, 1901, als ich noch Lehrer hier in der Wolfsschlucht war. Eva war die Beste in der Klasse. Sie hat aus eigenem die ganze Bibliothek ausgelesen. Alle Klassiker und so. Ich habe ihren Eltern dann gesagt, sie sollen sie weiter in die Schule schicken. Aber sie haben sich nicht überreden lassen. Und so hat man sie mit achtzehn verheiratet. Kaum sind aber zwei Jahre vergangen, hat sie ihre Eltern und den Mann stehen lassen und ist über den Ozean geflüchtet. Und jetzt will sie wieder zurück. Am ersten Tag, an dem der Krieg aus ist. *(Man hört entfernt einen Schuß)*

HORVAT: *(horcht auf)* Oho, was ist das?

JURO: Das ist ein Signal. Gevatter Pantelija hat jetzt die Schlucht erreicht. *(Pause, Horvat ist sichtlich erschöpft. Marianne und Eva kommen zurück. Marianne bringt eine Tasse heiße Milch, die sichtlich dampft)*

MARIANNE: Hier, bitte, ich hoffe, sie ist heiß genug.

HORVAT: Ich bin durstig, gnädige Frau. Ich glaube, eine kalte Milch wäre besser. Aber das macht nichts.

MARIANNE: Unser Wasser ist nicht gut. Aber ich kann Ihnen auch eine kalte Milch bringen, wenn Sie . . . *(sie ist so verwirrt, daß sie die Milch verschüttet, als sie die Schale Horvat entgegenstreckt.)*

HORVAT: Das macht nichts. Es ist schon gut so. Dankeschön. Herzlichen Dank.
(Pause. Horvat bläst auf die Milch, um sie abzukühlen und trinkt sie schluckweise. Der alte Hadrović fummelt in seiner Pfeife herum, und Marianne und Eva flüstern miteinander. Eva ist offensichtlich energischer. Sie tritt auf Horvat zu.)

EVA: Entschuldigen Sie bitte, mein Herr, aber wir müßten Sie hochheben, damit wir den Diwan überziehen können. Sie können nicht so darauf liegen.

HORVAT: Ich habe nicht die Absicht, Sie zu inkommodieren. Ich fühle mich hier ganz wohl. Danke.

EVA: Nein nein, das geht auf keinen Fall.

MARIANNE: Wir werden's gleich haben. Komm, Juro, hilf uns.

HORVAT: Herzlichen Dank. Das ist wirklich sehr liebenswürdig von Ihnen.
(Sie heben Horvat hoch und setzen ihn auf den zerschlissenen Lehnstuhl. Juro stellt ihm einen Stuhl unter den Fuß und reicht ihm die Milch mit geschickten Gesten eines Kellners.)

JURO: Entschuldigen Sie bitte. Erlauben Sie mir, daß ich mich vorstelle. Ich bin Juro Kutschić. Kellner.

HORVAT: Herzlichen Dank. Ich bin Kreschimir Horvat. Freut mich.

HADROVIĆ: *(der auch bei Horvats Transport mitgeholfen hat)* Ja ja, das ist unser Freund Juro. Er ist unser Hofmusikant. Er ist auch ein Antimilitarist wie Sie. Er hat in Budapest allerhand Faxen gelernt. Wo warst du denn? Bei der „Königin von England" oder beim „Jägerhorn"?

JURO: Ich war in der „Hungaria".

HADROVIĆ: Ach ja, in der „Hungaria". Ich bringe schon alles durcheinander. Es ist schon lange her, daß ich in Budapest war. Zur Tausendjahrfeier sind wir Lehrer auf Staatskosten zweiter Klasse hin- und zurückgefahren. Mein Gott, wie die Zeit vergeht. Als ich in der Wolfsschlucht angefangen habe, stand hier noch die alte Schule aus Holz, die der Graf achtundvierzig gebaut hat. Wo ist das alles nur geblieben, mein lieber junger Herr Kollege. Seit vierundvierzig Jahren bin ich schon in dieser Gegend. Hier habe ich meine silberne Hochzeit gefeiert, und jetzt ist meine Frau schon seit neunzehn Jahren tot. Und meine fünf Kinder liegen da drüben auf dem Friedhof. Man kann ihre Gräber von hier aus sehen. Bei Tag natürlich. Das zieht mich auch immer wieder hierher, diese traurigen Gräber. *(schenkt sich aus der Korbflasche Wein nach..)*

EVA: Entschuldigen Sie bitte, mein Herr, aber jetzt könnten Sie wieder zurück. Wir sind fertig. Erlauben Sie.

HADROVIĆ: Möchten Sie vielleicht ein Gläschen Wein?

HORVAT: Herzlichen Dank, ich trinke nicht. Ich habe meine Milch.

(Sie tragen ihn zurück zum Diwan und decken ihn mit einem Plaid zu. Marianne geht danach zu den Ehebetten. Dort überzieht sie Matratzen und Polster und stellt sie auf die Bretter, die sie über die schwarze Kiste neben dem Schubladenkasten gelegt hat. So improvisiert sie dort eine Liege. Eva setzt sich an den Tisch und raucht. Juro sitzt neben dem Ofen und spielt leise auf seiner Mandoline. Pause)

HADROVIĆ: *(gähnt während er an seiner Pfeife hantiert)* Da kommt ein junger Mann voller Ideale zu uns, und man empfängt ihn mit dem Messer. Was für Zustände sind das, mein Gott. Das ist Sodom und Gomorrha. Unsere Leute hier sind Tiere, keine Menschen. Seit über vierzig Jahren leb ich mit ihnen wie Hund und Katz. Ich lege mir einen Garten an, und die Schweine meines Nachbarn wühlen ihn auf. Ich baue mir einen Zaun. Nicht einmal, sondern hundertmal, und sie hauen ihn nachts mit der Axt zusammen. Ich weiß sehr gut, wer es getan hat, kann aber nichts dagegen unternehmen. Sie müssen beweisen, wer es getan hat, sagt man mir bei Gericht. Wie soll ich es beweisen? Sie erschießen Ihnen aus purer Rache den Hund, mein Herr. Glauben Sie mir das. Sie trinken Ihnen das Wasser aus Ihrem Brunnen weg, oder verschmutzen es, damit Sie nichts zum Trinken haben, und wenn Sie mit dem Eimer in der Hand von ihnen Wasser holen wollen, dann geben sie Ihnen keinen Tropfen. Ja, so ist es hier bei uns. Ich wollte schon hundertmal abhauen, aber wo soll ich schon hin? Hier sind die Gräber meiner Frau und meiner Kinder. Hier werde ich auch einmal liegen. So ist es. *(Die Uhr schlägt zehn.)*

EVA: Es ist schon spät. Der Herr wird sicherlich schlafen wollen. Gehen wir, Juro.

HADROVIĆ: *(schenkt sich Wein aus der Korbflasche nach und ruft Eva mit dem Finger herbei)*

EVA: Nein, danke, ich will nicht mehr. Gute Nacht, Marianne. Gute Nacht, mein Herr!

HORVAT: Aber Sie müssen doch nicht meinetwegen weggehen. Das ist mir sehr unangenehm.

EVA: Aber ich bitte Sie. Wir werden uns morgen sehen. Sie müssen sich ausschlafen. Gute Nacht!

(Eva und Juro verabschieden sich und gehen weg. Marianne geht ihnen nach. Stimmen draußen.)

HADROVIĆ: *(versucht, seine Pfeife anzuzünden und wirft sie dann auf den Tisch)* Verdammt noch einmal. Will und will nicht brennen. Na, für heute abend habe ich genug. *(beginnt dann vor der improvisierten Liege verschiedene Schals und Fetzen auszuziehen; gähnt schläfrig)* Es ist schon spät. *(wärmt hüstelnd Wickler beim Ofen, mit denen er sich dann den Rücken kreuzweise umwickelt.)*

HORVAT: Ich habe Ihnen anscheinend Ihr Bett weggenommen. Das tut mir aufrichtig leid.

HADROVIĆ: Das macht nichts, ich bitte Sie. Machen Sie sich keine Sorgen um mich. Ich habe es gut hier. Ich habe schon härter geschlafen. Viel härter. Soll ich Ihnen beim Ausziehen helfen? *(hilft Horvat aus der Jacke und löst ihm die Krawatte)* Ja, mein lieber Freund, so ist es. Die hohen Herren von der Landesregierung, die in Agram in den goldenen Sälen über unser Los entscheiden, haben keine Ahnung, wie es auf dem Land ist. Sie wissen nicht, was es heißt, vierundvierzig Jahre in dieser Leere hier zu sitzen und auf den Regen zu schauen, der immerzu fällt. Vierundvierzig Jahre lang, mein Lieber. Vierundvierzig Jahre.

MARIANNE: *(kommt herein und schüttelt den Schnee ab)* Bis morgen wird er einen Meter hoch sein. Ein richtiger Schneesturm. Der Gevatter wird es unterwegs nicht leicht haben.

HADROVIĆ: Er passiert nicht zum ersten Mai die Wolfsschlucht.

MARIANNE: Das ist wahr, aber früher gab es nur ab und zu Wölfe, keine grünen Kader. Da schau, die Uhr ist stehengeblieben. Seitdem sie beim Uhrmacher war, ist sie nichts mehr wert. Achtzehn Forint hat mein Alter für sie bezahlt. *(sie holt einen Stuhl und zieht die Uhr über dem Diwan auf. Sie tut es sehr kokett, weil sie sich der Anwesenheit Horvats bewußt ist.)* So, jetzt ist sie in Ordnung. Und wie geht es Ihnen, mein Herr? Wenn Sie sich nicht erkältet haben, werden Sie die Wunde bald vergessen. Soll ich Ihnen vielleicht einen Ziegel wärmen?

HORVAT: Sie sind sehr liebenswürdig, gnädige Frau, aber ich brauche wirklich nichts. Herzlichen Dank.

(Marianne legt im Ofen Holz nach und räumt den Tisch ab. Dabei geht sie mehrmals hinaus.)

HADROVIĆ: *(zieht sich die Hose und das Hemd aus, so daß er nur mehr Unterhemd und Unterhose anhat)* Ja ja, mein lieber Kollege, Sie sind noch jung. Sie sind noch voller Idealismus und sehen alles rosig, aber glauben Sie mir: Das alles hat keinen Sinn. Wie kann ein einzelner Mensch, der ärmer ist als sein ärmster Schüler, diese ungeheure Masse aus Schlamm in Bewegung setzen. Die Regierung kümmert sich um jeden Dreck, aber um die Lehrer kümmert sie sich nicht. Uns müßte man finanzieren, aber das ist ein Luxus für die Herren. Die „Eintracht" hat gut darüber geschrieben, gerade vor ein paar Tagen, daß bei uns alles faul ist und daß alles zugrundegehen muß.

HORVAT: Sie lesen die „Eintracht"?

HADROVIĆ: Natürlich lese ich die „Eintracht". Das ist unsere einzige oppositionelle Zeitung. Sie hat unser Problem geradezu klassisch formuliert. *(kramt in der Zeitung)* Hier: Untergang oder Erneuerung. *(will die Zeitung Horvat geben.)*

HORVAT: Danke, mein lieber Herr, mich interessiert unsere Presse nicht besonders. Ich halte nichts davon. Ich habe selbst in der „Eintracht" geschrieben.

HADROVIĆ: Sie haben in der „Eintracht" geschrieben?

HORVAT: Ja. Wenn Sie nur wüßten, wie die Leute ausschauen, die für die „Eintracht" schreiben, dann würden Sie sie nicht mehr lesen. *(starrt Hadrović abwesend an)*

HADROVIĆ: Was ist? Was haben Sie denn?

HORVAT: Nichts. Mir ist es nur in einem Augenblick so vorgekommen, als träume ich das alles. Sie lesen die „Eintracht" und glauben daran, was darin steht? Das ergibt keinen Sinn, glauben Sie mir. Dort in der Redaktion sitzen Idioten, Kretins, Gauner, Schufte, Paranoiker. Ich bin auch dort gesessen, bis mich das alles angekotzt hat. Das alles ist eine Lüge, glauben Sie mir.

HADROVIĆ: *(müde)* Ja ja. Vielleicht. Sie sind akademisch gebildet. Vielleicht ist das alles wahr. Mir ist das alles unklar. Wie kann jemand die Universität absolvieren und dann aufs Land gehen?

HORVAT: Ich bin Invalid. Ich war lange genug an der Front. Meine Nerven sind kaputt. Ich kann die Stadt nicht ausstehen. Ich habe geglaubt, ich werde herkommen, um in Ruhe ein bißchen Atem zu schöpfen.

(Marianne kommt endgültig herein, sperrt die Tür ab und bereitet sich zum Schlafengehen vor.)

HADROVIĆ: Sie sind ein Idealist! Ein Romantiker! Sie sehen alles rosig. Bei uns gibt es keine Ruhe, mein lieber Freund. Seit vierzig Jahren rasiert mich der Dorfschinder mit denselben Händen, mit denen er den krepierten Kühen und Schweinen die Haut abzieht. Sie glauben, daß Sie mit Ihrem rousseau'schen Idealismus hier in diesem Schlamm etwas ausrichten können? Hätte ich die Universität absolviert, ich wäre in der Stadt geblieben. Da gibt es einen großen Bahnhof, Asphalt, Theater, Kirchen, Konzerte und nicht wie hier nur Schlamm. *(Während er spricht, geht er zu seinem Lager, legt sich nieder und wickelt sich in verschiedene Decken ein.)* Sehen Sie, kaum sind Sie gekommen, hat man Sie schon mit dem Messer empfangen. Man hätte Sie leicht töten können. Unsere Leute haben kein Herz. Sie schlachten einen Menschen ab wie ein Huhn und denken sich nichts dabei. *(Er spricht immer leiser, verstummt plötzlich und schnarcht)*

MARIANNE: Brauchen Sie noch die Lampe, mein Herr?

HORVAT: Nein danke, ich brauche sie nicht mehr.

MARIANNE: Entschuldigen Sie bitte, daß wir hier so gedrängt sind, aber drüben im anderen Zimmer habe ich ein Magazin untergebracht. Ich betreibe ein kleines Geschäft: Schuhwichse, Streichhölzer und Zylinder für die Lampen. Die Zylinder werden oft zerbrochen. Das Glas ist nichts mehr wert. Es ist Krieg. Aber man muß überleben. Seitdem ich allein mit den Kindern geblieben bin ... Brauchen Sie noch etwas?

HORVAT: Nein danke, gnädige Frau, ich brauche nichts. Es ist alles in Ordnung. Hauptsache, daß man ein Dach über dem Kopf hat.

MARIANNE: Dann werde ich die Lampe löschen. Ich wünsche Ihnen eine gute Nacht!

Horvat: Gute Nacht!

(Marianne bläst die Lampe aus. Sie zieht sich aus, legt sich ins Bett und zündet dann eine grüne Nachtlampe auf ihrem Nachtkästchen an. Diese Öllampe taucht das ganze Zimmer in ein unangenehmes grünes Licht ein. Pause. Wind im Kamin. Ratten auf dem Dachboden. Ihr Kratzen hört man bis zum Ende der Szene.)

Horvat: *(richtet sich auf dem Diwan auf. Er kann offenbar nicht schlafen und schaut sich um)* Drei Kinder. Drei Kinderköpfe. Wer könnte sie gemalt haben? Veronese? Del Sarto? Und das dort ist sicherlich die Photographie des Seligen. Ja, das muß er sein. Stehkragen und eine provinzielle Krawatte. Wie dumm das alles ist. Er ist gestorben und ich bin hergekommen. Und diese schwache, unglückliche Frau. Als sie die Uhr aufgezogen hat, habe ich über dem Strumpf ein Dreieck aus weißem Fleisch gesehen. Warum hat sie überhaupt die Uhr aufgezogen? Sie mußte doch wissen, daß jemand, der unter ihr auf dem Diwan liegt, alles sehen kann ... Wer kennt sich schon bei der weiblichen Logik aus? Wie graziös sie nur ihre Röcke ausgezogen hat. Ein üppiger weiblicher Leib in Fetzen. Eine Harmonie irgendwo auf dem Grund dieser schimmligen Hölle.

Marianne: *(richtet sich im Bett auf)* Haben Sir etwas gesagt? Brauchen Sie etwas?

Horvat: Nein, danke. Ich schaue mir nur diese feuchten Flecke an der Wand an. Ihr Dach ist undicht. Sie sollten es reparieren lassen.

Marianne: *(lacht hysterisch auf)* Seit fünf Jahren schon rinnt das Wasser ins Zimmer, mein Herr. Ich habe schon ein ganzes Buch an die Gemeinde geschrieben. Mein Mann war noch am Leben, als er durchgesetzt hat, daß eine Kommission herkommt. Sie hat festgestellt, daß die Dachbalken ganz morsch sind und daß man sie erneuern müßte. Aber dann ist der Krieg ausgebrochen.

Horvat: Entschuldigen Sie bitte die Frage. Ist das Ihr Mann da auf der Photographie?

Marianne: Ja, das ist er. Irgendwelche Hausierer, ungarische Juden, sind gekommen und haben uns aufgenommen. Mein Bild hängt im anderen Zimmer. Ja, das ist er, der Arme. Als hätte er geahnt, daß er nicht mehr zurückkehren würde.

Horvat: Und er ist gleich zu Anfang gefallen?

Marianne: Ja, gleich im September 1914. Er war ein uneheliches Kind und war nach der Mutter in Krain zuständig, so daß er in Österreich gedient hat. Man hat ihn gleich nach Galizien geworfen, und so ist er gefallen, bei dem großen Rückzug. Gleich nach dem neuen Jahr habe ich von der Kanzlei des spanischen Königs alle seine Papiere und Dokumente bekommen. Das Rote Kreuz hat mir geschrieben und diese spanische Kanzlei. Ich weiß nicht, wie der spanische König zu dem allen kommt.

HORVAT: Spanien ist neutral.

(Pause. Horvat dreht sich auf dem Diwan um, so daß die Federn krachen)

MARIANNE: Vielleicht liegen Sie nicht gut. Ich könnte Ihnen noch eine Tuchent geben.

HORVAT: Nein danke. Ich liege ganz gut. Jetzt habe ich den Alten aus seinem Bett vertrieben.

MARIANNE: Ach, der ist schon allerhand gewöhnt.

HORVAT: Wir werden ihn wecken.

MARIANNE: Er schläft immer wie tot. Er hat zu viel Glühwein getrunken und ist nicht daran gewöhnt. Er war unser Trauzeuge, und jetzt ist er ganz allein auf der Welt. Seine Frau und seine Kinder sind gestorben. Er hätte schon lange vor dem Krieg in Pension gehen sollen, aber man hat keinen Ersatz für ihn gefunden. Und dann ist der Krieg gekommen. Und jetzt kann man nirgends mehr hin. Wie schwer das alles ist. Auch ich bin ganz allein. Meine drei Waisen müssen jeden Tag etwas zum Essen haben. Ich habe Hunger, Mama, ich habe Hunger. Was haben die armen Kinder verbrochen, daß sie so leiden müssen? Sie können sich nicht vorstellen, wie schlecht die Menschen sind. Nicht einmal Stroh wollen sie mir geben, damit ich die Strohsäcke anfüllen kann. Und das Dach lassen sie ganz verkommen. Ich weiß nicht, was sie gegen mich haben. Aber sie geben mir die Schuld an allem, was ihnen zustößt. Ich bin schuld daran, daß die Frauen ihre Männer betrügen, ich bin schuld daran, daß die Männer saufen. Ich bin an allem schuld. Sie werden schon morgen sehen, wie sie über mich herfallen, sobald Sie mit ihnen zusammenkommen. Glauben Sie denn, sie haben nicht gewußt, daß Sie heute abend kommen sollen und daß Sie durch den Wald gehen werden?

HORVAT: Das waren doch Soldaten.

MARIANNE: Ja, Soldaten. Deserteure. Der grüne Kader. Sie haben schon ihren drahtlosen Telegraphen. Sie wissen alles. Ich kenne die Leute hier wie meine Westentasche. Sie werden gleich morgen versuchen, Sie gegen mich aufzuhetzen. Glauben Sie ihnen nichts. Sie lügen. Sie sprechen aus Konkurrenzneid. Ich muß doch von irgendetwas leben. Von zweiunddreißig Forint kann ich nicht leben. Und so betreibe ich hier einen kleinen Laden. Der Präsident des Schulausschusses ist mein Konkurrent. Ein gewisser Lukatsch. Sie werden ihn morgen sehen. Er hat eine Trafik und eine Kneipe. Und so hat er einen Krieg gegen mich entfacht. Sie haben sich unten in der Stadt gegen mich beschwert, daß ich eine Trafik betreibe und daß ich die Kinder gar nicht lehre, sondern ihnen nur Zigaretten verkaufe. Und dann sagen sie noch, daß sich bei mir die Dorffrauen mit den Gemeindeschreibern treffen, daß ich hier eine Kneipe führe und mich mit den Deserteuren einlasse. Und dann behaupten sie, daß dieser Kellner mit der Mandoline mein Liebhaber ist. Ich bitte Sie: ein Kellner! Was kann ich so allein und verlassen gegen all diese Verleumdungen unternehmen? *(Sie weint verhalten und wirkungsvoll. Pause)* Und was ist mit Ihnen? Sind Sie verheiratet? Haben Sie eine Familie?

HORVAT: Wie meinen Sie das?

MARIANNE: Ich meine, wird jemand herkommen? Haben Sie eine Frau, eine Mutter, eine Tante? Wird jemand zu Ihnen kommen?

HORVAT: Nein nein, ich bin allein. Ich habe niemanden.

MARIANNE: Wenn Sie wüßten, wie diese Bauern mich nur gequält haben. Sie haben mich regelrecht boykottiert. Sie wollten die Kinder nicht in die Schule schicken, bis sie durchgesetzt haben, daß mein Lehrauftrag zurückgezogen wurde. Sie haben behauptet, daß ich nicht einmal schreiben kann. So eine Gemeinheit. Und als dann Ihre Ernennung angekommen ist, haben sie sich gefreut, daß ich endlich auf die Straße geworfen werde. *(schluchzt)*

HORVAT: Beruhigen Sie sich, gnädige Frau, ich bitte Sie. Es ist keine Rede davon, daß ich Sie auf die Straße werfe.

MARIANNE: Sie sind so gut. Und ich habe so eine Angst vor Ihnen gehabt. Aber sobald Sie hier hereingekommen sind, habe ich gewußt, daß Sie ein guter Mensch sind. Ich bin eine Mutter, mein Herr. Glauben Sie den Leuten hier kein Wort. Sie hassen mich aus Konkurrenzneid. Sie sagen, ich sei eine Hexe, ich könne zaubern, ich mache ihre Kühe krank und töte ihre Kinder. Mein Herr, ich flehe Sie an, glauben Sie ihnen nicht. *(Sie springt mit einer exaltierten Geste aus dem Bett und wirft sich vor dem Diwan auf die Knie.)*

HORVAT: *(verwirrt)* Beruhigen Sie sich, ich bitte Sie, Sie werden die Kinder aufwecken. Regen Sie sich bitte nicht auf. Alles wird in Ordnung sein. Beruhigen Sie sich nur, ich bitte Sie. Alles wird gut werden.

MARIANNE: Ich bin so unglücklich. Helfen Sie mir bitte. Ich bin so unglücklich.

HORVAT: Aber das hat doch keinen Sinn, ich bitte Sie. Die Kinder werden wach.

MARIANNE: *(kommt zu sich und steht auf)* Ja, Sie haben recht. Alles ist in Gottes Hand. Entschuldigen Sie bitte. *(Schaut ihn an und richtet sein Lager zurecht; setzt sich dann auf den Diwan zu seinen Füßen)* Sie sind gut. Oh wie gut Sie sind. Gesegnet sei die Stunde, in der ich Sie erblickt habe. Ein Stein ist mir vom Herzen gefallen. Ich hatte einen Onkel, der Müller war. Ich bin in seiner Mühle aufgewachsen. Am Wasser. Einmal im Frühling, es war gerade Schneeschmelze, und das Wasser war sehr hoch, hat man eines Nachts einen ertrunkenen Knaben herausgezogen. Der Gehilfe des Müllers, er hieß Franjo, war damals in mich verliebt und hat mir ein goldenes Herz geschenkt, das er bei dem Toten gefunden hat. Ein Ertrunkener bringt Glück. Ich trage dieses goldene Herz noch immer um den Hals. Hier, sehen Sie. Ich glaube, daß es mich vor dem Bösen bewahrt. Als Sie in dieses Zimmer getreten sind, habe ich gleich an jenen Ertrunkenen gedacht. Sie haben etwas von ihm. Den Kopf, die Haare, das Kinn. Dieser Ertrunkene hat mir Glück gebracht. Ich trage sein Herz bei mir. Alles ist gut. Ich habe keine Angst mehr vor Ihnen. Sie sind gut. Sie sind sehr gut.

(Sie küßt ihm die Hand und beginnt dann verzweifelt und laut zu weinen. Er streichelt ihr die Haare und zieht sie dann an sich.)

Vorhang

ZWEITER AKT

Das gleiche Zimmer wie im ersten Akt. Verregnete Abenddämmerung.

HORVAT: *(hinter dem Vorhang)* Sprechen Sie lieber von Ihrem Gewissen und nicht von meinem. Haben sie mich verstanden? Diese Affäre mit dem Holz könnte leicht auf Ihre Köpfe zurückfallen.

STIMMEN: Das ist nicht wahr. Nein, das ist nicht wahr.

HORVAT: Was? Das ist nicht wahr?

STIMMEN: Nein. Das ist nicht wahr.

(Der Vorhang geht auf.

Horvat streitet mit dem Präsidenten des Schulausschusses Lukatsch und mit zwei weiteren Mitgliedern des Schulausschusses; Grgo Tomerlin und dem Alten, einem Patriarchen mit langem Bart. Von Anfang an ist die Auseinandersetzung sehr scharf. Der Alte verfolgt nur den Streit, nimmt aber nicht an ihm teil.)

HORVAT: Was, ihr traut euch noch, mir ins Gesicht zu lügen? Das soll nicht wahr sein?

STIMMEN: Na schön, dann ist es nicht wahr.

HORVAT: Ach so, jetzt soll es auf einmal nicht wahr sein. Da kann man den Verstand verlieren. Ich habe so gemeine Menschen in meinem Leben nicht gesehen. Nur Diebe und Gauner können sich so gemein benehmen.

LUKATSCH: Wer im Glashaus sitzt, soll nicht mit Steinen werfen.

TOMERLIN: Wir sind keine Diebe, lieber Herr Lehrer. Wir wissen, was wir wollen. Zeigen Sie uns den Schuleimer. Wir wollen nichts anderes als den Schuleimer sehen. Wir haben ein Anrecht darauf. Wir haben diesen Eimer mit unseren schwieligen Händen verdient. Wir haben keine weißen Herrschaftshände.

LUKATSCH: So ist es. Wir lassen uns von niemandem beleidigen.

DER ALTE: *(nickt zustimmend)*

HORVAT: Ich werde euch den Eimer nicht zeigen. Und wegen des Holzes werde ich euch vor Gericht belangen. Ihr habt mein Holz verkauft. Einen Klafter für zweihundert. Warum soll ich euch dann vierhundert zahlen? Ist das anständig? Ist das menschlich? Anstelle von tausendzweihundert gleich um hundert Prozent mehr zu verlangen. Das ist ein Betrug. Ein Skandal! Ich werde euch bei Gericht belangen. Und den Eimer zeige ich euch nicht. Der Eimer wurde mir zur Benützung übergeben und nicht euch. Ich bin dafür vor der Gemeinde verantwortlich, aber nicht vor euch. Habt ihr mich verstanden? Vor der Gemeinde. Wenn jemand etwas dagegen hat, soll er sich an die Gemeinde wenden.

LUKATSCH: Wir wollen uns nur um unsere Besen, um unseren Eimer und um unsere Stühle kümmern. Nichts anderes. Wir sind der Schulausschuß. Das ist unser Recht, das uns niemand streitig machen kann.

TOMERLIN: Und wegen des Holzes sind Sie, mein Herr, nicht im Recht. Das schwöre ich Ihnen bei allen Heiligen im Himmel und auf Erden. Der Preis für Holz ist um dreihundert Prozent gestiegen.

HORVAT: Ja, am Bahnhof. Aber auch dort nicht um dreihundert Prozent. Und wo ist der Bahnhof und wo sind wir? Dreißig Kilometer sind es bis dahin.

TOMERLIN: Na und? Das Holz wird nicht nach Kilometern, sondern nach Klaftern gemessen. Und der Preis für Holz ist gestiegen und steigt noch immer. Der Jude unten am Bahnhof zahlt ganz gut. Das ist das eine. Und das andere: Wir haben das Holz auf einstimmigen Beschluß der gesamten landwirtschaftlichen Genossenschaft verkauft. Das Holz war das Eigentum der Genossenschaft, die das Recht hat, es zu verkaufen. Wir haben gewußt, warum wir das tun. Wir können doch nicht zulassen, daß fremde Personen unser Eigentum verheizen.

HORVAT: Und wer ist das, der euer Eigentum verheizt?

LUKATSCH: Sie natürlich. Sie hat das Holz vom vorigen Jahr verheizt und hat sich ins Fäustchen gelacht. Wir haben uns abgeplagt, bis wir diese sechs Klafter im Wald gefällt und aus der Schlucht heraufgebracht haben. Und dann haben wir sie hier im Hof schön geschichtet, daß es eine Wonne war, es anzusehen. Und was haben wir davon gehabt?

TOMERLIN: Hätten wir gewußt, daß Sie kommen würden, dann hätten wir das Holz nicht verkauft. Aber sie hat uns hereingelegt. Gebe Gott ihr kein Glück. Sie hat uns immer wieder betrogen.

HORVAT: Wer ist denn sie? Jetzt bin ich da und keine sie. Jetzt habt ihr mit mir zu tun. Na schön, wenn die Genossenschaft diese sechs Klafter schon verkauft hat, gut, aber warum habt ihr dann keine neuen sechs Klafter hingestellt? Das wäre doch logisch. Die Genossenschaft kriegt Geld und ich das Holz. Eine klare Rechnung.

TOMERLIN: Wie dem auch immer sei, wir haben Ihnen tausendzweihundert auf die Hand gegeben. Hier ist die Bestätigung dafür.

HORVAT: Ja, ihr habt mir das Geld gegeben. Eintausendzweihundert für sechs Klafter Holz. Aber jetzt verlangt ihr für drei Klafter genausoviel wie für sechs. Warum soll ich euch nachgeben? Warum soll ich für das Schulholz bezahlen? Eure Kinder werden mit diesem Holz gewärmt, nicht meine.

LUKATSCH: Darum geht es ja gerade. Sie sagen, unsere Kinder werden mit diesem Holz gewärmt. Das ist nicht wahr, unsere Kinder frieren. Sie haben unser Holz verkauft.

HORVAT: Waaas?

LUKATSCH: Bitte schreien Sie nicht! Wir haben keine Angst vor Ihnen. Wir sind keine Rekruten, sondern Zivilisten. Wenn wir auch keine hohen Schulen besucht haben, verstehen wir ganz genau zu rechnen. Sie haben das Schulholz verkauft, und jetzt tun Sie so, als wüßten Sie nichts davon.

HORVAT: Das ist eine Infamie! Wissen Sie, was Infamie heißt? Eine Schweinerei. Das ist unerhört. Ich soll das Schulholz verkauft haben? Wenn Sie das noch einmal sagen, werde ich Ihnen eine herunterhauen, daß Sie nicht wissen, wie Sie heissen. *(will auf Lukatsch los, aber Tomerlin hält ihn zurück.)*

TOMERLIN: Langsam, mein Herr, langsam. Wir wissen, was wir sagen.

LUKATSCH: Laß ihn nur! Ich habe keine Angst vor ihm. Es ist so, wie ich es sage. Sie haben unser Schulholz dem Weinberg unten am Bahnhof verkauft. Für achthundert je Klafter. Das macht zweitausendvierhundert. Wir wollen also nichts anderes als unser Geld zurück. Unsere tausendzweihundert, die Sie hier bestätigt haben.

TOMERLIN: Warte, Warte.

LUKATSCH: Aber, das ist wahr. Weinberg hat ihm zweitausendvierhundert bezahlt.

HORVAT: Also das übersteigt alle Grenzen. Ich soll irgendein Holz dem Weinberg verkauft haben. Ich kenne doch keinen Weinberg. Wer hat Ihnen das gesagt? Das muß ein Mißverständnis sein. *(Die drei Männer schweigen)*

HORVAT: Warum schweigen Sie jetzt? Reden Sie. Ich muß wissen, wer erzählt hat, daß ich das Holz dem Weinberg verkauft habe.

LUKATSCH: Es ist so, wie wir sagen, Herr Horvat. Das hat Perek gesehen. Es war seine Fuhr.

HORVAT: Perek? Wer ist dieser Perek? Es war seine Fuhr?

LUKATSCH: Ja. Da steht er, vor der Tür. Wir können ihn hereinholen.

TOMERLIN: Langsam. Nur langsam.

HORVAT: Er steht vor der Tür? Dann holen Sie ihn herein. Ich möchte diesen Ihren Zeugen sehen.

(Tomerlin geht zur Tür und winkt Perek herein. Perek betritt den Raum und nimmt eine servile Haltung ein.)

HORVAT: Also das ist dieser Perek. Ich habe ihn noch nie in meinem Leben gesehen, das schwöre ich euch. Noch nie. *(zu Perek)* Hören Sie, ich kenne Sie nicht. Diese Männer hier sagen, daß ich das Schulholz dem Weinberg unten am Bahnhof verkauft habe. Und Sie sollen es hinuntergefahren haben.

PEREK: Es stimmt, was die Männer da sagen. Ich habe das Schulholz zum Weinberg gebracht. Ich könnte nicht schwören, daß es das Schulholz war, aber ich habe es aus dem Schulschuppen weggebracht. Es waren drei Klafter. Dreißig Kronen pro Klafter hab ich bekommen.

HORVAT: Das verstehe ich nicht. Ein Mann, den ich nicht kenne, behauptet, daß er irgendein Schulholz auf seinem Wagen hinunter zum Bahnhof transportiert hat. Ich soll das Schulholz dem Weinberg verkauft haben. Was soll das alles? Ich verstehe nicht, was wollen Sie damit bezwecken?

PEREK: Ich schwöre Ihnen bei den Wunden Jesu, Herr Lehrer, daß ich mit meinen eigenen Augen gesehen habe, wie Weinberg der gnädigen Frau 2 400 Kronen auf die Hand gezählt hat. Ich soll auf der Stelle blind werden, wenn ich lüge. Ja. Die alte Mara Janković, die Ihnen immer die Milch bringt, ist draußen in der Küche mit dem Krug gestanden, als die Gnädige mir die Fuhr bezahlt hat.

(Pause. Horvat wird endlich klar, worum es geht. Er geht verwirrt herum, setzt sich dann auf den Stuhl und denkt nach)

TOMERLIN: Sehen Sie, man kann alles in Ruhe besprechen, ohne zu schreien. Wir wollten nicht schreien. Wir wissen, was wir wissen. Wir haben unsere Zeugen. Sehen Sie, Herr Horvat, wir sind der sogenannte Schulausschuß. Da ist unser Präsident, ein ehrlicher Mann, der noch nie jemandem ein Unrecht getan hat. Auch uns beiden Ausschußmitgliedern kann niemand etwas vorwerfen. Sehen Sie, Herr Horvat, wir wissen, was da in den Paragraphen und in diesem Buch steht. Wir haben ein Anrecht darauf, uns um unser Eigentum zu kümmern. Ich schwöre Ihnen bei der Mutter Gottes, daß wir nichts gegen Sie haben. Aber wie die Dinge sich jetzt entwickeln, müssen wir darauf bestehen, daß Sie uns den neuen Schuleimer zeigen, den unser Ausschuß zu Maria Lichtmeß von Weinberg für 170 Kronen gekauft hat.

LUKATSCH: 182 Kronen.

TOMERLIN: Laß das, ich bitte dich. Das spielt schon keine Rolle.

HORVAT: Ich habe Ihnen schon gesagt, daß ich Ihnen nichts zeigen will. Das Schulinventar wurde mir übergeben. Ich bin dafür nur vor der Gemeinde verantwortlich. Verstehen Sie. Schreiben Sie an die Gemeinde, wenn Sie wollen. Ich werde Ihnen weder Eimer, noch Besen, noch irgendetwas anderes zeigen. Ich bin keine Ordonnanz, die sich bei Ihnen zum Rapport melden muß. Davon kann keine Rede sein.

LUKATSCH: Schön und gut, aber auch wir lassen uns nicht an der Nase herumführen. Glauben Sie denn, wir wissen nicht, daß die Schule ihren Eimer verkauft hat? Frau Heidić kocht in ihm ihre Suppennudeln. In unserem Schuleimer, ja.

HORVAT: *(resigniert)* Ich habe Ihnen schon gesagt: Schreiben Sie an die Gemeinde, Amen und basta.

LUKATSCH: *(aggressiv)* Wieso basta? Wir haben noch einige Rechnungen zu begleichen.

HORVAT: *(braust auf)* Natürlich, ihr habt mich auf die gemeinste Weise hereingelegt. Mit euch müßte man alles schriftlich festlegen und mit sieben Siegeln versehen. Sagt mir nur das eine, wenn euch euer Gedächtnis nicht trügt, warum habt ihr nicht das Dach reparieren lassen, obwohl ihr es mir versprochen habt? Ihr habt mir auch Land versprochen. Wo bleibt es? Ihr wolltet meinen Garten umpflügen, und jetzt verlangt ihr zweihundert fürs Pflügen. Ist das anständig? Zweihundert. Und was ist mit dem Weizen? Es ist eine Schande, daß ich für den Weizen hier im Dorf mehr zahle als beim Kaufmann. Ihr seid Wucherer, Halsabschneider. Schämt euch. Ihr habt mir, als ich verwundet und blutig hierher gekommen bin, Geld geliehen. Zu hundert Prozent. Ihr stoßt einem zuerst das Messer in den Rükken und präsentiert ihm dann den Wechsel.

LUKATSCH: Aber Sie haben noch nichts zurückbezahlt. Nicht einmal die Zinsen haben Sie bezahlt. Wir werden keinen Kreuzer von unserem Geld sehen.

HORVAT: Sie sind ein altes Schwein. Sie alle haben mir das Geld gleich wieder aus der Tasche gezogen. Wie soll ich es euch zurückgeben? Ich habe kein Geld. Ich bin ein Bettler. Ich besitze nichts. Ich bin schon seit zwei Monaten hier und habe noch keinen einzigen Kreuzer bekommen. Das, was ich bei mir hatte, hat man mir in der ersten Nacht weggenommen. Schaut nur, wie ich hier hause. Der Ofen raucht. Kein Mensch denkt daran, ihn zu reparieren. Der Lehrer soll ruhig im Rauch ersticken. Euren Kühen geht es besser als mir.

LUKATSCH: Wie du mir so ich dir.

TOMERLIN: Hören Sie zu, Herr Horvat, alles, was Sie sagen, ist wahr. Wir haben Ihnen versprochen, das Dach und den Ofen zu reparieren, Ihnen Land und Ochsen und Weizen zu geben. Das ist alles wahr. Das unterschreiben wir Ihnen auch heute. Wäre das hier Ihre Wohnung, dann hätten wir sie schon längst repariert. Das schwöre ich Ihnen beim allmächtigen Gott. Ich soll auf der Stelle blind werden, wenn das nicht stimmt. Wir würden schon morgen die Ärmel aufkrempeln und uns an die Arbeit machen, wenn das hier wirklich Ihre Wohnung wäre. Aber das hier ist die Trafik geblieben, die sie auch war, bevor Sie gekommen sind.

HORVAT: Ich weiß schon, was Sie wollen. Ich verstehe. Aber wie kommt das zu dem? Ich halte die Schule in Ordnung.

LUKATSCH: Und ich als Präsident des Schulausschusses sage Ihnen klipp und klar, daß hier keine Ordnung herrscht. So ist es. Schon seit dem letzten Donnerstag gibt es keinen Unterricht. Und die Kinder langweilen sich den ganzen Tag.

HORVAT: Ich halte die Schule in Ordnung. Ich habe Ihnen schon tausendmal gesagt und Sie ebenso oft auch schriftlich aufgefordert, die Kinder regelmäßig in die Schule zu schicken. Ich werde doch nicht wegen drei eurer krätzigen Rotznasen den ganzen Morgen verlieren. Ich kann was Gescheiteres tun. Ich will nicht im leeren Schulzimmer sitzen und darauf warten, daß noch ein paar Kinder kommen. Schickt endlich alle Kinder in die Schule. Dann wird alles in Ordnung sein.

LUKATSCH: Das ist Ihre Sache.

HORVAT: Das ist nicht meine, sondern eure Sache. Ihr seid der Schulausschuß. Kümmert euch nicht um den Schuleimer, sondern um die Kinder. Ja, um die sollt ihr euch kümmern.

LUKATSCH: Was sollen wir da lange reden. Sind wir der Schulausschuß oder nicht? Wir werden ein Protokoll aufsetzen und aus.

HORVAT: Ihr werdet kein Protokoll aufsetzen. Ihr seid sechs im Ausschuß, und wenn ihr Protokolle aufsetzen wollt, dann muß schon mehr als die Hälfte von euch zusammenkommen.

LUKATSCH: Sie wollen also kein Protokoll im Auftrag des Schulausschusses aufnehmen?

HORVAT: *(dreht ihnen den Rücken zu, geht zur Wand und bleibt dort stehen.)*

LUKATSCH: *(drohend)* Na schön. Wenn Sie es so haben wollen, bitte. Wenn Sie kein Protokoll aufnehmen wollen, dann werden wir zur Regierung gehen. Wir waren schon dort und werden so lange hingehen, bis wir unser Recht bekommen.

HORVAT: *(kehrt schnell zurück, als wolle er sie attackieren)* Was geht mich euer Protokoll und eure Regierung an. Glaubt ihr denn, ich habe Angst vor eurer Scheißregierung? Was lügt ihr da den ganzen Vormittag herum? Regierung, die Schule, das Protokoll, was weiß ich. Als wäre es euch nicht egal, ob ihr eine

Schule habt oder nicht. Ihr kümmert euch einen Dreck darum, ob eure Kinder lesen und schreiben können. *(in einem versöhnlicheren Ton)* Leute, ich bitte euch. Warum versucht ihr nicht, ehrlich und aufrichtig zu sein. Warum redet ihr um den Brei herum. Es geht euch doch gar nicht um die Schule. Ich bin nicht so dumm, um nicht zu wissen, daß es euch um etwas ganz anderes als um die Schule geht.

LUKATSCH: Sie wollen uns nicht verstehen.

DER ALTE: *(der die ganze Zeit schweigend zugehört hat, mit greisenhafter Souveränität)* Wartet Leute, laßt mich mit ihm reden. Hören Sie zu, mein Herr. Lassen Sie sich von mir etwas sagen. Ich habe mit diesen meinen Händen Bäume gepflanzt, die heute schon verfaulen. Ich hätte leicht der Vater Ihres Vaters sein können. Ja beinahe der Vater Ihres Großvaters. Ich habe schon allerhand erlebt. Eine Menge Lehrer sind inzwischen durch diese Schule hindurchgegangen, aber keiner von ihnen hat hier Wurzeln geschlagen. Dieser unglückliche Matković war ein Säufer und Schläger, der seine eigene Frau die ganze Nacht geprügelt hat. Die Arme ist durch das geschlossene Fenster hinausgesprungen und hat ganz blutig an meine Scheibe geklopft und mich um Schutz angefleht. Wie oft mußte ich die Unglückliche mit der Axt vor ihrem besoffenen Mann verteidigen. Die Arme ist hier geblieben. Da oben am Friedhof. Und dann wieder dieser traurige Lazko. Was für ein Mensch der war. Verflucht soll er sein, bis an sein Lebensende. Er hat uns alle Kinder verdorben, und man hat ihn ins Zuchthaus gesteckt. Und vor diesem ewig betrunkenen Hadrović, der jetzt in Sankt Sonntag ist, war hier ein Fräulein, das sich nur durch die Betten geschleppt und sich um die Schule gar nicht gekümmert hat. Und nach Hadrović ist der selige Lazar gekommen. Er war ein guter und anständiger Mensch. Die Leute haben ihn gern gehabt. Gott hab ihn selig. Er wäre sicherlieh gern geblieben, aber der Krieg hat ihn uns genommen. So ist uns nur diese Schande von seiner Frau übriggeblieben. Sie können sich nicht vorstellen, was wir mit der mitgemacht haben. Und dann haben wir von Ihnen sehr viel erhofft, und jetzt sind Sie da und es ist wieder nichts. Sie müssen doch zugeben, daß hier nichts mit rechten Dingen zugeht. Wir sind zur Regierung gegangen und haben immer wieder geschrieben, und schließlich hat uns die Regierung Sie geschickt. Wir haben erwartet, daß Sie uns retten werden.

HORVAT: Warum schicken Sie dann Ihre Kinder nicht in die Schule? Warum dann dieser Boykott?

TOMERLIN: Wir würden unsere Kinder schon in die Schule schikken, wenn wir eine hätten. Aber wir haben keine Schule.

LUKATSCH: Das ist keine Schule, sondern ein Bordell.

DER ALTE: Schweig. Entschuldigen Sie bitte. Schweigt. Wartet, ich werde mit ihm sprechen. Sie sind noch jung und wissen nicht, wie die Welt ist. Aber Sie sind ehrlich. Das sieht man an Ihrem Blick. Ich hab den Leuten schon hundertmal gesagt, laßt ihn in Ruhe, er ist ehrlich. Er ist nicht daran schuld. Ich bitte Sie, mein Herr, hören Sie mich an. Jetzt ist Krieg. Unsere Söhne sind im Krieg und vergießen ihr Blut für unseren Kaiser und König und...

HORVAT: Was wollen Sie eigentlich von mir?

DER ALTE: Wir wollen von Ihnen nichts anderes, als daß Sie jetzt, da wir uns im Krieg befinden und eine Ordnung herrschen soll, hier in der Schule Ordnung machen, wie es sich gehört.

HORVAT: Was für eine Ordnung? Was reden Sie denn da?

DER ALTE: Sie wissen sehr gut, was für eine Ordnung ich meine. Wenn Sie wollen, daß Ihre Lehrerwohnung repariert wird, dann müssen Sie in ihr wohnen, wie es sich schickt. Es ist Ihre Wohnung. Nach der Vorschrift hat in der Lehrerwohnung nur der Lehrer zu wohnen, sonst niemand anderer.

HORVAT: Das weiß ich, aber Frau Margetić ...

LUKATSCH: Frau Margetić ist mit Verlaub eine gewöhnliche ...

HORVAT: Frau Margetić ist die Witwe meines Vorgängers. Sie ist die Witwe eines Soldaten, der an der Front gefallen ist. Eine Witwe mit drei Kindern. (zum Alten) Sie haben selbst vorhin gesagt, daß wir im Krieg leben. Man kann doch von mir nicht verlangen, daß ich eine Witwe mit drei Kindern auf die Straße werfe. Das ist das eine. Und das andere ist: Ich habe auch schon unzählige Male gesagt, daß es mich absolut nichts angeht, was ihr mit Frau Margetić habt oder hattet. Das ist eure Sache, nicht meine. Laßt mich endlich einmal damit in Ruhe.

TOMERLIN: Niemand hat von Ihnen verlangt, daß Sie sie auf die Straße werfen, wir möchten nur, daß alles seine Ordnung hat. Ihre Wohnung gehört Ihnen, und nur Sie haben das Recht, darin zu wohnen. Sonst niemand anderer.

HORVAT: Genauso ist es. Meine Wohnung gehört mir, und ich kann über sie verfügen, wie ich will und nicht, wie Sie wollen. Es geht Sie nichts an, was ich mit der Wohnung mache. Haben Sie mich verstanden?

DER ALTE: Sie wollen uns offenbar nicht verstehen. Hören Sie mich bitte an. Gehen Sie nicht gleich in die Luft. Sind Sie ganz sicher, daß diese Frau anständig ist?

HORVAT: Darüber will ich nichts mehr hören.

DER ALTE: Sie war schon zweimal im Spital.

HORVAT: Danach habe ich Sie nicht gefragt.

DER ALTE: Gerade deshalb wollen wir es Ihnen sagen. Wir wollen Ihnen nur die Wahrheit sagen.

HORVAT: Mir ist das alles gleich.

LUKATSCH: Hätte sie Ihr Kind verrückt gemacht wie das meine, dann wäre Ihnen das nicht egal. Ihretwegen jagen jetzt die Gendarmen meinen Sohn. Seitdem Sie gekommen sind und ihm Konkurrenz machen, ist er endlich zur Vernunft gekommen. Das hat ihm die Augen geöffnet.

DER ALTE: Wir waren beim Hochwürden und der Hochwürden sagt, das sei weder gut noch anständig, was in der Schule vor sich geht. Und dann sagt der Hochwürden ...

HORVAT: Lassen Sie den Hochwürden schön grüßen und bestellen Sie ihm, ich wünsche von ganzem Herzen, daß er sich zum Teufel schert. Ich bitte euch, Leute, laßt mich endlich in Ruhe. Ich bin nicht gesund, ich bin ein Invalide. Man hat mir die Lunge durchgeschossen. Mir ist das alles langweilig, ich bitte euch. Ich habe schon hundertmal gesagt, daß mich das alles absolut nicht interessiert. Warum fangt ihr dann immer wieder davon an?

DER ALTE: Aber Herr Horvat, ich bitte Sie, Sie sind ein guter junger Mann. Sie wissen nicht, wie sie ist. Das ist keine Frau, sondern eine richtige Hexe. Sie war zweimal im Spital. Der Schlag soll mich auf der Stelle treffen, wenn das nicht wahr ist. Letztes Jahr, am Sankt-Nikolaus-Tag hat sie sich in der Kneipe so betrunken, daß sie vier Männer auf der nackten Erde empfangen hat, einen nach dem anderen, vor dem ganzen Dorf. Ist das denn eine anständige Frau? Tut denn so etwas eine Frau Lehrerin, frage ich Sie?

HORVAT: *(geht aufgeregt auf und ab und knackt seine Finger)*

DER ALTE: Als Sie noch nicht hier waren, war jede Nacht ein anderer da. Das ist auch wahr. Hier hat man getrunken, Karten gespielt und Musikanten geholt. Das halbe Dorf ist hier durch diese Zimmer hindurchgegangen, mein Lieber. Sie hat diese Küche da draußen an unsere Frauen vermietet und hat ihnen Kaffee mit Schnaps gekocht, und sie haben Weizen zu Hause gestohlen. Mitten im Krieg. Wo alles hungert. Das ganze Dorf ist wegen dieses sündigen Weibes aufeinander losgegangen. Fragen Sie Lukatsch's Juro, der noch immer da herumgeht. Oder den Wachtmeister aus Sankt Johann. Sie werden Ihnen mehr sagen können als ich. *(lacht auf)* So sind wir nach Agram gefahren und haben dem Herrn Obergespan alles gesagt. Das ist keine Schule mehr, haben wir zu ihm gesagt, sondern ein Schweinekoben, eine Kneipe, ein Bordell.

TOMERLIN: So ist es.

LUKATSCH: Und wenn Sie hier keine Ordnung einführen wollen, dann werden wir es tun. Sehen Sie denn nicht, was um Sie herum vorgeht? Sind Sie blind?

HORVAT: *(bleibt stehen, schaut vor sich hin und schweigt)*

DER ALTE: Wartet, Leute. Laßt es mich ihm sagen. Hören Sie zu, mein Herr. Ich kenne mich da nicht aus, aber unten in der Gemeinde und im Bezirk hat man mir gesagt, daß Sie kein richtiger Lehrer sind, daß Sie auf den Doktor gelernt haben. Er sollte nicht bei uns in der Wolfsschlucht sein, hat der Herr Vorsteher gesagt. Er hat hohe Schulen besucht und alle Prüfungen abgelegt. Das sind die Worte des Herrn Vorstehers. Deshalb verstehe ich nicht, wieso ein echter Doktor eine solche Frau heiraten kann.

HORVAT: Was?

DER ALTE: Ich weiß nicht, aber sie erzählt im Dorf, daß Sie ein großer Herr werden, ein Professor, und daß sie Frau Doktor wird.

HORVAT: Was?

DER ALTE: Ja. Sie sagt, sie wird Frau Doktor, sie braucht unsere Volksschule nicht mehr, weil sie mit Ihnen in die Stadt ziehen wird.

HORVAT: Wieso kommen Sie darauf?

DER ALTE: Ja ja, sie hat Sie um den Finger gewickelt. Man erzählt, daß sie von Ihnen ein Kind erwartet und daß Sie sie heiraten werden.

HORVAT: *(zornig)* Jetzt hab ich genug. Hinaus mit euch! Hinaus, hab ich gesagt. Warum starrt ihr mich so an? Hinaus! Marsch! *(Die Männer sind durch diesen plötzlichen Ausbruch Horvats so überrascht, daß sie sich nicht rühren können, sondern ihn nur verwundert anschauen. Als Horvat begreift, daß er sie nicht in Bewegung setzen kann, dreht er sich um, geht schnell ins andere Zimmer und schlägt die Tür hinter sich zu. Die Männer schauen ihm verwundert nach, schütteln den Kopf und gehen wortlos nacheinander hinaus. Pause. Man hört, wie in der Zimmertür links der Schlüssel zweimal umgedreht wird. Kaum sind die Bauern hinausgegangen, als Marianne von rechts hereinkommt. Sie hat einen Schal um und ist sichtlich aufgeregt. Sie schaut sich nach Horvat um, glaubt, daß er auf dem Diwan liegt, dann sucht sie ihn im Halbdunkel hinter dem Ofen. Auch dort ist niemand.)*

MARIANNE: Krescho! Wo bist du? Krescho! *(Sie will ins Zimmer links, aber die Tür ist abgesperrt. Sie klopft. Niemand meldet sich. Sie klopft stärker, doch nichts rührt sich. Sie macht zwei, drei hilflose Schritte von der Tür weg, kehrt dann wieder zurück und klopft.)*
Krescho, ich bitte dich, Krescho. *(Sie klopft an die Tür)* Mach auf, hörst du. Ich hab einen Brief für dich. Du hast Post bekommen.

HORVAT: Was willst du? Laß mich in Ruh.

MARIANNE: Mach auf, ich bitte dich. *(Sie klopft aufgeregt)* Mach auf, du hast Post bekommen. Einen Brief.

HORVAT: Laß mich in Ruh, ich will dich nicht sehen.

MARIANNE: Ah so ist das. Du glaubst ihnen mehr als mir. So ist es also. *(lacht hysterisch auf, weint und klopft immer hysterischer)* Mach auf, hörst du, mach auf! Ich bitte dich. *(sie bekommt einen Weinkrampf und wirft sich gegen die Tür)* Mach auf! Sei nicht so grausam. Mach auf! Hör mich an! Das alles ist eine Lüge.

HORVAT: *(sperrt die Tür auf; wütend und brutal)* Was für eine verrückte Komödie ist das? Schämst du dich denn nicht? Willst du wieder Zirkus vor den Kindern machen? Sie können jeden Augenblick kommen.

MARIANNE: Sie sollen nur kommen. Sie sollen sehen, was du aus ihrer Mutter machst.

HORVAT: Was mach ich denn? Wo ist der Brief?

MARIANNE: *(holt aus der Tasche einen zerknitterten Brief und reicht ihn ihm)*

HORVAT: *(geht zum Fenster, um ihn besser lesen zu können)* Du hast schon wieder meine Post geöffnet. Wie schaut der Brief nur aus. Wie ein zerknittertes Sacktuch. Ich habe dir gesagt, was passieren wird, wenn du auch nur ein einziges Mal noch einen Brief von mir öffnest. Aber du hast es wieder getan. Du bist nicht normal.

MARIANNE: Ich bin nicht schuld daran. Ich hab ihn so bekommen. Die Zensur hat ihn geöffnet.

HORVAT: *(während er den Brief liest)* Ich kann nicht einmal Post bekommen ohne deine Aufsicht. Das ist wirklich die Höhe. Nicht nur, daß du frech und anmaßend bist, man muß sich deinetwegen noch von stinkenden Primitivlingen Lektionen geben lassen. Was für eine Art ist das, fremde Briefe zu öffnen. Wer hat dich dazu berechtigt? Das ist wirklich zu dumm. *(zerreißt den Brief, zerknüllt ihn, wirft ihn auf die Erde und beginnt auf und ab zu gehen)* Wegen einer solchen verzogenen Mißgeburt traue ich mich nicht einmal, einem Lukatsch oder einem Tomerlin in die Augen zu schauen. Ich muß mich vor ihnen so schämen, daß mir das Blut in den Kopf steigt. Ein gewisser Perek überführt mich der Lüge. Mich, der noch nie in einer solchen Situation war. Und warum das alles? *(bleibt vor dem Tisch stehen und schlägt mit der Hand darauf)* Ich verbiete dir ein für alle Mal, daß du meine Briefe öffnest. Hast du mich verstanden? Das ist ja zum Verrücktwerden. Nicht nur, daß man hier dauernd überwacht und tyrannisiert wird, man muß sich auch noch von den Knechten beweisen lassen, daß man ein Betrüger und ein Dieb ist. Wie komme ich nur dazu. Und ich kann mich nicht einmal verteidigen. Ich muß die Zähne zusammenbeißen und kuschen und mich wehrlos herumschubsen und erniedrigen lassen. Man müßte das alles, wie es dasteht, zerstören, zerschlagen, vernichten. Alles, alles.

MARIANNE: *(geht auf Horvat zu)* Was ist? Was hab ich schon wieder verbrochen?

HORVAT: Das ist die Höhe. Du fragst noch, was du verbrochen hast. Du hast das Schulholz hinter meinem Rücken verkauft. Vier Klafter Holz, an den Weinberg. Und wo ist der Schuleimer? Die Stühle, die Besen, die Eimer, das Holz reiben sie mir unter die Nase. Und ich hab keine Ahnung davon. Sie haben mich zu einem Dieb gestempelt. Und sie fragt, was sie verbrochen hat.

MARIANNE: *(mit einer merkwürdigen Ruhe)* Das ist wahr. Ich habe das Schulholz verkauft. Und den Eimer auch. Das ist wahr.

HORVAT: Und du scheinst noch stolz darauf zu sein.

MARIANNE: Und warum habe ich das alles verkauft? Das fragst du dich nicht? Und wer hat den Doktor bezahlt und die Medikamente und die Fuhren für dich? Immer wieder hinunter und zurück. Wieviel Fuhren waren es nur? Diese Diebe hier fahren dich nicht umsonst zum Doktor, das weißt du ja sehr gut. Tu nicht so, als hättest du keine Ahnung, wie es hier bei uns zugeht. Ich habe alles aufgeschrieben, mein Lieber. Ich hab es schwarz auf weiß. *(geht zum Schubladenkasten und wühlt in den Laden, wobei sie wütend das Geschirr herumwirft)*

HORVAT: Na schön, aber ich habe mir eine größere Summe geliehen.

MARIANNE: Da bitte. Das sind nur die Rezepte. Ich habe allein für die Medikamente über vierhundert bezahlt. Und wo bleibt das Geld für den neuen Mantel, den Hut und die Schuhe? Womit hast du dich damals eingekleidet? Und wovon hab ich dein Essen bezahlt, zweimal täglich, den Kuchen und den Wein? Glaubst du denn, deine fünfhundert Forint haben für alles gereicht? Tu nicht so, als könntest du nicht einmal bis drei zählen.

HORVAT: Schon gut, schon gut. Das ist nicht so wichtig. Aber sag mir, wie du dazu kommst, das Gerücht zu verbreiten, daß du von mir schwanger bist?

MARIANNE: Das ist kein Gerücht. Ich bin wirklich schwanger. Ich trage dein Kind unter dem Herzen.

HORVAT: Bist du denn normal?

MARIANNE: Jetzt bin ich auf einmal nicht normal. Du bist noch imstande, mich für verrückt zu erklären. So seid ihr alle. Ja. Wenn euch die Frau nicht mehr paßt, dann gebt ihr ihr einen Fußtritt. Ihr seid alle gemein und niederträchtig. Das ist der Dank dafür, daß ich dich unter meinem Dach aufgenommen und gehegt und gepflegt habe. Du warst nackt und bloß wie ein Ertrunkener, als du hier hereingekommen bist. Ich habe dich hochgepäppelt. Und jetzt zahlst du es mir so heim. Pfui, schäm dich!

HORVAT: Du lügst. Das alles ist eine Lüge.

MARIANNE: Ach so, ich lüge. Und wessen Rock trägst du da? Ist das nicht der Anzug meines Seligen? Ich habe dich von Kopf bis Fuß eingekleidet. Du hast wie ein verhungerter Pilger ausgeschaut und nicht wie ein Mensch. Und jetzt lüge ich, daß ich schwanger bin. Nein, mein Lieber, ich lüge nicht. Ja, ich bin schwanger, so wahr mir Gott helfe. Und jetzt willst du mich auf die Straße werfen, damit ich dort krepiere. Das möchtet ihr mit mir machen. Aber ich lasse mich nicht so behandeln, solange ich auch einen einzigen Finger noch rühren kann. Solange ich diese Nägel noch habe, werde ich mich zur Wehr setzen. Ihr seid keine Menschen, sondern wilde Tiere.

HORVAT: Was schreist du da wie am Spieß? Niemand will dich auf die Straße werfen. Es geht nicht darum, sondern um dich.

MARIANNE: Ach so, es geht um mich. Und warum glaubst du dann den andern, wenn es um mich geht. Warum fragst du diese dreckigen, verlausten Diebe, diese Schweine, und nicht mich? Glaubst du denn, ich weiß nicht, was sie dir alles zugetragen haben? Ich hätte es dir selbst sagen können. Seit zwei Monaten schläfst du hier mit mir im selben Zimmer, unter derselben

Decke und fragst mich kein einziges Mal, wie es mit mir in Wirklichkeit steht. Wenn dieser stinkende Lukatsch oder dieses hinkende Schwein Tomerlin, der Schlag soll sie beide treffen, herumschwätzen, dann glaubst du ihnen sofort alles. Warum hast du mich nie gefragt? Ja, es ist alles wahr, was sie dir gesagt haben. Ja, Lukatsch hat mich gehabt. Er ist Präsident des Schulausschusses. Ich mußte ihm nachgeben. Und dieser hinkende Teufel hat mir den Wechsel unterschrieben. Ihm mußte ich auch nachgeben. Ja, aber sie haben dir nicht erzählt, wie sie langsam die Netze um mich herum gesponnen haben, bis ich ihnen in die Falle gegangen bin. Und als dann nicht alles glatt vor sich gegangen ist, hat Lukatsch mir gedroht, daß er mich beim Vorsteher anzeigen und daß er an die Regierung schreiben würde, weil ich die Schule nicht in Ordnung halte. Und ich konnte die Schule nicht in Ordnung halten, weil ich die ganze Nacht genäht habe. Was sollte ich da tun? Ich habe nicht im Traum daran gedacht, daß ich meine Seele dem Teufel verschreibe, als ich Tomerlins Wechsel unterzeichnet habe. Er hat mir wieder gedroht, daß er meine Nähmaschine verkaufen würde. Er hat gewußt, daß meine Kinder und ich von der Nähmaschine leben. Was sollte ich da tun? Oh, wie widerlich das alles ist! Und als ich dann von den beiden ekligen Alten genug hatte, als ich versucht habe, mich zu befreien, als ich angefangen habe, ein bißchen Tabak und Spezereien zu verkaufen, haben sie eine richtige Treibjagd entfacht. Nicht nur sie. Alle. Die Finanzer, die Gendarmen, die Kanzlisten, die Gemeinde, die Regierung in Agram, alle, alle. Sie alle haben mich beleidigt, erniedrigt und bespuckt. *(Sie greift sich an den Kopf und beginnt zu schluchzen)*

HORVAT: Niemand hat dich danach gefragt.

MARIANNE: Das ist es gerade. Du hast mich nie danach gefragt. Du schweigst nur heimtückisch und denkst dir das Deine. Hättest du mich ein einziges Mal gefragt, ich hätte dir alles gesagt.

HORVAT: Laß mich, ich bitte dich, in Ruhe. Das alles ist so schmutzig und langweilig.

MARIANNE: Schmutzig und langweilig? Glaubst du denn, mir ist es leicht gefallen, eine Kneipe für diese stinkende Bande zu halten und die ganze Nacht für diese ungewaschenen, verschmierten Viecher zu kochen, für ihre dummen Frauen und Kinder Blusen zu nähen, alten Kram zu verkaufen und Tabak zu schmuggeln? Oh, wie hat mich das alles nur angewidert! Und dann mußte ich sie alle bestechen und kaufen. Die Gendarmen und die Finanzer und die Kanzlisten, die landwirtschaftliche Genossenschaft und den Schulausschuß und weiß Gott noch wen. Und sie kriegen nie genug, sie wollen immer wieder. Womit soll ich sie schmieren? Eine einzige Bluse aus Batist wird hundertmal gewaschen und gebügelt und wieder angezogen, nicht wahr? Und sie ist immer weiß und frisch. Interessant, nicht? Ja, aber wenn man nichts anderes hat als das eigene Fleisch in Batist, was soll man da tun? Und warum habe ich das getan, frage ich dich? Man muß schließlich leben. Die Kinder wollen essen. Sie trifft keine Schuld. *(weint)*

HORVAT: Na schön, das glaube ich dir, aber wie komme ich in diese Geschichte hinein? Was geht mich das an? Ich habe von dir keine Rechenschaft verlangt, ich brauche keine Beichte. Nichts auf der Welt widert mich so an wie eine Beichte. Ich will das alles nicht wissen. Ich habe dich nur gefragt, warum du das Schulholz verkauft hast, ohne mir etwas davon zu sagen.

MARIANNE: *(lacht hysterisch)* Und triffst du dich nicht mit der Eva hinter meinem Rücken? Oben, auf der Alm. Ich schwöre dir bei Gott dem Allmächtigen und beim Grab meiner Mutter, daß ich seit jener Nacht, in der du gekommen bist, niemandem angehört habe. Nur dir. Und du betrügst mich, nicht ich dich. Du bist unehrlich, nicht ich. Du traust dich nicht, mir in die Augen zu schauen. Glaubst du denn, ich weiß nicht, daß dir eine Frau aus der Stadt schreibt?

HORVAT: Jetzt ist aber genug. Ich betrüge dich? Eva ist auf jeden Fall hübscher und gescheiter als du. Sie hat vor allem Charakter. Eva weiß, was sie will. Sie ist kein faules Fleisch wie du. Ob ich mit Eva etwas habe oder nicht, gehört nicht hierher.

MARIANNE: Eva liefert den grünen Kadern die Nahrung. Und sie verkauft die geplünderten Waren. Ich bin mit ihr nach Österreich gefahren. Sie hat den Schmuck und die Ringe von der Frau des Notars hingebracht, die man im Wald umgebracht hat. Sie hat auch noch eine ganze Tasche voll Gold verkauft. Das ist Eva, wenn du's genau wissen willst. Nimm dich in acht. Ich brauche nicht viel. Ich werde hinuntergehen und sie bei den Gendarmen anzeigen, und dann kannst du sie suchen.

HORVAT: Schweig! Ich will kein Wort mehr hören. Es ist wirklich genug. Das ist zu dumm. So spricht man in den Kneipen unter Betrunkenen.

MARIANNE: *(geht weinend auf Horvat zu, will ihn umarmen)* Entschuldige bitte, ich kann nichts dafür, ich bin so unglücklich. *(schluchzt) (Gegen Ende ihres Dialogs hört man draußen einen*

Lärm, der anschwillt. Der Lärm kommt immer näher, so daß
Marianne schließlich zum Fenster geht)

MARIANNE: Was ist denn das? Was ist passiert? Sie laufen hierher.
Es ist etwas passiert. Männer, Frauen. Mein Gott, was wollen
sie von uns. Es ist ein Aufstand, das Volk rebelliert. Gott steh
uns bei.

DORFMÄDCHEN: *(kommt herein)* Gnädige Frau, gnädige Frau, der
Herr ist zurückgekommen.

MARIANNE: Was für ein Herr? Wer ist zurückgekommen?

DORFMÄDCHEN: Ihr Mann ist zurückgekommen. Da kommt er von
Lukatsch. Er ist bei Lukatsch eingekehrt. Herr Lazar. Da
kommt er. Er lebt.

MARIANNE: Was hast du, mein Kind? Bist du bei Sinnen?
(Eine alte Frau kommt herein und hinter ihr noch ein paar
andere Dorfbewohner. Die alte Frau bekreuzigt sich)

ALTE FRAU: Der selige Lazar ist zurückgekehrt. Gott steh uns bei.
Er lebt. Und geht am hellichten Tag herum. Da kommt er. Er
ist schon beim Brunnen. Das ganze Dorf ist zusammengelaufen.
Gott segne dich, Marianne, dein Mann ist zurückgekommen.
(bekreuzigt Marianne)

MARIANNE: Wie? Wo? Mir dreht sich alles im Kopf. Ich werde in
Ohnmacht fallen.
(Sie läuft hinaus. Der Lärm wird stärker. Die Menge draußen ist
in Bewegung geraten. Horvat steht stumm und steif da. Stim-
mengewirr draußen. Alte Frauen führen Marianne herein, die
offenbar in Ohnmacht gefallen ist und sich jetzt wieder erholt
hat. Sie setzen Marianne auf einen Stuhl und geben ihr Wasser.
Gleich hinter Marianne kommt Lazar mit Kindern herein. Er
hat einen schwarzen Bart und dunkle Brille. Alle bekreuzigen
sich, als sei er von den Toten auferstanden)

LAZAR: Gebt ihr Wasser. Das ist nichts, mein Kind. Alles wird
wieder gut. Das ist von der Aufregung. Ich bin es, ich bin es.
Leute. Ich lebe. Alles war ein Mißverständnis.

ALTE FRAU: Das ist ein Wunder, Gott hat uns geholfen. Wir haben
ihm die Totenmesse gelesen und siehe da, er ist auferstanden
und zurückgekehrt.

LAZAR: Das kommt schon vor auf der Welt, Mütterchen. Das
kommt schon vor. *(er geht verzückt auf Marianne zu und be-*
ginnt sie voll Zärtlichkeit zu streicheln) Was ist, Maria, meine
Liebe, warum weinst du? Mir ist es, Brüder, so feierlich in der
Seele. Maria, mein liebes Kind, deine Tränen haben keinen Sinn.
Die Menschen müssen gut zueinander sein. Nur so können un-

sere Wunden heilen. Du hast viel gelitten. Ich war nicht imstande, das gebührend zu schätzen. Ich weiß alles. Oh, wie gut ich das verstehe. *(küßt Marianne die Hand und streichelt sie dann; zu Horvat)* Ich kenne dich, mein Freund, Sdrawstwuj. Alles wird sich klären. Das Schönste im Leben ist es, Mißverständnisse zu beseitigen und Ungereimtheiten zu bereinigen. Sdrawstwuj, mein Lieber. Wie seltsam das alles ist und wie schön. Mein Gott, wie feierlich mir zumute ist. Ich möchte etwas sagen, etwas Schönes und Feierliches. Leute, hört mich an. Seht, in diesem Augenblick, in dem ich nach langen vier Jahren über die Schwelle meines Heims getreten bin, heute, da ich zurückgekehrt bin und da ihr mich schon lange für tot geglaubt habt, fühle ich, Brüder, daß wir alle auf dem falschen Weg sind, daß wir alle falsch leben. Wir leben in unsere Sorgen vergraben und sehen einander nicht. In unsere eigenen, kleinen Leben eingekerkert sehen wir nicht, daß das Leben groß, mächtig und unendlich ist. Wir sehen Gott nicht. Ja, Leute, wir sehen Gott nicht. Als ich noch vor fünf und zehn Jahren hier in diesem Zimmer gelebt habe, habe ich auch Gott nicht gesehen und ihn nicht erkannt. Aber dann, dort weit im Ural, 800 Meter unter der Erde, wo es Tag und Nacht dunkel ist, daß der Mensch beinahe erblindet, dort habe ich Gott gefunden. Und glaubt mir, ich habe keinen anderen Wunsch gehabt, als dieses Bergwerk zu verlassen, heimzukehren und euch die Kunde zu bringen: Man muß an Gott glauben und seinen Nächsten lieben. Das ist die Lösung des Problems. Setzen wir uns, Brüder und Freunde, setzt euch, Schwesterchen und Mütterchen, ich begrüße euch alle. Setz dich, Lukatsch, setz dich, Tomerlin, und du Großvater und du, mein Kind. Du warst noch nicht auf der Welt, als ich weggegangen bin. Setzt euch alle, ich begrüße euch alle. Ich bin zurückgekehrt. Sdrawstwujte, meine Lieben. Hier sind die Bilder, die Betten, die Schränke, das Haus, ach, meine liebe Frau, meine Kinder. Ich bin glücklich. *(er umarmt, streichelt und küßt alle der Reihe nach)*
(Marianne steht auf, geht auf ihn zu, fällt vor ihm nieder und beginnt verzweifelt zu schluchzen.)

Vorhang

DRITTER AKT

Wohnküche in Evas Wohnung. Alles ist rußig, schwarz und höllisch. Aus dem Herd strömt dichter Rauch, den der Südwind und Regen zurückdrängen. Eva sitzt auf einem dreibeinigen Hocker neben dem Feuer und raucht leidenschaftlich. Von Zeit zu Zeit trinkt sie Rum aus der Flasche. Das Grammophon spielt wilde Negerlieder. Evas alte Mutter sitzt auf der Schwelle und surrt mit der Spindel. Sie scheint heute abend schon zum hundertsten Mal ein und dasselbe zu wiederholen, denn Eva seufzt tief vor schrecklicher Langeweile.

MUTTER: Ob du mir glaubst oder nicht, meine Liebe, stehen dort sechs Schränke, alle nebeneinander, schön politiert, meine Liebe, und ich habe jeden von ihnen mit meiner eigenen Hand geöffnet. Lauter harte, feine, echte Eiche, daß es eine Wonne ist.

EVA: Habe ich ihnen nicht schon hundertmal gesagt, daß Sie mit Ihrem Ding da nicht surren sollen? Ich kann die Musik nicht hören. Und lassen Sie mich endlich einmal mit diesem verdammten Stefek und seinen Schränken in Ruhe. Er soll seine Schränke behalten. Ich brauche sie nicht. Haben Sie mich verstanden? Scheren Sie sich zum Teufel. *(Die Alte ist taub, sodaß Eva schreien muß, damit sie sie versteht)*

MUTTER: Hast du denn in Amerika gelernt, so mit deiner Mutter zu sprechen? Du bist kein weibliches Wesen. Der Teufel ist in dich gefahren. Das Vieh krepiert uns im Stall und du machst Musik. Die Alte soll ruhig mit ihren klappernden Knochen den Stall ausmisten, den Kühen Futter geben und sie melken, während du den ganzen Tag Musik machst und rauchst. Hast du denn keine Angst vor Gott? Aber er wird dich schon dafür bestrafen, daß du deine Eltern so behandelst.

EVA: Wann werden Sie endlich einmal aufhören? Was haben Sie davon, daß Sie die ganze Zeit diese Litaneien herunterleiern. Lassen Sie mich in Ruh. Scheren Sie sich zum Teufel. Sie alte Närrin schlecken da den Faden wie eine Spinne ab. Wissen Sie denn nicht, daß eine einzige Maschine in einer Stunde mehr spinnen kann als ihr ganzes Drecksnest im ganzen Jahr? Maschinen, meine Liebe, von Columbus in Ohio bis Chicago lauter Maschinen. Sie arbeiten nicht so wie die Spinnen.

MUTTER: Was? Was hast du gesagt? Ohio? Du sollst kein Glück

haben mit deinem verdammten Ohio. Das hat deinen Mann getötet, dein Ohio.

EVA: Er war ganz angenagt und verfault. Er war kein Mann für Ohio. Deshalb ist er zurückgekehrt. Die Wolfsschlucht hat ihn hier umgebracht, nicht Amerika. Der Teufel muß mich geritten haben, daß ich meinen Fuß auf das Schiff gesetzt habe, um euch zu besuchen. *(zieht das Grammophon auf und trinkt Rum)*

MUTTER: Aber dein Kopf ist drüben geblieben. Du bist nicht hier. Hier gehst du nur herumspazieren. Eine solche Gelegenheit, meine Liebe, wirst du nie mehr haben. Das Glück begegnet einem nur einmal im Leben. Sechs hohe Schränke bringt er mit und sechs Paar Pferde.

EVA: *(resolut)* Hören Sie zu, Mutter, gehen Sie in Ihr Zimmer da drüben und lassen Sie mich in Ruh. Sie kleben den ganzen Tag an mir wie ein Schatten, daß ich nicht aufatmen kann. Und hören Sie endlich einmal auf, mit dieser verdammten Spindel zu surren.

MUTTER: Was? Du willst mir noch befehlen? Das hier ist mein Haus. Hier hat mir niemand etwas zu befehlen. Ich kann hier tun, was ich will.

EVA: Ich befehle Ihnen nichts, sondern bitte Sie nur, daß Sie mich mit Stefeks Schränken in Ruhe lassen. Und daß Sie mir die Musik nicht verleiden. Es ist Zeit, daß Sie aufhören zu spinnen.

MUTTER: Ich soll aufhören? Ich werde aufhören, wenn es mir paßt und nicht auf Kommando.

EVA: Sie wollen also nicht aufhören?

MUTTER: Nein.

EVA: Nein?

MUTTER: *(spinnt wortlos weiter)*

(Eva springt auf, stößt die Alte beiseite, reißt ihr die Spindel aus der Hand und wirft sie ins Feuer. Aus dem Herd züngelt die Flamme hervor. Die Alte springt zum Feuer und will die Spindel wieder herausziehen, aber die Wolle ist schon von den Flammen erfaßt, so daß die Alte aufschreit)

MUTTER: Meine Spindel! Meine Großmutter hat schon damit gearbeitet! Meine Großmutter! Du sollst verflucht sein! Du sollst kein Glück haben! Du sollst auf der Stelle blind werden! Verflucht sollst du sein! Die Würmer sollen dich bei lebendigem Leib auffressen! Vater! Vater! Schau, was sie gemacht hat!

(Der alte Mann, ein gebückter Riese, erscheint auf der Schwelle und nickt, hebt stumm den Kopf, als wolle er damit die Alte fragen, worum es eigentlich geht)

MUTTER: *(zieht sich vor Verzweiflung das Tuch vom Kopf und reißt an ihren Haaren)* So ein Unglück! Sie hat die Spindel ins Feuer geworfen. Die Spindel ins Feuer. So ein Unglück!

VATER: *(winkt mit der Hand ab – der Teufel soll die beiden Weiber holen – dreht sich wortlos um und schlägt die Tür hinter sich zu)*

(Das Grammophon spielt weiter. Eva setzt sich ruhig auf den Hocker und raucht weiter)

MUTTER: *(läuft verrückt herum, fuchtelt mit den Armen und jammert)* So ein Unglück! Leute! Leute! Sie hat meine Spindel ins Feuer geworfen. So ein Unglück! Meine Spindel! *(läuft in die Nacht hinaus; man hört ihr Gejammer noch kurze Zeit hinter der Bühne)*

(Eva zieht kaltblütig das Grammophon auf, dreht sich eine frische Zigarette, trinkt Rum und starrt durch den Rauch in die Dunkelheit. Man hört Regen auf dem Strohdach. Eva starrt in die Nacht und sieht beleuchtete Schiffe, die mit roten und grünen Lichtern behangen durch das Dunkel schwimmen. Die Lichter beleuchteter Städte blinken in der Ferne wie Funken. Das sieht man alles. Die beleuchteten Schiffe auf dem Wasser und die Städte. Und dazu hört man das entfernte Tuten der Sirenen und Musik)

EVA: Schiffe. Wunderschöne, beleuchtete Schiffe. Und auf ihnen spielt Musik. Man tanzt und trinkt, und die Städte baden im Licht. Alles ist lustig und groß und lebendig. Alles lebt. Wenn ich nur auf einem Schiff sitzen und auf das Wasser schauen könnte, auf das viele, dunkle Wasser. Das Schiff gleitet dahin, und alles bleibt hinter mir. Nie mehr zurück. *(seufzt tief und schweigt)*

(Horvat kommt herein und setzt sich wortlos auf den Balken neben dem Feuer. Er ist niedergedrückt und auffallend blaß. Er starrt auf das Feuer und trinkt Rum aus der Flasche, die Eva ihm gereicht hat)

EVA: Was hast du?

HORVAT: Ach nichts. Was soll ich schon haben.

EVA: Magst du einen Kaffee? Es ist noch etwas da.

HORVAT: Ja bitte.

(Er dreht sich eine Zigarette und raucht. Eva schenkt ihm Kaffee in ein zerbrochenes Krügel ein)

HORVAT: *(schnuppert)* Was stinkt denn da so höllisch? Da brennt etwas.

EVA: Ach nichts. Ich habe die Spindel der Alten ins Feuer geworfen. Ich hab von ihr genug. Bis daher. *(entsprechende Geste. Pause)* Aber es ist etwas los mit dir.

HORVAT: *(schlürft seinen Kaffee, trinkt Rum und raucht nervös)* Da unten ist ein Irrenhaus. Das kann man nicht mehr aushalten. Dieser verlogene Irre hat all diese gemeinen Schweine um sich versammelt und spricht ihnen von Gott. Der hinkende Tomerlin diskutiert über Gott. Auch Lukatsch ist dort. Und Lukatsch's Sohn. Alle. Alle. Alle Gauner und Diebe dieser Welt hocken dort herum und sprechen von Gott. Er hat Gott 350 Meter unter der Erde gefunden.

EVA: Auch ich war unter der Erde und hab die Wäsche für die Japse gewaschen. Ich habe dort niemanden gefunden. Aber du redest nur in den Wind. Du kannst ohne das Unten nicht leben. Du regst dich darüber auf, aber dann kehrst du wieder zurück.

HORVAT: Weil alles so verworren ist. Ich bin mit einem Regierungsdekret zum Lehrer ernannt worden. Aber er ist zurückgekehrt und hat logischerweise seine Stelle angetreten. Und was ist jetzt? Ist er der Lehrer? Bin ich der Lehrer? Wir haben schon vor einem Monat in die Stadt geschrieben und um eine Entscheidung gebeten, aber noch keine Antwort bekommen. Ich wollte weggehen, zurücktreten, aber er läßt mich nicht gehen.

EVA: Er ist faul geworden. Es ist doch schöner, so über Gott zu reden, als sich mit den Kindern herumzuschlagen.

HORVAT: Ich wollte schon zurück in die Stadt, aber wie soll ich das alles hier aufgeben? Du bist da und sie ist da. Wie kann ich sie in diesem Zustand verlassen? Was wird mit dem Kind?

EVA: Mit was für einem Kind?

HORVAT: Marianne schwört, daß es mein Kind ist.

EVA: *(lacht schallend)* Du bist noch ein Kind. Sie war schon von dem Kellner schwanger, bevor du gekommen bist. Ich weiß das genau. *(zieht wieder das Grammophon auf)*

HORVAT: Das weiß ich auch, aber sie schwört, daß es von mir ist. Wenn ich weggehe, sagt sie, wird sie sich die Venen aufschneiden. Heute abend hat sie wieder einen Skandal gemacht mit dem Rasiermesser und Venen und was weiß ich. Du kannst dir nicht vorstellen, wie mich das alles ankotzt. Sie ist krank, verschmiert, geschwätzig und dumm. Sie tyrannisiert alle mit diesem verdammten Rasiermesser. Und ihre schrecklichen Kinder knacken dabei Nüsse und lachen. Und er sitzt da wie eine Mumie und redet ewig über Gott. Wo soll ich hin? Zurück in die Stadt? Wenn du wüßtest, wie mich die Stadt anödet. Dort ist alles noch viel schrecklicher als hier. Ich kann nicht dorthin zurück.

EVA: Komm, trink. Alles wird gut. Der Teufel soll dieses old country holen. Wir werden uns ein Ticket kaufen und mit dem ersten Schiff abhauen. Wir sind noch jung. Wir werden das alles vergessen, als wäre es nie gewesen.

HORVAT: Ich möchte das alles aus mir herausreißen. Ich möchte aufstehen und weggehen. Aber es geht nicht. Das steckt viel zu tief in mir. Ich habe mir gedacht, ich werde diese blöden Prüfungen ablegen und irgendwohin in die Provinz als Gymnasialprofessor gehen. Dort werde ich meine fünfzehn oder siebzehn Stunden in der Woche absitzen und die übrige Zeit gehört mir. Ich werde mich in meinen vier Wänden ausruhen, die Stille genießen und diesen ganzen Stumpfsinn vergessen. Ich werde die Front vergessen und die Tatsache, daß ich kaiserlicher Soldat war. Diese schrecklichen, unendlichen Nächte, in denen ich mich zerschlagen und müde wie ein Hund durch den Schlamm geschleppt habe. Ich spüre noch in der Nase den Rauch, der unter den Strohdächern quillt, und alles ist schwarz, rußig und erstickend. Man sieht nichts. Nur eine Laus kriecht einem über den Hals. Eine weiße, fette, satte Laus. Und dann diese Redaktion, wo wieder die Zeitung stinkt. Wer kann sich in dieser Hölle für die Prüfungen vorbereiten? Du sitzt nächtelang in diesem Chaos und spürst deutlich, wie du im Schlamm steckengeblieben bist. Und nicht nur du, sondern die ganze Redaktion, die ganze Stadt, das ganze Leben ist in einer giftigen Tinktur steckengeblieben und verfault. Ein schrecklicher Polyp wird dich erwürgen, du mußt dich retten, aber du kannst dich nicht rühren.

EVA: Ich kann dich, ehrlich gesagt, nicht verstehen. Du jammerst die ganze Zeit und beklagst dich, daß du dich nicht rühren kannst. Was willst du damit sagen? Ich war neunzehn Jahre alt, als ich ganz allein in Pittsburgh gestanden bin. Ich konnte kein Wort Englisch und hatte nur drei Cents in der Tasche. Die street cars läuten links und rechts, die Lichter blinken, movies, dining rooms, hotels, die Orchester spielen und was soll ich? In einer street wohnte eine Frau aus der Wolfsschlucht, sie war schon seit Jahren in Amerika, ich hatte ihre Adresse, bin aber doch nicht in der ersten Nacht zu ihr gegangen. Sie hatte ein Hotel für die Nigger. Und dann bin ich doch hingegangen. Später hab ich mein eigenes Geschäft eröffnet und habe auch ein Auto gehabt. Und was für ein Auto. Selbst die reichen Leute haben den Mund aufgerissen, als sie es gesehen haben. Und jetzt wieder nichts. Solange man jung und gesund ist, braucht man sich nicht zu beklagen. Man muß die Ärmel aufkrempeln und sich durchboxen. Ja, knock out. Also auf dein Wohl, mein Lieber, und Kopf hoch!

(schenkt Kaffee nach in das Krügel und gießt Rum nach)

HORVAT: Ich habe heute nacht von deinen Niggern geträumt.

EVA: Von den Niggern, sagst du? Die Nigger bringen Glück.

HORVAT: Es war ein seltsamer Traum. Sie sind mit Harmonikas gekommen und haben meine Hochzeit verdorben. Es scheint, als habe ich eine Hochzeit gehabt mit einem Fräulein aus der Stadt, die ich noch aus meiner Kindheit kenne. Und dann war es wieder keine Hochzeit, sondern ein Begräbnis, ein Totenmahl inmitten von Lorbeerkränzen, silbernen Kandelabern und schwarzen Draperien. Dreizehn Personen saßen an dem langen Tisch. Ich habe alle Gäste gezählt und erinnere mich genau, daß es dreizehn waren. Meine tote Mutter und mein toter Vater, noch einige andere Bekannte aus der Stadt und Marianne. Ihre Hände waren ganz blutig. Sie hat sich die Venen durchgeschnitten. Und Lazar war da. Er sprach von Gott und hatte einen langen weißen Bart, und Juro spielte Gitarre, und alles war schrecklich kompliziert. Sie stritten alle miteinander und schrien einander an. Es entstand ein Chaos. Sie schrien und zerbrachen das Geschirr, und ich wollte sie versöhnen. Ich wollte die Braut umarmen und heiraten. Ich wollte aus dem allen heraus. Ich wollte weg. Ich wollte glücklich werden. Aber alles war so verworren. Marianne wollte es nicht zulassen. Sie schrie und schlug um sich.

EVA: Und ich? Wo war ich?

HORVAT: Auch du warst am Tisch. Aber dann sind deine Nigger gekommen, schrecklich viele Nigger und haben mit Harmonikas und Besen alle auseinandergejagt.

EVA: *(lacht)* Das ist gut. Das ist ein guter Traum.

HORVAT: Ich sehe alles noch vor mir. Meine tote Mutter und ihr blasses, leidendes Gesicht, die schwarze Seide, in der man sie begraben hat und die große Brosche aus rotem Granat. Und mein toter Vater mit der Melone. Und alle übrigen. Ich sehe es ganz deutlich vor mir. Sie saßen alle bei dieser Hochzeit oder bei diesem Totenmahl, was weiß ich, und stritten miteinander, sie fluchten und schrien, und das Ganze endete mit einem schrecklichen Skandal. *(Orgel)*

Vorhang

INTERMEZZO

Kreschimir Horvats wahnsinnig skandalöser Traum. Intermezzo furioso.

Man sieht den Tisch, von dem Horvat spricht. Alles ist pompös, man weiß aber nicht, ob es sich um eine Hochzeit oder ein Totenmahl handelt. Schwarze Draperien, Kerzenleuchter, Seide, Lorbeer, Silber.

I.   *In der Mitte der Tafel sitzt* DIE BRAUT *(Illusio sacra, virgo fidelis aeterna, vulgo Fortuna) Die Maske einer ideal schönen Frau. Zweiundzwanzig Jahre alt, blond, schlank, mit ungewöhnlich fein modellierten Händen. Weiße Seide, Spitzen, Myrthenkranz und ein Strauß weißer Rosen.*
Der Platz links von der Braut ist leer.

II. *Neben dem leeren Platz sitzt* DIE MUTTER *(Mater dolorosa). Sie ist eine grauhaarige, korpulente Frau. Alte Seide, Mode der neunziger Jahre, die rote Brosche aus Granat, Gebetbuch und seidenes Tüchlein.*

III. *Rechts von dar Braut sitzt* DER VATER *(Pater diabolicus, legitimus, lupus) Ein Alkoholiker am Rande der Senilität. Viel zu großer Salonrock mit Samt umrandet. Melone, kurze Pfeife, weiße Handschuhe. Er ist volltrunken, so daß er sich kaum aufrechthalten kann.*

IV. WENGER-UGARKOVIĆ *(Mentor infernalis) Pelerine, Kalabreser, Alkohol.*

V.   CHEFREDAKTEUR, *in Stadtpelz und Zylinder (Doctor mysticus)*

VI. POLUGAN, *in einem grauen Jackett (Figura misera neurasthenica)*

VII. POLUGANS FRAU *(Mulier samaritana) Vornehm, still, in einem Ballkleid von diskreter Farbe.*

VIII. MARIANNE, *hochschwanger. Ihre Pulsadern sind verbunden; der Verband ist blutig. Eine künstliche Mohnblume im Haar. Sie raucht viel. Und schreit plebejisch. (Magna peccatrix).*

IX. SLATKO STRELETZ, *Frack, Glacéhandschuhe*

X.   KELLNER JURO, *mit Gitarre*

XI. LAZAR MARGETIĆ

XII. GRGO TOMERLIN

Als der Vorhang aufgeht, geschieht folgendes:
Polugan streitet mit seiner Frau. Grgo Tomerlin steht auf und

135

hinkt nervös, eine Zigarre rauchend, um den Tisch herum, als wolle er allen etwas sagen, doch niemand will ihn anhören. Marianne streitet mit der Braut über den Tisch hinweg und versucht, auf den Tisch zu steigen, um sie zu schlagen. Der Kellner Juro versucht, Marianne zu beruhigen und hält sie davor zurück, mit dem Vater zu streiten, der Marianne nicht erlaubt, die Braut zu beschimpfen und sie tätlich anzugreifen. Die Braut und der Chefredakteur sitzen steif da, als wären sie aus Wachs. Wenger und Lazar debattieren über Gott und spielen Karten. Slatko Streletz trinkt, macht später der Braut den Hof und pfeift lustige Liedchen.

POLUGAN: *(schenkt sich ein, trinkt und raucht)* Ach, wenn ich nur alles vergessen könnte.

FRAU: *(betroffen)* Ach, ich bitte dich, du langweilst mich mit deinem ewigen Vergessen. Was hast du denn so viel zu vergessen?

POLUGAN: Du traust dich noch, mich danach zu fragen? So dreist kann nur eine Frau sein.

FRAU: *(weint laut)* Man opfert einem die eigene Jugend und das eigene Glück, und das ist der Dank dafür. Schau, da hast du einen wunderschönen Karfiol. Du träumst doch immer vom Karfiol und hast heute abend keinen Bissen davon genommen.

POLUGAN: *(raucht eine Zigarette nach der anderen)* Ich habe keine Lust zu essen. Laß mich in Ruhe!

FRAU: Ich habe keine Lust zu essen. Was für eine Art ist denn das? Du rauchst demonstrativ während die anderen essen. Du gehst mir auf die Nerven.

MARIANNE: *(zur Braut, über den Tisch hinweg)* Davon kann keine Rede sein. Haben Sie mich verstanden, meine Liebe? Erst über meine Leiche können Sie mit ihm vor den Altar treten. Was glauben Sie denn, was ich bin? Ein Kuhdreck auf der Straße?

JURO: *(versucht sie, mit der Gitarre in der Hand, zu beruhigen)* Aber Marianne, ich bitte dich.

MARIANNE: *(reißt sich los, läuft um den Tisch herum und will die Braut angreifen. Der Vater, die Mutter und Slatko Streletz verteidigen die Braut)*

STRELETZ: Ich bitte Sie, gnädige Frau, nehmen Sie Rücksicht auf die Situation, in der wir uns befinden. Es ziehmt sich nicht, eine Feier auf diese Weise zu verderben.

MUTTER: *(ergreift Vater an der Hand)* Ich bitte dich, Papa, quäl mich nicht. Beruhige dich. Warte ab, wir haben noch Zeit.

VATER: Das ist nicht wahr. Wir haben keine Zeit. Man kann nicht einmal am eigenen Tisch tun, was man will. *(schlägt wütend auf den Tisch und zerbricht dabei ein Glas)* Ein Skandal!

MUTTER: *(verzweifelt)* Beherrsch dich, Papa, ich bitte dich. Wir sind nicht allein. Schäm dich!

VATER: Warum soll ich mich schämen? Was für eine Gesellschaft ist das schon? Irgendwelche betrunkenen Frauen. Das hat uns alles dein Herr Sohn eingebrockt. Du bist an allem schuld. Er ist dein Kind. *(zu Marianne)* Und Sie, halten Sie den Mund! Gehen Sie auf Ihren Platz zurück! Marsch, marsch!

MARIANNE: Pfui, schämen Sie sich! Sie benehmen sich wie ein Kutscher. Ich werde der da die Augen auskratzen. Lassen Sie mich los.

(Juro hält sie zurück)

STRELETZ: Beruhigen Sie sich, mein Herr, ich bitte Sie. Trinken Sie lieber einen Sekt, einen Burgunder oder einen Magenbitter. *(schenkt Sekt ein und tränkt damit den Alten)*
(Der Vater gibt senil nach und setzt sich. Streletz und Juro beruhigen Marianne und sie kehrt schwankend auf ihren Platz zurück)

POLUGAN: Ach so, ich gehe dir auf die Nerven und du mir nicht? Laß mich bitte in Ruhe, sonst könnte ich heute abend noch die Form vergessen.

FRAU: Ich weiß, worauf du hinauswillst. Seit Jahren schon ärgerst du mich mit deinem verdammten Schweigen. Warum verschluckst du immer deine Gedanken? Warum erklärst du dich nicht einmal? Hättest du auch nur ein Fünkchen Menschlichkeit in dir, dann würdest du mir nicht das Blut saugen. *(schluchzt laut und wischt sich die Tränen mit dem Taschentuch ab)*

POLUGAN: Ich sauge dir das Blut aus? Ich sitze ruhig da und sage nichts ...

FRAU: Das ist es gerade. Du schweigst gemein. Und das schon seit Jahren.

POLUGAN: Was soll ich denn tun? Vielleicht lachen. Na schön, dann lache ich. *(lacht künstlich)* Haha ha ha. Wovon hast du gerade gesprochen? Von einem wunderbaren Karfiol? Schauen wir uns also diesen berühmten Karfiol an. Ha ha. Sehr gut. Delikat. Ausgezeichnet. *(häuft sich demonstrativ Karfiol auf den Teller und ißt lachend)*

FRAU: Ich kann das nicht mehr aushalten. Das übersteigt meine Kräfte. *(steht auf und schlägt mit der Gabel auf den Teller, der zerbricht. Sie läuft weinend herum)*

POLUGAN: *(springt auf)* Den ganzen Tag muß ich diese Tyrannei

über mich ergehen lassen. Das verbitte ich mir. Das ist keine
Art.

*(Bis zu diesem Augenblick haben Eva und Horvat dieser Szene
vollkommen passiv zugeschaut. Jetzt mischt er sich ein)*

HORVAT: Das ist Polugans Frau. Er ist mein Freund und Kollege
aus der Redaktion. Sie ist eine stille Samariterin, die gut zu mir
war. Sie hat mir einige Liter Blut ausgesaugt, und mich immer
wieder überzeugt, das geschehe nur zu meinem Besten. Eine Samariterin. Jetzt machen sie eine Szene meinetwegen. Das ist geschmacklos. *(er geht auf Polugan zu und versucht, ihn in einem
freundschaftlichen Ton zu beruhigen)* Beherrsche dich, ich bitte
dich. Das hat doch keinen Sinn.

POLUGAN: Dir zuliebe gebe ich es auf, mein Lieber. Nur dir zuliebe. *(umarmt Horvat und führt ihn zum Tisch, wo er ihm Sekt
einschenkt; sie trinken)*

FRAU: *(schaut Horvat verliebt an)* Was für eine herrliche Stimme
er nur hat.

MARIANNE: Warum lassen Sie ihn nicht in Ruhe? Warum schreiben
Sie ihm immerzu Briefe? Glauben Sie denn, ich habe sie nicht
gelesen? Hören Sie gut zu, was ich Ihnen sage: Schlagen Sie sich
ihn aus dem Kopf. Ich bin die Mutter seines Kindes. Ich gebe
ihn nicht her. Er gehört mir.

FRAU: Wieso Ihnen? Er gehört nicht Ihnen, er gehört mir.

MARIANNE: Sie haben Ihren Mann. Warum mischen Sie sich in
meine Angelegenheiten ein? Und wer wird mein Kind erhalten?
(zeigt auf ihren Bauch) Pfui! Ich könnte ihm ins Gesicht spucken.

FRAU: Ach, so ist es. Pfui! Ich könnte ihm ins Gesicht spucken.
Erst jetzt sehe ich ihn in seiner ganzen Niedertracht klar. Und
ich habe seinetwegen alles, was in mir ehrlich und rein war, verraten und beschmutzt. *(reißt sich die Haare, fällt auf die Knie
und weint verzweifelt)*

POLUGAN: *(umarmt Horvat)* Du bist mein bester Freund. Meine
einzige Hoffnung. Du wirst nicht so zugrundegehen wie ich.
Du wirst aus dem allen herauskommen und siegen. Du bist
stark und gut. Du bist mein liebster Freund. Ach, wie unglücklich ich bin. *(weint betrunken)*

FRAU: *(betrachtet die beiden voller Haß, steht auf und geht entschlossen auf Horvat zu)* Schämen Sie sich! In was für eine Affäre haben Sie mich nur da hereingebracht. Sie hätten mir eine
Auseinandersetzung mit einem solchen Frauenzimmer ersparen
können. Mein Gott, was habe ich nur verbrochen. *(weint wieder)* Sie haben mich in den Schmutz gezogen. *(zu ihrem Mann)*

Auch dich hat er beschmutzt. *(fällt in die Knie vor Polugan)* Er belügt dich. Er betrügt dich. Er ist ein Gauner. Ich habe ihn geliebt wie einen Gott, und er hat mich beschmutzt. Verzeih mir! Er ist an allem schuld.

POLUGAN: *(zerknüllt das Tischtuch)* Waas?!

FRAU: Er betrügt dich, er ist nicht dein Freund. Er hintergeht dich mit mir. Er hält dich für einen Kretin, einen Paralytiker.

POLUGAN: Du bist verrückt geworden.

HORVAT: Die gnädige Frau ist aufgeregt. Sie weiß nicht, was sie spricht.

FRAU: Ich bin nicht aufgeregt. Mir hat diese unglückliche Frau die Augen geöffnet. Schämen Sie sich! *(zu ihrem Mann)* Liebster, er hat uns zugrundegerichtet. Er hat sich wie ein Geier auf mich gestürzt und mich zerrissen. Glaub ihm kein einziges Wort! Er lügt.

POLUGAN: Es ist also doch etwas dran. Und warum hat man mir das nicht gleich gesagt? Warum quält man mich die ganze Nacht wie einen ans Kreuz Geschlagenen? Du ekelst mich an. Pfui! *(will auf seine Frau losgehen, aber Horvat hindert ihn daran)*

HORVAT: Um Gottes willen, was für eine barbarische Art ist denn das?

POLUGAN: *(stößt ihn von sich)* Weg von mir! Ich kann Sie nicht sehen.

WENGER: *(zu Lazar)* Siehst du, mein lieber Sohn, man soll an Gott glauben und gottesfürchtig leben, dann passieren solche Dinge nicht.

HORVAT: Sie lügen. Ich glaube Ihnen kein einziges Wort. Sie haben schon gelogen, als wir mit Ihnen im Gymnasium Cäsar übersetzt haben. Auch damals haben Sie genauso nach Alkohol gerochen. Sie haben Ihre Borsten unter der Nase gebissen und mich geschlagen und mich belogen. Vielleicht wäre alles anders geworden, hätten Sie mich nicht gleich von Anfang an vergiftet. Sie haben angefangen, mich zu schlagen.

WENGER: Sie lügen, nicht ich. Ich kann mich gut an Sie erinnern. In der dritten Klasse b, fünfte Bank rechts, neben der Wand. Sie waren oberflächlich, indolent und arrogant. Und Sie haben immer Streit gesucht. Ja, ich habe getrunken, das ist wahr. Meine Frau lag im Sterben. Ich mußte die Ärzte bezahlen und die Kohle und die Kinder und das Kindermädchen und die Wechsel und die Zinsen. Was soll man da anderes tun als trinken?

FRAU: *(jammert und schlägt mit dem Kopf gegen den Boden)*

139

POLUGAN: *(kniet neben ihr nieder)* Verzeih mir, ich bitte dich, verzeih mir!

EVA: *(betritt erst jetzt die Szene)* Laß das alles, ich bitte dich. Das hat doch keinen Sinn. Gehen wir. Ich habe schon die Tickets gekauft. Das Schiff wartet auf uns.

MARIANNE: *(wütend)* Wo wollen Sie hin? Nach Amerika? Und ich soll hier allein bleiben? Keine Rede davon. Ihr werdet keinen Schritt tun. Nur über meine Leiche. Leute! Meine Damen und Herren! Schauen Sie sich diese Bestie an! Glauben Sie denn, sie ist eine Amerikanerin? Daß sie in Samt und Seide herumgeht, weil sie eine Menge Dollars mitgebracht hat? Nein, meine Lieben. Sie beliefert die grünen Kader und verkauft die Waren, die sie gestohlen haben. Blutige Ringe und Ohrgehänge. Ich werde sie bei den Gendarmen anzeigen. Man wird sie verhaften und abführen. Der Herr wird nicht nach Amerika fahren. So lange ich lebe, kann keine Rede davon sein.

TOMERLIN: *(schreit)* Meine Herren, ich bitte ums Wort. Ich muß Ihnen im Namen des Schulausschusses sagen, daß dieser Herr den Schuleimer verkauft hat.

STRELETZ: Meine Damen und Herren, alles, was Sie für wichtig halten, ist eigentlich nebensächlich. Savoir vivre ist wichtig. Das Leben ist Gottes Geschenk. Man muß es also nützen. Setzen Sie sich, bitte. Ich hebe also dieses Glas auf das Wohl von uns allen. Auf das Wohl der Lebensweisheit! Auf das Wohl der Menschen, die zu leben verstehen.

EVA: Wenn du dich jetzt setzt, ist alles aus. Das Schiff fährt weg und man weiß nicht, wann das nächste geht. Sei vernünftig. Unsere Tickets werden ungültig.

HORVAT: Ja, natürlich. Das alles hat keinen Sinn.

MUTTER: Sei so gut, mein lieber Sohn. Hör auf deine Mutter. Setz dich zu uns, ich bitte dich.

VATER: *(betrunken)* Warum faßt du ihn immer mit Glacéhandschuhen an? Ich verbiete dir, mit ihm so zu sprechen. Er ist ein Dieb, ein Nichtsnutz. Ich hätte ihn am besten gleich in der Wiege erwürgen sollen. *(will aufstehen und sich auf seinen Sohn stürzen, fällt aber betrunken zurück)*

MUTTER: Ich bitte dich, lieber Papa, beherrsch dich wenigstens heute abend. Schrei nicht so herum!

VATER: Warum soll ich nicht herumschreien? Schau, was er aus seinem Leben gemacht hat. Das ist ein Skandal, wie er sich benimmt. Da müßte die Polizei einschreiten.

LAZAR: Das alles ist sehr einfach, meine Herrschaften. Man kann alle Probleme in Liebe und Harmonie lösen. Man muß versuchen, einander zu verstehen. Keine Kluft zwischen den Menschen kann so tief sein, als daß man keine Brücke darüber bauen könnte. Man muß nur guten Willen zeigen und die eigene Schuld eingestehen.

HORVAT: Ich verstehe Sie nicht. Woran bin ich denn schuld?

LAZAR: Jeder ist schuldig.

MUTTER: Als du noch klein warst, dachte ich, über deinem Kopf schwebe ein guter Stern. Ich habe an dich geglaubt. Ich habe alles auf mich genommen, ich habe gekocht, geflickt, den Boden geschrubbt, ich habe die Schulden und den da *(zeigt mit dem Kopf auf den Vater)* auf mich genommen, weil du meine einzige Hoffnung warst. Sonst wäre ich in den Fluß gegangen. In der Kirche habe ich von dir geträumt, mein Sohn. Du warst mein einziges Glück, meine Rettung. Und was ist aus dir geworden? Wo ist unser Glück geblieben? *(sie weint)*
(Alle Frauen beginnen mit gesenkten Köpfen zu weinen, wie bei einem Begräbnis)

HORVAT: Das sind lauter Phrasen. Es gibt kein Glück. Das alles hat keinen Sinn.

VATER: Da sieht man's! Man kann mit ihm nicht reden. Er ist eigensinnig wie diese Pfeife da. *(schlägt mit der Pfeife auf den Tisch)*

POLUGAN: Das ist ein Hund und kein Mensch.

CHEFREDAKTEUR: *(verächtlich)* Ein ausgesprochen destruktiver Typ.

EVA: *(zu Horvat)* Komm, gehen wir.

HORVAT: Warte. Ich muß es noch erklären. Wenn ich euch so alle an einem Tisch versammelt sehe, verstehe ich nicht, warum ihr mich so voller Haß anschaut. Ich begreife es einfach nicht. Was habe ich schon verbrochen? Ich habe mich zwei-, dreimal von den Frauen einfangen lassen. Na und? Wo steht es geschrieben, daß die Frau das Privateigentum des Mannes ist. Aber ihr haßt mich alle, angefangen von meinem eigenen Vater bis zu Marianne. Und dabei habe ich euch alle geliebt. Jeden einzelnen von euch. Diese Frau da und diesen stinkenden Säufer. Auch diesen Jammerlappen da mit seinen gelben Zähnen und blutunterlaufenen Augen. Wieviele Nächte habe ich nur euretwegen durchwacht und wieviele Tränen vergossen. So sehr habe ich euch geliebt.
(Alle lachen auf)

CHEFREDAKTEUR: Sie haben uns also geliebt, junger Mann?

FRAU: Ha ha, er hat uns geliebt.

MARIANNE: Er lügt. Pfui. Er ist ein ganz gewöhnlicher Dieb, der mich bestohlen hat. Ich habe ihn aufgepeppelt und eingekleidet. Ich habe ihn von der Straße aufgelesen. Als er aber diese Amerikanerin gefunden hat, hat er mir einen Tritt gegeben. Und dann wollte er mich noch erwürgen. Ja. Das habe ich bisher noch niemandem gesagt. Ja. Er wollte mich erwürgen.

(Allgemeine Panik. Pause. Die Mutter richtet sich zitternd auf)

MARIANNE: Ja. Er ist in der Nacht aufgestanden und ist leise zu mir geschlichen. Aber ich habe ihn gesehen, als er am Fenster vorbeigegangen ist. Und so habe ich die Kinder geweckt und Alarm geschlagen. Ja. Er wollte mich umbringen. *(weint)*

LAZAR: *(umarmt sie und streichelt sie wie eine Kranke)*

MUTTER: Mein Sohn, um Gottes willen, was hör ich da?

HORVAT: Das ist eine Lüge. Das hat sie erfunden.

CHEFREDAKTEUR: Im Gegenteil. Das ist sehr wahrscheinlich. Schauen Sie sich diese Frau nur an, meine Herrschaften. Diese arme, bleiche, ausgelaugte Frau. Es ist evident, daß dieser Mann das aus ihr gemacht hat, was wir vor uns sehen. Und so destruktive Figuren wollen die Grundlagen unserer Moral und unseres Glaubens zerstören. Er ist ein hinterlistiger, berechnender Don Juan, der seinen Opfern das Blut aussaugt.

HORVAT: Was Sie nicht sagen. Schauen Sie sich nur Polugan und Wenger an. Sie haben aus ihnen erbarmungswürdige Figuren gemacht. Und Sie, die Verkörperung der Heuchelei, wollen mich richten?

POLUGAN: Ich brauche keinen Anwalt. Kümmere dich um deine eigenen Angelegenheiten. Du kannst nichts zu deiner Verteidigung sagen. Alles spricht gegen dich. Alles. Alles.

HORVAT: Und was möchtet ihr von mir? Daß ich vor euch niederknie? Daß ich mir die Haare raufe und euch um Verzeihung bitte? Daß ich mir von euch sagen lasse, ich habe immer alles falsch gemacht und führe ein sinnloses Leben? Laßt mich in Frieden! Ich sehe doch selbst, daß alles dumm und völlig sinnlos ist.

LAZAR: Der Mensch muß im Leben mehr Güte zeigen als Sie. Wenn man ohne Gott und ohne Liebe lebt, zernagt man sich bis zu den Knochen. Wie ein wildes Tier. Man muß alles mit Sympathie beleuchten, wie mit einem Scheinwerfer, und dann wird alles von selbst harmonisch. Das ist ein Prinzip, mein Lieber, das Sie nicht akzeptieren wollen. Deshalb ist ihr Leben sinnlos.

HORVAT: Sie langweilen mich schrecklich, mein lieber Herr, mit Ihrer heuchlerischen Einfalt. Wie oft soll ich noch wiederholen, daß aus mir, aus meinem tiefen Inneren eine schreckliche Negation hervorquillt. Ich möchte leben und möchte zugleich nicht leben.

FRAU: *(lacht sarkastisch)*

HORVAT: Ja, gnädige Frau, das ist wahr. In den Augenblicken, in denen ich eine Frau liebe und eine unendliche Sehnsucht nach dem Leben habe, in den Augenblicken, in denen ich glaube, leben zu können, belüge ich mich selbst. Denn eigentlich will ich nicht leben. Ich wollte nie leben. Schon als Kind hat mir das Leben weh getan. Diese langen Nächte, in denen ich wach lag und auf die Nachtlampe starrte, die über der Mutter Gottes hing, taten mir weh. Es war die Mutter Gottes aus Lourdes, mit einem blauen Schleier und einer Krone. Ich wollte schon damals sterben und war nicht einmal fünf Jahre alt. Wir hatten Goldfische auf dem Fensterbrett im zweiten Stock. Die Fische sprangen aus der Glaskugel und fielen hinunter in den Schlamm. Ich wollte mich auch, wie sie, auf die Straße werfen. Aber der Mann da, der mit der Pfeife, hat mich dabei erwischt und mich verprügelt.

VATER: Es war gut, daß ich dich verprügelt habe. Ich hätte dich noch mehr prügeln sollen. Vielleicht wärst du dann vernünftiger geworden.

HORVAT: Ja, er hat mich bis aufs Blut geprügelt. Nur aus Angst vor Prügeln habe ich mich nicht getraut, mich umzubringen. Mit welchem Recht hat dieser Mann in mein Leben eingegriffen? Mit welchem Recht greift überhaupt ihr alle in mein Leben ein? Ich bin euer Opfer, nicht ihr meines.

CHEFREDAKTEUR: Summum jus, summa injuria!

TOMERLIN: Er hat den Schuleimer gestohlen und verkauft.

(Während Horvat erzählt hat, ist ein Ulanenoffizier in Paradeuniform hereingekommen und auf die Braut zugegangen. Sie steht auf, verbeugt sich, nimmt seine Hand und die beiden steigen über einen roten Läufer die Treppe hinauf, die zum Kirchenportal führt. Das Portal schließt sich hinter ihnen. Man hört Orgelmusik. Erst als die Orgel ertönt, bemerkt Horvat, daß die Braut verschwunden ist)

HORVAT: Und wo ist sie? Leute, sie ist weg. Sie ist verschwunden.

(Alle springen auf)

TOMERLIN: Was ist mit dem Eimer, meine Herrschaften? Das kann man nicht so auf die leichte Schulter nehmen. Man muß ein Protokoll aufsetzen.

STIMMEN: Wo ist sie? Wo ist sie hingegangen?

STRELETZ: *(lachend)* Während ihr hier nutzlos debattiert und in den Wind geredet habt, ist ein Offizier gekommen. Jetzt feiern sie Hochzeit in der Kirche. Eine elegante Erscheinung, der Offizier. Ich wollte euch darauf aufmerksam machen, ich wollte euch aber in der Hitze des Gefechtes nicht stören.

HORVAT: *(greift sich an den Kopf, als träume er)* Ich habe das doch irgendwo erlebt? Das war das Glück. Sie wohnte unter uns im ersten Stock. Sie hat Karamellbonbons gegessen und wir haben uns in der Bierhalle geküßt. Es gab keinen Traum, der blauer und stiller war als sie. Sie war von Anfang an der Höhepunkt meines Lebens. Ja, aber dann ist ein Offizier gekommen und hat sie über den roten Läufer durch das Portal der Kirche geführt und die Orgel hat gespielt, das Kerzenlicht zitterte und es war Herbst. Das muß ich alles geträumt haben. *(er geht wie im Traum über den roten Läufer zum Kirchenportal, das massiv und geschlossen vor ihm steht. Er schlägt mit der Faust dagegen und sinkt dann auf den Boden)* Mein Glück! Mein Glück!

(Das Portal öffnet sich, und ein Haufen Neger dringt aus der Kirche. Sie haben Apachenhemden, rote Fracks und Zylinder an und tragen rote Regenschirme, Harmonikas, Eimer und Waschbecken. Sie schlagen zur Orgelmusik mit Regenschirmen gegen Eimer und Waschbecken den Takt und beginnen tanzend und singend die Gläser, die Lichter und das Geschirr zu zerbrechen, bis der ganze Spuk unter einem schrecklichen Getöse im Dunkel verschwindet)

(Pause. Das Grammophon spielt Negermusik wie vorher. Eva und Horvat sitzen neben dem Feuer und trinken Rum)

HORVAT: Ich habe ganz deutlich das Gesicht meiner toten Mutter gesehen. Die Arme hat sich genug in ihrem Leben geplagt. Ich habe alles deutlich gesehen, konnte aber nicht begreifen, worum es eigentlich ging, verstehst du? Oder besser gesagt, ich habe keine Kraft gehabt, irgendetwas zu unternehmen, obwohl mir im Traum auf einmal alles klar geworden ist.

EVA: *(gähnt und zieht das Grammophon wieder auf)* Ich habe nie an Träume geglaubt. Sie ergeben nie einen Sinn.

HORVAT: Man muß aus diesem Schlamm endlich einmal herauskommen. Das habe ich schon begriffen. Aber ich habe mir Illusionen gemacht. Ich habe mir eingeredet, daß es genügt, irgendwo in einem Weinberg zu liegen und auf die Wolken zu schauen, die ganz oben am Himmel dahinfliegen. Wie kann man aber auf die Wolken schauen, wenn man die Hölle in sich trägt?

EVA: Laß das, ich bitte dich. Trink. *(Sie trinken)*

HORVAT: *(reibt sich die Augen)* Die Augen brennen mir von diesem verdammten Rauch. Hier stinkt doch alles. Und dann dieser verdammte Regen. Wenn wenigstens dieser Dummkopf nicht aus Rußland zurückgekehrt wäre.

EVA: Es ist besser, daß er zurückgekommen ist. Du bist weich wie eine Schnecke. Sie wäre an dir kleben geblieben. Du wolltest mir nicht glauben, als ich dich vor ihr gewarnt habe. Wer sie nicht kennt, würde sie teuer bezahlen.

HORVAT: Wenn mans genau nimmt, trifft sie ja keine Schuld. Sie ist unglücklich. Das ist alles. Jeder anderen an ihrer Stelle wäre es genauso ergangen. Das alles ist einfach zu viel für eine alleinstehende Frau.

EVA: Laß mich bitte in Ruhe mit dieser Marianne. Alle Menschen sind unglücklich. Ich verfluche die Stunde, in der ich mich eingeschifft habe, um in die Heimat zurückzukehren. Ich habe Mitleid mit meinen Eltern gehabt, als ich gehört habe, daß mein Mann gestorben ist. Und was habe ich erreicht? Nichts. Was ist mit dir, mein Fräulein? Du hast so feine Hände wie ein Fräulein und sitzt so verloren da. *(streichelt ihn wie ein Kind)* Nichts ist verloren. In einigen Tagen werden wir unsere Tickets holen und dann good bye Wolfsschlucht. Never more. Good bye, old country. Warte, ich werde dir etwas zeigen. *(Sie steht auf und steigt die Leiter, die neben dem Herd lehnt, auf den Dachboden hinauf. Man hört, wie sie auf dem Dachboden herumgeht, dann kommt sie mit einer Truhe zurück. Sie öffnet die Truhe und holt daraus goldene Kelche und andere kostbare, mit Edelsteinen geschmückte kirchliche Gegenstände)*

HORVAT: *(schaut sich diesen Schatz mit naiver Begeisterung an)* Das ist mehr als hunderttausend wert. Alles massives Gold. Ein Vermögen ist das. Woher hast du es?

EVA: *(lacht geheimnisvoll)*

HORVAT: Wie kommst du dazu?

EVA: Das ist aus Sankt Anna. Die Gendarmen schlafen gleich neben der Kirche. Aber jetzt ist alles bei mir. Damit kann man in Kalifornien eine Farm kaufen. Du hast einmal gesagt, daß du Orangen gern hast. Wir werden unter den Orangenbäumen sitzen, eine Bowle trinken und aufs Meer hinausschauen. Auf dein Wohl, mein Fräulein! *(Sie schenkt Schnaps in die Meßkelche ein und stößt mit Horvat an. Man hört draußen Schritte)*

EVA: *(wirft die Kelche schnell in die Kiste hinein, schließt sie und setzt sich darauf)*

LAZAR: *(von draußen)* Eva. Eva.

EVA: Was ist?

LAZAR: Ist er bei dir?

EVA: Ja, er ist hier. Was willst du von ihm?

LAZAR: *(tritt ein)* Marianne hat sich die Adern aufgeschnitten. Sie will Sie sehen, Herr Horvat. Entschuldigen Sie bitte, daß ich Sie störe, aber sie will Sie unbedingt sehen.

HORVAT: *(steht auf)* Ist es schlimm?

LAZAR: Das weiß ich nicht. Sie hat Blut verloren. Ein halbes Waschbecken voll. Wir hatten uns schon niedergelegt, so habe ich es nicht gleich bemerkt.

HORVAT: Mein Gott.

LAZAR: *(streichelt ihn beruhigend)* Was soll man da tun? Das ist jetzt gleich. Kommen Sie nur, ich bitte Sie. Die Frau liegt im Sterben. Es handelt sich um die letzten Dinge.

HORVAT: *(will ihm verwirrt folgen)*

EVA: *(temperamentvoll und überlegen)* Was heißt da: Mein Gott. Du willst mit diesem Schwachsinnigen gehen? Das alles ist doch eine Lüge. Es gibt kein Waschbecken voll Blut. Glaubst du denn noch immer, daß du der Vater dieses Kellnerbastards bist? Die ganze Wolfsschlucht weiß, daß sie schon vor zwei Monaten zur Hebamme gegangen ist. Geh, ich bitte dich.

HORVAT: Hörst du denn nicht, daß sich die Frau die Venen aufgeschnitten hat?

EVA: Sie schneidet sich mindestens zweimal im Jahr die Venen auf. Das sind ihre Tricks. Man sollte ihr fünfundzwanzig auf den nackten Hintern geben. Das würde sie heilen. Aber dieser Kretin da, der seinen Verstand in Sibirien vertrunken hat, glaubt ihr alles. Auch der Herr Professor, der Herr Doktor glaubt an die unbefleckte Empfängnis dieser Jungfrau. Geht alle zum Teufel!

LAZAR: Eva, ich bitte dich. Um Christi willen!

EVA: Geh weg! Verschwinde! Hast du mich verstanden? Wer hat dich gerufen? Was faselst du da von dem Waschbecken voll Blut? Sie hat eine Blase voll Schweineblut, und wenn sie Blut braucht, sticht sie die Blase auf und läßt es ein bißchen ins Waschbecken fließen. Und dann frißt sie Schweinefleisch. Das ist doch alles eine Faschingskomödie.

LAZAR: Gott steh dir bei, Eva. Du weißt nicht, was du redest.

EVA: *(wütend)* Verschwinde endlich mit deinem russischen Blödsinn! Hast du mich verstanden? Putz dich endlich! Deine Alte

ist eine gewöhnliche Hure und ein Schwein obendrein. Sie hat
mich bei Pantelija angezeigt, daß ich die Kirche in Sankt Anna
ausgeplündert habe. Sie will mich hängen sehen, und dabei trägt
sie selbst den Ring des Priesters. Man sollte euch alle wie die
Läuse zwischen den Nägeln zerquetschen. Verdufte, du alter
Idiot!

HORVAT: Eva, benimm dich! Ich bitte dich.

EVA: Halt den Mund! Ich habe dich nichts gefragt. Du bleibst hier.
Rühr dich nicht vom Fleck. Hast du mich verstanden? Ich habe
keine Zeit für euren Blödsinn. Und du, geh zu deiner Heiligen,
damit sie nicht krepiert. Beeil dich! Geh! *(schiebt Lazar grob
hinaus)*

HORVAT: *(verblüfft)* Du bist nicht normal.

EVA: Ich bin nicht normal? Die Frau droht mir mit dem Strick,
und ich bin nicht normal? Was reißt du da den Mund auf? Es ist
so, wie ich es dir sage. Du bleibst hier. Hast du mich verstanden?

HORVAT: Das alles ist so tierisch. Der Mann ist gekommen, damit
wir ihm helfen ...

EVA: Und wer hilft uns, du Dummkopf? Diese Hure will meinen
Kopf, und ich soll mich von diesem sibirischen Affen einwik-
keln lassen. Das fällt mir nicht ein. Nimm bitte jetzt diesen Sack
und diese Truhe und bring sie zu dir in die Schule, verstehst du?
Versteck sie im Glasschrank hinter deinen ausgestopften Vögeln
und übergib sie morgen dem Perek als Schulsachen, die er dem
Weinberg bringen soll. Worauf wartest du noch? Wir haben
keine Zeit. *(sie stopft Monstranzen und Meßkelche in den Sack,
die klirrend aufeinanderfallen)* Begreifst du denn nicht, daß es
um deinen und meinen Kopf geht? Wir wollen doch hier lebend
herauskommen. Jede Minute ist entscheidend.

HORVAT: *(noch immer verwirrt)* Du bist verrückt geworden, Eva.
Du weißt nicht, was du tust.

EVA: Ich bin verrückt geworden? Und du bist nicht verrückt, weil
du das Kind des Kellners als dein eigenes anerkennen willst?
Dich wird man genauso verhaften wie mich. Sie wird dich nicht
verschonen. Wir fahren morgen nach Kanischa, verstehst du,
und dann über Wien nach Zürich. Adios. Good bye, old country. Never more. Komm, trink, mein liebes Fräulein. Du wirst
schon dein Doktorat in Chicago machen und Professor in den
United States of America werden. Ich werde dich zum Philoso-
phen machen. Du wirst eine Doktorschürze und ein Käppchen
bekommen. Dann hauen wir ab nach Florida. *(sie zieht eupho-*

risch das Grammophon auf und trinkt Rum aus der Flasche. Sie
schenkt auch Horvat ein Glas voll, drückt es ihm in die Hand,
er hält es aber verlegen, ohne daraus zu trinken.
Durch die Tür, die hinter Lazar unverschlossen geblieben ist,
tritt Pantelija ein. Er ist betrunken und außer Atem. Mit einem
Blick erfaßt er jedoch die Situation. Da gibt es keinen Zweifel.
Die goldenen Kelche, Schüsseln und Monstranzen sind corpora
delicti. Er beginnt automatisch, die Pistole aus der Ledertasche
herauszuziehen. Da er betrunken ist, dauert es einige Zeit, bis er
sie endlich in der Hand hat und sie auf die beiden richtet)

PANTELIJA: Guten Abend, gute Leute. Was soll, um Gottes willen, das alles?

EVA: *(ruhig)* Was fuchtelst du da mit der Pistole herum? Wozu das?

PANTELIJA: Gott steh dir bei, Eva. Weißt du denn nicht, daß diese Dinge hier geraubt worden sind? Das ist doch ein Verbrechen.

EVA: Natürlich weiß ich, daß diese Dinge geraubt worden sind. Das weiß ich genauso wie du.

PANTELIJA: Man hat aber dabei Menschen getötet.

EVA: Was du nicht sagst? Warum fragst du überhaupt, wenn du schon alles weißt?

PANTELIJA: Schön und gut, aber die Frau Margetić hat dich ja angezeigt. Nicht beim Bezirk, sondern beim Komitat. Verstehst du? Und heute hat mir die Brigade telegraphiert, ich soll dich verhaften und vorführen. Sie haben einen Haftbefehl gegen dich erlassen. Jetzt ist alles beim Teufel. Ich bin gekommen, um es dir zu sagen. Und was finde ich hier vor?

EVA: *(hart)* Sie hat mich also beim Komitat angezeigt?

PANTELIJA: Ja. Schriftlich.

EVA: Und die Brigade hat einen Haftbefehl gegen mich erlassen?

PANTELIJA: Ja. Natürlich. Hier ist er. *(zieht unter seinem Manschettenaufschlag den Haftbefehl hervor und zeigt ihn Eva)* Hier steht es schwarz auf weiß. Und jetzt finde ich auch noch das alles hier vor.

EVA: *(nüchtern)* Bist du mit Mitar hergekommen oder allein?

PANTELIJA: Was heißt allein? Eine ganze Patrouille ist hier.

EVA: Und wo ist sie?

PANTELIJA: Ich habe sie beim Lukatsch gelassen.

EVA: Und ist Mitar auch dort geblieben?

PANTELIJA: Wo hätte ich ihn sonst lassen sollen?

EVA: Und weiß Mitar von dem Haftbefehl?

PANTELIJA: Natürlich.

EVA: Und die anderen?

PANTELIJA: Sie haben alles gehört, als das Gespräch von der Brigade gekommen ist.

EVA: Sie haben es also gehört? Jetzt wissen es alle. Was sollen wir jetzt tun?

PANTELIJA: Was sollen wir jetzt tun, fragst du? Du hast uns doch diesen Brei eingebrockt. Ich habe dich schon seit Ostern gewarnt. Jetzt bleibt dir nichts anderes übrig, als mit mir zu kommen. Auch dieser junge Herr Doktor muß mitkommen. Wir müssen auch dieses ganze verdammte Zeug mitnehmen, versteht sich. Da bleibt uns nichts anderes übrig. Mir wäre es lieber, ich hätte das alles nicht erlebt. Der Schlag soll mich auf der Stelle treffen, wenn das nicht wahr ist.

EVA: Na schön. Wenn es keinen anderen Ausweg gibt, dann gehen wir halt. Ich kann aber nicht so in den Schnee hinaus. Das hat mir alles diese Marianne eingebrockt. Und jetzt hat sie sich noch die Venen durchgeschnitten. Laß mich noch die Stiefel und den Pelzmantel anziehen. Es ist besser, man hängt mich im Pelzmantel und in Stiefeln auf. So wird mir wenigstens nicht kalt sein.

(Die letzten Sätze hat Eva so gefaßt und überzeugend gesprochen, daß Pantelija sie beinahe mitleidig mit den Blicken verfolgt, als sie in die Kammer geht. Er ist ansonsten ganz verwirrt, weil er sich dessen bewußt ist, daß nun alles zu Ende ist. Die Totenglocke hat für sie alle zu läuten begonnen, so daß er wie gelähmt dasteht. Pause. Horvat und Pantelija sehen einander wortlos an und stehen wie versteinert da. Pantelija geht dann auf den Sack zu und beginnt neugierig in den Metalldingen zu wühlen)

PANTELIJA: *(mit einem blitzenden Meßkelch in der Hand)* Und bei all dem haben Sie als Pate fungiert, Herr Professor? Sie sind ein gelehrter Mann und haben es so weit gebracht, daß die Zigeuner sie an einem Baum aufknüpfen. *(lügt offensichtlich, um sich selbst zu entlasten)* Und ich habe von all dem nichts gewußt. Hätte ich wenigstens geahnt, daß eine ganze Bande hier . . .

EVA: *(kommt aus der Kammer in Pelzmantel und Stiefeln. Sie geht schnell und geschäftig auf Pantelija zu und schießt auf ihn mit dem Revolver zweimal kurz nacheinander)*

PANTELIJA: *(fällt wortlos auf den Sack, selbst ein aufgeschlitzter Sack)*

EVA: Warum starrst du mich so an? Stopf das alles in den Sack. Worauf wartest du noch? Wir haben keine Zeit.

HORVAT: *(verwirrt)* Wohin?

EVA: Ich habe Pferde oben auf Lukatsch's Alm. Beeil dich. Wir fahren nach Amerika. Good bye, old country. *(Sie stopft das Gold in den Sack, ergreift Horvat an der Hand und läuft mit ihm hinaus. Wind)*

Vorhang

DIE GLEMBAYS

Schauspiel in drei Akten

PERSONEN

IGNAZ JAQUES GLEMBAY, Bankier, Chef der Glembay & Co Ltd.,
Wirklicher Geheimrat etc.

CHARLOTTE, Baronin Castelli-Glembay seine zweite Gattin

OLIVER, beider Sohn

DR. PHIL. LEO GLEMBAY, der Sohn Ignaz Glembays aus erster Ehe
mit Irene Danielli-Basilides

SCHWESTER ANGELICA, Dominikanerin, Witwe des ältesten Sohnes
Ignaz Glembays, Ivo, geborene Baronesse Beatrix Zygmuntowicz

TITUS ANDRONICUS FABRICZY-GLEMBAY, Vetter des Bankiers, Obergespan. i. P.

DR. JUR. ROBERT FABRICZY-GLEMBAY, sein Sohn, Rechtsanwalt und
Syndikus der Glembay & Co Ltd.

DR. MED. PAUL ALTMANN, Hausarzt der Familie Glembay

DR. THEOL. ET PHIL. ALOYS SILBERBRANDT, Hauslehrer Oliver Glembays und Beichtvater der Baronin Castelli

VON BALLOCSANSKY, Ulanenoberleutnant

FRANZ, Kammerdiener

ANITA, Stubenmädchen

GÄSTE

DIENERSCHAFT

*Das Stück spielt in einer Sommernacht, ein Jahr vor Ausbruch des
ersten Weltkrieges.*
Der erste Akt zwischen ein Uhr und halb drei Uhr nachts.
Der zweite Akt zwischen halb drei Uhr und vier Uhr nachts.
Der dritte Akt gegen fünf Uhr morgens.

ERSTER AKT

Roter Salon mit gelber Brokatgarnitur. Im Hintergrund offene Flügeltür, durch die man auf eine Reihe beleuchteter Zimmer sieht. Links eine Terrasse, die vom Salon durch eine Glastür getrennt ist. Auf der Terrasse Kakteen und Palmen. Korbgarnitur und Schaukelstühle. Eine Steintreppe führt zum Garten hinunter. Die Tür rechts führt ins Speisezimmer. An den Wänden des Salons etwa fünfzehn Familienporträts der Glembays: Rokoko, Empire und Biedermeier. Zwei, drei Porträts sind zeitgenössische Kopien nach Photografien. Einige moderne „plein-air" Figuren.

Die Wohnung ist festlich beleuchtet. Es ist spät am Abend. Hinter der Flügeltür Stimmen der Gäste, die sich verabschieden.

Küß die Hand, Exzellenz; Küß die Hände – Servus – Auf Wiedersehen – Empfehle mich – Auf Wiedersehen – Grüß dich Gott – Gute Nacht!

Kammerdiener und Stubenmädchen gehen eilig durch den Salon. Sie tragen den Gästen Handtaschen, Shawls, Marabu- und Pelzstolen nach.

Gleich zu Beginn der Szene hört man aus dem Hintergrund Klaviermusik (Geschichten aus dem Wienerwald), die plötzlich abbricht.

Während der Abschiedszeremonie hinter der Flügeltür hält sich Schwester Angelica im Salon auf und betrachtet die Familienbilder. Sie ist schlank, vornehm, dekorativ, 29 Jahre alt. Sie hat ein blasses Gesicht und sehr schöne, ausdrucksvolle Hände, die sie in den Ärmelfalten ihrer Ordenstracht verbirgt.

Neben ihr steht Leo Glembay, dekadente Erscheinung, 38 Jahre alt, angegrautes Haar, ganz weißer, dünner Bart ohne Schnurrbart, eine kurze englische Pfeife zwischen den Zähnen. Er trägt einen Frack. Seine Gesten und sein Spiel mit der Pfeife sind nervös und intensiv.

LEO: *(geht auf Angelica zu; weich, sehr warm, intim)*
Ich habe dich den ganzen Abend beobachtet, meine liebe gute Beatrice, und ich weiß nicht – vielleicht ist es indiskret – aber ich möchte gerne wissen, ob du tatsächlich so ausgeglichen bist, wie es den Anschein hat, oder ob mir das in meiner Unruhe nur so vorkommt. Vielleicht träume ich nur von deiner Konzentration!?

ANGELICA: Ich werde von Tag zu Tag weniger unruhig.

LEO: Sieben Jahre sind seit Ivos Tod vergangen, Beatrice, und wenn du wirklich von Tag zu Tag weniger unruhig geworden bist, so mußt du heute bereits unglaublich ruhig geworden sein. Tut es dir nicht mehr weh?

ANGELICA: Oh, manchmal doch! – Aber dann konzentriere ich mich wieder – wie du es nennst – und alles ist vorbei.

LEO: Seit zwei Tagen beobachte ich dich, meine Liebe – ich beobachte deine Konzentration – und kann es nicht begreifen: wo ist die Ruhe in dir? – Wo ist der Ruhepunkt, auf den du dich stützt?!

ANGELICA: *(weist ihn entschieden zurück)* Ich weiß es nicht, Leo. *(sie bricht das Gespräch auf diese Weise ab und geht auf ihr Porträt zu, auf dem sie in großer Abendtoilette, mit großem Décolleté und einem riesigen Straußenfächer zu sehen ist. Sie steht lange vor dem Bild und scheint ihre eigene Vergangenheit zu betrachten.*

In diesem Augenblick ertönt hinter der Szene die Mondscheinsonate. Das Klavierspiel dauert bis zum Auftritt der Baronin Castelli-Glembay an.)

ANGELICA: *(setzt sich nach einer Pause in einen Fauteuil, faltet die Hände wie zum Gebet und versinkt in Kontemplation.)*

LEO: *(betrachtet sie exaltiert)* Dein Gesicht erinnert mich an ein Bild von Holbein. Ich glaube es in Basel gesehen zu haben. Ein ovales Gesicht einer grazilen Geisha. Kindlich, lächelnd, weiß wie Milch. In den Übergangstönen pastellhaft durchschimmernd! Holbeinsche Augen, intelligent, tief, in einer überirdischen Nuance leuchtend, mit kaum merklichem erotischem Schimmer ...

ANGELICA: Leo, ich bitte dich.

LEO: Ich spreche von Holbein, liebe Schwester Angelica! Von einem alten Holbein, an den ich seit sieben Jahren denke. Jenes Antlitz lächelte gerade soviel, daß auf den Wangen zwei zarte Grübchen sichtbar wurden – zwei symmetrische Schatten oberhalb der bogenförmig geschwungenen Lippen. Schmale, weiße, duftende Lilienarme, feine, lange, englische Holbeinfinger, eine wunderbare, aristokratische Hand, wie sie nur ein Holbein sehen und malen konnte!

ANGELICA: *(hat sich wortlos erhoben und wendet sich der Terrasse zu, die Hände in den Ärmelfalten verbergend.)*

LEO: *(folgt ihr)* Seit sieben Jahren trage ich mich mit dem Gedanken, ein Porträt von dir zu malen, Beatrice! – Zuerst sah ich dich ganz in Trauer. Jetzt aber sehe ich dich in dieser Ordens-

154

tracht, die dir wunderbar steht. Ich sehe dich nicht als Dominikanerin, sondern als Hofdame des Trecento. Und so möchte ich
dich malen ... Wie schnell vergeht die Zeit, wie schnell wechseln wir nur unsere Kostüme. In demselben Kostüm wohnten
die Hofdamen den Turnieren bei und lauschten den Trouba-
douren ...

*(Dieser kleine Flirt ist für Angelica ungewohnt und liegt ihr fern,
aber dennoch ungemein nah; sie lauscht mit unverhohlenem Interesse den warmen Worten des ihr sympathischen Menschen,
den sie seit sieben Jahren nicht mehr gesehen hat, und betrachtet
zur gleichen Zeit ihr Porträt, das Bildnis ihrer Jugend.)*

*(Es treten auf: S. Exzellenz Titus Andronicus Fabriczy-Glem-
bay, Obergespan i. P., alter Bonvivant, auf dessen vergilbtem
Schädel die einzelnen Härchen virtuos placiert sind. Er trägt einen ziemlich dichten, offensichtlich nachgefärbten ungarischen
Kavalleristen-Schnurrbart. Seine aufrechte, elegante Erscheinung – Monokel, Rosette eines hohen Ordens im Knopfloch –
seine stutzerhaft gebügelten Hosen, sein tadelloses Gebiß, die
feinen, gepflegten Hände mit goldenem Kettenarmband und
massivem Siegelring ergeben das soignierte Bild eines gealterten
Epikuräers, der eifersüchtig über jede Minute seiner neunundsechzig Jahre wacht. Auf der linken Wange eine Säbelnarbe.
Dr. theol. et phil Aloys Silberbrandt, Exjesuit, derzeit Hauslehrer Oliver Glembays und Beichtvater der Baronin Castelli-
Glembay. Gegen vierzig, schmale, schwindsüchtige Erscheinung
mit bleichem, ausdruckslosem Gesicht, das maskenhaft wirkt. Er
trägt eine Lüsterreverende.)*

FABRICZY: Sie betrachten Ihre Vergangenheit, Baronin? Du lieber
Gott, wie die Zeit vergeht. Wie oft haben wir unter diesem Porträt von Ihnen gesprochen. Damals noch, als Sie – wenn ich
nicht irre – in Shanghai waren ...

ANGELICA: In Hongkong, Exzellenz. Ich war zwei Jahre dort – im
Epidemiespital. Wir hatten dort sehr viel Typhus und Lepra. Es
ist schon so lange her, daß ich oft glaube, davon geträumt zu
haben. Seit diesem Porträt sind acht Jahre vergangen. Im März
waren es genau acht Jahre. Ich trug diese Toilette auf dem Ro-
ten-Kreuz-Ball in Wien. Das war ungefähr Mitte Februar. Damals hat Ivo mit Ferenczy über das Porträt gesprochen. Wenn
ich nicht irre, so hat es hundertachtzig Pfund gekostet. Im März
hat mich Ferenczy dann porträtiert. Im Juni starb Ivo. Ein Jahr
später war ich bereits in Hongkong. Das eigene Porträt unter

solchen Umständen zu betrachten, berührt einen seltsam. Wie der Blick in einen Zauberspiegel. War ich das wirklich? Ist es möglich, daß es im Leben Entfernungen gibt, aus denen sich der Mensch selbst nicht mehr wiedererkennt?!

FABRICZY: Ja, das ist ein typischer Ferenczy! Von demselben Ferenczy stammt auch das berühmte Porträt des englischen Herrscherpaares, das im vorigen „Salon d'Automne" ausgestellt war. Er malt jetzt in London die „High Life". Er soll enorm reich sein. Unlängst hat er eine Indienreise gemacht. Auf seiner eigenen Yacht. Ein prachtvolles Bild. Und Sie, Herr Doktor, was sagen Sie zu diesem chef d'oeuvre?!

SILBERBRANDT: Wenn ich meine – selbstverständlich laienhafte und unmaßgebliche – Meinung aussprechen darf, so könnte ich nicht umhin festzustellen, daß es mir um eine winzige Nuance – aber immerhin – zu mondän erscheint. An sich ist das Porträt natürlich genial.

FABRICZY: Jeder Zeit ihre Kunst, meine ich. Wenn eine Zeit mondän ist, so müssen eben auch die Bilder dieser Epoche mondän sein. Je länger ich das Bild anschau, und ich sehe es mir schon seit mehr als sieben Jahren an, um so schöner erscheint es mir. Ich kann mir nicht helfen. Allerdings bin ich nur ein Laie. Aber wir haben unseren Leo hier. Er ist doch selbst Maler, und noch dazu ein Maler, dessen Bilder Goldmedaillen gewinnen. Er wird uns das viel besser auseinandersetzen können. Also, Leo, was hältst du von diesem Porträt?

LEO: Gar nichts, mein lieber Fabriczy! Das ist überhaupt kein Porträt. Mir ist vollkommen klar, warum Beatrice sich selbst nicht wiedererkennen kann.

FABRICZY: Na ja, natürlich! Du mit deinen überspannten Ansichten. Der englische Hof und der „Salon d'Automne" wissen selbstverständlich nicht, daß ein Ferenczy einen Schmarrn wert ist.

LEO: Mich läßt das kalt, was der englische Hof von einem x-beliebigen Herrn Ferenczy und der Malerei überhaupt hält.

SILBERBRANDT: „Omnia ars naturae imitatio est!" Es kann wohl kein Zweifel darüber bestehen, daß dieses Bild die Frau Baronin sehr getreu darstellt – so wie die Frau Baronin vor ungefähr zehn Jahren ausgesehen hat, selbstverständlich. Und daß Schwester Angelica sich heute in diesem Porträt nicht wiedererkennt – daran ist nicht das Porträt schuld, sondern der Umstand, daß sie nicht mehr dieselbe ist wie vor zehn Jahren.

FABRICZY: Also, das wär ja noch schöner! Ein Ferenczy Laszlo ist für dich ein „x-beliebiger" Maler! Und die „Illustration" und „The Graphic" betrachten es als besondere Ehre, wenn sie ein Bild von diesem „x-beliebigen Ferenczy" auch nur reproduzieren dürfen.

LEO: „L'Illustration", „The Graphic" und der Heilige Thomas mit seiner „Imitatio naturae" ...

SILBERBRANDT: Pardon, Herr Doktor, das ist Seneca.

LEO: Das ist doch dasselbe: Seneca, der Heilige Thomas oder „The Graphic". Ihr dürft vor allem nicht vergessen, daß die moderne Malerei Seneca und „The Graphic" um ungefähr zweitausend Jahre voraus ist.

SILBERBRANDT: Herr Doktor, ich gebe zu, daß ich von Malerei nicht soviel verstehe wie Sie. Sie waren doch drei Jahre lang an der Florentiner Akademie und dann in Paris, wenn ich nicht irre. Schließlich sind Sie selbst Maler. Aber eine Ansicht über etwas zu haben, ist Gewissenssache. Ich verstehe unter Schönheit eine höhere Harmonie im ästhetischen Sinne.

LEO: Bitte, nehmen wir zum Beispiel die Hand der Baronin. Die mit dem Fächer. Ja, kann denn eine Frauenhand, die einen Fächer hält, überhaupt so aussehen?! Das riecht doch alles förmlich nach Palette und Ölfarbe, da klebt alles wie Teer. Die Finger sehen aus wie rohe Marzipanwürste. Und dann: diese Frisur! Können Sie sehen, wo hier die Stirn aufhört und der Haaransatz beginnt? Lackiertes Papiermaschee, verdeckt durch den vorsintflutlichen Trick mit dem Diadem. Wozu nützt dieses Diadem? Diese Seide, dieser Brokat, diese Straußenfedern! Dieser Mann hat aus einer schönen Frau einen Papagei gemacht! So etwas darf sich nur Herr Ferenczy erlauben, der seine Porträts dem englischen Hof anhängt. Deshalb ist das noch lange keine Malerei. Noch lange nicht!

FABRICZY: Lächerlich! Ein Ferenczy Laszlo soll nicht wissen, was Malerei ist! Und ein Herr Glembay hat das natürlich alles im kleinen Finger! Ich finde, daß dieses Porträt die Baronin genauso wiedergibt, wie sie ist. Auch heute noch, nach neun Jahren. Wenn das kein Porträt ist, dann weiß ich überhaupt nicht, was ein Porträt sein soll!

LEO: Ich gebe dir recht. Du verstehst wirklich nichts von der Malerei. Beatrice hat blaue, aquamarinblaue Augen. Irreal aquamarinblaue Augen. Die Augen auf diesem Bild sind grün. Beatrices Gesicht ist ein Gesicht des Trecento, des Quattrocento. Ihr Blick, das Holbeinsche Oval – von all dem ist auf dieser kolorierten englischen Ansichtskarte keine Spur zu finden. Und ihre

Hände?! – Wo sind ihre körperlosen, überirdischen Hände? Das ist ein Porzellanbaby und nicht Beatrice!

SILBERBRANDT: Ich glaube, Schwester Angelicas Ansicht wäre hier wohl die maßgebliche. Schwester Angelica lebt nicht mehr das Leben einer Grande dame. Sie betrachtet dieses Porträt, wie sie selbst es auszudrücken pflegt, aus einer Distanz von neun Jahren, so daß sie ...

LEO: Die Hände sind dennoch dieselben. Ich erinnere mich an Beatrices Hände aus dieser Zeit und sehe sie heute noch vor mir ... Ich bitte dich, liebe Beatrice, aus didaktischen Gründen, zeig diesen Herrschaften, wie das Modell jener Hände dort auf der Leinwand in Wirklichkeit aussieht. Bitte, tu mir den Gefallen.

ANGELICA: *(hat diesem Gespräch mit großem Interesse zugehört, sich aber diskret zurückgezogen, als man von ihr persönlich zu sprechen begann. Sie wendet sich der Galerie der Glembayschen Familienporträts zu. Zu Fabriczy)* Entschuldigen Sie, Exzellenz, ist das jene Ludovica Glembay, die wegen eines italienischen Malers ins Wasser gegangen ist?

FABRICZY: Nein, liebe Baronin, das ist ein Jugendbildnis der Tante Foringay. Wir haben aus ihrem Obstgarten immer wundervolle Reineclauden zum Einkochen geholt. Ludovica Glembay ist diese Dame hier – in weißer Seidentoilette mit dem schwarzen Shawl.

(Sie sind vor dem Porträt einer jungen Frau stehengeblieben. Sie ist ganz in weiß gekleidet, hält ein Lorgnon in der Hand und hat eine kostbare Perlenschnur um den Hals. Eine Biedermeierarbeit aus den vierziger Jahren.)

FABRICZY: Dieses Porträt hat Maestro Bartolomeo aus der Toscana gemalt. Eine phantastische Person, nicht? Das Kind, das dieser Verbindung entsproß, es war ein Sohn, verlor sich in den achtziger Jahren in Wien. Es war die Rede davon, daß er sich dort mit einem Dienstmädchen, einem Bauerntrampel verheiratet habe. Mit einem Wort: vollkommen verkommen. Der Unglückliche hat sich dann, dem Beispiel seiner Mutter folgend – ins Wasser gestürzt. Ein Sohn aus dieser Mesaillance soll in Wien leben. Ja, das ist die unglückliche Ludovica! Allem Anschein nach muß sie sehr schön gewesen sein. Diese Büste! Diese Augen! Und dieser Jüngling hier *(er zeigt auf das Bild daneben)* ist der jüngere Bruder der Ludovica. Der unglückliche Felix Glembay. Er hatte sich einer Reiterschwadron angeschlossen, die im Spätherbst achtundvierzig unter dem Kommando des Grafen Nugent den rechten Flügel der Jelatschitsch-Expedition bildete. So gegen November achtundvierzig haben ihn dann – irgendwo in der Gegend um Fünfkirchen – ein paar Kossuth-Banditen erwischt und lebendigen Leibes gebraten.

ANGELICA: Und dieser hier, mit der Kirche in der Hand, das dürfte wohl Ignaz Glembay sein, der die neue Kirche in Remetine erbaut hat. Welche Bewandtnis hat es mit dem dort, der die Lokomotive hält?

FABRICZY: Das ist Franz Ferdinand Glembay, der die Bahnlinie Petta-Csakathurn-Nagy-Kanizsa erbaut hat. Generalvizedirektor der Südbahn und Vizepräsident des Wiener Herrenklubs. Er hätte ohne weiteres Baron werden können, wenn er gewollt hätte. Als man ihm diesen Vorschlag einmal unterbreitet hatte, wies der Alte höflich ab: Nein, danke gehorsamst! Der hundertjährige Meisterbrief meines Großvaters ist mir viel lieber als eure zweimonatlichen Patente. Danke schön!

LEO: Ich war damals noch ein Kind, aber ich erinnere mich noch sehr gut daran, wie uns Tante Marietta erzählt hat, daß er von Laibach bis Esseg als gefürchteter Falschspieler gegolten hat.

FABRICZY: Aber geh', ich bitte dich, mit deinen überspannten Scherzen!

LEO: Das ist kein Scherz. Tante Marietta hat uns oft und oft davon erzählt.

FABRICZY: *(geht, um weiteren unangenehmen Auseinandersetzungen auszuweichen, auf ein anderes Thema über)* Ich weiß nicht, ob Sie sich noch an dieses Porträt Ihres Schwiegervaters erinnern?! Das Bild stammt aus der Makart-Schule und wurde von dem akademischen Maler Professor Janetscheg gemalt. Es ist jetzt fünfundzwanzig Jahre alt. Ignaz saß in Wien dazu. Gemalt wurde es anläßlich des fünfzigjährigen Jubiläums der Firma Glembay. Streng in der Form und mild in der Farbe. Damals trug Ignaz noch sein berühmtes Napoleonbärtchen. Dieses Bild ist vielleicht auch einen Schmarrn wert, Leo, was!?

LEO: *(ist aufgestanden und betrachtet ein verblichenes, altmodisches Porträt in Barockrahmen)* Was glaubst du, Exzellenz, warum dieser Glembay eine Waage in der Hand hält?

FABRICZY: Die Waage ist doch das Innungsabzeichen. Er hat sein Leben lang gewogen und gehandelt.

LEO: Ja, er hat sein Leben lang gewogen. Es hat mich schon als Kind interessiert, warum die Waage sich so stark auf die eine Seite neigt. Erst viel später habe ich den symbolischen Sinn dieses Bildes verstanden: das war der erste Glembay, der falsch gewogen hat.

FABRICZY: Deine Ironie wirkt manchmal wirklich etwas deplaciert. Schon zur Zeit des Direktoriums zählte dieser Mann zu den Reichsten zwischen Marburg und Csakathurn! Und in der Kongreßzeit kaufte er sich dann das Palais in der Herrengasse! Wozu hätte er falsch wägen sollen? Lächerlich!

LEO: Niemandem ist bisher der Reichtum von selbst zugeflogen, Exzellenz.

FABRICZY: Wenn der Pöbel so spricht, dann ist das noch zu begreifen – aber du, ein Glembay-Danielli? Merkwürdig!

SILBERBRANDT: *(der sich die ganze Zeit über wie ein Schatten hin und her bewegt hat, leise und kriecherisch)* Ich glaube, mich entsinnen zu können, im Almanach der „Österreichischen Handelsgeschichte" gelesen zu haben, daß dieser Glembay bereits zur Zeit Maria Theresias eigene Schiffe in Triest auslaufen ließ und Niederlassungen in Wien und Graz besaß.

FABRICZY: So ist es, das muß man anerkennen! In vierundzwanzig Stunden kann man nichts aufbauen. Es war ein weiter Weg, lieber Freund, von diesem Glembay mit der Waage bis zu deinem Vater, dem Wirklichen Geheimen Rat, der, wie wir es heute auf der Festsitzung der Handelskammer gehört haben, mehr als zehntausend Menschen beschäftigt und ernährt! Ja, mein Lieber, so ist das!

LEO: Dir gehen noch immer die Bankettphrasen im Kopf herum. Geh doch morgen wieder zu einer Festsitzung und laß dort deine Deklamation vom Stapel! Warum erzählst du mir das?! Ich bin weder ein Jubilar noch ein Bankier. Mir erzählen diese Bilder weitaus dunklere Geschichten als dein Bankettoast! Für dich ist der dort ein Glembay mit der Kirche in der Hand – für mich ist er Mörder! Je nach Wunsch. Was habe ich gesagt? Habe ich überhaupt etwas gesagt? Ich wiederhole nur, was ich gehört habe: daß dieser Glembay beim Kartenspielen betrogen hat – und der da – beim Wägen. Nur das hab ich gesagt – sonst nichts!

FABRICZY: Die alte Barboczy-Legende: die Glembays sind Mörder und Falschspieler, und alle Glembays sind verflucht! Altweibertratsch!

LEO: Also – für dich ist das eine Legende!? Fabelhaft! Bitte, gehen wir sie doch der Reihe nach durch. Von dieser Ludovica hast du selbst gesagt, daß sie aus eigenem Antrieb ins Wasser gegangen ist. Ihr Sohn ist gleichfalls aus eigenem Antrieb ins Wasser gegangen. Das hast du selbst gesagt. Der Bruder dieses Eisenbahners, der die Wiener Hochbauer geheiratet hat, ist im Irrenhaus gestorben. Sein ältester Sohn hat sich erschossen. Dann meine verstorbene Mutter! Gut, sie war keine geborene Glembay, aber sie ist am Komplex Glembay gestorben. Kannst du das vielleicht leugnen? Und Alice? Alice hat sich etwa nicht ertränkt? Und der verstorbene Ivo ist nicht aus dem dritten Stock gesprungen?

FABRICZY: Das war Zufall.

LEO: Gut! Und alle Glembays in der dritten und vierten Linie? Alle Agramer, alle Ballocsanskys, und schließlich ihr Fabriczys, sind sie nicht alle verflucht und degeneriert? Ist das wirklich so normal, daß Beatrice hier als Nonne umherwandelt? Ist die Baronin Zygmuntowicz nicht die Witwe eines Glembayschen Selbstmörders? Und das nennst du dann eine Barboczy-Legende. Altweibertratsch! Mein Lieber! . . .

FABRICZY: Ja . . . und was willst du eigentlich damit sagen?

LEO: Ah . . . ich bitte dich! Zu blöd das Ganze! . . .
(Er geht nervös auf die Terrasse hinaus, setzt sich dort in einen Schaukelstuhl, wippt kräftig auf und ab, raucht, nervös.)

FABRICZY: Ein ungemütlicher Sonderling! Nach elf Jahren kommt er zum ersten Mal in sein Elternhaus zurück und benimmt sich so überspannt und nervös, daß es beinahe ansteckend wirkt! *(Um dieses – ihm und den anderen gleichfalls – unangenehme Thema abzubrechen:)* Und Sie, liebe Baronin, wie verbringen Sie Ihre Zeit? Vor zwei Jahren erzählte mir eine Ihrer Schülerinnen, Komtesse Wieniawski-Drohbenka, von Ihnen. Als sie von Preßburg, von den „Englischen Fräuleins" zurückkam, war sie von Ihrer, wie sie es nannte, „innerlich verklärten Harmonie" direkt charmiert!

ANGELICA: Ich bin nicht mehr bei den Englischen Fräuleins, Exzellenz. Ich arbeite jetzt in der Kanzlei seiner Eminenz des Kardinals Gaspari-Montenuovo.

FABRICZY: Ja natürlich, wir haben die Ehre, auch von dieser neuen Stellung zu wissen. Und gerade in Zusammenhang damit erlaube ich mir, Sie ganz ex privato um Ihre liebenswürdige Fürsprache zu bitten. Würden Sie die Güte haben, mich Seiner Eminenz zu empfehlen? Wir waren seinerzeit zusammen im Germanicum, und später waren wir – als ich noch bei der Gesandtschaft in Rom war – sehr gut mit Seiner Eminenz. Es handelt sich um das Gesuch des Karmeliterklosters – eine Lappalie. Irgendeine Agrarkomplikation oder so etwas Ähnliches. Ich wäre Ihnen, liebe Baronin, auf das äußerste verbunden, wenn sich Seine Eminenz beim Nuntius – wie ich höre, soll der Nuntius sein täglicher Preferencepartner sein – für diese Angelegenheit einsetzen möchte, die für die armen Schwestern von großer Bedeutung zu sein scheint.

ANGELICA: Aber selbstverständlich, Exzellenz! Soweit dies von mir abhängen sollte, mit dem größten Vergnügen.

(Sie gehen im Gespräch langsam gegen die Tür im Hintergrund)

SILBERBRANDT: *(folgt ihnen wie ein Schatten.)*

(Pause. – Man hört den zweiten Satz der Mondscheinsonate.)

LEO: *(ist langsam ins Zimmer zurückgekehrt, er geht nervös auf und ab, raucht und betrachtet die Bilder.*

Dr. jur. Bobby Fabriczy-Glembay kommt erregt von links. Ein blondes achtundzwanzigjähriges Nervenbündel. Frack, Monokel, Havanna. Infolge seiner Rachitis ist er lahm und trägt am linken Bein ein ganz kompliziertes System orthopädischer Eisenbänder und Stützen sowie einen „Patentschuh". Beim Gehen stützt er sich auf einen schwarzen Stock. Das „R" spricht er affektiert guttural aus. Ein eher unsympathischer, aber scharfsinniger Mensch.)

BOBBY: Das ist ein Tollhaus, in dem man seine Nerven völlig umsonst ruiniert! Es ist schon so spät, und morgen erwartet mich eine Menge Arbeit. Ich habe meine Zeit nicht gestohlen. Das ist einfach zu dumm.

LEO: Ja, wer hindert dich denn daran, wegzugehen? Adieu! Geh mit Gott! Gute Nacht!

BOBBY: Du bist wirklich geistreich. Ich muß Tante Charlotte in einer äußerst wichtigen Angelegenheit sprechen und kann sie nirgends finden. Das ist ein Irrenhaus! Die Leute spielen mit dem Feuer wie unmündige Kinder!

LEO: Die Baronin Castelli-Glembay geruht hochdero Mondscheinsonate zu exekutieren – und ich würde dir raten, sie bei dieser hochwichtigen Beschäftigung nicht zu stören. Sie wird nicht einschlafen können, ohne ihre Sonate „quasi una fantasia" zu Ende gespielt zu haben. Geh lieber heim. Was willst du überhaupt in diesem Irrenhaus?

BOBBY: Du hast leicht reden, so von oben herab, aus deiner Olympier-Perspektive! Wenn ich deine Rente hätte, würde ich mich auch über gar nichts echauffieren, mein Lieber! Weißt du denn überhaupt, worum es sich handelt? Weißt du, daß die sozialistische Presse eine neue Kampagne im Fall Rupert-Canjek angekündigt hat? Weißt du, daß diese Herren mit der Veröffentlichung von neuem belastenden Material drohen? Weißt du, daß es gestern – beim Begräbnis dieser Verrückten – zu Zwischenfällen gekommen ist? Daß die Polizei einschreiten mußte?! Die Menge hat gegen die „unbestraften Mörder" demonstriert: Die Presse startet zu einer neuen Kampagne, und hier champagnisiert man und spielt die Mondscheinsonate! Seid doch um Gottes willen nicht so leichtsinnig!

LEO: Was geht mich das alles an? Ich bin an dieser Affäre vollkommen desinteressiert! Sollen sie demonstrieren, sollen sie schreiben, was sie wollen, was geht mich das an?

BOBBY: Natürlich! Dich geht das gar nichts an. Tante Charlotte geht es auch nichts an, den Alten auch nicht – ihr alle seid desinteressiert. Und wenn es dann zu neuen Skandalen kommt, wer wird dafür verantwortlich gemacht? Selbstverständlich der Advokat Fabriczy! Dann werde ich allein die Suppe auslöffeln müssen.

(Glembay erscheint in Begleitung Dr. Altmanns. S. Exzellenz der Wirkliche Geheimrat Ignaz Jaques Glembay, der Chef der Firma Glembay & Co Ltd., Bankier, Großindustrieller und Finanzmagnat. Senior der vornehmen Patrizierfamilie, elastische Erscheinung, außerordentlich gut erhalten, neunundsechzig, tadelloser Frack, dichtes, gekraustes, vollkommen graues Haar, markante Nase, harte Züge, glattrasiertes, entschlossenes Gesicht. Geschwungene Brauen, starke etwas vorspringende Unterkiefer und ungewöhnlich muskulöse Kinnbacken. Sein Monokel sitzt wie angewachsen.

Dr. med. Paul Altmann, ein Fünfziger, schwarzes, dichtes Haar, starker Schnurrbart, hat etwas von einem Zigeunerprimas an sich. Goldgefaßte Brille. Dreht seine Zigaretten aus einer Tulasilberdose.)

GLEMBAY: Was gibt es denn, lieber Bobby? Weshalb regst du dich so auf? Was ist vorgefallen?

BOBBY: Ich kann euch alle nicht verstehen, Onkel Nazi! Ich werde hier wie ein Fußball herumgeschoben. Ich habe dir bereits gesagt, daß ich neue Direktiven für den Fall Rupert-Canjek benötige. Ich wollte mit Tante Charlotte darüber sprechen: sie schickt mich zu dir. Du komplimentierst mich hinaus. Ich komme mir vor wie ein Trottel. In der Affäre sind neue Momente aufgetaucht. Die Sozialisten haben eine neue Kampagne gestartet: sie fordern die Wiederaufnahme des Prozesses aufgrund irgendwelcher Briefe. Die Sache ist höchst unangenehm! Ich bin der Ansicht, daß es vom juridischen Standpunkt aus am besten wäre, eine Gegenerklärung zu veröffentlichen. Vorhin konnte ich vor den Gästen nicht darüber sprechen. Mein Standpunkt ist: entweder läßt man mir als juristischem Vertreter freie Hand, oder man läßt mich ganz aus dem Spiel.

GLEMBAY: Du schlägst also eine Gegenerklärung vor!? Hm, hm! *(Pause. – Er denkt intensiv nach; dann entschlossen:)* Nein. Eine öffentliche Polemik mit der Bank Glembay wird für diese Bagage ein Festessen sein. Lieber nicht! Nur keine Zeitungen! Ich bin entschieden dagegen.

BOBBY: Das ist ein typisch Glembaysches Vorurteil! Diese Angelegenheit ist in der Öffentlichkeit schon so oft breitgetreten worden, daß eine logische, juridische Erklärung uns nur nutzen könnte. Bitte den harten Ausdruck zu verzeihen, aber ich glaube, daß man dieser Bagage endlich einmal das Maul stopfen müßte! Das ist eine präventive Maßnahme. Was halten Sie davon, lieber Doktor?

ALTMANN: Da ist guter Rat teuer, lieber Doktor! Ich bin nämlich nicht ganz au courant in dieser Geschichte und glaube, daß Seine Exzellenz vollkommen recht hat. Die Zeitungen sind – mein Gott, wie soll ich es bloß sagen – kein geeignetes Feld für derlei heikle Auseinandersetzungen. Andererseits aber scheint es mir, daß Herr Doktor Fabriczy auch recht haben könnte: etwas müßte in dieser ungemein delikaten Angelegenheit unbedingt unternommen werden!

(Das Klavierspiel hinter der Szene hat vor einigen Minuten aufgehört. Charlotte, Baronin Castelli-Glembay kommt in Begleitung des Ulanenoberleutnants von Ballocsansky und ihres siebzehnjährigen Sohnes Oliver herein. Sie ist eine Dame von 45 Jahren, aber mit einem derart jugendlichen Körper, daß sie wie eine höchstens fünfunddreißigjährige Frau aussieht. Ihr silbergraues Haar steht in starkem Kontrast zu ihren jugendlichen, glänzenden Augen und ihren frischen Wangen, so daß ihre Frisur wie eine Perücke wirkt. Eine aparte Erscheinung. Sie spricht präzise und logisch und gebraucht ihr Lorgnon mehr aus Affektation als ihrer Weitsichtigkeit wegen. Sie trägt eine champagnerfarbene Spitzentoilette mit außergewöhnlich tiefem Décolleté, kostbaren Schmuck und eine prachtvolle, nahezu meterbreite Hermelinstola. Fabriczy kommt einige Minuten nach der Baronin aus der Tür im Hintergrund.)

BOBBY: Ich verstehe euch nicht. Wo bleibt euer gesunder Menschenverstand? Ihr müßt mir Direktiven geben – oder ich trage nicht länger die Verantwortung! Das ist mein letztes Wort!

BARONIN: *(erregt)* Du langweilst uns schon wieder mit diesen Dummheiten! Ich weiß nicht ... ich bin zwar nur eine Frau –

ich verstehe nichts von eurer Juristerei – aber ich bitte euch, meine Lieben, mir endlich einmal sagen zu wollen: Sind in dieser Sache die Gerichte maßgebend oder nicht? Wozu also dieser Unsinn? Ihr verderbt nur die ganze Stimmung.

GLEMBAY: Liebe Charlotte, du regst dich ganz unnötig auf. Das Gericht ist natürlich maßgebend. Aber auch Bobby hat recht. Schließlich sind neue Momente in Erscheinung getreten. Hätte diese hysterische Person nicht Selbstmord begangen, dann wäre über diese Geschichte schon längst Gras gewachsen. Aber schließlich kann man nicht leugnen, daß dieser Selbstmord in unserem Haus stattgefunden hat – und die Journalisten – na, wir wissen ja, was wir von diesen Individuen zu erwarten haben! Den Zeitungen gegenüber, liebe Charlotte, müßte man doch . . .

BARONIN: Gut, gut, dann veröffentlichen wir eben das Gerichtsurteil! So kann ich nicht mehr weiter! Immer beunruhigt, immer im Ungewissen darüber, ob man nicht noch öffentlich bespuckt wird, das würde auch stärkere Nerven ruinieren. Meine Lieben, ich halte das nicht mehr aus! Es sieht so aus, als wolltet ihr mich alle ruinieren. *(sinkt in einen Fauteuil zurück)*

GLEMBAY: Du bist gereizt.

BARONIN: Was kann ich dafür, daß diese Person Selbstmord verübt hat? Habe vielleicht ich diese Verrückte vom dritten Stock geworfen?!

FABRICZY: Das behauptet doch niemand, liebe Charlotte! Täglich liest man in den Zeitungen Abschiedsbriefe von Selbstmördern. Von uns denkt selbstverständlich niemand daran, daß gerade dieser Brief etwas Besonderes enthalten könnte. Der Brief einer exaltierten Frau, zwei Minuten vor ihrem Tod geschrieben! Das ist für uns nichts Sensationelles. Aber, unterscheiden wir gut: Die alten Weiber an der Peripherie lesen diesen Brief in ihrem Revolverblatt mit ganz anderen Augen. Die Psychologie der Peripherie ist nicht die unsrige. Die Psychologie der Straße ist exaltiert!

BARONIN: Exaltiert oder nicht – was geht das mich an!? Wer hat dieser Person das Recht dazu gegeben, mich zu beschuldigen?! Was hab ich ihr getan?! Vorgestern, als sie hier war, habe ich zu ihr gesagt: „Verehrtes Fräulein, bitte, hier haben Sie fünfzig Kronen, und lassen Sie mich bitte, bitte in Ruhe." Was kann ich jetzt dafür, daß sie aus dem dritten Stock gesprungen ist?!

FABRICZY: Das alles ist bereits aus einer gewissen krankhaften Stimmung heraus geschehen. Auch ihr Besuch bei dir.

BOBBY: *(sehr nervös)* Ich werde noch verrückt bei diesen Phrasen! Bleiben wir doch bei den Tatsachen. Gebt mir Vollmachten, eine Erklärung zu veröffentlichen und eine Verleumdungsklage einzureichen!

GLEMBAY: Ich bin dennoch der Ansicht, daß es am besten wäre, das Ganze mit einer superioren Geste abzutun. Ich denke, die Zeitungen sind Eintagsfliegen. Der Dreck wird gelesen und auch gleich wieder vergessen.

BOBBY: Erlaube, lieber Onkel Nazi, aber ich bin einigermaßen erstaunt darüber, daß keiner von euch die juristische Seite dieser Angelegenheit in Betracht zieht. Die sogenannte öffentliche Meinung ist natürlich einen Dreck wert! Aber bedenkt ihr auch, meine Lieben, daß diese Frau aus unserem Fenster auf die Straße gesprungen und in einer Blutlache liegengeblieben ist? Man muß sich diese Tatsache vor Augen halten! Sie wird – selbstverständlich – als demagogischer Trick ausgewertet. Aus dem dritten Stock – und noch dazu mit dem Kind im Arm – á la Madonna: meine Herrschaften, die Demagogie lenkt die Plebs! Ich möchte schon bitten: Als juristischer Beirat meiner Klientin, der Baronin Glembay, bin ich der Ansicht, daß hier eine Vogel-Strauß-Politik fehl am Platz ist. Ich brauche jedenfalls heute abend noch entsprechende Direktiven – oder ich lege in dieser Sache meine juristische Funktion nieder. Laßt mich, bitte, zu Ende kommen – lieber Papa, – nur einen Augenblick, bitte – ich denke, es wäre korrekt, wenn ihr mir gestatten wolltet, den betreffenden Artikel vorzulesen – ihr wißt ja nicht einmal, worum es sich überhaupt handelt.

FABRICZY: Das wollte ich eben auch sagen!

GLEMBAY: Wollen wir das nicht lieber auf morgen verschieben? Wozu sollten wir uns jetzt noch mit diesem Blödsinn langweilen?

BOBBY: Ich muß morgen bereits im reinen darüber sein, was ich zu tun habe, Onkel Nazi! Diesen Blödsinn liest man in der ganzen Stadt. Überall wird davon gesprochen.

FABRICZY: Ich glaube, lieber Ignaz, daß es eigentlich in Ordnung wäre, auch die „altera pars" zu hören! Das ist ein altes und erprobtes Rezept, das ich während meiner Praxis als Obergespan immer sehr erfolgreich angewandt habe!

SILBERBRANDT: *(der bereits vor einiger Zeit zurückgekehrt war und dem Gespräch nur zugehört hatte, diskret aus dem Hintergrund)* Ich bin unbedingt dagegen, daß man aus dieser roten Presse etwas vorliest. Es gibt kein Lysol, das diesen atheistischen Gestank, der an Körpern und Seelen der Menschen kleben bleibt, abwaschen könnte.

ALTMANN: Exzellenz Fabriczy haben vollkommen recht: Man müßte vor einer Entscheidung immerhin zuerst das Material kennenlernen.

GLEMBAY: Ich persönlich bin absolut dagegen, daß wir unsere Zeit mit einer solchen Sache vertun, die meiner Meinung nach vollkommen steril ist. Aber meinetwegen – bitte sehr! Und du, Charlotte, was meinst du dazu?

BARONIN: Ach Gott, ich kann meine Augen kaum offen halten bei dieser Migräne. Meine Nerven sind so angegriffen, daß ich befürchten muß, den Verstand zu verlieren. Mir ist das alles furchtbar fad und lästig. Ich möchte einen Kaffee.

GLEMBAY: *(läutet)*

(Die anderen gruppieren sich langsam, um Bobby besser verstehen zu können.)

KAMMERDIENER: *(erscheint.)*

GLEMBAY: Franz, Whisky und einen starken Mokka. Aber schnell! Na also! Wenn ihr wünscht, meinetwegen kann's losgehen. Bitte, Bobby!

BOBBY: Also bitte. *(liest)* „Epilog einer Tragödie": Gestern abend, gegen halb neun Uhr, als man gerade die Haustore schloß, stürzte sich die dreiundzwanzigjährige Näherin Fanny Canjek aus dem dritten Stockwerk des Glembay-Palais und blieb auf der Stelle tot liegen. Der Name der Unglücklichen dürfte unseren Lesern aus der Affäre Glembay-Rupert bekannt sein, die so ungerecht vor den Gerichten endete. Unsere Leser werden sich erinnern, daß die Millionärin Baronin Castelli-Glembay mit ihrem Viergespann die dreiundsiebzigjährige Arbeiterin Rupert niedergestoßen hatte, so daß diese infolge eines Schädelbruchs und mehrerer Rippenbrüche auf der Stelle verschied. Die arme alte Proletarierin Rupert fand, von der Arbeit heimkehrend, den Tod unter den Rädern eines herrschaftlichen Wagens. Dabei war sie weder das erste noch das letzte Opfer der Baronin Castelli-Glembay. Wir wollen uns hier nicht näher mit der Persönlichkeit dieser Dame beschäftigen, doch kann die Redaktion schon heute bemerken, daß sie durch verschiedene Umstände in den Besitz hochinteressanten Materials gelangt ist, durch welches der geheimnisvolle Selbstmord des Schreibers Anton Skomrak geklärt erscheint: Skomrak war in demselben charitativen Verein beschäftigt, dessen Ehrenpräsidentin Baronin Castelli-Glembay ist. Wir möchten die Aufmerksamkeit unserer Leser obendrein darauf verweisen, daß dieselbe Baronin Castelli-Glembay die Mutter jenes Baron Oliver Glembay ist, der vor sieben Monaten unter dem Verdacht, zusammen mit einigen Kumpanen den Nachtwärter der Baufirma „Ganymed" beraubt und und ermordet zu haben ...

(verhaspelt sich beim Lesen dieser Stelle. Der allgemeine peinliche Eindruck ist von allen Gesichtern abzulesen. Bobby stottert einige unartikulierte Laute; findet sich wieder zurecht)

Die Selbstmörderin Fanny Canjek war die illegitime Frau des Josef Rupert, der vor einiger Zeit als Dachdeckergehilfe einen tödlichen Unfall erlitt und seine vor dem Gesetz schutzlose Frau in gesegnetem Zustand zurückließ. Nach dem katastrophalen Ende der Schwiegermutter strengte die verstorbene Canjek im Interesse ihres Kindes einen Schadenersatzprozeß gegen die Mörderin an. Ihre Ansprüche wurden jedoch von den Gerichten als unbegründet zurückgewiesen. Eine Proletarierin, deren Mann auf dem Felde der Arbeit gefallen war, galt vor dem bürgerlichen Gesetz als gewöhnliche Beischläferin, die nicht einmal das Recht auf Schadenersatz hat. Diese Ungerechtigkeit hat so stark auf das junge Weib eingewirkt, daß es in einem Anfall höchster Verzweiflung mit dem sieben Monate alten Kind in die Tiefe sprang. Interessant und überdies charakteristisch ist der Umstand, daß die verstorbene Canjek einige Minuten vor ihrem Verzweiflungsschritt an der Tür der Herrschaften und Millionäre geläutet hatte, ohne vorgelassen zu werden. Sie wurde vielmehr wie ein Hund davongejagt. So sterben Proletarier unter den Hufen herrschaftlicher Viergespanne!

GLEMBAY: *(erhebt sich und läuft erregt auf und ab)* Aber jetzt habe ich schon genug!

BARONIN: *(sitzt unbeweglich, blickt vor sich hin und trocknet ihre Tränen mit dem Taschentuch)* Es ist direkt pervers, so hilflos dazusitzen und sich Tag für Tag beschmutzen zu lassen. Ich bin schon ganz grau geworden. Meine Nerven, mein Verstand ... alles, ... alles ... schrecklich.

(Alle sitzen schweigend und niedergeschlagen. Pause.)

LEO: *(sitzt abseits von den anderen, er raucht und hört gespannt zu.)*

KAMMERDIENER: *(tritt ein und serviert Whisky und Kaffee.)*

(Glembay und Fabriczy trinken je zwei Whisky. Alle rauchen.)

BOBBY: *(der das Gefühl hat, endlich einmal zu Wort gekommen zu sein)* Diese Angelegenheit braucht absolut nicht als tragisch gewertet zu werden. Das sieben Monate alte Kind im Arm, der

Sprung des jungen Weibes in die Tiefe, Proletarier vor den Türen der Kapitalisten. Das sind sozialistische Schlagworte, denen man nicht aufzusitzen braucht. Ich bin hundertfünfzig Prozent dafür, dieses Journalistenpack vor Gericht zu zerren und zu zwingen, mit seinem Material herauszurücken. Damit wir diese „Dokumente" bei Tageslicht überprüfen können, um das Gesindel dann ohne Pardon hinter Schloß und Riegel zu setzen. Diese Bande wirft da so mir nichts dir nichts mit Verleumdungen herum! Diese Kloake kann nur durch energische Maßnahmen verstopft werden!

GLEMBAY: *(bleibt einen Augenblick vor Bobby stehen)* Und welches Resultat erhoffst du dir von diesen energischen Maßnahmen? Einen neuen Prozeß? Bis es soweit kommt, kann uns diese Bagage noch ein ganzes Jahr lang kompromittieren. Wir wissen aus Erfahrung nur zu gut, was Pressedelikte vor dem Gesetz bedeuten!

BOBBY: Gerade deshalb, weil die Kampagne auf das Gebiet der Presse übertragen wurde – und deshalb, weil man aus einer rein juridischen Angelegenheit auf demagogischem Weg Kapital herauszuschlagen versucht, gerade deshalb, lieber Onkel, glaube ich, daß es unbedingt nötig ist, den Kampf aufzunehmen! Ich bin der Meinung, daß die aristokratische „splendid isolation" in diesem Fall äußerst gefährlich ist. Hier kann bereits eine einstündige Verzögerung fatal sein.

ALTMANN: Die Bemerkung des Herrn Doktor ist sehr richtig. Sogar vollkommen richtig. Man müßte vor allem Schein und Wahrheit trennen. Im ersten Moment kann die ganze Angelegenheit der breiten Masse, der Objektivität und Ruhe fehlen, von dieser Pressemeute wirklich als etwas Unsympathisches dargestellt werden.

FABRICZY: Hier sieht man wieder einmal, meine Herrschaften, daß alles im Leben relativ ist. Das ganze Dasein steckt voller Imponderabilien, und die Erfahrung lehrt uns, daß sich alles so und so deuten läßt! Konservativ und liberal, wahr und verlogen! Betrachtet man die Sache mit den blutig roten Augen des „Klassenbewußten", so erscheint unsere liebe charmante Charlotte als eine kriminelle Bestie, die Menschenleben und Existenzen zertritt und vernichtet!

BARONIN: Worte, Worte, nichts als Worte! – Übrigens finde ich deinen geistreichen Vergleich hier vollkommen deplaciert. Direkt geschmacklos! Man ist versucht zu sagen: senil!

FABRICZY: Ich habe es ehrlich gemeint. Pardon, ich wollte wirklich nicht den Geistreichen mimen. Nein, absolut nicht, Charlotte!

BARONIN: *(gereizt)* Oliver, bitte, verlaß uns jetzt! Es ist schon spät genug. Es ist nichts für dich, solange aufzubleiben. Du mußt morgen zur Frühmesse. Für heute wäre es genug, mein Kind.

OLIVER: Aber Mutti, schau – ich möchte gern ...

BARONIN: Kein Wort mehr! Gute Nacht! Herr Doktor Silberbrandt wird die Güte haben, dich zu begleiten. Gute Nacht, mein Kind!

OLIVER: *(unterwirft sich diesem Befehl. Er küßt Glembay und die Baronin, verbeugt sich korrekt vor den anderen und geht mit sicheren Schritten in Begleitung Dr. Silberbrandts ab.)*

GLEMBAY: Kommen wir wieder auf die alte Geschichte zurück: Was ist zu tun?!

BOBBY: Man muß eine Erklärung veröffentlichen und die Redaktion wegen Ehrenbeleidigung und Verleumdung gerichtlich belangen! In dieser Erklärung müssen die beiden juristischen Momente voneinander getrennt werden: der Tod der alten Rupert auf der einen und der Selbstmord der Canjek auf der anderen Seite. Man muß neuerlich und dezidiert erklären, daß diese beiden Fälle nichts miteinander zu tun haben! Vor allem: daß der Tod der Alten juridisch liquidiert ist. Daß die verstorbene Rupert keine Arbeiterin war, sondern eine gewöhnliche Bettlerin, also ein passives Mitglied der Gesellschaft, eine Art Parasit! Man muß betonen und unterstreichen, daß die Alte – wie von Zeugen vor Gericht bestätigt wurde – eine Quartalsäuferin war, die einige Minuten vor ihrem Tod aus einer Schnapsbudike, wo sie den gewohnten Fusel getrunken hatte, herauskam! Und dann muß man in der Erklärung anführen, daß der Kutscher an der Straßenecke – so wie es sich gehört – zweimal „hop-hop" gerufen und daß die Frau Baronin die erlaubte Fahrtgeschwindigkeit keineswegs überschritten hatte ...

(Er spricht anfangs halblaut, seine Worte gewinnen aber langsam an Tempo, und er rekapituliert sehr rasch und sicher die ganze Reihe der bereits bekannten Momente von der Höhe des gewiegten Juristen herab:)

Die alte betrunkene Rupert wurde nicht vom Wagen überfahren, sondern bloß vom Kotschützer gestreift, und zwar aus eigenem Verschulden. Denn – erinnern wir uns doch – die Alte wurde nicht auf die Straße geschleudert, sondern brach schon auf dem Trottoir zusammen! Sie starb also nicht an den Folgen des Unfalls, sondern wurde bloß ohnmächtig, und der Arzt, der sieben Minuten nach dem Vorfall auf der Unglücksstelle eintraf, konstatierte, daß das Herz noch sieben Minuten lang geschlagen hatte. Meinetwegen könnte man ja – und ich halte das für sehr gut – der Gegenerklärung den beglaubigten ärztlichen Befund beifügen und auch den Obduktionsbefund mit abdrucken, aus dem auch ein Blinder ersehen kann, daß der Tod nicht durch Überfahren, sondern durch hochgradige Arteriosklerose plus einem dreiundsiebzig Jahre alten, degenerierten, hypertrophierten Herzen, das knapp vor der Insuffizienz stand, plus Alkohol herbeigeführt worden ist! Ein alltäglicher Schlaganfall – nicht die geringste Spur von „Mord". Schon allein der Gedanke, daß es sich hier um einen Fall nach Paragraph 365 des Strafgesetztes handeln könnte, lächerlich! Bei Gericht wurde eindeutig festgestellt, daß es sich hier um keine Unterlassung gehandelt hat, die eine Lebensgefahr hervorrufen oder vergrößern hätte können. Deshalb sollte man diese dilettantischen Scribenten wegen Ehrenbeleidigung und Verleumdung vor Gericht zitieren! Wichtig sind also folgende Momente: Erstens, der Tod der Alten ist laut ärztlichem Befund aus ganz natürlichen Ursachen erfolgt. Zweitens, die Alte war eine Bettlerin, die nicht in gemeinsamem Haushalt mit der Selbstmörderin Canjek, der Konkubine des jungen Rupert, lebte, der seine Mutter schon vor zweiunddreißig Jahren verlassen hatte. Drittens, die alte Säuferin ist hochanständig und zweiter Klasse begraben worden, und zu ihrem Gedächtnis und auf ihren Namen wurde im Spital der Barmherzigen Schwestern ein Bett und im städtischen Armenhaus ein Platz gestiftet. Ferner wurden im charitativen Verein auf ihren Namen fünftausend Kronen als Grundstock für eine Gedächtnisstiftung hinterlegt, die bei der Glembayschen Bank mit einem außerordentlichen Zinsfuß von acht Prozent verzinst werden! Diese Verzinsung wird aus dem privaten Reservefond der Bank gedeckt, was jährlich mindestens weitere 750 Kronen ausmacht und in einigen Jahren ein ganz anständiges Kapital ergeben dürfte.

GLEMBAY: *(unterbricht ihn nervös)* Das sollte alles in camera caritatis bleiben. Das sind delikate Angelegenheiten – und übrigens ist sowieso schon alles publiziert.

BOBBY: Selbstverständlich, in camera caritatis – aber die alten Waschweiber an der Peripherie lesen keine charitativen Berichte. Solche Sachen muß man der Straße auf dem Präsentierteller servieren! Das alles betrifft jedoch ausschließlich den Fall Rupert. Und alles, was nach deren Tod geschehen ist, hat damit absolut nichts zu tun. Da handelt es sich um eine ganz gewöhnliche Erpressung! Daß dieses Weib, diese Canjek, einmal die Konkubine des jungen Rupert war, geht doch schließlich Tante Charlotte – respektive uns alle – nichts an! Jeden von uns kann an einer belebten Straßenecke dasselbe Schicksal ereilen! Daraus kann kein Mensch irgendwelche Rechte für sich ableiten, insbesondere nicht gegen eine Person, die durch ihre höchst generöse Wohltätigkeit nicht nur in unserer Stadt, sondern auch in unserem ganzen Land bekannt ist. Und darauf muß man den zweiten Teil der Erklärung gründen! Hier kann man auch ein bißchen offensiv werden. Diese hysterische Person, die Canjek, die neuerlich in anderen Umständen als Konkubine irgendeines anderen zu wiederholtem Male hier vor unserer Tür um Almosen gebettelt hatte, wurde jedesmal reich beschenkt. Dadurch ermutigt, kam sie schließlich auf die Idee, daraus eine ständige Einnahmequelle für sich zu bilden. Das ging aber entschieden zu weit. Jede Geduld, und sei sie noch so langmütig, muß einmal ein Ende haben! Alles in allem, glaube ich, daß es vom juristischen Standpunkt aus am besten wäre, aus dieser Unzahl von Gegengründen eine Erklärung zusammenzustellen, um auf diese Weise die ganze Angelegenheit energisch und definitiv zu erledigen! Dieses Journalistenpack muß durch eine Kontermine ekrasiert werden, daß ihm Hören und Sehen vergeht! Ich glaube, daß dies im Interesse des Namens Glembay und auch in dem meiner Klientin, Tante Charlotte, gut wäre. Dixi!

(Pause. Alle denken nach über das Gehörte. Schweigen.)

ALTMANN: Vollkommen klar und logisch! Ich glaube, lieber Herr Geheimrat, daß eine Argumentation in diesem Sinne auf keinen Fall schaden könnte.

BARONIN: Ich bin davon überzeugt, daß Bobby das alles sehr gescheit und sehr richtig formuliert hat, nur soll schon endlich einmal etwas geschehen, um Gottes willen! Wie kann man mich für den Selbstmord einer mir gänzlich unbekannten Person verantwortlich machen!? Wie kommt ein Mensch dazu, daß man ihn öffentlich beflegelt und bespuckt?! Ich verlange Satisfaktion! Das Gericht hat anerkannt, daß ich unschuldig bin. Und Sie, lieber Ballocsansky, was halten Sie davon?

BALLOCSANSKY: *(verbeugt sich nach Kavalleristenart und schlägt die Hacken zusammen)* Ich bin jedenfalls derselben Meinung wie die Gnädigste. Ich sehe aber nicht ein, wozu das gut sein soll, über diese Sache so viel zu reden. Jedenfalls meine ich, daß man dem Kerl – ich meine den betreffenden Federfuchs – eins in die

Fresse hauen sollte. Schwere Kavalleriesäbel sind ein ganz probates Mittel dazu!

LEO: *(lacht laut und scharf auf; ganz spontan und von Herzen)*

BARONIN: Warum lachst du, Leo?

LEO: *(als sei er eben aus tiefstem Nachdenken aufgeschreckt worden)* Ich? Hab ich gelacht? Nein – nichts, gar nichts!

SILBERBRANDT: *(erscheint und lauscht dem Gespräch mit größtem Interesse.)*

FABRICZY: Ich glaube, Bobby hat recht. Seine Gründe sind zwingend. Er sollte die Erklärung im obigen Sinne veröffentlichen und die Klage einreichen.

GLEMBAY: Ich bin aus Erfahrung der Presse gegenüber sehr mißtrauisch – ebenso gegenüber der Öffentlichkeit und den Gerichten. Welche Satisfaktion können wir noch bekommen? Die größte, die überhaupt denkbar scheint, haben wir schon erhalten: das Gericht hat uns freigesprochen! Danach können diese Skribenten und Pamphletisten schreiben, was sie wollen! Ich glaube, es wäre am klügsten: Schwamm drüber und ad acta! – Und du, Leo, was denkst du von all dem? Du hast heute abend die ganze Zeit demonstrativ geschwiegen!

LEO: *(vollkommen desinteressiert, so als sei er voll und ganz mit dem Stopfen seiner Pfeife beschäftigt und wüßte nicht, welche folgenschweren Worte er ausspricht)* Ich glaube, daß alle eure Gründe und Gegengründe die Tote nicht wiedererwecken werden. Sie ist vom dritten Stock gesprungen, und für sie ist alles erledigt!

BARONIN: *(gereizt)* Also du könntest mit deinen überspannten Ansichten wirklich zu Hause bleiben!

LEO: *(ruhig und aufrichtig)* Überspannt oder nicht, die Frau ist und bleibt tot. Und ihr Kind ist tot. Und die alte Rupert ist auch tot. Alle sind sie tot.

BARONIN: Willst du damit vielleicht sagen, daß ich an dem Tod dieser Weiber schuld bin?

LEO: *(überhört diese Frage)* Ja, diese Frauen sind tot: Und wenn ihr wissen wollt, was ich von dieser Geschichte halte – bitte! Wenn nicht – mir kann's gleich sein! Also, mein lieber und sehr verehrter Herr Vater, ich bin der Ansicht, daß diese ganze Sache irreparabel ist. Was Bobby da deklamiert hat, war Jus oder besser ausgedrückt, das, was sich ein Vorzugsschüler darunter vorstellt. – Und Bobby war ja immer Vorzugsschüler! Er weiß das alles auswendig! Gründe und Gegengründe! Doch es gibt Dinge, die auch der beste Vorzugsschüler nicht auswendig wissen

173

kann. Es gibt Dinge, die weder im Strafgesetzbuch noch in den verkehrspolizeilichen Vorschriften zu finden sind! Diese Probleme lassen sich nicht einmal auf Kavalleristenart „mit schweren Säbeln" lösen, wie es unser Ritter im Waffenrock vorgeschlagen hat! Ich bin mit einem Wort der Ansicht, daß alle eure Worte in keiner Verbindung mit den Vorfällen selbst stehen!

FABRICZY: Welche Vorfälle? Was ist denn schon passiert?

LEO: Eine Frau ist mit ihrem Kinde in den Armen aus dem dritten Stock gesprungen. Beide sind tot. Diese Frau hat fünf Minuten vorher an der Glembayschen Tür geklingelt, wo man sie abgewiesen hat. Das ist passiert!

BOBBY: *(aggressiv)* Du bist ein Künstler! Es ist allgemein bekannt, daß sich Künstler paranoid über alles wundern. Paranoiker wittern hinter allem irgendwelche „Vorfälle".

LEO: Für dich ist also jeder Künstler ein Paranoiker, der sich über alles wundert?! Für dein Advokatengehirn gehört alles zur Kunst, was nicht Strafgesetz und verkehrspolizeiliche Vorschrift ist?! Glänzend! Hier wurde eine Frau auf die Straße geworfen, und deiner Ansicht nach ist einer, der diese Tatsache konstatiert, einfach ein Paranoiker. Ich war nämlich bei diesem Ereignis persönlich anwesend.

FABRICZY: Schön – wenn du der Meinung warst, daß man diese Frau zu Unrecht auf die Straße geworfen hat, warum hast du es dann nicht verhindert?

LEO: Ich bin hier nur auf der Durchreise, und es liegt nicht in meiner Kompetenz, die Hausordnung zu ändern. Es ist wahr, die Frau stand in der Tür und weinte über eine halbe Stunde lang. Doch die Hausordnung schreibt vor, daß niemand ohne Visitenkarte vor die Herrschaften gelassen werden darf.

BARONIN: Das ist nicht wahr! Die Dienerschaft darf bloß niemanden, der unangemeldet kommt, zu mir lassen.

LEO: Eben. Das Weib wurde nicht vorgelassen! Genauso steht es ja in dem Artikel. Sie wollte, daß die Frau Baronin ihr eine Singer-Nähmaschine kauft. Sie war gelernte Näherin und obendrein davon überzeugt, ein Anrecht auf diese Maschine zu besitzen.

GLEMBAY: Gut – und weshalb hast du die Sache nicht in die Hand genommen, als du gehört hast, daß es sich um eine solche Bagatelle handelt?!

LEO: Sie hat dezidiert erklärt, sie werde sich töten, wenn sie die Maschine nicht bekommt. Sie sagte zwar, sie werde ins Wasser

gehen, doch nach der Hausordnung darf niemand ohne Visitenkarte ...

ALTMANN: Ich verstehe dich nicht. Du sprichst wie ein Rauschgift-
süchtiger! Wie kann man von derlei Sachen so paranoid sprechen? Wenn du der Szene tatsächlich beigewohnt hast, warum
hast du dann nicht eingegriffen? Der Herr Geheimrat hat ganz
recht!

LEO: Ich habe der Frau gesagt, sie soll sich nicht noch länger
erniedrigen. Sie hat mir nämlich gesagt, sie sei in den letzten
zwei Tagen schon siebenmal hiergewesen. Sie versicherte mir,
daß sich – wenn sie endlich einmal die Nähmaschine habe – alles
zum Besten wenden könnte – so aber müsse sie ins Wasser
gehen. Ich antwortete ihr, sie solle nicht mehr kommen, da man
sie – soviel mir bekannt sei – ohne Visitenkarte nicht vor die
Frau Baronin lassen würde.

BARONIN: *(ist durch den Ton und die Art Leos so nervös geworden,
daß sie sich kaum noch beherrschen kann.)*

GLEMBAY: Du warst also bei der ganzen Sache anwesend? Und hast
keinem Menschen auch nur ein Wort davon gesagt?!

LEO: Nein.

GLEMBAY: Unglaublich!

LEO: Im Augenblick ist es vollkommen nebensächlich, warum ich
geschwiegen habe. Vor allem habe ich von der Affäre mit der
Alten keine Ahnung gehabt. Davon hat nun wiederum mir niemand etwas erzählt. Ich habe von alldem nichts gewußt. Ich
habe eine hochschwangere Frau vor mir gesehen, mit einem
Kind an der Brust – in Tränen – man läßt sie nicht vor die Frau
Baronin, weil sie keine Visitenkarte hat. Die Frau spricht von
einem Mord, von Prozessen, von einer Nähmaschine – als dem
Gipfelpunkt ihrer Seligkeit! Da bin ich einfach in ein Geschäft
gegangen und habe an ihre Adresse eine Singer-Nähmaschine
senden lassen. Da – *(liest von einem Zettel, den er aus der
Tasche hervorgekramt hat)* Hier ist die Adresse: Fanny Canjek,
Blumenstraße 163.

BOBBY: Das ist ja herrlich! Geradezu genial! Und man kann dir
bestätigen, daß diese Maschine bezahlt worden ist, noch bevor
sie sich aus dem Fenster gestürzt hat?

LEO: Wieso? Ich versteh dich nicht!

BOBBY: Das wäre glänzend, wenn die Maschine noch vor ihrem
Tod bezahlt worden wäre. Verstehst du denn das nicht?! Durch
diese bezahlte Maschine wird ihr Selbstmord – juristisch gesehen – in ein ganz anderes Licht gerückt! Der Brief, den sie hin-

terlassen hat, wird dadurch vollkommen ad absurdum geführt.

LEO: Pardon! Du wirst doch hoffentlich nicht annehmen wollen, daß ich die Nähmaschine deiner juristischen Kniffe wegen gekauft habe?! Diese Maschine ist meine paranoide Maschine und hat mit deinen juristischen Witzen gar nichts zu tun. Ich bin mit dieser Singer-Maschine auf der Linie meiner eigenen paranoiden Verantwortung zu spät gekommen.

BARONIN: Genug davon, meine Herren! Mein Mann soll entscheiden! Ich habe für derlei überspannte Nuancen kein Verständnis. Ich lasse mich nicht länger quälen! Meine Herren! Es wetterleuchtet in der Ferne. Draußen ist eine so herrliche Luft. Retten wir uns aus diesem Qualm! Kommen Sie meine Herren!
(Sie geht auf die Terrasse hinaus. Dann schreitet sie langsam die Treppe zum Garten hinab. Oberleutnant Ballocsansky, Dr. Altmann und Bobby gehen ihr nach. Pause.)

SILBERBRANDT: *(hat schweigend und mit größtem Interesse den Worten Leos zugehört)*

GLEMBAY: *(geht unruhig auf und ab. Geht bis zur Terrasse, kehrt zurück, raucht eine Havanna, trinkt ab und zu ein Glas Whisky, blickt ins Dunkel hinaus und kehrt dann erneut zurück. Läutet.)*

KAMMERDIENER: *(erscheint)*

GLEMBAY: Franz, bringen Sie doch Kaffee, ja? Und Eis, bitte!
(Geht nervös auf und ab, stößt Rauchwolken aus, bleibt einen Augenblick stehen, hört dem Gespräch zu und vertieft sich dann wieder in seine Gedanken.)

FABRICZY: *(entzündet eine Havanna und trinkt Kognak)*
(In der Ferne Wetterleuchten und leiser Donner, der langsam näherkommt.)

LEO: *(sitzt auf dem Diwan unter den Porträts, zieht verschiedene Papiere und Briefe aus seinen Taschen, blättert darin und scheint ganz in seine Lektüre vertieft zu sein.)*

SILBERBRANDT: *(tritt sehr bescheiden zu ihm)* Herr Doktor, wollen Sie bitte entschuldigen, ich glaube aber, daß Sie vorhin der Frau Baronin gegenüber etwas zu scharf – ich bin versucht zu sagen – beinahe ungerecht waren!

LEO: *(ganz in seine Briefe vertieft, absichtlich zerstreut, tatsächlich aber reserviert)* Wie? Was? Wie bitte?

SILBERBRANDT: Herr Doktor waren, glaube ich, in der Schilderung jenes Unglücksfalles etwas zu einseitig.

LEO: Ich verstehe nicht, was Sie damit sagen wollen?

SILBERBRANDT: Ich glaube, daß Sie nicht das Recht dazu haben,

über den Tod jener Unglücklichen so neutral zu sprechen, als
ginge Sie das alles gar nichts an.

LEO: Wenn Sie es unbedingt wissen wollen: Die Sache geht mich
tatsächlich gar nichts an.

SILBERBRANDT: Herr Doktor, gestatten Sie, ich möchte betonen,
daß ich das nicht als Indiskretion vorzubringen wünsche – es ist
vollkommen zufällig geschehen, ganz ohne mein Zutun – wirklich rein zufällig ...

LEO: Was ist denn zufällig geschehen? Hier wird das Ganze immer
rätselhafter!

SILBERBRANDT: Ich habe gestern Ihrem Gespräch mit dieser unglücklichen Frau beigewohnt. Ich stand auf der Galerie, als Sie
mit ihr in der Halle sprachen. Ich kam gerade aus der Bibliothek
und habe rein zufällig, ganz gegen meinen Willen ...

LEO: Nun ... und? Was? Wollen Sie sich vielleicht dafür entschuldigen, daß Sie gehorcht haben?

SILBERBRANDT: Mein Gewissen ist rein, Herr Doktor! Ich befand
mich ganz zufällig auf der Galerie und hörte jedes Wort, das Sie
zu der Frau sagten. Ich hörte, wie sie jammerte, daß sie nicht
mehr weiter könne – mit dem Kind an der Brust und einem
zweiten unterwegs – und Sie antworteten ihr, sie solle sich doch
aus dem Fenster stürzen! – „Wie einen Gott bitte ich Sie", so
jammerte sie vor Ihnen – „Wie einen Gott bitte ich Sie!" Das
habe ich allerdings ganz genau gehört, Herr Doktor.

LEO: Ganz recht! Sie bat mich, „wie man Gott bittet", ich möge
ihr dazu verhelfen, ohne Visitenkarte vor die Baronin gelassen
zu werden. Und ich gab ihr zur Antwort, daß es gescheiter sei,
sich aus dem Fenster zu stürzen. Ganz richtig! Aber wenn Sie
sich schon so in der Rolle eines Dedektivs gefallen, so hätten Sie
genauer hinhorchen müssen – sehr verehrter hochwürdiger
Herr! Vor allem bat ich die Frau, Vernunft anzunehmen und
sich nicht noch länger zu erniedrigen. Ich sagte ihr, daß die Frau
Baronin Präsidentin des Wohltätigkeitsvereines sei und daß sie
doch bei diesem Verein ein Gesuch einreichen möge, in welchem sie alles anführen könne, worauf sie ganz bestimmt zu
einer Nähmaschine kommen würde. Sie antwortete, daß sie bereits vier Gesuche abgegeben habe – und ich notierte mir sogar
die Nummern. Falls Sie es interessieren sollte, will ich Ihnen
diese Nummern gern verraten: Hier, bitte schön: 15 707,
14 222, 14 477 und 14 895.

SILBERBRANDT: Ich meine vielmehr die Art, wie Sie die Frau abgewiesen haben! Gerade diese Ihre brutale Art gibt Ihnen, meiner

innersten Überzeugung nach, kein Recht, Ihre Nächsten viel geringerer Formfehler wegen zu verurteilen.

LEO: Ich bitte Sie, Silberbrandt, halten Sie mir keine Gardinenpredigt! In dem Augenblick, in dem mir die Frau gestern Abend die Nummern ihrer Gesuche sagte, wußte ich noch nichts von dem Unglücksfall ihrer Schwiegermutter! Von diesem Fall erhielt ich erst heute früh Kenntnis! Gestern abend hatte ich von dem Ganzen keine Ahnung! Und als sie mir von ihren Gesuchen sprach, die bereits länger als ein halbes Jahr herumliegen, war ich der Meinung, eine Arme vor mir zu haben, die mit der Baronin als Wohltäterin zu sprechen wünschte. Daher meinte ich zu ihr: Meine Liebe, hüten Sie sich in Ihrem eigenen Interesse vor Wohltätern, die man nicht ohne Visitenkarte aufsuchen darf! Sollten Sie von derlei Wohltätern Ihre Rettung erwarten, so wäre es klüger, Sie stürzten sich gleich aus dem Fenster! Das habe ich zu ihr gesagt, und das leugne ich auch gar nicht. Deshalb verstehe ich trotzdem noch nicht, welchen Zweck Ihre Interpellation haben soll?!

(Glembay und Fabriczy hören interessiert zu.)

SILBERBRANDT: Gestatten Sie mir nur die Bemerkung, Herr Doktor: Das, was Sie vorhin ironisch als „Hausordnung" bezeichnet haben, nach der unangemeldete Personen nicht vor die Frau Baronin gelassen werden dürfen, ist eine alltägliche Erscheinung und daher auch keine formelle Unterlassung. Hätte die Frau Baronin auch nur ahnen können, worum es sich handelt, dann wäre diese Frau jetzt nicht tot, und wir wären alle von dieser Skandalaffäre verschont geblieben! Ich hatte als Sekretär der Frau Baronin Gelegenheit, sie bei ihrer Tätigkeit im Wohltätigkeitsverein durch nahezu zwei Jahre hindurch zu beobachten. Meine Behauptungen können daher – das darf ich mit ruhigem Gewissen betonen – keiner momentanen Eingebung entspringen, sondern als ein, aufgrund langjähriger Erfahrung ausgesprochenes Urteil gewertet werden! Die Frau Baronin ist voll Feingefühl für die Not ihrer Mitmenschen. Ich habe in meinem Leben nur wenige Menschen kennengelernt, bei welchen jene platonische Idee von der Güte so entwickelt gewesen wäre wie bei der Frau Baronin!

LEO: Sie werden die Frau Baronin als ihr Beichtvater sicherlich weit besser kennen als wir!

SILBERBRANDT: Jawohl, Herr Doktor, es ist so, wie ich es sage – um auf den konkreten Fall Canjek zurückzukommen – muß man den Standpunkt der Frau Baronin verstehen. Diese Canjek stand mit der alten Rupert in gar keiner juristischen, ja nicht einmal in einer formellen Verbindung! De facto war sie, wie dies Herr Doktor Fabriczy ganz präzis formuliert hat, die Beischläferin eines Menschen, der – nota bene – als uneheliches Kind bereits seit mehr als dreißig Jahren von seiner Mutter getrennt gelebt hatte. Und dieses Weib, diese Canjek, die in der fixen Idee lebte, der Rechtsnachfolger einer ihr gänzlich unbekannten und fremden Person zu sein – die zufällig auf der Straße vom Schlag getroffen worden war – fordert nun durch das Gericht und durch die Presse eine phantastische Summe! Die Frau Baronin lag im Sanatorium und litt an den Folgen eines Nervenschocks. Sie ist vor unseren Augen, sozusagen binnen vierundzwanzig Stunden, ergraut. Zu gleicher Zeit kolportierten diese zweifelhaften Inidviduen um die Canjek in der Stadt die allerärgsten Skandalgeschichten über die Frau Baronin und ihr Vorleben. Und dann, als der Prozeß verloren war, erscheint plötzlich diese Person eines schönen Tages an der Tür der Frau Baronin – als demütige Bittstellerin verkleidet – so, als wäre nie etwas geschehen. Einerseits spielt man die Rolle des Brandstifters, mein Herr – und andererseits beruft man sich auf die Barmherzigkeit – welch eine Heuchelei!

LEO: Also auch Sie sind gegen jeden Pardon! Demnach war ich ja vollkommen im Recht, als ich der Canjek riet, gleich aus dem Fenster zu springen und von der Frau Baronin keinerlei Hilfe zu erwarten – und noch dazu ohne Visitenkarte!

SILBERBRANDT: Das ist pure Dialektik, Herr Doktor!

LEO: Und der Umstand, daß Frau Baronin Ehrenpräsidentin des charitativen Vereins ist, ist für Sie keine Dialektik? Auf der einen Seite werden die Leute getreten, damit man ihnen auf der anderen Wohltaten erweisen kann: Das dürfte wohl so eine Art moralischen Gleichgewichts darstellen!?

FABRICZY: Lieber Leo, ich war immer von paradoxen Weltanschauungen begeistert, darüber besteht kein Zweifel, aber dieses Unglück der Baronin zuzuschreiben, halte ich denn doch für überspannt! Das war ein unglücklicher Zufall – und ich kann dir sagen, das ist meine ernste Überzeugung – daß der Viererzug der Baronin weder der erste noch der letzte gewesen ist, unter dem alte Weiber liegengeblieben sind! Ja – so ist es leider einmal!

LEO: Das ist eine rein glembaysche Logik! Ich glaube die Kausalität dieses Vorfalles entdeckt zu haben – so daß mir nun dieses ganze Geheimnis ziemlich klar ist. Es liegt im Interesse der

Glembays, wenn möglichst viele Leute sterben. Das ist glembaysches business!

FABRICZY: Das wird ja alles immer dunkler und enigmatischer!

GLEMBAY: *(ist auf seinem nervösen Spaziergang stehengeblieben und hört gespannt zu.)*

LEO: Das in den Bestattungsinstituten investierte Kapital trägt gegen 60 Prozent. Soweit mir bekannt ist, finanziert das Bankhaus Glembay & Co – unter anderen fairen Geschäften – fast sämtliche Beerdigungsinstitute der Stadt und der Provinz.

GLEMBAY: Du wirst früher oder später im Irrenhaus enden! *(geht indigniert auf die Terrasse und verliert sich im Dunkel. Im Garten fernes Lachen. Der Donner kommt näher.)*

SILBERBRANDT: Ihr Nihilismus ist mir nicht ganz verständlich. Es ist hier nicht von Banktransaktionen die Rede, sondern davon, daß Sie eine konkrete Anklage erhoben haben und nicht imstande sind, Ihre Behauptungen zu beweisen.

LEO: *(bricht das Gespräch ab, geht im Salon auf und ab, betrachtet die Bilder an den Wänden und ist vollkommen mit dem Stopfen seiner Pfeife beschäftigt.)*

SILBERBRANDT: *(geht ihm nach)* Herr Doktor, Sie scheinen von der charitativen Tätigkeit der Frau Baronin nicht genügend informiert zu sein. Gestatten Sie, Ziffern sprechen: Nur im Laufe dieses Jahres gelangten unter der Patronanz der Baronin zur Verteilung ...

(holt aus der Tasche einen Zettel und liest)
157 Paar Schuhe, 500 Kinderanzüge, 853 Kinder wurden den Winter über verköstigt, über 28 000 Unterstützungen und mehr als 318 kostenlose juristische Interventionen! Und falls Sie das interessieren sollte: Die aufgrund der Initiative der Frau Baronin durchgeführte Enquete in diesem Jahr über die materielle und moralische Lage unserer Klienten ...

LEO: *(stellt sich herausfordernd und ironisch lächelnd vor Silberbrandt hin)* Hören Sie, Silberbrandt, keine Ziffern auf dieser Welt können mich davon überzeugen, daß die Baronin eine Wohltäterin ist. Ich habe darüber meine ganz persönliche Meinung! – Sie haben doch den Schreiber Skromak gekannt, der im charitativen Verein tätig war?

SILBERBRANDT: Sie meinen jenen Paranoiker, der sich vor ungefähr einem Monat erhängt hat?

LEO: Ja, gerade diesen Paranoiker, der sich vor ungefähr einem Monat erhängt hat, meine ich! Er hat seine Privatkorrespondenz hinterlassen, und aus dieser Korrespondenz geht klar hervor, daß Ihre erlauchteste Frau Präsidentin, die Baronin Castelli-Glembay, in intimen Beziehungen zu diesem zwanzigjährigen Burschen gestanden hat!

SILBERBRANDT: Herr Doktor! Wie können Sie so von Ihrer Mutter sprechen? Von einer Dame – Herr Doktor! Um Gottes willen!

LEO: Sehr einfach: Ich habe einen Brief der Baronin in der Tasche, aus dem klar hervorgeht ...

SILBERBRANDT: Entschuldigen Sie, Herr Doktor, das geht mich nicht das geringste an!

LEO: Das wundert mich! Bedeutet das vielleicht, daß Ihre Freundschaft mit der Baronin nicht mehr so intim ist? ...

SILBERBRANDT: *(sehr nervös, erregt)* Wie meinen Sie das?

LEO: Wenn jemand nächtelang mit einer Frau schläft, so müßte es ihn doch interessieren, mit wem die betreffende Dame korrespondiert.

SILBERBRANDT: *(bleich und erregt, zitternd)* Ich verstehe kein Wort von dem Ganzen, Herr Doktor!

LEO: Tatsächlich nicht? Das tut mir aber leid! Wenn Sie schon die Nachtvisiten der Baronin empfangen, möchte ich Sie schon bitten, dabei um eine Nuance diskreter zu sein, wenigstens solange fremde Gäste im Hause sind! Gute Nacht, meine Herren!
(geht mit verächtlicher Geste ab)

SILBERBRANDT: *(blickt ihm wortlos nach,)*
(Pause)

FABRICZY: Ein ungemütlicher Sonderling!

GLEMBAY: *(steht auf der Terrasse, bleich wie die Wand. Er ist hier, unbeachtet, schon seit Beginn gestanden. Silberbrandt hatte ihn gesehen, konnte Leo aber nicht darauf aufmerksam machen. Langsam, gebrochen, geht Glembay bis zum Tisch und sinkt dort in einen Fauteuil. Schenkt sich Whisky ein und leert das Glas auf einen Zug. Wieder Whisky.)*
(In der Ferne Donner.)

GLEMBAY: Hörst du, Fabriczy? Es donnert! Hörst du? Das sind meine Kreuzschmerzen von heute früh. Es donnert! Ich hab's gespürt, daß etwas in der Luft liegt!
(Geht zur offenen Terrasse und lauscht dem Donner.)

Vorhang

ZWEITER AKT

Zwanzig bis dreißig Minuten später. Die Szene zeigt ein Gastzimmer im Glembayschen Hause. Biedermeiermöbel. Stilecht, einfach und bescheiden. Zwei polierte Schaukelstühle, zwei Fauteuils mit geblumtem Kretonüberzug. Holländische Matinen in Goldrahmen. Auf dem großen Tisch ein Silberleuchter mit sieben Kerzen als einzige Beleuchtung. Bordeauxrote Vorhänge am Fenster rechts und an der Tür. Tür ins Nebenzimmer. Daneben ein Schrank.

LEO: *(beim Packen.)*
(Zwei große und mehrere kleine Koffer. Malrequisiten. Leinwandrollen, Paletten und Bildrahmen. Auf dem Fauteuil zerstreut Papier und Skizzen. Draußen wachsender Wind und Donner.)

SILBERBRANDT: *(sitzt im Schaukelstuhl, sichtlich verlegen; von seiner Maske ist nichts übriggeblieben; er jammert haltlos)* ... Trotzdem denke ich, sehr geehrter Herr Doktor, daß es nicht ganz korrekt von Ihnen war, im Beisein eines Dritten so zu sprechen! Seine Exzellenz ist zwar ein Cousin des Herrn Geheimrat, aber für die Familie doch ein Fremder. Gut, gut, Herr Doktor, ich könnte in Anbetracht einer Indisposition Ihrer Nerven auch das noch begreifen, hätten Sie sich diesen rohen Scherz mit meiner Wenigkeit bloß unter vier Augen gestattet. Aber so, Herr Doktor, so grundlos – vor einem Fremden ...

LEO: Ich habe Sie bereits dreimal ersucht, Silberbrandt, mich damit nicht mehr zu molestieren! Warum, zum Teufel, belästigen Sie mich? Sie sehen doch, daß ich zu tun habe! Ich kann meine Worte nicht wieder einfangen wie Spatzen. Merken Sie sich ein für alle Mal: Il n'y a point de roses sans épines! Und jetzt ersuche ich Sie nochmals, mich in Ruhe zu lassen ...

SILBERBRANDT: *(schweigt verzweifelt; nach kurzer Pause)*
Herr Doktor, Sie müssen meine Lage verstehen! Ich bin der charitative Sekretär der Familie Glembay und der Beichtvater der Frau Baronin, außerdem bin ich der Erzieher ihres Sohnes. Glauben Sie mir, die Rolle des häuslichen Erziehers ist eine ganz delikate Mission! Wir müssen auf den jungen Oliver Rücksicht nehmen, Herr Doktor. Ich bitte Sie, Herr Doktor, begreifen Sie doch meine Lage! Und dann: wenn es nur Seine Exzellenz Fabriczy gehört hätte! Aber auch Ihr Herr Vater hat jedes Wort mitangehört. Sie konnten ihn nicht sehen, denn er stand

hinter der Tür auf der Terrasse. Sie haben da so schwerwiegende Worte gesagt, lieber Herr Doktor, und dabei sind alle Ihre Mutmaßungen unzutreffend. Ich hoffe, daß Sie als Gentleman ...

LEO: *(beim Packen; wirft Wäsche, Anzüge, Bücher und verschiedene Gebrauchsgegenstände in den Koffer, schnallt den Riemen seines Plaids zusammen und kramt zerstreut in seinen Sachen)* Wer wird einem Paranoiker Glauben schenken, wenn er behauptet, daß Sie der Liebhaber einer Glembay sind? Nehmen Sie an, Silberbrandt, ich hätte nichts gesagt – oder ich hätte alles bloß erfunden, um Sie zu kompromittieren. Gut! Schön! Ich habe mich falsch ausgedrückt. Sie sind n i c h t der Liebhaber der Baronin. Gute Nacht!

SILBERBRANDT: Vor allem, Herr Doktor, habe ich Sie nie und bei keiner Gelegenheit als paranoid oder abnormal hingestellt! Im Gegenteil, Herr Doktor: Ich war immer ein aufrichtiger Bewunderer Ihres Talents – was, unter uns gesagt, in diesem Haus nicht immer leicht war. Als Sie vor zwei Jahren in München Ihre Komposition „Charon fährt seine Opfer über den Lethefluß" ausgestellt hatten, sammelte ich alle günstigen Rezensionen der deutschen Kritik und ließ sie im „Caecilienblatt" abdrucken. Ich sandte Ihnen durch die Post ein Exemplar. Sie waren damals, wenn ich nicht irre, in Aix-les-Bains, und so ist Ihnen vielleicht diese Nummer überhaupt nie zu Gesicht gekommen. Herr Doktor, bedenken Sie doch, Ihr Herr Vater, der Herr Geheimrat hat jedes Wort gehört ...

LEO: Und Sie glauben, daß ich meine Worte vor meinem Vater dementieren müßte – weil Sie einmal im „Caecilienblatt" irgendwelche Kritiken haben erscheinen lassen?!

SILBERBRANDT: Ja, was wird Ihr Vater, der Herr Geheimrat, darüber denken?

LEO: Mein Vater, der Herr Geheimrat, hat zwanzig Jahre Zeit gehabt, darüber nachzudenken – aber, wie es scheint, ist ihm dabei nichts Gescheites eingefallen.

SILBERBRANDT: Herr Doktor, bitte entschuldigen Sie, ich habe wirklich nicht die Absicht, Ihnen lästig zu fallen – aber meine ganze Karriere liegt in Ihren Händen! Sie könnten das Ganze Ihrer überhitzten Phantasie zuschreiben.

LEO: *(beschäftigt sich mit seinem Gepäck und ignoriert Silberbrandt.)*
(Pause. – Grüner Blitzreflex, Donner und Wind.)

SILBERBRANDT: Herr Doktor, seien Sie doch nicht so starrköpfig, ich bitte Sie, lieber Herr Doktor ...

LEO: Bei Gott, Silberbrandt, Sie sind schwachsinnig! Das alles ist lange nicht so wichtig, wie Sie glauben. Sie sehen doch, ich habe zu tun. Es wäre sehr liebenswürdig von Ihnen, wenn Sie mich nun in Ruhe lassen wollten! Ich muß noch einige Briefe schreiben und bitte Sie daher, mich nicht länger zu enervieren und endlich schlafen zu gehen! Was ist das überhaupt für ein Benehmen, jemandem so auf den Leib zu rücken? Das ist doch wirklich ...

(Klopfen. – Das Klopfen wiederholt sich, diesmal etwas lauter. Leo hält inne. – Pause. – Neuerliches Klopfen. Sturm und Donner.)

LEO: Herein!

(Glembay tritt ein. Seine bleiche, greisenhafte Erscheinung steht in starkem Gegensatz zu der guten Figur, die er eine halbe Stunde vorher im Salon gemacht hat. Seine gepuderte und glattrasierte Maske hat sich in das Gesicht eines Kranken verwandelt. Dunkle Augenringe, unsichere Bewegungen. Sein Blick ist ausdruckslos und verstört. Glembay gleicht einem Schwerkranken, der sich erhoben hat, um seinen letzten Kampf zu fechten. Deshalb ist er im ersten Teil des Dialogs ganz leise, beinahe pathetisch feierlich; erst nach und nach spannen sich seine Kiefermuskeln und seine Faust ballt sich ganz von selbst, um dieses Ungeheuer von einem Sohn niederzuschlagen.)

GLEMBAY: *(leise, entgegenkommend, versöhnlich und diskret)* Pardon, störe ich vielleicht?

LEO: *(überspielt sein Unbehagen virtuos)* O bitte – nicht im geringsten! Bitte – komm nur herein. Wir haben gerade von dir gesprochen.

SILBERBRANDT: *(ist das Wort im Halse steckengeblieben, als er das Klopfen gehört hat. Bei Glembays Erscheinen erstarrt er zur Salzsäule. Dann erhebt er sich wie unter Hypnose von seinem Platz und verbeugt sich tief und demütig vor Glembay, ohne ein Wort zu sagen.)*

GLEMBAY: *(nickt Silberbrandt kalt und finster zu; leise und vorsichtig schließt er die Tür und tritt auf Leo zu. Betrachtet die Unordnung im Zimmer mit stummen erstaunten Blicken.)*

LEO: Gerade habe ich mit Herrn Doktor Silberbrandt über dich gesprochen. Der Herr Doktor ist der Ansicht, daß du zuviel trinkst. Auch ich habe mich heute Abend über deinen Whiskykonsum gewundert.

GLEMBAY: So!

(Pause)

LEO: *(beugt sich über den großen Koffer, vor dem er bis jetzt gestanden hat. Aus dem Koffer heraus)* Bitte, nimm doch Platz!

GLEMBAY: *(steht unbeweglich und schweigt.)*

LEO: *(sich aufrichtend)* Willst du dich nicht setzen? Bitte nimm Platz! *(geht zu einem Fauteuil, räumt Paletten, Blindrahmen und Malrequisiten beiseite)* Bitte!

SILBERBRANDT: *(bleibt in einer starren, höflichen Haltung auf seinem Platz stehen.)*

GLEMBAY: *(benimmt sich so, als sähe er ihn überhaupt nicht, setzt sich auf den ihm angebotenen Platz und schweigt.)*

(Pause)

GLEMBAY: Was ist das für eine Beleuchtung?

LEO: Es scheint, daß die Leitung durchgebrannt ist. Kurzschluß!

GLEMBAY: Warum ist das nicht repariert worden?

LEO: Das weiß ich nicht.

GLEMBAY: Und das da?

LEO: Koffer. Ich packe!

GLEMBAY: Du packst?

LEO: Ja.

GLEMBAY: Du fährst fort?

LEO: Ja!

(Pause. Dieser Dialog wird frostig, aber sehr höflich geführt, als sprächen zwei taube Menschen miteinander. Donner. Näher und stärker. Von Zeit zu Zeit grüner Blitzreflex. Zeitspanne zwischen Donner und Blitz fünf bis sieben Sekunden. Wind und Regen an den Fensterscheiben.)

GLEMBAY: Darf ich mir eine Zigarre anzünden? Stört dich der Rauch nicht?

LEO: Aber bitte! Ich selbst rauche ja ununterbrochen meine Pfeife. *(gibt ihm Feuer)* *(Pause)* Die wievielte ist das heute abend?

GLEMBAY: Heute abend? Die siebente. *(Pause)*

LEO: Und was sagt Altmann dazu?

GLEMBAY: Nichts. Was soll er sagen? Nichts. *(Pause)* Die Ärzte verstehen ja doch nichts!

(Pause. – Donner)

LEO: *(packt weiter; öffnet den Schrank und nimmt Frack und Claque heraus.)*

GLEMBAY: *(sieht mit leerem Blick Blindrahmen und Leinwand an. Man fühlt, daß ihm die Anwesenheit Silberbrandts lästig ist.)*

185

Ist auch jenes Bild dabei, das in Paris mit der Goldmedaille ausgezeichnet worden ist?

LEO: Nein! Es ist in Aix-les-Bains geblieben.

(Pause. – Donner)

SILBERBRANDT: *(benützt die Gelegenheit, sich zu verabschieden)*
Also, Herr Doktor – ich hoffe jedenfalls, Sie noch beim Tee zu
sehen! Es ist Zeit für mich. Ich muß morgen die Frühmesse
lesen. Es ist schon ziemlich spät. Empfehle mich, Herr Geheimrat! Gute Nacht, Herr Doktor! Ergebenster Diener! Gute
Nacht!

LEO: Adieu! Gute Nacht!

*(Als Silberbrandt die Tür öffnet, strömt ein starker Windstoß
herein. Die roten Vorhänge am Fenster und an der Tür beginnen wie Fahnen zu wehen. Wind, Wolkenbruch und Donner.)*

GLEMBAY: Man sollte das Fenster schließen.

LEO: Ich liebe den Donner. Wenn es dich stört – bitte schön! *(will
das Fenster schließen)*

GLEMBAY: Meinetwegen mußt du es nicht tun! Danke!

(Pause. – Blitze. – Wind. – Pause.)

GLEMBAY: *(hat sich nervös rauchend erhoben und eine Rolle von
ungefähr zwölf Leinwandbildern in die Hand genommen. Er
löst die Schnur und betrachtet wortlos die Bilder. Man sieht, daß
dies für ihn absolut wertloses Zeug darstellt: Mit Ölfarben be-
kleckste Leinwand. Nicht gerade indigniert, jedenfalls aber mit
einer indifferenten Geste wirft er die Leinwand, ohne sie wieder
zusammenzurollen, auf den Platz zurück, von dem er sie genommen hat. – Pause. – Dann geht er zum Tisch und betrachtet
dort mit Interesse ein kostbares Necessaire mit silbernem Zube-
hör.)*
Wo hast du dieses Necessaire gekauft?

LEO: In Kalkutta.

GLEMBAY: Teuer?

LEO: Ich kann mich nicht genau erinnern. Fünfhundert Dollar,
wenn ich nicht irre.

GLEMBAY: Ich habe einmal ein ähnliches besessen. Einer meiner
Kompagnons, der Generaldirektor der Marseiller Messageries
Maritimes, hat es mir geschenkt. Du warst damals drei Jahre alt!
Das ist Antilopenleder. Sehr fein bearbeitet! *(öffnet ein Kristall-
flacon und riecht daran)* Was ist das für eine Essenz?

LEO: Irgendein tibetanisches Gras: Es wächst am Nordabhang des
Mount Everest. Um Pan Dzonga herum.

(Pause. – Donner. – Windstöße. –)

LEO: *(hat aufgehört zu packen. Müde und abgespannt läßt er sich in einen Schaukelstuhl fallen und beginnt zu schaukeln. Er beschäftigt sich mit seiner Pfeife und schweigt.)*

GLEMBAY: *(stöbert auf dem Tisch herum, dann geht er durchs Zimmer; nach einer Pause; nachdenklich)* Du fährst also ab?

LEO: Ja!

GLEMBAY: Du bist also wirklich nur gekommen, um dem Jubiläum der Glembayschen Bank beizuwohnen? So ein Jubiläum feiert man nicht alle Tage! Du wirst an der morgigen Kammersitzung nicht teilnehmen?

LEO: Ja, ich bin hergekommen, um bei diesem Jubiläum anwesend zu sein. Schließlich habe ich dich – und du hast mich gesehen! Ich habe heute der Festsitzung in der Bank beigewohnt – und das morgen ist ja nur eine Galavorstellung. Ich glaube, es wird am besten sein, wenn ich abreise. Ich war siebzehn Jahre abwesend – und, siehst du – ich fühle mich hier nicht mehr zu Hause. Du mußt selbst zugeben, daß es kein besonders angenehmes Gefühl ist, sich im eigenen Elternhaus als Fremder, als Eindringling zu fühlen!

GLEMBAY: Ich glaube, daß deine Gefühle durchaus unbegründet sind. Das alles ist überspannt!

LEO: *(fährt auf wie von der Tarantel gestochen)* Hast du in deinem Vokabular kein anderes Wort als „überspannt"?! Das habt ihr seit meinem fünften Lebensjahr immer wieder zu mir gesagt! Ah! *(Er beherrscht sich; ruhig, maliziös, ironisch)* Bitte verzeih mir – aber gestatte mir die Frage: Welchem glücklichen Umstand habe ich deinen Besuch zu so später Stunde zu verdanken?

GLEMBAY: *(erhebt sich betroffen, sieht seinen Sohn lange an und schüttelt den Kopf)* Ja, genauso arrogant warst du mir gegenüber schon mit neun Jahren! Das ist dein venezianisches Blut! *(Knirscht mit den Zähnen, raucht und geht im Zimmer auf und ab; bleibt stehen, hart und entschlossen)* Damit wir keine Zeit verlieren! Ich bin auf der Terrasse gestanden, als du mit Silberbrandt gesprochen hast. Ich habe jedes deiner Worte gehört. *(Pause. – Vater und Sohn blicken einander lange in die Augen.)*

LEO: *(zuckt nach einer Pause hilflos mit den Achseln)*

GLEMBAY: Nun? Und?

LEO: Nichts! Du hast also jedes meiner Worte gehört?

GLEMBAY: Nun? Und? – *(Pause)* – Und?

LEO: Was – und?! Silberbrandt hat mir soeben erklärt, daß du alles gehört hast. Verzeih! Ich war fest davon überzeugt, du seist draußen im Garten. Ich habe nicht die Absicht gehabt ...

GLEMBAY: Es handelt sich nicht darum, ob du irgendwelche Absichten gehabt hast, sondern ob das wahr ist.

(Pause)

LEO: Ich glaube, daß wir darüber kein einziges Wort zu verlieren brauchen. Ich habe nicht mit dir, sondern mit Silberbrandt gesprochen.

GLEMBAY: So? Und was würdest du mit einem Menschen machen, der im Beisein zweier Zeugen erklärt, daß seine Frau die ganze Nacht bei ihrem Geliebten verbringt?

LEO: Ich weiß nicht.

GLEMBAY: Ach so! Du weißt es nicht?!

LEO: Ich weiß es nicht! Ich habe erstens keine Frau, und zweitens bin ich nicht neunundsechzig. Ich weiß daher auch nicht, was ich an deiner Stelle tun würde.

GLEMBAY: Also gut. Schön, nehmen wir an, daß es so ist. Gut! Du weißt es nicht! Gut. Bitte schön! Gut! *(geht auf und ab; bleibt stehen)* Kannst du nicht wenigstens zwei Minuten wie ein Freund zu mir sprechen?

LEO: Nein.

(Er bemerkt, daß er sich im Ton vergriffen hat und versucht nach längerem Schweigen einzulenken.) Ich glaube nämlich, daß die Menschen entweder Freunde sind oder nicht. In zwei Minuten kann man nicht zum Freund werden. Vielleicht kennen wir einander gar nicht: In diesen siebzehn Jahren haben wir fast nie miteinander gesprochen – seit jenem Morgen, an dem man meine Mutter tot gefunden hat. Und siehst du: Ich möchte nicht unaufrichtig sein: Seit Mamas Tod habe ich nicht ein einziges Mal das Bedürfnis gehabt, mit dir wie mit einem Freund zu sprechen. Ja, ich würde lügen, wollte ich zu dir sagen: Ich kann wie ein Freund mit dir sprechen.

GLEMBAY: Also gut, wenn schon nicht als Freund, so kannst du mir doch wenigstens von Mann zu Mann sagen, was an der Sache wahr ist! Das mußt du mir sagen! Hast du mich verstanden?

LEO: Ich muß gar nichts! Aber wenn du schon darauf bestehst, bitte. An der Sache ist nichts besonderes. Herr Doktor Silberbrandt, der Beichtvater deiner Gattin und Erzieher deines Sohnes, ist der Liebhaber der Frau Baronin. Nota bene! Dieser Herr ist dein Kandidat für die vakante Domherrenstelle und dein Protege in jeder Hinsicht.

GLEMBAY: *(begreift noch immer nicht)* Also gut! Ich hoffe, du bist dir der Tragweite deiner Behauptung bewußt?

LEO: Ich habe damit weiter gar nichts zu tun. Frage deine Gattin! Was geht das mich an?

GLEMBAY: Schön! Gut! Aber es könnte doch sein, daß diese Geschichte nicht stimmt?! Vielleicht ist das alles nur erfunden?! Was dann?! Wer ist dann dafür verantwortlich?

LEO: Wenn es nicht wahr ist, dann ist alles bloß erfunden – und dann gibt es auch keine Verantwortung!

GLEMBAY: *(erschüttert, geht auf seinen Sohn zu)* Ich habe dich noch nie um etwas gebeten, aber jetzt bitte ich dich: Leo quäl mich nicht! Sag mir: Was ist an dieser Sache wahr?

LEO: Ich habe kein Beweismaterial in Händen! Ich habe nicht Jus studiert, ich bin kein Doktor juris wie Bobby Fabriczy. Gegen die Baronin liegen überhaupt keine juristischen Beweise vor. Die Baronin hat die alte Rupert überfahren, juristisch ist sie aber freigesprochen worden. Der Obduktionsbefund hat ergeben, daß das Herz der Alten versagt hat. Und die Canjek ist aus dem Fenster gesprungen – aber Beweise gibt es dafür keine. Wie kann ich wissen, was an dieser Sache wahr ist, wenn es sich um eine so delikate und intime Beziehung handelt! Außer der Baronin und dem Silberbrandt kann das niemand wissen! Und wenn eine der beiden Personen schwört, daß meine Behauptung nicht zutrifft, wo bleibt dann die Wahrheit?!

GLEMBAY: *(noch immer in schweren Gedanken, als begreife er das alles nicht)* Nun gut, aber wie durftest du dann etwas so Apodiktisches behaupten, wenn du nicht ganz sicher bist?

LEO: Ich weiß nicht. Einerseits bin ich mir im klaren darüber, daß alles, was ich jetzt sage, geradezu blöd ist, andererseits aber weiß ich nicht, ob du mich richtig verstehst: Ich möchte nicht, daß du in mir einen Neurastheniker oder einen Verleumder siehst! Ich habe hier – unter diesem Dach – fünf Nächte verbracht. In zwei von diesen Nächten war die Baronin in Silberbrandts Zimmer. Vielleicht hat er der Baronin die Beichte abgenommen. Aber daß sie in seinem Zimmer war – habe ich die Ehre bestätigen zu können. Wir sind immerhin Zimmernachbarn!

GLEMBAY: Parle plus bas, parce que les murs ont des oreilles! *(blickt auf die Tür zum Nebenzimmer, die durch einen Schrank verdeckt ist, geht bis dorthin und kehrt zurück)*

LEO: Ich bitte dich nochmals zu beachten: Was ich gesagt habe, war nicht für dich bestimmt. Du hast ganz zufällig zugehört.

Ich bin zwar überspannt, aber ich möchte zumindest der Form halber nicht als Verleumder vor dir stehen! Und schon gar nicht wegen einer mir völlig indifferenten Frau!

GLEMBAY: Kannst du denn nicht begreifen, daß es sich hier nicht um irgendeine „indifferente" Frau handelt?!

LEO: Mir ist diese Frau vollkommen indifferent, um nicht etwas viel Negativeres sagen zu müssen!

GLEMBAY: *(sieht ihn lange und wortlos an. Pause. – Bitter)* Ja, so bist du! Ein echter Danielli!

LEO: Mir persönlich ist es angenehm, daß ich kein Glembay bin.

GLEMBAY: *(nachdenklich, resigniert)* Ja, ja, das war immer so! Wann immer ich vor euch hingetreten bin: Immer, ja immer war es dasselbe: Immer stand ich vor eurer daniellischen Grimasse, vor der absoluten Verachtung für alles, was nicht Danielli ist. Signoria! Die Daniellis! Venezianische Granden! Und ich – wer bin ich schon? Irgendein Parvenu aus der tiefsten Provinz! Wie darf ich überhaupt auf die Idee kommen, eine Frau nicht indifferent zu finden, die für dich – einen Danielli – noch etwas viel Negativeres ist!

LEO: Ich glaube, wir könnten uns dieses Gespräch ersparen. Ich werde abreisen und nie mehr zurückkehren. Deshalb wäre es am gescheitesten, wenn wir in Frieden auseinandergingen! Denn, siehst du, unsere Ansichten widersprechen einander in allen Punkten. Nicht nur in dieser Angelegenheit. Ich weiß, du möchtest die „juridische", formelle Seite dieser Frage retten. Deiner Ansicht nach würde es genügen, wenn ich erkläre, daß ich keine ausreichenden „juristischen" Gründe habe, um die Baronin und diesen Pfaffen so zu verurteilen. Und meiner Ansicht nach wäre es am klügsten, wenn du so tätest, als hättest du nichts gehört. Das würde alle juridischen Konsequenzen und somit auch unser Gespräch überflüssig machen! Ich bitte dich daher – verzeih mir! Ich habe das alles in einer nervösen Aufwallung zu dieser mir unsympathischen Jesuitenkreatur gesagt. Mir ist diese ganze Heuchelei auf die Nerven gegangen. Dieser unmögliche Bobby – diese Toten: Drei Tote unterm Tisch. Ich bin „überspannt" und habe daher mehr gesprochen, als ich sprechen durfte – doch du hättest das alles nicht hören müssen. Wünscht du sonst noch etwas von mir? Ich hätte nämlich noch einige Briefe zu schreiben.

(Der Donner hört langsam auf. Die Blitze sind noch zu sehen. Wind und Regen.)

GLEMBAY: Du willst also, daß ich weggehe! Das bedeutet: Du komplimentierst mich hinaus!

LEO: Ich komplimentiere dich nicht hinaus, ich bitte dich nur – gehen wir doch in Frieden auseinander. Ich bin kein Jurist, ich denke nicht juridisch. Was könnten wir zwei also noch heraustüfteln?

GLEMBAY: Dem Vater gegenüber arrogant zu sein, scheint dir besonders vornehm zu sein. Das ist Grandezza! Das ist die daniellisch-levantinische Art! Schön! Aber du hast meine Familienehre durch den Dreck gezogen! Du hast heute meine Familienverhältnisse zu einer Art Promiskuität erniedrigt! Du hast anscheinend vergessen, daß wir Glembays keine Bohemiens sind! Wir sind solide, konservative Bürger und stehen für jedes unserer Worte ein. Mit welchem Recht hast du dich vor Silberbrandt und Fabriczy so abfällig über meine Gattin geäußert? *(Die letzten Sätze spricht er staccato, mit voller Brust; seine Erregung wächst.)*

LEO: *(noch immer gefaßt)* Gestatte, daß ich nur einige Momente wiederhole! Ich bin auf deine persönliche Aufforderung hierher gekommen und bitte dich beachten zu wollen, daß ich mich in deinem Hause als Gast betrachte! Ich war der Meinung, daß ich kein Recht hatte, bei dieser Jubiläumsvorstellung, die du inszeniert hast, als Statist zu fehlen. Und dann muß ich dir noch etwas gestehen: Nach diesen siebzehn Jahren hat mich auch ein wenig Heimweh hergezogen. Auf der Reise hierher habe ich mich beinahe darauf gefreut, Mamas Grab, Beatrice, unsere Familienbilder und dich selbst zu sehen. Aber in dieser glembayschen Atmosphäre voll Blut, Mord und Selbstmord, in dieser krankhaften Atmosphäre voller Lügen, Intrigen und Hysterie haben sich meine alten Kopfschmerzen wieder gemeldet. Du kannst nicht verstehen, daß man in dieser Atmosphäre Kopfschmerzen bekommt. Wir sind zwei Rassen, wie du ja selbst soeben gesagt hast. Die Glembays und die Daniellis. Wir sind – deiner Meinung nach – levantinische Lügner und Venezianer! Und deshalb, weil wir zwei verschiedenen Rassen angehören, war ich dir seit jeher nicht gleichgültig – nein, du hast mich nie gemocht! Ja, Ivo – den hast du schon geliebt – der war ein aufgehender Stern an der Wiener und Amsterdamer Börse! Ivo war für dich ein echter Glembay. Ich weiß, daß es dir lieber gewesen wäre, wenn ich gestorben wäre und nicht er! Ivo habt ihr immer als den zukünftigen österreichischen Rockefeller bezeichnet – und mich habt ihr ins Sanatorium gesteckt. Ja – warum siehst du mich so drohend an? Ich erinnere mich, wie kalt und hart dein Blick unter diesem Glasscherben war, als du mich auf deinen Knien geschaukelt hast. Ich bin kein Makler und Börsensensal der Firma Glembay geworden. Ich beschmiere wertlose Leinwand. Ich male Bilder, die dir vollkommen fremd sind. Ich bin ein Bohemien und du ein Bankier! Ich lebe in Promiskuitäten und du in einer musterhaften, streng bürgerlichen Ehe! Ich lüge, ich bin ein Neuropath, ich bin unzurechnungsfähig und ungemütlich. Ein überspannter Sonderling, wie der alte Fabriczy sagt. Warum sollen wir zwei dann noch streiten? Was eine so minderwertige Person, wie ich es bin, sagt oder nicht sagt, kann dir doch egal sein.

GLEMBAY: Mit welchem Recht bist du vor zwei fremden Menschen so schamlos ausfallend geworden? Bist du dir denn nicht bewußt, daß du damit meine Ehre besudelt hast?

LEO: Hier geht es um die Ehre deiner Gattin.

GLEMBAY: Auch ihre Ehre darf man nicht verletzen, solange man keine Beweise hat!

LEO: Genügt es dir nicht, wenn man dir sagt, daß deine Frau ganze Nächte im Zimmer eines Erziehers verbringt? Mir kann das letzten Endes egal sein. Für die Rechtsprechung bestehen nicht nur Beweise, sondern auch Indizien: Ich bin kein Jurist, aber soviel weiß ich auch davon. Bei Alicens Tod sprachen keine Beweise, aber um so mehr Indizien dafür, daß sie sich ertränkt hat.

GLEMBAY: Welche Indizien?

LEO: Alice hat sich in der Kupa während ihres Besuches bei der Tante Zygmuntovicz ertränkt. Man hat im Boot ihr Skizzenbuch, ihren Florentinerhut und ihren Sonnenschirm gefunden. Das heißt: Alice ist angekleidet ins Wasser gesprungen und hat nicht gebadet, wie ihr das dann kolportiert habt. Alice war eine erstklassige Schwimmerin! Warum also ist sie ertrunken? Aus purem Zufall? Das Boot war nicht umgekippt!

GLEMBAY: Ich verstehe kein Wort.

LEO: Ich bitte dich! Es sind jetzt elf Jahre her, daß wir Alice begraben haben! Ich war damals das letzte Mal daheim. Bist du in diesen elf Jahren nie auf die Idee gekommen, dich zu fragen: Warum ist meine zwanzigjährige Tochter ins Wasser gegangen?

GLEMBAY: Das war ihr daniellisches Blut! Eure Mutter hat ihren ersten Selbstmordversuch mit siebzehn verübt.

LEO: Das daniellische Blut! Mein Lieber, Alice ist ins Wasser gesprungen, weil sie festgestellt hat, daß der junge Zygmuntovicz bei deiner Frau Baronin schläft. Alice war nämlich in den jungen Zygmuntovicz verliebt!

GLEMBAY: Das alles sind nur Hirngespinste!

LEO: Die alte Zygmuntovicz hat unter Alicens Papieren den Entwurf für ihren Abschiedsbrief gefunden: Diesen Zettel, ohne Datum, habe ich irgendwo in Aix-les-Bains. In diesem Brief befindet sich nichts juridisch Konkretes. Die Nacht zuvor hat sie zufällig gesehen, wie der junge Zygmuntovicz im Zimmer der Baronin verschwunden ist.

(Pause.) Ferner Donner. Die letzten Blitze. Wind. Der Sturm hört langsam auf.)

GLEMBAY: Und warum hast du mir damals nichts davon gesagt?

LEO: Das wäre sinnlos gewesen, genauso wie es heute keinen Sinn hat. Diese Frau übt auf dich einen solchen Einfluß aus, daß alle Worte überflüssig sind. Entschuldige, ich fühle mich nicht berufen, dir Ratschläge zu geben – aber ich glaube, daß diese Frau dein Schicksal ist!

GLEMBAY: *(feierlich, pathetisch)* Es war der schönste Tag meines Lebens, an dem ich diese Frau kennengelernt habe!

LEO: *(als spräche er mit sich selbst)* Ich habe sie an jenem Wintermorgen kennengelernt, an dem sich Mama vergiftet hat. Meine Mutter lag tot – und diese Frau kam mit einem großen Bouquet Parmaveilchen und ihrem Malteserpudel Fifi daher. Welch ein Raffinement! Mit einem Malteserpudel auf dem Arm daherzukommen, um sich die tote Rivalin anzusehen! Übrigens – weil wir gerade von Mamas Tod sprechen: Was glaubst du, gibt es für Mamas Selbstmord Beweise oder nur Indizien?

GLEMBAY: Wie meinst du das?

LEO: Hat Mama irgendwelche juridische Beweise in der Hand gehabt, daß du mit dieser Frau lebst, oder ist sie nur aufgrund von Indizien darauf gekommen?

GLEMBAY: *(erhebt sich schwerfällig und geht zum Fenster, trommelt gegen die Scheiben und blickt zwei, drei Sekunden lang ins Dunkel; kehrt dann müde zurück)*
Du bist furchtbar!

LEO: Ja, ich bin furchtbar, und die Frau Baronin ist für dich das Symbol des reinsten Glücks! Ich erinnere mich noch, als wäre es heute geschehen, wie sie da mit ihrem Fifi vor der toten Mama gestanden ist. Sie hatte noch nicht einmal das Paternoster zu Ende gebetet, als sie sich auch schon zerstreut bekreuzigte, umdrehte und in unseren alten Salon hinüberging. Dort stand sie auf unserem alten Kirman, bückte sich und untersuchte seine Qualität. Du erinnerst dich doch an diesen Kirman? Ich habe als Kind immer „Tausendundeine Nacht" darauf gespielt – seinen flockigen Aquamaringrund habe ich Schnee genannt. Diese, meine Tausendundeine Nacht, diesen unseren Kirman, hat sie noch am gleichen Tag in ihre Villa schaffen lassen. Bei der Unzahl dieser teuren Teppiche, mit denen du sie überhäuft hast, hat sie keine anderen Sorgen gehabt, als sich noch am selben Tag unseren Kirman zu holen. Auch eine edle Weltanschauung!

GLEMBAY: Das sind lauter Hirngespinste! Du wirst früher oder später im Irrenhaus enden!

LEO: Ich höre schon seit Jahren, daß ich überspannt bin und im Irrenhaus enden werde. Damit hat Mamas Tod gar nichts zu tun. Meine Mutter hat sich in jener Skandalära mit dieser Abenteurerin vergiftet! Und sieben Jahre später – bei Alicens Begräbnis – habe ich eine Hundedecke gefunden, aus Mamas Pelz zugeschnitten! Der Hund dieser Dame wurde mit dem Pelz meiner Mutter zugedeckt!

GLEMBAY: Laß mich bitte mit deinen Dummheiten in Ruhe! Ihr Daniellis seid alle Psychopathen und baut auf eure irrsinnigen und bizarren Wahrnehmungen irgendwelche leeren Anklagen, die ihr sofort in die Luft schleudert! Nichts als Nebel und Hirngespinste! Ich bitte dich! Alle deine Beweise sind null und nichtig. Deine Mutter hat zum ersten Mal Hand an sich gelegt, als sie siebzehn war. Damals hat sie mich noch gar nicht gekannt! Drei Jahre hat sie in Schweizer Nervenheilanstalten verbracht. Das haben die Daniellis mir natürlich verheimlicht. Sie war eine Frau, die sich vor dem Duft der Rosen und vor dunklen Räumen gefürchtet hat. Sie winselte vor Angst, wenn jemand vergessen hatte, eine Tür zu schließen. Einmal wollte sie aus dem fahrenden Schnellzug springen, als sie gerade dich trug – und wo war da die Baronin Castelli? Geh, ich bitte dich! Alles, was du da zusammenphantasierst, sind nichts als krankhafte Einbildungen! Du bist ein kapriziöser Neuropath – wie deine Mutter! Ich will dir auch die Wahrheit sagen: Ich habe an der Seite deiner Mutter zwanzig derart schwere Jahre verbracht, daß ich an ihrem Totenbett aufgeatmet habe, als wäre ich von einem Alpdruck befreit worden! Da hast du nun deine Beweise und Indizien! *(will erregt abgehen)*

LEO: *(eilt ihm nach und holt ihn an der Tür ein)* Bitte, wiederhole das noch einmal! Was hast du da gesagt?

194

GLEMBAY: *(reißt sich los, gereizt)* Laß mich los! Verflucht sei der Tag, an dem mir die Daniellis zum ersten Mal in den Weg getreten sind! In diesen daniellischen Nebeln habe ich zwanzig Jahre lang herumgetappt! Was wollt ihr von mir? Habt ihr immer noch nicht genug?

LEO: Einen Augenblick, bitte! Wir wollen ins Reine kommen! Vielleicht sehen wir einander zum letzten Mal! Bist du davon überzeugt, daß sich Mama nicht wegen der Baronin umgebracht hat?

GLEMBAY: Der Stadtphysikus hat amtlich konstatiert, daß sie eine starke Dosis Veronal genommen hat. Schon seit Alicens Geburt konnte sie nicht mehr ohne Veronal schlafen. So stand es im Befund des Stadtphysikus, und in diesem Sinne wurde auch das Gerichtsprotokoll abgefaßt.

LEO: Gut, aber es war in der ganzen Stadt ein secret de polichinelle, daß die Baronin deine Mätresse war! Du hast ihr ja auch die Villa gekauft. Ich kann mich noch erinnern, daß ich mich immer vor der Equipage der Baronin gefürchtet habe. Ich habe Angst gehabt, dich in ihrem Wagen zu sehen.

GLEMBAY: *(nachdenklich)* Ich habe mit deiner Mutter in dem Jahr gebrochen, in dem wir dich nach Cambridge geschickt haben. Wir haben bloß euretwegen diese Ehe aufrechterhalten. Ivo hat damals gerade in Berlin sein Studium beendet, und Alice war noch ein Kind.

LEO: Gut, schön! Aber bereits zwei Jahre vor der Villa hast du der Baronin ein dreistöckiges Haus gekauft! In Wien – neben der Karmeliterkirche!

GLEMBAY: Woher weißt du das?

LEO: Das haben alle gewußt! Die ganze Dienerschaft und alle Gouvernanten!

GLEMBAY: *(unsicher und müde)* Das haben alle gewußt? Gut! Ich habe ihr in Wien ein Haus gekauft. Und was dann? Für dieses Herz, für diesen Elan, für diese Kultur und diese Jugend? Was bedeutet schon ein Haus im Vergleich zu dem, was sie mir geschenkt hat?

LEO: *(betrachtet ihn lange, leise und traurig)* Zwischen uns war es immer so, schon von Anfang an! Alles, was dir gehört hat, war mir vom ersten Tag an fremd. Deine Seife, dein englisches Parfum, dein Tabak, die ganze Atmosphäre um dich! Wenn du mich gestreichelt hast, habe ich immer Angst gehabt, daß mir deine Nägel die Haut zerkratzen könnten! Alles Physische an dir ist vom ersten Tag an zwischen uns gestanden wie eine Mau-

er! Ich fühlte mich schon als Kind von deinem Monokel abge-
stoßen; ich konnte niemals begreifen, warum du diesen Glasscherben trägst. Gerade wegen dieses Monokels konnte ich dir
nie etwas glauben. Ich glaube dir auch jetzt nichts! Das ist alles
nur Komödie. Du spielst den Bankier Glembay, der nach einer
formellen, juridischen Möglichkeit sucht, um seine verleumdete
Mätresse reinzuwaschen. Was für ein elan vital? Was für ein
Herz? Dieses Weib wäscht sich täglich mit Essenzen und
schmiert sich mit siebenundsiebzig Pomaden, Honig und allem
möglichen Zeug ein. Ganze Tage lang badet sie in Milch und
Zitronensaft. Ihre dreiundfünfzig Koffer und ihre drei Wind-
hunde machen ihre ganze vielgerühmte Kultur aus. Mit dem
Geld, das sie jährlich für ihre Büstenhalter, Korsette und ihre
Kosmetika hinauswirft, könnte man alle Armen ihres charitativen Vereins ernähren! Was sag ich? Das ganze Land könnte sich
mit diesem Geld sattfressen. Diese Wohltäterin überfährt die
Leute mit ihrem Viererzug – und du träumst hier von ihrem
Herzen! Wie jämmerlich das alles ist! Diese Person zertritt Existenzen, so charmant-verbrecherisch, daß ein normaler Mensch
den Verstand verlieren kann. Und ein alter Herr mit Monokel
singt eine Hymne auf ihr Herz! Ein infernalisches Bild!

GLEMBAY: *(hat sich wortlos erhoben und setzt sich wieder in einen
Fauteuil, auf Leos Kartons, Bilder und Skizzen)* Nach den vielen
Frauen, die es in meinem Leben gegeben hat, war sie die erste,
die mich gelehrt hat, was es heißt: Einfach glücklich zu sein.
Was willst du überhaupt von mir? Du hast dich wie ein Inquisi-
tor vor mich hingestellt und verlangst aufgrund irgendwelcher
Fiktionen meinen Kopf! Alles, was du da daherredest, ist Blech!
Ich habe deine Mutter sieben Jahre auf Händen getragen und
bin ihr dennoch nie auch nur einen Millimeter näher gekom-
men! Sie ist mir vollkommen fremd geblieben. Ich habe nie ge-
wußt, wer sie ist und was sie denkt. Sie war schon drei oder vier
Jahre tot, als ich in einem Geheimfach eine ganze Reihe von
Briefen gefunden habe, die ihr ein Marchese Cesare Cristoforo
Balbi geschrieben hat! Das war der Grund für ihre Dolomiten-
Reisen und ihre rätselhaften alljährlichen Aufenthalte am Lago
di Como! Ja – das war deine Frau Mutter!

LEO: Entschuldige bitte ...

GLEMBAY: Laß mich bitte ausreden! Du wirfst mir vor, daß ich
Charlotte ein dreistöckiges Haus gekauft habe. Ja, glaubst du
denn, daß deine Mutter nicht kostspielig war? Kann man denn
überhaupt etwas auf der Welt haben, was man nicht bezahlen

muß? Charlotte hat meinen gesamten Haushalt um dreihundert Prozent gehoben! Charlotte hat mich in den Mittelpunkt meines eigenen Hauses gestellt! Alle meine Teppiche hat sie meinetwegen gekauft, weil sie gewußt hat, daß Perser meine Passion sind. Jene lothringischen Gobelins, das holländische Speisezimmer, das alles hat sie meines persönlichen Komforts wegen angeschafft. Wer ist als erster auf den Gedanken gekommen, meine Bücher binden zu lassen? Wer hat mir in meinem eigenen Haus überhaupt Beachtung geschenkt?

LEO: Entschuldige, aber du sitzt auf meinen Papieren. Gestatte, daß ich ...

(zieht unter ihm einige ziemlich zerdrückte Skizzenrollen und Kartons hervor)

GLEMBAY: *(hat sich erhoben und betrachtet mißgelaunt diese Papiere)* Was für Papiere? *(nimmt ein, zwei Kartons in die Hand, betrachtet sie, wirft sie dann voll Verachtung auf den Tisch)* Auch schon etwas? Schade um die Zeit! Du hast bis heute überhaupt noch keine ernste Arbeit gemacht! Du kannst nur herumreden – das ist das einzige, was du kannst! Keinen Kreuzer hast du in deinem Leben verdient ...

LEO: Das ist der Dank dafür, daß ich dir erlaubt habe, acht Jahre lang mit daniellischem Kapital zu vier Prozent zu arbeiten!

GLEMBAY: Wie? Was?

LEO: Bis zu Alicens Tod war das ganze daniellische Kapital in deinen Händen. Habe ich von dir ein einziges Mal eine Abrechnung verlangt? Du hast mir vier Prozent gegeben. Nehmen wir an, du hättest bloß mit zwölf gearbeitet – was noch immer sehr wenig ist – so mußt du ganz schön daran verdient haben. Ich habe – das ist wahr – noch nichts verdient, aber ich habe auch noch nie in meinem Leben auf glembaysche Art gewogen! Ich habe von Fremden nie mehr genommen, als mir zugestanden ist! Und was meine Bilder betrifft, so weiß ich selbst, daß ich kein Talent habe – doch du bist am allerwenigsten dazu berufen, von meinen Bildern zu sprechen! Du verstehst dich auf fremde Zinsen, das sind deine glembayschen Talente, aber von anderen Dingen solltest du lieber nicht reden!

GLEMBAY: *(müde aber durchaus überlegen)* Du bist vollkommen konfus, mein Kind! Du bist krank. Es wäre am besten, du gingest in irgendein Sanatorium und kämst dort zur Ruhe! Du schwebst mit deinem Talent in den Wolken, mein Kind! Wie siehst du nur aus! Du irrst da herum wie ein Schimpanse mit deinem Kossuthbart! Wie ein Gespenst! Du bist schon alt und hast noch kein Dach überm Kopf! Du hast keine Familie – sondern treibst dich mit deinen Koffern in Ateliers herum wie ein Schmierant! Welche Prozente? Das Kapital der Daniellis?! Wo ist denn dieses Kapital!

Leo: So? Und Mamas Mitgift? War das nicht daniellisches Kapital? Societá di Navigazioni Danielli, International Cognac Danielli, D. D. S. G.-Aktien, Crédit Marrocain, British Steel Corporation. Wem hat denn das gehört, wenn nicht den Daniellis? Nur bei der Blue Star Line allein waren, wenn ich nicht irre, gegen siebenhunderttausend Francs! Habe ich dich jemals kontrolliert? Ich bin herumgereist und hab mir das Alpenglühen angeschaut!

Glembay: *(überlegen lächelnd)* Ja, ja! Blue Star Line, International Cognac Danielli! Geh, ich bitte dich! Du schwebst in den Wolken! Du sitzt auf der Terrasse irgendeines fashionablen Hotels und genießt das Alpenglühen! Ich bitte dich, nimm zur Kenntnis: Ich kann dir nicht weiß Gott wieviel hinterlassen! Ich habe meine finanziellen Verpflichtungen und außerdem einen unmündigen und unversorgten Sohn. Soviel zu deiner persönlichen Information. Mehr kann ich dir nicht sagen. Wenn du geschäftlich tüchtig wärst, ließe sich eventuell noch irgendeine Transaktion ermöglichen: doch dir ein Geschäft in die Hand geben hieße: das Geld zum Fenster hinauswerfen! Gerade vorgestern habe ich eine Konferenz wegen Errichtung von Petroleumraffinerien in Fiume gehabt. Gutes holländisches Kapital. 23 Prozent garantiert. Aber was würdest du schon damit anfangen?

Leo: Danke! Ich brauche keine Petroleumraffinerien! Ich bin mit meiner daniellischen materiellen Lage voll und ganz zufrieden. Mir zahlt die Blue Star Line meine Pfunde, und das genügt mir!

Glembay: Ja, übrigens: Wo stecken die Neunhundertdreißigtausend, die ich dir vor zwei Jahren von der Allgemeinen Credit A. G. für dich behoben habe?

Leo: Congo Belge zu sieben Prozent!

Glembay: Unsolid und schwach. Die Negergeschäfte sind alle unsolid.

Leo: Aber nicht so unsolid wie die Glembay Ltd.

Glembay: Alles, was die Glembays besitzen, haben sie selbst erworben! Und außerdem: Ich finde, daß es von dir frech und obendrein nicht gentlemanlike ist, fortgesetzt solche Unterstellung zu lancieren! Was ist unsolid an den Geschäften der Glembay Ltd.? Was soll das heißen? Was ist das für eine dreiste Art?

LEO: Soviel ich weiß, ist es nicht gerade sehr solid, wenn jemand Mist sammelt! Zumindest nicht für meinen Geschmack. Und außerdem: Die Castelli ist an der Budapester Explosivfabrik „Baron Schwarz A. G." ziemlich stark interessiert!

GLEMBAY: Welcher Mist?

LEO: Nun: Die Knochen- und Lumpenzentrale! Wird sie vielleicht nicht von deiner Bank finanziert? Das berühmte Glembaysche Mistkartell!

GLEMBAY: Das ist bloß die Filiale der Papierfabrik. Die Muttergesellschaft hat damit nicht das geringste zu tun. Abfallprodukte werden auch in deinem geliebten England verwertet! Jede Arbeit ist ehrlich. Was ist denn daran unsolid?

LEO: Leute umzubringen ist also deiner Ansicht nach etwas Solides?

GLEMBAY: Explosivstoffe sind – soviel ich weiß – bei dem heutigen Stand der technischen Wissenschaften absolut notwendig.

LEO: Selbstverständlich: Schrapnells und Granaten mit dreiundzwanzig Prozent Reingewinn! Sehr nützliche Produkte der menschlichen Gesellschaft!

GLEMBAY: Das ist ein legales Geschäft wie jedes andere! Und nur Leute mit so verdrehten Ansichten wie du sehen darin etwas Unanständiges! Les affaires sont les affaires.

LEO: Deiner Ansicht nach darf man also Menschen töten – Hauptsache: Es geht dabei legal zu! Deshalb begräbst du sie auch gleich auf der anderen Seite, nicht wahr? Pompes Funèbres zu finanzieren, Granaten und Dynamit zu erzeugen, Mist zu sammeln, Wechsel zu prolongieren, vier Prozent zu verrechnen – anstatt achtzehn, das alles ist fair! Das alles ist sehr solid!

GLEMBAY: Wer begräbt die Leute? Du bist vollkommen verrückt!

LEO: Also weißt du, mit Pompes Funèbres-Unternehmen zu arbeiten, ist doch eine ganz faule Sache! Die Bank Glembay scheint gar nicht so glänzend dazustehen, wenn sie sich schon mit Mist und Leichen abgeben muß! In der Stadt spricht man allerhand, mein Lieber!

GLEMBAY: *(nervös und nicht mehr ganz so sicher)* Was spricht man schon in der Stadt?

LEO: Ah, was weiß ich! Ich habe mich nicht viel darum gekümmert. Jedenfalls weiß man, daß die Wiener Wechsel schon seit zwei Jahren prolongiert werden.

GLEMBAY: Wechselgeschäfte? Du bist ein Kretin! Ich arbeite schon seit fünfzig Jahren mit Wechseln, und während der ganzen Zeit ist es noch nie vorgekommen, daß auch nur ein einziger Glembay-Wechsel um eine Sekunde zu spät eingelöst worden ist. Jetzt kein Wort mehr davon, verstehst du mich?! Du bist ja irrsinnig! Du bist dir der Tragweite deiner Worte überhaupt nicht bewußt! Weißt du denn überhaupt noch, was du da zusammenfaselst!?

LEO: Ich verbitte mir diesen Ton!

GLEMBAY: Ich bin dein Vater und habe ein Recht dazu!

LEO: Schrei nicht! Wen schreist du an? Schrei deine Bankiers und Sensals an, mein Lieber, aber nicht mich! Du bist gewohnt, daß die Leute vor dir habt Acht stehen – mir kannst du mit deiner Brutalität nicht imponieren! Ich glaube, wir haben uns genügend ausgesprochen. Laß mich jetzt schlafen gehen, bitte! Ich bin müde. Mein Zug geht um halb neun. Jetzt ist es halb drei. Ich habe noch nicht fertig gepackt und soll auch noch einige Briefe schreiben. Ich bitte dich also, finissons! Gute Nacht!

GLEMBAY: Ach so, du glaubst, daß jetzt alles erledigt ist? Du wirst deine Briefe schreiben, dich in den Pullmannwagen setzen et finissons! Glückliche Reise! O nein, mein Lieber, so werden wir nicht liquidieren! Du wirst vorher schön Rechnung ablegen! Wir sind keine kleinen Kinder! Zuerst Lügenmärchen herumerzählen und dann versuchen, uns mit blödsinnigen paranoiden Witzen hinzuhalten! O nein, mein Lieber, so geht das nicht, da irrst du dich aber gewaltig! Du glaubst, daß es in der guten Gesellschaft erlaubt ist, so mir nichts dir nichts jemanden schwer zu verleumden, und dann so zu tun, als wäre nichts geschehen. So denkt man vielleicht in deinen Bohemienkreisen – aber hier bei uns herrschen andere Sitten! Erkläre mir gefälligst: mit welchem Recht bist du vor zwei Menschen so ausfällig geworden?

LEO: *(müde)* O Gott, wie ist das alles lästig!

GLEMBAY: Was du heute abend unten im Salon herumgeschwatzt hast, ist nichts anderes, als moral insanity! Du hast absolut kein Recht dazu gehabt, meine Familienehre zu beschmutzen. Das war respektlos deinem Vater gegenüber!

LEO: *(wirft mit einem Gefühl des Ekels, mehr nervös als bewußt, zwei lilafarbene Briefe, die er unten im Salon gelesen hat, auf den Tisch vor Glembay hin)* Bitte! Hier!

GLEMBAY: *(nimmt nach einer Pause die Briefe vom Tisch an sich, liest sie)* Was soll das? Was heißt das?

LEO: Das sind zwei Briefe, die Charlotte an Silberbrandt geschrieben hat.

GLEMBAY: Aber hier steht Mignon unterschrieben?!

LEO: Lächerlich! Das ist Charlottes Handschrift. Der Ton und die Unterschrift schließen jeden juridischen Zweifel darüber aus, daß diese Briefe intimer Natur sind!

GLEMBAY: Wie bist du zu ihnen gekommen?

LEO: Die Briefe wurden bei dem Schreiber Skromak gefunden, der im charitativen Verein der Baronin beschäftigt war. Er hat sich erhängt, und diese Briefe sind unter seiner Hinterlassenschaft gefunden worden. Wie er zu ihnen gekommen ist, weiß niemand. Es scheint, daß er sie bei einer Gelegenheit entwendet hat. Er hat als Beamter des charitativen Vereins hier im Hause verkehrt. Das sind diese neuen Dokumente, von denen Bobby gesprochen hat. Die sozialistische Presse hat die Absicht, sie zu veröffentlichen.

GLEMBAY: Das ist alles unklar! Und wie sind diese Briefe in deine Hände gelangt?

LEO: Der Redakteur dieses Winkelblattes hat sie mir gegeben: Ich habe ihm einmal in Genf aus einer unangenehmen Affäre herausgeholfen. Hast du jetzt endlich etwas Juridisches in der Hand?

GLEMBAY: Das ist Charlottes Handschrift, aber sie hat sich niemals Mignon unterschrieben?! Gut! Woraus aber läßt sich schließen, daß diese Briefe an Silberbrandt gerichtet sind? Dieses „Mr" kann ebensogut „Monsignor" wie „Monsieur" bedeuten.

LEO: Wenn nicht an Silberbrandt, so an irgendeinen anderen, das ist doch momentan ganz irrelevant: Monsignor oder Monsieur. Der arme Kerl, der Schreiber, dachte, daß diese Briefe an Monsignor Silberbrandt gerichtet waren. Nur so läßt sich sein Selbstmord erklären. So hat er es zumindest in einem seiner Gedichte hinterlassen: Sie waren alle der Baronin Glembay gewidmet – und diese zwei Briefe!

GLEMBAY: Hirngespinste! Das können doch ebenso gut ganz falsche Prämissen sein! Das ist moral insanity! Da steht kein Datum und man müßte Charlotte fragen, wann und bei welcher Gelegenheit sie diese Briefe geschrieben hat. Dieser obskure Mensch, der fremde Briefe stiehlt, dann diese Zeitungsschmierer, die sich privates und fremdes Eigentum, noch dazu intimer Natur, zu Nutzen machen. Wie schmutzig und ekelhaft das alles ist! Du beginnst dich also auch mit solchen Dingen zu befas-

befassen? Deine Kronzeugen sind entweder tot oder minder-
wertig! Du wühlst in diesem Schmutz wie ein Koprophage!

LEO: *(ernst, kalt und entschlossen)* Merci! Das ist also moral insanity?! Der Selbstmord deiner ersten Frau und deiner zwanzigjährigen Tochter – das ist moral insanity?! Daß du dieses Weib
so fein und charmant findest, ist nicht moral insanity? Von dieser Frau weiß man nicht einmal den Namen, ihr Geburtsschein
ist gefälscht, und ihr nennt sie Baronin! Was für eine Baronin?
Gibt es irgendjemanden, der mir erklären könnte, was für eine
Baronin sie ist? Wer ist diese Frau? Woher kommt sie? Der alte
Fabriczy hat sie in einem Wiener Stundenhotel aufgelesen! Frag
ihn, wo er mit ihr herumchampagnisiert hat, bevor er sie dir
servierte, der alte Zuhälter! Er hat dieses Weib auch Provinz-
bonvivants geliefert, wie eine Ware! Über diese Frau bestehen
bei den dir so maßgebenden Wiener Behörden Dokumente ...

GLEMBAY: Kein Wort mehr, ja ...

LEO: Ich habe dir schon einmal gesagt, du sollst mich nicht anschreien! Diese Frau richtet dich seit Jahren moralisch und finanziell zugrunde, zu meiner persönlichen Schande! Ich schäme
mich deinetwegen! Seit Jahren meide ich mein Elternhaus: Du
bist der Spott der ganzen Stadt!

GLEMBAY: Schweig! Noch ein Wort, und ich schlag dich nieder,
wie einen Hund!

LEO: Ich will nicht schweigen! Ich habe mich seit Jahren darauf
vorbereitet, dir das zu sagen. Ja, sie ist charmant! Du hast dich
von einer Dirne charmieren lassen, und wir alle müssen seit Jahren schon vor Scham den Blick zu Boden senken ...

GLEMBAY: *(schreit vor Wut fast tonlos auf)* W–a–a !?

LEO: Diese Person ist eine ganz gewöhnliche anonyme Hure und
gehört nicht ...

GLEMBAY: W–a–s ? Du – so – zu deinem Vater?
*(Ganz außer sich vor Zorn stürzt er sich auf Leo und schlägt ihm
mit voller Kraft ins Gesicht. Dieser Schlag entflammt in ihm
eine wilde, elementare, gemeine Wut, und er schlägt ihn noch
einmal mit aller Kraft, so daß Leo – instinktiv zurückweichend –
über einen Schaukelstuhl stolpert und das Gleichgewicht verliert.)*

GLEMBAY: *(in dem Augenblick, in dem Leo zu fallen beginnt)* Hier
hast du, was du suchst, hier, da ...
*(Mit einer routinierten Bewegung, rascher als Leo fällt, schlägt
er ihm mit einem wuchtigen und genau gezielten Hieb gerade*

ins Gesicht, so daß Leo wie ein Stück Holz über den Stuhl fällt.)

LEO: *(der einen so wilden Zornausbruch nicht erwartet hat, springt auf, wie ein Raubtier, glembayisch und instinktiv animalisch, mit blutendem Mund, blutender Nase und blutigen Händen und geht haßerfüllt auf Glembay zu, als wollte er zurückschlagen; im gleichen Augenblick beherrscht er sich, wischt sich Nase und Mund mit einem Tuch ab, dann erschüttert und leise)* Ich danke Ihnen, mein Herr, auch dafür! *(dabei seine blutigen Hände betastend)* Wunderschön! Herrlich! Stilgemäß! Glembaysches argumentum ad hominem! *(geht zum Waschtisch und wäscht sich; reibt sein Gesicht mit Alkohol ab)*

GLEMBAY: *(stiert wie nach einem epileptischen Anfall vor sich hin; dann geht er mit schweren Schritten zum Fauteuil und sinkt hinein; greift sich an die Brust, atmet tief und schwer, schöpft mit voller Brust Atem, als wäre er am Ersticken.)*

LEO: *(noch immer am Waschtisch; versucht umsonst, das Nasenbluten zu stillen. Von draußen Geräusch von Wind und Regen. Resigniert, aber hart)* Ich habe mit dir zum letzten Mal nach Alicens Begräbnis gesprochen. Es sind jetzt elf Jahre her. Morgen reise ich ab: Wir werden einander nie mehr sehen. Das ist die letzte Seite unserer Buchhaltung! Eine glembaysche Liquidation! Also, damit du auch das weißt: Als ich damals, ein Jahr nach Mamas Tod, aus Cambridge hierherkam, fand ich alles genauso wie heute: votre cousin germain, Monsieur de Fabriczy, et comme chevalier de l'honneur de la baronne un certain Radkay, lieutnant collonel de la Cavallerie imperiale. Außerdem war noch ein Gerichtsadjunkt hier – ich glaube, er hieß Holleschegg, wenn ich nicht irre. Ein Pendant zum heutigen Oberleutnant von Ballocsansky. Alle diese Herren waren von der gnädigen Frau Baronin charmiert. Ihre Mondscheinsonate, ihre Maréchal Nie-Rosen auf Seide, ihre Konversation und die lothringischen Gobelins! Außer diesen Herren gelang es der Frau Baronin in diesem Sommer auch mich zu charmieren und das mit ihrer Mondscheinsonate! Unsere Sonate war wirklich eine Mondscheinsonate, quasi una fantasia, dort oben in ihrer Villa! Und erst in Cambridge, in den englischen Nebeln, einige Monate später, wurde mir klar, was es mit diesem Charme für eine Bewandtnis hatte! Damals erst begriff ich, was bei den Glembays „moral insanity" heißt. Ja. Siehst du: das ist moral insanity: die Mätresse eines Greises zu sein, daneben drei Liebhaber zu haben und sich vor einem zwanzigjährigen Studenten aus

Cambridge zu fürchten! Diese Frau zwängte mich zwischen ihre Schenkel, um mich zum Schweigen zu verpflichten!

GLEMBAY: *(erhebt sich rasch, geht wütend auf Leo zu und reißt ihn vom Waschtisch)* Und du konntest mir in die Augen schauen?

LEO: Ich habe damals gerade an meiner Dissertation geschrieben. Ich war einundzwanzig Jahre alt. Und dann bin ich weggefahren und bin nicht mehr hergekommen. Ich habe mich vor meiner verstorbenen Mutter geschämt! Und wenn es jemanden gibt, der mich zur Verantwortung ziehen könnte, dann einzig und allein meine Mutter! Auf keinen Fall du!

GLEMBAY: *(greift sich ans Herz, als hätte er einen Anfall bekommen; atmet schwer, als wäre er am Ersticken, geht zum geöffneten Fenster und schnappt dort nach Luft. Ihm ist sichtlich übel geworden; wie ein Betrunkener taumelt er zur Wand und läutet dem Diener; niemand erscheint. Glembay geht zum Tisch und schenkt sich mit zitternder Hand Wasser ein; trinkt einige Schlucke; der Diener erscheint noch immer nicht. Glembay geht wieder zur Wandglocke und darauf zum Fenster; dann zum Fauteuil; setzt sich, erhebt sich aber sofort wieder und beginnt im Zimmer auf und ab zu gehen; zündet sich eine Zigarre an.)*

LEO: *(noch immer beim Waschtisch, spült sich Mund und Nase.)*

KAMMERDIENER: *(erscheint, sehr verwirrt und noch ganz verschlafen)*

GLEMBAY: Sagen Sie bitte der gnädigen Frau Baronin, sie möge sofort herkommen! Wecken Sie die Gnädige, aber schnell!
(Als der Diener weggeht, wirft er die Zigarre fort, setzt sich in einen Fauteuil, beide Hände auf die Knie gestützt, wiegt er den Oberkörper erregt nach vor- und rückwärts; atmet schwer und nickt mit dem Kopf; sein Herz schmerzt ihn; tiefe Seufzer.)

KAMMERDIENER: *(kommt aufgeregt zurück)* Bitte schön, Exzellenz, ich finde Ihre Exzellenz nirgends! Exzellenz sind nicht in ihrem Zimmer. Ich weiß nicht, wo sie sind.

GLEMBAY: Was, die gnädige Frau ist nicht in ihrem Zimmer? Und wo ist Anita? Sie soll kommen. Sofort! Haben Sie mich verstanden!? Bringen Sie Anita her! Im Laufschritt.
(Unruhe im Korridor. Man hört Stimmen. Türen werden zugeschlagen.)

GLEMBAY: *(hat sich unter Aufbietung seiner letzten Kraft erhoben und geht zur offenen Tür und bleibt dort stehen. Horcht und wartet.)*

KAMMERDIENER: *(erscheint wieder. Hinter ihm Anita.)*

(In demselben Moment erscheint die Baronin Castelli-Glembay, noch im Abendkleid.)

LEO: *(wendet sich voll Interesse vom Waschtisch ab und wartet auf das, was jetzt kommt.)*

BARONIN: Was ist los? Was ist das für eine Lauferei? Wozu braucht ihr mich? Was gibt's, Glembay? Was ist geschehen? Warum bist du so blaß?

GLEMBAY: Und wo bist du gewesen?

BARONIN: Ich? Im Garten. Ich habe Kopfschmerzen. Draußen ist eine wundervolle Luft, so leicht zu atmen – und meine Migräne . . .

GLEMBAY: M-i-g-r-ä-n-e-?! *(beginnt zu wanken und fällt zu Boden)*

BARONIN: Um Gottes willen! Was ist denn mit dir, Glembay? Eis! Schnell! Eis! Bringen Sie Eis!

Vorhang

DRITTER AKT

Schlafzimmer des Bankiers Glembay. Blau, mit blauem Plüschmobiliar der achtziger Jahre und politierten Kommoden im Louis Philippe-Stil. In der Ecke hoher schwedischer Kamin. Links dunkle Tür, rechts offenes Fenster. Im Hintergrund Alkoven. Im Alkoven liegt auf einem breiten französischen Louis Philippe-Bett, ganz in schwarz, der Bankier Glembay. Links und rechts von ihm auf dem Nachttischchen je ein Silberleuchter mit je neun Kerzen. Der Eingang zum Alkoven ist mit einer Plüschdraperie geschmückt, die in reichen Falten von den altertümlichen politierten Holzkarniesen herabhängt. Zu Füßen der Ruhestätte Glembays ein Betschemel, der mit blauem Samt überzogen ist. Auf dem Tisch brennt eine Kugellampe aus Milchglas.
Angelica kniet auf dem Betschemel, tief im Gebet versunken.
Leo sitzt in einem Biedermeierstuhl neben dem Bett im Alkoven und zeichnet mit Kohlestift die Totenmaske seines Vaters.
Fabriczy, Dr. Silberbrandt und Dr. Altmann sitzen in Fauteuils um den runden Tisch.

Bobby am Telefon, bei einem Taburett, links.
Morgendämmerung. In der zweiten Hälfte des Aktes hört man das
morgendliche Vogelgezwitscher, das zuletzt immer lauter wird.

BOBBY: Ja, ich bin es, Johann! Passen Sie gut auf! Wecken Sie vorsichtig den Herrn Generalgouverneur! Sagen Sie ihm, daß ich mich gemeldet habe, und bringen Sie ihm bei, aber schonend, daß Herr Generaldirektor Glembay gestorben ist! Ja. Heute früh, etwas nach drei! Schlaganfall! Ja! Melden Sie das dem Herrn Generalgouverneur und bitten Sie ihn, er möge die Güte haben, mich gleich anzurufen! Wie? Ja! Privatnummer der Bank. Also geben Sie acht, Johann! Er möge mich sogleich zurückrufen! Äußerst wichtig! Unaufschiebbar! Adieu! *(sucht im Telefonbuch nach weiteren Nummern)*

FABRICZY: *(steht beim Eingang zum Alkoven und betrachtet den Toten)* Der Sensemann, der Sensemann, der arbeitet präzis! Jawohl, der arbeitet vierundzwanzig Stunden täglich! Und jetzt werden diese armen Teufel kommen, die nach Zwiebel und Schweiß riechen, und werden den Wirklichen Geheimrat seiner apostolischen Majestät genauso forttragen, wie man Klaviere und Schränke transportiert! Man wird noch die schweren Schritte ihrer genagelten Stiefel auf dem Parkettboden hören, dann auf der Treppe und – aus und vorbei ...

ALTMANN: Genauso dumm wie wir leben, so dumm sterben wir auch! Schon seit langem frage ich mich, warum unsere Begräbnisse so barbarisch primitiv und geschmacklos sind! Habt ihr noch nie bemerkt, wie allein, wie mutterseelenallein unsere Toten durch die Stadt von ihrem Haus zum Friedhof reisen? In den Häusern hört man die Leute noch weinen, da jammern und trauern die halbwegs aufrichtig; auf dem Friedhof ist das schon mehr oder minder nur noch Theater – aber das eigentliche Begräbnis, die letzte Fahrt durch die Straßen der Stadt ist eine einsame Promenade zwischen Bett und Grab! Ganz allein und verlassen reisen die Toten aus ihrer Wohnung ins Nimmerwiedersehen!

FABRICZY: *(kommt aus dem Alkoven zurück)* Ja, das haben Sie sehr gut gesagt, Doktor! Bei den Leichenbegängnissen geht es immer lustig zu! Das ist immer so eine Art Theatervorstellung: dort werden Reden gehalten und Fackeln entzündet. Die Leute tragen Regenschirme! Und noch etwas: Die Leute sind bei den Leichenbegängnissen immer witzig. Alle Menschen erzählen Witze, sind geistreich! Sie haben recht: das richtige Leichenbegängnis ist dieser Weg durch die Stadt bis zum Friedhof: auf diesem Weg ist der Mensch ganz allein.

SILBERBRANDT: Im Tode kann der Mensch nicht allein sein, Exzellenz. Im Tode vereinigt sich der Mensch mit dem letzten Grund aller Dinge: genauso wie alles Wasser zum Meer zurückkehrt, so kehrt auch unsere Seele nach dem Tod zu Gott zurück. Causa efficiens, formalis et causalis!

ALTMANN: Hätten Sie in Ihrem ganzen Leben auch nur einen Frosch seziert, so würden Sie nicht derlei Kohl zusammenschwatzen, Silberbrandt! Mit Ihren Pfaffenansichten gehen Sie mir manchmal wirklich auf die Nerven. Der Tod ist nichts anderes als ein vollkommen logischer Austausch der Materie: aus den organischen Substanzen entstehen anorganische. Wenn sich der Mensch in Kohlensäure, Amoniak und H_2O zu verwandeln beginnt, dann ist eben Schluß mit ihm! Er fließt zwar dann, wie Sie sagen, ins Meer zurück, aber nur als H_2O.

SILBERBRANDT: Logischer Austausch der Materie! Sie sprechen, als hätte die moderne Empiriokritik – und dazu gehören auch die Anhänger Machs und viele Sozialdemokraten – dieses Dogma von der Materie an sich nicht schon längst widerlegt!

(Telefon)

BOBBY: (am Telefon) Ja. Ich bin's. Dr. Fabriczy! Ergebenster Diener, Herr Generalgouverneur! Entschuldigen Sie vielmals, aber vis major! Ja. Jawohl, Herr Generalgouverneur! Gänzlich unerwartet! Wie ein Blitzschlag! Jawohl. Nein, nein! Er war in ausgezeichneter Stimmung, er hat geraucht, ja und hat auch ausnahmsweise zwei Gläser Champagner getrunken. Ausnahmsweise! Ja. Die Katastrophe ist sehr rasch eingetreten! Herr Generalgouverneur! Ja. Hallo? Ja. Doktor A!tmann war in einigen Minuten hier! Ja, Kampferinjektion. Aber erfolglos. Katastrophe! Jawohl. Nein, nein! Er war oben im Fremdenzimmer. Bei Leo. Sie haben gesprochen, und während des Gesprächs – ganz ohne Grund – auf einmal! Hallo? Hallo? Herr Generalgouverneur! Entschuldigen Sie bitte, aber als juristischer Vertreter muß ich an Sie eine geschäftliche Frage richten: Am elften, hallo, am elften wird bei der Disconto Italiano ein Wechsel auf 72 000 Dollar fällig. Hallo? Sie wissen nichts davon? Jawohl. Hallo? Ja. Sie sind dort auch interessiert. Generaldirektor Friedmann hat keine Ahnung davon! Er hat den Kopf verloren! Nein! Der Verstorbene hat keinerlei Direktiven hinterlassen. Nichts. Absolut nichts! Chaos! Friedmann weiß nichts davon! Er meint, in Hamburg wäre alles gedeckt. Ja. Außerdem sind

noch einige kleinere da, aber keine über 100.000. Einer auf
1 200 Pfund beim Wiener Bankverein. Hallo? Es wäre angera-
ten. Jawohl. Ja. Vor drei Tagen, Herr Generalgouverneur, habe
ich sein Testament auf seine eigene Anordnung vom Notar geholt. Ich weiß nichts davon! Die Schlüssel zum Schreibtisch und
zur Wertheimkasse sind bei mir. Jawohl. Die Frau Baronin hat
sie mir übergeben, gleich als ich gekommen bin. Jawohl. Ich
habe Friedmann und Radkay angerufen, ich erwarte sie jeden
Augenblick! Das ist aber dringend. Bitte! Auf Wiedersehen,
Herr Generalgouverneur! Empfehle mich!

FABRICZY: *(hat sich während des Telefongesprächs erhoben. Seine
raschen und scharfen Bewegungen verraten, daß er sehr nervös
ist; geht zum geöffneten Fenster und trommelt daran zerstreut
gegen die Scheiben, geht wieder in den Alkoven und kehrt dann
auf seinen Platz zurück)*
Irgendwo gibt es eine Grenze, an der sich der Mensch nackt
ausziehen muß wie ein Rekrut! Der Mensch zieht sich einfach
aus. Alles fällt von ihm ab. Frack und Zylinder, die Perücke und
der Titel und die allerhöchste Anerkennung, die auch! Voila!
Der Chef der Firma Glembay & Co., Vorsitzender der Industriebank, Finanzmagnat, Patrizier – alles weg! Man wird ausgezogen! Eigentlich schrecklich! „Il trionfo della morte" ist im
Grunde ein ganz abscheuliches Bild! Er war um vier Monate
jünger als ich! Den ganzen Abend haben wir uns unterhalten,
haben gelacht und Dummheiten erzählt. Vor zwei Stunden war
er noch auf den Beinen und hat gesprochen wie wir, hat sich
bewegt, ist herumgegangen – und jetzt, mein Gott, wo ist der
Mann jetzt? Der Mensch fällt und zerbricht – als wäre er aus
Porzellan. Das alles ist nicht so einfach. Unser Silberbrandt
dürfte recht haben! Hinter der Sache steckt doch etwas! Was
nutzen da solche Spinngewebe, wie Ihre materialistische Medizin, mein lieber Altmann!

ALTMANN: Ja, was sollte denn diese Medizin – Ihrer Ansicht nach,
Exzellenz – eigentlich alles können? Den Tod verhindern? Der
medizinische Fall Glembay ist sehr einfach. Ich habe die Diagnose schon vor vier Jahren gestellt: hochgradige Arteriosklerose, gefährdetes Herz. Also: Diät, ausspannen, Höhenluft! Doch
der Patient hat Beefsteaks und Rumpsteaks gegessen, hat Ha-
vannas geraucht und Whisky getrunken, er hat sich geschäftlich
aufgeregt, ist herumgereist und ist am Kartentisch gesessen – anscheinend waren bei ihm auch die erotischen Bedürfnisse ziemlich akut! Anstatt in die Dolomiten zu reisen, hat er zwei Mo-

nate im Casino de Paris beim Chemin de fer verbracht. Selbstverständlich ist ihm dann die Aorta wie ein Kalkröhrchen geplatzt! Eine ganz normale und logische Erscheinung!

LEO: *(hat sich von seinem Platz erhoben und nähert sich – das Skizzenbuch in der Hand – der Gruppe. Er ist bleich, finster und müde. Pause. – Nachdenklich, wie zu sich selbst:)* Im Tode zergehen die Dinge wie Zucker im Kaffee. Der Tod ist eigentlich sehr tief: man steigt in ihn hinab wie in einen Brunnen im Sommer. Und draußen bleibt die Helle, der Geruch von Gras. Der Tod ist feucht und dunkel. Wie der Grund des Brunnens. Der eisige Atem des Grabes strömt aus dem Munde des Toten. Am Ende bleibt die Groteske: der schwarze Salonrock auf der weißen Leinwand entmaterialisieren und ihn – entmaterialisiert – mit Kohle aufs Papier bringen.

BOBBY: *(nimmt Leos Skizzenbuch)* Entschuldige bitte, nur einen Augenblick.

ALTMANN: *(erhebt sich mit großem Interesse)* Ah, fertig? Zeigen Sie es mir, Bobby!

LEO: *(willenlos, apathisch)* Schwach! Ganz schwach! Ich bin müde! Der Kopf tut mir weh. Ich kann nicht arbeiten.

BOBBY: Ich finde es fabelhaft, ausgezeichnet!

FABRICZY: *(hat sich erhoben und betrachtet mit den anderen die Skizze)* Ja, also, das ist wirklich großartig! So was kolossal Impressives hab ich schon lang nicht gesehn! Das ist eine ganz originelle Art und Weise!

ALTMANN: *(nickt wortlos zum Zeichen der Zustimmung.)*

LEO: Der Kopf tut mir weh. Ich habe schon lange nicht mehr gearbeitet. Ich hab zuviel Brom genommen, und die Kohle liegt mir schwer zwischen den Fingern, wie eine Eisentraverse. Es ist unmöglich, dieses übernatürliche Etwas, das alle Toten an sich haben, richtig wiederzugeben! Alle Toten – Psychopathen und Philister – alle haben sie etwas Übernatürliches um die Lippen. Die Stirn – die ist noch hart: glembayisch, markant. Auch das Haar ist gut. Aber dieser Kiefer, dieser knochige Unterkiefer, der ist viel schwächer als die obere Partie. Das Ganze ist architektonisch nicht verbunden! Es fehlen die inneren Proportionen. Schwach! Ganz schwach!

(geht wieder in den Alkoven und beginnt dort, den Toten fachmännisch von mehreren Punkten aus zu betrachten)

FABRICZY: Alles, was nach Schwind gekommen ist, versteh ich eigentlich nicht! Schwind und Fügner, das waren Maler! Alle diese modernen Faxen sind mir unbegreiflich. Aber wenn das da modern ist, ja, dann steckt sicher etwas dahinter! Das ist, meiner Seel, kolossal!

ALTMANN: Das ist gut, wie ein solider Munch!

LEO: *(kommt zur Gruppe zurück und nimmt das Skizzenbuch)* Pardon, einen Moment!

(Er geht mit dem Skizzenbuch zu dem Toten und betrachtet ihn; vergleicht die Skizze mit dem Modell; dann reißt er mit einer natürlichen Geste, ziemlich energisch das Blatt aus dem Skizzenbuch, zerreißt es und wirft die Papierschnitzel in die Ecke.)

BOBBY: Du bist wirklich manchmal geradezu unbegreiflich bizarr! Was sind das für Dummheiten?

(Er bückt sich und sammelt die Papierschnitzel, trägt sie zum Tisch und versucht, sie zu ordnen.)

LEO: Ach, ich bitte dich, laß das! *(geht müde zum Fenster, starrt auf den Garten und geht dann hinaus)*

(Fabriczy stellt mit Bobby die Skizze zusammen. Altmann hat sich erhoben und räumt seine Instrumente in die Tasche. Das Telefon läutet.)

BOBBY: *(unterbricht das Zusammensetzen der zerrissenen Skizze und eilt zum Telefon)* Hallo? Hier Doktor Fabriczy! Ich habe die Ehre, Herr Generaldirektor! Jawohl, ja. Ich spreche aus der Wohnung des Versorbenen. Jawohl. Ich habe den Herrn Generalgouverneur bereits verständigt, und er hat mir gesagt, daß er für elf Uhr eine Konferenz aller Interessenten einberufen wird. Im Sitzungssaal der Bank, Herr Generaldirektor! Ich weiß nicht, Friedmann rechnet mit einer Passiva von höchstens drei bis dreieinhalb Millionen. Aber? Was Sie nicht sagen! Tja, sehen Sie: so ist es, Herr Generaldirektor, so ist es, man kann nie wissen! Ich bin jedenfalls um neun in der Bank. Sofort? Gut. Ich kann auch gleich kommen. Bitte schön! Jawohl. Friedmann schätzt den Besitz am Wörthersee auf 200.000. Das weiß ich wirklich nicht! Der Sohn, Herr Doktor Leo Glembay, ist seit einer Woche hier. Er ist zur Jubiläumsfeier gekommen, Herr Generaldirektor!

Bitte schön! Also auf Wiedersehen, Herr Generaldirektor! – – Gerade jetzt teilt mir Generaldirektor Rubido mit, daß man mit einer Passiva von mehr als fünf Millionen rechnet. Meine Herren, ich gehe. Ich muß gehen!

SILBERBRANDT: Meine Herren, ich glaube, daß Sie mich im Augenblick nicht benötigen! Ich muß mich für die heilige Messe bei den Schwestern vorbereiten. Ich hätte nie daran gedacht, daß ich schon heute früh für das Seelenheil des armen Herrn Geheimrat beten würde! Er war ein so guter und edler Mensch. Gott gebe ihm die ewige Ruhe! Ich empfehle mich Ihrem Wohlwollen, meine Herren!

BOBBY: Auf Wiedersehen, Papa! Küß die Hand! Du kannst mich bei Rubido telefonisch erreichen. In einigen Minuten müssen die Tapezierer von den Pompes Funèbres kommen. Bei der Zusammenstellung der Parte muß man auf die Titel achtgeben. Ruf mich bei Rubido an – übrigens bin ich gleich wieder da. Sollte Radkay kommen, so soll er auf mich warten. Ich komm sofort! Servus Altmann! Küß die Hand, Baronin!

SILBERBANDT: Auf Wiedersehen, meine Herren! Gelobt sei Jesus Christus, ehrwürdige Schwester!

FABRICZY: Na, ich danke schön! Haben Sie es gehört? Fünf Millionen Passiva! Ich hab es gleich geahnt, daß dieses ganze Jubiläum der Firma Glembay keine koschere Sache ist. Ich hab mir's gleich gedacht: dahinter steckt etwas! Vor allem: ein siebzigjähriges Jubiläum feiert man im Geschäftsleben nicht. Und dann – dieses pathetische Getrommel in der Presse um die allerhöchste Anerkennung! Und dieser spanische Orden. Eigentlich geschmacklos! Wenn ein Mensch Ehrenkonsul von Virginia und Kuba ist, dann nimmt er keinen spanischen Orden an! Und dieser Fanfarentusch beim Empfang in der Handelskammer! Ich habe es mir gleich gedacht: Hinter der Sache – mein Lieber – steckt irgendein Schwindel! Bitte – fünf Millionen Passiva! Also ich gratuliere dem Friedmann und dem Gouverneur! Danke schön! Na, was sagen Sie dazu, mein Lieber?

ALTMANN: Man weiß ja noch nichts Konkretes! Wenn die Passiva so hoch sind – so werden die Aktiva auch nicht geringer sein.

FABRICZY: Kann man's wissen? Die Glembays leben schon seit zwei, drei Jahrzehnten wie die Rothschilds, mein Lieber! Die Danielli hatte ihre Villa in Meran und eine zweite auf Korfu. Und die Baronin Castelli? Reden wir lieber nicht davon. Das wissen wir, Gott sei Dank, aus unserer täglichen Erfahrung am allerbesten!

ALTMANN: Die Danielli war doch angeblich enorm reich?

FABRICZY: Reich? Was will das heißen? Reich? Eine Nordlandreise, eine Ägyptenreise, eine Tropenreise – ein Palais in der Herrengasse, eins der Castelli geschenkt, neben der Karmeliterkirche! Nichts ist unerschöpflich! Ich weiß aus zuverlässiger Quelle – ich wollte darüber nicht reden, aber jetzt – warum nicht – ich weiß ganz zuverlässig, daß der Bauunternehmer Wagner vor

zwei Wochen dem Ignaz bei der „Handels- und Verkehrsbank"
70.000 giriert hat. Und das indirekt über eine diskrete Persönlichkeit: das hat mir Bobby erzählt, als Geschäftsgeheimnis! Ich
bitte Sie! Von einem Wagner 70.000 zu nehmen! Doktor – was
war denn eigentlich los? Was ist da passiert? Er war doch oben
im Fremdenzimmer, bei Leo?

ALTMANN: Ich weiß nicht, Exzellenz. Als ich angekommen bin,
waren seit dem ersten Schlaganfall schon zwanzig Minuten vergangen. Dadurch hat sich das Bild natürlich geändert. Es ist sehr
leicht möglich, daß er sich im Gespräch mit Leo aufgeregt hat.
Daran ist nichts Abnormales. Leo und der Alte – wie Negativ
und Positiv – seit Jahren schon! Eine latente Reibefläche!

FABRICZY: Ja, aber der Franz hat mir erzählt, Leo soll ganz blutig
gewesen sein! Ja, ja, nach dem, was gestern abend im Salon
geschehen ist – also, das muß ich Ihnen erzählen!

LEO: *(kommt und geht nervös im Zimmer auf und ab.)*

FABRICZY: *(unterbricht sich)* Ja, ja! So ist das, mein Lieber Altmann! Wie wär's, Doktor, wenn wir uns einen Tee kochen lie-
ßen? So ist das Leben: es ereignen sich Tragödien in unserer
unmittelbaren Umgebung, doch der Organismus verlangt seinen
Teil! Der Mensch steht neben seinem toten Intimus und denkt
an seinen Magen. Merkwürdig! Meine siebzig, lieber Doktor,
funktionieren wie eine Schweizer Präzisionsuhr! Jede Minute
genau eingestellt. Und heute nacht sind in meinem Programm
solche Katastrophen und Perturbationen eingetreten, daß ich
wirklich nicht weiß, wie ich da zurechtkommen werde! Leo,
wenn Du uns brauchen solltest – wir sind unten im Speisezimmer! Auf Wiedersehen!

(Fabriczy und Altmann ab. Leo geht im Zimmer auf und ab.
Pause. Man hört draußen das Telefon läuten. Stimmen. In der
Ferne werden Türen zugeschlagen.)

ANGELICA: *(bekreuzigt sich, erhebt sich und geht leise und wortlos*
zum Tisch. Dort betrachtet sie die zerrissene Skizze.)

LEO: Hörst du, wie sie telefonieren? Panik! Das Schiff sinkt!
S. O. S. Sauve qui peut! Sieben Millionen Passiva bis jetzt. Und
dabei behaupten sie, es wäre bloß eine Barboczy-Legende, daß
die Glembays Mörder und Falschspieler sind! Sieben Millionen
Passiva! In einer halben Stunde werden die Herren Kompagnons in Wien und Triest beginnen, sich an ihre Taschen zu fassen. Warte nur, bis die Telegramme eintreffen, die bereits unterwegs sind! Und du, Beatrice, was sagst du zu dem Ganzen?

ANGELICA: Wir sind alle unglücklich, Leo! Mir tut Charlotte leid.

Die Arme! Welche Strapazen erwarten sie jetzt! Wenn der Zusammenbruch wirklich so ernst ist, dann wird die Arme noch viel büßen müssen. Und sie hat ja auch noch dieses unglückselige Kind!

BARONIN: *(kommt herein; in Schwarz; bleich und distinguiert; mit einem riesen Strauß weißer Rosen; geht in den Alkoven, legt die Rosen zu Füßen des Toten nieder und bleibt dort wortlos und nachdenklich stehen; bekreuzigt sich dann nervös und kehrt zum Tisch zurück; würdevoll, niedergedrückt)* Verzeihen Sie, liebe Angelica, seien Sie mir nicht böse, aber ich bin so verwirrt und habe solche Kopfschmerzen, daß ich nicht weiß, wo ich bin. Dreimal schon hab ich vergessen, was ich eigentlich wollte. Tun Sie mir bitte den Gefallen und gehen Sie hinaus zu Anita, sie sucht eine schwarze Salonkrawatte. Unauffindbar! Und diese hier ist schrecklich. Auch die Lackschuhe soll sie bringen, bitte, sagen Sie ihr das, liebe Angelica! Ich wäre Ihnen sehr dankbar, wenn Sie mir helfen wollten!

ANGELICA: Sehr gern, liebe Charlotte. *(ab)*

BARONIN: *(geht zum Toten, rückt die Leuchter zurecht, schneidet den herabgebrannten Docht ab, bleibt beim Bett stehen und betrachtet den Toten.)*

LEO: *(sieht sie unverwandt und mit großem Interesse an.)*

BARONIN: *(kommt mit der Schere in der Hand zum Tisch, an dem Leo sitzt; sie ist ruhig und – bis zum Schluß des Gesprächs – hoheitsvoll; ihre Stimme klingt gebrochen)*
Ich weiß, Sie hassen mich! Ich habe jetzt jeden Ihrer Gedanken gefühlt! Ich weiß, was Sie gedacht haben, als ich dort vor dem Toten gestanden bin: als hier, vor siebzehn Jahren, auf demselben Platz Ihre tote Mutter gelegen ist, bin ich wie heute morgen gekommen. Sie sind auf demselben Platz gesessen, auf dem Sie jetzt sitzen.

LEO: Ja! Und Sie haben damals ein Bouquet Parmaveilchen gebracht und sind mit Ihrem Malteser auf dem Arm erschienen. Heute haben Sie den Pudel nicht mit – das ist der ganze Unterschied! Damals sind Sie zur legitimen Frau Glembay geworden, und heute sind Sie die legitime Witwe Glembay. Wenn jemand Ihr Glück wünschen sollte, so könnte er Ihnen jetzt gratulieren! Das Kapital Glembay haben Sie glücklich liquidiert! Das Triester Palais haben Sie sich rechtzeitig gesichert, und das Testament ist verschwunden. Wenn von den sieben Millionen Passiva etwas übrigbleiben sollte, so wird es unter die rechtmäßigen Erben verteilt.

BARONIN: Soviel ich weiß, sind Sie im Testament an erster Stelle genannt. Und das – wollen Sie es gefälligst zur Kenntnis nehmen – auf Grund meiner Intervention! Der Verstorbene war mir gegenüber zu sehr Gentleman, als daß er mir diese Bitte abgeschlagen hätte!

LEO: Besten Dank! Ich habe nie auf das Geld der Glembays reflektiert und noch viel weniger auf ihre Schulden!

BARONIN: Was für Schulden? Ich verstehe Sie nicht!

LEO: Was, Sie wissen nicht, daß man von sieben Millionen Passiva spricht?!

BARONIN: Das ist mir gleichgültig! Geschäftlich war ich immer desinteressiert!

LEO: Das glaube ich Ihnen aufs Wort! Von diesen sieben Millionen gehen sicher drei auf Ihre Rechnung, soweit ich Sie kenne.

BARONIN: Warum hassen Sie mich so?

(Pause. Schweigen.)

BARONIN: *(versöhnlich, gespielt treuherzig, kokett und naiv)* Was habe ich Ihnen zuleide getan? Habe ich Ihnen jemals etwas Böses angetan? Sie sind schon seit Jahren mir gegenüber ungerecht. Doch wahr und wahrhaftig: wenn in diesem Hause irgendwer jemals alle meine aufrichtigen Sympathien hatte, so waren Sie das! Und als vor einigen Tagen Ihr Telegramm aus Aix-les-Bains eingetroffen ist, habe ich mich aufrichtig über Ihr Kommen gefreut. Doch vom ersten Tag an beleidigen Sie mich ununterbrochen! Warum? Warum bloß?

LEO: *(blickt sie verwundert an und schweigt.)*

BARONIN: *(tritt ganz nahe an ihn heran, intim)* Warum schweigen Sie, Leo? – *(Pause)* – Warum das alles? Diese Szene heute nacht im Salon, und noch dazu vor wem? Vor diesem alten ekelhaften Fabriczy! Und vor Ihrem Vater! Sie müssen doch gewußt haben, daß er von der Terrasse aus jedes Wort hören konnte. Den ganzen Tag über waren Sie ungerecht gegen mich. In diesem gräßlichen Fall Rupert – guter Gott – hatte ich Pech! Ich habe die kranke Alte mit den Pferden niedergestoßen, aber wirklich, ohne es zu wollen! Und sehen Sie – Sie waren vorhin oben in Ihrem Zimmer noch viel grausamer zu Ihrem Vater, so daß er einen Schlaganfall bekommen hat und sich nicht mehr erholen konnte. Trotzdem wäre es mir nie im Traum eingefallen, Sie deswegen des Mordes zu beschuldigen.

LEO: Wollen Sie damit sagen, daß ich meinen Vater getötet habe?

BARONIN: Nein, das habe ich nicht gesagt, Leo. Sie drehen alles um. Alles, was sich zwischen Ihnen und Glembay abgespielt hat, ist eure Sache! Ich möchte Ihnen nur sagen, daß ich mich Ihnen gegenüber besser benehme, als Sie sich jemals mir gegenüber benommen haben! Sie sprachen mir jede menschliche Eigenschaft ab, und trotzdem bin ich nicht böse auf Sie. Ich habe Ihnen alles verziehen!

LEO: *(versinkt in Schweigen.)*

BARONIN: *(klopft nervös mit der Schere, die sie noch immer in der Hand hält, auf den Tisch.)*

LEO: *(beginnt von neuem nervös auf und ab zu gehen.)*

BARONIN: Erklären Sie mir bitte: Warum machen Sie das alles? Sagen Sie ein Wort!

LEO: Was soll ich Ihnen eigentlich sagen? Um uns herum qualmt es von allen Seiten! Wir sinken, wir stehen hier vor etwas Schrecklichem! Was soll ich Ihnen erklären, und wie soll ich es Ihnen erklären, wenn Sie noch nie auf einem Vulkan waren? Sie wissen nicht, wenn der Phosphorrauch aus dem Krater steigt, daß den Menschen übel davon wird? Das können Sie nicht verstehen?

BARONIN: O ja! Ich war auf dem Vesuv. Wir haben oben irgendeinen gräßlichen Champagner getrunken. Den Stromboli hab ich auch gesehen. Bei Nacht! Von einem italienischen Schiff aus. Es war herrlich.

LEO: *(in nervöser Erregung)* Ja! Natürlich! Für Sie war es herrlich! Das ist das Richtige: Sie stehen auf dem Vesuv und trinken Champagner! Selbstverständlich: was sollen Sie denn sonst auf einem Vulkan tun? Und wenn Sie einmal jemand danach fragt, dann können Sie ihm mit Ihrer Bonbon-Stimme antworten: es war herrlich! Natürlich! Gerade das kann ich nicht begreifen. Es war herrlich!

BARONIN: Ich verstehe kein Wort davon! Was haben Sie nur? Was haben Sie nur? Was wollen Sie damit sagen? Ich bitte Sie, setzen Sie sich! Dieses Herumrennen macht mich nervös. Setzen Sie sich, ich bitte Sie – damit wir uns einmal richtig aussprechen können! Um Gottes willen! Warum sehen Sie mich so an?

LEO: Ich sehe Sie so, wie Sie sind! Sie spielen seit zwanzig Jahren die Mondscheinsonate, malen Marechal-Niel-Rosen auf Seide, trinken Champagner auf dem Vesuv! Sie stehen vor Ihrem toten Gatten genauso unschuldig, wie Sie vor seiner toten Frau gestanden sind und kommen gerade aus dem Zimmer Ihres Beichtvaters! Ihr Gedankengang ist folgender: Warum sehen Sie mich so an, als hätte ich Ihre Mutter getötet? Sie haben ebenso Ihren Vater umgebracht. Aber ich werfe Ihnen nichts vor: versöhnen wir uns! Das sind Ihre Gedanken! Was kann ich Ihnen also noch erklären?

BARONIN: Sie sind tatsächlich überspannt! Ich habe nicht ein Wort davon gesagt. Im Gegenteil: ich habe gesagt, daß Sie für den Tod Ihres Vaters nicht verantwortlich gemacht werden können. Das habe ich gesagt! Sie verdrehen einem das Wort im Mund! Das ist geradezu krankhaft bei Ihnen!

LEO: *(streng und entschlossen)* Ich war zweiundzwanzig Jahre alt, als ich geglaubt habe, daß das, was Sie sprechen, vielleicht doch die Wahrheit sein könnte! Seit damals sind sechzehn Jahre vergangen, meine Liebe! Wenn man alle Ihre Kavaliere zusammenrotten wollte, die Sie mit Ihrer süßen Stimme charmiert haben, glaube ich kaum, daß sie alle in diesem Zimmer Platz hätten! Alice, die so verliebt war, Alice, für die Sie das Ideal einer Dame waren, diese Alice ...

BARONIN: Alles, was Sie von dem jungen Zygmuntovicz gesagt haben, ist Lüge! Ich schwöre es Ihnen, beim Glück meines Kindes!

LEO: Und der Abschiedsbrief meiner Schwester?

BARONIN: Ich schwöre Ihnen bei Olivers Leben, daß nicht ein Wort daran wahr ist! Der junge Zygmuntovicz war in mich verliebt – das ja, aber zwischen uns hat es nie etwas gegeben – nichts Konkretes! *(Pause. Sehr leise und überzeugend)* Warum glauben Sie mir nicht? Sie tun mir schon seit Jahren unrecht. Sie haben Ihrem Vater gegenüber mit großem Pathos betont, daß ich eine Dirne bin. Habe ich jemals diesen meinen organischen Fehler verheimlicht? War ich nicht immer aufrichtig? Wenigstens in dieser Hinsicht? Gerade Sie, der Sie seinerzeit soviel von meiner „erotischen Intelligenz" phantasiert haben, gerade Sie durften nicht so vulgär sein! Wenn schon aus keinem anderen Grund, so hätten Sie aus Rücksicht auf Ihren Vater so etwas nicht sagen sollen! Sie haben doch gewußt, wie es um sein Herz steht! Auch mir gegenüber haben Sie sich nicht wie ein Kavalier benommen! Es ist sehr leicht, eine Frau zur Dirne zu stempeln. Trotzdem bin ich Ihnen nicht im geringsten böse – mich schmerzt es nur wegen der Erinnerung an alles, was zwischen Ihnen und mir war! Ich kann mir nicht helfen, aber immer wenn ich daran denke, werde ich traurig. *(Pause, mit Tränen in den Augen)* Sehen Sie, in diesem Medaillon trage ich noch heute Ihr Haar!

LEO: *(geht beunruhigt im Zimmer auf und ab)* Ich war damals zweiundzwanzig! Ich habe gerade an meiner Dissertation gearbeitet.

BARONIN: Ja, und in Ihrem grausamen Brief aus Cambridge haben Sie auf einmal Ihre Mutter erwähnt. Und nie mehr haben Sie mir Gelegenheit gegeben, mich mit Ihnen auszusprechen! Alle meine Briefe sind verlorengegangen – keine Antwort mehr! Wenn man's recht nimmt, was habe ich eigentlich an Ihrer Mutter verbrochen! Ich habe Sie überhaupt nicht gekannt! Ich war damals sechsundzwanzig Jahre alt und habe auf allen Seiten, ohne daß ich etwas dazu getan hätte, Erfolg gehabt. Alle haben vor mir gekniet, und Ihre Mutter war eine distinguierte Dame, eine nervöse Dame, sie hatte bereits einige Male Hand an sich gelegt – ich habe nie jemandem etwas zuleide getan! Leo, Sie wissen nicht, wie das war! Ihr Vater hat mich vier Jahre lang gequält, er hat mich vier Jahre lang angeödet, er wollte sich vor mir erschießen – aber ich wollte keinen Skandal. Ich wollte um Ihrer Mutter willen nicht, daß er sich scheiden läßt, und ich habe ehrlich und loyal ausgehalten bis zur letzten Minute. Gerade in dieser Hinsicht habe ich mir nichts vorzuwerfen! *(weint still in sich hinein, ganz leise, mit von Bewegung unterdrückter Stimme:)* Eine Dirne! Das ist sehr leicht gesagt! Jawohl! Fabriczy hat mit mir in Stundenhotels champagnisiert! Dieser Herr Fabriczy, der vornehme, alte Obergespan und Aristrokat ist genauso ein Schwein wie alle anderen. Das Körperliche an uns ist nicht schmutzig – im Gegenteil! Alles an uns Frauen ist körperlich, und ich leugne das nicht! Ich bin ehrlich. Und, sehen Sie, ich habe seit meinem fünfzehnten Lebensjahr viel erlebt. Ich habe Bischöfe und Generäle zu meinen Füßen liegen sehen und Kellner, jawohl Kellner, Kammerdiener und armselige Schreiber! Und ich habe es immer wieder von neuem erlebt: beinahe alle, die vor uns kriechen, beschmutzen uns später so furchtbar, daß mir das vollkommen unerklärlich ist! Ich habe mich gegen dieses Körperliche in mir nie gewehrt! Ich bin von Natur aus schwach. Ich habe es immer zugegeben: ich verberge es auch jetzt nicht, doch sehen Sie, ich schwöre es Ihnen beim Grab meiner Mutter, gerade Ihnen gegenüber habe ich mich nie wie eine Dirne benommen! Und gerade Sie haben mich am fruchtbarsten erniedrigt!
(Tränen)

LEO: *(bewegt sich zwischen den Möbeln hin und her, vom Alkoven zum Fenster und zurück, ununterbrochen.)*

BARONIN: *(ruhig und traurig)* In diesem glembayschen Hause waren Sie für mich der einzige Lichtstrahl! Ich bin aus materiellen Gründen in dieses Haus gekommen: Ich gebe es zu. Das müssen Sie verstehen! Ich habe nicht auf einem Kirman Tausendundeine Nacht gespielt. Sie haben Ihr Leben mit einer Monatsrente von zwanzig Pfund begonnen – und ich mit zerrissenen Schuhen und einem zerschlissenen Fuchspelz um den Hals! Meine Glembay-Ehe war eine finanzielle Transaktion. Ich gestehe es. Ich habe damals schon eine Ehe hinter mir gehabt – mit dem degenerierten sechzigjährigen Baron Castelli, und vieles andere noch, doch glauben Sie mir, ich habe diese glembaysche Transaktion sehr teuer bezahlt! Sie wissen selbst, wie Ihr Vater war! Skrupellos, hart und grausam! Und dieser Mann, der imstande war, ohne mit einer Wimper zu zucken, Existenzen zu ruinieren – ist zum Vater meines Kindes geworden. Oliver ist sein Ebenbild! Alles Schlechte in diesem Kind ist meine Sühne! – Gut: die Buben haben vereinbart, den Kassier irgendeiner Ziegelei auszurauben. Ein Lausbubenstreich, immer voller krimineller Triebe! Ein sechzehnjähriger Glembay lädt sein Jagdgewehr, um einen Kassier zu berauben! Das ist zweifellos furchtbar! Das Schreckliche daran ist, daß ich das gewußt habe! Das Verbrechen ist im Blute dieses Kindes ununterbrochen gewachsen. Sie wissen doch am besten, was das heißt: glembaysches Blut!

LEO: Das alles ist so trüb! Mir tut der Kopf weh. Ich beginne, mich in all dem zu verlieren. Ich bin so ruhig hergekommen. Alle Lügen, die ich als Schändung der Erinnerung an meine Mutter empfunden habe, waren schon verblaßt, und ich war beinahe vollkommen ruhig! Aber der Tod dieser schwangeren Frau, dann die Alte unter dem Pferdegespann – die ganze Art, wie man in diesem Haus von dieser Sache gesprochen hat – und das hat mich enerviert! Ich möchte gern wissen, wie Sie den Tod des Schreibers Skomrak erklären?

BARONIN: *(aufrichtig, traurig)* Diesen Tod habe ich nicht gewollt. Er hat sich in mich verliebt. Mein Gott – während der Sitzung im Verein. Ein fanatischer, ein überspannter Kopf. Ein armer Teufel! A propos, Leo: ich hätte eine große Bitte an Sie: Sie haben heute nacht von seinen Gedichten gesprochen, die bei ihm gefunden worden sind. Könnte ich diese Gedichte für eine Minute sehen? Das würde mich interessieren.

LEO: Das würde Sie interessieren? Bitte! *(zieht aus der Tasche einige zerknüllte Papiere heraus und gibt sie ihr)*

BARONIN: *(nimmt die Manuskripte und blättert mit großem Interesse darin.)*

LEO: *(betrachtet sie mit großer Ruhe, – Pause)*

BARONIN: *(in den Manuskripten blätternd)* Das war nicht übel! Der Kleine scheint wirklich talentiert gewesen zu sein! Das ist schön! Sogar sehr schön! *(Weint vor Rührung und trocknet ihre Tränen)* Armer Teufel!

ANGELICA: *(kommt herein)* Wir haben die Krawatte gefunden, liebe Charlotte! Der Diener bringt sie. Die Schuhe ebenfalls.

(Einige Sekunden nach Schwester Angelica kommt der Kammerdiener mit den Schuhen und einigen Krawatten)

KAMMERDIENER: Herr Doktor, bitte, Sie werden am Telefon verlangt. Die Handelsbank möchte mit Herrn Doktor sprechen.

LEO: Mit mir? Das muß ein Irrtum sein!

KAMMERDIENER: Die Handelsbank möchte gerade mit Herrn Doktor sprechen. Die Direktion!

LEO: *(geht hinaus)*

BARONIN: Merci, liebe Angelica! Ich danke Ihnen vielmals! Sie haben mir einen großen Gefallen erwiesen! Franz, ziehen Sie bitte dem gnädigen Herrn die Lackschuhe an. Ja?!

(Alle drei gehen in den Alkoven)

BARONIN: Ich glaube, die breite Krawatte ist besser! Die sieht würdevoller aus. So! Das werde ich schon allein machen! Merci! *(Sie bindet Glembay die Krawatte um.)* Franz, nehmen Sie den Schal dort vom Fauteuil und binden Sie ihn dem Herrn Geheimrat um das Kinn! Es sieht nicht schön aus, wenn man die Zähne sieht. Den dort, Franz, auf dem Fauteuil, neben dem Trumeau!

KAMMERDIENER: *(bindet den Schal um das Gesicht des Toten.)*

BARONIN: *(arrangiert alles ruhig und würdevoll.)*

LEO: *(kommt zurück)* Baronin, der Generaldirektor der Handelsbank möchte Sie sprechen!

BARONIN: Mich? Was ist denn los? Wozu will er mich jetzt sprechen? Bitte sagen Sie ihm, daß ich nicht zu sprechen bin! Jetzt ist es fünf Uhr früh!

LEO: Ich glaube, es handelt sich um Ihr Konto bei der Handelsbank!

BARONIN: Mein Konto bei der Handelsbank? Ich habe doch mit ihr gar keine geschäftlichen Verbindungen?!

LEO: Ihr Konto dort ist mit 840.000 belastet!

BARONIN: *(ruhig, naiv, aber schon unterwegs zum Telefon)* Unmöglich! Das ist ja unmöglich! Ich habe doch mein Konto bei der Wiener Disconto Italiano!

LEO: Ich habe keine Ahnung von Ihren geschäftlichen Angelegenheiten. Bitte, überzeugen Sie sich doch selbst!
(Baronin geht hinaus. Kammerdiener folgt ihr.)
LEO: Der alte Barboczy hat sich also nur ausgedacht, daß die Glembays Mörder und Falschspieler sind! Wer hat dem Alten das Tuch umgebunden?
ANGELICA: Charlotte!
LEO: Schrecklich! Er sieht aus, als hätte er Zahnschmerzen! Das Furchtbarste am Tod ist, daß er einerseits übernatürlich und auf der anderen Seite lächerlich ist! Der Mensch darf im bürgerlichen Tode nicht gähnen! Zu dumm! *(Wieder in seine Gedanken vertieft)* Also es scheint, daß der alte Herr Zahlungsaufträge der Baronin gefälscht, daß er ihre Wechsel unterschrieben und sie dann selbst giriert hat. Die Handelsbank kann mit Wien keine Verbindung bekommen. Interurbane Störung. Doch telegrafisch scheint bereits alles geklärt zu sein: ein vollkommenes Debakel. Die Glembays sind Ehrenmänner!
ANGELICA: Sei bitte nicht beleidigt, Leo – aber deine Art wirkt auf mich schrecklich brutal und ungewohnt. Du tust die ganze Zeit, seit ich hier im Hause bin, nichts anderes, als auf die Glembays schimpfen. Als wärst du nicht selbst ein Glembay!
LEO: Vom ersten Tag an, an dem ich zu einem selbständigen Gedanken gekommen bin, habe ich den Kampf gegen den Glembay in mir aufgenommen! Das ist eben das Allerschrecklichste an meinem Schicksal: Ich bin ein reiner, unverfälschter Glembay. Mein ganzer Haß gegen die Glembays ist nichts anderes als der Haß gegen mich selbst. In den Glembays sehe ich mich selbst wie in einem Spiegel.
ANGELICA: *(scheu, aber durch ihre harmonische Ausgeglichenheit eindringlich und suggestiv)* Du liebst Paradoxe, und deshalb verdrehst du alles. Ich fürchte mich vor deinen Scherzen – aber es liegt unendlich viel Weisheit in der christlichen Maxime: liebe deinen Nächsten wie dich selbst!
LEO: Ich möchte gerne wissen, was dich dazu veranlaßt, so christlich zu denken und zu leben?
ANGELICA: Lassen wir das, Leo – das wäre viel zu lang und viel zu traurig! Außerdem glaube ich, daß es für dich am besten wäre, wenn du dich ein wenig hinlegen wolltest. Es ist schon Morgen! Ich gehe in mein Zimmer, hier ist alles in Ordnung. Auf Wiedersehen, Leo! *(geht zu ihm und gibt ihm ruhig die Hand)*
LEO: *(hält ihre Hand in der seinen)* Beatrice, warum meidest du mich die ganze Zeit? Ich habe dich während dieser fünf Tage

angeschaut, wie man ein Altarbild ansieht, aber deine Augen waren immer geschlossen: heute nacht, dort unten – vor deinem Porträt – habe ich zum ersten Mal deinen Blick gesehen! Warum weichst du mir aus? Glaub mir, ich wäre schon am ersten Tag weggefahren, hätte ich dich nicht hier gefunden. Es ist vielleicht dumm, dir das alles zu sagen, von dir ist es aber ebenso unklug, mir immerzu auszuweichen! Deine Dominikanersilhouette ist in dieser Atmosphäre der einzige lichte Fleck. Unter diesen furchtbaren Masken trägst du als einzige ein menschliches Gesicht! Beatrice, ich brauche jemanden in dieser Hölle – aber du bist so konventionell! Das ist nicht schön von dir! *(läßt plötzlich ihre Hand frei und geht unruhig im Zimmer auf und ab)* Ich habe so gräßliche Kopfschmerzen. Mir ist so übel, als hätte ich mir den Magen verdorben. Kalter Schweiß, Nebel vor meinen Augen – als müßte ich jeden Augenblick in Ohnmacht fallen!

ANGELICA: Es wird das beste sein, wenn du dich niederlegst. Das kommt alles von den Nerven! Leg dich hier für zwei, drei Minuten hin, beruhige dich, und dann geh in dein Zimmer und schlaf dich aus! Es ist bereits Morgen! Es dämmert schon! *(Sie nimmt zwei Kissen von einem Fauteuil, legt sie auf den Diwan, mit kundiger Hand, wie eine Krankenpflegerin, geht dann zu Leo, streichelt ihn leise, wie Schwestern ihre Patienten zu streicheln pflegen, und führt ihn dann zum Diwan)*

LEO: *(überläßt sich ihrer Fürsorge wie ein krankes Kind)* Mir ist so übel, Beatrice! Nervöser Puls, nervöses Herz, Migräne, ich kann mich kaum aufrechthalten! Ich danke dir! *(legt sich hin, beinahe besinnungslos, atmet schwer)*
(Die ersten Vögel im Garten. Morgenstrahlen durch das Fenster. Angelica schenkt Leo ein Glas Wasser ein; benetzt ein Tuch mit Kölnischwasser und legt es ihm auf die Stirn. Fühlt seinen Puls. Vogelgezwitscher)

LEO: Deine Hand ist so kühl wie Kampfer! Deine Holbeinsche Hand, Beatrice! Oh, wie schwer ist das alles!

ANGELICA: Bitte denk nicht daran!

LEO: Ich kann nicht! Alles fiebert noch in mir! Und was ist geschehen? Nach diesen langen sechzehn Jahren, in denen ich mich auf den Kampf vorbereitet habe, bin ich plötzlich vor einem Fremden gestanden, dem ich lauter vulgäre Dummheiten ins Gesicht gesagt habe. Er konnte kein einziges meiner Wörter begreifen. Und dann hat er mir mit der Faust ins Gesicht geschlagen und mir einen Liter Blut abgezapft. Mein blutender

Mund war das ganze Ergebnis! Noch nie habe ich so deutlich wie jetzt gefühlt, wie sinnlos das alles ist!

ANGELICA: *(hat sich einen Sessel genommen und setzt sich ihm gegenüber, hält eine seiner Hände in der ihren)* Alles wird wieder gut werden, Leo!

LEO: Nichts wird gut werden. Du weißt es selbst am besten, Beatrice! Ich habe diesen Menschen dort gefällt! Ich wollte einen harten, riesigen Glembay niederzwingen – und dabei war es nur ein Desperado, der knapp vor dem Bankrott stand. Eine Vogelscheuche! Ich habe gegen eine Fiktion gekämpft. *(Pause. Er atmet stoßweise und erregt, aber nicht laut)* Das alles ist kriminell!

Ich habe noch die unregelmäßigen griechischen Verben gelernt, als ich auch schon das erste Verbrechen erlebt habe. Ein Sturm hat sich plötzlich erhoben und die Bäume samt den Wurzeln ausgerissen. Wir Buben waren gerade auf einem botanischen Ausflug und flüchteten in eine Schenke im Wald. Beim Steinbruch. Und dort im Dunkel – bei einer stinkenden Petroleumlampe – sprachen rußige und behaarte Köhler davon, daß man jemand zur Ader lassen müsse! „Umbringen sollte man ihn" hat einer von ihnen gesagt. Ich lief, von einer wahnsinnigen Furcht ergriffen, ins Dunkel hinaus. Dort habe ich zum ersten Mal erfahren, daß sich Menschen gegenseitig umbringen! Damals bin ich – das Schmetterlingsnetz in der Hand – zum ersten Mal mit der Welt des Verbrechens in Berührung gekommen. Und heute bin ich alt und blöd, heute bin ich krank und lebe noch immer in einer blutigen Schenke! Oh, wenn ich aus all dem fliehen könnte!

(Glockengeläute. Vogelstimmen, der Tag beginnt)

LEO: Der alte Barboczy hat recht gehabt: die Glembays sind Mörder. Der Warasdiner Glembay, der die Kirche von Remetine in der Hand hält, hat im steirischen Wald einen Goldschmied ermordet und ausgeraubt, der das Kirchengold nach Warasdin bringen wollte! Das hab ich von einem Glembayschen Kutscher gehört, der noch beim verstorbenen Ferdinand gedient hat.

ANGELICA: Märchen und Legenden! Dafür gibt es doch keine Beweise!

LEO: O Gott! Alle denkt ihr immer nur an Beweise! Es gibt nie für etwas Beweise! Ich habe das von einem Kutscher gehört, und das war für mich während meiner Kindheit die realste Tatsache in diesem Haus. Wie oft habe ich den Warasdiner durch das Haus schleichen gesehen, das blutige Messer in der Hand! Er ist immer in den Winternächten gekommen, mit dem Wind in den Kaminen. Er ist immer über die Haupttreppe in den roten Salon gegangen. Und einmal begegnete ich ihm im Zimmer meiner verstorbenen Mutter – doch er versteckte sich rasch unterm Klavier. Er hielt ein großes Küchenmesser in der Hand. Das Messer war ganz blutig – und dann verschwand er plötzlich. Und heute nacht, Beatrice, ist er wieder gekommen! Er ist hier – er wartet irgendwo hinter einem Schrank!

ANGELICA: Leo, Lieber, beruhige dich! Das sind nur deine Nerven! Soll dir Doktor Altmann ein Schlafmittel geben? Soll ich ihn rufen? Er trinkt unten Tee mit Onkel Fabriczy.

LEO: Ich danke dir. Ich brauche nichts! Nerven! Es ist doch gut, daß du nicht gesagt hast, ich bin überspannt. Das ist die Wahrheit! Der Warasdiner Glembay hat einen Altar in der Remetiner Kirche errichten lassen, um seine Seele zu retten! Aber seine Seele ist nicht erlöst worden! Dort – schau dir diesen Glembay an! Alle haben seine Unterkiefer – das Zeichen des Kriminellen! Ein furchtbares, blutgieriges Tier! Und jener unerklärliche Haß gegen diesen Menschen dort, der Haß, den ich in mir fühle, seit ich denken kann, ist eigentlich das glembaysch Kriminelle in mir! Gut, ich gebe zu: das ist Verfolgungswahn, das ist ungesund – aber dieser Schmutz, dieses Dunkle und Bodenlose in mir beherrscht mich schon seit Jahren! Ich trage es mit mir herum – in meinen Eingeweiden! Ich habe versucht, diesen furchtbaren Trieb in mir zu erklären: der Tod meiner Mutter war damals ein plausibler Grund für mich, um diesen unterschwelligen Haß in mir zu erklären. Von diesem Augenblick an habe ich Grund genug gehabt, ihn zu hassen: als den Mörder meiner Mutter! In Wirklichkeit aber habe ich mich in ihn verbissen wie ein Schakal in einen anderen: das glembaysche Blut in uns hat gegen sich selbst gewütet.

ANGELICA: Leo, um Himmels willen, ich bitte dich, sei doch vernünftig ...

LEO: Es ist so, ganz genau so! Und da gibt es nur eine Lösung: entweder fressen wir einander auf wie die Schakale, oder ...

ANGELICA: Oder?

LEO: Oder er tötet sich selbst.

ANGELICA: Leo!

LEO: Ja – das ist die einzige Möglichkeit! Vor diesem Verbrechen heute nacht habe ich mich seit Jahren gefürchtet. Wie ein Raubtier bin ich um dieses Geheimnis herumgeschlichen! Ich habe siebzehn Jahre lang dieses Haus nicht betreten – aus Angst vor dem Verbrechen. Und als ich dann eines Tages hierhergekommen bin, da habe ich sofort Blut gerochen! In diesem Nebel, zwischen all jenen Toten, habe ich mich instinktiv vor allem gefürchtet und zugleich in perverser Erwartung gezittert, daß sich doch noch eine günstige Gelegenheit wirklich ergeben hat; bin ich – anstatt vor dem Abgrund zurückzuweichen – wie ein Affe darum herumgesprungen, bis dann alles zusammengebrochen ist. Im letzten Augenblick noch war mir klar, daß es schlecht ausgehen würde – aber die Leidenschaft war stärker als die Vernunft! Der glembaysche Imperativ hat mich überwältigt, und ich habe mich mit meinem eigenen Blut besudelt! Das alles ist ein Chaos, meine liebe Beatrice! Das alles ist so schrecklich. *(Ohne Tränen und ohne Seufzer führt er den Kampf eines Menschen, der ohne Erbarmen und hoffnungslos mit sich selbst zu Gericht geht.)*

ANGELICA: *(streichelt ihn zart und mitfühlend wie ein krankes Kind)* Nein, Leo, das alles ist nicht so dunkel. Zu sehen und zu wissen, daß du nicht fähig bist, dagegen etwas zu tun, wäre schrecklich und hoffnungslos. Aber wenn man alles klar und vernünftig betrachtet, so ist es gar nicht so arg. Das bedeutet, Kraft haben, innere, höhere Kraft, um sich seiner Triebe erwehren zu können! Das bedeutet, die Möglichkeit einer Rettung zu fühlen! Und schließlich hast gerade du – mit deinem großen und leuchtenden Talent – mit deiner Intelligenz keinen Grund ...

LEO: *(küßt ihr dankbar die Hände und legt sie dann auf seine Stirn, erhebt sich langsam und sinkt vor Angelica in die Knie.)* Oh, wie gut du bist, Beatrice! Die einzige Hilfe gegen diesen dunklen Schmerz wäre eine reine Hand! Nur in einer solchen Atmosphäre könnte ich noch einmal zu mir selbst finden, ich könnte arbeiten, leben, gesunden – und aus allem herauskommen.

BARONIN: *(erscheint in diesem Augenblick. Ihr Eintritt geschieht dermaßen furios, daß Leo vor Angelica knien bleibt. Die Baronin ist vollkommen derangiert, ihr Haar ist in Unordnung. Ihre Bewegungen sind hektisch. Sie ist dermaßen außer sich, daß sie den Eindruck einer Wahnsinnigen erweckt. Sie kreischt vor Verzweiflung und Wut.)* Verflucht sei der Tag, an dem ich diesen Schuft kennengelernt habe! Diesen elenden Hochstapler! Mein blutig verdientes Geld hat mir dieses Schwein gestohlen! Ich bin beraubt worden! Das ist ja entsetzlich. Unglaublich. Ich werde noch verrückt – das ist furchtbar, dieser Schuft, dieser Verbrecher ...

224

LEO: *(hat sich erhoben und blickt sie an)* Benehmen Sie sich anständig, bitte! Was ist das für ein Benehmen? Sie sind hier im Zimmer nicht allein!

BARONIN: Ah so? Und so einer wie Sie wird mir vorschreiben, wie ich mich zu benehmen habe?! Der Alte hat mich ausgeraubt, und Sie beleidigen mich noch obendrein? Nicht nur bei der Industriebank, auch beim Credit Lyonnais und bei der Wiener Allgemeinen – überall hat er mich bestohlen! Ich bin bestohlen worden, verstehen Sie das nicht? Schweine seid Ihr und eine Bagage, das seid ihr! Ist das ein Benehmen für eine Nonne? So benimmt sich eine Straßendirne und keine Nonne! Mein Haus ist kein Bordell! Ich verbitte mir, daß so ein Schwein wie Sie so mit mir spricht!

ANGELICA: Charlotte, um Himmels Willen, beruhigen Sie sich, Charlotte!

BARONIN: Was habe ich noch zu verlieren? Ich bin beraubt und bestohlen worden! Mein blutig verdientes Geld hat man mir gestohlen! Was spielst du da die Scheinheilige? Als ob man nicht wüßte, daß du mit dem Kardinal Montenuovo ein Verhältnis hast!

LEO: *(mit erhobener Stimme)* Kein Wort mehr! Verlassen Sie augenblicklich dieses Zimmer!

BARONIN: Was, du willst mich hinauswerfen? Ja, wer bist du denn in diesem Haus? Dieses Haus ist mein Eigentum, hier bin ich der Herr. Nicht genug, daß ihr mich ausgeraubt habt – jetzt wollt ihr mich auch noch aus meinem eigenen Haus jagen?! Nur weil ich nicht zulasse, daß ihr aus diesem Zimmer ein Bordell macht?! Geht in ein Stundenhotel, wenn ihr wollt – aber nicht hier!

(Dieses Wort „Stundenhotel" öffnet Leo die Augen. Von diesem Moment an sieht er klar.)

LEO: Stundenhotel! Ja, natürlich. *(geht auf sie zu)*

BARONIN: Was wollen Sie von mir? Der Alte hat mich bestohlen. Gemein bestohlen. Mein ganzes Vermögen ist verloren!

LEO: Er hat sich nur das zurückgenommen, was ihm gehört hat und was Sie im Laufe der Jahre gestohlen haben! Aber wir haben eine andere Rechnung zu begleichen! Eine Person, die geradewegs aus dem Stundenhotel gekommen ist, hat hier zu schweigen! Haben Sie mich verstanden? Seit jenem Kirman haben Sie hier in diesem Haus ununterbrochen gestohlen! Sie haben hier zu schweigen! Haben Sie mich verstanden?

BARONIN: Ich soll schweigen?! Ich habe Sie hier mit dieser Scheinheiligen in flagranti ertappt! Hier vor Ihrem toten Vater – na, schöne Schweine seid ihr alle miteinander! Mörder und Falschspieler! Der alte Barboczy hat recht gehabt: Mörder und Falschspieler!

(Leo geht auf sie zu. Angelica will ihn zurückhalten, er stößt sie jedoch resolut zurück und nimmt die Schere vom Tisch. Alles spielt sich unter großer Spannung und sehr rasch ab.)

LEO: Kein einziges Wort mehr!

BARONIN: Was wollen Sie von mir? Lassen Sie mich in Ruhe! Lassen Sie mich in Ruhe, Sie Mörder!

(Leo will sie packen, sie kreischt entsetzt auf und flieht aus dem Zimmer, Leo erstarrt für einen Augenblick. Dann stürzt er ihr wie wahnsinnig nach. Man hört wie Türen zugeschlagen werden und Fensterscheiben klirren. Stimme der Baronin: Hilfe, Hilfe! Stille. Dann Stimmengewirr. Wieder werden Türen zugeschlagen. Lärm. Stimmen.)

KAMMERDIENER: *(stürzt herein, blickt suchend um sich, nimmt dann Dr. Altmanns Instrumententasche vom Tisch)* Der Herr Doktor haben die Frau Baronin erstochen!

ANGELICA: *(steht erstarrt da – wie eine Puppe in einem Wachsfigurenkabinett. Vogelgezwitscher im Garten.)*

Ende

LEDA

Komödie einer Karnevalsnacht
in vier Akten

PERSONEN:

OLIVER RITTER VON URBAN, ehem. Gesandtschaftsrat bei der k. u.k.
Botschaft in St. Petersburg
KLANFAR, Großindustrieller
MELITTA, seine Frau, geb. Edle von Szlougan-Slouganow
AUREL, akademischer Maler
KLARA, seine Frau
FANNY
ERSTE DAME
ZWEITE DAME
EIN HERR
PASSANTEN
STIMMEN VON PASSANTEN

Gasthausmusik

*Das Stück spielt in einer Karnevalsnacht des Jahres 1926. Der erste
Akt im Salon der Frau Melitta Slouganow, um acht Uhr abends.
Der zweite und der dritte Akt in Aurels Wohnung, zwischen zwei
und drei Uhr nachts. Der vierte Akt etwas später auf der Straße,
vor Klanfars Palais.*

ERSTER AKT

Abenddämmerung im März. Salon der Frau Melitta, Edle von Szlougan-Slouganow und Gattin des Großindustriellen Klanfar. Die Wohnung ist im Stil der achtziger Jahre eingerichtet – Makart und etwas Sezession. Der Salon ist mit unnötigem Kram überfüllt, wie ein Zimmer, in dem man schon seit zwei Generationen wohnt, ohne darin wesentliche Änderungen vorzunehmen. Viele Fotos und Kissen, Paravents mit gestickten Paradiesvögeln, Teppiche und eine Menge Erinnerungsstücke aus alten Tagen, die von der Familie Slouganow aus Ungarn mitgebracht worden sind. Riesige Plüschfauteuils, Melittas Stilleben, auf denen man Orangen, Fische und Vasen mit Feldblumen sehen kann. Unter einer Glasglocke liegt ein Klumpen Plastilin, aus dem man einen Kopf zu formen begonnen hat; er ist mit einem nassen Tuch umwickelt, damit er nicht austrocknet. Den Salon beherrscht jedoch ein großes Porträt der Frau Melitta, gemalt von dem spätimpressionistischen Meister Professor Aurel. Über dem Divan aus den achtziger Jahren hängt ein Kupferstich des Professors Aurel, auf dem er das Motiv der Leda mit dem Schwan auf eine virtuose Art dargestellt hat.
Der Vorhang geht langsam auf, so daß man das intime Bild auf dem Diwan, unter dem Kupferstich, einige Sekunden lang sehen kann, als wäre das Paar, das fest umschlungen da liegt, allein und unbeobachtet. Urban gibt Melitta noch einen letzten, stummen Kuß. Dann steht er auf, glättet seinen Anzug und geht, eine Kantilene trällernd, zur Lampe. Er kehrt zum Diwan zurück, zündet sich eine Zigarette an, betrachtet Aurels Kupferstich, der über Melittas Kopf hängt, und trällert sein Lied weiter. Melitta bleibt, die Arme unter dem Kopf verschränkt, auf dem Diwan liegen. Sie ist müde und nachdenklich.

URBAN: Im Eastnor Castle, auf dem Sitz der Lady Sommerset, habe ich eine holländische Vase aus grünlichem Kalzit gesehen, auf der die Leda mit dem Schwan dargestellt ist. Die Leda auf dieser Vase empfängt den Schwan wie ein kleines Dienstmädchen ihren Soldaten im Haustor: stehend. Die Leda war doch eine Königin. Aber heute in unserer sogenannten demokratischen Zeit, in der man nicht mehr auf dem Olymp thront, sondern höchstens ins Olymp-Kino geht, ist Leda natürlich keine Königin mehr. Irgendein Fräulein aus der Vorstadt hat ihre Rolle übernommen. Die Kleine zieht sich ganz einfach aus, die Maler malen sie, man schreibt von ihr, und die Literaturzeitungen bringen sie nackt auf der Titelseite. Sie kann binnen vierundzwanzig Stunden berühmter werden als die Leda in dreitausend Jahren. Das alles ist degoutant und traurig.

MELITTA: *(in Gedanken)*
Ja, diese kleine Leda scheint heute in Mode zu sein. Bobotschka hat sie zu sich gebracht, und die Kleine hat sich ganz ordentlich benommen. Bobotschka hat mir am Telefon gesagt, daß die Kleine den ganzen Abend keinen einzigen Faux-pas gemacht hat. Wer ist sie eigentlich?

URBAN: Ich weiß es nicht.

MELITTA: Du weißt es nicht? Und dabei sitzt du jeden Abend mit ihr zusammen. Sie hockt doch schon seit einem halben Jahr in Aurels Atelier herum.

URBAN: Wer die Kleine ist, weiß niemand. Man sagt, sie sei ein uneheliches Kind. Ihr Vater ist angeblich bei der Feuerwehr. Die Mutter ist bei der Geburt gestorben, oder so etwas ähnliches. Wie es halt schon so ist. Mit vierzehn war sie beim Ballett, mit sechzehn auf der Straße, und jetzt tanzt sie, spielt und schreibt. Mit einem Wort – ein Talent. Sie soll achtzehn sein, alle nennen sie Leda, wie sie aber wirklich heißt, weiß niemand.

MELITTA: Ich glaube nicht, daß hinter der Geschichte zwischen ihr und Aurel mehr steckt, als ein Atelierflirt.

URBAN: Das weiß ich nicht.
(Er hört auf, den Kupferstich zu betrachten, und geht in die andere Ecke des Salons.)

MELITTA: Eine solche Verneinung ist mehr als eine gewöhnliche Intrige. Merci!

URBAN: Mein Gott! Du bist heute außergewöhnlich nervös. Ich weiß nichts Konkretes. Ich weiß nur, daß Aurel diese Leda in drei verschiedenen Motiven gemalt hat und daß eines dieser Bilder den Ehrenplatz in Aurels Wohnung einnimmt. Auch diesen Kupferstich hier hat er drei- oder viermal variiert. Außerdem weiß ich, daß auf dem neuesten Gemälde des Maestros, das Mariä Verkündigung darstellen soll, diese kleine Leda als Modell für Maria gedient hat. Ich weiß auch, daß zwei Akte von ihr mit meinem persönlichen Kommentar ins Ausland gewandert sind, aber das ist allgemein bekannt, die Zeitungen haben genug davon geschrieben. Ob dahinter mehr steckt als ein gewöhnlicher Atelierflirt, ist mir gänzlich unbekannt.

MELITTA: Soviel weiß ich auch. Schließlich ist es gar nicht so leicht,

Leda ohne Modell zu malen. Und die Kleine gibt ein wunderschönes Modell ab.

URBAN: Man muß kein Psychoanalytiker sein, um zu wissen, daß man bei einer solchen Schwanenmalerei mindestens ebensoviel im Bett arbeiten muß wie an der Staffelei.

MELITTA: Deiner Meinung nach werden also alle weiblichen Akte im Bett gemalt. Du hast wirklich eine üppige Phantasie. Ich habe heute für deine lasziven Geistesblitze nichts übrig. Danke.

URBAN: *(weiß nicht, was er mit sich anfangen soll; trinkt einen Schluck Tee, zündet sich eine Zigarette an und setzt sich schließlich ans Klavier; präludiert den Walzer aus der „Traviata").*
Eigentlich habe ich keine Lust, Geistesblitze zu produzieren. Wärest du nicht bereit, dich ganz legitim, ich meine im Sinne des kirchlichen Sakraments, in dieses Malerbett zu legen, dann hätte ich, glaube mir, kein einziges Wort darüber gesagt. Ich kann verstehen, daß jemand in der Liebe Dummheiten macht, aber wenn jemand ein ganzes Jahr lang löffelweise Zuckerwasser trinkt und dann diese Limonade zur großen Leidenschaft proklamiert und von einer Krise zu träumen anfängt, so finde ich das noch weniger intelligent als diesen Walzer aus der Traviata. *(hört auf zu spielen.)*
Melitta, ich muß dir sagen, daß ich beginne, mir ernstlich Sorgen um dich zu machen.

MELITTA: *(geht auf und ab und bleibt dann vor ihm stehen)*
Hör zu, Oliver, ich habe mich ohne Rücksicht auf dieses Fräulein Leda, also ohne Rücksicht auf alle Komplikationen, die im Zusammenhang mit ihr entstehen könnten, endgültig und ganz fest entschlossen, Klanfar zu verlassen. Ich würde lieber mein eigenes Todesurteil unterschreiben, als mich mit diesem Klanfar noch wer weiß wie lange herumplagen.

URBAN: *(zieht sie intim zu sich und setzt sie auf seine Knie; während er sie oberflächlich und routiniert küßt und streichelt)*
Das sind Kaprizen, meine Liebe. Du langweilst dich wie eine schöne junge Frau, die der Mayonaise, der Schokolade und der Musik überdrüssig geworden ist. Aus dir spricht ein sympathisches, aber dummes Kind.

MELITTA: *(überläßt sich seinen Liebkosungen; müde, katzenhaft)*
Jeder hat andere Nerven, Oliver. Meine Nerven können diesen Herrn nicht mehr ertragen. Ich möchte einen Roman lesen, er möchte schlafen. Und wenn ich schlafen möchte, dann schnarcht er. Mein Gott, dieser Mann schnarcht schon seit fünf

Jahren so selbstzufrieden, als führe er in der dritten Klasse eines Pendelzuges.

URBAN: Dieses Problem kann man doch leicht lösen. Verlange ein getrenntes Schlafzimmer.

MELITTA: Wenn diese Frage aufs Tapet kommt, zitiert Klanfar immer seine Mutter. Für ihn ist maßgeblich, was seine Mutter von den Ehebetten hält. Die Liebe hat immer brav Kartoffeln geschält, Wäsche gewaschen und die Stiefel ihres Mannes geputzt, der ein Ziegelbrenner war. Seit zwei Jahren schon bitte ich Klanfar, mich reiten zu lassen, weil der Arzt mir Bewegung verschrieben hat. Er meint aber, die Pferde stehlen einem nur die Zeit, wenn sie nicht vor einem bezahlten Fiaker eingespannt sind. Meine Malerei hält er für schwachsinnig. Der Name eines berühmten Malers, wie zum Beispiel Matisse, sagt ihm gar nichts. Er ist noch um eine ganze Generation hinter dem Snobismus. Er schaut sich ein Bild an, wie ein Bauer eine Fotografie. Nein, es hat keinen Sinn, die Ehe mit ihm fortzusetzen. Ich habe mich entschlossen, die Initiative zu ergreifen.

(Sie steht auf und geht im Zimmer auf und ab. Auch Urban erhebt sich und zündet sich eine Zigarette an.)

URBAN: Wozu brauchst du aber Aurel zu heiraten, wenn du einmal Klanfar verlassen hast? Lassen wir die Angelegenheit dieser kleinen Leda beiseite. Aber die Angelegenheit Klara wird nicht so leicht aus der Welt zu schaffen sein. Ich weiß auch nicht, wozu du überhaupt die Initiative ergreifen mußt. Schön, Klanfar schnarcht schon seit fünf Jahren und versteht nichts von der Malerei, aber er hat ein ganz schönes Kapital im Hintergrund, ein Kapital, das beachtliche Dividende abwirft. Und wenn du glaubst, daß die Maler nicht schnarchen, dann irrst du dich gewaltig, mein Kind.

MELITTA: Das verstehst du nicht. Diese Ehe mit Klanfar war für mich ein Kompromiß, aber jetzt kann ich diesen Kompromiß nicht mehr ertragen. Seht ihr denn alle nicht, wie er sich von Tag zu Tag verändert? Er ist nicht mehr der kleine Politiker wie vor drei, vier Jahren. Sein harter Bauernschädel weiß heute, daß er der Herr im Haus ist, der die Schlüssel zu seiner Wertheim-Kasse fest in der Hand hält. Unlängst hat er mir vor dem Dienstboten eine solche Szene wegen einer Parfumerierechnung gemacht, daß ich vor Scham am liebsten auf der Stelle in den Boden gesunken wäre. Wenn man wegen ein paar Fläschchen Kölnischwasser vulgäre Ungezogenheiten über sich ergehen lassen muß, dann ist die Situation ganz einfach unerträglich geworden, mein Lieber. Seine Schuhe, seine Anzüge und seine Fleischerhände mit dem großen Ring sind so herausfordernd vulgär, daß ich sie nicht mehr ertragen kann. Er hat sich einen riesigen Bauernschnurrbart wachsen lassen, nur um mich zu ärgern, und wenn er jemandem die Hand reicht, dann streckt er ihm nur zwei Finger entgegen und behält dabei den Zahnstocher im Mund. Ich kann das körperlich und psychisch nicht länger ertragen.

URBAN: Seitdem ich ihn kenne, hat Klanfar bei der Begrüßung immer den Zahnstocher im Mund behalten. Schließlich setzen sich alle Ehen aus ähnlichen Details zusammen: aus Schnarchen, Herausforderungen und faulen Zähnen. Wenn du glaubst, daß bei deinem Herrn akademischen Maler alles so aussieht, wie es in den Ausstellungskatalogen über ihn geschrieben steht, wenn du glaubst, daß er keinen plombierten Zahn hat, dann bist du auf dem Holzweg, mein Kind.

MELITTA: Aurel hat ein großes Innenleben, er lebt für mein Talent, er ist ruhig, mehr kontemplativ ... ich glaube, wenn wir zusammen ins Ausland fahren würden, weit weg von dieser Provinz ...

URBAN: Das alles ist sehr schön, wenn man aber die Situation richtig einschätzen will, dann ist nicht mehr so wichtig, was hier geschieht, sondern was dort bei der Frau Klara vor sich geht. Das alles ist sehr verführerisch, das Talent und die Reise ins Ausland, aber Klara baut ein Haus und sie wird sich, wie es mir scheint, nicht so ohne weiteres geschlagen geben.

MELITTA: – Das alles ist nebensächlich. Fest steht, daß ich mich entschlossen habe, die Initiative zu ergreifen.

URBAN: Initiative! Bist du blind? Die Reise ins Ausland ist etwas ganz anderes als eine Scheidung. Wie steht überhaupt Aurel zu deiner Scheidung? Du hast wahrscheinlich überhaupt nicht mit ihm darüber gesprochen.

MELITTA: Wieso nicht? Aurel ist unbedingt dafür, daß wir gleich nach Ostern nach Florenz fahren.

URBAN: Die Reise nach Florenz ist doch etwas ganz anderes als eine Scheidung. Was ist mit der Scheidung? Ist Aurel damit einverstanden, daß du die Initiative ergreifst? Hast du überhaupt mit Aurel darüber konkret gesprochen?

MELITTA: Das sind lauter unwichtige Details.

URBAN: Nehmen wir an, daß Aurel mit dir, was die Scheidung betrifft, vollkommen einverstanden ist. Erlaube mir aber eine Detailfrage, Melitta: Hast du dir schon Gedanken über die ma-

233

terielle Grundlage deines künftigen Lebens gemacht? Nehmen wir an, daß Aurel sich scheiden lassen will, nehmen wir an, daß Klara keine Schwierigkeiten machen und daß Klanfar in eine annehmbare Lösung einwilligen wird, und nehmen wir schließlich an, daß Aurel dich tatsächlich heiraten will, aber dann frage ich dich: wie und wann und wo und auf welche Art soll das geschehen? Bei dir ist alles unklar.

MELITTA: Nehmen wir an, du hast in diesem Punkt recht, aber diese Klanfarschen Zahnstocher und Krawatten, diese Klanfarschen Manschetten und Palatschinken werden mich nervlich unterhöhlen. Das ist unvereinbar mit meinem ganzen Wesen. Was weiß ich, was aus Aurel und mir wird? Ich habe wieder angefangen zu zeichnen, ich werde in Florenz die Akademie besuchen. Aurel glaubt an mein Talent. Alles Weitere wird sich schon finden. Jetzt schon daran zu denken ist langweilig und geschmacklos.

URBAN: Entschuldige bitte, aber das alles ist nur eine kapriziöse und kindische Laune. Du wirst doch nicht als Zeichenlehrerin in einer Bürgerschule landen?

MELITTA: Nein, das alles war schon beschlossen, als mein seliger Papa noch gelebt hat. Ich habe nur nicht die Kraft gehabt, diesen Entschluß auch auszuführen. Aber der Arme hat ganz genau gewußt, was für ein Opfer es für mich war, Frau Klanfar zu werden. Trotzdem hat er sich so an diese Situation gewöhnt, daß ich es ganz einfach nicht über mich gebracht habe, ihn vor ein fait accompli zu stellen. Er hat da draußen auf dem Klanfarschen Gut, bei seinen Forellen und Spargeln, sehr zufrieden gelebt. Das war meine einzige Genugtuung. Wenn ich schon so viel hinunterschlucken mußte, so habe ich wenigstens gewußt, warum. Aber wozu muß ich mich noch weiter erniedrigen? Klanfar und ich sind einander vollkommen fremd, wir repräsentieren zwei verschiedene Erziehungssysteme, zwei Weltanschauungen, zwei Rassen!

URBAN: Sobald jemand mit soviel Temperament seine subjektiven Anschauungen vertritt, kann man mit ihm schwer diskutieren. Erlaube mir aber ein ruhiges Wort, ich bitte dich. Ich habe schließlich ein Anrecht darauf, mir Sorgen um dich zu machen. Unsere Freundschaft und unsere Liebe haben schon in einer Zeit bestanden, in der es weder Klanfar noch einen anderen Mann gegeben hat.

MELITTA: Na und?

URBAN: *(geht auf sie zu und beginnt sie diskret und zärtlich zu streicheln)*
Melitta, ich habe Angst um dich, ich habe Angst, daß diese Stimmung bei dir, die letzten Endes durchaus verständlich ist, dich dazu veranlassen könnte, deine jetzige trübe Situation durch eine andere zu ersetzen, die unter Umständen noch trüber und verworrener sein würde ...

MELITTA: *(windet sich aus seiner Umarmung; langsam und nachdenklich)*
Du sprichst so, als wüßtest du mehr als ich.

URBAN: Ich weiß nicht mehr als du, ich weiß nur, daß meine Sympathie für dich ganz uneigennützig ist. Ich möchte nicht, daß du dich für Menschen, die deines Vertrauens nicht würdig sind ...

MELITTA: *(gereizt)*
Warum mußt du immer so doppelsinnige Erklärungen machen? Willst du damit sagen, daß Aurel meines Vertrauens nicht würdig ist? Hast du ihn damit gemeint? Das ist doch alles völlig aus der Luft gegriffen! Lauter Annahmen!

URBAN: Liebe Melitta, ich liebe dich wirklich, ohne irgendeinen Hintergedanken, wie eine Schwester, und gerade diese intime Bindung zwischen uns beiden, die weit zurückreicht – denk doch an unsere gemeinsame Kindheit, unsere Tanzabende, unsere Tennisnachmittage – gerade diese helle Erinnerung in mir, Melitta, veranlaßt mich, dich zu warnen. Ich weiß nicht, vielleicht ist alles unbegründet, vielleicht sind das nur Vermutungen, aber mir tut es leid, daß du dich so exponierst. Das Leben draußen ist skandalös brutal, alles ist so widerlich, wirklich, und du bist noch ein Kind, du lebst hier ganz abgeschlossen, du bist eine zarte Seele, du bist zu edel für all das ...

(Türglocke im Vorzimmer, Stimmen)

MELITTA: Das ist Aurel! Ich kenne seinen Schritt. Ich bitte dich, empfang du ihn für einen Augenblick. Ich kann mich nicht so vor ihm zeigen, einen Augenblick ...

(Sie zündet im Vorbeigehen die Kerze neben dem Klavier an und geht links ab. Urban setzt sich und blättert in einer illustrierten Zeitschrift. Aurel tritt ein, eine Zeichenrolle unter dem linken Arm und zwei weiße Rosen in der rechten Hand.)

AUREL: Servus, Oliver! Wie geht es dir? Wo ist Melitta? Ich habe da ein Aquarell für die alte Zygmuntowicz mitgebracht, sie braucht ein Brautgeschenk für die Provinz.

URBAN: Melitta wird gleich da sein. Nimm bitte Platz. Wie geht es dir? Entschuldige, bitte, daß ich nicht in der Redaktion war, als du angerufen hast, man hat mir aber deine Einladung übermittelt. Herzlichen Dank! Das ist mir sehr willkommen. Ich muß sowieso auf diesen Ball, ich habe aber nicht gewußt, wie ich dieses Problem lösen soll. Nochmals besten Dank! Wie geht es Klara? Bin ich bei ihr noch immer in Ungnade?

AUREL: Danke, es geht ihr gut. Sie hat nur ihre übliche Migräne. Soweit ich eingeweiht bin, bist du ihre große Sympathie.

AUREL: Es freut mich, daß du kommen wirst. Der Architekt hat mir den endgültigen Entwurf für die Villa geschickt, in drei Tagen fangen wir an, den Grund auszuheben. Dein Eindruck interessiert mich sehr. Ich denke, wir könnten so um dreiviertel neun essen und wenn wir dann um zehn aufbrechen, werden wir gerade zurechtkommen. Hier ist es angenehm warm. Draußen herrscht ein Londoner Nebel. Diese Frühlingsfeuchtigkeit ist schrecklich. Den ganzen Tag zuckt es mir in der linken Schulter, und im Ellenbogen spür ich meinen Puls. Was las ich da in der Zeitung? Klanfars Mutters ist gestorben? Wieso ist das so plötzlich gekommen?

(Holt aus der Tasche die Zeitung und sucht darin die Anzeige.)

URBAN: Sie war schon fünfundachtzig.

AUREL: Und wann ist sie gestorben?

URBAN: Klanfar fährt heute abend auf sein Gut hinaus. Morgen findet die Beisetzung statt.

AUREL: Und Melitta?

URBAN: Nein, Melitta fährt nicht mit. Die Arme hat bei dem Begräbnis ihres Vaters so viel mitgemacht, daß sie beschlossen hat, an keinem Begräbnis mehr teilzunehmen. Zwei Begräbnisse in drei Monaten sind ein bißchen zu viel.

AUREL: Also, dieser Ton, in dem Todesanzeigen geschrieben werden, überschreitet wirklich jegliche Grenze des guten Geschmacks. „Schwerer Schicksalsschlag", „der unerbittliche Tod", „unser aufrichtiges Beileid zum Ableben seiner Mutter entbieten wir unserem angesehenen Patrioten und unermüdlichen Arbeiter für das allgemeine Wohl" und so weiter und so weiter. Man zahlt dreitausend Dinar und drückt sich selbst in der Zeitung aufrichtiges Beileid aus. Geradezu monströs!

URBAN: Wie schrecklich wäre es aber erst, bei der großen Anzahl unserer Mitbürger, wenn der Tod nicht so viel von seiner Unmittelbarkeit verloren hätte? So ist er bürokratisiert. Der Tod ist nur eine Zeitungsnachricht, ein Aktenvermerk. Was wäre aber, wenn die Parte wirklich das enthalten würde, was sie eigentlich

enthalten sollte – eine echte Tragödie? Wir würden vermutlich
bald wahnsinnig werden, vor so viel Tragödie. Die Todesvor-
stellung würde so lange dauern wie ein chinesisches Theater-
stück – 24 Stunden täglich und das dreihundertfünfundsechzig
Tage im Jahr.

(Melitta tritt ein.)

AUREL: Küß die Hand, Melitta! Was hat die alte Dame eigentlich
gehabt. Ich habe es gerade in der Zeitung gelesen. Oliver sagt
mir, daß Klanfar heute Abend auf das Gut fährt. Sie fahren
nicht mit?

*(Er tritt auf sie zu und küßt ihr zeremoniell beide Hände zum
Zeichen seines Mitgefühls)*

MELITTA: Danke, Aurel. Wie geht es Ihnen? Nein, ich fahre nicht
zum Begräbnis. Nehmen Sie bitte Platz. Möchten Sie eine Tasse
Tee? Er ist noch warm.

AUREL: Nein, küß die Hand, danke schön. Ich komme gerade vom
Zahnarzt, ich habe Arsen im Weisheitszahn. Ich habe Angst,
daß die Wärme die Schmerzen wieder hervorrufen könnte. Entschuldigen Sie bitte, das waren die einzigen zwei Rosen, die ich
auftreiben konnte. Und das hier ist für die Baronin. Ein Aquarell: nature morte.

MELITTA: Sehr gut. Herzlichen Dank. Muß man das mit einem
Passepartout einrahmen?

AUREL: Nein, keineswegs. Nur so, einfach japanisch unters Glas
stellen. Ich glaube, die Faktur ist ganz anständig.

AUREL: Wer hätte sich gedacht, daß man durch ein neues Material
eine so frische Wirkung hervorrufen kann. Ich habe schon lange
nicht mit Aquarellfarben gearbeitet. Jene spezifische Fäulnis der
Orangen kann man viel besser mit Wasserfarben ausdrücken. So
wirkt das Bild viel unmittelbarer, viel japanischer.

MELITTA: Ich glaube, daß die Baronin zufrieden sein wird. Das
Bild ist übrigens nicht für sie, es wird als Geschenk in die Provinz geschickt. Und über den Geschmack in der Provinz bin
ich, ehrlich gesagt, nicht sehr gut orientiert. Was hältst du davon, Oliver?

URBAN: Wenn das Bild japanisch wirken soll, dann habe ich nichts
dagegen, es soll japanisch wirken. Das Gesicht der heutigen Malerei ist ganz unpersönlich geworden. Die Bilder sind je nach
Belieben modern oder ägyptisch oder nordisch oder japanisch.

AUREL: Ich habe es natürlich rein malerisch gemeint. In Europa
arbeiten heute an die zweihunderttausend Maler. Was kann ein
einzelner in dieser ungeheuren Masse schon leisten? Hier die

Forderung nach einem persönlichen Stil zu stellen, ist einfach eine abstrakte, feuilletonistische Phrase.

URBAN: Ich weiß nicht, welcher Feuilletonist es geschrieben hat, ich glaube aber, daß es wahr ist: Die Malerei ist in dem Augenblick überflüssig geworden, in dem man die Fotografie erfunden hat. Die Maschinen verdrängen das Handwerk auf allen Gebieten, warum soll das nicht auch auf dem Gebiet der Malerei so sein?

MELITTA: Na schön. Was wird aber aus der Kunst, aus der Schönheit und aus dem schöpferischen Akt überhaupt werden?

URBAN: Die Malerei erzeugt heute Waren genauso wie jeder andere Produktionszweig. Wozu braucht ein Handlungsreisender, der einen Kodakapparat besitzt, deine faulen Orangen? Wozu brauchen die Gewerkschaften „Die Gaukler" von Picasso oder Bilder von Matisse, Derain, Segonzac oder irgendeinem anderen der zweihunderttausend Maler? Der Maler hat heute seine kleinbürgerliche Klientel, genauso wie ein Anwalt oder Zahnarzt. Wenn er sie findet, dann baut er ein eigenes Haus und es geht ihm gut. Wenn er aber keine Patienten hat, dann sitzt er allein in seinem Zimmer, genauso wie jeder andere Zahnarzt, der keine Patienten hat. Alles andere ist eine unbescheidene und anmaßende Überschätzung der eigenen gesellschaftlichen Funktion.

AUREL: Das ist wahr. Eigentlich ist es sehr traurig, daß es so ist. Unter diesen elenden Verhältnissen hat man keine Zeit für Ruhe und Konzentration. Nehmen wir zum Beispiel den heutigen Tag. Ich habe keine einzige ruhige Minute gehabt, um die Palette in die Hand zu nehmen und zwei, drei Striche auf die Leinwand zu malen. Den ganzen Nachmittag hat mich der Architekt mit seinen Kostenvoranschlägen gequält. Klara hat Migräne gehabt. Dann mußte ich neue Tapeten auswählen, zu einer Sitzung in die Kammer gehen, neue Galoschen kaufen und obendrein meinen Zahnarzt aufsuchen. Ich habe keine einzige Minute Ruhe gehabt. Und morgen wird dasselbe von neuem beginnen: Modelle, Bestellungen, Baubehörden, Genehmigungen, Gesuche, Belege, Vorschriften, Pläne und so weiter und so weiter. Und mit all diesem Chaos soll der Mensch noch persönliche Welten schaffen! Jetzt bin ich müde wie ein Hund, zerstreut und nervös gehe ich nach Hause, esse, und dann muß ich zum Ball, auf dem ich mindestens bis zwei Uhr bleiben werde. Und so geht es jeden Tag, wie in einer Tretmühle. Da muß der Mensch ganz einfach müde werden.

MELITTA: Es tut mir leid, daß ich heute abend nicht mit Ihnen auf den Ball gehen kann. Ich wünsche mir so, eine gute Jazzmusik zu hören. Ich habe seit der vorjährigen Redoute nicht getanzt. Aurel, erinnern Sie sich noch an das Lied von der kleinen, badenden Helen?

AUREL: Wir müssen leider hingehen. Man hat Klara als Lady patronesse eingeladen und wird sie sicher bis morgen früh quälen. Es ist gut, daß Oliver mit uns kommt. So werden wir wenigstens nicht allein sein in dieser gräßlichen Gesellschaft. *(Urban präludiert auf dem Klavier den Schlager, den Melitta gerade erwähnt hat. In diesem Augenblick kommt Klanfar herein).*

KLANFAR: Meine Verehrung! Entschuldigen Sie bitte, daß ich störe! Ich wollte Melitta nur etwas fragen. Entschuldigen Sie uns bitte einen Augenblick! Ich habe angerufen, Melitta, und man scheint ...

(Die Szene wirkt unnatürlich. Müde und gelangweilt steht Melitta auf und geht auf Klanfar zu, der auf der Schwelle stehenbleibt. Urban unterbricht das Klavierspiel. Klanfar hat zuerst mit lauter Stimme gesprochen, doch die überlegene Haltung seiner Frau hat ihn etwas unsicher gemacht.)

KLANFAR: Bitte, ich habe angerufen, aber das Mädchen weiß anscheinend nichts davon. Nichts ist vorbereitet. Die Schlüssel, die Koffer, auch das Abendessen ist nicht fertig. Und ich habe ausdrücklich betont, daß man mir ein Abendessen vorbereiten soll, weil ich hungrig bin.

MELITTA: Man muß Fanny fragen, bitte läute dem Mädchen. Ich habe ihr doch gesagt – ich weiß nicht – und was das Abendessen betrifft, bitte ...

(Urban und Aurel stehen verlegen herum. Urban nimmt sich zuerst zusammen und geht routiniert auf Klanfar zu.)

URBAN: Verehrtester, ich bitte Sie, meine Worte nicht als eine reine Konvention aufzufassen, erlauben Sie mir, Ihnen mein aufrichtiges Beileid auszusprechen. Ihre Frau Mama war eine ältere Dame, die ich ...

KLANFAR: *(unterbricht ihn brutal)*:
Ich danke Ihnen, mein Herr!

(Reicht ihm oberflächlich die Hand und schlägt ziemlich laut die Tür hinter sich zu. Pause. Melitta und Urban bleiben bei der Tür eine Sekunde lang überrascht stehen. Dann kehrt Urban wortlos zu Aurel zurück. Aurel hat aus Verlegenheit die illustrierte Zeitschrift vom Tisch genommen und blätter nun darin. Melitta bleibt auf derselben Stelle unbeweglich stehen.)

AUREL: Ein seltsames Gefühl überkommt einen, wenn man in alten Modezeitschriften blättert. Es ist ziemlich schwer, den Stil einer bestimmten kulturhistorischen Epoche zu bestimmen. Was ist eigentlich der Stil einer Epoche? Wir haben schon einige Stile erlebt. Als wir geboren wurden, trugen die Damen lange Glokkenröcke mit Pelzverbrämung, und heute zeigen uns ganz anständige Frauen auf der Straße ihre Knie.

KLANFAR: *(erscheint in der Tür)*
Entschuldige, bitte, Melitta. Könnte ich dich eine Minute sprechen? Es ist ein Mißverständnis entstanden.

(Melitta geht wortlos hinaus.)

URBAN: *(sich mit Mühe beherrschend)*
Was sagst du zu diesen Kutscherallüren? Man will diesem Typ aufrichtig und freundlich kondolieren, und er schlägt einem die Tür vor der Nase zu, wie einem Bettler. Und das tut er mir an, einem kaiserlichen Gesandtschaftsrat in Sankt Petersburg. Ein solcher Anonymus! Dieser Winkeladvokat!

AUREL: Ich habe solche Emporkömmlinge nie leiden können. Dieser Mensch lacht wie ein Vampir. Alle Menschen stehen vor ihm wie Schnappmesser, und mir klopft er immer auf die Schulter, als hätte ich mit ihm Bruderschaft getrunken. Ich weiß einfach nicht, wie ich mit ihm reden soll. Das alles ist geradezu phantastisch. So ein Parvenü, der keine Ahnung von Zivilisation hat, der Sohn eines Ziegelbrenners ...

(Klanfar kommt wieder herein, noch nervöser als vorhin, geht durchs Zimmer, als suche er etwas, wirft einen Blick auf die Sandwiches, die seine Aufmerksamkeit zu fesseln scheinen.)

KLANFAR: Entschuldigen Sie bitte, meine Herren, daß ich Sie störe, aber ich reise in wenigen Minuten ab, es sind einige Komplikationen entstanden, bitte lassen Sie sich nicht stören!

AUREL: Erlauben Sie mir, Herr Generaldirektor, daß ich Ihnen mein tiefstes Beileid ausspreche. Die Nachricht in der Zeitung hat mich tief erschüttert. Das Motiv der Mutter, ich meine der Verlust der Mutter ist eigentlich ...

KLANFAR: Danke, lieber Maestro, ich danke Ihnen.
(reicht Aurel die Hand und klopft ihm dann auf die Schulter)

KLANFAR: Nehmen Sie doch Platz, meine Herren, lassen Sie sich nicht stören!

AUREL: Ich habe in der Zeitung gelesen, daß Ihre Frau Mutter in hohem Alter gestorben ist. Es kommt nicht häufig vor, daß man vierundachtzig wird.

KLANFAR: *(während er Sandwiches ißt)*

Ja, meine Mutter hat sich ihr ganzes Leben lang geplagt. Ihr Tod ist eigentlich infolge vollkommener Erschöpfung ihres Organismus eingetreten. Wenn ich so an der Bahre meiner Mutter über alles nachdenke, muß ich feststellen, daß sie eigentlich nicht viel von ihrem Leben gehabt hat. Sie war der Dienstbote von uns allen. Nur die letzten paar ruhigen Jahre waren eine kleine Genugtuung für ihre langjährige Aufopferung.

AUREL: Jeder Mensch trägt seine Toten mit sich. Meine Erinnerung an die Toten sind ausschließlich malerischer Natur. Diese Tasse war rot umrandet und jene Tapete war grün. Die Beleuchtung bei diesem Tod war grau und bei einem anderen dunkelgelb, wie der Novembernebel.

KLANFAR: Bei fünfundneunzig Prozent der Verstorbenen ist der Tod nichts anderes als eine rein juristische Frage. Eine Frage der Gesetze und Paragraphen. Diese Fragen gibt es bei meiner armen Mutter nicht. Ich bin der einzige rechtmäßige Erbe einer verstorbenen Dienstmagd.

(lacht sarkastisch.)

Ich bitte die Herren, mich zu entschuldigen, ich fahre um acht Uhr siebzehn und es ist bereits sieben Uhr fünfunddreißig. Lassen Sie sich bitte nicht stören, ich muß mich beeilen. Meine Verehrung, auf Wiedersehen!

(geht nervös und zerstreut nach links ab, ohne den beiden die Hand zu geben oder sich zum Abschied zu verbeugen. Melitta ist schon nach Aurels letzten Worten hereingekommen und steht nun ganz blaß an die Wand gelehnt da.)

URBAN: De facto, Aurel, halb acht ist schon vorbei, wir müssen uns noch umziehen und dann zum Abendessen gehen. Wir sollten, glaube ich, aufbrechen, es ist Zeit.

AUREL: Entschuldigen Sie, bitte, liebe Melitta, unseren Aufbruch, aber wir müssen leider gehen. Küß die Hände! Ich bitte Sie vielmals, meine Orangen der Baronin zu übergeben. Entschuldigen Sie uns bitte, aber wir haben heute abend noch viel vor, und die Zeit drängt. Wir müssen uns noch umziehen, zu Abend essen und dann zum Ball gehen.

MELITTA: Es tut mir wirklich leid, daß ich nicht mitkommen kann. Rufen Sie mich bitte auf jeden Fall noch vor neun an, Aurel. Ich habe mit Ihnen etwas sehr Wichtiges zu besprechen.

Adieu, Oliver, und gute Unterhaltung! Bei uns ist im Augenblick alles durcheinander. Das Mädchen hat den Anruf nicht richtig verstanden, so daß nichts vorbereitet ist. Gute Nacht, auf Wiedersehen!

241

(Sie begleitet ihre Gäste zur Tür. Sobald sie draußen sind, kommt Klanfar herein und geht unruhig auf und ab.)

KLANFAR: Ich habe angerufen und angeordnet, daß mein Abendessen bis spätestens halb acht fertig wird. Jetzt ist es dreiviertel acht. Ich fahre gleich nach acht weg. Ich muß spätestens um fünf vor acht aufbrechen, und nichts ist fertig. Ich kann diese Indolenz nicht verstehen. Ich bin hungrig, dieser Zug hat keine Speisewagen.

(Ißt weiter Sandwiches und schenkt sich Schnaps ein.)

MELITTA: Bitte, läute der Fanny. So weit es mir bekannt ist, bin ich für das Abendessen nicht verantwortlich.

KLANFAR: Aber ich muß heute abend wegfahren, zum Begräbnis meiner Mutter, ich darf nicht zu spät kommen, das ist doch logisch. Man sollte ein bißchen mehr Rücksicht auf mich nehmen!

(Melitta geht zur Glocke und läutet)

KLANFAR: Wem läutest du?

MELITTA: Fanny. Ich will sie fragen, wo das Abendessen bleibt.

KLANFAR: *(verliert langsam die Beherrschung)*
Ich habe nicht Fanny angerufen, sondern dich. Ich habe mit Fanny überhaupt nichts zu tun. Bitte nimm das zur Kenntnis. Ich habe dich gebeten, mir einen dunklen Anzug vorbereiten zu lassen. Aber hier hat niemand auch nur einen kleinen Finger gerührt. In diesem Haus werde ich auf Schritt und Tritt ignoriert. Diese Art der Behandlung in meinem Haus überschreitet langsam jede Grenze.

MELITTA: Du hast angerufen? Ich habe davon keine Ahnung. Irgendein Bürodiener war am Apparat. Ich möchte dich bitten zur Kenntnis zu nehmen, daß ich nicht dazu da bin, um mit deinen Angestellten herumzutelefonieren.

KLANFAR: Wer immer auch angerufen hat, er hat in meinem Namen gesprochen. Ich habe wenig Zeit, ich habe heute drei Konferenzen gehabt. Ich habe eine Anordnung gegeben, und man hat diese Anordnung zu befolgen. Nimm das bitte ein für allemal zur Kenntnis.

FANNY: *(kommt herein)*
Gnädige Frau haben geläutet?

KLANFAR: Warum ist das Abendessen noch nicht fertig?

FANNY: Es ist noch nicht acht, gnädiger Herr!

KLANFAR: So? Es ist noch nicht acht Uhr? Habe ich nicht angerufen und bestellt, daß ich um acht Uhr wegfahre und daß man deshalb das Abendessen eine halbe Stunde früher servieren soll?

Habe ich das nicht angeordnet, daß man meinen dunklen Anzug richtet und daß man meine Koffer packt? Wo sind überhaupt die Kofferschlüssel? Was ist mit Ihnen, warum schauen Sie mich so an?

FANNY: Gnädiger Herr, mir hat niemand etwas angeordnet, ich war nicht am Telefon.

KLANFAR: Ich frage Sie nicht, ob Sie am Telefon waren, ich frage Sie nur, warum nichts vorbereitet ist. Bringen Sie mir sofort etwas zum Essen.

(Im Ton eines Untersuchungsrichters)

Ich habe in meinem Zimmer das ewige Licht angezündet, es ist aber ausgegangen, weil niemand Öl nachgegossen hat.

(Melitta steht zu Anfang dieser Szene zitternd und blaß beiseite und geht dann beschämt weg. Ihr Abgang wirkt demonstrativ und versetzt Klanfar in noch größere Unruhe.)

FANNY: Gnädiger Herr, entschuldigen Sie, ich habe nicht gewußt, was ich mit dem ewigen Licht machen soll, niemand hat mir etwas darüber gesagt.

KLANFAR: Ich habe Sie nicht gefragt, ob Ihnen jemand etwas gesagt hat, ich frage Sie nur, warum nichts vorbereitet ist, obwohl ich alles ganz genau angeordnet habe. Wenn das noch einmal passiert, können Sie Ihre Sachen packen. Verstehen Sie? Sagen Sie draußen, daß man mir sofort das Essen hereinbringen soll! Und packen Sie mir einen dunklen Anzug und den Stadtpelz ein, ja, und mein Necessaire, wie gewöhnlich. Um acht Uhr wird das Auto da sein, lassen Sie die Koffer hinunterbringen. Und verschwinden Sie mir endlich aus den Augen!

(Fanny ab.)

KLANFAR: Man fährt zum Begräbnis der eigenen Mutter, und niemand kümmert sich um einen. Keine Pietät, kein Mitgefühl. In unserer Komödie habe ich nur die Rolle des Zahlenden zu spielen, ich darf der Gnädigen meine Kasse zur Verfügung stellen, ich darf dafür aber selbstverständlich keine Gegenleistung erwarten. Ihr seid nur feinfühlend, wenn es um euch selbst geht, um eure erfundenen Umgangsformen und Probleme.

(geht wütend zur Tür links und reißt sie auf; durch die Tür:)

Was für eine Art ist es, mich so demonstrativ allein mit dem Mädchen zu lassen? Und das nennt Ihr Taktgefühl? Ich glaube, daß es viel logischer gewesen wäre, dem Mädchen zu helfen, anstatt hier Patience zu legen. Ich finde deine Art ausgesprochen herausfordernd!

MELITTA: *(aus dem Nebenzimmer, mit gekünstelter Ruhe)*

Du behandelst mich, als wäre ich dein Stubenmädchen. Ich habe deinen Bürodiener nicht richtig verstanden.

KLANFAR: Das war kein Bürodiener, sondern mein Prokurist.

MELITTA: Ich habe ihn so verstanden, daß du die Absicht hast, heute Abend auf der Konferenz zu bleiben und später mit dem Nachtzug wegzufahren.

KLANFAR: Es wurde klar gesagt, daß ich vorhabe, auf der Konferenz zu bleiben und heute abend wegzufahren, falls ich keine andere Disposition treffe. Ein Mißverständnis war ausgeschlossen.

MELITTA: Ich kann mich an deinen Befehlston nicht gewöhnen, deshalb habe ich deinen Mann mißverstanden. Ich bin gerade vom Zahnarzt nach Hause gekommen und war etwas nervös. Wie lange wirst du mich noch quälen? Laß mich bitte in Ruhe. Ich habe genug von deinen ungehobelten Manieren. Ich bin in die Küche gegangen, um zu veranlassen, daß man dir etwas zum Abendessen serviert. Bei aller Pietät für deine verstorbene Mutter hast du deine Verdauung nicht vergessen.

(Nach ihren letzten Worten tritt Klanfar in das Nebenzimmer. Pause. Darauf kommt Melitta auf die Bühne und schließt die Tür hinter sich zu. Dann geht sie zum Klavier und setzt sich auf den Stuhl. Pause. Müde und gebrochen über das Klavier gebeugt, beginnt sie automatisch einige Akkorde zu spielen. Pause. Dann erscheint Klanfar in der Tür, das ewige Licht in der Hand.)

KLANFAR: *(aufbrausend)*
Meine arme Mutter liegt auf dem Totenbett, und in meinem Hause spielt man Klavier!
(Er schlägt die Tür so heftig hinter sich zu, daß die Wand erzittert. Melitta sitzt unbeweglich an das Klavier gelehnt.)
In zehn Minuten ist es acht Uhr, und um acht muß ich auf dem Bahnhof sein. Und jetzt muß ich mich noch selbst um das ewige Licht und um die Koffer kümmern.

MELITTA: Ich habe dir schon gesagt, daß es sich um ein Mißverständnis handelt.

KLANFAR: Unser ganzes Leben ist ein großes Mißverständnis. Hältst du mich für so dumm, daß ich nicht sehe, was um mich herum geschieht? Du drehst mir den Rücken, wenn ich mit dem Mädchen spreche, legst Patience, wenn ich es eilig habe und spielst Klavier, wenn ich zum Begräbnis meiner Mutter fahren soll. Das ist ein ganzes System von Mißverständnissen, meine Liebe. Ich warne dich! Diese Mißverständnisse könnten zu etwas ganz anderem führen, als ihr denkt.

244

MELITTA: Was heißt „ihr"? Wer ist das „ihr"? Was soll dein ewiges „wir" und „ihr" heißen? Ist das eine Drohung?

KLANFAR: Das ist keine Drohung, bitte sehr, sondern eine ganz natürliche Reaktion auf dein demonstratives Benehmen von heute abend, ja auf dein demonstratives Benehmen der ganzen letzten Zeit. Ich bin doch nicht aus Holz, um das alles ganz ruhig über mich ergehen zu lassen. Ich habe über alles sehr gründlich nachgedacht und glaube, daß es am besten wäre, wenn wir diese trübe Atmosphäre ein für allemal bereinigen würden. Ich möchte dich bitten, zur Kenntnis zu nehmen, daß ich unter diesen Umständen unser gemeinsames Leben nicht mehr fortzusetzen gedenke.

MELITTA: Drücke dich bitte etwas deutlicher aus, ich kann deinen Kanzleistil nicht verstehen.

KLANFAR: Mein Kanzleistil ist euch vollkommen verständlich, wenn ich Zahlungsanweisungen ausschreibe, wenn ich aber über etwas anderes sprechen will, ist er für euch nicht mehr klar genug. Ich werde mich also klarer ausdrücken. Ich glaube, daß die Ehe ein Rechtsvertrag ist, der nur so lange in Kraft bleibt, solange beide Vertragspartner die Bedingungen akzeptieren, unter denen er geschlossen worden ist. Wenn einer der Vertragspartner sich diesen Bedingungen nicht mehr unterwerfen will, kann man noch immer einen Ausweg finden.

MELITTA: Was soll das heißen? Scheidung?

KLANFAR: Nein, noch nicht. Es ist nur eine Mahnung.

MELITTA: Du erteilst mir Mahnungen wie eine Gouvernante. Und darf ich fragen warum?

KLANFAR: Warum? Bitte sehr. Ich wünsche unter keinen Umständen, daß diese Kreatur, dieser Herr Ritter von und zu, je wieder mein Haus betritt. Er war heute abend zum letzten Mal da.

MELITTA: Wer? Oliver? Er ist doch mein Jugendfreund, ich kenne ihn seit meiner frühesten Kindheit. Warum beleidigst du ihn? Was hat er dir getan?

KLANFAR: Schon seit einem Jahr spricht man in der ganzen Stadt von eurem Verhältnis. Du erlaubst nicht, daß man diesen Herrn beleidigt, er kann mich aber ruhig kompromittieren. Das ist doch grotesk. Er ist natürlich ein Gentleman und ich bin der gewöhnliche Klanfar, der sich geehrt fühlen muß, wenn seine Frau einen blaublütigen Ritter als Freund hat. Ich soll noch stolz darauf sein, daß du dich mit einem verkommenen Diplomaten herumtreibst. Sollte ich diesen Hochstapler noch ein einziges Mal hier vorfinden, dann werde ich ihn hinauswerfen, zusammen mit dir.

MELITTA: Ich laß mich nicht wie einen Dienstboten behandeln.

KLANFAR: Das ist mir ganz egal. Wem es nicht unter seiner Würde ist, mein Brot zu essen, dem darf es auch nicht unter seiner Würde sein, sich meinen Anordnungen zu fügen. Ich will niemanden beleidigen, ich verteidige nur meine Ehre. In diesem Haus habe ich wenigstens das Recht, Ordnung zu halten, so wie ich es für richtig finde.

MELITTA: Mir ist es unter meiner Würde, mit dir zu sprechen. Nimm bitte zur Kenntnis, daß mir an dir und deiner Ehre nichts liegt. Was mich betrifft, so bin ich bereit, dieses Haus noch heute zu verlassen.

KLANFAR: Melitta!

MELITTA: Ja, was mich betrifft, so habe ich vor, alles zu liquidieren . . .

(Telefon läutet. In demselben Augenblick, in dem Melitta den Hörer abhebt, verwandelt sie sich aus einer Frau, die dem Nervenzusammenbruch nahe ist, in eine vollendete Dame, die sich in allen Situationen an die strengen Regeln der Etikette hält.)

Ja . . . ich bin es. Guten Tag, meine Liebe . . . Ja, der Meister war hier und hat für Sie eine japanische Kopie hinterlassen . . . Danke schön! Gut . . . Was die Fünfscheins dazu sagen werden, weiß ich nicht. Das ist eine Frage des Geschmacks, über die man schwer diskutieren kann. Ich glaube, daß dieses Aquarell wirklich gelungen ist. Man müßte es ohne Passepartout einrahmen lassen, sagt Aurel. Übrigens hat er mich gebeten, Ihnen tausend Handküsse zu übermitteln.

Ja . . . Nein, ich fahre leider nicht mit. Ich habe heute früh eine Wurzelresektion gehabt, mein Zahnarzt befürchtet, daß eine Entzündung entstehen könnte . . . Ja, ja, die arme Mama. . . . Ich werde ihm Ihr Beileid übermitteln . . . Danke schön, liebe Baronin. Ja . . . auf Wiedersehen.

KLANFAR: Also ich habe noch nie in meinem Leben gehört, daß jemand so lügen kann wie du.

MELITTA: *(kühl und überlegen)*

Ich habe dich nie belogen. Ich lüge dich auch jetzt nicht an. Damit wir uns richtig verstehen: Ich habe gleich zu Anfang erklärt, daß ich dich nur aus materiellen Gründen geheiratet habe, und das wiederhole ich jetzt. In meinem Leben haben viele Menschen eine wichtige Rolle gespielt, aber du niemals. Ich habe mich dir gegenüber nie verpflichtet gefühlt. Und wenn dich meine Untreue so interessiert, kann ich dir sagen, daß ich auch jetzt intime Beziehungen zu einem Mann unterhalte. Dieser Mann ist aber nicht Urban. Ich glaube, das ist alles, was ich dir sagen wollte.

(Sie geht hinaus, ohne daß Klanfar es bemerkt. Als es ihm endlich zu Bewußtsein kommt, daß er allein ist, geht er langsam zum Fauteuil und setzt sich hinein. Fanny kommt herein und serviert ein kaltes Abendessen, sie traut sich aber nicht, ihn darauf aufmerksam zu machen und geht leise hinaus.)

Vorhang

ZWEITER AKT

Wohnraum bei Aurel, modern und zweckmäßig eingerichtet; an den Wänden hängen Aurels Bilder, in der Mitte der Stirnwand seine Leda mit dem Schwan, über dem Diwan sein Stilleben „Faule Orangen". Einige Figuren aus gebranntem Ton, darunter Kopien ägyptischer Skulpturen, kostbare Vasen, eine Menge Bücher. Bronzeleuchter, indische Tücher, chinesische Gewänder, die wie Gobelins an den Wänden hängen. Indirektes Licht. Es ist halb zehn vorbei. Klara, Urban und Aurel sitzen an dem großen Tisch. Sie haben schon gegessen und trinken nun Kaffee. Aurel und Urban studieren die Pläne für Aurels künftige Villa, Klara sieht ihnen zu.

AUREL: Ja, ein Dach über dem Kopf ist die wichtigste Sache im Leben. Das Dach ist eigentlich die erste Erfindung des Menschen. Jedes neuerbaute Haus ist Ausdruck menschlicher Größe.

URBAN: 1913 habe ich, wenn ich mich nicht irre, auf der internationalen Ausstellung in Venedig das Bild eines Finnen gesehen. Er hieß Akselo Gallén-Kallela. Das Bild war ganz schwach gemalt, in Tempera, mehr erzählender Kitsch als Bild. Es hieß, glaube ich, der Neubau, oder: Adam macht sein erstes Feuer, oder: Adam baut sein erstes Haus. Man sah eine Menge Balken und davor Eva, die ihr Kind stillte und zugleich etwas im Topf kochte. Adam bearbeitet indessen einen Balken. Im Hintergrund dieser idyllischen Szene sah man das alte, romantische

247

Motiv: Ein Gerippe sitzt auf einem Balken und bohrt mit einem Holzbohrer ein Loch in den Grund des Hauses. Das Ganze war nordisch nebelig.

KLARA: Ein interessantes Bild. Darf ich Sie aber fragen, Herr Doktor, in welchem Zusammenhang Ihr Gerippe mit unserem neuen Haus steht?

URBAN: Eigentlich in gar keinem. Aurels lyrischer Ausbruch über das Dach über dem Kopf als Ausdruck menschlicher Größe hat in mir unwillkürlich diese Assoziation hervorgerufen.

KLARA: Eine ziemlich bizarre Assoziation, wenn ich bemerken darf.

URBAN: Genau genommen stimmt Ihre Behauptung nicht. Ich habe mehr allgemein gesprochen. Schließlich lehrt uns die Erfahrung, daß die Menschen, die ein Dach über dem Kopf haben, genauso sterben, wie die anderen, die kein Dach haben. Die Hausbesitzer werden vom Tod nicht auf eine besondere Liste gesetzt.

AUREL: Wenn man diese geometrischen Projektionen so auf dem Lichtpauspapier betrachtet, dann erscheint einem alles vollkommen abstrakt. Man muß sich aber diese Linien aus Material vorstellen, man muß überall Steine und Holz, Metall und Majolika sehen. Diese Terasse zum Beispiel ist eine richtige, sonnige Terrasse im kalifornischen Stil. Stell dir eine helle Horizontale vor und einen weiten, freien Ausblick. Es ist Frühjahr. Du sitzt in einem Plaid eingewickelt und schaust auf die blühenden Marillenbäume. Die erste Märzsonne und ein guter Kaffee. Ich glaube, die Villa wird ganz passabel aussehen.

URBAN: Mir gefällt der Plan im großen und ganzen gut. Ich habe gar nicht behauptet, daß mir der moderne Utilitarismus nicht gefällt. Ich weiß, daß Goya, Hogarth und Daumier genauso modern waren wie bis vor kurzem noch Cézanne, aber in der Architektur bin ich mehr für Barock. Mir ist dieser Konstruktivismus zu sehr geschäftsmäßig.

Ich kann mir jedoch diese Terrasse sehr gut im Sonnenschein vorstellen. Ja, es wäre sicherlich schön, bei einem starken Kaffee dazusitzen und durch die blühenden Marillenbäume und Zypressen auf den blauen Himmel zu schauen ... Was ist mit Ihnen, gnädige Frau? Hab ich Sie heute durch irgendetwas verletzt? Warum sind Sie so kühl zu mir? Oder bin ich bei Ihnen in ewiger Ungnade?

KLARA: Ihre romantischen Assoziationen gehen mir manchmal auf die Nerven. Sie kosten geradezu faunisch Ihre literarische Bildung aus. Bei aller Achtung vor Ihnen und Ihren finnischen Neubauten, meine Herren, glaube ich doch, daß es Zeit wäre, aufzubrechen. Du weißt, Aurel, daß ich nicht gerne zu spät komme, besonders dann nicht, wenn ich eine Verpflichtung übernommen habe. Es ist zehn vor zehn.

(Sie steht auf und geht ins Nebenzimmer. Man sieht ihr an, daß sie den Zorn nur schwer unterdrücken kann.)

AUREL: Bitte. Wir warten! Wir sind fertig.

URBAN: Na servus! Was hat sie heute abend?

AUREL: Sie ist ein bißchen nervös. Wir haben heute vor dem Abendessen eine kleine Auseinandersetzung wegen Leda gehabt.

URBAN: Wegen Leda?

AUREL: Ja, sie wird langsam auf die Kleine allergisch. Man erzählt in der Stadt, daß Klara und ich auseinandergehen wollen. Man munkelt, ich will die Villa eigentlich für die kleine Leda bauen. Klara hat das gehört. Was die Leute alles wissen wollen! Schau, hierher kommen fünfzehn Marmorsäulen und da ein Springbrunnen. Die Treppen werden mit Moos bewachsen sein, wie in englischen Schlössern, der Springbrunnen wird viel größer sein als diese Ellipse, die ihn andeutet.

(Urban hört ihm nur konventionell und passiv zu. Draußen läutet es. Man hört Schritte jenseits der Tür.)

Diese drei Terrassen werden architektonisch eine Einheit bilden. Zuerst kommt die erste mit dem Springbrunnen und siebzehn Säulen, dann kommt die zweite, ebenerdig, sieben mal zwanzig Meter . . .

URBAN: Ich glaube, es ist jemand gekommen.

AUREL: Nein, das ist niemand. Bei uns werden immer Türen zugeschlagen.

Was glaubst du, wird diese Perspektive nicht zu modisch ausfallen? Aber letzten Endes sind das alles nur Vorurteile. Warum sollen wir unseren modernen, nüchternen Sinn für die Wirklichkeit durch den Barockstil terrorisieren? Die moderne Palette hat auch das barocke Kolorit überwunden. Warum soll dann die Architektur die barocke Faktur nicht bewältigen?

(Stimmen hinter der Tür.)

Es scheint doch jemand gekommen zu sein.

(zu Klara, die hereinkommt)

Wer ist das?

KLARA: Ein Diener hat einen Brief für den Herrn Professor gebracht.

AUREL: Ach so. Und wo ist der Brief?

KLARA: Der Diener will ihn mir nicht geben. Ich habe mich ihm zwar vorgestellt, er hat aber den ausdrücklichen Befehl, den Brief nur dir persönlich in die Hand zu drücken.

AUREL: *(verwirrt)*
Was soll das? Ha, wir werden es gleich sehen. *(Geht hinaus. Klara, die inzwischen über ihr Abendkleid einen kostbaren Abendmantel angezogen hat, unterdrückt die Anwandlung, Aurel nachzugehen, kehrt zum Tisch zurück und setzt sich wortlos in den Fauteil.)*

URBAN: Was für ein Brief ist das?

KLARA: Ein Brief, der mit violetter Tinte geschrieben ist und der das Siegel der edlen Frau Melitta Slouganow trägt. Was für ein anderer Brief könnte sonst nach zehn Uhr abends kommen?
(Urban beginnt vor Verlegenheit die Pläne ganz langsam und sorgfältig einzurollen, als müßte er alte Pergamente aufbewahren. Da es viele Zeichnungen gibt, ist er noch immer damit beschäftigt, als Aurel zurückkommt.)

AUREL: *(ist noch mehr verwirrt als vorhin, schwenkt aufgeregt den Brief in der Hand)*
Eine interessante Sache, Kinder! Ihr werdet mich für eine halbe Stunde entschuldigen müssen, ich muß leider weg, wegen einer dringenden Angelegenheit. Es handelt sich um eine ungemein perfide Intrige. In der Kammer steht wieder alles auf dem Kopf. Es ist geradezu unglaublich, wie wenig solide unsere gesellschaftlichen Beziehungen sind. Man kann sich auf nichts mehr verlassen. Das gegebene Wort ist nur ein Papierfetzen, den man nach vierundzwanzig Stunden in den Papierkorb wirft.

KLARA: *(kühl)*
Und man hat dich jetzt um zehn Uhr abends schriftlich aufgefordert, in die Kammer zu kommen?

AUREL: Ja. Man hat eine Konferenz einberufen, und der Diener hat mich heute nachmittag schon zweimal gesucht. Eine ganze Kette von Unterlassungen und ... man hat eine Konferenz im Hotel Palace einberufen. Ich habe jetzt keine Zeit für lange Erklärungen! Oliver wird so gut sein ...

KLARA: Ich gehe ohne dich nicht weg, du weißt doch sehr gut, daß ich als Patronesse ohne dich nicht hingehen kann. Wenn du im Palace-Hotel eine Konferenz hast, dann bitte geh hin. Ich gehe auf keinen Fall allein zum Ball.

AUREL: Aber liebe Klara, ich verstehe dich wirklich nicht, du brauchst doch gar nicht allein hinzugehen. Oliver wird so liebenswürdig sein, mich zu ersetzen, er wird dich begleiten, und ich werde in spätestens dreißig Minuten auch da sein. Wir wollen doch nicht so konventionell sein.

KLARA: Ich bin so konventionell, ich bleibe zu Hause. Mir ist es vollkommen gleich, ob du in dreißig Minuten kommen wirst – oder überhaupt nicht mehr. Dein plötzlicher Entschluß ist ganz einfach taktlos. Einladungen zu nächtlichen Konferenzen, die mit violetter Tinte geschrieben sind und die silberne Wappen tragen, sind einfach komisch. Wenn man schon so etwas Geschmackloses tut, muß man doch nicht lügen wie im Kindergarten. Ein solcher Mangel an Stolz ist geradezu lächerlich.

AUREL: Wir werden uns darüber später unterhalten. Oliver, sei bitte so freundlich und begleite meine Frau auf den Ball. Ich werde spätestens in einer halben Stunde bei euch sein. Klara, ich bitte dich, sei vernünftig und mach keine Komplikationen, die ganz überflüssig sind. Man wird unsere Abwesenheit als einen Affront auffassen. Bitte, geh mit Oliver, ich kann dir nicht zwischen Tür und Angel beweisen, daß du eine fixe Idee hast.

Ich bitte dich, Oliver, bring alles in Ordnung!

Auf Wiedersehen! Servus! Küß die Hand! *(geht verwirrt hinaus.)*

KLARA: Sie bleiben hier?

URBAN: Soll ich weggehen?

KLARA: Ich glaube, das wäre am vernünftigsten. Ich gehe selbstverständlich nicht zum Ball, auch nicht in Ihrer Begleitung.

URBAN: Bitte, wie Sie meinen. *(rollt die restlichen Pläne zusammen, sieht sich mit dem Papierbündel in den Händen um.)*

Ich möchte Sie nur bitten, die Güte zu haben, mir zu sagen, wo ich Ihren „wunderbaren Ausblick", „die himmelblaue Perspektive", „die blühenden Marillenbäume" und „Ihr eigenes Dach über dem Kopf" lassen soll? Wohin mit dieser ganzen Idylle? Auf diesen Tisch da?

KLARA: Also ich muß Ihnen sagen, daß diese maliziöse Ausdrucksweise Ihrer ganz und gar unwürdig ist. Ihre Ironie wird langsam langweilig, genauso wie das Bild Ihres Gallén-Kallela.

URBAN: Mein Gott, ich habe das Bild dieses unglücklichen Gallén-Kallela wirklich 1913 in Venedig gesehen, und ich habe mich daran ganz spontan und ohne jeglichen Hintergedanken erinnert. Hätte ich gewußt, daß Sie das stören würde, dann hätte ich es überhaupt nicht erwähnt. Ehrlich gesagt, mag ich diese nordische Art, in Bildern zu erzählen, nicht. Ich habe eine Aversion dagegen.

KLARA: Ja, eine unwiderstehliche Aversion. Aber jetzt geht es nicht um nordische Bilder, wenn ich bemerken darf.
(steht plötzlich auf)
Das alles ist sehr interessant, aber ich gehe. Gute Nacht!
URBAN: *(geht ihr bis zur Tür nach)*
Sie wollen wirklich gehen?
KLARA: Bitte lassen Sie mich.
URBAN: Habe ich Sie beleidigt?
KLARA: Das ist nicht mehr wichtig.
URBAN: Verzeihen Sie mir bitte, ich hatte nicht die Absicht, Sie traurig zu machen. Ich war sehr dumm.
KLARA: Sie sind schon mehr als ein halbes Jahr genauso dumm wie heute abend.
(Pause. Das Gespräch scheint an dieser Stelle endgültig abzubrechen, doch Urban nimmt es wieder mit Intensivität auf.)
URBAN: Wäre ich taubstumm, würden Sie auch das als Bosheit auslegen. Wenn ich sage, was ich denke, finden Sie es dumm. Sie sind in der letzten Zeit zu liebenswürdig zu mir.
KLARA: Es gibt Augenblicke, in denen Sie mir unbeschreiblich unsympathisch sind. Vorhin, hier bei Tisch, habe ich Sie geradezu gehaßt. Sie täuschen sich, wenn Sie glauben, daß Aurel Ihre Anspielungen nicht verstanden hat, er ist nur zu gutmütig, um auf Ihre Bosheiten überhaupt reagieren zu können. Ich würde darüber kein Wort verlieren, wäre diese taktlose Art bei Ihnen nicht zu einem richtigen System geworden.
URBAN: Man hat Takt, wenn man bewußt lügt. Wenn man Takt hat, gewöhnt man sich an alles, an die eigenen Lügen und an die der anderen. Man muß Takt haben und fremde Gefühle achten. Wenn jemand sein eigenes Heim bewundert, muß man es zusammen mit ihm bewundern, auch wenn man selbst zerrissene Schuhe hat. Das ist eine Frage des Takts. Wenn jemand ein neues Haus gebaut hat mit einer wunderbaren Aussicht, dann muß man die wunderbare Aussicht bewundern. Wenn man jedoch die schlechten Bilder nicht bewundert, dann hat man keinen Takt, und ohne Takt hat man keine Lebensberechtigung.
(Klara kehrt zurück ins Zimmer und zündet sich eine Zigarette an. Urban geht zu einem Tischchen, auf dem eine Vase mit weißen Rosen steht, betrachtet die Blumen, bricht dann eine Rose ab und entblättert sie.)
URBAN: Gestern abend, vorgestern abend, heute abend, jetzt gerade in diesem Augenblick ist es mir zum Beispiel vollkommen klar geworden, daß es für mich am gescheitesten wäre, ein Billet

zu kaufen und wegzufahren. Ich hätte in Kanada gute Chancen, auf der Linie Quebeck–Montreal Steward zu werden. Aber ich habe keine Kraft, wegzugehen. Wie dumm das alles ist.

(Klara steht wieder auf und will weggehen. Als sie am Diwan vorbeigeht, bleibt sie stehen und setzt sich kraftlos darauf nieder. Urban schaut müde auf die Rosenblätter und geht dann langsam auf Klara zu. Vor dem Diwan bleibt er stehen. Pause.)

KLARA: Warum quälen Sie mich?

URBAN: Ich quäle nicht Sie, ich quäle mich selbst.

(geht ein paar Schritte von ihr weg und kehrt dann wieder zu ihr zurück.)

Ich quäle mich selbst viel mehr als Sie.

KLARA: Sie haben kein Recht, mich zu quälen. Warum tun Sie es dann?

URBAN: Weil Sie der einzige Mensch sind unter all diesen Marionetten um mich herum. Ich werde doch nicht den ehrwürdigen Herrn Klanfar und seine Gattin quälen. Ihre neue Villa mit den drei Terrassen, Ihr Herr Gemahl, Sie beide, Sie und ich, all das um uns herum ist ebenso vollkommen dumm wie dieses Stillleben Ihres Herrn Gemahls, das faule Orangen darstellt. Wir alle sind faule Orangen, meine Gnädigste, wir geben nur ein trauriges, ohne eine Spur Talent gemaltes Bild ab.

KLARA: *(ironisch)*

Wenn ich mich nicht täusche, haben Sie selbst von der „soliden und imposanten, spät impressionistischen Faktur" dieses Bildes geschrieben. Sie haben doch den Artikel über Aurel gezeichnet.

URBAN: Ja, ich habe ihn gezeichnet, das ist wahr. Ebenso wahr ist es aber, daß die Wahrheit genauso das Gegenteil von dem ist, was ich unterschrieben habe. Das alles ist ohne jegliches Talent gemalt, das einzige Reale dabei ist das Geschäft. Das einzige Ergebnis dieser untalentierten Pinselei ist „das eigene Dach über dem Kopf". In diesem Punkt ist alles vollkommen klar. Diese faulen Orangen sind eine Ware, die sich gut verkauft.

KLARA: Heute muß man Talent wie eine Ware verkaufen, daran ist Aurel nicht schuld. Sie greifen Aurel an und setzen sein Talent herab, um Ihre eigene Talentlosigkeit zu kaschieren. Aber Aurel ist ein Talent, das kann niemand bestreiten, nicht einmal Sie. Aurel wird mit vielen Dingen spielend fertig, über die Sie sich ganz fruchtlos den Kopf zerbrechen. Hinter Ihrem sterilen Nein stecken lauter unedle Motive. Erlauben Sie mir, bitte, zu

Ende zu sprechen. Ich kann doch auch einmal sagen, was ich mir denke. Vor ein paar Tagen, als er die kleine Leda gemalt hat, habe ich Sie beobachtet. Sie haben es nicht bemerkt. Sie standen hinter seinem Rücken und sahen ihn so böse an, daß ich erschrak. Er hat Sie wirklich gern, sonst würde er nicht erlauben, daß Sie hinter seinem Rücken stehen, während er malt.

URBAN: Er hat mich wirklich gern! Bitte nicht pathetisch. Er hat mich gern, weil er mich braucht. Wer schreibt Kataloge für seine Ausstellungen? Wer schreibt Kommentare zu seinen Bildern? Und noch dazu so billig. Warum ich das tue, ist meine persönliche Angelegenheit. Ich muß mir schließlich auf irgendeine Weise mein Brot verdienen. Heute ein Diplomat zu sein, morgen Kokain zu schmuggeln und nebenbei Artikel über die Entwicklung der Kunst nach Cézanne zu schreiben, ist wirklich eines Clowns würdig, das gebe ich offen zu. Bitte, ich habe in den Bars als Gigolo getanzt, ich war Steward und fahre jetzt nach Kanada, um dort wieder den Steward zu mimen, und trotzdem scheint es mir unter meiner Würde zu sein, mit Ihnen in der Sprache der Ausstellungskataloge zu sprechen, die ich selbst verfaßt habe.

KLARA: *(steht auf, beherrscht)*
Bei Ihnen stimmt etwas nicht.

URBAN: Bei Ihnen auch nicht.

KLARA: Wie meinen Sie das? Was wollen Sie eigentlich von mir?

URBAN: Ich habe kein Recht, von Ihnen etwas zu wollen. Ich bitte Sie nur, im Namen des aufrichtigen Respekts, den ich für Sie empfinde, endlich einmal mit diesem geheimnisvollen Spiel aufzuhören.

KLARA: Mit was für einem geheimnisvollen Spiel?

URBAN: Hören Sie endlich auf, die konventionelle Dame zu spielen, die sich über die Baupläne ihres Gatten so ungeheuer freut, eine Dame, die auf das Talent ihres Gatten stolz ist, eine Dame, die an die ungewöhnlichen Gaben ihres genialen Mannes glaubt. Sehen Sie, das stört mich bei Ihnen. Merken Sie denn nicht, wie alles um Sie herum von Tag zu Tag immer grauer, immer kleinbürgerlicher wird?

KLARA: *(aufgeregt)*
Sie haben eine Aversion gegen Aurel, weil er Erfolg hat. Sie haben eine ausgesprochene Neurose der Erfolgslosen. Ihnen geht nichts von der Hand. Deshalb beneiden Sie alle, die Erfolg haben.

(Mit zitternden Händen schüttet sie aus einer Phiole eine Beru-

higungstablette ins Glas und trinkt die Lösung in einem Zug aus.)

URBAN: Erfolg! Auch der ehrwürdige Herr Klanfar hat Erfolg. Und was für einen! Der Sohn eines Ziegelbrenners besitzt heute ein Schloß, das einmal einem Grafen gehört hat, einen Haus- und Hofmaler, Sägewerke, Gruben, Textilfabriken und so weiter und so weiter. Ist das nicht ein Erfolg?

KLARA: Sie werden doch nicht Aurels Preise, die er auf internationalen Ausstellungen bekommen hat, mit der Karriere eines vulgären Klanfar vergleichen!

URBAN: Preise bekommt heutzutage jeder Motorradfahrer. Preise sagen mir nichts. Und ich kann nicht glauben, daß Sie diese Banalitäten ernst nehmen, liebe Klara. Die innere Ruhe ist ausschlaggebend, die innere Ruhe braucht man, und die gibt es in dem Leben, das Sie führen, nicht. Charleston und Schallplatten, bei einem anständigen Einkommen. Bücher werden nicht mehr gelesen, sondern nur mehr Platten gespielt. Sie zergehen in diesem Erfolg wie dieses Veronal in einem Glas Wasser.

(nimmt die Phiole in die Hand und schüttelt sie.)

Wenn Sie nicht bald eine einschneidende Änderung herbeiführen, werden Sie in diesem genialischen und talentierten Zustand vollkommen zergehen, wie dieses Veronal. Und wenn ich vom Sterben auf der Terrasse Ihrer neuerbauten Villa spreche, dann glauben Sie, daß ich Ihren Gatten verspotten will.

(Er wirft die Phiole so heftig auf den Tisch, daß sie zerbricht; die Tabletten rollen auf den Boden, er bückt sich verwirrt, sammelt sie auf und legt sie auf ein Silbertablett. Pause.)

KLARA: *(nachdem sie ihm wortlos zugesehen hat)*

Bitte geben Sie mir eine Zigarette.

URBAN: *(gibt ihr Zigarette und Feuer; sammelt die über den Tisch verstreuten Glassplitter ein und legt sie ebenfalls auf das Silbertablett.)*

Apropos, Klara, wissen Sie nicht, daß die Geschichte zwischen Melitta und Aurel ernst wird? Die Sache entwickelt sich langsam zu einem richtigen Roman.

(Klara raucht schweigend)

Melitta will die Initiative ergreifen. Ich war heute nachmittag bei ihr, und sie hat mir so viele Dummheiten erzählt, daß ich gewiß nicht übertreibe, wenn ich sage, daß uns noch einige unglaubliche Überraschungen bevorstehen.

(Klara schweigt unbeweglich und raucht.)

Ich habe Angst vor Melittas Temperament. Sie faselt schon seit einigen Tagen von einer imaginären Initiative. Melitta könnte uns alle, natürlich auch Aurel, vor ein fait accompli stellen, und ein solches fait accompli...

KLARA: *(ruhig)*
Hören Sie zu, Urban: Was hätten Sie davon, wenn ich jetzt zugeben würde, daß ich das alles genausogut weiß wie Sie? Ich weiß es vielleicht noch besser als Sie.
(setzt sich erschöpft neben dem Klavier nieder)

URBAN: Was ich davon hätte? Klara! Was ich davon hätte? Wissen Sie, was Sie für mich bedeuten?
(geht zu ihr, intim)
Um mich herum ist es dunkel, nichts bewegt sich, ich bin eine taube Nuß, ich verfaule, ich weiß, daß ich verfaule und daß dies alles krankhaft ist, aber sehen Sie, trotzdem fühle ich das Bedürfnis, die Hand eines Menschen zu ergreifen, einen Menschen neben mir zu spüren, einen Menschen, dem ich gestehen kann, daß dies alles faul und fruchtlos ist. Auch Sie wissen es, Klara. Auch Sie wissen, daß Sie in dieser Atmosphäre verfaulen. Ich höre gern Ihre kluge Stimme, Klara. Sie sind so gut, so unbeschreiblich gut. Ich liebe Ihre Worte.

KLARA: Manche Krankheiten kennt man, man spricht aber nicht von ihnen. Eine Diagnose bedeutet noch nicht die Heilung. Wozu sind da noch Ihre Worte gut?

URBAN: Ich glaube aber an die Heilkraft der Worte, Klara. Ich hatte nicht die Absicht, eine Diagnose über Ihre Krankheit zu stellen, wir beide verfaulen zugleich, wir haben aber nicht die Kraft, mit der Heilung anzufangen. Das ist das schwerste.

KLARA: Ich habe nicht genügend Charakter, überhaupt etwas anzufangen, geschweige denn, mich zu heilen. Ich bin schon zu alt, um etwas anfangen zu können. Was könnte ich noch anfangen? Ich kenne meine Situation, so wie sie ist. Daß Aurel kein weiß Gott großes Talent ist, weiß ich. Und daß er mich mit anderen Frauen betrügt, weiß ich auch. Daß diese Liebesspiele immer ein Risiko mit sich bringen und daß aus ihnen immer ein romantisches fait accompli entstehen kann, weiß ich auch sehr gut. Ich weiß auch, daß ich keine Stimme mehr habe, und daß ich nicht mehr zur Oper zurück kann. Das ist mir alles bekannt, mein lieber Urban. Aber was habe ich schon davon?
(steht auf und kehrt langsam und gebrochen zum Diwan zurück)
Ich bin die legitime Frau eines angesehenen Malers mit großer Karriere, der eine neue Villa bauen will. Sehen Sie, neben seinen

Ausstellungskatalogen, die von seinen Erfolgen künden, und neben dieser prachtvollen neuen Villa, die bald Wirklichkeit wird, genieße ich eine gewisse rechtliche Garantie. Ich habe nicht mehr die Kraft, ohne diese rechtliche Garantie etwas anzufangen. Ich habe genug geweint in kalten Ateliers, in die es hineingeregnet hat.

(stützt sich auf den Ellenbogen und starrt vor sich hin)

URBAN: *(setzt sich zum Klavier und präludiert das Lied „Der Tod und das Mädchen" von Schubert.)*

KLARA: Ich habe Angst vor der Armut. Meine Kindheit und meine ganze Jugend habe ich zwischen polierten Möbeln und steifen Heiligen verbracht, in Zimmern, in der ein altmodisches, in Schildpatt gebundenes Gebetbuch das einzige Buch war. Ich bin unter Hungrigen und Armen aufgewachsen, die in Barchent gekleidet waren. Die Hagebuttenmarmelade wurde in grünen Gläsern aufbewahrt, und in der Dämmerung zündete man Petroleumlampen an. Die Fußbodenbretter wurden so lange gerieben, bis sie goldgelb waren. Das war meine Jugend. Ich würde mich auf der Stelle vergiften, wenn ich noch einmal als hungriges Modell zu jenen nassen, frisch geriebenen Brettern und zu jenem Halbdunkel zurückkehren müßte. Ich weiß, daß um mich herum lauter Kulissen stehen, hinter denen sich verfaulte und krankhafte Affären abspielen. Und trotzdem bestehen hier für mich rechtliche Garantien, die eine Rückkehr in jenes Dunkel verhindern. Ich habe keine großen Bedürfnisse, es ist aber angenehm zu wissen, daß mir warmes Wasser und ein frischer Pyjama jederzeit zur Verfügung stehen. Das ist besser als ein Hemd aus Barchent.

URBAN: *(während er weiter Schubert spielt)*

Alle Menschen kauen irgendwelche Worte wie Gummi. Dieses warme Wasser und Ihre rechtlichen Garantien sind einfach nur ein Ersatz. Ich fahre nach Kanada, um dort einen Steward zu spielen. Alles, was ich besaß, habe ich verkauft: Es war ein Porträt meines Großvaters mit einem Windhund. Jetzt bin ich ein vollkommener Bettler. Aber sehen Sie, wenn ich an Sie denke, dann denke ich an den letzten Silvesterabend bei Melitta, an dem Sie dieses Lied von Schubert gesungen haben. Mir ist dieses von Ihnen gesungene Lied viel wichtiger als meine ganze Armut und die ganze Ungewißheit, in der ich lebe. Drei Tage lang bin ich mit diesem Lied in den Ohren von Kaffeehaus zu Kaffeehaus geirrt. Jazzorchester und Blechmusik haben laut gespielt, die Menschen haben gelacht und gesungen,

aber ich habe nur Ihre Stimme gehört. Ich werde auf der Linie Quebeck-Montreal als Steward hin- und herfahren und werde immer noch die Erinnerung an Ihre Stimme in mir tragen... Und Sie spielen da eine Frau, die resigniert, weil sie keine Stimme mehr hat. Wozu diese Resignation, Klara?
(unterbricht sein Spiel und geht zu ihr)
Eine solche Stimme und einen so herrlichen Körper zu besitzen wie Sie, Klara, und zugleich alles ganz willkürlich in Trauer und Langeweile zu verwandeln, ist übertrieben leichtsinnig und unverantwortlich.
(intim)
Interessant, wenn ich an Sie denke, erscheinen Sie mir immer als ein zwitterhaftes Wesen. Letzte Nacht habe ich von Ihnen geträumt, Sie waren ein blauäugiger Knabe, der weiche Hände und aschgraue Haare hatte, Sie waren sehr zart und sahen unschuldig drein, aber nicht ganz. Ihr Blick hatte Tiefe. In der Hand hielten Sie eine Rose, die aus Glas war, ich drückte Ihre Hand mit dieser gläsernen Rose und ein scharfer perverser Ton erklang. Ich glaube, ich spürte Ihr Blut an meinen Fingern, und Ihre weißen Knabenhände, Ihr schlanker Körper, Ihr Hals, Ihr länglicher Kopf, all das blieb in meinen Händen...
(beugt sich zu ihr und dreht das Licht ab)
KLARA: Das hat keinen Sinn, Oliver, das hat keinen Sinn...

Vorhang

DRITTER AKT

Zwei Stunden nach dem zweiten Akt. Das Licht brennt.

URBAN: *(geht müde auf und ab)*
Bitte, das habe ich nicht gesagt, oder zumindest habe ich es nicht so gesagt. Ich habe nur im Zusammenhang mit Frau Bobotschka erklärt, daß ich mich über Damen wundere, die keine Stimme haben und trotzdem in Konzertsälen auftreten.
KLARA: Sie haben im allgemeinen von Frauen gesprochen, die keine Stimme haben, und nicht allein von Frau Bobotschka. Was übrigens Bobotschka betrifft, so hat sie einen ganz anständigen Alt.

URBAN: Ja, sie hat einen ganz anständigen Alt gehabt, aber sie hat ihn leider nicht mehr. Das war vor sieben Jahren. Ich finde ihre jetzigen Auftritte in der Öffentlichkeit ganz einfach schwachsinnig. Nur Frauen sind imstande, auch ohne eine Spur von Stimme zu singen. Diese Blamagen vor dem Publikum sind eine perverse Quälerei.

KLARA: Sie finden also, daß es von mir pervers wäre, einen Abend andalusischer Romanzen zu geben.

URBAN: Pardon, das habe ich nicht gesagt.

KLARA: Aber gemeint.

(nahe am Weinen:)

Vom Standpunkt des primitiven Anstandes aus gesehen, müßten Sie nun mit Ihren Lügen fortsetzen. Sie müßten auch weiterhin spielen und neue Lügen erfinden, wenigstens bis zum Augenblick, in dem man diesen absurden Zustand endlich beenden könnte.

URBAN: Was habe ich gelogen? Was für ein absurder Zustand? Was ist mit Ihnen?

KLARA: Ja, jetzt können Sie mich auch noch anschreien und ich muß dazu schweigen!

(schluchzt verhalten ins Taschentuch)

URBAN: Es fehlt nur noch, daß Sie mir eine Szene machen. Bitte alles, nur keine Tränen!

KLARA: Sie sind ein Monstrum!

(steht auf)

URBAN: Merci!

KLARA: *(kann die Tränen nicht mehr zurückhalten, wischt sie ab)*
Sie sollen nicht glauben, daß ich aus moralischem Ressentiment Tränen vergieße, wie eine kleine Schneiderin aus der Vorstadt! Das hat mit Ihnen nichts zu tun. Meine Nerven sind mir ganz einfach durchgegangen. Ich kann Sie nicht mehr sehen. Schon im ersten Augenblick, in dem ich Sie kennengelernt habe, waren Sie mir unsympathisch. Der erste Eindruck trügt nie. Ich habe gleich gefühlt, daß Sie mir irgendeinmal eine peinliche Blamage bereiten werden.

URBAN: Reden Sie bitte nur weiter. Die echte Freundschaft besteht gerade darin, daß man einander auch unangenehme Dinge ins Gesicht sagen kann.

KLARA: Mich stört es nicht, daß Sie jetzt genau das Gegenteil davon sagen, was Sie den ganzen Abend lang geschwätzt haben. Mich stört es nur, daß Sie mich für so dumm halten. Sie werden doch nicht glauben, daß ich jene bestimmte Grenze nur wegen

Ihres unwiderstehlichen Charmes überschritten habe. Sie sind böswillig und vulgär. Sie wollen meine Motive nicht verstehen.

URBAN: Sie wollen auch meine nicht verstehen. Ich kann im Augenblick nicht sprechen, es fällt mir ganz einfach physisch schwer, meine Lippen zu bewegen. Ich habe das Bedürfnis zu schweigen, ein Glas kalten Wein zu trinken, zu schlafen, allein zu sein... *(Er geht zum Tisch, schenkt sich ein Glas Wein ein und trinkt es durstig aus. Sie schaut ihn verwundert an und macht dann Anstalten hinauszugehen, er geht ihr aber nach)* Wozu diese Unruhe, liebe Klara? Bleiben Sie, ich bitte Sie. Vielleicht habe ich Sie verletzt, aber das war nicht böswillig. Bitte, nehmen Sie eine Zigarette. Wozu diese großen Gesten? Ich weiß, daß Sie nicht so unintelligent sind, aus kleinbürgerlichen Motiven zu weinen. Ich kann mich nicht verstellen, erlauben Sie mir deshalb, ehrlich zu sein.

(Obwohl er sichtlich müde ist, bemüht er sich sehr, auf diese nervöse Frau einzuwirken; während er spricht, führt er sie zum Diwan und bettet sie dort wie ein Kind.)

Ein volles Jahr lang waren Sie für mich eine geliebte Illusion, aber jetzt, im Augenblick unserer ersten intimen Begegnung, haben Sie mich gezwungen, eine Rolle zu spielen, die mir gar nicht angenehm war, die ich aber Ihretwegen spielen mußte. Klug wie Sie sind, haben Sie mich dazu verführt, Aurel vollständig zu negieren. Ich sage nicht, daß Sie es bewußt getan haben, als ich aber Aurel vor Ihnen so heftig angegriffen habe, bin ich nur den geheimen Gedanken gefolgt, die ich in Ihren Augen gelesen habe.

KLARA: Aber ich konnte nicht erlauben, daß Aurel mich vor seinen Modellen länger erniedrigt, nur weil ich von ihm finanziell abhängig bin. Aus diesem Grund wollte ich auch wieder singen, und nicht aus künstlerischer Eitelkeit. Ich möchte dieser unerträglichen Situation in meiner Ehe ein Ende bereiten.

URBAN: Sehen Sie, Klara, ich habe Aurel nicht beneidet, ich war auf ihn eifersüchtig. Ich habe ihn Ihretwegen beneidet. Dieser geschickte Handwerker, der nichts anderes malen kann, als faule Orangen, verdient ganz einfach nicht, eine solche Frau zu haben. Ich habe um Sie gekämpft! Würde ich aber nun weiter in diesem Ton über Aurel sprechen, dann wäre das nichts anderes als ein banaler Tratsch. Ich könnte auch nichts Neues mehr erfinden, wir haben darüber schon alles gesagt, was man darüber sagen kann. *(Seine Stimme wird immer eintöniger, müder und leiser. Er setzt sich zu ihren Füßen.)*

Jetzt wäre es am besten, zu schlafen. Unser Körper ist viel klüger als all das, was in uns geschieht. Am schönsten ist es, neben einem warmen Körper den Verstand vollkommen zu verlieren und die Angst vor dem Erwachen zu vergessen.

(lehnt seinen Kopf an ihre Knie.)

KLARA: *(streichelt seine Haare)*

Was glauben Sie, Urban, soll ich noch in dieser Saison einen Konzertabend geben?

URBAN: *(müde, im Halbschlaf)*

Ich weiß es nicht Klara.

KLARA: Ich würde auch Schuberts Lied „Der Tod und das Mädchen" singen, das Ihnen das letzte Mal bei Melitta so gut gefallen hat.

URBAN: Ja, aber Sie haben in einem Zimmer gesungen, und außerdem bin ich ein besonderer Akustikraum für Ihre Stimme, für die feine erotische Ausstrahlung Ihres Timbres. Die kalte Nüchternheit des Konzertsaales und dann die Brutalität der geschäftlichen Seite eines solchen Unternehmens...

KLARA: Sie sind also dagegen, daß ich ein Konzert gebe?

URBAN: Ich weiß es nicht, ich weiß gar nichts.

(Draußen hört man eine Autohupe. Ein Auto hält an.)

KLARA: Warten Sie, ich glaube, es ist gerade ein Auto angekommen.

URBAN: Ich höre nichts, ich höre gar nichts.

KLARA: Nein, nein. Ich habe ganz deutlich den Wagenschlag gehört. Das ist er. Ich erkenne ihn daran, wie er die Wagentür zuschlägt. Das ist er!

(steht auf und geht zum Fenster.)

Ja, das ist er. Ich gehe, ich möchte ihn nicht sehen. Sagen Sie ihm, daß ich mich zurückgezogen habe. Sagen Sie ihm auch, daß ich seinetwegen nicht zum Ball gehen wollte, wegen dieses Briefes, oder wegen der kleinen Leda, sagen Sie ihm, was Sie wollen. Ich gehe. Leben Sie wohl!

(geht verwirrt weg.)

URBAN: Gute Nacht! Auf Wiedersehen!

(Er steht auf und bringt seinen Anzug mit routinierten Gesten wieder in Ordnung, er schnippt einen Flaum vom Revers und kontrolliert die Bügelfalten. Währenddessen summt er dasselbe Lied wie zu Anfang des ersten Aktes. Diese Szene bildet ein Pendant zur ersten Szene in Melittas Zimmer. Urban geht auf und ab, zündet sich eine Zigarette an, trinkt ein Glas Wein, dann setzt er sich an den Tisch, zieht ein Bündel Korrekturfah-

nen aus der Tasche und eine Füllfeder und beginnt zu korrigie-
ren. Pause. Aurel kommt herein. Er wirkt müde und bedrückt.
Vorhin hat man gehört, wie er die Eingangstür aufgesperrt und
die Schuhe abgeputzt hat. Er raucht eine Zigarre. In der einen
Hand hält er einen Zylinder und seinen Schal und in der ande-
ren einen roten Hausmantel und Pantoffeln.)

AUREL: Servus Oliver! Du bist allein? Wo ist Klara? Na, das war
ein schöner Abend. Ich habe euch auf dem Ball länger als zwanzig Minuten gesucht.

URBAN: Du dürftest aber nicht sehr pünktlich gewesen sein.

AUREL: Irgendeine Gestalt im Frack hat behauptet, euch auf der
Galerie gesehen zu haben. Wann seid ihr zurückgekommen?

URBAN: Niemand hat uns auf der Galerie gesehen, wir sind gar
nicht hingegangen. Klara wollte nicht nachgeben. Sie war den
ganzen Abend indisponiert und hat sich schließlich niedergelegt. Ich habe dich jeden Augenblick erwartet. Ich wollte da
sein, falls du mich brauchst. Inzwischen habe ich den ganzen
Wein ausgetrunken. Hast du noch irgendwo einen Schnaps?

AUREL: Ja. Und sogar einen ausgezeichneten. Es ist ein sieben Jahre alter Slivowitz. Er muß draußen in der Kredenz sein. Ich
werde ihn dir gleich holen. Klara ist noch immer indisponiert?
Du hättest sie überreden sollen. Ehrlich gesagt, habe ich alles
auf deine diplomatische Geschicklichkeit gesetzt.

URBAN: Ich habe alle möglichen Tricks versucht, aber die violette
Tinte war nicht mehr auszulöschen.

AUREL: Entschuldige bitte, aber ich muß diese verdammten Lackschuhe ausziehen. Was machst du da?

URBAN: Ich lese Korrekturen, der Artikel muß noch heute nacht in
die Setzerei.

AUREL: *(zieht Schuhe und Frack aus und schlüpft in die Pantoffel;*
dann zieht er den Hausmantel an)
So, jetzt fühle ich mich leichter. Richtig, ich wollte dir den
Schnaps holen. Möchtest du noch etwas essen? Wir haben eine
Gansleberpastete. Willst du?

URBAN: Ja, bitte. Ich bin immer für Delikatessen.

AUREL: *(aus dem anderen Zimmer)*
Hier ist auch noch etwas Kaviar und einige Pfefferoni. Willst du
Pfefferoni?

URBAN: Bitte.

AUREL: Ha! Hier ist eine Flasche Veuve cliquot. Hallo, soll ich dir
auch Kaviar bringen?

URBAN: Ja, natürlich!

262

AUREL: *(bringt auf einem Silbertablett die angekündigten Speisen und Getränke und stellt sie auf den Tisch)*
Der Schnaps stammt aus der Brennerei der alten Zygmuntowicz. Ein köstliches Getränk, meiner Ansicht nach besser als Cognac. Merkwürdig, ich bin jetzt wirklich hungrig. Man rennt die ganze Nacht mit leerem Magen herum und wozu das Ganze? Prost!
(Sie trinken und essen.)
Ist er nicht wirklich vorzüglich? Riecht nach einem großen Zwetschgengarten, nicht? Prost!
URBAN: Ja, er ist wirklich ausgezeichnet.
(trinkt wieder.)
AUREL: So. Klara ist indisponiert, sagst du? Was hätte ich in dieser Situation tun sollen? Weißt du, was in dem Brief gestanden ist? Ich erwarte dich vor dem Haus. Ich muß mit dir unbedingt sprechen. – Eine wunderbare Situation, nicht? Sie wollte mich nicht anrufen, damit es nicht auffällt, schickt mir dann den Diener um zehn Uhr abends herauf und wartet noch selbst vor dem Haus. Die Frauen sind wirklich komische Wesen.
Bitte nimm doch etwas Kaviar, du hast nichts gegessen.
Wärst du nicht da gewesen, wer weiß, wie diese Geschichte noch geendet hätte. Bitte bedien' dich. Wir sind von Vorstadtkneipe zu Vorstadtkneipe gezogen, haben unter ältlichen Jungfern und Papierblumen Magenbitter und schlechten Cognac getrunken, und so ist es stundenlang gegangen, ohne daß wir etwas Wesentliches besprochen hätten.
URBAN: Ich versteh' das nicht, was wollte Melitta eigentlich von dir?
AUREL: Ich weiß auch nicht recht, was sie von mir wollte. Sie wollte eine Entscheidung herbeirufen. Was für eine Entscheidung kann man schon in unserer Situation treffen? Ich bitte dich! Einfach absurd! Das war ein Passionsspiel, kann ich dir sagen, aber von blutigen Dilettanten in Szene gesetzt. Man raucht eine Zigarre zu Ende und denkt nicht mehr daran, den Stummel noch einmal anzuzünden.
URBAN: Die Frauen haben eben wenig Erfahrung mit Zigarren. Apropos! Kann ich Feuer haben?
(hält Aurel seine Zigarre hin.)
AUREL: *(während er ihm Feuer gibt)*
Nein, Frauen haben keinen Takt, es ist schwer, mit ihnen auszukommen. Sie wollen es nicht wahrhaben, daß etwas zu Ende gegangen ist. Wenn es nach ihnen ginge, würde der Vorhang nie

über eine Liebesvorstellung fallen. Die Frauen sehen sich immer auf der Bühne. Sie machen große Gesten und geben große Erklärungen ab. Jede von ihnen ist eine Maria Stuart. Aber die Dinge liegen nicht so einfach, wie sie den Damen erscheinen. *(Er wird immer erregter und trinkt immer schneller; dreht sich um, als hätte er Angst, daß jemand ihnen zuhören könnte.)*

AUREL: Die Komplikation besteht nämlich darin, daß Melitta in anderen Umständen ist. Das sollte dich auch interessieren.

URBAN: Warum sollte mich das interessieren? Ich seh' darin auch keine Komplikation. Klanfar wünscht sich nichts sehnlicher als einen Sohn.

AUREL: Das ist sehr schön von Klanfar, aber die Sache ist die, daß es heute abend, nachdem wir weggegangen sind, zwischen Melitta und Klanfar zu einer Szene gekommen ist, in deren Verlauf sie ihm ihre Schwangerschaft gestanden und ihm klipp und klar gesagt hat, das Kind sei nicht von ihm. Also stell dir vor! Sie hat offen zugegeben, daß sie einen Liebhaber hat. Sie hat Klanfar erklärt, daß sie ihre Ehe für liquidiert betrachtet und einen Anwalt beauftragt habe, die Scheidung einzuleiten. Eine unglaubliche Frau. Und von mir hat sie verlangt, nicht mehr nach Hause zu gehen, sondern zusammen mit ihr in einem Hotel zu übernachten und so unser Verhältnis polizeilich zu legalisieren. Sie ist verrückt!

URBAN: *(steht auf und geht unruhig auf und ab)*
Aber du hast ihr natürlich diese romantischen Ideen ausgeredet?

AUREL: Ich bitte dich, wie kann man einer Frau etwas ausreden, die vor Tatendrang förmlich glüht? Es ist mir mit Müh und Not gelungen, von ihr wenigstens eine vierundzwanzigstündige Frist zu bekommen, um mich von dem Schock zu erholen. Was morgen sein wird, weiß ich nicht. Ich weiß überhaupt nicht mehr, was ich von den Frauen halten soll. Prost! Am besten wäre es, nicht mehr daran zu denken. *(trinkt.)*

URBAN: *(ernst und dezidiert)*
Melittas Trennung von Klanfar käme einem Selbstmord gleich. Oder noch schlimmer – einem dreifachen Mord. Denn damit würde sie mich, sich selbst und unser, das heißt Klanfars, oder eigentlich dein Kind zugrunderichten.

AUREL: Du hast keine Ahnung, wie prätentiös diese Frau ist. Ich glaube, sie ist nicht normal. Sie dürfte sich schon lange nicht im Spiegel angeschaut haben. Woher diese blasse, mit Nikotin vollgesogene, hysterische Maske die Kraft nimmt, sich so aufzuspielen, ist für mich ein Rätsel.

264

URBAN: Also auf der Leinwand, die bei ihr zu Hause hängt, sieht sie eher blühend aus, wenn ich bemerken darf. Und das Porträt ist nicht älter als ein halbes Jahr.

AUREL: Du weißt doch, wie man bei bestellten Porträts schmeichelt. Eine Frau, die schon über dreißig ist, müßte etwas bescheidener sein. Den ganzen Abend hat sie von mir verlangt, daß ich mit ihr nach Florenz fahre.

(trinkt; weinerlich, betrunken.)

Ich mag keine Abenteuer. Ein abenteuerliches Leben widerspricht meinem Temperament und meinen Ansichten, ich bin schon ein reiferer Mann, nächtliche Rendevouz' in Kaffeehäusern, Tränen und Gewissensqualen sind nichts für meine Nerven. Ich liebe Ruhe. Ich habe so etwas nicht einmal mit zwanzig ertragen können, geschweige denn heute. Ich muß arbeiten. Und wie soll ich mich konzentrieren, wenn ich ununterbrochen durch Anrufe und Briefe durcheinandergebracht werde? Was soll ich nur tun, wenn sie morgen mit den Koffern vor meiner Tür erscheint? Na, Prost!

(trinkt)

Willst du auch noch einen? Ein wunderbares Desinfektionsmittel.

(schenkt Urban ein und verschüttet den Schnaps über die Speisen.)

Und was ist mit Klara? Was hat sie gesagt, als ich so lange nicht zurückgekommen bin? Ich glaube, sie hat gewußt, daß der Brief von Melitta war.

URBAN: Ich habe den Eindruck, daß Klara sich eher wegen Leda Sorgen macht. Sie war den ganzen Abend mißgestimmt. Sie hat das Schubert'sche Lied „Der Tod und das Mädchen" gespielt, wir haben ein bißchen Wein getrunken und dann habe ich an meinem Artikel herumgekritzelt.

AUREL: Weißt du, wegen Melitta mach ich mir eigentlich keine Sorgen, das wird sich schon irgendwie einrenken lassen.

(schaut Urban betrunken an.)

Warum soll ich es dir nicht sagen? Ich habe keinen Grund, an deiner Diskretion zu zweifeln. Es handelt sich um die kleine Leda. Die Affäre mit ihr nimmt ungeheure Dimensionen an.

(steht auf und geht schwankend zur großen Leinwand, auf der Leda mit dem Schwan zu sehen ist.)

Ein wirklich ausgezeichnetes Bild. So etwas gelingt einem nur einmal in dreißig Jahren. Dieser flaumige durchsichtige Teint und dieser kindliche Ausdruck – sie ist doch noch ein Kind.

Ihre Glieder sind so weich, als wären sie in Watte verpackt. Sie ist meine Inspiration. Meine einzige Inspiration. Ich bin nicht mehr so jung. Weißt du, wenn ich so zurückblicke, kann ich nur eine traurige Bilanz ziehen. Du hast heute nachmittag gesagt, daß es keinen Sinn hat, Bilder wie Waren zu produzieren. Man muß mehr für sich malen, aus Vergnügen, und siehst du, bei Leda verspür ich große Lust zu malen.

URBAN: *(ist aufgestanden und geht nun auch zum Bild; überlegen)* Schön, die Kleine ist deine Inspiration. Und weiter?

AUREL: Um mich herum bewegen sich tausend Gesichter, lauter neue Moden, Erklärungen, Programme, Stile, Avantgarde und Arrièregarde, das alles verwirrt mich, ich fühle mich alt und müde und schläfrig, und da versetzt mich plötzlich diese Frau in eine ursprüngliche, animalische Unruhe. Ihr Duft belebt mich so, als hätte ich Kokain geschnupft. Wenn ich sie betrachte, werde ich clairvoyant. Mit ihr kann ich arbeiten, viel besser und leichter als mit irgendeinem Modell bisher.

URBAN: Und wer hindert dich daran zu arbeiten? Arbeite, mein Lieber, Gott segne dich, arbeite.

AUREL: Es handelt sich darum, daß der alte Generaldirektor Kardosi ihr eine Stelle in Hamburg angeboten hat, bei der sie 230 Dollar im Monat verdienen würde.

URBAN: Was für eine Stelle?

AUREL: In einem Industriekonzern. Zweihundertdreißig Dollar im Monat!

URBAN: Das ist eine Karriere! Aber ich glaube, die Kleine hat davon nur geträumt.

AUREL: *(feierlich betrunken)*
Das weiß ich nicht. Ich weiß nur, daß ich von dieser Frau nicht loskomme. Ich könnte ohne sie nicht mehr arbeiten. Sie liebt mich auch, und ich trage mich mit dem Gedanken, sie zu heiraten.

URBAN: Apropos, Leda! Ich habe in meinem Artikel, den ich soeben korrigiert habe, auch von diesem Bild gesprochen. Dazu habe ich die These aufgestellt, daß unsere moderne Malerei zu einem neuartigen Picasso-Stil tendiert. Als Beweis dafür habe ich gerade dich und dein Bild angeführt. Soll ich dir die paar Zeilen vorlesen?

AUREL: Ja, bitte. Du weißt doch, wie sehr ich deine Meinung schätze.

(schwankt zum Fauteuil und plumpst hinein.)

URBAN: In meiner Einführung spreche ich zuerst davon, daß die moderne Malerei langsam wieder Sinn für die Wirklichkeit bekommt und daß alle großen künstlerischen Epochen stark an das Körperliche gebunden waren. Die Trennung der Farbe vom Körperlichen kann leicht zu abstrakten Irrwegen führen. Deine Art zu malen bestätigt aufs neue die siebentausendjährige Erfahrung.

AUREL: So ist es! Das hast du wunderbar formuliert, so klar und präzise! Bravo!

URBAN: Diese entscheidene Rückkehr zum Körperlichen bei dir ist der beste Beweis dafür, daß unsere Malerei sich zu einem neuartigen Picasso-Stil hin entwickelt.

(liest)

Das Bild der Leda strahlt wie ein klarer Himmel. Ledas Fleisch, das einer flaumigen Wolke gleicht, ist nicht nur ein Symbol – es ist eine geniale Inspiration, die in einem unermeßlichen Spektrum reiner Farben leuchtet. In der durchsichtigen Spiegelung der Schwanenfedern sieht man die weiße, ewige Leda, die ihren Liebestraum mit dem göttlichen Schwan träumt.

AUREL: Du bist einfach großartig! Was man auch immer über dich sagt, ich bleibe dabei, daß du einer unserer gescheitesten Köpfe bist. Laß dich umarmen!

(geht betrunken auf ihn zu)

Laß uns darauf den Champagner trinken! Das hast du meisterhaft gesagt. Bravo! Ich meine das vom Körperlichen in der Malerei. *(macht die Sektflasche auf.)*

Den trinken wir ausschließlich auf dein Wohl.

(verschüttet die Hälfte des Champagners.)

Du bist der Einzige, der eine so charmante Kultur der Worte besitzt.

(trinkt)

Du bist der Einzige, den ich wirklich liebe und verehre.

Du bist ein Herr geblieben, obwohl du genug herumgestoßen worden bist. Laß dich umarmen. Du und die kleine Leda seid die einzigen Lichtblicke in dieser tristen Nebellandschaft, in der wir hier leben.

URBAN: *(befreit sich mühsam aus Aurels Umarmung; förmlich)*

Entschuldige bitte, aber ich muß dir in diesem Zusammenhang noch etwas sagen. Wenn du wirklich die Absicht hast, um die Hand dieser jungen Dame anzuhalten, dann wirst du, glaube ich, zu spät kommen. Leda ist bereits verheiratet!

AUREL: Das ist nicht wahr! Du lügst! Wen soll sie geheiratet haben? Und wann?

URBAN: Sie hat angeblich einen Fußballtrainer aus Budapest geheiratet. Nicht von dem alten Kardosi hat dir Gefahr gedroht, sondern von einem Fußballtrainer. Im Augenblick befindet sich deine kleine Leda mit ihm auf der Hochzeitsreise nach Verona. Sie pilgern zu Julias Grab, mein lieber Romeo.

AUREL: Das ist doch unmöglich! Ein Skandal! Nein, das darf nicht wahr sein. Du hast das erfunden, du perverser Sadist! Alles, was du erzählst, ist kriminell. Du willst mich nur quälen. Wenn das wahr sein sollte, bleibt mir nichts anderes übrig, als mich umzubringen.

URBAN: Mit deinem Selbstmord würdest du deiner Frau nur noch eine Sorge mehr aufladen. Die Sorge um die Trauerkleider.

AUREL: Aber das ist doch nicht wahr! Bitte, sag mir, daß du gelogen hast.

KLARA: *(erscheint in der Tür)*
Warum schreit ihr hier wie in einer Kneipe? Schämt ihr euch nicht, euch wie Barbaren zu benehmen? In der zivilisierten Welt gibt es gewisse Konventionen, die man einzuhalten hat.

AUREL: Was heißt Barbaren? Was für ein Ton ist denn das?

KLARA: Nicht einmal Mormonen benehmen sich so zu ihren Frauen. Wir sind doch nicht in einem Harem. Das hier ist mein Haus! Ich kann wenigstens Rücksicht von euch verlangen.

URBAN: Aurel, ich bitte dich, beherrsche dich! Deine Frau hat recht, wir sind zu laut.

AUREL: Nein, sie hat nicht recht. Diese Frau hat nie recht gehabt. Seit Jahren schon quält sie mich mit ihrem imaginären Recht und spricht mit mir von oben herab, wie eine Gouvernante. Ich bin doch nicht daran schuld, daß sie ihre Karriere aufgeben mußte. Ich kann mich nicht auch noch um ihre Stimme kümmern, ich habe genug Sorgen mit meiner eigenen Karriere.

URBAN: Aurel, beruhige dich, ich bitte dich, deine Frau hat recht.

AUREL: Man ist von lauter Aufpassern umgeben! Von der Wiege bis zum Grabe – keine Freiheit. Lauter Gouvernanten.

URBAN: *(zu Klara)*
Entschuldigen Sie bitte.

KLARA: Wen soll ich entschuldigen, Sie oder ihn? Dieses Häufchen Unglück hat noch nie besonders durch seinen Verstand geglänzt, aber Sie, Herr Doktor, Sie müßten doch wissen, wie gemein und schamlos das ist, was Sie hier tun.

AUREL: Sie haben kein Recht, mit mir so zu sprechen, gnädige Frau! Wenn es Ihnen nicht paßt, was wir hier tun, dann können Sie gehen! Leben Sie wohl! Habe die Ehre!

KLARA: Besoffenes Schwein!
(macht die Tür zu)
AUREL: *(will ihr nach)*
Was heißt das? Was nimmst du dir heraus? Ich werde dir...
URBAN: *(hält ihn zurück)*
Beruhige dich, Aurel. Du bist betrunken. Komm, trink ein biß-
chen Kaffee. Wir haben wirklich einen höllischen Lärm gemacht
und deine Frau will doch schlafen.
AUREL: *(läßt sich von Urban zum Fauteuil führen und plumpst
hinein):*
So ist es also. Das Fräulein hat einen Fußballer geheiratet, einen
Torschützen! Und jetzt befindet sich das Fräulein in Verona,
auf der Hochzeitsreise. Bravo, ich gratuliere! Was wird Herr
Generaldirektor Kardosi dazu sagen? Wer wird mir Ledas Porträt bezahlen? Der Torschütze hat sicher kein Geld. Na schön.
Ich werde mir ein anderes Modell suchen müssen. Da kann man
nichts machen. Was ist aber mit Melitta? Morgen früh wird die-
se romantische Gans mit ihren Koffern und ihrer verrückten
Initiative hier auftauchen. Sie hat ihren Rechtsanwalt schon an-
gerufen. Ich muß doch ein Haus bauen, ich muß arbeiten, ich
mag keine Abenteuer...
URBAN: Schrei nicht so, ich bitte dich. Du bist betrunken. Ich geh
morgen zu Melitta, ich kann sie übrigens auch gleich anrufen.
Du hast sie doch nach Hause gebracht?
AUREL: Siehst du, das wäre am gescheitesten. Du könntest einen
Sprung zu ihr machen und mit ihr reden, damit sie sich vor dem
Rechtsanwalt mit ihren ausgefallenen Ideen nicht lächerlich
macht.
URBAN: Ja, aber das könnte ich auch morgen tun. Vor Klanfars
Rückkehr ist die Geschichte sowieso nicht aktuell. Ich kann sie
aber gleich anrufen und ein Rendezvous mit ihr fixieren.
(telefoniert)
Hallo, bitte die Nummer 74–47, ja 74–47.
(wendet sich zu Aurel)
Es ist doch nicht möglich, daß sie schon schlafen gegangen ist.
Sie ist doch vor kaum zwanzig Minuten nach Hause gekommen.
Vielleicht ist sie im Bad.
AUREL: Vielleicht ist das Telefon kaputt.
URBAN: Nein, ich höre, daß es läutet.
(legt auf und telefoniert noch einmal)
Bitte Fräulein noch einmal die Nummer 74–47. Hallo? Hallo!
Hier ist Doktor Urban. Ah, Sie sind es, Fanny. Wie? So. Wann

sagen Sie? Ja. Können Sie mir öffnen? Ja, in drei Minuten. Gleich. Adieu.

(zu Aurel)

Fanny sagt, daß die Gnädige vor zehn Minuten weggegangen ist. Sie ist kurz vorher nach Hause gekommen, hat zwei Briefe geschrieben, einen für mich und einen für ihren ehrwürdigen Gemahl, und ist dann wieder weggegangen. Fanny hat einen hysterischen Weinkrampf, sie hat Angst um ihre Gnädige, weil Melitta sehr aufgeregt war. Ich gehe hin, ich muß feststellen, was für einen Blödsinn Melitta wieder gemacht hat. Ich werde dich anrufen. Servus!

AUREL: *(begleitet Urban zur Tür, aufgeregt)*

Melitta ist von zu Hause weggegangen? Jetzt, um zwei Uhr? Merkwürdig, wirklich merkwürdig. Ruf mich bitte sofort an! Servus!

(kehrt zurück ins Zimmer und geht nervös auf und ab. Dann geht er zu Klaras Tür und will hinein, die Tür ist aber abgeschlossen. Er klopft. Zuerst leise und dann immer lauter)

Hallo, Klara, was soll das? Mach auf!

(klopft noch ein paarmal, bückt sich dann und schaut durch das Schlüsselloch; richtet sich wieder auf und rüttelt an der Klinke.)

Klara, ich bin es, hörst du, mach auf! Ich verbitte mir eine solche Behandlung. Was ist denn das für eine Art? Klara, mach auf, hörst du, mach auf! Ich werde die Tür einschlagen. Hörst du! Ich habe genug.

(Er schlägt mit dem Fuß gegen die Tür; Pause; horcht an der Tür und rüttelt wieder an der Klinke; schaut durchs Schlüsselloch und schlägt von neuem mit ganzer Kraft gegen die Türfüllung. Man sieht ihm an, daß er Angst hat.)

Klara! Klara!

(In panischer Aufregung drückt Aurel ein paar Mal heftig gegen die Tür, bis sie nachgibt; er taumelt in das andere Zimmer hinein. Kurze Zeit darauf kehrt er blaß und vollkommen nüchtern zurück, mit einem Zettel in der Hand, auf den er mit stumpfem Blick starrt. In diesem Augenblick hört man Lärm auf der Straße, der immer lauter wird. Aurel horcht hinaus, geht dann zum Fenster und öffnet es. Pause. Man hört die Stimmen jetzt klarer, man kann aber nicht verstehen, was sie sagen.)

AUREL: *(durchs Fenster)*

Was ist denn da passiert?

EIN PASSANT: *(von der Straße her)* Eine Frau hat sich da an der

Ecke vor der Apotheke vergiftet.
(Aurel richtet sich auf, schwankt, nimmt sich aber zusammen und läuft hinaus. Durch das offene Viereck weht Schnee ins Zimmer. Die Stimmen auf der Straße werden immer leiser.)

Vorhang

VIERTER AKT

Im Hintergrund sieht man die Fassade des Klanfar'schen Palais. Sie wirkt mit ihren Karyatiden, ihrem Renaissancebalkon und ihren Akanthusblättern aus Gips schmutzig und traurig. Alle Vorhänge sind zu, das Haus macht einen verlassenen Eindruck. Großes Renaissanceportal, die Eichentür ist mit Eisen und Messing beschlagen. Links von dem Portal brennt eine Gaslaterne. Noch weiter links Silhouetten der Nachbarhäuser. In der Ferne hört man Jazzmusik, Türenschlagen und betrunkene Stimmen. Es dämmert. Unter der Gaslaterne stehen zwei Straßenmädchen, die sich rauchend unterhalten.

1. DAME: Der Frühling kommt. Ich spüre es am Zittern der Gaslaterne und an dem warmen Nebel. Am meisten liebe ich den Frühlingsnebel. Die Häuser sehen darin aus wie Schiffe in einem Hafen. Es ist Morgen, die Schornsteine rauchen, wir reisen. Oh, wenn ich wegfahren könnte, auch in einem Leichenwagen, nur weg!

2. DAME: Ich stell mir den Frühling immer so vor, wie er auf einem Bild in unserer Schule dargestellt war. Ein Bauer zog Furchen in die Erde, die Bäche rumorten und die Schwalben kreisten um den Kirchturm. Ich habe schon seit Jahren keinen Bauern und keine Schwalben gesehen. Was für ein Frühling ist das schon hier in der Stadt. Er kommt daher wie ein Bettler um die Ecke. Man steht unter der Laterne, der Hals tut einem weh, man raucht schlechte Zigaretten und wartet darauf, ins Spital zu kommen. Ich habe mich entschlossen, zu Ostern nach Hause zu fahren. Gefärbte Eier, ein reines Tischtuch, alles ist frisch gerieben, Palmkätzchen, rote Kirchenfahnen ... Hast du schon jemand heute abend gehabt?

1. DAME: Zwei. Der Zweite war wahrscheinlich ein Beamter – das

Futter seines Rockes war zerrissen. Er war betrunken. Er hat die Ansichtskarten an meinen Wänden studiert und mich mit blöden Fragen gequält. Der muß beim Statistischen Amt angestellt sein. Meine brasilianische Marke hat er aber gleich erkannt. Ich könnte dafür drei Dollar kriegen, sagt er. Ein Student der Technik hat mich schon überreden wollen, daß ich ihm die Marke verkaufe. Ich will sie aber nicht verkaufen. Wenn sie so wertvoll ist, werde ich sie erst recht behalten.

2. DAME: Und ich war mit einem vornehmen Herren – Biberpelz, Galoschen, goldene Tabatiere mit Monogramm aus Brillianten. Wir haben im Café Grog getrunken und dann hat er mich im Zimmer gefragt, ob ich seidene Schuhe hab. Ich habe ihm meine weißen Schuhe gegeben, und stell dir vor, er hat sie angezogen. Er hat Schuhnummer achtunddreißig gehabt! Meine Schuhe waren ihm ganz bequem. Und so ist er in meinen Schuhen herumgesessen, hat Zigaretten geraucht und mir dann zweihundert Dinar gegeben. Habe die Ehre, auf Wiedersehen! Komische Leut gibt's auf der Welt.

BETRUNKENER: *(nähert sich den Mädchen)*
Meine Verehrung, die Damen, ergebenster Diener. Darf ich Ihnen eine Zigarette anbieten? Bitte sehr, bedienen Sie sich nur. Stellen Sie sich vor, meine Damen, ich habe ein Hufeisen gefunden. Es wird mir eine besondere Freude sein, es einer von Ihnen zu verehren. Es ist ein Symbol des Glücks.
(schwenkt das Hufeisen vor den beiden Mädchen, die über ihn lachen.)

2. DAME: Bitte, schenken Sie es mir. Ich habe eines vor drei Jahren gefunden, aber jemand hat es mir gestohlen.

BETRUNKENER: Ein gestohlenes Hufeisen bringt kein Glück. Aber auch dieses wird Ihnen kein besonderes Glück bringen, weil es geschenkt ist. Auch wenn Sie es selbst gefunden hätten, würde es Ihnen kein besonderes Glück bringen. Es gibt ganz einfach nicht so viel Glück, als daß man es noch auf der Straße finden könnte. Man weiß nicht einmal, ob es ein Glück überhaupt gibt. Das Glück besteht aus lauter alltäglichen Nichtigkeiten. Man findet plötzlich Streichhölzer in der Tasche, obwohl man geglaubt hat, daß man sie nicht mehr hat. Das ist zum Beispiel ein großes Glück. Oder man will jemand besuchen, läutet und niemand macht einem auf, das ist auch ein Glück. Man hat einen Besuch absolviert, ohne sich abgequält zu haben. Und was das Hufeisen betrifft, so habe ich schon zwei in meinen Leben gefunden, das hier ist das zweite. Ich bin Musiker, ich spiele in

Konzerten. Ich war ein Wunderkind, wissen Sie, als ich elf Jahre war, haben alle Zeitungen begeistert von meinen Pizzikatos geschrieben.

(Die zwei Mädchen kichern.)

Das ist nichts Frivoles, bitte schön. Ein Pizzikato erzeugt man mit Fingerfertigkeit auf der Geige.

Dieses Hufeisen habe ich auf allen Konzertreisen mitgehabt, und was hat es mir gebracht? Eine Paralyse. Als ich elf Jahre alt war, hat mein Vater eine Wette abgeschlossen. Er hat behauptet, daß man mir eines Tages im Lexikon ganze drei Spalten einräumen würde. Und jetzt werde ich höchstens drei Zeilen in der Lokalchronik der Tagespresse bekommen, wenn ich eines Tages Selbstmord begehe.

Meine lieben Damen, darf ich Sie bitten, mir ein bißchen Gesellschaft zu leisten, wenigstens bis zur nächsten Ecke. Wissen Sie, ich kann alles ertragen, nur nicht die Einsamkeit. Die kann ich nicht ertragen. Meine süßen Püppchen, wir alle sind nur Spielzeuge im Bazar der Zivilisation. Musiker, Damen, nächtliche Desperados, Paralytiker, Paranoiker und andere Figuren tanzen auf der Bühne der Zivilisation wie Marionetten. Man läßt uns am Schnürchen baumeln und wirft uns dann auf den Misthaufen.

(Während er spricht, hängt er sich in die zwei Mädchen ein und zieht sie zur Ecke, hinter der er mit ihnen verschwindet. Aus der Ferne Jazzmusik.)

(Melitta und Urban kommen Hand in Hand von rechts und bleiben vor dem Hauseingang stehen.)

URBAN: Meine Frage mag dir vielleicht kleinlich erscheinen, sie ist aber doch sehr wichtig. Hast du nun Klanfar gestanden, daß du in anderen Umständen bist, oder nicht?

MELITTA: Ich habe dir schon gesagt, daß ich es ihm nicht gestanden habe, warum quälst du mich damit? Das ist jetzt sowieso irrelevant.

URBAN: Nein, das ist sehr wichtig.

MELITTA: Ich verstehe nicht, warum du so großen Wert auf belanglose Details legst.

URBAN: Wenn du ihm de facto gestanden hast, daß du in anderen Umständen bist ...

MELITTA: Du verstehst mich nicht. In diesem Augenblick war mir Klanfar und alles, was mit ihm zusammenhängt, vollkommen gleichgültig. Ich konnte doch Aurel nicht direkt erklären, daß ich ein Kind erwarte. So habe ich ihm nur erzählt, was ich angeblich Klanfar gesagt habe.

URBAN: Jetzt weiß ich überhaupt nicht, was du wem gesagt hast, und ob das alles wahr ist oder nur ein kapriziöser Trick von dir. Also was ist an dieser Geschichte wahr?

MELITTA: Das weiß ich nicht.

URBAN: Wozu hast du dann vor Aurel diese delikate Frage überhaupt angeschnitten?

MELITTA: Ich wollte wissen, mit wem ich es zu tun habe.

URBAN: Und Klanfar hast du darüber kein Wort gesagt?

MELITTA: Nein, das habe ich dir schon erklärt.

URBAN: Siehst du, diese belanglosen Details gehen eher dich an, als mich. Abgesehen davon, was du Klanfar gesagt hast, ist dein Streit mit ihm ganz einfach ein Blödsinn. Ich habe dir schon heute nachmittag gesagt, daß ich Angst um dich habe.

MELITTA: Du sprichst immer in Rätseln. Hättest du mir ein einziges Mal gesagt, wie es mit Aurel wirklich steht, dann hättest du mir eine große Blamage erspart. Ich habe geglaubt, daß zwischen ihm und dieser Kleinen nur ein harmloser Atelierflirt besteht . . .

URBAN: Ich wollte mich nicht in dein intimes Leben einmischen. Außerdem habe ich mit deinem gesunden Instinkt gerechnet.

MELITTA: Noch nie hat mich jemand so erniedrigt, wie Aurel heute nacht. Du kannst dir nicht vorstellen, wie mies er sich benommen hat. Er hat gezittert wie ein Gymnasiast. Er war nicht einmal imstande, das Geld im Kaffeehaus für die Kellnerin abzuzählen, so haben seine Hände gezittert. Ich habe mich geschämt.

URBAN: Aurel ist ein Bohémien, ein Mensch ohne jegliches moralische Profil. Aber jetzt geht es nicht um ihn, sondern um dich. Das einzig Vernünftige in deinem Fall wäre, die Ehe mit deinem rechtmäßigen Gatten um jeden Preis aufrechtzuerhalten. Ich spreche ausschließlich in deinem Interesse. Du könntest noch auf der Straße enden, wie die dort.

(zeigt auf ein Straßenmädchen, das gerade vorbeigeht und das Paar im Haustor neugierig betrachtet.)

Was soll aus dir werden? Was willst du tun? Du mußt sofort zu deinem Mann zurückkehren und dieses Haus hier auf dich übertragen lassen. Alles andere ist schwachsinnige Romantik. Abschiedsbriefe und nächtliche Abenteuer, ohne einen soliden Hintergrund, sind ganz einfach indiskutabel. Das hier ist dein Haus. Geh jetzt schön hinauf, ich habe den Brief, den du an Klanfar adressiert hast, zerrissen und ins Feuer geworfen. Leg dich jetzt nieder und morgen wird alles wieder gut sein.

MELITTA: *(müde):*
Das alles übersteigt meine Kräfte. Ich kann nicht noch einmal anfangen. Ich kann diese Zahnstocher und Palatschinken und diese vulgäre Redeweise nicht mehr über mich ergehen lassen.

URBAN: Du möchtest also lieber draußen im Dreck bleiben? Was für Hirngespinste! Das hier ist Granit, meine Liebe! Du brauchst nur diese Eichentür zu öffnen und bist schon bei dir zu Hause, in Sicherheit. Du hast noch nie von außen in beleuchtete Fenster hineingesehen, als Dieb, als Steward, als Schmuggler, als Deklassierter. Du hast sehr unreife, ja, kindische Vorstellungen vom Leben da draußen.

MELITTA: *(kapriziös)*
Ich bin aber heute nacht nicht imstande, nach Hause zu gehen. Ich kann ganz einfach nicht.

URBAN: Na schön, dann kannst du heute nacht bei mir bleiben. Und morgen könntest du mit dem Auto auf euer Gut fahren, zum Begräbnis deiner Schwiegermutter. Mit dem Auto würdest du noch zurechtkommen, die Beisetzung findet erst um drei Uhr statt. Bei solchen Anlässen werden alle Menschen leicht sentimental, so wird eure Versöhnung nur eine Formalität sein. Melitta, ich bitte dich, sei vernünftig. Es ist niemals zu spät, den Tatsachen ins Auge zu schauen. Am besten ist es, die Karten aufzudecken. Ich habe schon immer gesagt: Commis voyageurs, Klavierstimmer, Regisseure, Auslagendekorateure, Friseure und Maler gehören alle zu einer verdächtigen Art von Menschen. Es sind lauter Handwerker, die man für ihre Arbeit bezahlt, aber nicht zu intimen Freunden macht. Den Malern kauft man ihre Bilder ab. Eine distinguierte Dame nimmt sich einen Maler nicht zum Liebhaber.

MELITTA: Und habe ich etwas dergleichen getan? Ich habe bei diesem Menschen in einem schweren Dilemma nur einen moralischen Halt gesucht. Er war mir doch nicht fremd, er hat mir seit mehr als einem halben Jahr erzählt, daß er mich heiraten will.

URBAN: Es gibt Männer, die mit den Frauen nichts anderes anzufangen wissen, als sie zu heiraten. Er hat schon in Wien eine Kassiererin geheiratet, dann Klara, dann wollte er dich heiraten, und jetzt will er die kleine Leda heiraten. Er wird bis an sein Lebensende heiraten.

MELITTA: Hat er wirklich die Absicht, die kleine Leda zu heiraten?

URBAN: Heute nacht sicher. Er hat von ihr wie von einem höheren Wesen gesprochen. Du bist für ihn eine mit Nikotin vollgesogene, prätentiöse, ältere Dame, und die Kleine eine reine Inspiration. Er ist unintelligent genug, sie wirklich zu heiraten. Er war zwar betrunken, als er das erklärt hat, aber für diese Bohémiens ist es kein Problem zu heiraten, auch wenn sie nüchtern sind.

MELITTA: Und was wird die arme Klara dazu sagen?

URBAN: Klara hat ihre rechtlichen Garantien in der Hand. Sie ist viel intelligenter als du. Sie kennt sich im Eherecht so gut aus, als hätte sie Jus studiert. Klara wird einen Konzertabend mit andalusischen Liedern geben, und ich werde von der metallenen Klarheit ihrer Stimme schreiben, die in hohen Lagen wie eine Glocke klingt ...

(Von links kommt Klara; sie hat Abendkleid und Pelzmantel an.)

Ah, Sie sind es, gnädige Frau? Was für eine freudige Überraschung! Sie erscheinen so plötzlich, wie in einem Traum. Küß die Hände, Gnädigste, küß die Hände!

KLARA: Ich bitte Sie, lassen Sie mich mit Ihrem konventionellen Blödsinn in Ruhe. Ich wollte mit Ihnen sprechen, Melitta. Ich habe Sie angerufen, aber man hat mir gesagt, daß Sie ausgegangen sind. Ich habe Ihnen etwas mitzuteilen, daß Sie sicherlich interessieren wird. Es betrifft übrigens auch diesen Herrn da.

MELITTA: Bitte, wenn Sie wollen, können wir auch hinauf zu mir gehen.

URBAN: Keine Rede davon. Melitta ist sehr müde, sie ist gar nicht imstande ...

KLARA: Melitta ist nicht minderjährig. Und Sie sind hier vollkommen überflüssig. Lassen Sie uns ein paar Minuten allein.

(Ein Straßenmädchen geht langsam und rauchend an der Laterne vorbei.)

URBAN: Sie scheinen heute nacht alles durcheinander zu bringen! Ich kann doch zwei Damen um diese Zeit nicht allein auf der Straße lassen. In diesem Milieu und ohne Begleitung!

KLARA: Sie lassen Damen in noch schlimmeren Situationen allein. Ich wollte Ihnen nur sagen, Melitta, daß sie Aurel abschreiben können. Er hat sich entschlossen, sein neuestes Modell, dieses kleine Ballettmädchen, zu heiraten.

MELITTA: *(in gespieltem Staunen)*
Das kleine Ballettmädchen?

KLARA: Ja. Dieses dumme Ballettmädchen. Und dieser Herr hier, unser aller Hausfreund, hat seinen Segen dazu gegeben.

MELITTA: Leda-Aurel! Wirklich? Oliver! Du? Ah, so ist es also. Ich verstehe gar nichts mehr, Klara.

KLARA: Ja, Leda! Seine kleine Leda. Ohne sie kann er nicht mehr „schöpferisch" tätig sein, ohne sie kann er nicht mehr leben. Sie sind für ihn nur eine mit Nikotin vollgesogene, morbide Maske, ich eine Art notwendiges Übel und dieser Herr hier ...

URBAN: Aber ich bitte Sie, Sie sind ganz außer sich. Sie phantasieren! Melitta, das entspricht nicht der Wahrheit, das ist alles übertrieben.

KLARA: Sie sind wirklich ein idealer Gentleman! Melitta, Ihr Intimus, der ehemalige k.u.k. Gesandtschaftsrat in St. Petersburg, der meinem Mann Modelle zuführt wie ein Zuhälter, ist heute nacht auch mein Intimus geworden. Und alles, was dieser Herr mit Ihnen, mit mir, mit meinem Mann, mit Ihrem Liebhaber, mit der kleinen Leda und mit Herrn Klanfar treibt, ist ein gewöhnlicher Betrug. Es hat keinen Sinn, daß wir einander belügen. Ich bin gekommen, um mich mit Ihnen auszusprechen, und nicht mit ihm.

MELITTA: Klara, um Gottes willen!

URBAN: Sie wissen nicht, was Sie sprechen. Man sollte Sie in ein Irrenhaus sperren.

KLARA: *(zu Urban)*
Gehen Sie mir aus den Augen! Ich kann Sie nicht mehr sehen! Sie widern mich an! Ich bin zu Ihnen gekommen, Melitta, aus weiblicher Solidarität, um Ihnen alles zu erklären und um Sie vor diesem Gentleman zu warnen. Ich habe vor einer halben Stunde gehört, wie er und mein feiner Gatte von Ihnen gesprochen haben, in einem Ton, in dem man nicht einmal von diesen Frauen dort spricht.
(Das Straßenmädchen scheint sich für Urban und das laute Gespräch zu interessieren, denn es kommt wieder zurück.)
Wir sind in den Augen dieser Herren dasselbe wie diese Straßenmädchen.

URBAN: Sie haben kein Recht, über meinen Freund und mich so zu sprechen.

KLARA: Nur damit Sie es wissen: Ich habe Aurel alles gesagt. Ich bin mit ihm fertig. Er weiß alles.

URBAN: Sie sind betrunken!

KLARA: Noch nie hat mich jemand so erniedrigt und gedemütigt wie Sie heute nacht. Sie nehmen mir die Luft zum Atmen weg. Ich habe Aurel erklärt, daß Sie ein Mann ohne moralisches Profil sind, ein deklassierter Bonvivant ...
(Aurel kommt daher, Klara weiß nicht, was sie tun soll.)

MELITTA: *(sperrt das Haustor auf)*

Gehen Sie bitte hinein. Es hat keinen Sinn ...

(Aurel geht am Rande des Gehsteiges und schaut zu den Fenstern des Klanfar'schen Gebäudes hinauf, so daß er Melitta und Urban gar nicht sieht.)

URBAN: Was für eine ungewöhnliche Ehre, verehrter Meister, Sie zu so später Stunde noch zu sehen. Wir haben gerade von dir gesprochen. Melitta und ich haben uns darüber unterhalten, was aus deiner Frau werden soll, wenn du die kleine Leda geheiratet hast. Das ist Melittas einzige Sorge heute nacht, wirklich charmant von ihr.

AUREL: *(verwirrt)*
Ah, du bist es Oliver? Melitta! Was macht ihr da? Ich schau hinauf und sehe, ihr seid nicht da. Ich habe schon mindestens zehnmal angerufen, aber niemand hat sich gemeldet.

(Er spricht abgehackt, nimmt den Hut ab und wischt sich den Schweiß von der Stirn.)

URBAN: Wieso bist du so derangiert? Du bist doch im Hemd, ohne Rock, und der Schweiß rinnt dir herunter, als wärest du im Dampfbad.

AUREL: Wißt Ihr denn nicht, was passiert ist?

URBAN: Nein. Was?

AUREL: Klara hat sich vergiftet.

URBAN: Klara hat sich vergiftet?

AUREL: Ich habe noch nie in meinem Leben etwas Schrecklicheres erlebt. Klara ist ganz einfach verschwunden, sie war nicht da, und die folgende Viertelstunde war eine wahre Hölle für mich.

URBAN: Was für eine Viertelstunde? Was redest du da? Wieso hat sich Klara vergiftet?

MELITTA: Wann soll sich Klara vergiftet haben?

AUREL: Ich will in ihr Zimmer, es ist aber zugesperrt. Ich hab geglaubt, sie ist beleidigt und will mich deshalb nicht hineinlassen. Da habe ich die Tür eingedrückt, aber sie war nicht da. Sie hat nur einen Zettel hinterlassen, auf dem Toilettetischchen.

URBAN: Entschuldige, bitte, aber das verstehe ich nicht. Wann ist das passiert?

AUREL: Sie war also nicht da und dann dieser Zettel, und der Lärm unten vor dem Haus! Eine Frau hat sich auf der Straße vergiftet. Ich laufe hinunter, aber die Rettung hat die Frau schon abgeholt. Ich laufe ins Spital, so im Hemd und in Pantoffeln ... Ach, wie grauenhaft das war. Man hat dieser Frau den Magen ausgepumpt, es war nicht Klara. Heute nacht sind zwei Selbstmörder eingeliefert worden – diese Frau und ein junger Mann.

URBAN: Klara hat sich also nicht vergiftet.

AUREL: Hätte sie sich auch tausendmal vergiftet, es wären für mich keine größeren Qualen gewesen. Ich habe Angst um sie! Sie ist imstande, sich unter einen Zug zu werfen oder im Park auf einer Bank zu übernachten ... Und an allem sind Ihre Launen schuld, Melitta. Ich habe Ihnen doch gesagt, daß wir heute nacht zum Ball gehen wollten, ich bin extra noch zu Ihnen gekommen, um es Ihnen mitzuteilen. Und Sie schreiben mir einen Brief und schicken mir einen Diener um zehn Uhr nachts ins Haus. Ich habe gleich das Gefühl gehabt, daß diese Geschichte nicht gut enden würde.

URBAN: Entschuldige bitte, wann warst du eigentlich im Spital?

AUREL: Ich komme gerade von dort.

URBAN: Ah so. Diese Frau hat sich also vergiftet, gleich nachdem ich von dir weggegangen bin?

AUREL: Ja, vielleicht ein paar Minuten später.

URBAN: Mir war nämlich nicht klar, ob du deine schrecklichen zehn Minuten unmittelbar bevor du zu uns gekommen bist erlebt hast, oder schon vor einer Stunde. Jetzt verstehe ich! Das alles ist also vor einer Stunde geschehen und du kommst gerade aus dem Spital. Und wer hat dir die Galoschen gegeben?

AUREL: Ein junger Assistent, den ich kenne. Ich habe weder einen Hut, noch einen Schal gehabt. Das alles hat man mir im Spital gegeben.

URBAN: Und jetzt möchtest du wissen, wo Klara ist? Wenn du glaubst, daß sie imstande wäre, sich unter einen Zug zu werfen, mußt du dich zum Bahnhof beeilen. Um drei Uhr fünfzehn fährt ein Express weg.

AUREL: Was sollen diese makabren Späße? Ich verbitte mir so blöde Bemerkungen! Klara ist tatsächlich imstande, sich umzubringen, und du machst da deplacierte Witze. In diesen zehn Minuten der Ungewißheit, in denen ich nicht gewußt habe, ob die Frau, die sich vergiftet hat, Klara ist oder nicht, habe ich in tiefster Erschütterung gespürt, daß ich ihren Tod nicht überleben könnte. Es gibt Minuten, in denen man ein ganzes Leben durchlebt. In dieser schmutzigen Leichenhalle habe ich ganz deutlich erkannt, wie stark ich an diese Frau gebunden bin. Ich könnte ihren Tod wirklich nicht überleben.

URBAN: Und was werden wir nun mit Fräulein Leda machen?

AUREL: Du willst mich nur provozieren. Du bist betrunken. Ich komme aus der Leichenhalle und du bist zynisch. Was für eine taktlose Art ist das?

279

MELITTA: *(hat keine Ahnung, worum es eigentlich geht)*
Oliver, um Gottes willen!

URBAN: Entschuldige, laß mich bitte ausreden. Ich wollte dich nicht verletzen. Ich habe vor kaum zwanzig Minuten mit Klara gesprochen.

AUREL: Du? Du hast Klara gesehen? Wo?

URBAN: Oben im Ballsaal. Sie hat gerade einen Tango getanzt, und zwar brillant.Sie konnte bei deinem Geschrei nicht einschlafen und ist deshalb weggegangen. Sie hat mich gebeten, dich anzurufen, damit du sie abholen kommst. Ich habe dich angerufen, aber niemand hat sich gemeldet. Sie wird sich sicherlich sehr freuen, wenn sie erfährt, daß du ohne sie nicht leben kannst. Ich freue mich auch sehr darüber.

AUREL: *(aufgebracht)*
Was für blöde Späße du dir erlaubst. Was ist denn das für eine Art, Freunde so pervers zu quälen. Du siehst doch, daß ich hier im Hemd stehe und zittere und daß ich mich noch erkälten werde. Ich bin krank. Ich bin rheumatisch. Es zuckt und reißt in meiner linken Schulter, und du bist so rücksichtslos zu mir.
Auch Sie waren sehr liebenswürdig zu mir, Melitta, ich danke Ihnen dafür.

MELITTA: Ich habe keine Ahnung gehabt, daß Oliver mit Ihrer Frau gesprochen hat. Mir hat er nichts davon gesagt.

AUREL: Hätten Sie diesen unglücklichen Brief nicht geschickt, dann wäre das alles nicht passiert. Es ist geradezu pathologisch, Witze in einer solchen Situation zu machen. Einfach unmenschlich.

MELITTA: Entschuldigen Sie, bei allem Verständnis für Ihre augenblickliche Situation muß ich Sie darauf aufmerksam machen, daß ich einen solchen Ton nicht gewöhnt bin, vor allem nicht bei Menschen, von denen ich eine so hohe Meinung gehabt habe. Ich finde alles, was Sie gesagt haben, vollkommen deplaciert.

AUREL: Wieso? Ich habe Sie angerufen, aber niemand hat sich gemeldet. Und da komme ich aus dem Spital und stehe halbnackt und frierend auf der Straße und Sie machen Witze mit mir. Ist das menschlich? Ist das rücksichtsvoll?

URBAN: Und ist das menschlich und rücksichtsvoll, was du heute nacht mit Melitta gemacht hast? Du hast sie auf der Straße stehen lassen und hast dich um sie nicht mehr gekümmert.

AUREL: Ich bin kein Abenteurer. Ich war für Melitta nur solange ein Künstler, solange sie mit mir rechnen konnte. Sie hat ansonsten überhaupt keine Beziehung zu meiner Kunst. Das Ganze war von allem Anfang an nur ein snobistischer Irrtum. Melitta ist bis zum Exzeß egozentrisch ...

MELITTA: Das alles sind nur Phrasen. Aber jetzt weiß ich wenigstens, mit wem ich es zu tun habe.

URBAN: Siehst du denn nicht, wie die arme Frau ausschaut? Ich habe sie auf der Straße aufgelesen, halb wahnsinnig. Warum quälst du uns da noch mit einem fiktiven Selbstmord?

AUREL: Ich dachte ...

URBAN: Denk lieber gar nichts, du denkst immer falsch.

AUREL: Warum hast du mir nicht gleich gesagt, daß du mit Klara gesprochen hast? Ich habe geglaubt ...

URBAN: Es ist vollkommen unwichtig, was du geglaubt hast und was nicht. Die Situation wird langsam peinlich. Man wird schon aufmerksam auf uns. Beeil dich, damit du nicht zu spät kommst. Klaras Leben ist jetzt in deiner Hand. Beeil dich, rette sie vor dem gefährlichen Charleston. Was ist? Worauf wartest du noch? Merkst du denn nicht, daß du hier vollkommen überflüssig bist?

MELITTA: Oliver, ich bitte dich!

AUREL: Du bist betrunken! Du bist nicht normal. Gute Nacht.

(stapft wütend davon.)

URBAN: Hallo, laß die kleine Leda schön grüßen. Gute Nacht.

(Klara tritt aus dem Haustor.)

Gehen Sie ihm bitte nach und bringen Sie alles in Ordnung. Sie haben gehört, daß er nur Sie liebt, und daß er ohne Sie nicht leben kann. Gute Nacht!

KLARA: Gott sei Dank! Jetzt ist alles in Ordnung. Auf Wiedersehen, Kinder, auf Wiedersehen! Gott sei Dank, er kann ohne mich nicht leben!

(geht Aurel eilig nach.)

URBAN und MELITTA: Auf Wiedersehen! Adieu!

URBAN: *(umarmt Melitta; wohlwollend)*

Voilà, Madame!

MELITTA: Warum hast du nicht gleich gesagt, daß du mit Klara gesprochen hast? Das war nicht fair.

URBAN: Und war das fair, was Aurel dahergeredet hat? Er schmeißt mit Worten herum, als wären sie Ölfarben, die man mit Terpentin abwaschen kann. Egozentrisch, blöd, pathologisch, snobistisch, unmenschlich, rücksichtslos, wahnsinnig, betrunken, und so weiter und so weiter. Er war wie elektrisiert. Morgen wird er wahrscheinlich nichts mehr davon wahrhaben wollen. Ein Trottel! Rennt da in Pantoffeln ins Spital und erlebt unterwegs die große Katharsis seines Lebens, weil er sich eingebildet hat, Klara hätte sich seinetwegen umgebracht. Hast du endlich gesehen, was für ein Mensch das ist? Ich hoffe, du wirst jetzt einsehen, daß es für dich am besten wäre, schön hinzugehen und sich niederzulegen. Morgen schaut alles ganz anders aus. Ich habe mich erkältet, ich kann nicht mehr draußen stehen, die Feuchtigkeit dringt mir schon in die Knochen. Ich bin müde, ich kann wirklich nicht mehr dableiben. Gute Nacht, mein Kind, und sei gescheit!

(küßt ihr Gesicht und Hände.)

MELITTA: *(resigniert)*

Gute Nacht.

(Urban macht Melitta die Tür auf und leuchtet ihr mit einer Taschenlampe. Dann dreht er sich um, schließt die Tür, atmet sichtlich erleichtert auf und zündet sich mit Genuß eine Zigarette an. Er will nach links gehen, aber das Straßenmädchen tritt ihm in den Weg.)

1. DAME: Entschuldigen Sie bitte, haben Sie Feuer?

URBAN: Bitte!

1. DAME: Es ist so unangenehm feucht. Man spürt in der Luft, daß der Frühling kommt. Schauen Sie nur, im Nebel sehen die Häuser aus wie Schiffe. Aus dem Schornstein steigt Rauch auf, das Schiff wird morgen Anker lichten. Ach, wenn ich nur wegfahren könnte. Möchten Sie mich nicht mitnehmen? Ich habe heute nacht noch niemanden gehabt.

URBAN: Nein, besten Dank. Heute habe ich genug von der Liebe. Wenn Sie aber mit mir einen Whisky trinken wollen, bitte. Wir werden uns über das Reisen und die Schiffe unterhalten. Ich liebe Schiffe, die Anker lichten.

(Sie gehen nach rechts ab. Aus der Ferne hört man Jazzmusik. Im ersten Stock des Klanfar'schen Hauses werden zwei Fenster beleuchtet. Von rechts kommt ein Straßenkehrer und fegt mit seinem Besen Papierfetzen und faule Orangenschalen von der Straße weg.)

Vorhang

In Agonie

Ein Stück in zwei Akten

PERSONEN:

BARON LENBACH
LAURA LENBACH, seine Frau
Dr. IVAN EDLER VON KRIŽOVEC
GRÄFIN MADELEINE PETROWNA
EIN TAUBSTUMMER BETTLER
MARIA, Stubenmädchen bei Lenbachs

BARON LENBACH: Die Szene zwischen Baron Lenbach und Laura
Lenbach beginnt gleich mit starken Akzenten; dieser aufgeregte
Dialog zwischen den Ehepartnern dauert schon einige Zeit. Baron
Lenbach ist dreiundfünfzig Jahre alt; er hat die typische Figur
eines Kavallerieoffiziers; trotz Fettpolster, die eher vom Alkohol
als von den Speisen kommen, bewegt er sich mit routinierter
Leichtigkeit und wirkt so noch immer schlank. Er ist mit jener
vornehmen Nachlässigkeit angezogen, die seine echte Eleganz betont und zugleich seine jetzige gesellschaftliche Position bagatelli-
siert. Und doch sind seine Haltung sowie seine Kleidung nur eine
Maske, die sein wahres Gesicht nicht verbergen kann. Er geht
zwar gerade und begleitet seine Reden mit ausdrucksvollen Gesten, aber irgendwo tief in seinem Innern hat er sich schon aufge-
geben; er ist in seinen eigenen Augen nur eine zufällige Erscheinung, die eher zum Friedhof als zum gegenwärtigen Leben gehört.
Von seinem wahren Wesen ist nur mehr diese von Alkohol aufge-
dunsene, schimmlige und leicht angegraute Maske des ehemaligen
Bonvivants übriggeblieben, der schon so lange mit dem Tod ko-
kettiert hat, daß seine pathetischen Selbstmorderklärungen bei aller Echtheit seiner Gefühlsausbrüche wie leere Phrasen klingen. Er
hat die durchsichtigen dekadenten Hände eines Herrn und die Gesten eines Kavaliers; das Schicksal aber hat ihn zum Bettler und
Trinker gemacht, der zwischen Verzweiflung und einem abnormalen ritterlichen Elan hin- und hergerissen im trüben Weindunst
dahindämmert. Aus dem künstlich gezüchteten Hochmut eines
Kavallerieoberstleutnants verfällt er oft in einen lakaienhaften,
elenden, hilflosen und verwirrten Zustand. Diese Widersprüch-
lichkeit seines Charakters ist durch die hoffnungslose Lage be-
dingt, in der er sich befindet. Wenn er seiner Frau mit Selbstmord
droht, so tut er es mehr aus Routine eines verlogenen Schauspie-

lers als aus Überzeugung. Hinter der nervösen Verlegenheit, die er nie ganz zu verbergen imstande ist, kann man deutlich sehen, wie sehr die Nerven dieses „lebenden Leichnams" zerrüttet sind. Wütende Ausbrüche eines „Herrenmenschen" wechseln plötzlich und beinahe ohne Übergang mit der kriecherischen Bescheidenheit eines Bettlers ab, der um Almosen bittet. Lenbach ist zur gleichen Zeit Offizier, Aristokrat und Erpresser. Er lebt ständig unter einem fatalen Druck, der ihn dazu zwingt, mehrere Rollen auf einmal zu spielen. Als er sich erschießt, tut er es unpathetisch und ganz natürlich, also gar nicht übertrieben aufgeregt, so, als hätte er diesen Schluß-Strich bis ins letzte Detail sorgfältig vorbereitet. Es scheint, als bringe er sich nach einem genau berechneten Plan um, obwohl er seinen Selbstmord in einer einzigen Sekunde beschließt. Unmittelbar vor diesem Akt hat er noch vor, am Abend mit einigen Freunden Karten zu spielen und Wein zu trinken.

Dr. Ivan von Križovec ist der Sohn des ungarischen Hofrats Koloman Križovec, der in den achtziger Jahren ein Anhänger von Tisza und Khuen war. In der francisco-josefinischen Epoche haben die Mitglieder der Familie Križovec ihre Titel ungarisch geschrieben: Keresezetess de Ketesztess et Krizsovec. Doktor Ivan Križovec hat ungarische Schulen und die Universität von Budapest absolviert. Unmittelbar vor dem Krieg wurde er dem ungarischen Ministerpräsidenten Tisza zur Disposition gestellt. Er machte den ersten Weltkrieg als Husarenoffizier mit, 1917–18 verbrachte er in russischer Kriegsgefangenschaft. Nach der Gründung des Königreichs der Serben, Kroaten und Slowenen quittierte er den Staatsdienst und lebt seither als Rechtsanwalt. Dr. Križovec ist ein etwas müder und leicht ergrauter Herr von sechsunddreißig Jahren. Er ist mit der Eleganz eines ungarischen Gentry gekleidet; sein Schnauzbart paßt gut zu seiner Aufmachung. An dem Schnitt seines Sakkos und seines Überziehers sieht man deutlich, wie sehr dieser Mann die balkanische Welt verachtet, in der sogar die Minister ein weiches Hemd zum Smoking tragen und einen Gummimantel zum Frack. Bei Križovec ist alles am richtigen Platz; der Regenschirm und die Melone, die Krawatte, der Kragen, die Handschuhe und die messerscharfen Bügelfalten. Er bleibt bis zuletzt äußerst höflich und zugleich gleichgültig überlegen.

Laura Lenbach ist aufrichtig, ehrlich, natürlich, ungekünstelt und tief empfindsam. Noch immer naiv und vollkommen unerfahren, ist sie ihrem Freund Križovec in einem hohen Grad treu, was zu einem Großteil auf ihre gute Erziehung und ihr angeborenes Takt-gefühl zurückzuführen ist. Diese stille, unaufdringliche und zarte Frau, die seit drei Jahren bis zur Selbstaufgabe Križovec ergeben ist, gerät in den Zustand höchster Erregung, als die Ereignisse sie zu entscheidenden Erkenntnissen zwingen, und zeigt plötzlich die wilde Kraft ihres Charakters. Križovec ist für sie beinahe eine Traumfigur. Als ihr im entscheidenden Augenblick die vollkom-mene Gleichgültigkeit dieses Menschen klar wird, verfällt sie jäh in einen Zustand tiefster Depression, in der sie ihr Schuldgefühl Len-bach gegenüber durch einen Selbstmord sühnen zu müssen glaubt. Laura verhält sich Lenbach gegenüber natürlich und diskret. Er quält sie schon so lange, daß sie ihm zuletzt doch aus einfachem Selbsterhaltungstrieb Widerstand entgegensetzen muß. Persönli-che Merkmale: dreiunddreißig Jahre alt, dunkelhaarig, schlank, von einer stillen Schönheit, beherrscht und diskret elegant.

ERSTER AKT

Schauplatz:

Modesalon der Laura Lenbach. Die Auslagen sind im Hintergrund von einem weißen, dicht drapierten Material verhängt, so daß man die Gegenstände, die darin ausgestellt sind, von innen aus nicht erkennen kann. Herbstliche Abenddämmerung beleuchtet indirekt den Raum. Durch den oberen Teil der Schaufenster sieht man die Kronen der Kastanienbäume, unter denen Gaslaternen brennen. Im Salon sind auch alle Lichter angezündet. An der Decke hängt ein Bronzelüster aus der Synagoge und auf den Tischen stehen dekorative Lampen mit verschiedenfarbigen Schirmen. Schwere Brokatvorhänge, Perserteppiche, Louis-Quinze-Vitrinen, Kupferstiche und eine goldene Empireuhr, die silbern tickt, verleihen dem Salon die Wärme einer geschmackvoll eingerichteten, bürgerlichen Wohnung. In diesem Modegeschäft verkehrt die vornehme und pseudovornehme Elite einer Gesellschaft, die den Zusammenbruch der österreichisch-ungarischen Monarchie überlebt hat. An den Salon ist eine Werkstatt angeschlossen, in der Kleider geschneidert und Damenhüte geputzt werden. Der Laden ist auch ein Treffpunkt der Parvenus und Schieber, die hier Seide für ihre Frauen kaufen. In den Vitrinen sind Parfumflacons und tschechische Kristallwaren ausgestellt. Die ganze Atmosphäre strahlt die dekadente Trauer eines Salons aus, der sich zum Verkauf anbietet.

Auf dem riesigen Louise-Quatorze-Tisch, der als Verkaufspult dient, liegen Waren, die für den Provinzversand bestimmt sind: Modellhüte, die mit schwarzem Taft drapiert oder mit indischen Bändern, Straußenfedern oder Fruchtimitationen reich geschmückt sind. Neben diesen terrakotte – fuchsien – oder bois-de-rose-farbenen Hüten liegen Schleier, Schals, marineblaue Chiffons, Morocainseide, Mappen und Abendtaschen aus Moiréseide mit gestickten Rosen, schildpattbelegte Fächer aus roten Federn, Brüssler Spitzen und silberne Orchideen. Links, an der Wand, die den Laden von der Werkstatt trennt, steht eine riesige Empiregarnitur, die einen hellgrünen, verblichenen Überzug hat. Diese Garnitur ist durch ihre intime Einheit von dem übrigen Teil des Salons ganz abgeschlossen. Hier empfängt Laura Lenbach ihre privaten Besuche.

LENBACH: *(nervös und betrunken)*
Ein Formfehler ist auf jeden Fall begangen worden, so daß ich

287

mich jetzt in einer geradezu unglaublichen Situation befinde! Ich bin nicht imstande, Major von Lorencz eine Satisfaktion zu gewähren. Ich weiß einfach nicht, was ich tun soll. Es war gar nicht schön von dir, einen Gentleman, der mir einen freundschaftlichen Dienst erweisen wollte, so zu bagatellisieren. Es ist geradezu unglaublich und einer Dame unwürdig, einen Offizier auf eine so vulgäre Art hinauszukomplimentieren. Direkt kleinbürgerlich. Was für eine Satisfaktion soll ich Major von Lorencz geben? Wie soll ich ihm dein Benehmen erklären?

LAURA: Dein Gentleman von Lorencz hat mir sein Ehrenwort gegeben, daß es sich um seine Privatangelegenheit handle. Erst als wir allein waren, hat er mir deine Visitenkarte gezeigt. Eine Visitenkarte zu fälschen, in diese reichlich durchsichtige Angelegenheit eine erfundene Person hineinzuziehen und dabei von einer angeblichen Ehrenschuld schamlos zu lügen, ist für dich nicht kleinbürgerlich. Und dann einen „Offizier" zu schicken, damit er einer Frau 2 Tausender herauslockt, das ist für dich durchaus gentlemanlike? Das ist kein Formfehler? Formfehler ist, wenn man einem solchen „Gentleman" die Tür weist.

LENBACH: Von Lorencz hat dir meine Visitenkarte im guten Glauben gebracht, er hat keine Ahnung gehabt, worum es überhaupt geht. Er wollte nur vermitteln, und du hast ihn wie einen Hund hinausgejagt.

LAURA: Sei bitte nicht kindisch. Ich habe doch gewußt, daß du an der nächsten Ecke wartest. Oder hast du etwa nicht an der nächsten Ecke gewartet?

LENBACH: Hier geht es nicht um Lorencz allein. Das ist eine separate Angelegenheit. Ein Formfehler ist begangen worden und basta! Aber ich brauche heute abend diese zwei Tausender. Eine lächerliche Summe, wenn man's genau nimmt. Im November trete ich sowieso mein Engagement als Trainer im Poloklub an. Aber heute abend brauche ich dieses Geld. Ehrenwort.

LAURA: Für dich sind zwei Tausender zwei Pokerchips. Und ich arbeite sieben Tage dafür, ja ich arbeite sieben Tage als Schneiderin, um diese zwei Tausender zu verdienen. Ich spiele nicht Karten, ich arbeite.

LENBACH: Ja, richtig, ihr arbeitet alle. Und ich, ich spiele Karten und trinke. Arbeiten! Ich soll arbeiten, ja, aber was sollte ich arbeiten und wie? Was könnte ich überhaupt machen? Als ehemaliger Kavallerieoberstleutnant könnte ich eventuell ein besserer Ober werden, ein Art Maître d'Hôtel. Ich kann nichts dafür, daß ich keinen Geschäftsgeist habe. Ich bin kein Jude. Ich habe nichts Jüdisches in mir, ich kann nicht geschäftlich denken, ich kann kein Schneider werden.

LAURA: Generalstabsoberst Frank ist weder ein Geschäftsmann noch ein Jude und arbeitet trotzdem in einer Bank, Arcièrengarde-Rittmeister Janek findet es nicht unter seiner Würde, in einer Redaktion zu sitzen.

LENBACH: Also, diesen Blödsinn, den der Janek zusammenschmiert, möchte ich nicht unterschreiben! Das kennen wir schon. Sie alle arbeiten und verdienen, sie alle sind Herren, weil sie verdienen. So spricht man in den Synagogen. Laßt mich, ich bitte euch, mit eurem Krämergeist in Ruhe! Das bißchen Idealismus, das man noch hat, möchtet ihr am liebsten mit eurem Talmud unterhöhlen. Wir arbeiten und ihr lumpt! Wir verstehen uns schon sehr gut.

LAURA: Dir scheint es Vergnügen zu bereiten, mich zu quälen. Das alles ist pervers. Ich habe nicht einmal hier bei der Arbeit Ruhe. Den ganzen Nachmittag zittere ich vor Angst, daß du plötzlich in der Tür erscheinen könntest. Habe ich dir vorgestern abend nicht alles gegeben, was in der Kassa war? Begreife doch endlich: Ich habe kein Geld für dein chemin de fer! Ich bin müde von der Arbeit, ich arbeite den ganzen Tag und verdiene es bestimmt, daß man endlich einmal aufhört, mich zu quälen. Gestern abend diese Szene mit dem Dienstmann, heute dieser Major mit der Visitenkarte, vorgestern abend machst du vor dem Personal einen Krawall und heute wieder! Meine Nerven sind total ruiniert, ich kann nicht mehr.

LENBACH: Ja, ja, ihr alle seid krank, ihr alle habt schlechte Nerven, nur ich lebe wie ein Grandseigneur! Ich spiele chemin de fer, ich reite, ich arbeite nichts. Ich bin kein Stallmeister bei irgendeinem Schieber! Ich bin kein Diener bei irgendeinem Niemand, ich trinke aus reinem Luxus und lebe auf Kosten eurer Mühe. Und zwar herrlich! Von eurer Großzügigkeit könnte nicht einmal ein Hund leben. Das ist nobel, wirklich, sehr nobel.

(Pause; ändert plötzlich seinen Ton):

Laura! Das ist kein Witz, mein Ehrenwort. Ich bitte dich, ich habe mein Ehrenwort gegeben, daß ich bis heute abend das Geld aufbringen werde. Das mit Lorencz und der Visitenkarte war wirklich naiv, das gebe ich offen zu, ich habe tatsächlich an der Ecke auf ihn gewartet, aber ich habe es gut gemeint. Ich habe mein Ehrenwort gegeben, daß ich bis sieben Uhr ... Diese Person auf der Visitenkarte ist nicht erfunden, es gibt sie wirklich. Ich habe die Karte nur unterschrieben, um dich nicht zu stören, ich wollte ...

LAURA: Diese Geschichten mit deinem Ehrenwort wirken schon sehr traurig. Ich bitte dich, leise zu sprechen, man kann drüben alles hören. Le personelle entend chacun de tes mots! Je t'en prie, tâche de comprendre: je n'ai pas d'argent! Mein letztes Geld – zweitausendundzwweihundert Dinar – habe ich vor einer halben Stunde dem Vertreter einer Triester Firma gegeben.

LENBACH: *(während er seine Uhr betrachtet)*
Wer hätte sich gedacht, daß Herr Lenbach eines Tages auf eine Blechuhr kommen würde? Alles verspielt und versetzt. Nun dreht sich alles um diese Omega-Uhr aus Blech. Skandalös!
(läßt die Uhr fallen; das Glas zerbricht; Pause; bückt sich müde und hebt die zerbrochene Uhr auf)
Ich glaube, es gibt nichts Beschämenderes für einen Mann, als dazu verurteilt zu werden, eine Uhr aus Blech zu tragen. Das ist schon das Letzte vom Letzten! Eine Blechuhr!
(Pause)
Ich habe zwar in den letzten zwei Nächten viel getrunken, aber ich kann trotzdem alles klarer sehen als du. Laura! Glaub mir, ich habe irgendeinem Juden mein Ehrenwort gegeben. Ich kann mich vor ihm nicht bloßstellen. Ich muß bis sieben Uhr dieses Geld haben.

LAURA: Du bist nicht normal. Woher soll ich es nehmen?

LENBACH: Warum erzähle ich dir nur das alles? Du hast keine Ahnung, wie schrecklich unangenehm du mich ansiehst! So furchtbar kühl und fremd. Ja! Das alles ekelt mich schon an. Der Kopf tut mir weh. Du sprichst so schrecklich gescheit. So geschäftlich. Ich hätte nie gedacht, daß du je so geschäftstüchig werden könntest. Laura! Was ist mit uns geschehen? Wo sind wir überhaupt? Gibt es da irgendwo Kölnischwasser, mit dem wir all das von uns abwaschen könnten? Laura, ich bitte dich, glaub mir, ich lüge nicht. Ich kann nicht so weiter. Ich bin schon auf das Letzte gekommen – auf eine Blechuhr. Ich bitte dich, ich habe niemanden außer dir. Hilf mir, diese Affäre zu liquidieren. Ich gebe dir mein heiliges Ehrenwort, daß ich damit aufhören werde, sobald ich den Juden los bin.

LAURA: Mein Gott, wie schrecklich das alles ist! Ich habe kein Geld, verstehst du denn nicht? Ich habe kein Geld, Lenbach! Ich bitte dich, sei wieder normal und geh nach Hause. Du bist total betrunken. Schau dich nur an, wie du aussiehst! Ich bitte dich, sei vernünftig.

(Ein taubstummer Bettler betritt den Laden)
Hast du etwas Kleingeld?

LENBACH: *(gibt dem Bettler eine Banknote; schaut sich im Spiegel an; sein blasses Gesicht sieht aus wie eine Totenmaske; er rückt sich die Krawatte zurecht, besprengt sein Taschentuch mit Kölnischwasser und betupft seine Stirn und seine Schläfen; dann schenkt er sich zweimal hintereinander ein Glas Wasser ein und trinkt es jedesmal auf einen Zug aus; geht darauf gesammelt und ruhig auf Laura zu)*
Laura! Ich möchte dir einen soliden und vernünftigen Vorschlag machen, der ganz logisch und leicht durchführbar ist.

LAURA: Wie langweilig und kindisch deine Vorschläge nur sind! Du machst einem ewig Vorschläge, als wärest du noch in der Pubertät, und dabei könntest du mein Vater sein. Das ist direkt lächerlich. Seit drei Jahren lebst du nur von deinen Vorschlägen.

LENBACH: Du sprichst mir mir, als wäre ich dein Stallbursch. Wäre ich auch ein Rekrut, dürfte man auf diese Weise nicht mit mir reden. Natürlich, ich bin euch nicht gleichgestellt, ich bin kein zweifacher Doktor, ich habe keine Advokatenkanzlei, ich bin nur der Stallmeister bei der gnädigen Frau de Goldschmidt! Ich bin ein gewöhnlicher Kavallerieoffizier. Ich bin noch nicht ver-intellektualisiert.

LAURA: Warum bist du so vulgär!

LENBACH: Ach so, ich bin vulgär? Hat denn Herr Doktor von Kri-žovec nicht das letzte Mal betont, daß im heutigen Europa nur mehr die Kavallerieoffiziere und die Zirkusaffen rote Hosen tragen? Ich habe ihn sehr gut verstanden, melde gehorsamst. Ich gehöre zur Kategorie der Kavallieroffiziere, ich bin natürlich eine Art Zirkusaffe. Ich bin vulgär.

LAURA: Du weißt doch sehr gut, daß Ivan als Reserveoberleutnant bei den Husaren gedient hat und daß seine Äußerung nicht persönlich gemeint war. Ich bin auch Generalstochter und weiß trotzdem sehr gut, daß sich manches überlebt hat. Während deines Prozesses haben dich deine Herren Kavalleristen, ritterlich wie sie sind, ganz einfach im Stich gelassen. Keiner von ihnen hat sich gemeldet. Und Ivan hat mit dir bis zum Ende durchgehalten. Wer hat dich denn verteidigt, nicht nur vor Gericht, sondern auch vor der Öffentlichkeit? Daß man dich aus dem Gefängnis entlassen hat und daß du wieder in der Lage bist, Karten zu spielen, kannst du nur ihm verdanken. Was für Vorschläge wirst du mir schon machen? Auf der einen Seite bettelst du um Geld und auf der anderen Seite spielst du vor einem Bettler den großen Herrn. Der gnädige Herr schmeißt mit Trinkgeldern herum. Ich habe deine Allüren satt.

LENBACH: Sprich es nur ruhig aus – Hochstaplerallüren! Meine liebe und verehrte Frau Baronin, erlauben Sie einem älteren Herrn, der ihr Vater sein könnte, ihnen einen Rat zu geben: Einen Zuchthäusler zu beschimpfen, ist nicht nur vulgär, sondern einfach herzlos. Es ist sehr einfach, mit mir von oben herab zu sprechen. Mich, den angeblich ungarischen Spion, mich, Oberstleutnant Baron Lenbach, haben gewöhnliche serbische Gendarmen geohrfeigt und bespuckt, und ich bin dabei habtachtgestanden. Doch weder der Kübel, noch der Gefängnisfraß, noch die Ohrfeigen, haben mich je so irritiert wie Ihr Benehmen mir gegenüber, meine Liebe. Ihre Art und Weise, gnäde Frau Baronin, wird mich früher oder später ins Irrenhaus bringen! Mich, mich hat man vors Gericht geschleppt, man hat mir nachgewiesen, daß ich spioniert habe, was eine Lüge war, denn ich war nur meinem Fahneneid treu geblieben, man hat zu beweisen versucht, daß ich aus Budapest Geld bekommen habe, man hat mich von Gefängnis zu Gefängnis geschleift, als wäre ich ein Krimineller, aber all das ist im Vergleich zu Ihrer Behandlung ein Witz. Sie ignorieren mich doch vollständig. Sie erniedrigen mich, wenn Sie mir wie eine hochwohlgeborene Protektorin erklären, dieser Ihr Herr Doktor habe meine Existenz gerettet. Das ist einfach komisch, ja mehr als das, geradezu gemein –

LAURA: *(geht mit gefalteten Händen auf ihn zu)*
Calme – toi, je t'en prie, pour l'amour du ciel! On entend chaque mot de l'autre côté.

LENBACH: Laßt mich endlich einen Satz zu Ende sprechen. Mir ist es ganz egal, ob man drüben etwas hören kann oder nicht. Wessen kann ich mich noch schämen? Aber ich lasse mich nicht terrorisieren. Sie sollen nicht glauben, junge Dame, daß mich all das hier, diese ganze sogenannte Atmosphäre, nicht stört. Sie sollen nicht glauben, daß mir dieser Ihr Herr Doktor nicht auf die Nerven geht. Ich möchte nur wissen, was Sie tun würden, wenn ich eine Frau nach Hause brächte und wenn ich sie Ihnen als meinen Freund, meinen Doktor, meinen Intimus vorstellte.

LAURA: Lenbach! Ich bitte dich, dieses Thema war zwischen uns vor fünfzehn Jahren aktuell. Aber heute? Wollte ich nicht schon tausendmal unsere Beziehungen lösen?

LENBACH: Ich rede nicht davon, ich will nur betonen, daß ich in diesem Haus wie ein Hund unter dem Tisch lebe. Jawohl, ich hocke unter dem Tisch und Sie – Sie geben mir Fußtritte. Sie sind diejenige, die einen entlassenen Sträfling gemein behandelt. Ich habe zweieinhalb Jahre lang im Zuchthaus Wassersuppe gelöffelt, ich habe mit Kriminellen Bruderschaft getrunken, und Sie halten mir da von Ihrem hohen Podest aus Moralpredigten. „Sie spielen Poker! Heute darf man keine rote Hose tragen! Man muß ein Gentleman bleiben und eine Advokatenkanzlei führen." Ich verstehe schon sehr gut, melde gehorsamst. Herr Oberstleutnant Lenbach muß abtreten. Das ist es eben, was man verstehen soll. Was aber die Auflösung unserer Ehe betrifft, so erkläre ich Ihnen ganz feierlich: die Lenbachs haben seit jeher Ehen abgeschlossen, die in Kirchenbüchern eingetragen waren. Das wurde so seit dreihundert Jahren praktiziert, ohne daß irgendein Lenbach seine Ehe vor dem eigenen Tod aufgelöst hat. Das ist mein letztes Wort, ob es Ihnen gefällt oder nicht.

LAURA: *(verzweifelt)*
Um Gottes willen, verstehst du denn nicht, daß du mich vor dem Personal lächerlich machst! Da hast du, ich bitte dich, da hast du zweihundert und laß mich in Ruhe! Jeden Augenblick kann jemand kommen.

LENBACH: Danke! Ich brauche zweitausend. Und wenn ich sie bis heute abend um sieben Uhr nicht bekomme, werde ich mich erschießen. Entweder – oder. Ich nehme keine Trinkgelder an.

LAURA: Dein „Entweder – Oder" ist meine letzte Sorge, mein Verehrtester. Ich bin ein Mensch, der mit eigenen Händen sein Brot verdient. Raubst du mir nicht alles, was ich verdiene? Schämst du dich nicht, eine Frau so zu terrorisieren? Im übrigen ist es mir vollkommen egal, ob du dich erschießen wirst oder nicht, verstehst du? Hier hast du zweihundert, wenn du willst, und wenn nicht: Adieu!

LENBACH: Laura! Ich lüge bei Gott nicht! Mir liegt weder am Geld noch an diesem Juden, mir liegt an meinem Wort. Wenn ich das Geld nicht bekomme, werde ich mich erschießen.

LAURA: *(hart)*
Das wäre die beste Lösung. Sowohl für dich als auch für mich. *(In diesem Augenblick tritt durch die Glastür Dr. Ivan Križovec ein)*

KRIŽOVEC: Küß die Hand, liebe Laura, wie geht es Ihnen? Guten Abend. Sie sehen etwas blaß und müde aus. Migräne? Nerven? Schirokko? Oder viel Arbeit? Diese Beleuchtung, diese schweren Vorhänge, dieser ungelüftete Raum, all das wirkt bedrückend. Sie sind ganz blaß. Küß die Hände.

(Der konventionelle Ton seiner Antrittsrede kann seine leichte Unruhe nicht verbergen; um diese Zeit ist Lenbach gewöhnlich nicht im Salon anzutreffen; nachdem er Laura beide Hände geküßt hat, wendet er sich etwas kühler an Lenbach)
Wie geht es Ihnen, lieber Baron, ich habe schon lange, lange nicht die Ehre gehabt. Wie geht Ihnen die Karte beim chemin de fer? Was gibt es Neues bei Ihnen? Es freut mich sehr, daß ich wieder die Ehre habe.

LENBACH: *(verbeugt sich; betont höflich)*
Danke, Herr Doktor, danke, es geht mir gut. Ich habe nur ein bißchen Katzenjammer. Ich war zwei Tage in der Provinz. Nichts als Fuhrwerker, Viehtreiber, Kneipen und Pferde. Das gehört zu den Aufgaben eines Stallmeisters. Eine standesgemäße Beschäftigung, jawohl. Ich kaufe Pferde für meine Juden, und so reise ich von einem Viehmarkt zum anderen.

KRIŽOVEC: Auch ich bin sehr müde. In der letzten Zeit habe ich das Gefühl, nie richtig ausgeschlafen zu sein. Ich bin den ganzen Tag auf den Beinen, von frühmorgens bis spätabends. In diesem schmutzigen Gerichtssaal wird nicht einmal geheizt. Draußen regnet es und drinnen riecht es nach nassen Schuhen und nassem Tuch. Unter den stinkenden, altmodischen Second-Empire-Lampen ist es beinahe halbdunkel. Eine so primitive Beleuchtung. Infernalisch.

LAURA: Setzen Sie sich, lieber Doktor. Wollen Sie nicht ablegen?

KRIŽOVEC: Nein, danke schön, küß die Hand. Ich habe nur en passant hereingeschaut. Ich bin gekommen, um Ihnen zu sagen, daß ich heute abend leider ein Abendessen im Grand Hotel habe und anschließend eine geschäftliche Besprechung. Das ist mir sehr unangenehm, aber ich bin erst im letzten Augenblick telegraphisch verständigt worden. Die Sache ist zu meinem größten Bedauern unaufschiebbar. Ich möchte Sie deshalb bitten, mich für heute abend zu entschuldigen. Ich muß in fünf Minuten weiter.

(Diese Erklärung macht auf Laura einen sichtlichen Eindruck)
Und wie geht es Ihnen, mein lieber Baron? Was machen Sie? Sie waren also in der Provinz? Als ich im letzten Winter den Streit zwischen dem Grafen Pataky und seinem Verwalter schlichten mußte, habe ich eine so schreckliche Angst vor der Provinz bekommen, daß mich heute noch ein unangenehmes Gefühl beschleicht, wenn ich allein davon höre.

LENBACH: Ich war in Waraschdin, im Gestüt des Herrn Mautner. Dieser Jud hat das Jagdschloß der Herren Hohenfels gekauft, eine ganz armselige Bude im Makart-Stil. Wir haben uns seine neuen Pferde angeschaut. Mautner hat jetzt einen neuen Trainer, einen Engländer. Dieser Engländer arbeitet ganz gut.

KRIŽOVEC: Und wie geht es Ihrem verehrten Monsieur de Goldschmidt?

LENBACH: Ich verlasse ihn am ersten November. Er geht mir auf die Nerven. Ich kann ihn nicht mehr ertragen. Ich habe ein Engagement im Poloclub angenommen. Und so werde ich mein ganzes Leben in Ställen verbringen. Weiß der Teufel, woher ich diese Stallknechtsallüren habe. Mein Pech ist es, daß mein Temperament mich daran hindert, hinter einem Schreibtisch zu sitzen. Ich glaube, daß ich hinter einem Schreibtisch ganz einfach sterben müßte. Als ich damals die Garde verlassen habe, hat man mir ganz schöne Angebote gemacht, ich kann aber ohne Training und Pferdestall nicht leben. Wenn ich mit den Pferden zu tun habe, kann ich mich mehr bewegen. Und dann habe ich noch dabei die Illusion, frei und ungebunden zu sein.

KRIŽOVEC: Was wird Goldschmidt ohne Sie tun? Er hat auf dem Derby vom Vorjahr, wenn ich mich nicht täusche, ganz schön verdient.

LENBACH: Was versteht er schon von Pferden? Er weiß nicht einmal, was er an mir hat. Da man mir als einem politisch verdächtigen Mann keinen Reisepaß gegeben hat, glaubt er noch, dieses Derby persönlich gewonnen zu haben! Ach was, ich bin eigentlich froh darüber, daß ich ihn endlich los bin. Aber da draußen bei Mautner, Herr Doktor, habe ich gestern ein Pferd gesehen! Ein reines Wunder, mein Ehrenwort. Ein herrliches Exemplar. Sein Fell hat die Farbe des lichten Kapuziners, wie Lauras letztes Frühjahrskostüm, wenn Sie sich noch daran erinnern können. Ein intelligentes Tier, mit einem leicht ungarischen Anschlag. Sein Schweif ist aschgrau und seine Augen glänzend und schwarz. Es sind wunderschöne, wirklich leuchtende Augen. Ein gescheiter, edler Kopf, geradezu akademisch konkav, wie aus Gips, mit einem feinen, ovalen, jungen Gebiß. Und erst die Anatomie der Glieder! In jeder Bewegung und Zuckung der Nüstern spürt man förmlich, wie das Tier den Rasen wittert. Ein richtiger Haupttreffer. Dieses Luder wird ein Vermögen verdienen. Hätte ich 18 000 Dinar, dann könnte ich mit diesem Pferd phantastische Summen verdienen. Eine sichere Kapitalanlage. Aber in diesem unseren kleinbürgerlichen Milieu?

KRIŽOVEC: Würde denn Mautner dieses Pferd so billig hergeben?

LENBACH: Er weiß doch nicht, wie Pferde sind. Er hat keine Ahnung, was er hat. Irgend ein Wiener Architekt baut ihm den Stall um. Mautner läßt auch eine Kacheltäfelung machen und Kanalisation einführen. Er glaubt, der Stall ist Architektur. Der reinste Provinzsnobismus. Für 18 000 Dinar könnte man den Haupttreffer bekommen, eine Okkasion reinster Sorte. Und was sind schon 18 000 Dinar? Eine Bagatelle. Eine solche Gelegenheit bietet sich einem nur einmal. Herr Doktor, glauben Sie einem Fachmann. Dieses Luder wird eine Weltkarriere machen.

LAURA: *(wechselt absichtlich das Thema)*
Herr Doktor, Sie haben schon wieder nicht den Bartók für Bianca mitgebracht. Sie wissen doch, wie exzentrisch Bianca ist, wenn es um ihre Noten geht. Ich bitte Sie also ...

KRIŽOVEC: Oh, das ist mir sehr unangenehm. Gestern abend wollte ich sie mitbringen, mein Ehrenwort. Ich habe es aus purer Trägheit nicht getan. Er hat mir übrigens gar nicht gefallen. Er ist ganz einfach zu schwer für mich. Übrigens, wenn Ihrer Bianca so sehr daran liegt, kann ich ihr die Noten auch durch Stephan schicken. Ich werde gleich anrufen.
(will zum Telefon)

LAURA: Aber ich bitte Sie, das ist nicht so dringend. Wir haben noch Zeit.

KRIŽOVEC: Ich finde die Haltung Ihrer Freundin ein bißchen übertrieben. Dieser Bartók ist nicht einmal volle drei Wochen bei mir. Ich werde ihn aber morgen bestimmt nicht vergessen. Ich sehe gerade, Sie haben da zwei neue Bilder, Laura. Was ist das? Eine Canaletto-Imitation? Gar nicht so schlecht. Das zweite ist sogar ganz gut, ja mehr noch, ausgezeichnet.

LAURA: Ja, es ist Canalettos Schule, nicht signiert. Sidi hat mir die beiden Bilder gebracht, damit ich sie ausstelle. Sie gehören zum Nachlaß des Hofrats Firmin. Beide kosten sechzehntausend. Mir gefallen sie sehr. Besonders das zweite.

KRIŽOVEC: Ah, Sie haben dem alten Saint Firmin gehört. Er hat sie wahrscheinlich von seinem Großvater geerbt. Der hat bei den Gyulaihusaren gedient, und die waren von achtzehnhundertsechzig bis neunzehnhundertsechs in der Lombardei stationiert. Man kann aber eine ganze Menge solcher Canalettos auch in Dresden finden. Sie sind wirklich sehr schön und nicht teuer. Ja, das ist achtzehntes Jahrhundert. Ich kenne mich da ganz gut aus. Schauen Sie sich nur die Perspektiven an, diese geometrische Klarheit. Das war Malerei. Und dann noch die Biedermeierporträts aus den sechziger oder siebziger Jahren. Den Impressionismus kann man auch noch hinnehmen. Aber alles, was später gekommen ist, ist einfach schrecklich. Was man heute nur alles macht. Als ich voriges Jahr in Berlin war, habe ich zerbrochene Flaschen gesehen, die man auf Schmirgelpapier befestigt hat. Und dazu hat man aus wirklichen Haaren einen Bart geklebt. Und das ganze hat „Selbstporträt" geheißen. Einfach schrecklich.

LENBACH: Es tut mir sehr leid, Herr Doktor, ich verstehe nicht viel von der Malerei und außerdem muß ich leider ...

KRIŽOVEC: Aber ich bitte Sie, Herr Oberstleutnant. Ich hoffe, daß ich Sie nicht gestört habe. Wenn das der Fall sein sollte, möchte ich Sie um Entschuldigung bitten.

LENBACH: Ich bin nämlich eine Art Stallmeister des Herrn Goldschmidt. Ich muß einen Sprung zum Spediteur machen. Wir erwarten schon seit zwei Tagen einen Waggon Heu. Es tut mir sehr leid, aber ich muß gehen. Auf Wiedersehen! Ich wollte ohnehin ... Außerdem habe ich noch ein Rendevous im Café. Auf Wiedersehen. (*Er reicht Križovec höflich, aber kühl die Hand, verbeugt sich kurz vor Laura und geht abrupt und nervös weg. Pause. Križovec und Laura schlagen nach den betont konventionellen Redensarten einen etwas intimeren Ton an*).

KRIŽOVEC: Was hat er denn?

LAURA: Was soll er schon haben? Nichts. Er hat mir wieder eine Szene gemacht. Er braucht Geld.

KRIŽOVEC: Karten?

LAURA: So scheint es. Schon wieder Ehrenwort, bis sieben Uhr. Schon wieder: entweder zweitausend oder Revolver.

KRIŽOVEC: Es ist sehr schwer mit ihm. Er leidet unter einem Verfolgungswahn. Er fühlt sich erniedrigt. Das ist bei ihm zur fixen Idee geworden. Der Aufenthalt im Gefängnis hat ihm den Rest gegeben. Genau genommen hat er beinahe drei Jahre im Zuchthaus verbracht, und das ist schließlich keine Kleinigkeit. Eigentlich tut er mir leid.

LAURA: Er ist durch seine eigene Schuld ins Zuchthaus gekommen. Nicht das Gefängnis hat ihm den Rest gegeben, sondern seine eigene Natur. Da hast du bitte seine heutige Leistung (*nimmt vom Tisch Lenbachs Visitenkarte und reicht sie Križovec*).

KRIŽOVEC: Was soll das heißen?

LAURA: Was das heißen soll? „Ich bestätige, von Herrn Dreher zweitausend Dinar erhalten zu haben, welchen Betrag ich binnen achtundvierzig Stunden an genannten Herrn zurückzuzahlen mich ehrenwörtlich verpflichte"! Bitte schön. Daß ein älterer Herr sich nicht entblödet, seine eigene Visitenkarte zu fälschen, ist wirklich die Höhe.

KRIŽOVEC: Was, er hat diese Karte an sich selbst geschickt?

LAURA: Ja, vor einer halben Stunde war ein Dragonermajor von Lorencz bei mir und hat hier eine richtige Komödie aufgeführt. Oh, wie mich das alles anwidert. Ich habe heute kein Geld, ich habe einer Firma alles gegeben, was ich bei mir gehabt habe, aber dieser Major Lorencz hat mich so lange gequält, er hat so lange geflennt, bis er mich umgestimmt hat. Ich wollte dich gerade anrufen, als ...

KRIŽOVEC: Was?

LAURA: Als ich zufällig durch die Auslage hinausgeschaut und an der Ecke Lenbach gesehen habe. Er hat dort auf diesen von Lorencz gewartet. Ekelhaft. Darauf habe ich diesen Herrn von Lorencz hinauskomplimentiert. Fünf Minuten später ist Lenbach wie eine Furie hereingestürmt und hat angefangen, mich zu quälen.

KRIŽOVEC: War er nicht betrunken?

LAURA: Natürlich war er betrunken. Er hat doch in den letzten zwei Nächten kein Auge zugemacht.

KRIŽOVEC: Er sagt, daß er in der Provinz war. Das ganze ist natürlich sehr unangenehm. Es ist auch sehr schwer, ein Urteil darüber abzugeben. Vielleicht braucht er diese zweitausend für etwas ganz anderes.

LAURA: Was für ein Argument ist das? Er braucht die zeitausend für etwas anderes? Er kann mir doch nicht ewig mit dem Selbstmord drohen. Es gibt Augenblicke, in denen ich diesen Menschen so sehr hasse, daß ich geradezu glücklich wäre, ihn tot zu sehen. Schließlich ist alles, was zwischen uns beiden besteht, nur eine reine Formalität. Heute hat er wieder pathetisch erklärt, er könne sich nicht scheiden lassen, solange er lebe. Seit dreihundert Jahren habe es bei den Lenbachs keine Scheidung gegeben. Ich weiß einfach nicht, was ich mit diesem Menschen tun soll. Aber das eine ist mir klar: ich kann das alles nicht länger ertragen.

KRIŽOVEC: Na ja, natürlich. Die Scheidung ist ein eherechtliches Problem, und das Eherecht ist eigentlich ein patriarchalisches Recht. Da ich beruflich beinahe täglich mit Scheidungsprozessen zu tun habe, weiß ich aus eigener Erfahrung, wie monströs das Joch der herkömmlichen Ehe ist, unter dem die Menschen gezwungenermaßen leben. Abgesehen von der materiellen Seite ist die psychoerotische Seite so verworren, daß es einem wirk-

lich schwer fällt, sich im vielschichtigen Komplex dieser Probleme zurechtzufinden. Die Ehe reguliert nur den körperlichen Zustand, sie kann aber den modernen Menschen, die in ihrer Unruhe auch einen geistigen Kontakt suchen, nichts mehr bieten. Dieser ganze juridische Ballast ist in der Zeit eines äußerst unruhigen erotischen Lebens und Erlebens ganz einfach ein patriarchalischer Unsinn. Zwischen diesen beiden Phänomena besteht dasselbe Verhältnis wie zwischen einer Öllampe und einem Dieselmotor. Das ganze Scheidungsmaterial, das auf meinem Schreibtisch liegt und soviele Dramen, Affären, Skandale und Dummheiten enthält, ist nur ein Beweis für die tiefe Krise, in der sich die moderne Ehe befindet. Das eine ist sicher: die sozialen Verhältnisse werden in unserer Zeit von Grund auf geändert, das patriarchalische Leben wird vom modernen Großstadtleben abgelöst. In dieser Übergangs- und Krisenzeit kann man bei allen Scheidungsprozessen schwer feststellen, wer eigentlich die Schuld trägt. Das eine ist klar: das Sakrament der Ehe, der patriarchalische Rahmen, in den die Ehe eingezwängt ist, das bürgerliche Ansehen der Ehe an sich, all das löst sich langsam von selbst auf. Wer kann sich da zurechtfinden? Als einziger Kompaß kann uns nur der Instinkt dienen.
(Während dieses Monologs schaut Križovec einige Male automatisch auf seine Uhr).

LAURA: Das ist alles sehr schön, mein Lieber, aber du häufst da nur Worte an, die dich eines Tages begraben werden. Du redest nur daher. Unter deinen Worten steckt nichts Wirkliches. Du wickelst dich in deine Worte ein wie in eine Bandage. Und dabei hast du ständig Angst, daß unter dieser Bandage Blut durchsickern könnte.

KRIŽOVEC: Was für ein Blut? Ich weiß ganz genau, was ich sagen wollte.

LAURA: Du weißt auch ganz genau, in welcher Situation ich mich befinde. Du willst sie aber nicht zur Kenntnis nehmen. Du weigerst dich zuzugeben, daß es notwendig wäre, all diese Probleme endgültig zu lösen. Ich habe keine Widerstandskraft mehr. All das zusammen ist wie eine Feder, die bis zum äußersten aufgezogen ist. Jeden Augenblick kann diese Feder springen, und du redest da von irgendwelchen Rahmen und von psychoerotischen Neurosen in einer Übergangszeit. Entschuldige, Ivan, ich weiß, ich bin aufgeregt, aber dieses Problem ist doch alles andere, nur nicht erotisch. Erotik hat damit nichts zu tun. Hier geht es um etwas ganz anderes.

KRIŽOVEC: Bitte, bitte. Ich wollte dir nicht nahetreten, ich habe nur von meinen Eindrücken gesprochen, und zwar im Zusammenhang mit deiner Bemerkung über die Ehen der Familie Lenbach in den letzten dreihundert Jahren. Er will also nicht in die Scheidung einwilligen! Wozu braucht er noch etwas zu liquidieren, was sich von selbst schon in Auflösung befindet, sowohl als Einzelfall als auch als gesellschaftliche Institution? Das ist nur ein Symptom der allgemeinen Krise.

LAURA: Er will keine Scheidung. Und ich, was bin ich? Ich weiß, du hast es eilig, man wartet auf dich. Du hast eine geschäftliche Verabredung. Du hast schon dreißigmal auf deine Uhr geschaut. Trotzdem muß ich mit dir sprechen. Ivan, ich muß dir einmal sagen, was ich darüber denke. Ich wollte dir schon einmal einen ausführlichen Brief schreiben. Ich weiß, das ist komisch, aber wir kommen nie dazu, uns richtig auszusprechen. Vormittags bist du bei Gericht, nachmittags empfängst du deine Klienten und abends hast du immer irgendeine geschäftliche Verabredung. Um diese Zeit kommst du zwar bei mir vorbei, aber immer nur en passant, so daß wir nie dazu kommen, uns eingehend über meine Situation zu unterhalten. Deshalb habe ich keinen anderen Ausweg gesehen, als dir zu schreiben.

KRIŽOVEC: Das alles ist reichlich übertrieben. Ich bin heute abend ganz zufällig verhindert. Ich habe doch ein Telegramm bekommen. Wozu diese übertriebene Sentimentalität? Deine Kombinationen entbehren jeder ernsthaften Grundlage.

LAURA: Ich habe also keine ernsthafte Veranlassung, so zu sprechen? Du vergißt, daß meine Nerven nicht mehr dieselben sind wie vor zwei oder drei Jahren, und daß ich all diese Aufregungen immer schwerer ertrage. Ich kann nicht mehr so weiter. Und du sagst noch, daß ich keine ernsthafte Veranlassung habe, mich so zu benehmen. Schön und gut. Ich arbeite schon seit drei Jahren in dieser Boutique, ich schreibe Ziffern, ich schneidere und verschicke Pakete. Ich habe all das nur als eine Art Provisorium ertragen können, als eine Art Improvisation nach dem Schiffbruch, aber dieser Schiffbruch dauert schon das vierte Jahr ohne Aussicht auf Rettung. Alles ist gleich und gleichgültig, alles ist immer gleich grau und schrecklich. Du kommst so en passant – „Küß die Hand, auf Wiedersehen, du übertreibst, meine Liebe, das alles entbehrt jeder ernsthaften Grundlage, das kann nur ein Zufall sein, ergebenster Diener;" – und schon bist du weg und läßt mich allein zurück. Währenddessen lassen meine Nerven immer mehr und mehr nach. Heute zum Beispiel habe ich mich den ganzen Tag nicht einmal auf eine Sekunde gesetzt, ich habe den ganzen Nachmittag nur gesprochen und gesprochen, ununterbrochen.

KRIŽOVEC: Auch ich habe heute morgen drei Stunden lang ohne Unterbrechung im Gerichtssaal gesprochen. Und gestern abend habe ich bis zwei Uhr nachts mein Plädoyer vorbereitet. Heute nachmittag habe ich eine Menge Klienten empfangen, und jetzt erwartet man mich bei einem Augenschein in einem Magazin. Und heute abend muß ich gleich nach dem Essen zu dieser Besprechung. Morgen habe ich wieder eine wichtige Hauptverhandlung.

LAURA: Ja, aber du hast einen Beruf, der deiner gesellschaftlichen Position entspricht.

KRIŽOVEC: Was unsere heutigen gesellschaftlichen Positionen betrifft, so sind sie alle sehr relativ, das, was du meinst, gehört schon längst zur Erinnerung an „bessere Zeiten".

LAURA: Du bist trotzdem ein Herr. Du schmuggelst nicht italienische Seide, du bist nicht mit einem Psychopathen und Alkoholiker verheiratet. Du mußt nicht irgendwelchen Frauen von heutigen Ministern „Gnädige" und „Exzellenz" sagen und ihnen beim Anprobieren helfen.

KRIŽOVEC: Das ist alles bizarr und übertrieben.

LAURA: Das ist nicht bizarr, sondern wahr. Ich schmuggle Seide, weil ich ganz parterre bin. Und das alles als übertrieben und ohne jede Grundlage zu bezeichnen, so en passant zwischen sechs und sieben Uhr abends, findest du ganz richtig.

KRIŽOVEC: Glaubst du denn, ich bin nicht parterre? Wen vertrete ich schon? Dienstmänner und Hausmeister, die einander wegen Ehrenbeleidigung klagen.

LAURA: Du vertrittst nicht nur Hausmeister, aber ich muß mich mehr erniedrigen als dein letzter Klient. Ja! Entschuldige, ich habe nur auf deine Art reagiert, ich kann mich nicht mehr beherrschen. Alles, was um mich geschieht, irritiert mich von Tag zu Tag mehr.

(Das Telefon läutet; Laura geht müde auf den Apparat zu und hebt degoutiert den Hörer ab, in der Ahnung, daß Lenbach sie anruft; als sie hört, daß er es tatsächlich ist, wird sie ganz hart und streng)

Ja! Ich bin es! Nein! Nein! Nein und noch einmal nein! Auf keinen Fall. Nein! Ich will nicht. Bitte schön! Bitte! Wie du willst! Adieu!

KRIŽOVEC: War es er?

LAURA: Ja, er will seine zweitausend haben. Es ist zehn vor sieben. Er sagt, daß er sich erschießen wird, wenn er sie bis Punkt sieben nicht bekommt.

KRIŽOVEC: Warum gibst du sie ihm nicht? Ich habe zufällig etwas mehr Geld bei mir.

LAURA: Ich will nicht, verstehst du, ich will einfach nicht. Ich lasse mich nicht mehr terrorisieren. Alles muß einmal ein Ende haben.

KRIŽOVEC: Mein Gott, einen Patienten sollte man doch ein bißchen weniger kapriziös behandeln.

LAURA: Er ist kein Patient, sondern ein gewöhnlicher Erpresser. Er wird sich erschießen! Dieses Häufchen Elend! Er wird sich erschießen! Dazu muß man Charakter haben. Wenn mir jemand jetzt mitteilt, daß er sich tatsächlich erschossen hat, dann würde ich aufatmen wie nach einem Alptraum. Nachts liege ich manchmal wach und sehe mich bei seinem Begräbnis. Er ist tot und ich gehe hinter seinem Sarg. Es regnet und alle Trauergäste tragen Regenschirme, und ich stehe da und suche dich mit dem Blick. Aber du bist nicht da, ich kann dich nirgends sehen. Seltsam. *(Madeleine Petrowna betritt den Laden. Sie trägt ein Necessaire mit Maniкürutensilien und noch zwei Pakete. Sie geht auf Laura zu und umarmt sie. Madeleine Petrowna, Gräfin Geltzer, war einmal eine große Dame der Petersburger Gesellschaft. In der Emigration verdient sie als Maniküre ihr Brot. Sie ist etwa fünfzig Jahre alt. Spricht mit leicht russischem Akzent.)*

MADELEINE: Guten Tag, Laura Michailowna. Wie geht es Ihnen? Ich bin nur auf eine Minute gekommen, um Sie zu sehen. Ich war bei Madame Thérèse, Sie sollten nicht glauben, daß ich nicht dort war. Ich habe alles in Ordnung gebracht. Ich habe nur keine Zeit gehabt, auf einen Sprung zu Ihnen zu kommen, meine liebe Laura Michailowna. Oh, habe die Ehre, Herr von Križovec. Wie geht es Ihnen? Ich habe Sie schon lange nicht gesehen. Sie haben viel zu tun, nicht? Sie arbeiten sehr viel. Vor ein paar Tagen habe ich in der Zeitung Ihr Plädoyer in der Affäre Berger gelesen und habe dabei an Sie gedacht. Wissen Sie, wer mir in letzter Zeit sehr viel von Ihnen erzählt? Isabella Georgiewna, Herr von Križovec. Ja, ja, Isabella Georgiewna. Sie hat mir erzählt – ich habe es nämlich noch gar nicht gewußt –, daß Sie seinerzeit Adlatus des ungarischen Premierministers waren und daß Ihre Familie selbst zum ungarischen Adel gehört. Isabella Georgiewna hat mir das alles ganz detailliert erklärt.

KRIŽOVEC: *(dem dieses Thema offensichtlich nicht angenehm ist)*
Ja, Gräfin, die Geschichte mit unserem Adel ist sehr kompliziert. Ich war nicht Adlatus des ungarischen Premierministers, das kroatische Ministerium hat mich nur in einer politischen Mission dem ungarischen Grafen zur Disposition gestellt, das war unmittelbar vor dem Krieg.

MADELEINE: Ja, ja, ich verstehe, aber Sie haben doch in der Familie auch den Kardinal Balthasar – ich weiß nicht, wie der ungarische Titel dieses Kardinals gelautet hat, aber das macht nichts – ich kann mir diese mongolisch-ungarischen Titel nie merken. Isabella Georgiewna hat mir von einem wunderschönen Porträt dieses Kardinals erzählt, das über Ihrem Schreibtisch hängt, sie hat es bei Ihnen gesehen. Isabella Georgiewna ist – wie soll ich sagen – entzückt von Ihrem Ameublement, Ihren Bildern, Ihren Büchern und Ihren holländischen Gravüren. Sie ist geradezu enthusiasmiert davon. Sie wissen doch, daß Isabella Georgiewna eine bekannte russische Dichterin ist. Man sagt, daß sie viel Talent hat. Selbst Sinaida Gyppius hat das behauptet. Wissen Sie wer Sinaida Gyppius ist? Sie ist die erste russische dekadente Dichterin, sie ist die Frau von Mareschkowsky. Das Gedicht „Rêverie" von Isabella Georgiewna gehört unbedingt in eine Anthologie der russischen Lyrik, hat sie geschrieben. Isabella Georgiewna ist wirklich eine ungewöhnlich talentierte Frau ... Und Sie, mein lieber, guter Engel, Laura Michailowna, was machen Sie? Ich war gerade bei der Princesse Wolodarskaja. Wir haben von Ihnen gesprochen und die Prinzessin hat vor allen erklärt, daß Ihr Gefühl für Humanität, meine Liebe, eigentlich supernaturelle ist, ja richtig übermenschlich. Ja, nicht einmal Ihre Mutter war so gut – si grande – und so großzügig zu ihr wie Sie.

LAURA: Aber Gräfin, das ist doch nicht der Rede wert.

KRIŽOVEC: *(verbeugt sich stumm vor Laura; zu Madeleine Petrowna)*
Gräfin, ich wollte schon vor einer halben Stunde weggehen, ich bitte Sie, mich zu entschuldigen. Klienten warten schon auf mich, ich komme ohnehin zu spät.
(zu Laura)
Heute abend um acht bin ich im Grand Hotel. Morgen bin ich wieder um punkt fünf Uhr hier, wenn Sie dann Lust haben, mit mir zu Abend zu essen, würde ich mich sehr freuen. Ich bin morgen den ganzen Abend frei.

LAURA: Ja, ja, genauso wie heute abend.

KRIŽOVEC: Vis maior, liebe Laura. Vis maior. Auch mir ist es nicht sehr angenehm, den ganzen Abend mit vollkommen gleichgültigen Menschen zu verbringen, ich muß es aber tun. Ich komme also morgen um fünf Uhr vorbei. Küß die Hände, Gräfin. Auf Wiedersehen!

(ab)

MADELEINE: Also Princesse Wolodarskaja ist von Ihnen, liebe Laura Michailowna, geradezu unbeschreiblich enchantée. Sie hat mir gesagt, daß Sie einen Abend mit uns verbringen müssen, damit wir uns unterhalten können. Sie möchte Ihnen die ganze Affäre mit Madame Thérèse und Isabella Georgiewna erzählen. Gerade jetzt, wo die Geschichte mit Isabella Georgiewna so aktuell ist. Das wird Sie sicherlich interessieren, Laura Michailowna.

LAURA: Ich habe eine Idee, Gräfin. Sind Sie heute abend frei? Sie könnten mit der Gräfin Wolodarskaja zu mir kommen, ich bin heute abend allein und es würde mich sehr freuen ...

MADELEINE: Sie sind ein wunderbarer Mensch, Laura Michailowna, Sie sind ein wahrer Engel, das ist eine herrliche Idee. Ich bin nach neun frei. Princesse Wolodarskaja auch, sie wird sich sicherlich über Ihre Einladung sehr, sehr freuen. Mary wird noch glauben, zu träumen, sie liebt es, in einem Ihrer göttlichen Fauteuils zu versinken, das findet sie einfach herrlich. Was für neue Bilder haben Sie da? Das ist etwas Venezianisches, nicht? Bei uns in der Eremitage hat es solche Sachen en masse gegeben, ganz einfach en masse. Dieses venezianische Genre war bei uns auch en vogue. Im Petersburg der Empire-Zeit konnte man zahlreiche Motive aus Venedig sehen.

LAURA: Hofrat Saint Firmin hat sie mir zum Verkauf gegeben. Vielleicht kennen Sie jemanden, der sie kaufen möchte, Canaletto-Imitationen. Beide kosten nur sechzehntausend.

MADELEINE: Im Augenblick weiß ich niemanden, Laura Michailowna, aber vielleicht wird mir noch jemand einfallen. Dieser Hofrat Saint Firmin ist ein Kavalier der alten Schule. Kennen Sie seine kleine Kollektion von Cotillonorden? Lauter süße kleine Dingelchen, einfach zum Verrücktwerden. Das letzte Mal hat er mir eine Tanzfolge gezeigt, die für den Galaabend der Agramer Garnison zusammengestellt worden war. Dieser Abend stand übrigens unter dem Protektorat Ihrer seligen Mama, der Frau Generalin. Ein phantastisches Ding. Eine Imitation des alten Silbers aus Papiermaché mit dem Rapier, der Kokarde und dem Siegel der Wallensteins sowie einem wunder-

schönen, weißen Seidenband. Dieser alte Hofrat Saint Firmin spricht von Ihrer Frau Mama und von Ihnen, liebe Laura Michailowna, immer nur in Superlativen. Er sagt, daß es auf der ganzen Welt keine idealere Lady Patronesse gegeben hat als Ihre Frau Mama. Und von Ihnen sagt er, daß er zwar viele Frauen kennengelernt hat, aber noch nie eine so universell gebildete, so vollkommene Dame wie Sie. Eine Dame mit einem so kultivierten Geschmack ist einfach ein Unikum, meint er. Es ist wirklich so, der alte Hofrat hat vollkommen recht. Sie sind eine glückliche Frau, Laura Michailowna. Einen so feinen Geschmack, ein so ausgeglichenes Temperament, eine solche Güte und eine solche Kultur kann man wirklich nicht oft finden. Sie sind unser guter Engel. Gott segne Sie, meine Liebe. Ich wünsche Ihnen viel Glück. Viel, viel Glück. Gott segne Sie!
(Sie küßt in einer Art Trance nicht nur Lauras Wangen, sondern auch ihre Hände. Lenbach kommt herein. Als Madeleine Petrowna ihn bemerkt, wird sie steif und konventionell. Man sieht Lenbach an, daß er noch betrunkener ist als vorhin. Er raucht eine Zigarre. Er kommt ziemlich schnell herein und bleibt abrupt stehen, als er die zwei Damen in dieser etwas komischen Situation erblickt. Laura überbrückt die Verlegenheit, indem sie Madeleine den Schal richtet und ihr ihre Pakete reicht).
LAURA: Auf Wiedersehen, Gräfin, auf Wiedersehen. Adieu! Da ist noch ein Paket. Sie dürfen es nicht vergessen. Auf Wiedersehen!
(begleitet Madeleine Petrowna zum Ausgang).
MADELEINE: *(als sie an Lenbach vorbeigeht, übertrieben, beinahe byzantinisch servil, so daß diese Szene ganz falsch und abnormal wirkt)*
Meine Hochachtung, Herr Oberstleutnant. Guten Abend! Wie geht es Ihnen, lieber Herr Oberstleutnant? Une éternité ist vergangen, seitdem ich Sie nicht gesehen habe. Sie scheinen etwas übler Disposition zu sein. Wie geht es Ihnen, Herr Oberstleutnant? Vor ein paar Tagen habe ich in unserem russischen Cercle, chez Princesse Wolodarskaja von Ihnen gesprochen. Ich war so indiskret und habe Princesse Wolodarskaja Ihre Photographie gebracht, auf der Sie in der Galauniform der Arcièrenleibgarde zu sehen sind. Weißer Büffel, ponceau-roter Lack. Also das war ein succès incroyable. Alle haben Ihre figure bewundert. Princesse Wolodarskaja hat selbst erklärt – Sie kennen doch den exquisiten Geschmack der russischen Hofkreise –, daß sie schon lange, lange nicht das Vergnügen hatte, eine so ideale

Kavaliersfigure zu sehen. Auf Wiedersehen, mein lieber Baron. Ihre Frau Baronin ist ein charmanter Engel. Eine wahre Perle. Hüten Sie sie wie eine kostbare Perle. Auf Wiedersehen. Entschuldigen Sie bitte, daß ich Ihre kostbare Zeit geraubt habe, das habe ich aber nur aus großer Sympathie gemacht, ich sehe Sie so selten. Auf Wiedersehen, Laura Michailowna. Gute Nacht, gute Nacht.

(Lenbach verbeugt sich, mit der Zigarre in der einen und mit dem Hut in der anderen Hand, ganz kurz und kühl von Madeleine Petrowna und geht, ohne ein Wort zu sagen, zur Lampe, die links steht. Laura begleitet Madeleine Petrowna zum Ausgang, von wo man noch Madeleines Stimme hört. Pause. Lenbach setzt sich wieder den Hut auf und geht, seine Zigarre rauchend, nervös auf und ab. Laura kommt zurück und geht zum Pult, auf dem sie unter den ausgebreiteten Waren etwas zu suchen beginnt.)

LENBACH: Also das verstehe ich nicht. Wie kannst du nur mit einer solchen Person intime Beziehungen unterhalten? Dieses Weib ist doch das Letzte vom Letzten.

LAURA: *(indigniert)*
Die Gräfin ist eine Dame und dazu ein anständiger Mensch, der mit den eigenen Händen sein Brot verdient. Außerdem können meine Gäste, die mich hier besuchen, für dich keine „Personen" sein. Was heißt hier Person?

LENBACH: *(gereizt)*
Sie ist vor allem keine Gräfin, sondern eine gewöhnliche Gouvernante namens Madeleine. Admiral Graf Geltzer war neunundsechzig, als er diese Madeleine geheiratet hat. Mich kann eine Gouvernante nicht bluffen. Und außerdem ist sie eine gewöhnliche, ja, eine ganz gewöhnliche Verleumderin und Ehrabschneiderin. Ich werde dieser Person ganz einfach eine runterhauen, wenn ich sie das nächste Mal sehe.

LAURA: Wen hat sie verleumdet, wenn ich fragen darf?

LENBACH: Diese russische Emigratenbagage lebt nur von Lügen und Intrigen. Lauter Gräfinnen, Exzellenzen und Admiralinnen. Und dahinter steckt nichts als Lügen und Skandale. Was ist denn? Warum schaust du mich so an? Kann ich etwas dafür, daß sie in gemeinster Weise von mir herumtrascht? Sie verbreitet die Fama, daß ich einen Wechsel gefälscht habe und daß ich wegen Betrugs, also als Fälscher und Gauner, verurteilt worden bin, und nicht wegen der ungarischen Affäre. Das einzige, das mir noch geblieben ist, ist mein Pflicht- und Ehrgefühl, und das will man mir auch noch beschmutzen. Ja, ihr könnt heute von den roten Hosen denken, was ihr wollt, aber das Pflichtgefühl, das ist mir geblieben. Ich habe schon vor dem Richter erklärt und ich bleibe dabei, daß ich nicht einmal den Maria-Theresienorden meines Großvaters mit solchem Stolz getragen habe wie die Sträflingsnummer, die man mir verpaßt hat. Und das will man mir beschmutzen. Hätte irgendjemand von euch auch nur ein Atom Ehrlichkeit und Anständigkeit im Leibe, dann würde er dieser Hyäne, die meine Ehre in den Kot zerrt, den Mund verstopfen. Meinetwegen, ich bin schon im Grab. Mich gibt es nicht mehr, aber ich lasse es nicht zu, daß irgendjemand die Erinnerung an mich beschmutzt. Nein, das erlaube ich nicht.

LAURA: Aber ich bitte dich. Du bist vollkommen benebelt, das alles gibt es nicht.

LENBACH: Zuverlässige Zeugen haben mir bestätigt, daß diese Masseuse erklärt hat, ich lebe von dir. Wie kann diese russische Kreatur nur solche Lügen verbreiten? Wäre dieser Kretin nicht eine Frau, dann hätte ich sie schon längst verdroschen wie einen Hund. Mit der Reitpeitsche! Und ich gebe dir mein Ehrenwort, daß ich diese Person, sollte sie auch ein einziges Mal noch die Schwelle meines Hauses überschreiten, eigenhändig hinausschmeißen werde. Dieses russische Gesindel! Meine Wohnung ist kein Bordell für alte Lesbierinnen. Wenn sie schon eine solche Sehnsucht nach Ihnen haben, dann bitte ich Sie, sich zu Ihrer Hoheit, Princesse Wolodarskaja zu begeben, dort werden nämlich Damenvisiten empfangen. Aber ich, ich bin allzusehr Lenbach, ich bin allzusehr Puritaner, als daß ich für solche Abenteuerinnen noch Verständnis haben könnte, jawohl.

LAURA: Sie sind so betrunken, daß Sie nicht einmal Ihre eigenen Worte verstehen können. Sie stinken wie ein Faß.

(Sie geht voll Verachtung hinaus in die Werkstatt. Während Lenbach noch dabei war zu sprechen, haben die Uhren in den Vitrinen und auf den Kommoden angefangen, sieben Uhr zu schlagen. Als er mit seiner Suada fertiggeworden ist, hört man die Turmuhr die Stunde schlagen. Eine von ihnen schlägt nun in der vollkommenen Stille siebenmal. Draußen zieht jemand die Rollos an den beiden Auslagen hinunter, und zwar in drei Zügen. Das Rollo über dem Ausgang ist bis zur Menschenhöhe heruntergezogen. Lenbach geht zuerst nach Lauras Abgang nervös auf und ab, setzt sich dann, noch immer rauchend, an ein Tischchen und beginnt in Modejournalen zu blättern. Dann beruhigt er sich etwas und zieht schließlich das Grammophon auf, das auf

dem Tisch steht. Das Grammophon spielt „An der schönen blau-
en Donau". Lenbach pfeift dazu. Laura kommt zurück und be-
ginnt, die Gaslampen auszulöschen. Sie hat ein Straßenkostüm
an. Lenbach rührt sich nicht von der Stelle.)

LAURA: Na, was ist mir dir? Sieben ist schon vorbei. Ich gehe.

LENBACH: *(lakaienhaft)*
Der Mensch regt sich meistens vollkommen grundlos auf. Das
hat überhaupt keinen Sinn. Apropos, Laura, ich habe hier die
zweihundert vergessen.

LAURA: Was für zweihundert?

LENBACH: Die von vorhin. Der Doktor ist gerade gekommen und
ich habe sie dort auf dem Pult vergessen.

LAURA: *(holt indigniert zwei Scheine aus ihrer Tasche und reicht sie*
Lenbach)
Also gehen wir?

LENBACH: *(steckt die Banknoten ein; etwas besser aufgelegt)*
Gehst du jetzt direkt nach Hause?

LAURA: Ja.

LENBACH: Du könntest Maria sagen, daß sie im Herrenzimmer ein-
heizen und Schnaps und Kaffee vorbereiten soll. Ich habe von
Lorencz zu einer Kartenpartie eingeladen. Den Wein werde ich
selbst besorgen.

LAURA: Maria ist nicht zu Hause, sie hat heute abend Ausgang.

LENBACH: Was für einen Ausgang?

LAURA: Ich habe ihr heute freigegeben. Und außerdem kommen
am Abend Leute zu mir.

LENBACH: Wieso? Der Doktor hat doch gerade erklärt, daß er heute abend eine geschäftliche Verabredung im Grand Hotel hat.

LAURA: Lächerlich. „Der Doktor hat erklärt." Ich habe heute
abend Leute zu mir eingeladen.

LENBACH: Na schön, und ich? Was ist mir mir?

LAURA: *(öffnet die Glastür)*
Ich mache dich darauf aufmerksam: auf der Straße mag ich keine Szenen! Ich bin heute abend verabredet, es tut mir leid.

LENBACH: *(braust wieder auf):*
Ah, so ist es also. Ich habe in diesem Haus keine Rechte mehr.
Ich habe in meinem eigenen Haus nichts mehr zu sagen. Ich
habe nicht einmal soviel Recht wie ein Stubenmädchen. Ich
habe heute abend Generalmajor Fabkowitz eingeladen, und
jetzt werde ich mich wie ein Rotzbub blamieren. Was soll ich
Generalmajor von Fabkowitz nun sagen? Seid ihr alle miteinander verrückt geworden? Was habt ihr auf einmal? Das ist ein-

fach unverschämt. Ich verbitte mir eine solche Behandlung.

LAURA: *(schließt die Glastür und kehrt zu ihm zurück)*
Du bist betrunken. Wenn du dich nicht anständig benehmen
willst, dann geh allein hinaus. Auf der Straße will ich keine Szenen! *(geht zu einem Fauteuil und setzt sich hinein.)*

LENBACH: Ihr alle beleidigt mich auf Schritt und Tritt. Ich bin hier
nur eine Null, auf die ihr alle spuckt, wie in einen Spucknapf.
Mit welchem Recht beschneidet ihr mir das Recht auf eine eigene Wohnung? Mit welchem Recht werde ich von euch erniedrigt? Ich bin betrunken? Wo habe ich denn getrunken und
was?

LAURA: Warum schreien Sie mich an? Ich habe genug von dieser
Komödie. Ich kann diesen Zustand noch viel weniger ertragen
als Sie. Ich habe heute abend einige Leute zu mir eingeladen,
weil ich mit Ihnen gar nicht gerechnet habe.

LENBACH: Ah so, Sie haben mit mir nicht mehr gerechnet. Wer bin
ich denn überhaupt, daß man mit mir nicht mehr rechnet?
*(Er wirft voll Wut die brennende Zigarre auf den Teppich, Lau-
ra steht auf, hebt voll Verachtung die Zigarre auf und legt sie in
den Aschenbecher.)*

LAURA: Sie haben aus diesem Laden eine Kneipe gemacht. Aus
allem müssen Sie eine Kneipe machen!

LENBACH: *(geht voll wilden Hasses auf sie zu)*
Haben Sie gehört, was ich Sie gefragt habe? Wieso haben Sie
nicht mehr mit mir gerechnet?

LAURA: *(hart)*
Sie haben doch gesagt, daß Sie sich um sieben Uhr erschießen
werden. Ich habe geglaubt, daß Sie einmal im Leben Ihr Wort
halten werden. Sieben ist schon vorbei. Um neun erwarte ich
Gäste.

LENBACH: Ein blöder Witz.
(plötzlich nüchtern)
Ihnen scheint es leid zu tun, daß ich mich nicht erschossen
habe?

LAURA: Sie und erschießen! Solche Feiglinge erschießen sich nie!
Sie werden sich erschießen? Daß ich nicht lache! Bitte, gehen
wir, ich habe keine Zeit. Ich habe endlich genug von dieser ganzen Komödie.

LENBACH: Sie finden das komisch. Mein Leben ist für Sie eine Komödie. Ich werde Ihnen zeigen, was komisch ist. Wenn Sie es so
lustig finden, werde ich Ihnen zeigen, wer ein Feigling ist, ich
werde Ihnen zeigen, was komisch ist.

(Er zieht einen Revolver, legt ihn an und drückt ab. Beinahe zugleich stürzt er auf den Boden. Dabei macht er eine halbe Drehung, der Revolver fällt ihm aus der Hand. Die Detonation ist sehr schwach. Laura macht instinktiv zwei Schritte nach rückwärts. Stille.)

LAURA: Lenbach! Lenbach!

(Stille)

(Laura geht auf ihn zu und bückt sich. Sie knöpft ihm den Überzieher und den Rock auf und beschmutzt sich dabei beide Hände mit Blut. Sie zuckt zusammen und geht schnell zum Pult, wo sie aufgeregt versucht, in einem Stück Seide ihre Hände abzuwischen. Währenddessen schaut sie fasziniert auf den Toten. Dann geht sie wieder langsam auf den Leichnam zu.)

Vorhang

ZWEITER AKT

Schauplatz:

Die rechte Wand mit Fenster und Balkon verläuft diagonal von links nach rechts, sodaß der ganze Raum beinahe ein Dreieck bildet. In einem Vorsprung der linken Wand befindet sich die Tür, die ins Nebenzimmer führt. Gegenüber dieser Tür steht ein riesiger Seconde-Empire-Trumeau und darauf ein siebenarmiger Leuchter, der angezündet ist. Über dem Trumeau hängt ein großer Spiegel im Goldrahmen, in dem sich der Leuchter sowie die mit rosa Plüsch überzogene Seconde-Empire-Garnitur spiegeln. Auf dem Boden liegt ein Eisbärenfell. Außer dem siebenarmigen Leuchter brennt zu Anfang des zweiten Aktes noch eine Stehlampe, die ein aschgraues Licht verbreitet. Die Brokatportieren über der Tür verleihen dem ganzen Raum etwas Theatralisches. In der Wohnung herrscht sonst ein uneinheitlicher Stil. Mehrere Generationen haben hier Möbel aus verschiedenen Epochen hinterlassen. In dem

Zimmer, das überladen wirkt, stehen Makart-Möbel neben Altva-
terstühlen der Biedermeierzeit mit blassen, golddurchwirkten
Überzügen. Perserteppiche auf dem Boden. Eine Menge Bilder
und Fotos an den Wänden: Jagdszenen, Pferderennen, Damen in
großer Toilette, Generäle in weißen Waffenröcken oder im Vor-
märzzivil usw. Rechts steht ein Tisch mit zwei hohen Lehnstühlen
und einer riesigen Empire-Chaiselongue. Im Lichtkreis der Steh-
lampe sieht man Medikamentenfläschchen und -schachteln, die auf
dem Tisch herumliegen. Neben dem Tisch steht ein Serviertisch-
chen mit Wasserkrug, Gläsern und einer Silberschüssel voll Eis.
Außer den Medikamenten stehen noch auf dem Tisch eine Cognac-
flasche, eine Kaffeemaschine, eine Obstschüssel mit Pfirsichen und
eine Louise-Quinze-Miniatur-Uhr, deren goldener Pendel zwi-
schen all diesen Gegenständen hin und her schaukelt.
Links an der Wand steht ein großer Maria-Theresien-Sekretär und
darauf eine goldumrahmte Fotografie des Baron Lenbach in der
Galauniform der Arcièrenleibgarde. Vor dem Foto brennt ein ewi-
ges Licht. Neben dem Foto ist Lenbachs Nachlaß ausgebreitet:
Brieftasche mit Dokumenten und Fotos, Uhr mit Kette, ein Buch
und der Revolver, der in Zeitungspapier eingewickelt ist. Die Tü-
ren sind dunkel getäfelt, so daß der ganze Raum düster wirkt. Das
Licht der Straßenlaterne fällt auf die Decke, die mit altmodischen
Girlanden, Akanthusblätter, Nereiden und Füllhörnern ge-
schmückt ist. Laura liegt auf der Chaiselongue; sie hat eine Kom-
presse auf der Stirne. Es ist zwei Uhr nachts. Die depressive Stim-
mung scheint hier schon seit einer geraumen Zeit zu herrschen,
Križovec sitzt im Ohrenfauteuil. Sein Kopf ist tief zurückgelehnt;
er schaut auf die Decke und raucht. –
Pause.

KRIŽOVEC: *(meditiert vor sich hin)*
 Der Tod an sich ist eine rein mechanische Erscheinung. Es handelt sich um die letzte Zuckung eines bestimmten Muskels, der
 nach einem unerklärlichen Gesetz ein ganzes Leben lang zuk-
 kend gearbeitet hat. Jetzt arbeitet er nicht mehr. Jetzt ruht er
 sich aus. Die reinste Mechanik. Auch das Pendel schaukelt eine
 Zeitlang hin und her und hört dann auf. Der Selbstmord ist aber
 kein mechanischer Prozeß, der Selbstmord ist ein viel kompli-
 zierteres Phänomen als der normale, alltägliche Tod. Der Selbstmord ist jener problematische Punkt, an dem sich zwei ständig
 rotierende Räder berühren: das Ja und das Nein. Der Selbstmord ist nicht nur der Tod an sich, also eine mechanische

Erscheinung, die durch die letzte Kontraktion des Herzmuskels hervorgerufen wird, sondern auch ein besonderer psychologischer Zustand, in dem alles noch offen ist. In der letzten Phase ist jeder Selbstmörder durchaus ansprechbar. Ein einziges Wort, ein einziger Händedruck genügt oft vollauf, um dem letzten Entschluß des Selbstmordkandidaten eine entscheidende Wendung zu geben. Wenn jemand in diesem Augenblick dem präsumptiven Selbstmörder aufrichtig und suggestiv erklärt, daß es besser wäre, ein Glas Wein zu trinken anstatt zu verfaulen, dann wären viele noch da, die nicht mehr da sind. Uns fehlt ganz einfach eine höhere Lebensweisheit. Ja, das fehlt uns.

(Durch die offene Balkontür hört man einen Wagen vorbeifahren; Pferdehufe auf dem Asphalt. Laura greift sich müde an den Kopf. Dann schenkt sie sich ein Glas Eiswasser ein und schluckt eine Beruhigungspille. Križovec steht auf und geht zum Sekretär, wo er Lenbachs Fotografie betrachtet.)

KRIŽOVEC: Das Traurigste dabei ist aber, daß wir für die meisten Leute erst dann Sympathie empfinden, wenn wir an ihrem Grab stehen. Es ist eigentlich eine sehr triste Erfahrung, an den Gräbern von Menschen zu stehen, die unsere Erinnerungen, unsere Erlebnisse und ganze Teile unseres Lebens mit sich ins Grab genommen haben. So wachsen die Räume unseres jenseitigen „Ich" von Tag zu Tag mehr. Die Angst vor der Vermehrung jener Teile von uns, die unter der Erde liegen, wächst in uns wie eine schmerzliche Sehnsucht nach dem Toten. Ich erinnere mich, wie wir in Klein-Metzeritch im Billardzimmer geschlafen haben. Wir haben im Revier des Grafen Werner gejagt, und da wir sehr zahlreich waren, haben Lenbach und ich im Billardzimmer geschlafen. Und jetzt, was ist von all dem übriggeblieben?

(Er holt das Buch und blättert darin: es ist ein Lederband mit Goldprägung; er liest)

Himmersdorf, Stallmeister Seiner Kaiserlichen Hoheit des Fürsten zu Hessen: „Anleitung zu der natürlichsten und leichtesten Art, Pferde abzurichten. 1791". „Aus der Bibliothek der Kaiserlich und Königlichen Österreichischen Reitinstruktions-Kommission für die Kavallerie." Hohenfels. Ah, das Buch stammt aus der Bibliothek der Hohenfels! Seltsam, das war das letzte Buch, das er gelesen hat.

(holt aus der Brieftasche einige Fotos und betrachtet sie)

Derby. Februar 1912. Ja, das ist er, wie er leibt und lebt. Pejatschewitsch-Hose, schwarze Bluse, Monokel, der grüne Rasen und sein berühmter Jupiter darauf! Mit einem Lorbeerkranz um den Hals. Ja. Man muß die Menschen im vollen Leben betrachten. Hier mit seinem Jupiter war er wirklich er selbst. Alles, was nachher gekommen ist, war nur ein Katzenjammer. Man kann über einen Menschen nicht nach dem Maskenball urteilen, wenn er die Maske abgenommen hat. Ja. In einem solchen Augenblick kann man natürlich nichts mehr sagen. Was kann man schließlich über jemanden sagen, den es nicht mehr gibt. Aber das Eine steht fest, ich hatte schon am ersten Tag, an dem ich ihn nach seiner Entlassung aus dem Zuchthaus sah, das sichere Gefühl gehabt, daß dieser Mensch eigentlich schon tot ist. Ich kann mich noch sehr gut daran erinnern. Es waren erst ein paar Tage seit seiner Entlassung aus dem Zuchthaus vergangen, wir standen da drüben in seinem Zimmer und er kramte im Schrank unter seinen Uniformen. Er wollte einen Altwarenhändler kommen lassen und sortierte deshalb seine Sachen. Ich erinnere mich noch genau daran. Er holte seinen Waffenrock aus dem Schrank – der Waffenrock duftete intensiv nach Gras –; und während er ihn so in der Hand hielt, sagte er mit einer suggestiven Stimme, wie ein Schauspieler: „Adieu, auf Nimmerwiedersehen, du teure Leiche." In diesem Augenblick hielt er tatsächlich sein eigenes Schicksal in der Hand! Die Wahrheit dieser Erkenntnis hat mich wirklich erschüttert. Das war keine Phrase, sondern die Quintessenz eines ganzen Lebens.

(zündet sich eine Zigarette an und geht auf und ab)
Wenn ich nun retrospektiv alles betrachte, dann muß ich feststellen, daß ich für ihn immer eine Schwäche gehabt habe, er hat mich aber nicht gemocht.

LAURA: *(mit einer schmerzlichen Geste)*
Ich bitte dich!

KRIŽOVEC: Ja, ich bin dessen ganz sicher. Er hat mich nicht nur nicht gemocht, er hat in der letzten Zeit eine ausgesprochene Antipathie für mich empfunden. Das war schließlich auch ganz natürlich. Aber ich habe für ihn eine ausgesprochene Schwäche gehabt. Erst heute ist mir klar geworden, was eigentlich in mir vorgegangen ist – ich habe seinen nahen Tod geahnt. Und als er heute abend von den Pferden gesprochen hat – und er hat immer sehr schön von den Pferden gesprochen, beinahe poetisch –, habe ich in deinem Salon Böses geahnt. Er hat den Tod in sich getragen. Wenn man seinen Selbstmord in großen Zusammenhängen betrachtet, dann muß man zur Erkenntnis gelangen, daß er für ihn die einzige vertikale Möglichkeit war, aus seinem verworrenen Zustand herauszukommen, ja die einzige vertikale Möglichkeit. Da hat sich auch gezeigt, daß dieser Mensch trotz allem ein tiefes organisches Bedürfnis nach etwas Hellerem und Reinerem in sich getragen hat.

(Während seines Monologes hat Laura von Anfang an Zeichen der reizbaren Unruhe gezeigt. Ihre Aufregung ist deshalb gleich zu Beginn des folgenden Dialoges ganz stark und wächst sichtbar von Satz zu Satz.)

LAURA: Diese, deine Advokatenart und -weise ist sehr merkwürdig. Du redest da schon seit einer vollen Stunde, als müßtest du dich selbst verteidigen. Du brauchst dich nicht zu verteidigen! Deine Hände sind nicht blutig! Dich hat man nicht den ganzen Abend auf der Polizei verhört. „Und wieso waren Ihre Hände blutig?" Du verteidigst dich vor einem leeren Tribunal. Niemand glaubt, daß du an seinem Tod schuldig bist. Komisch.

KRIŽOVEC: Ich spreche nicht, weil ich mich schuldig fühle. Ich stehe vor den letzten Sachen, die ein toter Mensch hinterlassen hat. Es ist doch ganz natürlich, daß sie in mir Erinnerungen wecken. Oder findest du es unnatürlich?

LAURA: Ich finde es sehr merkwürdig. Ich höre dir schon seit einer vollen Stunde zu, ohne dich ein einziges Mal unterbrochen zu haben. Erlaube mir nun, zu sagen, wie sehr ich darüber verwundert bin, daß du nach all dem, was geschehen ist, nichts anderes zu sagen hast, als das, was ihn betrifft. Wie kann jemand nur so voll Wärme, ja geradezu sentimental von einem Toten sprechen, ohne mit einem einzigen Wort Menschen zu erwähnen, die in unmittelbarer Nähe und noch am Leben sind. Deine Advokatenart und -weise ist mir einfach fremd und unbegreiflich.

KRIŽOVEC: Was für eine Advokatenart und -weise? Im Leben gibt es Augenblicke, in denen die Lebenden ihren Egoismus vergessen und mehr an die Toten denken sollten. So glaube ich wenigstens.

LAURA: Du entzündest da ein ganzes bengalisches Feuerwerk um die Fotografie eines Menschen, der dich gehaßt hat und den du nicht im geringsten geschätzt oder geliebt hast. Und das soll kein Egoismus sein? Heute von seinen Derbysiegen in Frendenen im Jahre zwölf zu sprechen, ist zumindest sehr bequem.

KRIŽOVEC: Ich bitte dich, ich habe doch ...

LAURA: Erlaube bitte, ich glaube ganz einfach, daß man in diesem Augenblick und in einer solchen Situation nicht mehr konventionell zu sein braucht. Ich habe ihm schon tausendmal gesagt, daß sein Tod für uns beide die beste Lösung wäre. Mir jetzt wie ein Advokat den Kopf darüber zu zerbrechen, wie ich mich am besten vor mir selbst rechtfertigen könnte, wäre mir vollkommen fremd, ja, nicht nur fremd, sondern unwürdig und erniedrigend.

KRIŽOVEC: Ja, du hast von seinem Tod gesprochen, aber das war nur une façon de parler.

LAURA: Une façon de parler? Als ich gestern abend im Salon davon gesprochen habe, habe ich es ganz ernst gemeint und dann, als er angerufen hat, habe ich ihm ganz dezidiert erklärt ...

KRIŽOVEC: Das hast du nur im Affekt gesagt. Du sprichst auch jetzt im Affekt.

LAURA: Das ist mir wirklich unbegreiflich! Ich spreche doch ganz ruhig. Mir tut der Kopf weh, aber ich weiß ganz genau, was ich sage. Ich habe ihm den Tod gewünscht, und jetzt habe ich das Bedürfnis, dir zu sagen, daß ich durchaus imstande bin, darüber hinwegzukommen. Ich habe ihn heute nacht in der Prosektur gesehen, und ich war dabei ganz ruhig.

KRIŽOVEC: Du betäubst dich selbst mit schweren, bedeutenden Worten. Das sind die Nerven. Das Ganze hat dich sehr aufgeregt.

LAURA: Das hat mich nicht mehr aufgeregt als unser ganzes bisheriges Zusammenleben. Wenn du dich schon so genau daran erinnerst, wie er einmal seinen Waffenrock in den Händen gehalten hat, dann müßtest du dich auch daran erinnern, daß dieser Mensch mich vor fünfzehn Jahren ohne jegliche Sentimentalität wie einen Fetzen weggeworfen hat. – Wenn du schon mit soviel Gefühl von einem Toten sprichst, dann müßtest du auch ein bißchen Gefühl für die Lebenden aufbringen. Ich kann nicht schweigen wie ein Ding. Das ist für mich beleidigend. Ich bin kein Ding.

KRIZOVEC: Entschuldige bitte, ich habe ganz aufrichtig gesprochen und ich finde meine Verhaltensweise vollkommen natürlich. Ich fühle mich weder schuldig, noch will ich mich verteidigen – und schon gar nicht möchte ich mich aus der Affäre ziehen. Ich stehe ganz einfach vor dem Phänomen des Todes. Der Tod war für mich immer ein undurchdringliches Rätsel. Sogar der Tod von Menschen, die ich nicht gekannt habe und die mir vollkommen gleichgültig waren, hat mich immer sehr erschüttert. Es ist doch verständlich, daß Lenbachs Selbstmord einen starken Eindruck auf mich gemacht hat. Und schließlich habe ich nicht ahnen können, daß man hier nicht sagen darf, was man denkt. Entschuldige bitte, daß ich dich dabei verletzt habe. Glaub mir, ich habe nicht im geringsten die Absicht gehabt ...

(will auf sie zugehen)

LAURA: *(abwehrend)*

Du brauchst dich nicht zu entschuldigen. Ich wollte nicht grob sein, ich konnte mich aber nicht beherrschen. Ich habe eine wahre Hölle durchgemacht. Ich habe dich die ganze Nacht gesucht. Ich habe ununterbrochen telefoniert, aber du warst wie vom Erdboden verschwunden. Es war wie verhext! So war ich die ganze Zeit allein. Zuerst dieser Pöbel auf der Straße! All diese schrecklichen Gesichter! Und dann die Polizei. Einen so schlecht erzogenen Menschen wie diesen Polizeibeamten habe ich noch nie in meinem Leben gesehen. Er hat mich einem solchen Verhör unterzogen, als hätte ich Lenbach eigenhändig erschossen. Dieser Beamte hat mich zu Tode gequält.

KRIŽOVEC: Das ist doch sein Beruf. Die Polizei ist dazu da, um die materielle Wahrheit festzustellen.

LAURA: Ich habe ihm doch gesagt, daß sieben schon vorbei war und daß ich das Personal nach Hause geschickt habe, sodaß niemand mehr da war außer mir. Dieser Idiot hat immer wieder von meinen blutigen Händen angefangen. Ich habe ihm gesagt, daß ich mir die Hände mit Blut beschmutzt habe und daß ich sie deshalb mit dem Stoff abgewischt habe.

KRIŽOVEC: Vom Standpunkt der materiellen Wahrheit aus gesehen ist das ein ganz natürliches Verhalten.

LAURA: Wie kommt er überhaupt dazu, eine Dame vor diesem Pöbel so zu malträtieren. Er hat mich so behandelt, als hätte ich Lenbach getötet. So habe ich ihm schließlich folgendes für das Protokoll diktiert: „Hätte ich meinen Mann umgebracht, mein Herr, dann würde ich auch sagen: Ich habe ihn umgebracht und basta! Es ist mir ganz angenehm, daß er sich erschossen hat, ich habe ihn aber nicht erschossen!"

KRIŽOVEC: *(macht eine ungeduldige Geste)*

LAURA: Was ist?

KRIŽOVEC: Nichts. Es war nicht sehr intelligent von dir, so etwas zu Protokoll zu geben.

LAURA: Warum soll ich nicht zugeben, daß ich mich über seinen Selbstmord freue? Ich wollte diesem Polizisten nur helfen, eure materielle Wahrheit herauszufinden. Ich bin kein Rechtsanwalt! Solange der Gerichtsarzt nicht festgestellt hat, daß die Haut in der Nähe der Wunde verbrannt war, hat mich dieser kriminelle Typ ununterbrochen und unbeschreiblich beleidigt! Einfach entsetzlich! Aber dann hat der Arzt festgestellt, daß die Haut vom Pulver verbrannt war. Ich kenne mich da nicht aus. Kommt so etwas vor?

KRIŽOVEC: *(mit Widerwillen)*
Ja. Wenn die Waffe aus großer Nähe abgefeuert wird, dann verbrennt der Lauf manchmal die Haut.

LAURA: Na also. Das hat diesem Typ endlich die nötige Stütze für die Findung seiner materiellen Wahrheit gegeben. So hat er mich nach Hause gehen lassen. Draußen auf der Straße hat dieser Pöbel noch auf mich gewartet. Ich habe nicht gewußt, daß die Menschen sich wie wirkliche Tiere benehmen können. Also diese Gesichter und diese Stimmen! Und dann diese Ausdrücke! Sie haben draußen gewartet, um mich bespucken zu können. Und dann hat mich einer von ihnen eine Dirne genannt. Man hat mich Dirne genannt! Abscheulich. Wie schrecklich das alles ist. Und du warst die ganze Nacht nicht zu finden. Ich habe unzählige Male angerufen und mindestens zehnmal habe ich Maria zu dir geschickt, damit sie nachsieht, ob du schon zurück bist. So war ich die ganze Nacht allein. Du warst einfach weg.

KRIŽOVEC: *(nervös)*
Wir haben das schon einmal besprochen. Es war eine ganze Kette von unglücklichen Zufällen.

LAURA: Du hast gestern abend dezidiert erklärt, daß du im Grand Hotel essen wirst. Aber du warst überhaupt nicht dort. Der Portier des Grand Hotels hat dich überhaupt nicht gesehen.

KRIŽOVEC: Ich kann doch meinen Klienten nicht vorschreiben, wo sie essen sollen. Wir waren im Grand Hotel, als Generaldirektor Hoffmann aufgekreuzt ist und uns alle in seinem Wagen in seine Villa mitgenommen hat. Sein Chauffeur hat mich dann um zwölf Uhr vierzig nach Hause gebracht. Ich habe die Gesellschaft oben in der Villa verlassen, weil ich mich für die Verhandlung vorbereiten wollte, die ich morgen früh im Handelsgericht habe. Ich komme nach Hause und sehe oben Licht. Dann ist Stephan zu mir gestürzt und hat mir ganz aufgeregt erzählt, was geschehen ist und daß ihr mich schon seit neun Uhr sucht. Es war eine Kette von fatalen und ganz zufälligen Mißverständnissen.

LAURA: Ich habe dich gebraucht, wie noch nie in meinem Leben. Das war so schnell geschehen wie im Traum. Er war gestern abend schrecklich. Er hat sich benommen wie im Stall. Entsetzlich. Um ein Haar hätte er mich geschlagen.

KRIŽOVEC: Er war betrunken.

LAURA: Natürlich war er betrunken, aber ich war nicht betrunken. Und ich lasse aus meinem Leben keine Kneipe machen. Übrigens haben wir beide schon so oft darüber gesprochen, daß wir kein Wort mehr darüber zu verlieren brauchen.

(Sie steht nervös auf, reißt sich die Kompresse von der Stirn herunter, wirft sie weg und geht energisch zum Balkon; dort bleibt sie einige Sekunden stehen. Pause. Križovec schenkt sich aus der Kaffeemaschine eine Tasse Kaffee ein und zündet sich eine neue Zigarette an. Laura kommt vom Balkon zurück, greift sich an die Stirn.)

LAURA: *(entschlossen und hart)*

Ich weiß nicht warum, aber deine Art macht mich nervös. Du irritierst mich. Dein Blick, deine Gesten, deine Reden, deine Bewegungen, überhaupt deine ganze Art wirkt auf mich beleidigend. Warum schaust du mich so an? Mein Gewissen ist rein. Gut, er hat sich umgebracht! Es ist mir aber unbegreiflich, warum du mich so ansiehst, als wäre ich an seinem Tod schuldig. Wieso bin ich schuldig?

KRIŽOVEC: *(sieht sie wortlos an. Pause.)*

LAURA: Schön. Es geht also um die Frage der Schuld. Aber das alles ist im Augenblick nicht wichtig. *(Pause)*

Es war kaum ein Monat seit unserer Hochzeit vergangen, als ich schon das wahre Gesicht dieses Mannes kennengelernt habe. Wir haben im Oktober geheiratet, und im November, es war genau der siebenundzwanzigste November, luden wir als junge Eheleute zum ersten Mal Gäste ein. Ich habe mir das Datum gemerkt, weil am nächsten Tag, also am achtundzwanzigsten, meine Mutter ihren Geburtstag hatte. Und am Nachmittag dieses siebenundzwanzigsten November bekam ich einen anonymen Brief, in dem von einer gewissen Lizzi die Rede war, die im Hinterhof eines Gebäudes am Gürtel wohnte.

KRIŽOVEC: *(steht brüsk auf und geht auf und ab)*

Ich bitte dich, wer von uns hat nicht mit solchen Lizzis zu tun gehabt? Wir waren doch jung.

LAURA: Das weiß ich sehr gut. Er war aber nicht mehr jung, er war schon Major, ein Vierziger, ich bitte dich, ein Vierziger. Ich bin also zu dieser Lizzi gegangen und habe sie in einem vollkommen leeren Zimmer auf einem zerrissenen Strohsack in der Ecke gefunden, mit einem zwei Monate alten Kind. Außer diesen paar Fetzen in der Ecke hat es im ganzen Raum nur einen Stuhl gegeben und der hatte drei Beine. Diese Lizzi hat sich und ihr kleines Kind an der Brust durch kleine Diebstähle ernährt. Sie hat ganz einfach einmal da eine Scheibe Wurst und einmal dort eine Semmel gestohlen und sich so vor dem Hungertod bewahrt.

(Man hört von der Straße her langsame Schritte und Gitarrenmusik)

KRIŽOVEC: Ja, und wer hat garantiert, daß dieses Kind von ihm war? Ich habe in Budapest einer Lizzi ein volles Jahr für ein Kind bezahlt, das gar nicht von mir war.

LAURA: Niemand hat mir eine Garantie dafür gegeben. Diese Lizzi war eine Zirkusreiterin. Er hat ihre zwei Pferde und ihre gesamte Garderobe beim Kartenspiel verloren, der Herr Arcièrenleibgarde-Major. Auch ihr Sparkassenbuch und ihren ganzen Schmuck hat er auf dem Rennplatz verspielt. Ja, und als sie ihn einmal auf der Straße aufgehalten hat, um ihm zu sagen, daß sie ein Kind von ihm erwarte, hat er sich ruhig eine Zigarette angezündet und ist in einen Fiaker eingestiegen. Und als sie ihn später einmal in der Reitschule aufgesucht hat, wollte er sie mit der Reitpeitsche schlagen.

KRIŽOVEC: Lenbach hat mir während der Untersuchung wegen seiner Spionagenaffäre sein ganzes Curriculum vitae erzählt. Er hat mir auch von dem Kind dieser Lizzi erzählt und dabei erwähnt, daß es irgendwo noch Briefe geben muß, aus denen hervorgeht, daß ihn diese Person vom Zirkus ein ganzes Vermögen gekostet hat. Du mußt schließlich bedenken: Ein hoher Offizier und eine Zirkusreiterin! Zu dieser Zeit! Sie konnte da von Glück sprechen, nicht er. Und diese Geschichte mit dem Kind ist die reinste Romantik. Als hätte eine Dame vom Zirkus nicht gewußt, wie Kinder zur Welt kommen.

LAURA: Ich bitte dich! Und dieser anonyme Brief?

KRIŽOVEC: Die Leute sind wirklich boshaft. Wenn ein angesehener, reifer Mann ein neunzehnjähriges Mädchen heiratet, operieren seine verschmähten Liebchen nicht nur mit anonymen Briefen, sondern auch mit Salzsäure.

LAURA: Sie hat diesen anonymen Brief nicht geschrieben, sie hat überhaupt keine Ahnung davon gehabt. Sie hat auch von mir nichts gewußt, sie hat nicht einmal gewußt, daß er geheiratet hat. Ja, sie hat bis zur Entbindung in einem Varieté gearbeitet. Ich kann mich noch sehr lebhaft an diese Lizzi erinnern, an das leere Zimmer mit dem dreibeinigen Stuhl und an das Kinderweinen, das dieses Elend besonders stark unterstrichen hat.

(Das Gitarrenspiel, das man nun stärker hört, scheint Laura zu irritieren. Sie springt auf, geht zur Balkontür und schließt sie

aufgeregt. Die Musik ist nur mehr gedämpft zu hören, ehe sie ganz verschwindet. Laura kehrt zum Tisch zurück.)
Ja, an diesem Abend hat mein Herr Gemahl, dieser sympathische Gentleman, der mich ganz einfach charmiert hat, seine Maske verloren. So hat alles angefangen, was heute nacht zu Ende gegangen ist.

KRIŽOVEC: Die reinste Romantik! Das waren lauter Hypothesen. Es ist leicht möglich, daß diese ganze Geschichte kein einziges Atom Wahrheit enthalten hat. Ich möchte keineswegs bizarr sein, besonders nicht heute abend, ich möchte aber doch bei aller Reserve bemerken, daß es eigentlich ganz logisch gewesen wäre, wenn du diesen Mann am gleichen Tag verlassen hättest, an dem du, wie du selbst sagst, nach einer so kurzen Zeit der Ehe einen so tiefen Einblick in seinen wahren Charakter bekommen hast.

LAURA: Da hast du recht. Darin besteht auch meine Schuld. Aber ich war damals erst neunzehn. Nur so ist es zu verstehen, daß ich mit dieser Lizzi eine noch größere Dummheit begangen habe. Ich habe sie in unsere Wohnung gebracht und sie ihm gegenübergestellt.

KRIŽOVEC: Und er hat sie natürlich hinausgeschmissen.

LAURA: Ja.

KRIŽOVEC: Das ist ganz logisch. Ich hätte an seiner Stelle das Gleiche getan.

LAURA: Ja, er hat – ganz logisch – die Frau hinausgeworfen und einige Tage später hat sie sich – ebenso ganz logisch – unter die Stadtbahn geworfen. Ja, du hast recht, das alles ist ganz logisch.

KRIŽOVEC: Es hat doch keinen Sinn, sich nach so langer Zeit den Kopf darüber zu zerbrechen. Du hast keinen einzigen Beweis für die Richtigkeit dieser Geschichte gehabt. Vielleicht hat diese Person alles nur erfunden.

LAURA: Er hat mir gestanden, daß Lizzi mir die Wahrheit gesagt hat. Aber du hast wieder recht: Ich hätte damals Schluß machen sollen. *(Pause)* Ja, in solchen Augenblicken hast du nie etwas zu sagen.

KRIŽOVEC: *(betrachtet Laura fasziniert)*
Ich höre mir deine Stimme an.

LAURA: Es ist merkwürdig, daß dir nichts anderes einfällt, als dir meine Stimme anzuhören.

KRIŽOVEC: Ja, ich höre mir deine Stimme an und denke darüber nach, wie die menschliche Stimme manchmal hart sein kann.

LAURA: Jeder Mensch hat das Recht, in bestimmten Situationen hart zu sein. Manchmal ist er dazu sogar verpflichtet. Ich muß dir sagen, daß mich dieses Molluskenhafte an dir heute abend unglaublich abstößt. Du bist heute abend unsichtbar, du bist einfach nicht da.

KRIŽOVEC: *(mit Beherrschung)*
Wozu diese bedeutungsschweren Worte. Laura, ich bitte dich! Du sprichst im Affekt. Erlaube mir, es dir offen zu sagen. Das ist ein Faktum. Ich verstehe dich gut, warum du so aufgeregt bist, und trotzdem erachte ich es für eine der wichtigsten Pflichten des Menschen, sich immer, besonders aber in solchen Situationen, bis zu einem gewissen Grad zu beherrschen.

LAURA: *(will ihn unterbrechen)*

KRIŽOVEC: Erlaube mir bitte, dir noch etwas zu sagen. Wir haben das ganze Material über ihn und über uns wirklich bis ins letzte Detail durchgesehen, wir haben alle negativen Seiten dieses – wie soll ich sagen – katastrophalen Zusammenbruchs gründlich analysiert, sodaß es keinen Sinn mehr hat, heute noch einmal darüber zu sprechen. Wozu diese Geschichte mit dieser Lizzi? Er hat sie verlassen und sie hat sich unter die Stadtbahn geworfen. Wer kann heute abend genau feststellen, warum diese Lizzi Selbstmord begangen hat? Hätte er sie heute abend hier in diesem Haus mit der Reitpeitsche geschlagen, wäre das auch nicht mehr wichtig. Wer hat noch nie die Hand gegen eine Frau gehoben? Auch ich wollte einmal eine solche Lizzi erwürgen, und sie hat mir in diesem Augenblick weinend die Hände geküßt. Ihre Tränen fielen auf meine Hände, und ich stieß sie trotzdem von mir weg. Wenn man alle brutalen Handlungen unseres Lebens auf die Waage stellt, dann müßte man uns alle verurteilen.
(Pause)

LAURA: Diese Lizzi ist heute abend für mich ... *(Sie winkt müde ab; versöhnlich)* Worüber denkst du nach?

KRIŽOVEC: *(betrachtet einen Schmetterling, der auf dem Tisch sitzt)*
Ich beobachtete diesen kleinen Schmetterling, der sich unter diese Gegenstände hier verirrt hat. Aus welchen dunklen Ecken ist dieses zarte Gottesgeschöpft zu unseren Kaffeemaschinen und unseren Kölnischflaschen hergeflogen? Jetzt lebt es hier unter uns und hat doch keine Ahnung von unserem Leben. Für diesen Schmetterling existiert diese Welt hier nicht. Für ihn gibt es uns überhaupt nicht. Für ihn gibt es weder unsere Probleme, noch unsere Krisen, noch unsere Dramen, für ihn gibt es weder unsere Zeit noch unseren Raum ...

(Dieses offensichtliche Ablenkungsmanöver weckt in Križovec
zuletzt ein echtes Interesse, so daß er fasziniert den Schmetter-
ling beobachtet. Laura fährt plötzlich auf und zerdrückt mit ei-
ner tierischen Geste den kleinen Schmetterling. Sie holt so weit
aus und schlägt so stark zu, daß sie zugleich einen Teller zer-
bricht und sich dabei die Hand verletzt, so daß sie zu bluten
beginnt. Križovec verliert für einen Augenblick die Fassung, be-
herrscht sich aber gleich wieder.)
Wozu soll das gut sein?
(Laura sieht ihn herausfordernd an. Pause. Križovec hat sich
wieder in der Hand, er geht zur Balkontür und bleibt dort im
Licht der Straßenlaterne stehen. Die Pause dauert ziemlich lan-
ge. Er schaut in die Dunkelheit hinaus. Laura betrachtet stumm
den toten Schmetterling, hebt ihn automatisch auf und wirft ihn
auf den Boden. Darauf wischt sie sich die Hände an dem Schal
ab, den sie um die Schultern trägt. Dann geht sie gebrochen zur
Balkontür, stellt sich neben Križovec und sieht ihn wortlos an.)
LAURA: *(tief traurig)*
Gib mir deine Hand!
KRIŽOVEC: *(entschuldigend)*
Laß mich bitte in Ruhe. Du bist exaltiert. Wozu diese dramatische Szene? Ich verstehe dich überhaupt nicht.
LAURA: Ich verblute hier und muß mich die ganze Zeit schwer
beherrschen, um nicht vor Grauen aufzuschreien, und du
sprichst da von irgendeinem Schmetterling oder du redest stundenlang von Lenbach, weil du Angst hast, von mir zu sprechen.
Du hast heute nacht Angst vor mir. Du ziehst dich von mir
zurück. Du bist unsichtbar. Du hast Lenbach in dieser Affaire
mit der Lizzi nur deshalb verteidigt, weil ich für dich genau so
eine Lizzi bin, die man mit der Reitpeitsche traktieren sollte. Ja,
wenn du augenblicklich nicht zu sprechen anfängst, und zwar
ehrlich und aufrichtig, wird mich deine konventionelle Art noch
in den Wahnsinn treiben. Du hast gesagt, daß Lenbach ganz
logisch gehandelt hat, als er diese Lizzi verleugnet hat.
(verzweifelt)
Auch du hast eine Frau weggestoßen, als sie weinend deine
Hände geküßt hat. Und ich, was bin ich? Spürst du nicht, wie
meine Tränen auf deine Hände fallen?
(Sie bricht an seiner Seite zusammen, er fängt sie aber auf)
Ivan! Sag doch etwas, ich bitte dich, sag etwas!
(Križovec führt sie fürsorglich zur Chaiselongue, legt sie darauf
nieder, deckt sie mit einem Plaid zu, macht ihr eine frische Kom-

322

presse, besprengt sein Taschentuch mit Kölnischwasser und reibt ihr damit die Schläfen.)

KRIŽOVEC: Du bist ganz einfach exaltiert, Laura. Die Ereignisse von heute abend haben dich aufgeregt, du sprichst im Affekt, du fieberst. Es wäre für dich besser, wenn du gleich zu Bett gingst. Soll ich deinen Arzt anrufen? Soll ich dir Brom geben? Das würde dich beruhigen. Du hast Fieber, mein Kind. Soll ich noch etwas Eis bringen, damit ich dir eine ganz frische Kompresse machen kann?

LAURA: Nein danke, es geht mir schon besser. Danke. Es ist nicht notwendig, ich brauche nichts mehr. Du bist heute nacht so höflich, du bist heute überhaupt zu höflich. Mit scheint, du verbirgst dich hinter deiner Höflichkeit, weil du die Wahrheit nicht sagen willst. Gerade fällt mir ein: Was ist, wenn du eine erfundene Person bist? Vielleicht warst du für mich vom ersten Tag an nur eine erfundene Person. Vielleicht gibt es dich überhaupt nicht.

KRIŽOVEC: Hier bitte, nimm ein bißchen Brom ein. Warum regst du dich schon wieder auf? Du übertreibst. Jedes meiner Worte und jede meiner Gesten legst du falsch aus. Ich bin bei Gott auch müde. Das Ganze hat mich auch mitgenommen. Nach so gewaltigen Eindrücken wird jeder Mensch gleichgültig. Das ist eine ganz normale Reaktion. Eine Art Abwehr.

LAURA: Danke, ich brauche nichts. Laß mich bitte damit in Ruhe. Ich bin nicht exaltiert. Aber wenn du mich schon für exaltiert hältst, möchte ich dich bitten, mir ehrlich zu sagen, worüber du nachgedacht hast, als du dort vor der Balkontür gestanden hast.

KRIŽOVEC: Ich habe auf die Straßenlaterne hinuntergeschaut.

LAURA: Auf die Straßenlaterne?

KRIZOVEC: Ja, auf die Straßenlaterne, die da unten vor dem Balkon steht. Auf dieselbe Straßenlaterne, unter der ich kurz gewartet habe, als ich zum ersten Mal zu dir gekommen bin. Ich zündete mir eine Zigarette an und drehte unschlüssig den Schlüssel in der Hand, ich wußte ganz einfach nicht, wie ich damit das Haustor aufsperren sollte. Und ich überlegte lange, ob ich ein Streichholz anzünden sollte, um im Stiegenhaus besser sehen zu können oder nicht. Das war damals für mich ein schweres Problem. Ich habe mich vorhin daran erinnert.

LAURA: Nein, du hast nicht darüber nachgedacht. Ich weiß, daß du nicht darüber nachgedacht hast. Du bist hier stehen geblieben und hast mich genau angesehen. Deine Gedanken waren in diesem Augenblick ganz scharf und klar.

KRIŽOVEC: Ja, ich muß zugeben, daß deine brutale Handlungsweise einen sehr unangenehmen Eindruck auf mich gemacht hat. Ich bin aber ganz mechanisch an die Balkontür getreten, ich habe wirklich auf die Straßenlaterne hinuntergeschaut. Sie hat mich auch an meine Kindheit und an mein Fräulein erinnert, und ich habe darüber nachgedacht. Dieses beinahe irreale Gesicht hat in mir plötzlich das Bild meines blassen Fräuleins hervorgerufen. Diese Frau war imstande, die grundlose, panische Angst, die mich in der Finsternis immer beschlich, von mir fernzuhalten. Das Licht der Straßenlaterne fiel in mein Kinderzimmer genauso, wie es jetzt in dieses Zimmer fällt. Und in diesem Licht erschien die Hand meines Fräuleins übernatürlich weiß. Dieses Fräulein war für mich ein rein geistiges Erlebnis ohne jeden sinnlichen Beigeschmack. Ich habe an sie gedacht. Und dann habe ich über den Unterschied zwischen dem Geistigen und dem Sinnlichen nachgedacht. Das ist alles.

LAURA: Ich habe dich beobachtet, während du dort im Licht der Gaslaterne nachgedacht hast. Ich bin ganz sicher, daß du lügst.

KRIŽOVEC: Laura, ich bitte dich!

LAURA: Ja, ich bin ganz sicher, daß du lügst. Du hast noch über etwas anderes nachgedacht.

(wirft die Kompresse und den Schal weg und springt erregt auf.)

KRIŽOVEC: *(beruhigend)*

Ja, Laura, ich habe auch über dich nachgedacht. Ich habe darüber nachgedacht, daß du die Angst und die Finsternis, die uns bedrängt, nicht nur von mir nicht fernhältst, sondern sie auf mich geradezu herbeiziehst. Mit deiner furiosen Art bringst du in mein Leben eine schreckliche Unruhe, so daß ich dich nicht mehr erkennen kann. Ich habe dich schon gestern abend in deinem Salon nicht mehr erkannt. Laura, ich bitte dich!

(will auf sie zugehen, sie dreht sich aber um, geht mit gesenktem Kopf zum Sekretär und kommt wieder zurück.)

LAURA: Gib mir bitte eine Zigarette.

KRIŽOVEC: Ich glaube, es wäre jetzt für dich nicht gut, zu rauchen.

LAURA: Gib mir eine Zigarette, wenn ich dich darum bitte.

KRIŽOVEC: *(bietet ihr aus seinem Etui eine Zigarette an und gibt ihr Feuer)*

Bitte.

LAURA: *(trinkt ein Glas Eiswasser, geht zur Balkontür und macht sie auf; dort überlegt sie einen Augenblick lang und tritt dann entschlossen auf Križovec zu: ruhig und gefaßt)*
Ich bitte dich ganz im Ernst, mir ehrlich und ohne Hintergedanken, ohne deine formelle Höflichkeit zu antworten, wenn ich dich jetzt etwas frage. Mit liegt sehr daran, die Wahrheit zu erfahren.

KRIŽOVEC: Bitte, frage!

LAURA: Du mußt aber mir die Wahrheit sagen, Ivan, die reine Wahrheit.

KRIŽOVEC: Bitte ...

LAURA: Du warst heute nacht bei Isabella Georgiewna.

KRIŽOVEC: Ich werde dir darauf antworten, Laura, ich möchte dich aber bitten, mir dein Wort zu geben, daß du dich beherrschen wirst.

LAURA: Bitte.

KRIŽOVEC: Ja, ich war bei Isabella Georgiewna.

LAURA: Danke.
(Pause; sie wirft die Zigarette weg und steht einen Augenblick ganz unbeweglich da, dann geht sie zum Sekretär und kramt dort in einer Lade; sie holt ein Bündel Briefe hervor, löst das Seidenband, mit dem sie zusammengebunden sind, zieht zwei gelbe Karten aus dem Stapel und zeigt sie Križovec)
Weißt du, was das ist?

KRIŽOVEC: Nein.

LAURA: Das sind die Eintrittskarten für das Konzert des holländischen Quartetts, das vor drei Jahren bei uns gastiert hat. Nach diesem Konzert habe ich dich zum ersten Mal in deiner Wohnung besucht. In jener Nacht habe ich mir ein Kind von dir gewünscht.

KRIŽOVEC: *(betrachtet stumm die Karten; Pause)*

LAURA: Die Holländer haben an diesem Abend ein Quartett von einem nordischen Komponisten gespielt. Ich habe das Programm verloren, ich kann mich aber noch sehr gut erinnern, wie traurig die Geige und das Cello geweint haben. Das Cello hatte die Stimme eines Mannes, und die Geige weinte wie eine Frau. Diese zwei Motive haben einander gesucht, sie haben einander sehr lange gesucht in dem seidigen Tremolo der Kantilene. Diese Kantilene begleitet mich schon seit drei Jahren. Bei jenem Konzert saß ich neben dir und verspürte plötzlich eine schreckliche Sehnsucht nach dir. Ich erinnere mich noch ganz genau daran. In dem halbdunklen, von einer fieberhaften Aufregung

erfüllten Saal habe ich plötzlich deinen Körper gespürt. Ich konnte mich nicht beherrschen, ich streckte meine Hand nach dir aus und sah dich an. In diesem Augenblick ist zwischen uns alles geschehen, was zwischen uns überhaupt hätte geschehen können. Etwas Licht fiel auf dein Gesicht, und halbrechts von dir, zwei Reihen vor uns, saß eine mir unbekannte Frau, mit der du Blicke getauscht hast. Das war natürlich nur ein kleiner Zwischenfall, den ich genauso vergessen habe wie deine anderen Versuche, mit bekannten oder unbekannten Frauen zu kokettieren, aber dieser Blick von dir, dieser Blick, der sich im Auge einer fremden Konzertbesucherin gespiegelt hat, verriet alles, was ich von dir noch erwarten konnte. Das ist mir jedoch erst heute nacht klar geworden. In jener Nacht wollte ich noch ein Kind von dir haben, ich wollte deine Hand spüren und du ...
(Pause; sie geht zur Tür, als wollte sie ins andere Zimmer, kehrt aber gleich zurück)
Ja, seither sind schon drei Jahre vergangen und alles ist beim alten geblieben. Weißt du, worin der Unterschied zwischen dir und mir besteht? Du warst für mich ein ernstes und tiefes Erlebnis und ich für dich nur ein Flirt. Ich wollte die Mutter deines Kindes werden und du ...

KRIŽOVEC: *(sieht sie wortlos an)*

LAURA: Und noch etwas: Weißt du, wer daran schuld ist, daß ich Lenbach den Tod gewünscht habe?
(Pause)
Ich bitte dich, mach endlich die Lichter an, hier ist es dunkel wie im Grab! Licht! Diese Finsternis macht mich wahnsinnig!

KRIŽOVEC: *(zündet eifrig den Leuchter an und darauf alle Lampen im Raum)*

LAURA: *(geht müde zum Fauteuil und läßt sich hineinfallen)*
Es ist sehr kalt. Bring mir bitte den Plaid!

KRIŽOVEC: *(geht zur Balkontür, schließt sie, holt einen Plaid von der Chaiselongue und deckt damit Laura zu. Pause.)*

LAURA: Vergib mir bitte diese schweren Worte, aber nach all dem, was geschehen ist ...

KRIŽOVEC: Das sind doch lauter Hirngespinste! Vergiß das alles, Laura. Es hat doch keinen Sinn, das Ganze noch einmal aufzurollen.

LAURA: Nein, erlaube mir, zu Ende zu sprechen. Ich möchte dich bitten, mir zu verzeihen. Das alles war geschmacklos, ja schamlos. Ich werde mich dessen schämen, solange ich lebe. Daran waren die Nerven schuld. Das kann man noch verstehen. Aber hinter meinen Ausfällen stecken nicht nur die schlechten Nerven, sondern vor allem das Gefühl der Schuld.

KRIŽOVEC: Ich bitte dich, Laura, das ist doch deplaciert.

LAURA: Du verstehst mich nicht. Ich habe gewollte, daß Lenbach stirbt, und ich will für meine Schuld die volle Verantwortung tragen. Denn verbrecherische Wünsche sind auch ein Verbrechen. Aber ich habe dieses Verbrechen aus Liebe begangen, und das willst du nicht verstehen. Entschuldige bitte, ich möchte dich keineswegs beleidigen, aber ich glaube, daß du dumm bist.

KRIŽOVEC: *(sichtlich nervös)*
Ich möchte dich bitten, dich nicht noch mehr aufzuregen. Ich glaube, daß du alles von Grund auf falsch beurteilst. Ich stehe auf dem Standpunkt, daß unsere Beziehungen von Anfang an von Lenbach und seinem Schicksal vollkommen unabhängig waren. Ich möchte dich auch bitten, zu bedenken, daß ich, soweit ich mich erinnere, in einer so brutalen Formulierung dieser Frage nie mit dir d'accord war. Ja, mich hat, ganz unabhängig von unseren Beziehungen, immer wieder frappiert, wie hart du nur zu diesem Menschen warst. Und ich habe, soweit ich mich erinnere, immer entsprechend darauf reagiert. Deine animalische Art zu denken war mir seit jeher fremd. Bitte, vielleicht bin ich dumm. Ich kann aber nichts dafür, daß ich solche Ansichten habe. Ich stamme nicht von Generälen ab. Und ich weiß wirklich nicht, was du von mir erwartest.
(geht nervös zur linken Wand und betrachtet dort eine Radierung).

LAURA: *(ruhig)*
Ich erwarte von dir nichts. Ich habe von dir vielleicht einmal, vor langer Zeit, etwas erwartet, aber jetzt erwarte ich nichts mehr. Jetzt bitte ich dich nur, mir nicht den Rücken zu kehren. Jetzt bitte ich dich nur, so gut zu sein und dich zu mir zu setzen. Wenn schon aus keinem anderen Grund, so doch aus reiner Höflichkeit.

KRIŽOVEC: *(kehrt wortlos um und setzt sich zu ihr)*

LAURA: Der Kopf tut mir entsetzlich weh. Glaub mir, für mich ist es sehr wichtig, daß wir unser Gespräch zu Ende führen. Du bist eigentlich der erste Mann, der die Frau in mir geweckt hat. Bevor ich dich kennengelernt habe, war ich noch immer ein Mädchen, ich war zwar eine dreißigjährige, verheiratete Frau, ich war aber noch immer ein Mädchen. Das ist schrecklich banal, es ist aber so. Und ich habe Lenbach den Tod gewünscht.

Ich habe ihm den Tod gewünscht, weil ich davon geträumt habe, dich zu heiraten. Das alles war von allem Anfang an falsch. Ich war sehr naiv. Das Traurigste daran war, daß ich mich die ganze Zeit mit diesem schmerzlichen Konflikt auseinandergesetzt habe, während du vollkommen gleichgültig geblieben bist.

KRIŽOVEC: Und was hätte ich deiner Meinung nach tun sollen?

LAURA: Du hättest die Wahrheit sagen sollen. Du hättest mir sagen sollen: Entschuldige bitte, aber mit einer älteren, zynischen Dame, mit einer Frau, in deren Kopf verbrecherische Ideen herumspuken, möchte ich ganz einfach kein Verhältnis haben. Du wolltest kein Kind von mir haben, du wolltest mich nicht zur Mutter machen. Du hättest mich aber nicht zu einer Hure erniedrigen sollen. Währenddessen hast du dich insgeheim mit neunzehnjährigen Mädchen ...

KRIŽOVEC: *(aufrichtig)*

Laura, ich bitte dich! Das ist schon krankhaft. Ich habe keinen Grund, dich zu belügen. Seit drei Jahren verehre und liebe ich dich mit gleicher Intensität. Du bist wirklich exaltiert. Leg dich lieber nieder und bring diese Nacht endlich hinter dich. Ich glaube, das wäre am gescheitesten.

LAURA: Und ich glaube, daß du nicht nur unaufrichtig, sondern auch ziemlich naiv, ja direkt blöd bist.

KRIŽOVEC: Pardon.

LAURA: *(wieder aggressiv)*

Ja. Jetzt ist mir auch das klar geworden. Du hast gestern abend im Salon von der Ehe gesprochen und vom Übergang von dem patriarchalischen in das urbane Zeitalter. Du hast in deiner Naivität geglaubt, daß du deine Gedanken genügend kaschiert hast. Als du von der Monstrosität der Ehe im allgemeinen gesprochen hast, da hast du eigentlich an die Monstrosität unserer eventuellen Ehe gedacht. Aber ich habe das nicht gleich verstanden. Ich habe nicht den Mut gehabt, deine Worte richtig zu verstehen.

KRIŽOVEC: Ich verstehe nicht, wozu all diese schweren Worte gut sein sollen.

LAURA: Du hast nie eine Antwort gewußt, du hast immer nur höfliche Fragen gestellt. Ich spreche so, weil ich mich all dessen schäme, was geschehen ist. Man hat mir auf der Straße gesagt, ich sei eine gewöhnliche Dirne, und auf der Polizei hat man mich behandelt, als wäre ich ein Verbrecher. Das Schrecklichste daran ist, daß ich wirklich töten wollte und daß meine Hände blutig waren. Und für wen wollte ich das alles tun? Für ein gut geschnittenes Sakko, für einen Herrn Doktor, der mich jetzt fragt: Wozu das alles? Hättest du mir gestern abend auch nur für eine einzige Sekunde die Hand gereicht, hättest du mir geholfen, aus dieser Finsternis hinauszufinden, hättest du mir auch ein einziges tröstendes Wort gesagt! Aber nein! Du hast stattdessen Angst bekommen, du warst sehr darauf bedacht, eine formelle Distanz zu wahren, von der aus du Lenbach leichter verteidigen konntest, den Mann, der mein Leben zugrundegerichtet hat. Und ich, ich wollte für dich töten. Oh, wie schwer das alles ist!

(Sie beginnt vor Müdigkeit und Verzweiflung zu weinen, hört aber gleich wieder auf; Pause)

Entschuldige bitte, aber ich schäme mich meiner selbst, ich kann nicht jedes Wort auf die Waage stellen. Ich weiß, ich habe dich beleidigt, ich befinde mich aber in einem so beschämenden, in einem so ausweglosen Zustand ...

KRIŽOVEC: *(steht verlegen auf und geht hilflos, eine Zigarette rauchend auf und ab)*

LAURA: *(entschlossen)*
Ich möchte dich um etwas bitten.

KRIŽOVEC: *(interessiert)*
Bitte.

LAURA: Unterhälst du noch immer geschäftliche Beziehungen zu diesem Spieler?

KRIŽOVEC: Zu welchem Spieler?

LAURA: Zum Spieler, der letztes Jahr zu Ostern meinen Salon kaufen wollte. Ich habe mich damals auf eine Summe kapriziert, die er nicht bezahlen wollte.

KRIŽOVEC: Ja, er ist noch immer mein Klient.

LAURA: Entschuldige bitte, daß ich dich mit einer solchen Lappalie belästige, ich wäre dir aber sehr verbunden, wenn du noch heute morgen zu ihm gehen wolltest, ich möchte ihm nun meinen „Mercure Galant" doch verkaufen.

KRIŽOVEC: Was, du willst deinen „Mercure Galant" verkaufen?

LAURA: Ja. Ich will das Geschäft liquidieren, ich habe die Absicht abzureisen.

KRIŽOVEC: Du willst abreisen?

LAURA: Hier bleibe ich unter keinen Umständen. Ich muß nur noch das Begräbnis hinter mich bringen, das wird das Schrecklichste sein.

KRIŽOVEC: Ich verstehe nichts mehr. Warum willst du dein Geschäft liquidieren? Du wirst doch nicht glauben, daß zwischen dieser Russin und mir etwas Ernsthaftes passiert ist?

LAURA: Was zwischen dir und dieser Russin passiert ist, interessiert mich nicht im geringsten. Ich kann kaum mehr auf den Beinen stehen. Und außerdem – entschuldige, aber ich muß es dir sagen – erinnert mich deine Anwesenheit an einen beschämenden und unwürdigen Abschnitt meines Lebens, so daß ich dich bitten möchte ...

KRIŽOVEC: Du regst dich schon wieder ganz unnütz auf. Erlaube mir, auch dir einmal etwas zu sagen. Wir können es doch nicht dabei belassen, daß ich für dich falsches Mitleid und Abscheu empfinde und daß du mich verachtest. Ich gebe meine Schuld zu, was die Russin betrifft, ich möchte aber nicht ...

LAURA: Du bist wirklich sehr interessant, ich möchte dich aber trotzdem bitten, mich allein zu lassen.

KRIŽOVEC: Nein, ich gehe nicht weg! Ich lasse dich nicht allein!

LAURA: Ich werde Maria läuten.

KRIŽOVEC: Laura, du bist aufgeregt, du weißt nicht, was du tust.

LAURA: Ich kann deine Anwesenheit nicht mehr ertragen, ich bitte dich, geh! Ich werde dem Mädchen läuten. Deine Anwesenheit beleidigt mich so sehr, daß ...

KRIŽOVEC: Bitte läute, wenn du willst. Aber ich gehe nicht weg. Ich bleibe ganz sicher hier. Ich bin nicht verrückt! Ich weiß, was ich tue. Laura, nimm dich bitte zusammen!

LAURA: Ich bin ganz ruhig. Ich kann nur deine Anwesenheit nicht ertragen. Bei deiner Isabella Georgiewna konntest du vielleicht noch brillieren, aber ich lasse mich hier nicht terrorisieren. *(läutet aufgeregt)*

KRIŽOVEC: Du wirfst mich also hinaus! Laura, ich bitte dich. Das ist doch verrückt, völlig unbegründet. Was wird sich das Mädchen denken?

LAURA: *(läutet aufgeregt, ohne Unterbrechung)*

KRIŽOVEC: Ich gehe nicht weg, ich gehe nicht. Ich will dich um keinen Preis allein lassen.

MARIA: *(steckt schlaftrunken den Kopf durch die Tür; sie hat Schlafrock und Pantoffel an.)*

LAURA: Nehmen Sie einen Leuchter und begleiten Sie Herrn Doktor zur Tür!

KRIŽOVEC: Warten Sie draußen, Maria! Ich komme gleich.

LAURA: Du willst mich also nicht allein lassen?

KRIŽOVEC: Nein, ich bleibe hier.

LAURA: Schön, erlaube mir dann, mich von dir zu verabschieden. Ich werde mich schlafen legen.

KRIŽOVEC: Bitte. Ich glaube, das wäre das gescheiteste, was du in dieser Situation tun könntest. Ich bleibe hier.

LAURA: *(verbeugt sich sehr konventionell und sagt dann ganz ruhig)* Ich verstehe nicht, warum du darauf bestehst, Ivan. Teile deinen Entschluß wenigstens dem Mädchen mit, damit es nicht umsonst auf dich wartet.

KRIŽOVEC: *(geht hinaus)*

LAURA: *(springt in demselben Augenblick zum Sekretär, holt Lenbachs Revolver aus dem Zeitungspapier und läuft damit wie mit einer gestohlenen Beute ins andere Zimmer; gleich darauf kehrt Križovec zurück; er steht gerade in der Tür, als zwei Schüsse kurz hintereinander fallen).*

KRIŽOVEC: *(beginnt irr zu laufen)* Laura!

MARIA: *(stürzt ängstlich herein; sie hält einen brennenden Leuchter in der Hand)*

KRIŽOVEC: *(schreit)* Rufen Sie an! Telefonieren Sie!

Vorhang

Neue Variante des Schlusses des zweiten Aktes

KRIŽOVEC: Danke liebe Maria, Sie können gehen. Sie haben keinen Grund, auf mich zu warten. Die Frau Baronin hat mich mißverstanden, ich bleibe hier. Gehen Sie ruhig weg, Maria. Gehen Sie schon, ich bitte Sie!

MARIA: *(geht verwirrt weg)*

LAURA: Ich kann also in meinem eigenen Haus nicht mehr über meine Dienstboten verfügen. Wenn ich dich bitte, mich von deiner Anwesenheit zu verschonen, faßt du das als eine Art Kaprice von mir auf und kommandierst mit meinen Dienstboten herum. Sie wollen mich also wirklich nicht von Ihrer Anwesenheit verschonen, Herr Doktor?

KRIŽOVEC: Du bist weder die Herrin deiner Worte noch die Herrin deines Benehmens. Du bist in einem Zustand, in dem man dich nicht allein lassen kann. Schließlich will ich dich auch nicht allein lassen. Das ist mein Recht.

LAURA: Das ist Ihr Recht? Wieso? Es ist ein Witz, über dem Grab der eigenen Lügen sentimental zu werden. Das ist einfach blöd und lächerlich. Sie wollen mich wirklich nicht von Ihrer Aufdringlichkeit befreien?

KRIŽOVEC: Jedes deiner Worte ist übertrieben. Du sprichst nicht mit deiner eigenen Stimme.

LAURA: *(erregt)* Wenn Sie unbedingt die Gouvernante spielen wollen, ist das Ihre Sache, aber ich brauche keine Gouvernante. Ich bin volljährig, ich weiß, was ich tue. Danke. *(geht zum Telefon, wählt)* Ist dort die Polizei? Bitte den diensthabenden Beamten. Ja, ich möchte den diensthabenden Beamten sprechen. Sofort. Es handelt sich um eine dringende Angelegenheit. Hier spricht Baronin Lenbach. Ah, Sie sind es, Herr Doktor. Ja, ja, die Witwe des Barons Lenbach, die heute in Ihrem Büro bei der Einvernahme war. Bitte? Ich möchte meine Aussage ändern ... Ja, ich möchte sie ändern. Ich gestehe, daß ich meinen Mann, Baron Lenbach umgebracht habe. Ja, ich habe meinen Mann erschossen. Sie haben meine Adresse. Bitte. Ich werde auf Sie warten. *(legt den Hörer auf)*

KRIŽOVEC: Du bist wahnsinnig geworden. *(läuft zum Telefon und bedient es nervös)* Ist dort die Polizei? Hier spricht Dr. Ivan Križovec, Rechtsanwalt Dr. Ivan Križovec. Ja, ja, wir kennen uns, Herr Doktor ... Ich bin in der Wohnung der Baronin Lenbach und habe ihre telefonische Erklärung gehört. Entschuldigen Sie bitte, Herr Doktor, aber die gnädige Frau befindet sich im Augenblick in einem nicht zurechnungsfähigen Zustand. Sie weiß nicht, was sie spricht. Sie phantasiert, sie hat Halluzinationen. Es handelt sich um einen hysterischen Anfall nach dem Tod ihres Gemahls, um eine eifersüchtige Szene, lieber Herr Kollege. Diese Erklärung hat überhaupt keinen Sinn. Ich glaube, da sollte man eher die Klinik als die Polizei anrufen ... Ja, ich war dabei. Ich habe gehört, was sie gesagt hat, ja, ich bin mir aller gesetzlichen Folgen dieser dummen Erklärung bewußt. Deshalb rufe ich Sie ja an. Nein, nicht als Anwalt, sondern als Freund ... Im Namen des Gesetzes? Ja, natürlich. Aber hier handelt es sich nicht um ein Geständnis, sondern um einen medizinischen Fall von Unzurechnungsfähigkeit. Das behaupte ich als Zeuge, der dabei war. Ich wiederhole, man sollte einen Ambulanzwagen bestellen und das Sanatorium anrufen und nicht die Polizei. Wie? Sofort? Im Namen des Gesetzes? Aber ich bitte Sie, Herr Doktor, warum gleich so drastisch. Ja, ja, ich verstehe ... Dann kommen Sie bitte im Namen des Gesetzes hierher, wenn Sie es für notwendig halten. Ja, richtig, kommen Sie nur her. Wir warten auf Sie. Ich bin in der Wohnung der Frau Baronin. Bitte ... *(legt resigniert den Hörer auf. Pause)* Na bitte, die Polizei kommt. Ich gratuliere!

Vorhang

DRITTER AKT

Morgendämmerung. In der Ferne hört man Morgenglocken. Auf der Szene dauert in schicksalhafter Ungewißheit schon seit drei Stunden der Kampf auf Leben und Tod an. Der verregnete Morgen färbt die altmodischen Brokatvorhänge mit der Farbe der reifen Pfirsiche. Stille, in der man Vogelgezwitscher hört.

Laura spürt immer intensiver, wie sich die verfluchte unruhige Wirklichkeit immer mehr in blinde, antipathische Gefahr verwandelt, die durch ihren eigenen Willen hervorgerufen worden ist. Mit ihren zerrütteten Nerven findet sie keine Kraft, das Rededuell zwischen dem Polizeiassessor und Ivan Križovec zu unterbrechen. Ein einziger Gedanke bedrückt ihren Kopf wie stechende Kopfschmerzen: Der Vorhang soll endlich fallen. Den Kopf zwischen den Handflächen starrt sie ins Nichts, den Blick auf die Figuren eines Teppichs gerichtet, völlig abwesend, wie ein Kranker, der nichts mehr erhofft. Von Zeit zu Zeit unterbricht sie die Monotonie dieser eintönigen Pose mit einem nervösen Zucken, wobei sie mit einer schnellen Geste die Hände über ihre Ohren legt, um nicht zu hören, was hier geredet wird.

Križovec spielt seine Rolle des Retters eher routiniert, wie es seinem Anwaltsberuf entspricht. Trotzdem ist er schon langsam am Ende seiner Nervenkraft angelangt. Seine Stirn ist schweißbedeckt. Mit zitternden Fingern zündet er eine Zigarette an der anderen an, während er sein endloses Plädoyer hält.

Der Polizeiassessor ist ein Anfänger, die administrative Puppe eines subalternen Polizeibeamten, den Križovec mit seinem Wissen, mit

*der Überlegenheit seines Geistes, seiner Bildung und seiner Routi-
ne besiegt hat*

KRIŽOVEC: Lieber und verehrter Herr Kollege, versuchen wir nun
das Ganze zu resümieren: Alles, was in diesem Augenblick von
Bedeutung ist, haben wir in aller Klarheit festgestellt. Alles andere ist reine Rhetorik, oder, wenn Sie wollen, purer Formalis-
mus. Es handelt sich um einen ganz banalen Fall, der durch den
perversen Wunsch nach Märtyrertum hervorgerufen worden ist
und mit dem Gesetzbuch nichts zu tun hat, das bekanntlich für
menschliche Schwächen kein Verständnis hat. Wenn wir also
diesen pathologischen, eher medizinischen als juristischen Fall,
den ich bereits in mehreren Varianten zu erklären versucht
habe, endlich einmal menschlich betrachten, wie es sich gehört,
dann muß ich feststellen, daß wir schon seit zwei Stunden einander juristische Scheingefechte liefern, die ein unüberlegter,
exaltierter Satz der Frau Baronin hervorgerufen hat. Als sie Ihnen am Telefon gesagt hat „Ich habe meinen Mann erschossen",
war sie ganz einfach nicht zurechnungsfähig.

ASSESSOR: Ich leugne nicht, Herr Doktor, daß Ihre These sehr
überzeugend klingt. Aber man kann die Sache ebenso logisch
auch ganz anders sehen. Wir müssen nicht von der Annahme
ausgehen, die Aussage der gnädigen Frau sei falsch. Sie hat ganz
klar und entschlossen gesagt: „Ich gestehe, daß ich meinen
Mann, Baron Lenbach, erschossen habe." Ihre Erklärung war
juristisch gesehen eindeutig und bestimmt. Was den medizinischen Aspekt betrifft, so leugne ich nicht, daß es nach all dem,
was hier geschehen ist, auch solche Elemente geben könnte, die
auch andere, wie Sie meinen durchaus berechtigte Annahmen
zulassen, aber da handelt es sich wirklich nur um Nuancen. Die
gnädige Frau hat mich aus eigenem Antrieb angerufen und ich
bin auf ihre Einladung hin hergekommen.

KRIŽOVEC: Ja ja, die gnädige Frau hat sie angerufen, das steht außer
Frage, aber erlauben Sie, lieber Herr Doktor, eine ebenso un-
umstößliche Tatsache ist, daß ich mich bei Ihnen gemeldet habe,
sobald die gnädige Frau den Hörer aufgelegt hat. Ich habe Ihnen da kategorisch erklärt, die Frau Baronin sei unzurechnungsfähig, ja geradezu wahnsinnig, ihre Nerven seien zerrüttet und
sie wisse nicht, was sie zu Ihnen gesagt habe. Diese meine
Erklärung steht, lieber Herr Kollege, genauso außer Frage wie
das angebliche Geständnis der Frau Baronin. Diese ihre nicht
gerade gescheite Erklärung wurde, wie soll ich sagen, durch eine

private Sache sentimentaler Natur hervorgerufen, die mit dem Selbstmord ihres Gemahls in gar keiner Beziehung steht. Wir haben das schon zur Genüge analysiert. Deshalb insistiere ich auch auf einer klinischen und nicht auf einer juristischen Diagnose. Für Sie und damit meine ich auch für den ganzen Sachverhalt ist es viel wichtiger, was die gnädige Frau bei ihrer Einvernahme in Ihrem Büro ausgesagt hat. Sie hat dabei nicht die geringste Absicht gezeigt, sich zu verstellen oder die negativen Gefühle, die sie für ihren verstorbenen Mann empfand, zu verbergen. Trotzdem hat sie ganz entschieden geleugnet, ihn umgebracht zu haben.

ASSESSOR: Richtig. Die gnädige Frau war nicht im mindesten aufgeregt. Sie hat ganz erhaben ihren Schleier auseinandergenommen, der ihr über die Augen gefallen ist, hat sich im Spiegel betrachtet und hat, nachdem sie mit dem Zeigefinger ihr Lippenrot korrigiert hat, nach einem neuerlichen Blick in den Spiegel geradezu zynisch erklärt, es sei ihr ganz recht, eine Witwe geworden zu sein.

LAURA: *(passiv, halblaut, mit einer Stimme, die aus tiefer Resignation spricht und eher wie ein Seufzer klingt)* Das ist nicht wahr.

KRIŽOVEC: *(voll Hoffnung, daß Laura endlich sprechen würde)* Was ist nicht wahr?

LAURA: *(automatisch; abwesend)* Nichts davon ist wahr.

KRIŽOVEC: Nein, nein, nein, Sie erinnern sich nicht genau an Ihre Aussage.

ASSESSOR: Wieso nicht? Ich hatte den Eindruck, als habe die gnädige Frau diese Worte mit einem gewissen Zynismus ausgesprochen, wirklich spontan, und das hat sie auch mit ihrer Unterschrift bestätigt.

KRIŽOVEC: Ja, aber sie hat geleugnet, daß sie geschossen hat. Sie erinnert sich nicht an den Sinn ihrer Aussage. Ich habe mich darüber die ganze Nacht mit der gnädigen Frau unterhalten. Sie hat ausgesagt: „Hätte ich ihn erschossen, dann würde ich sagen: Ich habe es getan. Aber ich habe ihn nicht erschossen und kann daher nicht zugeben, es getan zu haben ... Mir persönlich ist es recht, daß er sich erschossen hat, aber ich habe ihn nicht erschossen." Erinnern Sie sich an ihre Worte, Herr Doktor? Habe ich ihre Aussage in Ihrem Büro richtig zitiert?

ASSESSOR: Ja, so war es ungefähr. Aber ihre spätere telefonische Aussage ist eine flagrante Negation ihrer ersten Erklärung in meinem Büro, und darum geht es ja. So sehr ich nicht abgeneigt bin, alle besonderen Umstände in Betracht zu ziehen, die bei der gnädigen Frau eine gewisse Unruhe hervorrufen könnten, gibt es schließlich und endlich auch eine gewisse juristische Logik ...

KRIŽOVEC: Genauso ist es, Herr Doktor. Natürlich gibt es eine juristische Logik. Das leugnet niemand. Gerade deshalb habe ich auch die Aussage der Baronin zitiert, ich meine ihre erste Aussage, die sie in Ihrem Büro zu Protokoll gegeben hat. Die langjährige Gerichtspraxis spricht dafür, daß jemand, der tatsächlich getötet hat, die Tat aber nicht gestehen will, niemals eine Aussage machen wird, die ihn belasten könnte. In dem Augenblick, in dem sich Baron Lenbach erschossen hat, war im Geschäft der gnädigen Frau niemand außer dem Ehepaar zugegen. Wenn also die Frau Baronin die Absicht gehabt hätte, nicht die Wahrheit zu sagen, das heißt zu lügen, sich zu verstellen, die Tatsachen zu verdrehen, um ihre Tat, das heißt den hypothetischen Mord an ihrem Gatten, zu verbergen, dann hätte sie unter keinen Umständen betont, wie recht es ihr gewesen sei, daß ihr Gatte sich umgebracht hat. Das ist durchaus logisch und juristisch und psychologisch ganz in Ordnung. Genauso logisch haben Sie auch gehandelt, indem Sie die Frau Baronin nicht unter Arrest gestellt haben. Sehen Sie, Herr Doktor, in diesem Augenblick wäre es völlig unlogisch, den Worten ihrer nachträglichen telefonischen Aussage zu glauben, als sie behauptet hat, einen Mord begangen zu haben, für den wir nicht den geringsten Beweis haben.

ASSESSOR: Ich bin nicht sicher, daß ein nachträglicher Lokalaugenschein dieser Affäre nicht eine ganz andere Wendung geben könnte. Warum soll man a priori die Annahme ausschließen, daß die gnädige Frau geschossen hat.

KRIŽOVEC: Richtig. Aber Sie haben selbst aufgrund von Gutachten festgestellt, daß der Schuß aus unmittelbarer Nähe abgegeben worden ist. Wie es aus der Gerichtspraxis bekannt ist, schießen die Leute nicht aufeinander, indem sie den Lauf der Waffe gegen die Haut des anderen drücken, und zwar zwischen die Rippen, in der Höhe des Herzens, nicht?

ASSESSOR: Außer der Aussage der gnädigen Frau, haben wir vorläufig keine anderen Beweise, das ist wahr, aber ebenso wahr ist es, daß das nachträgliche Geständnis der Beschuldigten, ihren Mann ermordet zu haben, ein sehr wichtiges Faktum ist. Erlauben Sie, Herr Doktor, aber die gnädige Frau hat das Geständnis aus eigener Initiative abgelegt. Ich weiß wirklich nicht, was ich

336

tun soll, weil die gnädige Frau allen Ihren Argumenten zum Trotz dieses Geständnis nicht zurückziehen will. *(zu Laura)* Ich verstehe Ihr Verhalten nicht. Was wollen Sie damit bezwecken?

LAURA: *(betrachtet den Polizeiassessor voll Verachtung und Gleichgültigkeit)* Ich kann mit Ihnen nicht reden, weil Ihnen alles, was ich sage, unsympathisch ist. Wenn ich mir die Tränen abwische, sehen Sie, daß ich mir Lippenstift auftrage ...

KRIŽOVEC: Daß die Frau Baronin nicht sprechen will, ist ein sehr wichtiges Faktum. Seit ihrem verrückten Ausbruch am Telefon will sie kein einziges Wort sagen. Sie hat am Telefon ihre fatale Aussage gemacht, das stimmt, und ich leugne es auch nicht, weil ich selbst Zeuge ihrer Aussage war. Sie können sich verhört haben, ich war aber in ihrer Nähe, als sie telefoniert hat und habe so nicht nur alles gehört, sondern auch alles gesehen. Das alles war nur der Ausklang einer ungeheueren Aufregung, die eine wahre Flut von verworrenen Sätzen hervorgerufen hat, die nicht Sie, ich meine die Polizei, das heißt den Selbstmord des Barons betrafen, sondern mich. Die Frau Baronin hat eigentlich mit mir, nicht mit Ihnen telefoniert, und zwar im Affekt, in einer Art Fiebertraum, im ausweglosen Wirbel eines Zusammenbruchs. Diese ganze Dummheit, entschuldigen Sie bitte, Herr Kollege, aber ich kann die angebliche Aussage der Frau Baronin nur als Dummheit bezeichnen, diese Dummheit wurde von ganz anderen Motiven hervorgerufen, so daß wir nicht den geringsten Grund haben, diese Angelegenheit im Schatten des Selbstmords des Obersten Lenbach zu betrachten, eines schizoiden Desperados, der schon seit Jahren seinen Selbstmord pathetisch an die große Glocke gehängt hat, was man durch die Aussagen einer ganzen Galerie von Zeugen bestätigen kann.

ASSESSOR: Erlauben Sie bitte, Herr Doktor, ich insistiere, wie Sie sicherlich schon bemerkt haben, auf gar nichts, ich tue nur meine Pflicht. Da aber die gnädige Frau nicht sprechen will, weil sie sich offenbar des Ernstes der Situation nicht bewußt ist, kann ich leider nicht einsehen, welche Motive sie dazu bewogen haben, aus eigenem Antrieb zu gestehen, einen Menschen getötet zu haben, den sie de facto nicht getötet hat. Wenn jemand über dem Leichnam seines Ehegemahls steht und ganz ruhig und gefaßt erklärt, wie sehr er sich darüber freue, daß der Mann tot ist, dann zeugt diese Erklärung unmißverständlich von einem tiefen, ja brutalen Haß, so daß die Annahme, eine solche Person wäre imstande, ein Verbrechen auszuführen, ganz logisch ist.

KRIŽOVEC: Ja, ja, richtig, aber ich kann Ihnen genauso logisch beweisen, daß die Frau Baronin wirklich keinen Grund hatte, den Baron nicht zu hassen. Dieser Mann, der sich gestern abend erschossen hat, war ein Bankrotteur im wahrsten Sinne des Wortes, ein brutaler Abenteurer, eine sozial bornierte Person, die beim Kartenspiel betrog, ein Wirrkopf, ein notorischer Alkoholiker voll Fehler und Laster, ein Lügner und Lüstling, ein Fälscher und Erpresser, ein paranoider Irrer, der von der Galerie seiner blaublütigen Vorfahren phantasierte, dieser Lenbach war der typische deklassierte Kavallerieoffizier einer Zivilisation, die auf den Wellen der Wiener Walzer all ihre Chancen verspielt hat. In unseren sogenannten nationalen Verhältnissen war dieser Mann aufgrund seiner Erziehung und nach dem Gesetz der historischen Trägheit eine politisch verdächtige Person. Dieser entlassene Zuchthäusler und Habsburgeranhänger hat von der ehrlichen und anstrengenden Arbeit seiner Gattin gelebt, die er dazu erniedrigt hat, als Besitzerin eines Schneidersalons ihr Brot zu verdienen. Und nicht nur das. Er hat seine Gattin systematisch und pervers erpreßt, aufgrund einer banalen juristischen Formalität. Die unglückliche Frau war durch einen Ehevertrag an ihn gebunden, den er zum sakrosankten Heiligtum erklärt hat, um daraus Kapital schlagen zu können. Und nicht nur das, mein lieber Herr Kollege. Er hat nicht nur seine Gattin erpreßt ... *(Pause, in der Križovec versucht, sich wieder zu konzentrieren, weil seine Rede in ihm offenbar unangenehme Assoziationen hervorgerufen hat)* Ja, was wollte ich eigentlich sagen? Dieser Abstieg in die Finsternis des moralischen Untergrunds ist mir nicht gerade angenehm, wenn man aber vom Haß spricht, von einem motivierten Haß, der in einer spontanen, vielleicht inopportunen Phrase zum Ausdruck kommt, glaube ich, daß es am besten wäre, die volle Wahrheit zu sagen. Die Frau Baronin und ich sind, lieber Herr Doktor, seit der frühesten Kindheit befreundet. Ich habe schon in meiner Gymnasialzeit in diesem Salon hier verkehrt, in dem die Harmonie des guten Geschmacks geherrscht hat. Ich will damit sagen, daß die Freundschaft zwischen der Frau Baronin und mir schon sehr alt ist und wenn jemand in meiner Studienzeit sich als Schatten vor meine jugendlichen Illusionen gestellt hat, dann war es dieser unglückselige kaiserlich-königliche Gardeoffizier, aber das ist schon lange her. Ich wollte damit nur sagen, daß die elementaren politischen Umstände über unser aller Schicksal bereits entschieden haben, als die gnädige Frau und ich uns wieder fanden.

Und so traf ich Oberst Lenbach im Gerichtssaal wieder, in dem ich ihn als Hochverräter verteidigen mußte. Kurz und gut, ich gewann nach dieser Entwicklung die Überzeugung, daß es im Interesse dieses verzweifelten Überbleibsels der Monarchie sowie in meinem eigenen als auch im Interesse der Frau Baronin am besten gewesen wäre, diese Ehe zu liquidieren. So hätte ich die Frau Baronin heiraten können, aber ihr angetrauter Gatte lehnte es als Repräsentant der sogenannten höheren Kreise, als Aristokrat vom Scheitel bis zur Sohle, aus moralisch gesellschaftlichen Gründen ab, seine Ehe zu lösen, die nur mehr eine reine Fiktion war. Im Grunde aber lehnte er es ab, in eine Scheidung einzuwilligen, weil diese Ehe seine einzige zuverlässige Einnahmequelle war. Er lebte von uns beiden. Dieser Mann hat mit einer perfiden Beharrlichkeit um seine Frau geschachert, um eine größere Summe zu erzielen. Als alter Pokerspieler trieb er den Preis immer mehr in die Höhe. Dieser selige Gentleman war nichts anderes als ein gemeiner Erpresser. So haben wir jahrelang gelebt. Wenn es dann durch Zufall passiert, daß sich diese arme gequälte Frau vor dem Leichnam dieses Meistererpressers findet, der sie jahrelang mit der Drohung terrorisiert hat, sie eher zu erschießen als sie endgültig zu verkaufen, und sich endlich erleichtert fühlt und offen heraussagt, es sei ihr recht, daß die tödliche Pistolenkugel, die sie die ganze Zeit bedroht hat, schließlich den Richtigen getroffen habe ... Diese Erklärung, mein lieber junger Freund, ist ganz logisch und durchaus verständlich. Sie ist tief menschlich und unserer Achtung würdig, ohne Rücksicht darauf, ob die Frau Baronin sich dabei im Spiegel angesehen hat, als sie tränenüberströmt Ihnen gegenüberstand. Ja, sollte ich Gelegenheit haben, in dieser Affäre vor Gericht zu erscheinen, werde ich unter Eid aussagen, daß dieser ehemalige Kavallerieoffizier durch seinen Selbstmord einen zweifellos positiven Akt gesetzt hat und daß ich mich selbst seit Jahren mit dem Gedanken getragen habe, ihn zu erschießen, als eine Kreatur, die auf dieser Welt völlig überflüssig ist.
(Laura fährt aus ihrer Lethargie auf. Sie läßt die Hände sinken und verfolgt fasziniert mit dem Blick Križovec, der seine Rede theatralisch zu Ende bringt. Laura steht auf und geht wie eine Schlafwandlerin völlig abwesend auf Križovec zu. Sie macht den Eindruck, als wolle sie ihm etwas sehr Wichtiges und Entscheidendes sagen, aber dann bleibt sie plötzlich stehen, dreht sich nach einer Pause um und geht mit gesenktem Kopf zum Porträt ihrer Mutter, das an der Wand hängt. So bleibt sie eine Zeitlang,

den Rücken den beiden Männern zugewandt, als schwebe sie
über der Wirklichkeit und als führe sie mit ihrer Mutter ein
stummes intimes Gespräch)

ASSESSOR: Das ist eine traurige Geschichte, Herr Doktor, kann
man wohl sagen. Eigentlich ein Roman, wie halt Romane sind.
Ich habe keinen Grund, an der Wahrhaftigkeit Ihrer Aussage zu
zweifeln, es steht aber ebenso außer Zweifel, daß die gnädige
Frau mir mitgeteilt hat, sie habe ihren Gatten erschossen ... Es
tut mir aufrichtig leid, aber es bleibt mir nichts anderes übrig,
als die gnädige Frau zu verhaften, als dringend verdächtig, ein
Verbrechen begangen zu haben.

KRIŽOVEC: Nein, nein, ich bitte Sie. Im Zusammenhang mit diesem
Anruf müßte man zuerst klären, um was für eine Aussage es
sich handelt und wie es überhaupt dazu gekommen ist. Das ist
viel wichtiger als die banale Tatsache, daß sie die Polizei angerufen hat. Der Selbstbezichtigung der Frau Baronin fehlt jede materielle Grundlage. Es gibt keine gerichtliche Prozedur, mit deren Hilfe man beweisen könnte, daß ihre kapriziöse, ja geradezu
märtyrerhafte Aussage wahr sei.

ASSESSOR: Alle Achtung vor dem Wunsch nach Märtyrertum. Man
könnte aber das subjektive Geständnis der gnädigen Frau, den
Oberst erschossen zu haben, auch als eine Art Reue in Betracht
ziehen. Ein solcher Haß auf sich selbst könnte auch ein zuver-
lässiges Zeichen für den moralischen Zusammenbruch sein. Sie
hat gestanden, weil sie über sich selbst Ekel empfunden hat. Sie
hat also bereut.

KRIŽOVEC: Warum sollte sie bereuen, selbst wenn sie diesen Typ
erschossen hätte? Ich kann Ihnen eine ganze Reihe von Dokumenten vorlegen, aus denen hervorgeht, daß der Oberst ein krimineller Typ war, der noch zur Zeit seiner glanzvollen Hofkar-
riere Zirkusreiterinnen erpreßt und beraubt hat. Er hat die kaiserliche Garde wegen Spielschulden verlassen. Er hat mit den
Damen aus der Halbwelt intim verkehrt, wie ein Zuhälter. Er
hat seine Frau und seine Wohltäter erpreßt, er hat gestohlen, er
hat Schränke und Kassen aufgebrochen und geplündert, und
warum soll nun jemand über dem Kadaver einer so miesen Gestalt noch Reue empfinden? Und wenn vom Haß die Rede ist,
wenn das Motiv für ihre Aussage der Haß war, was menschlich
vollkommen verständlich wäre, dann ist dieser Haß noch immer
kein Beweis dafür, daß sie das Verbrechen begangen hat. Das
steht außer Debatte.

ASSESSOR: Wieso steht das außer Debatte? Woher wissen Sie, daß es nicht wahr ist, was sie gestanden hat?

KRIŽOVEC: Ich gebe zu, daß es nicht so einfach ist, auf diese Frage zu antworten. Ich behaupte von Anfang an nichts anderes, als das, was mir bekannt ist. Und mir ist bekannt, daß sie gelogen hat, als sie erklärt hat, ihren Mann erschossen zu haben. Ich weiß es, weil ich dabei war. Ich weiß ganz genau, daß sie gelogen hat, weil sie es getan hat, nur um einen Skandal hervorzurufen.

ASSESSOR: Was für einen Skandal und warum?

KRIŽOVEC: Sie hat Sie angerufen, um mich zu treffen. Es war eine klassische Quinte, wie man diesen Hieb beim Fechten nennt, dem Sie schutzlos ausgeliefert sind. Gerade auf den Kopf, mit dem Säbel.

ASSESSOR: Warum soll sie einen Skandal inszenieren, um Sie auf den Kopf zu treffen?

KRIŽOVEC: Aus intimen Motiven, über die ich nicht sprechen wollte. Wenn es aber nicht anders geht, weil die Frau Baronin keine Anstalten macht, aus ihrer Trance zu erwachen und zu sprechen, dann muß ich wohl selbst reden und alles gestehen. Die Sache ist delikat, aber nicht so geheimnisvoll, als daß man sie nicht erklären könnte.

ASSESSOR: Solange die gnädige Frau ostentativ schweigt, interessiert mich nur das, was mich nach dem Gesetz zu interessieren hat. Und das ist ihr Geständnis, das Sie auch gehört haben. Die Probleme der moralischen Schuld interessieren mich nicht. Damit hat sich dann das Gericht zu befassen, Herr Doktor. So bleibt mir nichts anderes übrig ... Ich glaube, Sie würden an meiner Stelle genauso handeln.

KRIŽOVEC: Natürlich. Ich würde nur an Ihrer Stelle aus einer banalen Eifersuchtsszene keinen Gerichtsprozeß großen Stils machen. Das wäre wirklich naiv. Die arme Frau hat die Kontrolle über ihre Nerven verloren, was nach einer Reihe von Schocks ganz verständlich ist. Und dann mußte sie noch feststellen, daß ich nicht im Grand Hotel beim Abendessen war, wie ich es ihr angekündigt habe, sondern bei einer Bekannten, genauer gesagt bei der Comtesse Maklakoff. So hat die Frau Baronin eine intime Verbindung zwischen mir und einer anderen Dame festgestellt. Bei solchen Gelegenheiten schüttet man oft dem Freund oder der Nebenbuhlerin Salzsäure ins Gesicht und ruft nicht nur die Polizei an, um ein dummes Geständnis zu machen. Wir werden doch aus einem so unberechenbaren temperamentvollen

Ausbruch keinen Kriminalprozeß machen. Sie schauen mich an, als würden Sie an meiner Behauptung Zweifel hegen. Bitte überzeugen Sie sich selbst, rufen Sie Comtesse Isabella Georgiewna Maklakoff an. Sie wird Ihnen bestätigen, daß ich den ganzen Abend bei ihr verbracht habe, bis vierzig Minuten nach Mitternacht. Da bin ich endlich zur Frau Baronin gekommen, die mich in der ganzen Stadt gesucht hat. Als sie festgestellt hat, daß ich nicht im Grand Hotel mit Geschäftsfreunden gespeist habe, sondern bei der Comtesse war, kam es zu diesem temperamentvollen, um eine Nuance vielleicht zu temperamentvollen Skandal am Telefon. Das war ihre Revanche, verstehen Sie. Das ganze ist nichts anderes als eine romantische opernhafte Rache mit großen Worten und großen Gesten.

ASSESSOR: Wie heißt, sagten Sie, diese Dame?

KRIŽOVEC: Comtesse Isabella Georgiewna Maklakoff.

ASSESSOR: Georgina Maklakoff? Ich glaube, ich kenne das Fräulein. Sie scheint in unseren Akten auf.

KRIŽOVEC: Wie?

ASSESSOR: Ja, Georgina Maklakoff, eine rothaarige Frau mittleren Alters, mittelgroß, ohne besondere Kennzeichen, ist bei uns in Evidenz. Sie sollte des Landes verwiesen werden, aber die Strafe wurde auf Intervention einiger hoher Militärpersonen ausgesetzt. Sie war mehrmals angeklagt, wegen Kokain, Unmoral, Kindesmord und so weiter, aber der Kindesmord konnte ihr nicht nachgewiesen werden, wie aus unserem Akt hervorgeht.

KRIŽOVEC: Das ist nicht möglich. Vielleicht handelt es sich da um eine andere Person, Herr Doktor. Da muß ein Mißverständnis vorliegen. Die Dame, von der ich spreche, ist die Enkelin des Admirals und Grafen Maklakoff, der im Krimkrieg eine wichtige Rolle gespielt hat. Tolstoj schreibt in seinen Erinnerungen aus Sebastopol über ihn. Da handelt es sich zweifelsohne um einen Irrtum. Das ist unmöglich ... Ich habe übrigens ein Bild von ihr. Sie können es leicht überprüfen. (*Er zieht mit einer nervösen Geste seine Brieftasche aus der Tasche, so daß einige Briefe und Fotos aus ihr herausfallen und auf dem Boden verstreut liegen bleiben*)

(*In dem Augenblick, in dem Križovec von einem Skandal zu sprechen angefangen hat, hat sich Laura von dem Porträt ihrer Mutter wieder abgewandt und hat mit einer krankhaften Passivität dem Dialog der beiden Männer zugehört. Dabei hat sie sich ihnen nach und nach genähert. Als die Briefe und die Fotos auf den Boden fallen, bückt sie sich automatisch, um Križovec*)

*beim Einsammeln zu helfen. Mit einer überraschend schnellen
Geste reißt sie ihm einige Fotos aus der Hand. Eins von ihnen
betrachtet sie mit großem Interesse)*

ASSESSOR: *(der sich ebenfalls gebückt hat, um Križovec zu helfen,
nimmt mit einer typischen Geste eines kurzsichtigen Menschen
die Brille ab, um ein Foto besser zu sehen. Dann reicht er es
Križovec; resigniert)* Es tut mir leid, Herr Doktor, aber diese
Person da auf dem Bild ist zweifelsohne Georgina Maklakoff.

KRIŽOVEC: Seltsam. Comtesse Maklakoff, die Enkelin des Admirals
Maklakoff, lebt zusammen mit ihrer Großmutter, der Admira-
lin und Fürstin Wolodarskaja und verkehrt ständig mit den Für-
stinnen Dolgorukow und Golenischtschew-Kutusow... Die
Comtesse ist eine diplomierte Professorin der englischen Sprache.

ASSESSOR: Georgina Maklakoff ist, soweit es mir bekannt ist, ein
Adoptivkind eines gewissen Igor Maklakoff, der im Gouverne-
ment Semipalatinsk angeblich Schreiber war. Aber ihre Revolu-
tionsdokumente sind äußerst verdächtig. Ihr richtiger Mädchen-
name ist angeblich Plettner oder Iwaszkiewicz, aber eigentlich
heißt sie Wanda Chowanczow. Ihr Vater war ein Pjotr Chowanczow, gebürtig aus der Bukowina. Er war österreichischer
Eisenbahner. Sie wurde in Sankt Pölten geboren, befand sich
aber 1914, als die Russen einbrachen, bei ihrer Großmutter in
Czernowicz, so daß sie jenseits der Grenze blieb. Sie kam in
unsere Nachtlokale als Animierdame, und zwar aus Wien, wo
sie mit einem russischen Balalaikaorchester aufgetreten war. Es
tut mir leid, aber das, was ich von dem Fräulein weiß, stimmt.

KRIŽOVEC: *(verwirrt)* Das ist mir rätselhaft. Wenn wir schon so
indiskret sind, möchte ich gern wissen, welche hohen Militärpersonen sich für die Dame interessieren.

ASSESSOR: Ein Armeegeneral, ein Divisionsgeneral und einige andere. Das Fräulein genießt anscheinend die ungeteilte Sympathie
der ganzen Generalität. Das hat ihr gesellschaftliches Ansehen
gehoben und ihr Kredit verschafft, so daß sogar das Gerücht
aufgetaucht ist, sie könnte bald die Gattin eines angesehenen
Herrn werden.

KRIŽOVEC: Eines angesehenen Herrn?

ASSESSOR: Ja, Herr Doktor, eines angesehenen Herrn, der angeblich die Chance hat, Minister zu werden.

LAURA: *(erwacht aus der Lethargie, mit der sie das Foto betrachtet
hat; lacht hysterisch und spricht dann sarkastisch, mit einem
kranken Lächeln und einer unnatürlichen Stimme)* Dieses liebe

Fräulein Comtesse hat wirklich einen schönen Körper. Bravo. Der Akt dieser „Primavera" hat schon einigen Malergenerationen als Modell eines idealen Mädchenkörpers gedient. A la bonne heure. Ich hatte keine Ahnung, lieber Herr Doktor, daß Sie sich als Amateurfotograf und Nudist für pornografische Aufnahmen interessieren ... Auch diese Entdeckung gehört zu den vielen Überraschungen dieser herrlichen Sommernacht ... Merci, mein lieber Herr Doktor. Da haben Sie Ihre romantische Primavera. Entschuldigen Sie bitte, das Foto ist ganz zufällig in meine Hände geraten.

KRIŽOVEC: Laura! Nehmen Sie sich zusammen, ich bitte Sie. Wir sind hier nicht allein. Wir stehen hier vor dem Vertreter des Gesetzes.

LAURA: Ja, ja, ich verstehe. Wir müssen uns nackt ausziehen. Ich genauso wie die Comtesse Isabella. Mir war nicht klar, daß wir Nudisten sind. Oder doch? Das heißt, ich verstehe endlich, daß man von mir erwartet, alles zu sagen, was man sagen kann, bis zur letzten Konsequenz, nudistisch, pornografisch, polizeilich, im Sinne der Gesetzesparagraphen. *(wendet sich an den Assessor)* Entschuldigen Sie bitte, Herr Doktor, es tut mir aufrichtig leid, ich weiß nicht, wie ich mich ausdrücken soll, ich hatte keine Ahnung, daß ich eine Art Nebenbuhlerin einer Animierdame aus Sankt Pölten bin. Aber nach all dem, was hier gesagt wurde, nach all dem Sodom und Gomorrha, nach all dem, was der Herr Doktor liebenswürdigerweise zu meiner Verteidigung deklamiert hat, glaube ich, daß alles wahr ist, was der Herr Doktor gesagt hat, alles von Alpha bis Omega, angefangen von der Vernehmung in Ihrem Büro bis zu dieser Dame aus Sankt Pölten. Ich habe geglaubt, hier ginge es um Leben oder Tod, und dabei handelt es sich nur um einen banalen Operettenschlager im Dreivierteltakt, um eine Art Halbweltcouplet ... Ich wollte nämlich sagen, daß es mir außerordentlich leid tut, Sie mit meinem „hysterischen Ausbruch" beunruhigt zu haben ... Ich glaube, der Herr Doktor hat als mein Anwalt diesen meinen hysterischen Ausbruch am Telefon sehr richtig erklärt. Meine Nerven haben versagt. Das war alles. Ich war mir all Ihrer polizeilichen und gesetzlichen Folgen nicht bewußt. Ich habe gelogen. Und jetzt weiß ich nicht, Herr Doktor, ob es genügt zu erklären, daß ich gelogen habe. Nichts davon ist wahr. Ich habe niemanden getötet.

ASSESSOR: Nein, gnädige Frau, das genügt auf keinen Fall. Ich brauche eine dezidierte und klare Aussage für das Protokoll.

Denn ich muß nach dem Gesetz dem Staatsanwalt über diesen ganzen Fall berichten. Ich bin also verpflichtet, zu schildern, wie Sie mich angerufen haben und warum Sie mich angerufen haben. Nehmen Sie sich bitte zusammen und diktieren Sie mir alles der Reihe nach, von dem Augenblick an, in dem Sie mich telefonisch benachrichtigt haben, daß Sie Oberst Lenbach getötet haben, bis zu Ihrer jüngsten Aussage, in der Sie behaupten, sie hätten gelogen, ihn getötet zu haben und warum Sie das getan haben. Ich mache Sie darauf aufmerksam, gnädige Frau, daß es sich um eine ernste Sache handelt, denn Irreführung der Behörden ist eine strafbare Tat. Ich glaube, der Herr Doktor wird in dieser Hinsicht meine Meinung teilen. Ich brauche unbedingt eine Deckung.

KRIŽOVEC: Sie haben vollkommen recht, Herr Doktor. Laura, ich bitte Sie, haben Sie verstanden, was Ihnen der Herr Polizeiassessor gerade erklärt hat? Es handelt sich um Ihre definitive Aussage, die ins Protokoll aufgenommen wird. Der Herr Assessor ist hier der Vertreter des Gesetzes. Und dem Gesetz müssen wir alle Genüge tun, auch Sie und ich, wir alle, ohne Ausnahme.

LAURA: Ich habe doch gesagt, daß ich gelogen habe. Was wollt ihr mehr? Ich habe gelogen ... Wir alle haben die ganze Nacht gelogen. Wir lügen, ihr lügt, sie lügen ... Auch Sie haben gelogen. Und ich habe natürlich auch gelogen. Es ist also nicht wahr, daß ich Lenbach umgebracht habe. Ich habe niemanden umgebracht. Mich wollte man umbringen, mich hat man bespuckt und wie einen Mörder ausgefragt, aber jetzt ist alles klar, ich meine, ich lüge nicht mehr. Auch Sie haben vor diesem Herrn da die volle Wahrheit gesagt. Sie haben ihm alles vom Fräulein Maklakoff erzählt. Sie haben nicht gelogen, das alles ist wahr, man sieht aus diesen nudistischen Fotos, daß Sie nicht gelogen haben, ich bin bereit, das alles zu unterschreiben ...

KRIŽOVEC: Laura, ich bitte Sie, versuchen Sie einmal, logisch zu denken! Seien Sie endlich einmal vernünftig! Ich bitte Sie, begreifen Sie doch, daß Sie eine Aussage machen müssen, Baron Lenbach nicht getötet zu haben, eine Aussage, die ins Protokoll aufgenommen wird, sonst muß Sie der Herr Assessor verhaften und unter Mordanklage stellen. Sie stehen unter dringendem Verdacht, einen Mord begangen zu haben. Sagen Sie also klipp und klar die reine Wahrheit, sagen Sie, wie es dazu gekommen ist, daß Sie den Herrn Assessor herbeigerufen haben, damit er Sie verhaftet, weil Sie Oberst Lenbach angeblich getötet haben. Laura, hören Sie mir überhaupt zu?

LAURA: *(geistesabwesend)* Ich habe diesen Mann nicht herbeigerufen, damit er mich verhaftet. Ich habe ihn gerufen, damit er mich von Ihrer Anwesenheit befreit. Ich habe nicht gewußt, wie ich Sie loswerden soll.

KRIŽOVEC: Mein Gott, Laura. Das ist doch kein Kinderspiel. Bitte diktieren Sie dem Herrn Doktor die Wahrheit und nichts als die Wahrheit! Sagen Sie ihm, wie es dazu gekommen ist, daß Sie ihn angerufen haben und warum Sie das getan haben.

LAURA: Die Wahrheit? Was für eine Wahrheit? Die reine, ungeschminkte nudistische Wahrheit? Also bitte, ich werde die nackte, fotografierte Wahrheit sagen. Wenn es so wichtig ist, daß wir uns vor diesem Herrn da bis zum Cachesex ausziehen sollen, dann bitte. Als Sie endlich gekommen sind, nachdem man Sie nach langer Suche entdeckt hat, ja, als Sie an diesen Ort der Trauer gelangt sind, um mir angeblich beizustehen, als Sie dann über meinem, das heißt über unserem Totenbett nach der Comtesse Maklakoff gerochen, als Sie mein Elend mit ihrem Parfüm besprengt haben … Nein, nein, nein, ich müßte ein Übermensch sein, um diesen Insult zu ertragen, daß jemand, an den ich glaube, der mein einziger Trost ist, von seiner Mätresse kommt, und mich zugleich belügt und täuscht, indem er sich als treu ergebener Freund ausgibt, nein, ich konnte ganz einfach Ihre physische Anwesenheit nicht mehr ertragen. Weder Ihre physische noch moralische noch seelische noch gesellschaftliche Erscheinung konnte ich ertragen. Weder Ihre Stimme noch Ihr Parfüm noch Ihre Lügen noch Ihre Gedanken noch Ihre konventionellen Phrasen. Und so habe ich Maria gebeten, Sie hinauszubegleiten, Sie zu beseitigen, Sie auf die Straße zu werfen. Aber Sie wollten nicht gehen …

KRIŽOVEC: Ich konnte Sie nicht in einem so abnormalen Zustand allein lassen, Laura.

LAURA: Ja, ja, ich verstehe. Sie konnten mich nicht allein lassen, Sie haben ein gutes, ritterliches Samariterherz, in Ordnung. Sie wollten dableiben, aber ich konnte das alles nicht mehr ertragen. Ich habe das tiefe Bedürfnis verspürt, mit dem allen ein für alle Mal abzubrechen, und so habe ich die Polizei angerufen und ihr gesagt, daß ich Lenbach umgebracht habe. Ich habe einfach nicht gewußt, wie ich Sie loswerden soll. Ich wollte mich von Ihnen befreien, verstehen Sie. Ich wollte etwas unbegreiflich Schreckliches unternehmen, ich weiß selbst nicht was. Ja, so war es. Mehr kann ich darüber nicht sagen. Das ist die Wahrheit. Tun Sie nun, was Sie wollen und können, lassen Sie mich fesseln, verhaften, zum Tod verurteilen. Mir ist das alles gleichgültig. Ihr alle seid mir völlig gleichgültig.

ASSESSOR: In Ordnung, gnädige Frau. Das wäre die Quintessenz Ihrer Aussage, mit der man Ihr Verhalten erklären kann. Ich möchte Sie nur bitten, das alles etwas klarer und in der gleichen Reihenfolge auszudrücken. Erstens: Welche Motive haben Sie dazu bewogen, eine unwahre Aussage zu machen und die Untersuchungsbehörden irrezuführen. Und dann zweitens und drittens und so weiter und so weiter. Alles schön der Reihe nach, denn in dieser Form kann ich Ihre Aussage leider nicht verwenden. Und ich muß, ob ich will oder nicht, meiner Pflicht nachkommen und ein Protokoll abliefern, das keine Zweifel mehr zuläßt ... Herr Doktor, vielleicht wäre es besser, wenn Sie sich da ein bißchen bemühen wollten ...

KRIŽOVEC: *(mit einer ohnmächtigen Geste)* Ich kann nicht mehr. Entschuldigen Sie bitte, lieber Herr Kollege, aber ich kann wirklich nicht mehr. Ich habe beim Handelsgericht einen wichtigen Termin. Es geht um Millionen, genauer gesagt um dreiundzwanzig Millionen, und da muß ich physisch und psychisch anwesend sein. Ich muß wenigstens für eine einzige Sekunde die Augen schließen, ein Bad nehmen, ein bißchen zu mir kommen. Außerdem muß ich heute noch wegfahren, morgen um neun muß ich zur Audienz, die Gespräche um das Ressort werden, wie ich glaube, noch am Vormittag beendet sein, so daß ich auf jeden Fall schon übermorgen wieder da sein werde. Das heißt also, daß ich übermorgen um neun Uhr zusammen mit der Frau Baronin zu Ihnen kommen könnte. Ich werde so frei sein, Ihnen heute noch über meinen Substituten den Entwurf des Protokolls grosso modo zu schicken, den Sie nach Ihren Bedürfnissen umstilisieren können. Es bleibt bei der Aussage der gnädigen Frau, in der sie erklärt, warum sie Sie angerufen hat. Ich glaube nicht, daß wir uns dabei in allzu viele Intimitäten einlassen müssen, das wird die Staatsanwaltschaft auch kaum interessieren – ich werde auch da persönlich vorfühlen –, so daß alles keine großen Probleme aufwerfen wird. Und nun möchte ich Sie, wenn Sie auch nur einen Funken Kollegialität besitzen, freundschaftlich bitten, uns allein zu lassen. Tun Sie bitte einem älteren Kollegen diesen Gefallen. Ich glaube, daß alles, was die formale Seite betrifft, in bester Ordnung ist.

ASSESSOR: Die Formalitäten sind jetzt nicht mehr so wichtig, Herr Doktor. Was mich betrifft, können Sie den Ort unserer Zusammenkunft selbst bestimmen. Sie müssen sich nicht in mein Büro bemühen. Ich stehe Ihnen zur Verfügung, wo Sie wollen. Ich kann auch in Ihr Büro kommen. Das einzig Wichtige für mich ist, daß ich ein Protokoll im Sinne der gesetzlichen Vorschriften abgebe. Die Herren von der Staatsanwaltschaft werden dann Gelegenheit haben, aufgrund Ihres Protokolls alle weiteren Schritte zu unternehmen. Ich möchte Sie nur bitten, mich von Ihrem Gespräch mit ihnen kurz zu unterrichten. Ich muß ganz einfach begründen, warum ich hier in der Wohnung der Frau Baronin erschienen bin. Es handelt sich mehr oder weniger um eine öffentliche Intervention. Immerhin hat mich ein Polizist hierher begleitet und die schwatzen allerhand. Ich muß also schauen, daß alles seine formale Ordnung hat. Nun werde ich so frei sein, mich zu verabschieden. Es tut mir aufrichtig leid ...

KRIŽOVEC: Ich danke Ihnen, lieber Herr Kollege. Sie haben wirklich sehr viel Verständnis für die menschlichen Sorgen und Schwächen gezeigt, was heutzutage keine alltägliche Erscheinung ist, und das spricht sehr für Ihren Charakter. Während ich zugehört habe, wie menschlich einfach Sie die Dinge lösen – bitte verstehen Sie mich nicht falsch, ich improvisiere jetzt –, ist mir die Idee gekommen – und ich bitte Sie, sie so spontan aufzunehmen, wie sie mir eingefallen ist, ohne jeden Hintergedanken ... Sollte mir wirklich das Justizressort anvertraut werden, und ich habe keinen Grund, daran zu zweifeln, so möchte ich Sie fragen, mein lieber Herr Kollege, ob Sie geneigt wären, der Chef meines Kabinetts zu sein. Diese Wahl wird gewöhnlich dem Chef des Ressorts überlassen. Ich habe bis zu diesem Augenblick noch niemanden im Auge gehabt, dieser Gedanke ist mir gerade jetzt eingefallen, es war eine Art Inspiration.

ASSESSOR: *(überrascht)* Ich bin wirklich verwirrt. Ich möchte sagen, ich fühle mich außergewöhnlich geehrt durch Ihre Wahl, Exzellenz. Ich lebe zusammen mit meiner Mutter, der Witwe eines Landvermessers, und sie hängt, wie soll ich sagen, aus sentimentalen Gründen an ihrem Häuschen. Das wäre das einzige Hindernis. Ich meine die Frage der Übersiedlung. Aber ich persönlich, ich meine, was mich persönlich betrifft, bin ich selbstverständlich gern bereit, ohne viel zu überlegen, eine so hohe Auszeichnung anzunehmen. Ich bin zur Polizei mehr oder weniger notgedrungen gekommen – meine Mutter hatte nur eine kleine Pension – wegen der Überstunden und Nachtzulagen ...

KRIŽOVEC: Macht nichts, macht nichts, mein lieber Freund, die Hauptsache ist, daß wir uns verständigt haben. Alles andere wird sich von selbst ergeben. Also auf Wiedersehen übermorgen in meinem Büro. Und nun möchte ich Sie bitten, wenn Sie glauben, daß alles in Ordnung ist ...

ASSESSOR: Ich glaube schon, daß alles in Ordnung ist ... Ihr Angebot hat mich so verwirrt, daß ich mich nicht zurechtfinde. Meine Ambitionen waren ganz anders ausgerichtet. Man hat mir schon zu Anfang meiner Studien gesagt, ich sollte mich mehr mit der Theorie befassen. Eigentlich hat mich nie die Judikatur besonders interessiert, sondern die Jurisprudenz. Ich habe schon als Assistent an der Universität einige Besprechungen über Ihering und Savigny veröffentlicht und habe angefangen, Lubbock und Giraud-Teulon zu übersetzen ... Ich habe auch ein Stipendium für ein Weiterstudium in Paris bekommen, aber da ist plötzlich mein Vater gestorben, und so bin ich aus familiären Gründen bei der Polizei gelandet ... Ich empfehle mich mit der Bitte, mir zu verzeihen. Das alles ist ohne mein Zutun passiert. Mir wäre es lieber, wenn es nicht passiert wäre, aber das brauche ich wohl nicht zu betonen ... Frau Baronin, Herr Doktor ... Also bis übermorgen, wie wir es verabredet haben.

KRIŽOVEC: Ja, ja, wie wir es verabredet haben, ich werde die Herren von der Staatsanwaltschaft entsprechend informieren ...

ASSESSOR: Ich möchte Sie darum aus rein formalen Gründen schon bitten ...

(Sie gehen nach rechts ab.
Laura sieht ihnen nach, will anscheinend ins andere Zimmer gehen, setzt sich aber plötzlich, als hätte sie das Gleichgewicht verloren, auf die Chaiselongue, lehnt sich erschöpft zurück und bedeckt sich die Augen mit dem Schal.
Križovec kommt zurück, geht zum Balkon und atmet tief Luft ein. Geräusch eines leichten Regens, Spatzengezwitscher, Straßengeräusche, Hufegetrappel auf dem Asphalt. Križovec horcht auf die morgendlichen Geräusche. Laura atmet müde, als wäre sie eingeschlafen.
Križovec schließt die Balkontür, geht auf Zehenspitzen umher und dreht die Lichter ab. Dann geht er ins Nachbarzimmer und kommt mit einem Plaid zurück und deckt damit Laura zu)

LAURA: *(wie im Fiebertraum)* Wer ist das?

KRIŽOVEC: Ich bins.

LAURA: Ah, du bist es. Wie spät ist es?

KRIŽOVEC: Sieben vorbei.

LAURA: Schon sieben? Möchtest du nicht zum Abendessen dableiben? Maria hat einen Fogosch gekauft. Du magst ihn doch.

KRIŽOVEC: Es ist Morgen Laura. In einer Stunde muß ich bei Gericht sein. Der Tag fängt an.

LAURA: Der Tag fängt an? Warum ist es hier dann so dunkel? Mach bitte alle Fenster auf. Ich bin so viel herumgegangen, die ganze Nacht, im Dunkeln, ich bin müde, ich kann nicht mehr. Gerade habe ich Papa getroffen, er ist an mir auf seiner Belladonna vorbeigeritten, ich glaube, ich war auf dem Weg zur Schule, mit meiner Schultasche und Büchern, und er hat sich aus dem Sattel zu mir heruntergebeugt ... Deine Mutti ist die charmanteste Animierdame der ganzen kaiserlichen Kavallerie, und du wirst dein Kreuz tragen, mein armes Kind. Der arme Papa ... Seine Augen waren so leer wie ein Glas Wasser, und er ist seiner Schwadron vorausgeritten mit seinem üppigen, weitverzweigten Hirschgeweih auf der Stirn wie mit einer Trophäe ... Ich habe nie Menschen gemocht, deren Blick durchsichtig ist wie Wasser. Sie sind gute Rechtsanwälte, Papageien, Grammophonplatten, sie spielen nur falsche Couplets, ich habe die Herren Anwälte nie gern gemocht, sie vertreten einen in Ehescheidungsprozessen, und dabei sind ihre Hände blutig, wir essen gern Fogosch und trinken einen guten Weißwein dazu ...

KRIŽOVEC: Laura, mein Kind, nimm dich bitte zusammen! Du mußt dich ausruhen. Es ist sieben Uhr morgens. Ein schwerer und anstrengender Tag beginnt. Ich muß nach Hause, um ein Bad zu nehmen und mich umzuziehen. Ich habe einen wichtigen Termin bei Gericht, ich werde aber spätestens bis elf wieder zurück sein. Auch ich bin am Ende meiner Kräfte. Laura, sei vernünftig, ich bitte dich. Es ist doch in unserem Interesse, daß wir ruhig und gefaßt bleiben. Die Sache ist ernst. Wir müssen noch deine Aussage konzipieren, verstehst du? Das ist sehr wichtig.

LAURA: Ja, ja, es ist in unserem Interesse, daß wir ruhig und gefaßt bleiben. Die Sache ist ernst. Dreiundzwanzig Millionen. Société anonyme Export – Import, mit beschränkter Haftung. Dreiundzwanzig Millionen, ich verstehe. Das alles ist ernst. Audienz, Kabinett, Portefeuille. Das alles ist in unserem Interesse, wir müssen gefaßt bleiben. Mademoiselle aus Sankt Pölten muß man anrufen und ihr sagen, daß man Frau Laura verhaftet hat. Man muß ihr sagen, daß sie Baron Lenbach umgebracht hat. Wir müssen gefaßt bleiben. Oh, wie widerlich das alles ist! *(nimmt sich zusammen)* Weißt du, Ivan, was ich ganz ruhig und gefaßt an deiner Stelle tun würde? Ich würde all diese Millionen und Portefeuilles stehen lassen, ich würde nicht wegfahren, ich würde hier bleiben ... *(plötzlich heftig)* Und du hast wirklich vor, mich hier und heute ganz ruhig und gefaßt und in unserem Interesse allein zu lassen? Ganz im Ernst? Du willst nach all dem, was passiert ist, einfach wegfahren?

KRIŽOVEC: Nach all dem, was passiert ist, sollte man hier mit weniger Pathos darüber reden, Laura. Wir leben nicht in einem Vakuum. Die Dinge entwickeln sich nach ihrer eigenen Logik. Ich fahre heute abend, das ist unabhängig von meinem Willen. Und jetzt muß ich dich leider verlassen. Ich muß ein Bad nehmen, muß mich rasieren, mich umziehen, verstehst du? Ich muß um acht bei Gericht sein, wie ein Schauspieler auf der Bühne. Aber ich komme zurück, wenn diese Komödie zu Ende ist. Das alles ist dumm, aber es ist so.

LAURA: *(wie ein Echo)* Das ist dumm, aber es ist so.

KRIŽOVEC: *(gereizt)* Ja, Laura, das alles ist aber nicht so dumm, wie das, was sich hier abgespielt hat. Sei bitte vernünftig. Ich habe diese Dummheit nicht gemacht. Und ich habe weder Lust noch Kraft so zu tun, als ob nichts geschehen wäre.

LAURA: Und was ist schon geschehen? Ihr habt mich vor der Polizei bis auf die Haut ausgezogen. Das ist euch nicht schwer gefallen. Ihr seid Nudisten. Ihr habt euch nackt fotografieren lassen. Was ist mir dann übriggeblieben, als mich auch auszuziehen? Du hast es gewünscht, warum bist zu jetzt schlecht aufgelegt? Das ist alles nach deinem Willen geschehen. Ich habe mich brav ausgezogen wie eine echte, hundertprozentige Animierdame.

KRIŽOVEC: Ich bitte dich, sei vernünftig! Sei ein Mensch!

LAURA: Sei vernünftig! Sei vernünftig. Was heißt „vernünftig" in diesem häßlichen Traum? Und was heißt, sei ein Mensch? Das tut weh. Das tut so weh, als hättet ihr mich aufgeschlitzt, aber ich kann nicht weinen. Ich will weinen, aber ich kann nicht. Ich bin nur ein Gegenstand. Bist du aber ein Mensch? Du bist eine Maske mit dreiunddreißig Masken. Du bist nicht einmal der Schatten jenes Menschen, den zu kennen ich geglaubt habe. Es gab ihn einmal vor langer, langer Zeit, ja, aber er ist verschwunden. Er hat sich aufgelöst. Es gibt ihn nicht mehr. Wer kann das alles überhaupt begreifen? Wer kann sagen: Ich bin der und der, ich weiß, daß ich es bin, und daß alles so und so ist und so sein soll und nicht anders. Aber das alles ist Lüge. Du hast gelogen. Über dich selbst, über mich, über ihn, über uns alle. Mein Gott, und dann hat man uns nackt fotografiert und das noch auf der Polizei, und für all das bin ich verantwortlich.

KRIŽOVEC: *(entschieden und temperamentvoll)* Ich habe vor diesem naiven Jüngling kein einziges unwahres Wort gesagt. Ich bitte dich, das ein für alle Mal zur Kenntnis zu nehmen – als letzte Warnung. Ohne Rücksicht auf die Umstände, die ich noch immer für mildernd erachte, spreche ich zu dir ruhig, damit wir uns verstehen. Wenn ich gelogen, wenn ich mich verstellt habe, dann habe ich es getan, um dich vor deiner eigenen Dummheit zu retten. Schäm dich!

LAURA: *(resigniert)* Ja, ich gestehe, ich bin dumm. Das perverseste, was einer Frau passieren kann, ist mir passiert – ich bin dumm und lächerlich geworden. Eine komische Alte. Oh, wie oft habe ich dich nachts angerufen, aber das Telefon hat in einem leeren Zimmer geläutet. Das Telefon läutet, und ich irre hier einsam umher, mit aufgeschlitztem Bauch wie ein anatomisches Präparat, und du antwortest mir ganz ruhig und gefaßt, mit vollendeter Höflichkeit, du arbeitest natürlich, ruhig und gefaßt, du schreibst deine Plädoyers für die Société anonyme Export – Import, es geht um dreiundzwanzig Millionen, und schläfst währenddessen mit einer Animierdame, die ihren Generälen erzählt, du seist senil und impotent.

KRIŽOVEC: Schäm dich!

LAURA: Warum soll ich mich schämen? Du hast immer gelogen, weil du schon von Berufs wegen ein professioneller Lügner bist. Alles, was du heute nacht vor dieser Rotznase wie ein heiserer Papagei über Lenbach gekreischt hast, war eine zynische Lüge. Du hast mich die ganze Nacht mit deiner sentimentalen Grabrede über seine Pferde, seine Derbys und Jagden pervers gequält, du hast das tragische Schicksal eines Gentleman beweint, den du dann vor diesem Polizeibeamten als einen moralischen Kretin hingestellt hast. Wenn Lenbach für dich ein moralischer Kretin war, warum hast du ihn dann die ganze Nacht verteidigt?

KRIŽOVEC: Ich habe von einem toten Menschen gesprochen, der sich selbst gerichtet hat. Es gibt keine menschliche Schwäche, die man nicht verzeihen kann, aber dafür muß man menschliche Eigenschaften haben, und das ist etwas, entschuldige bitte, daß ich mich wiederhole, was dir fehlt. Wenn wir schon davon sprechen, wer von uns lügt, dann war ich von uns beiden derjenige, der in voller Naivität und in einem Augenblick der Schwäche die Wahrheit ausgesprochen hat, und zwar vor einer verwöhnten Dame, die nicht die geringste moralische oder intellektuelle

Voraussetzung hat, der Wahrheit ins Gesicht zu blicken. Was wolltest du eigentlich mit diesem Skandal bezwecken? Daß ich bei dieser Frau war, hast du genauso gewußt wie ich. Aber du hast verlangt, daß ich es aus konventionellen Gründen verheimliche, um die Form zu wahren. Wozu also die ganze Komödie?

LAURA: Ich bin kein Anwalt. Ich bin deiner Advokaten-Perfidie nicht gewachsen.

KRIŽOVEC: Nein, Laura, das ist keine Perfidie, das ist Logik. Das ist die Wahrheit. Eine banale und dumme Wahrheit, wie die meisten Wahrheiten sind. Ich frage mich nur, was du eigentlich willst. Haben wir nicht schon unzählige Male darüber gesprochen, daß wir nach der Auflösung deiner Ehe mit diesem Unglücksmenschen unsere Beziehung legalisieren werden? Er wollte es nicht haben, na schön. Wir haben uns dann mit einem provisorischen Zustand abgefunden, bis man eine normale menschliche Lösung findet. Habe ich denn nicht vor diesem dummen Vertreter des Gesetzes erklärt, daß ich dich als meine Gattin betrachte, mit allen dazugehörigen Pflichten? Habe ich nicht erklärt, daß ich bereit bin, das auch vor allen Gremien zu bestätigen? Ich frage mich nur, was es da noch gibt, was ich tun soll? Soll ich wie ein Gymnasiast niederknien und gestehen, daß ich im Bordell war, daß ich unter Balalaikabegleitung gelumpt habe?

LAURA: Danke! Danke für dieses Pathos über die letzten Konsequenzen. Die gnädige Frau verbringt den Winter in Taormina, den Frühling in Ascona und die Konzertsaison in Wien, und der gnädige Herr arbeitet ernst und gefaßt unter Balalaikabegleitung. Nach einer längeren Pause hat das Ehepaar beschlossen, aus konventionellen Gründen einen hoffnungslos langweiligen, verregneten Sommer in Bad Gastein zu verbringen, im Fiaker, oder in Ischl, bei Kurkonzerten ... Danke! Du bist ein wahrer Virtuose, wenn es darum geht, die Wahrheit zu verdrehen, so daß ich beinahe geglaubt habe, es handle sich nicht um eine deiner zahlreichen juristischen Grammophonplatten, die du so vollendet vor dieser Polizeikreatur abgespielt hast. Nein, nein, ich bin nicht mehr so naiv, mein Lieber. Danke!

KRIŽOVEC: Habe ich denn in dieser schwachsinnigen Situation, in dieser Panik, in der ich die ganze Nacht Blut geschwitzt habe, kein einziges menschliches Wort gesagt?

LAURA: Nein, kein einziges. Du hast nicht mich verteidigt, sondern dich selbst, deine gesellschaftliche Position, deine Karriere, deine Audienz, dein Portefeuille, deine Rechtsanwaltskanzlei. Du hast Angst bekommen, daß ich dich kompromittieren könnte. Die intime Freundin eines Doktor Križovec macht vor der Polizei dumme Aussagen und gesteht noch obendrein, daß sie ihren Mann umgebracht hat. *(Pause)* Was ist, warum schaust du mich so an? Du wirst doch nicht glauben, daß ich ... Oh ja, du glaubst wirklich, daß ich imstande gewesen wäre, ihn umzubringen.

KRIŽOVEC: Laura, ich bitte dich, red nicht so dumm!

LAURA: Was heißt dumm? Er war widerlich. Er hat gebrüllt wie ein dummes betrunkenes Tier, er wollte mich schon wieder einmal erschießen und hat mir mit seinem dummen Revolver gedroht, bis er ihm schließlich aus der Hand gefallen ist. Ich bin hingesprungen, um ihm den Revolver zu entreißen, und so ist er im Gedränge losgegangen. Ich habe abgedrückt und aus.

KRIŽOVEC: Nein, Laura, das ist nicht wahr.

LAURA: Und warum sollte das nicht wahr sein? Du glaubst mir nicht, daß ich ihn getötet habe, aber du bist nicht ganz sicher, daß ich es nicht getan habe, was?

KRIŽOVEC: Ob du ihn getötet hast oder nicht, du bist dir nicht bewußt, was du sprichst. Und wenn du dir dessen bewußt bist, dann ...

LAURA: Nein, nein, du brauchst keine Angst zu haben. Ich habe ihn nicht getötet. Er war ein so elender Schuft, daß er keine Kugel aus meiner Hand verdient hat. Aber dich, dich könnte ich wie einen Hund erschießen.

KRIŽOVEC: *(geht auf Laura zu und umfaßt mit beiden Händen ihre Schultern; voll Resignation)* Laura. *(Pause)*

LAURA: *(bricht zusammen, sinkt auf den Boden und beugt sich kraftlos über das Parkett. Dann steht sie auf und greift sich abwesend an die Stirn, als versuche sie, wieder zu sich zu kommen; ruhig)* Entschuldige bitte, ich weiß nicht, was mit mir geschieht ... Es steht nicht gut mit mir.

KRIŽOVEC: Das sind die Nerven, mein Kind. Ich bitte dich inständig, ruh dich aus. Leg dich nieder! Vergiß alles! Da gibt es kein anderes Heilmittel als Vergessen. *(schaut auf die Uhr)* Mein Gott, ich habe wirklich keine Zeit mehr. Ich werde dich jetzt zu Bett bringen, aber dann muß ich leider gehen. Man wartet auf mich. Ich komme zurück, sobald ich bei Gericht fertig bin. Ich kann die Termine nicht mehr aufschieben. Es geht um eine ernste Sache.

LAURA: *(scheinbar gefaßt)* Ja, natürlich. Entschuldige bitte! Alles wird gut sein. Ich werde mich bemühen, gefaßt zu sein. Wie du sagst: ruhig und gefaßt. Eigentlich ist nichts geschehen. Geh, ich bitte dich. Du mußt ein warmes Bad nehmen. Du hast auch noch nicht gefrühstückt. Wir könnten Maria bitten ... Mein Gott, ich habe gar nicht daran gedacht. Stefan soll dir einen starken Tee kochen, mit Kognak. Oder noch besser, einen starken Kaffee. Verzeih mir bitte und gib acht auf dich. Geh nur, laß dich nicht stören. Ich fühle mich schon ganz gut. Ich werde mich ausruhen. Ein bißchen die Augen schließen. Geh schon, du hast keine Zeit.

KRIŽOVEC: Ich komme zurück, sobald es geht. Ich bitte dich nur, sei gescheit. Alles andere ist unwichtig. Gib acht auf dich ... Ich werde Maria bitten, auf dich aufzupassen. Auf Wiedersehen! *(küßt ihr die Hände und geht weg) (Laura geht ihm zwei, drei Schritte nach und winkt ihm nach, bis Križovec hinter der Tür verschwindet. Dann geht sie langsam und gebrochen zum Balkon, öffnet die Tür und tritt dann hinaus. Vogelgezwitscher, Geräusch des Regens, Straßengeräusche. Sie kehrt verloren ins Zimmer zurück, weiß nicht, was sie anfangen soll. Sie geht auf das Schlafzimmer zu, kehrt wieder zurück, macht einen Rundgang durchs Zimmer und betrachtet die einzelnen Gegenstände, als wäre sie von weither in einem unbekannten Raum gelandet. Sie geht zum Sekretär und macht einige Laden auf, als suche sie etwas. Sie öffnet ein Buch mit Briefpapier, setzt sich und beginnt mit nervösen Bewegungen zu schreiben. Dann hält sie plötzlich inne und zerreißt das Papier. Dann beginnt sie einen zweiten Brief zu schreiben, den sie schließlich auch zerreißt. Sie steht auf, zündet die Kerze auf dem Sekretär an und verbrennt beide Briefe. Läutet nach Maria. Maria kommt herein)*

LAURA: Kochen Sie mir bitte einen Tee, meine liebe und gute Maria. Aber schnell.

(Maria ab)

LAURA: *(geht wieder zur offenen Balkontür, bleibt einige Augenblicke lang stehen und kehrt dann, als wäre ihr gerade eine rettende Idee eingefallen, zum Telefon zurück, wählt und wartet nervös; ins Telefon)* Hier ist Baronin Lenbach. Guten Morgen, Stefan. Wie geht es Ihnen? Der Herr Doktor ist noch nicht gekommen? Ja, ja, aber er muß jeden Augenblick eintreffen. Sagen Sie ihm bitte, ich möchte ihn bitten, daß er mich gleich anruft. Oder nein, Stefan, er soll mich nicht anrufen. Wenn der Herr Doktor zurückkommt, sagen Sie ihm bitte, daß ich angerufen habe und ihn bitte, mich nicht mehr anzurufen. Wie bitte?

Ich verstehe nicht. Der Herr Doktor hat gemeldet, daß er nicht kommen wird? Er hat Ihnen das selbst gesagt? Und wenn jemand vom Gericht anruft, sollen Sie sagen, daß er um einen Aufschub der Verhandlung bitte, weil er dienstlich verreisen müsse. Gut Stefan, danke. Nein, nein, danke. *(legt den Hörer auf und beginnt nervös und verloren im Zimmer umherzugehen.*

Maria serviert ihr Tee)

LAURA: Danke, liebe Maria. Aber ich kann jetzt nichts trinken. Es tut mir leid. Ich habe gedacht, aber dann ... Ich fühle mich nicht gut. Ich sollte mich niederlegen. Lassen Sie mir bitte das Bad ein. Aber heiß, Maria, sehr heiß.

MARIA: Es wäre vielleicht gut, gnädige Frau, daß Sie doch einen Tee ...

LAURA: Nein, nein, danke. Ich habe eine schreckliche Migräne. Ich brauche nur ein heißes Bad.

MARIA: Die Masseurin war da, gnädige Frau. Ich habe ihr gesagt, sie soll später anrufen. Fräulein Madeleine hat schon um halb sieben angerufen. Und dann noch einmal, aber ich habe sie gebeten, sich später zu melden, weil gerade der Herr von der Polizei hier war. Ich habe dem Polizisten Kaffee und Kognak serviert. Ich hoffe, ich habe da nichts Falsches gemacht, gnädige Frau. Und dann hat Ljubitza angerufen, sie wollte wissen, ob sie das Geschäft aufmachen soll. Ich habe ihr gesagt, sie soll zu Mittag noch einmal anrufen und vorläufig nicht aufmachen. War es so richtig, gnädige Frau?

LAURA: Danke, liebe Maria, danke. Sie sind sehr lieb und gescheit. Sollte wieder jemand anrufen, dann sagen Sie ihm, ich bin nicht da. Ich bin für niemanden da, verstehen Sie, Maria. Weder für die Prinzessin, noch für Fräulein Madeleine, noch für den Herrn Doktor. Das Geschäft soll geschlossen bleiben. Ich werde Ihnen später sagen, was wir tun sollen. Ich werde mich jetzt niederlegen und möchte auf keinen Fall gestört werden.

MARIA: Ich weiß nicht, was ich tun soll, gnädige Frau. Da waren die Leute vom Begräbnisinstitut. Man hat ihnen gesagt, daß der gnädige Herr in unserer Wohnung aufgebahrt werden soll. Ich habe auch ihnen gesagt, sie sollen später kommen, weil ich nichts davon weiß. Was soll ich ihnen sagen, wenn sie wieder kommen?

LAURA: Das weiß ich auch nicht, meine Liebe. Ich habe keine Ahnung ...

(Maria ab)

LAURA: *(geht nervös auf und ab und hebt schließlich den Telefon-hörer ab; temperamentvoll)* Hier ist Baronin Lenbach. Bitte die Comtesse Isabella. Sie ist im Bad? Ich möchte sie bitten, daß sie mich anruft, sobald es geht. Ich möchte sie dringend sprechen. Ach so, bei Ihnen ist die Gräfin Madeleine. Sie möchte mit mir sprechen. Bitte. Auch Herr Doktor Križovec ist bei Ihnen? Danke. Ah, Sie sind es Madeleine. Bei Ihnen geht es lustig zu, wie ich höre. Das freut mich. Guten Morgen, Madeleine. Wie geht es Ihnen? Ja, ja ... *(Sie kann offenbar die Suada der Gräfin nicht unterbrechen, reagiert zuerst gelangweilt und dann mit nervösen Grimassen, bis sie schließlich den Redefluß unter-bricht)* Hören Sie zu, Madeleine. Wenn Sie Ihre Beileidsäuße-rungen schon so ernst nehmen, dann könnten Sie wenigstens diese dumme Musik abstellen. Ich wünsche Ihnen viel Glück für Ihre Seelenmesse. Ihnen und Herrn Križovec und auch der lie-ben Comtesse. Lassen Sie die Comtesse schön grüßen. *(legt den Hörer auf; wütend)* Otschi tschornija, otschi sgutschija ... Zu blöd das Ganze. Wirklich unverschämt.
(In diesem Augenblick läutet das Telefon. Laura ergreift wütend den Apparat, reißt ihn aus der Wand und schmettert ihn auf den Boden. Mit ihrer heftigen Bewegung hat sie auch einige einge-rahmte Fotos vom Sekretär mitgerissen und zusammen mit dem Telefonapparat auf den Boden geworfen. Durch die Schnur ist auch ein venezianischer Spiegel umgefallen, der auf dem Sekre-tär gestanden ist, und der nun in tausend Scherben zerbricht. Maria kommt ängstlich herbeigelaufen)
LAURA: *(zeigt auf die Bescherung)* Ich bitte Sie, Maria ... Das Te-lefon ist hinuntergefallen und der Spiegel ist zerbrochen.
MARIA: Scherben bringen Glück, gnädige Frau. Das hat immer meine Großmutter gesagt, wenn bei uns etwas zerbrochen ist.
LAURA: Und meine Großmutter hat gesagt, daß ein zerbrochener Spiegel sieben mal sieben Jahre Unglück bringt. *(Die Glocke an der Eingangstür läutet Sturm)*
MARIA: *(nervös)* Wenn das der Herr Doktor ist, was soll ich ihm sagen?
LAURA: Wenn das der Herr Doktor ist, dann sagen Sie ihm, ich bin weggefahren. Ich bin für niemanden da, verstehen Sie, Maria! Ich bin weggefahren, ich bin verschwunden. Ich bin nicht da. Man hat mich verhaftet. Man hat mich auf die Polizei gebracht. Das ist nicht der Herr Doktor. Hören Sie nicht, wie er läutet. Das ist unser Herr Baron. Führen Sie ihn herein! Wenn er gekommen ist.

357

MARIA: Wieso um Gottes willen.

LAURA: Hören Sie denn nicht, daß es unser Herr Oberst ist? Nur er läutet so liebenswürdig. Gehen Sie schon, Maria! Hören Sie denn nicht, wie er läutet. Er ist wieder betrunken und wird einen Skandal machen. Ich bitte Sie, Maria, die Nachbarn werden zusammenlaufen. Hören Sie nicht, wie er betrunken läutet. Gehen Sie schon, ich bitte Sie!

(Maria geht verdattert hinaus.

Die Glocke läutet Sturm.

Laura geht zum Sekretär. Man hört zwei Schüsse. Sie fällt.

Maria kommt eilig und verwirrt herein.

Zwei Angestellte des Begräbnisinstitutes in schwarzer Gala treten hinter ihr ein)

Vorhang